1976.10

—1979.10

“四人帮”上海余党覆灭记

李海文 王守家 著

中国青年出版社

北京玉泉山9号楼,1976年10月6日晚政治局会议所在地。

1977年苏振华陪华国锋接见海军官兵。

1975年10月苏振华与叶剑英在广东肇庆视察。

20世纪80年代初,为纪念1976年10月密赴上海而合影。左起曹大澄、谷牧、胡光宝。

1976年秋王守家在干校。

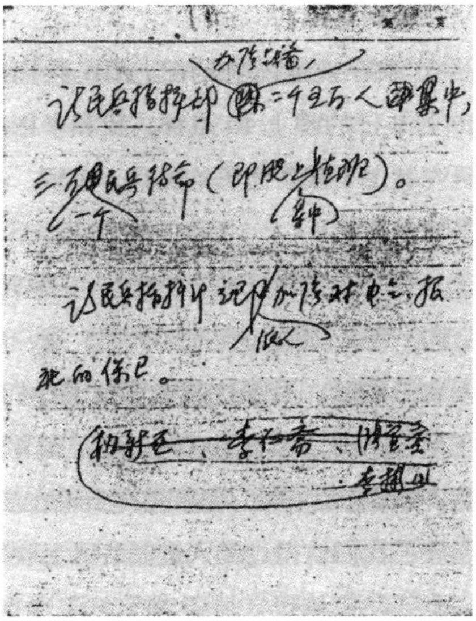

徐景贤手令。

南京西路铜仁路口，上海工人民兵指挥部所在地。

上海康平路 147 号，写作组所在地。

1977 年在上海，左起毛联珏、彭冲、苏振华、倪志福。

左起李庸夫、严佑民、林轩、严晓元、王肇远、顾林昉在丁香花园。

左起，毛联钰、杨富珍、周纯麟、林乎加、赵行志、苏振华、王一平、彭冲、倪志福、韩哲一、严佑民、陈锦华在上海。

1977年11月在上海。这是决策、参与中央工作组赴上海工作的人员最全的一张照片。第一排：左起陈锦华、车文仪、王一平、林乎加、苏振华、叶剑英、彭冲、严佑民、杨富珍、韩哲一。

1978年春节期间苏振华看望上海沪东造船厂工人。

左起：苏振华、彭冲、王一平、严佑民、杨富珍、陈锦华在上海。

左起苏振华、王一平、倪志福、严佑民、彭冲，1978 年 1 月 10 日乘东海舰队 131 驱逐舰考察宁波北仑港途中。

彭冲 1978 年 12 月 23 日在宝钢开工仪式上讲话。

左起顾明、彭冲、韩哲一、谷牧，1978 年在宝钢开工仪式上。

1979 年 6 月 8 日林乎加在北京八宝山出席李琪的追悼会，在休息室和李琪夫人李莉握手。

1996年在北京。前排左起彭冲、林乎加，后排左起倪志福、陈锦华。

1980年6月在上海。左二起：杨士法、赵行志、×××、王一平、严佑民、华国锋、陈国栋、谷牧、韩哲一、夏征农、×××、陈锦华、王鉴。

目　录

苏振华、倪志福、彭冲组建中央工作组经过

中央工作组进驻上海，摧毁“四人帮”在上海帮派体系

第一次全市揭批、清算“四人帮 ”及上海余党反革命罪行大会

进一步揭批“四人帮”，全面复查，否定“一月革命”

尾　声

前　　言

我花了十几年的时间，写了一本关于在历史的转折时期华国锋与粉碎“四人帮”问题的专著(待出版)。为此收集并参阅了当时的文件、档案、报纸、回忆录，采访了华国锋等90多个当事人。华国锋说：粉碎“四人帮”后，他重点解决上海问题。他认为：只要制服“四人帮”在上海的余党，其他都是小玩闹。因为各地的“四人帮”爪牙以上海最强，张春桥、姚文元、王洪文都来自上海，他们在上海经营了10年。上海又是中国最大城市，中国工商财政重地，在中国经济中占有举足轻重的地位。因而，我将中共中央的决策和中央工作组的工作情况作为一个重点，对“四人帮”上海余党覆灭历史写了8万字。之所以能写这么多，是因为得到严佑民的支持。1976年10月，严佑民参加中央工作组，1976年10月20日到上海，负责公安、清查等工作，后任上海市委书记、人大常委会主任，在上海工作5年。2001年7月1日病逝上海。病重前，他将保存的资料全数交给我，要我将这段历史真实地记录下来，传之后世。同时，介绍我顺利地访问到中央工作组、公安部的诸位领导和成员，如倪志福、彭冲、林乎加、赵行志、韩哲一等。但是有两个遗憾，一是受篇幅所限，关于上海的这段历史不能展开，许多资料没有采用，只能写8万字。另外，还有一个重要的史实因缺乏材料而没有写清楚。

早在1977年春，江小华①告诉我，在粉碎“四人帮”之初，中央派国务院的一些同志到上海了解情况，中央掌握上海的动向。后来，在陈锦华发表的回忆文章中得到印证。2005年陈锦华在《国事忆述》一书中说，10月6日粉碎“四人帮”后，在中央工作组到达上海之前，中共中央决定由国务院各部委派一些人到上海去，以研究、准备1977年国民经济计划的名义，了解社会动向，了解“四人帮”余党有什么新动作，及时报告北京。谷牧副总理亲自同这些同志谈话。但是派出的第一批同志有多少人、具体姓名、什么时间到达上

① 江小华：(1942－2012)湖南江华瑶族自治县人，1961年入伍，1968年毕业于哈尔滨军事工程学院，1982年加入中国共产党，历任师副参谋长，武警水电指挥部副参谋长，大校。

海、他们到上海收集到什么情报等情况却无从查起，只好阙如。

2008年初在山东八路军研究会主办的学术讨论会上，我见到谷牧的长子刘念远大校，机会难得，向他请教。他说：奉党中央命令，1976年10月8日，谷牧派秘书曹大澄等八同志到上海。他侃侃而谈，介绍了谷牧与王一平的关系，曹大澄如何到王一平家取得上海"四人帮"余党策动武装叛乱的情报。他强调：这些同志冒着生命危险，深入虎穴，为解决上海武装叛乱、稳定上海乃至全国局势起了很大的作用，他们是有功之臣，应载入史册。

写历史要有第一手的资料。我迫不及待地问：曹大澄在哪？他说：1986年曹大澄带了几位青年到深圳、香港创办华艺设计顾问有限公司，定居香港，曾在香港的报刊上发表过回忆文章。什么时间发表在什么报刊上均不清楚。

2010年5月，在山东八路军研究会的会议上，再次见到刘念远。他当场介绍杨培青大姐，说：她与曹大澄住一个楼里。会后，我从杨培青处得到曹大澄的电话。我喜出望外，经联系，急匆匆去采访，受到曹大澄热情接待。他提供了大量的资料及他当年写的5万多字的《余党末日》及回忆材料，详细讲述了当时的情况。

《余党末日》登在1977年5月13日新华社的《内部参考》，这是《内部参考》破天荒头一次发表纪实文学。同时，编者按评价：这篇文章"有助于加深我们对揭批'四人帮'的这场斗争的严重性和必要性的认识"。原中宣部副部长、理论界的前辈于光远在2002年8月16日个人网站上发表文章《我关心曹大澄的〈余党末日〉》。于老写道：

> 在我个人档案当中，一直保存有"本报通讯员曹大澄"写的《余党末日》。它从上世纪80年代初起，一直保存在那里。可是时间一长，就记不起是谁和为了什么原因送来的了。只是觉得其中有些史料，而且同1975—1976年我们国务院政治研究室的工作和国务院政治研究室的"运动"有些关系，所以没有处理掉。由于我对粉碎"四人帮"前后的情况比较熟悉，我敢判断，文章中所写，基本上符合我所知道的事实。至少同我所知道的事实没有不一致的地方，而且写得比较具体，我想应该找到一个地方把它发表出来。否则它就会湮没，如果那样，我就觉得很可惜。

我当即决定和曹大澄合写一篇文章。

曹大澄又介绍一起到上海的战友王守家。王守家至今保存着派遣到上海时的4本工作日记，共13.5万字。曹大澄、王守家已是耄耋之年，回想起当时的情况仍然记忆犹新，颇有几许“地下”活动的手段，惊心动魄。

花了数年的时间，终于找到谷牧派出的第一批8位同志中的两位，找到历史当事人，得到第一手资料，大大丰富了我所写的关于解决上海问题的那段历史。我的喜悦如同久旱逢甘雨。当即决定根据这些资料及回忆，由我执笔和曹大澄、王守家合著一本口述历史，所涉内容是从1976年10月8日到1977年1月底王守家离开上海时为止。着手写第一章，即他们8人到上海的活动，从10月8日到20日，苏振华、倪志福、彭冲所率中央工作组到上海之前。在送曹大澄修改时，他提出不署名。第一章主要内容2011年8月在河南党史研究室办的《党史博览》发表。

但是写完第一章后，写作难以为继。一是，曹大澄于1976年11月初离开上海回到北京。我费尽周折又找到当年同去上海的陈裴章。他因病失忆。二是，王守家的上海出差工作笔记多是会议记录。他在工交组工作，到众多工厂、企业调研，记的是大量数字及专业用语。如何解读枯燥的会议发言、数字成为重要的课题。三是，第一章是叙事体，共3万多字，照此写法，目前资料难以支撑后面几章。四是，仅凭王守家的上海出差工作笔记，难以反映出上海“四人帮”余党覆灭的全过程。

踌躇月旬，几经考虑，下决心写一本历史专著而不是资料汇编。从前述书稿中我拿出相关的7万字，将书中内容由1977年1月延长到1979年底清查工作基本结束。有了基本框架，再将王守家上海出差工作笔记及以前收集到的其他资料补充进去。苏振华的秘书丑运洲读完后，评价：当年的情节历历在目。

增加附录《大事记》，将王守家的上海出差工作笔记所记载的活动尽量列出。接受曹大澄的建议，增加了尾声，对书中人物历史全貌做一介绍。

王守家的上海出差工作笔记本很小，字迹小，难以辨认。我边录入，边写作，进展缓慢。在朋友的帮助下，请人输入电脑。第一、二稿错误百出。王守家冒着酷暑和严寒，以耄耋之年，一共校对了三次。在此基础上，我又校对一遍。随着校样越来越清晰，写作的速度也加快了。

本以为自己对这段历史基本脉络已经掌握，设想用一年半载即可完成，没有想到第一稿竟写了21个月的时间。其原因我对经济不熟悉，如何理解枯燥的数字颇费心思。其次，本书所涉及的是重大史实，时间长，头绪繁杂，变化快，人物众多。有的人经历曲折、起伏；有的关系错综复杂、情况变幻莫测；有的名不见经传，难以查证。历史是群众创造的，没有众多人物难以表现历史转折中的波澜壮阔。再者，我患直肠癌手术后初愈，每天只能工作两个小时。即使这样工作周期从最初的两三个月，逐渐缩短，甚至到十几天，就不得不休息数日。看材料，熟悉情况，谋篇布局，苦思冥想，绞尽脑汁。写作的最佳状态是一气呵成。因体力不支，不能痛快淋漓地写出而纠结，不断加重病情，不得不停笔。直到写作快结束，身体才渐渐好起来。在这种情况下写出的作品是比较粗糙的。

2012 年 4 月第一稿完成后，停了 11 个月。这段时间既是等待、休整，也是让自己从材料中跳出来，思索的过程。如同欣赏油画一样，不能只是近看，要站得远一些，找到一个合适的位置，才能看得更清楚，找出毛病，发现问题。从材料中跳出来，冷上一段时间，再将脑中的材料重新认识、组织，如同牛的反刍一样，才会有好的消化吸收。

我认真地研究了中央党史研究室的审读意见，2013 年 3 月开始第二稿的修改。这次一共改了 4 遍。第一遍，在再次研究材料的基础上，割爱去掉枝蔓，删去与本书主题关系不大的内容，对材料进行提炼、精简，重新组织。删去第一章文学色彩浓的描写，以保证全书行文的一致，基本是白描手法。同时，增加了对“四人帮”揭发批判的内容。第二遍，因各节是按专题写的，修改大事记时，按时间顺序，将全书过一遍，发现问题，及时纠正。第三遍，前面的写作，也是对材料、全局的再认识。再将材料从头到尾过一遍。此时，原来没有看到的，现在看到了；原来看到的而没有引起重视的，此时发现了其价值；原来看到的而不知道该放在什么地方的，现在找到了恰当的地方。将材料烂熟于心之日也就是书将成之时。第四遍，从头到尾再顺一遍。即使这样，仍然会有挂一漏万。欢迎读者批评、指正。

写作是从微观到宏观、再由宏观到微观的反复过程。微观材料要准确、细密。才能保证基础扎实，不会失去正确的方向。即使如此，常常苦于概况既要言简意赅，又要准确，这就是功力。写作是不断思索的过程，只有理解了这段历史的内在联系，才能写出逻辑清晰、准确生动的历史。看起来改动不大，下笔千斤重，字斟句酌。

粉碎“四人帮”已过去近 40 年。在这近 40 年中，中国发生了巨大的变化。第一，粉碎“四人帮”，结束了十年的动乱。第二，由突出政治，政治第一，政治运动为主，转变到以经济建设为全党工作的重点，改革开放。第三，由计划经济转变到市场经济。第四，执政党由工人阶级的先锋队转变为各阶级的先进分子的集合体。变化之快令世人瞩目。中国发生翻天覆地的变化，不仅政治、经济局势变化很大，连语境也不一样了。现在40岁以下的人都不知道“文革”的复杂情况，难以想象曾发生过的种种事件，更不要说理解。有的不知道“四人帮”为何人，更不知道马天水、徐景贤、王秀珍为何人。随着时间的推移，年轻人不知道“四人帮”的罪行是罄竹难书，恶贯满盈，本书所涉及的仅他们所犯罪行、错误的冰山一角。有人甚至对“四人帮”的错误、罪行提出质疑；不明白为什么“庆父不死，鲁难未已”，为什么要对“四人帮”采取隔离审查的方法；不清楚群众为什么如此恨他们，十年来同他们做不懈的斗争，一拨又一拨，前仆后继；也不知道粉碎“四人帮”后，为什么会举国欢庆，不用动员，群众自发上街庆祝。因而，需要重新审视历史，重新研究历史，重新回顾历史，以回答人们的疑惑。

书要让现在的人和后来者看懂。为此，需要相当篇幅介绍时代背景，为了便于读者阅读，对特定历史的名词和人物加以注释。对当时的领导者苏振华、倪志福、彭冲、林乎加、严佑民、王一平、赵行志、韩哲一作了简要介绍，因篇幅所限，仅涉及与上海工作有关的内容。列举上海“四人帮”余党策动武装叛乱的罪行。这样才能看清与上海“四人帮”余党斗争之复杂、艰巨、残酷，斗争之惊心动魄，并不是像有的研究者所说“四人帮”上海余党是稀里糊涂就投降了①。上海是“四人帮”发迹之地，他们在此经营了十年，将党羽安插在各个部门，企图把上海变成他们的根据地。当“四人帮”被抓捕的消息传到上海，这些“四人帮”的党羽绝不会束手就擒，一定会作乱。但是他们没有成功。一个原因，上海在历史上是一个具有革命传统的城市，上海的工人，上海的人民，觉悟是高的，上海的绝大多数干部和工人群众是好的。

更重要，华国锋领导的党中央采取了正确的政策和方针。在1976年10月6日的政治局会议上，华国锋提出“既要解决问题，又利于大局稳定”，“要破得彻底，立得正确”②。叶剑英概括为十个字：“扩大教育面，缩小打击面”。

党中央指挥得当，只通知马天水、周纯麟到北京，同时派八位同志于9日清晨到达上海。中共中央及时掌握上海最新动态，将徐景贤、王秀珍叫到北京，做马天水、徐景贤、王秀珍工作。不费一枪一弹，没有发生流血，就解决了“四人帮”上海余党策划的叛乱问题，不失时机派出中央工作组稳定局势。

---

① 傅高义：《邓小平时代》，第184页，三联书店，2013年。

② 严佑民回忆，《关于上海市清查工作的情况报告(1978年，3月7日修改稿)》，第1页。

真是运筹帷幄，决战于千里之外，“不战而屈人之兵”。

这与党中央的领导分不开，也与在上海的第一线领导及中央工作组全体同志掌握政策的水平、领导能力有关。“四人帮”及其上海余党在上海经营了10年，他们和林彪集团在全市立案审查305225人，由于迫害造成非正常死亡10407人。事实证明96%是错案。苏振华、倪志福、彭冲率领中央工作组到上海后在短短的三年内清查、批判“四人帮”，平反冤假错案、消除派性，落实干部、知识分子政策，调整建立领导班子，发展经济，工作量之大难以想象，积累了丰富的经验，值得后人学习、借鉴。

中国共产党历史上有28年处于秘密、地下、武装斗争中，许多重要的当事人牺牲了。新中国成立后的许多领导人一直忙于政务，没有机会写回忆录，即使写了回忆录，由于多年工作习惯，擅长做政治报告、工作报告、理论文章，所以很少有生动的历史细节叙述。随着时间的推移，那段历史已离现实政治越来越远，党史回归中国历史学传统的时机已到。这本书根据回忆、采访、查证资料、实地考察，在场景、对话等细节上做了一些力所能及的尝试，希望得到同行的理解和指教。

书中的人物不少是我尊敬的领导、先辈，也有人人痛恨的历史罪人，因是历史著作，按照学术规范一律直呼其名，既没有尊称，也没有贬称。

历史著作的生命力在于言之有据。为了便于读者检阅，凡是已公开的档案，均注明公开书籍的出处。吸收别人的采访、研究成果，都一一注明出处，以示对他们劳动的尊重。

照片由严晓藕、严晓梅、苏承业、苏承军、林新婴、林大建、许海宁、曹大澄、王守家、赵霄洛、王时驹、朱通华提供。鲁纪行、王竹、马震平扫描、整理。

丑运洲审阅第一稿，曹大澄、严晓江、苏承业、苏承军、许海宁、许海星、林新婴、林大建、赵霄洛、王时驹审阅第一稿部分内容。王守家审阅全书。得到上海市委党史研究室、朱通华、韩钢、严晓彬、孙立众、周晓瑛、冯乔、陈菱的帮助。一并表示感谢。

感谢一切关心、帮助、支持过我的人，感谢为我服务过的人们。有的知道姓名，有的不知道。

最后，感谢读者。真诚希望他们能对我的书提出宝贵意见。因为最终，一本书是在读者那里实现它的价值的。

李海文

2015年2月于北京

华国锋运筹帷幄，决战千里之外

粉碎“四人帮”36小时后，谷牧奉令派出八人小组秘密飞往上海

1976年10月，北京最好的季节，天高云淡，气候宜人。可是今年不同往年，因毛主席于9月9日逝世，国庆节没有举行庆祝活动，人们仍沉浸在悲痛之中。1975年冬开始的“反击右倾翻案风”、“批邓”，使1975年整顿以来刚刚好转的形势荡然无存。人们忧心忡忡，担心运动发展下去，再次出现1967年、1968年打倒一切、全面内战的混乱局面。当年有毛主席掌舵，有周总理努力，费时两年才制止武斗，实现联合，各省市区相继建立革委会，局势逐渐平稳下来。而现在毛主席、周总理、朱德委员长等老一辈革命家都相继辞世，“四人帮”在中央占据重要位置，呼风唤雨，下面造反派又拉起山头，猖狂活动，华国锋能应付目前的局势吗？他能斗得过江青①、张春桥②、

① 江青(1914—1991)，女，山东省诸城人，原名李云鹤，又名蓝苹、李进。1929年春在济南入山东省立实验剧院。1931年春在青岛大学当旁听生，曾在该校图书馆工作。1933年2月加入中国共产党。后在上海参加演出进步话剧和电影，10月，加入左翼教育工作者联盟和共青团。1934年10月，被捕入狱，同年12月被释放。此后仍做演员。1937年8月，到延安，改名为“江青”，随后入抗日军政大学(马列学院)学习。此后在鲁迅艺术学院任教。1938年11月，与毛泽东结婚。1949年中华人民共和国成立以后，任中共中央宣传部电影处处长、文化部电影事业指导委员会委员。1966年2月，江青得到林彪的同意，在上海主持召开部队文艺工作座谈会。1966年5月任中央文革小组第一副组长、代组长、解放军文革小组顾问。九大、十大任中共中央政治局委员，1970年11月任中共中央组织宣传组副组长。

② 张春桥(1917—2005)，山东巨野人。1932年至1934年在济南正谊中学读书。1933年春，国民党复兴社在济南成立华蒂社，为该社发起人。1935年5月到上海，从事文化写作。1938年到延安进入陕北公学学习，8月加入中国共产党，历任华北联大科长、北岳区党委宣传部干事、《晋察冀日报》编委、副总编辑、《新石门日报》总编辑。新中国成立后，历任华东新闻出版局副局长、上海《解放日报》副总编辑、社长兼总编辑，中共上海市委常委、宣传部部长、上海市委书记处候补书记等职。1965年任中共上海市委书记处书记，分管宣传文化工作。从1966年5月任中共中央文革小组副组长。1967年任上海市革委会主任、南京军区第一政委、军区党委第一书记。九大任中共中央政治局委员、军委委员。1970年11月任中共中央组织宣传组副组长。1971年任上海市委第一书记，中共中央军委办公会议成员，十大任中共中央政治局常委，1975年任国务院副总理、中共中央军委常委、解放军总政治部主任。

王洪文[①]、姚文元[②]？江青不仅是中央政治局委员，又有主席夫人的护身符，王洪文是党中央副主席，张春桥是中央常委，姚文元是政治局委员。因为他们三个人都来自上海，人们称他们为“上海帮”，毛泽东称他们为“四人帮”，但是毛泽东对“四人帮”的批评并没有对外传达，除政治局外很少有人知道“四人帮”这个称号。“文革”以来，“四人帮”先是在中央文革小组，将中央书记处取而代之。九大后进入中央政治局，一直在台上，在上海经营了10年之久，在全国各地都有爪牙，今天整这个，明天批那个，闹得大家没法工作，敢怒不敢言。周总理苦撑危局，扶大厦之将倾，心力交瘁，抱恨终天。对周总理尚且如此，“四人帮”更不将华国锋放在眼里。对于中央的斗争，大家焦虑不安，但是，只能静观。

10月7日晚上，王守家正在家里，接到国家计委革命委员会副主任兼生产组组长袁宝华打来的电话：“守家吗？你明天上班时先到我办公室来一下。”

王守家从1959起担任袁宝华秘书10年，后到生产组工作，1970年任生产组所属的生产技术室冶金小组组长[③]。他对这样的电话习以为常。那年他50岁，辽宁海城人，长春大学工学院毕业，1948年参加革命，同年加入毛泽东青年团，1953年参加中国共产党。先后在东北人民政府工业部、中央重

---

① 王洪文(1935—1992)，吉林省长春市人，1950年参加解放军，曾任通讯员、电话员，参加抗美援朝战争。1956年复员，在上海国棉十七厂担任保全工、车间党支部委员，60年代任厂保卫科干部、厂基干民兵连长。1966年发起成立上海工人革命造反总司令部(简称工总司)。1967年任上海市革委会副主任、1971年任上海市委书记，后兼上海工代会主任、上海市总工会主任、上海警备区政委。1973年任中共中央军委办公会议成员。九大任中央委员，十大任中共中央政治局常委、副主席。1975年2月任中共中央军委常委。

② 姚文元(1931年—2005年)，浙江省诸暨人。1948年加入中国共产党。1949年上海沪新中学肄业，1950年参加工作，历任青年团上海嵩芦区干事、副部长，卢湾区工委宣传部部长，《萌芽》杂志、《文艺月报》编辑，《解放日报》编委、党委委员，上海市委政策研究室工作人员。1966年5月任中央文革小组成员。1968年任《红旗》杂志负责人，九大、十大任中共中央政治局委员，1970年11月任中共中央组织宣传组副组长，主管意识形态。

③ 1967年5月28日，中共中央、国务院、中央军委、中央文革小组决定对国务院各部(委)实行军事管制，成立军管会或军管小组，对部(委)的各项工作实行统一领导。1969年10月29日，生产组正式成立，军代表苏静兼生产组组长，袁宝华任常务副组长，负责生产组工作。下设一室(调度室)三组(综合组、重工组、机械组)。1970年6月22日，中央同意国务院“关于国务院各部门建立党的核心小组和革命委员会的请示报告”，决定建立中国共产党国家计委革命委员会核心小组和国家计委革命委员会。国家计委革命委员会由国家计委、国家经委、物资部、劳动部等9个单位合并组成。中央工业交通政治部撤销。1970年7月1日，生产组作为国家计委革命委员会的办事机构，在核心组领导下组织工交生产。1978年4月11日国家计委生产组撤销。

工业部、冶金部、国家经委、国家计委工作。

第二天(10 月 8 日)早 8 时,他一进计委大楼就径直来到袁宝华办公室,看到除袁宝华外,还有国务院副总理谷牧在座。王守家心中一惊,谷牧副总理亲自召开会议,出了什么大事?是好事,还是坏事?1966 年“文革”爆发以来,中国出了太多的突发事件,毛泽东刚病逝一个月,在这个特别的时期,他不能不想。他不动声色,找一个地方坐下。

很快又进来 7 位同志,这些都是王守家熟悉的。他们是:

58 岁的徐良图,王守家多年的顶头上司,生产组副组长兼生产技术室主任,1938 年参加中国共产党,[①]“文革”期间负责北煤南运、南粮北调和海运石油,解决濒临停产的钢厂、电厂等企业和人民生活问题,被称为“救火队”队长。

56 岁的李景昭,原建工部副部长,国家建委核心小组成员,1938 年参加中国共产党。[②]

46 岁的曹大澄,1946 年 4 月参加东北民主联军,1960 年调到国家经委、国家建委任办公厅副主任,国务院计划起草小组运输处长,“文革”期间历届计划会议、经济工作务虚会简报组组长,中国作家协会会员。

高个的干志坚,国家计委干部。1950 年参加中国共产党,曾到苏联留学,获技术科学副博士学位。回国后任石油部勘探司工程师、石油科学研究院研究室副主任、石油部勘探司副总工程师、钻探钻头的专家。[③]

王德瑛,1948 年参加中国共产党,国家建委燃料动力局负责人。

49 岁的陈斐章,是毛泽东身边工作人员、书法家陈秉忱[④]之子,1948 年 5 月参加革命,随军记者,参加过淮海战役、渡江战役、进军西南,加入中国共产党。1954 年在国家建设委员会、中南海、国家计委做秘书工作,担任会议记录。“文革”中到干校三年,此时任国家计委办公厅科长。

55 岁的周力,老红军,1960 年成立国家经委物资总局起任调度室主任。王守家见他进来有些诧异,他不是已回部队到总参工作了吗,怎么也来参加今天的会议?今天到底是开什么会?

---

① 廖盖隆主编《中国人名大词典》(当代人物卷)第 1701 页,上海辞书出版社,1992 年。

② 廖盖隆主编《中国人名大词典》(当代人物卷)第 832 页,上海辞书出版社,1992 年。

③ 廖盖隆主编《中国人名大词典》(当代人物卷)第 17 页,上海辞书出版社,1992 年。

④ 陈秉忱,长期在中央军委、中央办公厅工作,曾任中央办公厅秘书室副主任。1949 年随毛泽东出访苏联。

这八个人有二三十年，甚至40年的党龄。长期在谷牧、袁宝华领导下工作，是久经考验、年富力强的干部。他们都是熟人，平时见面都要打招呼，讲个笑话。今天，大家一进来就感到气氛严肃，各自找地方坐下，互相点头算是打了招呼。

谷牧副总理见八个人都到齐了，首先宣布：昨天，党中央采取断然措施，把祸国殃民的四个人抓起来了！

其实是10月6日晚八九时把“四人帮”抓起来的，谷牧7日上午到玉泉山参加政治局会议获知这个消息，此时仍然沿用玉泉山会议宣布的“昨天”。谷牧并没有宣布四个人的名字，大家心照不宣，都知道这四个是江青、王洪文、张春桥、姚文元。大家先是愣了一下，很快鼓掌、欢呼。

谷牧等大家安静下来后，继续说：上海是“四人帮”长期把持的地方，现在我们对上海的情况一点也不了解，所以派你们八个人先去上海，执行秘密任务：了解上海帮派的动态，每天把上海的情况汇报北京。你们到上海以后，先作秘密串连工作，通过熟人、亲戚、朋友了解上海动态。你们要做好经受残酷考验的准备。这件事要高度保密，不许对任何人讲，甚至对老婆也不能讲，只能说到上海出差。你们对外公开的任务是了解上海生产情况，了解计划完成情况。谷牧接着宣布，派遣小组的名义是抓革命促生产建设调研和督促组，组长徐良图。

谷牧对曹大澄说：你到了上海去找王一平同志。因为他已经给王一平打过电话，要他注意上海的动态。①

袁宝华对王守家说，你可以找上海科委的许言同志（袁宝华任中央重工业部钢铁局局长时，许任副局长）。

徐良图指定老部下王守家负责全组总务工作，要王立即到计委接待处订8张飞机票，越快越好。

王守家当即请接待处订妥明晨（10月9日）第一班飞机票。随后给上海市工交组值班室挂电话，告诉接电话的单永志：明天我们八个人到上海出差。7点4分起飞，8点半到上海。请你们到飞机场接机，并安排住宿。

此时，离粉碎“四人帮”仅仅过了36个小时。上海市委书记、革委会副主

---

① 2010年5月本书作者李海文采访曹大澄（以下凡由李海文采访，均不再具名）。

任马天水[①]、参加中央打招呼会后刚从玉泉山回到京西宾馆。“四人帮”的上海余党因接不到马天水的电话，正在给张春桥、姚文元、王洪文打电话询问，还没有摸清北京的动向。

为什么派这八个人去上海呢？

王守家认为：曹大澄、李景昭、王德瑛，这国家建委的三人是谷牧提名。国家计委的徐良图、干志坚、周力、王守家、陈斐章五人则是袁宝华提名。

谷牧生于1914年，1954年从上海调国务院任国家建委副主任、国务院经委副主任，后成立第二届建委时，周总理点名谷牧为主任。曹大澄是综合处处长，负责整理文件，写材料。1964年建攀枝花钢铁厂时，谷牧找曹谈话，让曹担任自己的秘书。曹大澄委婉辞谢，说：我不是当秘书的料，说话直来直去，办事方法简单，有人说我“抗上”，会给首长惹麻烦，帮倒忙。曹大澄因此就当了不在册的“另类”秘书。谷牧长子刘念远一直认为曹大澄是谷牧的秘书。[②] 曹大澄爱好艺术，结交了几位老画家。“文革”中，著名画家黄胄受冲击，曹大澄将他藏匿家中避祸，还曾帮助李可染解决下乡女儿回京落户。因而被指责为不务正业，下放河南西华县经委干校劳动。两年期满，回城之后，依然我行我素。1974年“四人帮”批黑画时，曹陪谷牧到李可染、吴作人、李苦禅、黄胄家去看望，想方设法为这些挨批的老画家排忧解难。因“文革”前有一部电影《乔老爷上轿》，大家有时私下称谷牧副总理为谷老爷。

20世纪80年代，曹大澄到香港创办华艺设计顾问有限公司，回京看望谷牧，谈起1976年派他们八人到上海一事，谷牧说他是奉中央之命安排的。谷牧特意和曹大澄、胡光宝合影留念。谷牧1976年10月7日的日记对此也有记载，收录于《谷牧回忆录》：

> 上午10时，到玉泉山，得知王、张、江、姚已隔离反省的消息，除了四害，真是大快人心。和我同时到达的是王震同志。我和苏振华拥抱了。华国锋同志讲了一句“我就不相信我们不能把毛主席亲手缔造的国家管理好”的雄壮言语。我受命组织三十人到上海

---

① 马天水（1912—1988），河北唐县人，县立师范毕业，1931年加入中国共产党，抗日战争爆发后在晋察冀任县委书记、地委书记、冀热察区委副书记等职，1952年任华东局工业部副部长、部长、华东局财政经济委员会副主任，1954年任上海市委副书记，1967年2月任上海市革委会副主任。

② 2008年初采访刘念远。

了解情况。下午即找林、袁、顾、韩做了布置。[①]

从玉泉山回来后，谷牧和国家计委副主任林乎加、袁宝华、建委副主任顾明、韩光五人经过认真研究，确定了第一批八人名单。挑选这八个人的原因在于：各省市的计委（上海称计划组）、经委（上海市称工交组）、建委和物资系统对这八个管业务的干部都很熟悉。在每年召开的全国计划会议上，都是他们和各省市打交道，平时也经常联系。他们到上海出差，大家都会相信他们是真的来抓计划、生产业务工作，不会怀疑另有秘密使命。

谷牧为什么交代要找王一平"接头"呢？

王一平和谷牧是山东荣成同乡，两人不仅同岁，还是山东省乡村第七师范学校（文登乡师）的同学，1932 年同时参加革命。同年谷牧介绍王一平加入中国共产党。1935 年底组织胶东暴动失败后，王一平连夜坐小船先到烟台再到北平，在辟才胡同找到谷牧接上组织关系。[②] 1936 年 4 月 30 日深夜，两人同时被宋哲元的军警督察处逮捕，关押在府右街军警督察处看守所。出狱后两人一起到西安参加东北军学兵队。[③] 抗日战争时期，王一平和谷牧、李耀文、曹漫之被称为胶东四杰。谷牧任东北军一一二师工委书记、山东分局主任秘书、统战部长、华东局秘书长等职。王一平任山东军区第四师政委，三野二十六军、二十二军政委，参加淮海战役、渡江战役、解放上海战役。1952 年 2 月，王一平转业任上海市委组织部长。同时，任济南市委书记的谷牧也到上海任市委宣传部长、市委副书记。1954 年谷牧调国务院任第三办公室副主任兼建委副主任、经委副主任，因工作常到上海，和王一平一直保持联系。另外他俩有一个共同的爱好，喜爱字画、古董鉴赏，喜爱收藏，用现在的话说是"藏友"。他俩是几十年的战友，相知甚深。

1955 年 5 月 13 日，开始清查胡风分子，上海市委宣传部长彭柏山被说成是胡风分子，上海市委紧急成立了"镇压胡风反革命集团"肃反领导小组，由主持日常工作的市委书记陈丕显任组长，王一平任副组长。因彭柏山被毛泽东定为"胡风反革命集团"在党内的代理人，5 月 24 日，《人民日报》公布胡风的第二批材料，点了彭柏山的名字。毛泽东亲自写编者按。组长看到

---

① 谷牧：《谷牧回忆录》，第 283 页，中央文献出版社，2009 年第 1 版。

② 2010 年采访曹大澄。

③ 2010 年采访曹大澄。

《人民日报》,连夜召开会议,提出要拘留审查彭柏山。王一平认为情况尚不明,不能仅凭报纸上的一点材料,就采取拘留措施,应即着手了解情况,而后再定如何处理。王一平立即组织人员调查、搜集、核实材料,自己调看了彭柏山的全部材料,经过缜密思考,认为:彭柏山在三十年代和胡风是一起在鲁迅的领导下工作的。抗战中彭到了新四军,胡在敌后,中断来往长达9年,新中国成立后才有来往。从彭和胡风的通信中,可以看出他们之间由于文艺观点有分歧,关系疏远。没有发现彭和胡风有任何反革命行为或其他非组织活动。但是,因毛泽东亲自过问彭柏山一事,专案组批评王一平右倾。王一平将彭的材料放在桌子上说:"是不是右倾,我说不清,以后再看吧,但是限时限刻要我把彭柏山搞成什么分子,我没有办法。初步审查的情况,我已起草一份报告,连同有关材料都在这里。"说着他把材料推到桌子的中间,说:"请市委另请高明吧!"①辞去了组织部长和专案组副组长的职务。②

1960年大办城市人民公社时,上海市委成立了城市人民公社领导小组,王一平为组长。1961年上半年,中央政治局委员、上海市委第一书记柯庆施听取关于城市人民公社的汇报时,听到成绩尚满意。听到公社存在的问题,说有浮夸、强迫命令时,大发脾气,打断汇报。汇报的同志非常紧张,不敢讲下去,也不敢坐下来。这时王一平站出来说:汇报提纲是我和办公室工作的同志一起讨论的,有什么不当之处由我负责。他的话简单明了,但态度和语气是严肃的。柯自知理亏,逐渐平静下来。③

事后,柯庆施并没有对王一平抱以成见,反而于1962年6月让王一平担任市委秘书长,1963年提升为市委候补书记,1965年3月提升为市委书记。④ 表明柯庆施的政治胸怀和用人水平。虽然大家对柯重用张春桥很有意见,但是柯在老同志中威信较高。

1967年1月,上海的造反派组织夺了中共上海市委和市人委的党、政大权,王一平和其他市领导一起遭到批斗。随即被隔离审查,然后又被送往

① 1984年12月12日王一平:《立此存照——在市委整党中的书面发言》。2003年6月22日电话采访朱通华。

② 中共上海市委组织部、中共上海市委党史资料征集委员会、中共上海党史研究室、上海市档案馆:《中国共产党上海市组织史资料》,第380页,上海人民出版社,1991年。

③ 1984年王一平:《立此存照——在市委整党中的书面发言》。2003年6月22日电话采访朱通华。

④ 中共上海市委组织部、中共上海市委党史征集委员会、中共上海市委党史研究室、上海市档案馆:《中国共产党上海市组织史资料》,第377、371页,上海人民出版社,1991年。

"五七干校"强迫劳动,交代"问题"。

一天,上海市革委会副主任马天水、王少庸①突然到家中看他,表示只要他站出来揭发第一书记陈丕显就可以马上"解放"。王一平心里当然清楚,"解放"对他、对他全家意味着什么,但他说:我也是书记处书记,如果市委执行了"资产阶级反动路线",我也有责任,绝不能由第一书记一人负责,再说我是分管干部的,现在上海那么多部、委、办、区、县、局的干部都没有"解放",我现在"解放"是不合适的。马天水、王少庸是原上海市委书记处书记、候补书记,听到此话十分难堪。王一平如此"不识抬举",大大激怒了张春桥。张春桥在一份"五七干校"的简报上恶狠狠地批示:"王一平劳动表现好,但思想反动。"

直到1971年王一平才"解放"。1973年,在周恩来总理的一再过问下才当上上海市革委会的副主任。王一平对毛泽东指示都不盲从,对柯庆施都敢顶,怎么能看得惯张春桥、姚文元、马天水的做法、作风?他从不出席会议,更不去上班,主动提出分管上山下乡知识青年工作。他多次率市慰问团,北上黑龙江、吉林、内蒙古,南下云南、江西、贵州,深入田间和知识青年的集体宿舍,和他们一起劳动、座谈,关心他们的学习和生活,带去党组织对知青的关怀与慰问,帮助知青解决生活中的实际困难,和不少知青成了好朋友。②

他对"四人帮"、对马天水、徐景贤、王洪文态度明确,在上海工作时间长、影响大、威信高。很多在"文革"中受到迫害的人到他这来倾诉内心的不平,有困难的人找他商量、解决、排疑解难,许多人愿意与他谈心。他人虽坐在家里,对上海的情况却了如指掌。

谷牧的安排是经过深思熟虑的。

那么,谷牧为什么派曹大澄去找王一平呢?

曹大澄和王一平都因爱好中国书画而相熟。"文革"中,王一平在上海保护程十发、林风眠等一批老画家,批准林风眠出狱后去香港隐居。王一平到北京办事,必邀曹大澄陪同去拜访黄胄、吴作人、李可染、李苦禅等老画

---

① 王少庸(1908—1985),河北唐山人,1932年大学时期加入中国共产党,抗战后历任新四军四师政治部宣传部部长、鲁南区委城工部部长,华东军区政治部秘书长,胶东军区政治部主任兼社会部部长,1949年后任青岛市委书记、市长,1955年9月—1962年因对敌斗争问题受审查,后复查平反。1964年3月任华东局宣传部副部长,1965年3月任上海市委书记处候补书记。1967年4月结合进上海市革委会工作,1970年3月任革委会副主任,1971年1月任上海市委常委,负责政法工作。

② 参见王时驹:《怀念父亲王一平》,《作家文摘》,2010年2月5日。

家。谷牧要曹大澄到上海先找王一平，即以书画往来掩护此行的真实目的。

曹大澄想既然是以画会友为掩护，要带上一幅画才好。晚上他和夫人李兴玲一起来到羊坊店黄胄家。一进门就看见画案上摆着几幅画，上面画有四只被捆绑的螃蟹，有的题诗句“蟹肥酒香秋光好，看尔横行到几时”，有的题诗句“人心大快喜若狂，除尽四害共举觞，神州欢呼新胜利，莺歌燕舞菊花香”。曹大澄笑着说：“老哥，你知道前晚的事了。”

黄胄怎么知道这个消息呢？黄胄夫人郑闻慧在《炎黄痴子》回忆说：

> 1976年10月7日清晨，我们还在睡意朦胧之中，有人敲我们家的门，开门看见是姚海鹰（总参二部副部长姚仲康之女）。她一边跨进门一边说：“黄叔叔，黄叔叔，我爸爸派我来告诉你，昨天发生了一件震撼中国和世界的大事。”她激动得似乎在颤抖。既然是大事，我们的心也像要从嘴里跳出来一样，急着听她说什么。她边叫边推开黄胄画室，而又把门关上说：“把他们抓起来了！黄叔叔！郑阿姨！”我一时摸不着头脑，忙问：“把谁抓起来了？”海鹰看我这么迂，有点不耐烦了，“就是那四个人嘛！”还是黄胄比我聪明，即用他们常用的手势，右手在眼睛上比画一个圆圈（指江青），左手在眼睛上比画一个圆圈（指张春桥）并说：“是这四个人吗？”等我明白过来，激动得开始打哆嗦……①

黄胄发现蒸熟的螃蟹和盛开的菊花颜色对比特别明快，于是就画了《菊花螃蟹图》，以示庆贺粉碎“四人帮”的胜利。

曹大澄说：“谷牧同志找我谈了，我要到上海去找王一平。很可能是进得去，回不来。”黄胄将案子上的一张画卷起来交给曹大澄，说：“你给他带去。保你平安。”

曹大澄说“进得去，回不来”，绝不是耸人听闻。10月6日中央政治局开会宣布粉碎“四人帮”，并研究粉碎“四人帮”后的各项措施。会后，李先念让秘书给各部委打电话，了解部委领导是否有人在外地出差。对外经济联络部值班室报告，部长方毅5日到上海出差，预定11日回来。李先念指示，立即设法让方毅马上回京。副部长陈慕华等研究后决定，当晚由方的女儿用英文打电话

---

① 郑闻慧：《炎黄痴子》，第144页，中国青年出版社，2001年。

告诉方毅："母亲病了，请速回京。"[①]这样方毅于9日晚便回到北京。当时上海的情况不明，局势瞬息万变，谁都无法预测将会发生什么事。

10月9日一早，徐良图、曹大澄、王守家等八个人准时在首都机场登机。飞机上，没有几名客人，好像是他们的专机一样。

"四人帮"经营上海十年之久，余党黄涛、陈阿大嘴脸

八人工作组到上海会面临什么情况？"四人帮"在上海的余党又是些什么人呢？

这些人都是张春桥、姚文元一手培养、提拔的。1967年1月4日中央文革小组成员、上海市委书记、华东局宣传部长张春桥，中央文革小组成员姚文元从北京回到上海，一下飞机，就分别找徐景贤和王洪文、陈阿大[②]等"工总司"的几个头头密谈。批准后天(1月6日)，徐景贤领导的"市委机关革命造反联络站"和王洪文领导的"工总司"等组织联合在人民广场召开"彻底打倒以陈丕显、曹荻秋为首的上海市委大会"，并审查修改大会的发言稿和口号。这个大会批斗上海市委第一书记陈丕显、华东局书记魏文伯、韩哲一、上海市委书记曹荻秋、王一平、梁国斌、杨西光及局级干部300多人[③]。这次大会后，市委、市人委的所有机构被迫停止办公，全市的实际权力落到了张春桥、姚文元、王洪文、徐景贤的手里。他们自比俄国十月革命，将此夺权称为一月革命或一月风暴。2月5日成立"上海人民公社"。经毛泽东谈话，2月24日将"上海人民公社"改名为"上海市革命委员会"，张春桥为主任，姚文元、王洪文为副主任[④]。1971年建立中共上海市委，张春桥任第一书记、革委会主任；姚文元任第二书记、革委会副主任；王洪文任书记、革委会副主任。就是1973年"十大"王洪文当了党中央副主席，在上海也是这样排名。当时，张春桥、姚文元、王洪文，这三位主要在党中央工作。

---

① 方毅传记编写组：《方毅传》，第520页，人民出版社，2008年。

② 陈阿大(1942—2004)，浙江绍兴人，初中一年级辍学，1958年进中华造船厂做临时工，1961年参军，1965年复员进良工阀门厂当工人，1964年"四清"时加入共青团。1966年11月参与组织"上海工人革命造反总司令部"，为主要负责人之一，1967年下半年进上海市革委会工交组工作，1967年12月任工总司常委，1968年由张春桥点名突击发展加入中国共产党，1973年任上海总工会副主任。

③ 1978年12月4日上海市委给中共中央报告《关于解决所谓"一月革命"问题的请示报告》。

④ 上海党史研究室：《上海社会主义建设五十年》，第339页，上海人民出版社，1999年。

十年来上海领导班子很稳定。担任上海市委书记、革委会副主任的还有:马天水、警备区司令周纯麟[①]少将、徐景贤、王秀珍。周纯麟虽然仅排在马天水之后,但是他一直受打击、排挤。徐景贤虽然在第六位,但是在上海号称“徐老三”,地位仅次于张春桥、姚文元,深受张、姚之信任。

任市委常委、革委会副主任有:冯国柱[②]、王少庸、张敬标[③]、黄涛[④]、金祖敏[⑤]。列席常委的有:陈阿大(工交组)、叶昌明[⑥](工会)、陈新发(团市委书记)。冯国柱、王少庸、张敬标、黄涛四人都是抗战前后的老干部。冯国柱负责外事,王少庸负责政法,张敬标是市委办公室主任。金祖敏 1975 年调北京任全国总工会筹备组负责人。上海是中国最大的工业城市,有工人 200 万。

---

① 周纯麟(1912—1986),湖北麻城人,1928 年加入农民赤卫军,1930 年加入中国共青团,同年加入红军,历任战士、班长、排长、政委,参加长征。1932 年加入中国共产党。1937 年起任新疆新兵营政治大队政委、新疆祁县骑兵连连长、新四军第六支队营长、团长、师长。中华人民共和国成立后历任华东军区炮兵司令、解放军高级军事院校高级速成班学员、炮兵党校学员、南京军区炮兵司令员。1955 年被授予少将军衔。1970 年 4 月任南京军区副司令员兼上海警备区司令员、警备区常委第二书记,1976 年 12 月任上海市革委会副主任。1971 年 1 月任上海市委书记。中共十届、十一届中央委员。

② 冯国柱 1920 年生,浙江宁波人,高中文化程度。1939 年 1 月加入新四军,1939 年加入中国共产党。曾任中共江苏省东海县委组织部部长等职。1958 年 2 月后,历任上海市建工局党委书记,中共上海市委统战部副部长,市机电局局长、党组书记,中共上海市委外事小组副组长,市人委外事办公室主任等职。1970 年起,任中共上海市革委会副主任,1971 年任上海市委常委,分管外事工作。1941 年 7 月,日军四路“围剿”盐城。当时华中局书记刘少奇指示:干部要坚持原地斗争,县委不离县,区委不离区。身为盐城县委书记的冯国柱却随主力部队撤离到阜宁县。后华中局任命一直在敌占区坚持的县民运部长周利人为盐城县委书记。“文革”中,周利人对儿子周晓寒说:冯国柱,软骨头。(2014 年 1 月电话采访周小寒)

③ 张敬标(1918—1994),山东滕县人,1938 年参加中国共产党,1939 年后历任新四军一师一旅一团政治处主任等职,1949 年上海解放后历任上海市委组织部干部处长、上海虹口区委代理第一书记、黄浦区委书记。1967 年 9 月任黄浦区革委会主任,1970 年 6 月任黄浦区委书记,同年 7 月任上海市革委会办公室主任,1971 年任上海市委常委。

④ 黄涛(1918—)江苏镇江人,高中文化,1938 年参加新四军,1939 年参加中国共产党。1951 年转业到上海江南制造厂任党委书记,1960 年任中共上海基本建设委员会设计委员会党委书记,1964 年任市委市政交通政治部副主任,1968 年 4 月起任市革委会工业交通组负责人,1970 年 3 月后任上海市革委会常委、市委常委。

⑤ 金祖敏(1934—1997),1950 年任乡村教师,同年加入共青团,1953 年入校学习,中专,1957 年上海电机厂车工、工段长,1960 年加入中国共产党,1966 年底造反,为“上海工人革命造反总司令部”负责人之一,1967 年在上海市革委会工业组、总工会、组织组工作,1969 年中共九大中央候补中央委员,1970 年任上海革委会常委,1971 年任上海市委常委、组织组负责人,1972 年任上海革委会副主任、上海总工会负责人,1973 年中共“十大”任中央委员,1975 年 2 月到北京任全国总工会筹备组组长。1976 年 10 月 6 日隔离审查。1982 年为上海探矿机械厂工人,1994 年任美国新港公司驻沪办事处总经理。

⑥ 叶昌明,1944 年生,上海嘉定人。上海合成纤维研究所工人,工总司常委,上海革委会常委、上海市总工会副主任。

黄涛和陈阿大、叶昌明这些与王洪文一起造反起家的小兄弟握有上海市工交系统的实权。

张春桥、姚文元、王洪文、金祖敏已于10月6日晚在北京被抓，马天水、周纯麟7日被中央召去北京开会。徐景贤、王秀珍、冯国柱、王少庸、张敬标、黄涛、陈阿大、叶昌明一旦知道“四人帮”被抓，岂能甘心束手就擒？

巨大气流搅动着飞机剧烈颠簸，上下抖动。飞机冲出云层后才渐渐平稳。曹大澄看着机翼下奔腾飞逝的团团黑云，内心十分不平静，想着昔日打交道的上海风云人物，尤其是黄涛和陈阿大。

历届计划会议、经济工作务虚会，曹大澄都任简报组组长，和上海工交组组长黄涛、陈阿大多次打交道。黄涛常腋下夹着个大皮包，风尘仆仆奔走在京沪道上，传递张春桥、王洪文重要指示。此人“文革”前为上海市委市政交通政治部副主任，老谋深算，工于心计，善于钻营，八面玲珑，绰号为“老机快”，即投机转得快也。以王洪文为首的上海市工人革命造反总司令部，简称“工总司”，在张春桥的支持下成气候后，他就投靠了“工总司”，因而当上市委常委、革委会副主任、工交组负责人。

每次计划工作会议，黄涛都是冲在前面，和党中央、国务院唱反调。由于“四人帮”的干扰、破坏，党中央、国务院的工作步履艰难。1973年1月到3月，国务院召开全国计划会议，批林整风，肃清流毒。因林彪一伙说“打仗就是比例”，“我说的就是比例”，搞乱国民经济，造成职工人数、工资总额、粮食销售三项突破了国家计划的严重问题。根据周恩来总理的指示，国家计委研究、起草《关于坚持统一计划，加强经济管理问题》的文件，提出了十条解决意见。在讨论中绝大多数省、区的代表都赞成，唯独上海代表黄涛一人反对。他说：我认为，加强经济管理的十条，实质上是修正主义的十条！是路线回潮的产物，是翻案的十条，算账的十条，是整造反派的十条！是偏离大方向的，要把轰轰烈烈的群众运动引向何处？值得深思！他将这十条称为“十条王法”。会后，黄涛又密报张春桥。张看后说：他们搞二十八比一，压上海。我已经找他们谈了，这样搞是不行的，这是反革命修正主义路线的兴风作浪么！上海是压不垮的，我们是光荣的孤立。张春桥强令将《十条》收回。黄涛得意扬扬：“春桥一个指示，赶走了寒气，迎来了暖流。”[①]在这次会

---

① 1976年12月20日工交系统揭发批判“四人帮”罪行大会，市革委会工交组李家骝发言。

上，黄涛的两次发言，都送给张春桥审阅，张春桥都做了修改和批示。姚文元亲自写信给黄涛。王洪文更是登门拜访，在黄涛房间吃酒、密谈。以后，黄涛更加死心塌地投靠张春桥、王洪文、姚文元。①

1973年十大召开前，王洪文、张春桥打着中央旗号，要上海准备150个干部。要把黄涛塞进中央委员会，由于周总理坚决反对，才未能成功。②

1974年2月10日，江青抓住了美国公司送给中国电视考察团的礼物玻璃蜗牛，制造"蜗牛事件"，轰动一时。黄涛紧跟制造事端。4月，国家计委在北京召开全国十五省、市抓革命促生产会议，黄涛抓住交通部进口大平板拖车的问题，在会上说：进口就是洋奴。我们上海能生产，为什么要进口？我看外贸部门就有李鸿章似的人物——洋奴！买办！汉奸！卖国贼！后来，交通部经办此事的干部以个人名义给上海写了一份备忘录，说明"为适应我国重要工程建设需要，曾两次函请上海生产大拖车，被上海拒绝之后，才转而进口的"。黄涛恼羞成怒，写了《备忘录的备忘录》，抄报王洪文。王洪文批语：我赞成春桥的看法：他们买了那么多洋破烂，不知洛克希德公司给了多少回扣？要彻底追查！

就在这次会议期间，黄涛在前门饭店宴请王洪文，邀金祖敏等人作陪，黄涛举杯，第一句话是："Long live Wang！"（王万岁！）在黄涛导演下，上海代表列队鱼贯进入向王洪文敬茅台酒。散场时，上海代表又站班欢送，送到电梯门口，由黄涛一人恭送下楼，再送上车。一切都是黄涛精心安排。③

1976年6月，国务院召开全国计划座谈会，原定两个议程：一是批条条专政；二是安排下半年工农业生产，会期原定十天。会议商讨议程时，黄涛突然袭击，叫嚷要揭去年国务院经济工作务虚会和计划会议的盖子，把这两个会诬蔑为右倾翻案风的风源，他说："你们过去开会可以二三个月，为什么现在搞路线斗争，你们就等着散会，走过场。"④黄涛向上海其他代表递眼色，要他们也发言，企图扭转会议方向。

黄涛敢这样做，是因会前得到王洪文的指示，黄涛会前准备了20多份材料。其实，1975年的务虚会是从6月16日到8月11日开过13次，讨论如

---

① 1976年12月20日工交系统揭发批判"四人帮"罪行大会，市革委会工交组李家骝发言。

② 1976年11月18日在上海区县局党员干部批判"四人帮"、马天水、徐景贤、王洪文大会上组织组同志发言。王守家出差上海工作笔记。

③ 1976年12月20日工交系统揭发批判"四人帮"罪行大会，市革委会工交组李家骝发言。

④ 1976年11月26日传达谷牧讲话，见王守家上海出差工作日记。

何把国民经济搞上去。会议由李先念、华国锋主持,实际工作是谷牧做的,邓小平副总理一次也没参加过。[①] 黄涛查风源,就是查华国锋和李先念,将矛头指向国务院,指向国务院现任领导。

会议期间,王洪文亲自出马,多次到会上下达任务。黄涛四处串连,要求各省、市、国务院各部的一些人一起向国务院领导进攻,重点是国家计委。黄涛向王洪文汇报谷牧副总理发言很不像话。王洪文说好不了,一批邓就批到他们头上了。

东北组辽宁省委书记杨春甫暗中勾结上海,他和黄涛谈话,自知是见不得人的秘密勾当,都是在晚饭后在京西宾馆大院进行。[②] 院内灯光昏暗,避人耳目。杨春甫得到赏识,按捺不住,在东北组会上遥相呼应:"我完全赞成上海代表的发言,我看计划会议是复辟的高峰,问题出在国务院务虚会,有前台表演的,也有幕后操纵的,这次都得亮个底!"

在会下,黄涛找了16个省市领导、一机部等部委的人,但是响应者甚少。没办法,他要上海代表攻财政部,攻物资部(当时没有物资部,原文如此)。[③] 这时有个把人,看出南北夹攻来势凶猛,也跟着在会上发言起哄。

在京西宾馆华东组的会上,当着谷牧副总理的面,黄涛摆出正确路线代表的架势,提出一连串的责问:"去年经济工作务虚会究竟务的是什么虚?务的是哪个阶级的虚?搞的是哪个阶级的政治?"你们"名曰规划国民经济,实为策划右倾翻案,经济领域右倾翻案风的'风源'盖出于此!""你们是有组织、有计划、有行动纲领的,不交代清楚是不行的,'风源'何在?总后台是谁?什么目的?"[④]锋芒毕露,咄咄逼人,会议气氛顿时非常紧张。

当天晚上,黄涛电话向马天水报告,说:京西宾馆的斗争很激烈,火药味很浓,辽宁、冶金部也都联合起来向他们开炮了,形势朝有利于我们的方向发展。

他们扬言,不揭开这个盖子就不能散会。会后,谷牧报告华国锋。

7月24日,华国锋召开政治局会议。王洪文、张春桥为黄涛,也是为他们自己的行径辩护,遭到了华主席的严厉驳斥。[⑤] 张春桥连夜打电话给黄

---

① 谷牧:《谷牧回忆录》,第274页,中央文献出版社,2009年第1版。

② 1977年1月15日黄涛检查,见王守家上海出差工作日记。

③ 1977年1月15日黄涛检查,见王守家上海出差工作日记。

④ 1977年1月15日黄涛检查,见王守家上海出差工作日记。

⑤ 1976年11月26日传达谷牧讲话,见王守家上海出差工作日记。

涛,要他把发言稿中右倾翻案风的风源盖出于国务院务虚会及总后台是谁等句统统删掉。王洪文也打电话说:你的报告有两处修改,一是风源问题,关于务虚会的内容都拉掉;二是追后台少数人问题要修改。黄涛这才收敛。会议正常进行,安排下半年工农业生产。

陈阿大,是上海工交组副组长,原是良工阀门厂的翻砂工,一个出了名的地痞流氓,有一套跑码头、闯江湖的本事,常常信口开河,不懂装懂。他文化低,又不爱学习,讲话粗俗,闹出不少笑话。他打砸抢抓抄,样样皆通;论交情,讲义气,死保王洪文,人称"造反阿大"。王洪文、马天水称他是"上海工人阶级的优秀代表",1967 年就当上上海市工交组负责人。九大前,张春桥说:"我们现在造反派队伍中党员太少,假如不在老'造反'中发展党员。以后长期掌权是掌不牢的。"为此,张春桥、姚文元、王洪文、徐景贤特地到陈阿大工作的良工阀门厂召开整学建党座谈会,强调从造反派中发展新党员。因"文革"以来停止了党的组织生活,不能发展党员。张春桥、姚文元就向中央写了《关于吸收新鲜力量入党》,经批准后,就指示良工阀门厂成立厂核心小组。王洪文在良工阀门厂的会上说:"像你们这里陈阿大那样的,他在'一月革命'夺权当中功劳大,完全可以入党。"①要立即发展陈阿大入党。黄涛亲找陈阿大谈话,启发他的入党要求。但是,陈阿大却将组织部门给他的入党志愿书一直放在自己抽屉里,没有上交。他入党的手续是不完整的。在张春桥的授意下,陈阿大当上九大代表。② 从此平步青云,列席上海市委常委、市总工会常委、四届全国人大常委,一身三常委。

阿大得道,猫狗升天。其弟弟陈阿二,当上邮电部上海供应处党委副书记,人称"流氓书记"。陈阿大的老婆,入党做官,闹了个厂党委副书记,人称"泼妇书记"。陈阿大的小舅子,当上公司党委副书记,人称"霸王书记"。有人把大字报当作春联贴在他家大门上,上联是:一女二男三书记;下联是:泼妇流氓小霸王;横批:结帮营私。

一次陈阿大做报告,将"巧干"念成"二十三干",他还解释一番:大干、苦干加二十三干。这是什么意思呢?你们猜猜!这二十三干就是拿出十二分的干劲还是不够的,还要翻一番!应当使出二十四分干劲,那又为什么叫二十三干呢?这就是留有一分余地的精神,领导艺术么!……

---

① 徐景贤:《文革名人:徐景贤最后的回忆》,第 198 页,星克乐出版社,2013 年。

② 徐景贤:《文革名人:徐景贤最后的回忆》,第 199 页,星克乐出版社,2013 年。

有一次，在上海大厦召开推广江青设计的“国服”开襟领连衫裙的座谈会。他即席发言，说：连衫裙是新生事物，就有无限生命力！拥护还是反对、压制还是倡导连衫裙，是两条路线斗争的反映，是思想路线问题！感情问题！态度问题！这种开襟领连衫裙集中了唐宋元明清古代服装的优良传统，要提到反对资本主义复辟的高度来认识，是古为今用的典范，又是洋为中用的典范。说到这里，他叫上海服装公司送来三套连衫裙。妇联主任汪湘君①穿一套浅色的当众亮相。陈阿大捡一件深色的接着说：告诉你们说吧，连衫裙是有来头的，是路线斗争的产物，推广也得推，推不广也得推！这是革命形势发展的需要，这是巩固无产阶级专政的需要，谁敢反对？有种的把手举起来！

陈阿大在办公室经常“三打一踢”，三打，即打乒乓、打扑克、打人。打乒乓球的对手常因赢球而被甩过来的球拍砍伤面孔。至于打扑克输了被他擂上三拳两掌、弄得鼻青脸肿的也大有人在。市革委会的警卫战士因为验看他的证件被打了耳光，说：“这就是老子的证件！”

一踢，即踢足球。一次曹大澄到工交组副组长的办公室，见门敞开着，一个人背朝外弓着腰堵在办公室门口，忽听有人喊叫：“当心，来喽！”只见那个人一个鱼跃扑上去，接住了飞来的足球。里边一个四肢发达的矮胖子，正拉开架势准备再射门，地上是碰碎的茶杯，打翻的墨水瓶，散落的文件，墙上布满了球印，而那位战战兢兢的守门员，正聚精会神地死盯着他的脚。过了一刻，趁着暂停的间隙，曹大澄走过去说明来意，守门员自称是钱秘书，他苦笑着说：“你到会客室稍候一刻。”

门开了，那个矮胖子走进会客室，傲慢地摆摆手，粗声粗气地说：“我是阿大，欢迎。”自己坐在正中的沙发上，点支烟狠吸了几口，跷起二郎腿喷出一串白圈圈，得意地抖动着脚尖。

曹大澄表示希望他介绍一下上海工交战线抓革命、促生产的经验。

---

① 汪湘君，女，汉族，1938年生，浙江绍兴人，初中，1956年6月参加工作，1956年9月至1965年9月为上海纺织机配件五厂工人。1965年9月至1968年为上海停经片厂工人。1967年起任厂造反队队委。1968年至1970年3月为上海市“工总司”组织组负责人。1970年1月加入中国共产党，1970年3月至1972年11月为上海市“工总司”负责人、上海市革命委员会委员。1972年11月至1973年8月任上海市革命委员会常委、上海市总工会常委。1973年8月中共第十届中央候补委员，任上海市革命委员会常委、上海市妇联主任。1976年10月被撤销职务，开除党籍。1976年10月至1986年7月在上海市监狱关押、服刑（其间：1979年9月至1983年2月在沪东纺织机械制造厂劳动）。1986年8月至1991年8月为上海停经片厂工人。

陈阿大说：光讲干劲，不讲路线是不对的！工作上辛辛苦苦，路线上必然是糊里糊涂，只要路线正确，一吨钢不产，一吨煤不出，也要开庆祝大会；路线不正确，出一亿吨钢也要变修。你们来学习经验，首先要从路线学起么。我讲经验也从路线讲起。

说着，陈阿大掰起指头，说要讲的十个问题。他说：先讲我们的革命历史，忘记过去就是背叛么。啥个叫革命？革命就是造反么，就是反潮流么，就跟走资派对着干。想当年，洪文带领弟兄哥儿们北上控告，火车到安亭站受阻。春桥来处理“安亭事件”，他说：你们是革命行动，你们是上海工人优秀分子，是工人阶级未来的领导力量，我是满腔热忱支持你们的。从此，“工总司”的山头就拉起来了，王洪文当司令，潘国平当副司令，阿拉排行老三，还有叶昌明。潘国平勾结“二兵团”的头头耿金章、唐福克，妄图推翻王司令。洪文大哥一看不妙，急忙来了个上海全市各群众组织的大联合，协商成立“上海人民公社”。

讲到这里，陈阿大眉飞色舞，他说：春桥考虑到队伍里面除了洪文没有党员，需要充实加强领导班子，才把上棉三十厂的技术员、“文革”主任王秀珍提上来做个小头头，拉来徐汇区联络站的金祖敏负责组织工作。至于我本人，原来是群众，以后春桥叫我当“九大”代表，才临时补办手续当上中共党员的。

陈阿大接着说：黄金海①更是个名人。那年 8 月，打“联司”②，洪文被困在地下室，敌人带着武器冲破二道防线。在这危急关头，只见几个人民警察像天神下凡似的出现在战场，隔开交战双方，出示逮捕证，把洪文和一帮指战员抓进囚车开走，转移到安全地带以后，这个警察才把制服一脱，眼镜一摘，露出本相，是黄金海！洪文大哥也够朋友，给他入了党，封为上海市委列席常委、人大代表、市革委财贸组长。

---

① 黄金海，1935 年生，江苏镇江人，上海第 31 厂工人。1968 年起任工宣队六办（财贸组）负责人、加入共产党、上海市革委会常委、市总工会常委。

② “联司”，1967 年年初上海柴油机厂（上柴厂）成立了两大造反组织，一是“上海柴油机厂工人革命联合司令部”（简称联司），一是“上海柴油机厂东方红兵团”（简称东方红）。东方红挂靠“工总司”后得到王洪文的支持。联司走向社会，得到不满“工总司”横行霸道的各种势力和不满“一月夺权”的人的支持。这些组织成立“上海市革命造反支持上柴厂联司联络总站”（简称支联站），形成否定王洪文“工总司”的潮流。1967 年 8 月 4 日，王洪文在张春桥的支持下，调动 10 万造反派、近千车辆、20 余只船进攻上海柴油机厂。这是上海一次特大的打、砸、抢活动，造成工厂停产两个月，死亡 1 人，关押、伤残 650 人，其中有 11 人被关押 3 年之久。

还有叶昌明，原是合成纤维研究所化验员。这家伙精明强干，听说一件谋杀人命的案件有他的嫌疑，春桥亲自出面拉扯他一把，搞了个调查组，七调八查，大事化小，小事化了，叶昌明就入了党，当了上海市总工会副主任、市委列席常委。

讲上海革命历史，总得要讲女同志，半边天么，汪湘君在女同志中是少有的，吸烟、喝酒样样在行，大小场面都拿得起。洪文安排她当“十大”候补中委、市妇联主任、市委列席常委。

还有能说会写的戴立清①，绰号叫溜子，以前是个投机倒把的小商贩，参加造反，现在是后方基地党委书记。洪文当年保镖马振龙②当了轻工业局党委副书记，什么手表、自行车、打火机、饼干、罐头都给洪文往京城送。另一个小保镖廖祖康③，当今是洪文的大秘书，常驻上海的太上皇。祝家耀搞了一段专案，效忠洪文，先当上机关事务管理局党委副书记，后成为“十大”中央委员，眼下是公安部负责人之一。

上海革命领袖之中，我们这一帮是武的，还有一帮是文的，那就是春桥为首的啰。春桥有春桥的思想。还有文元。往下数是徐老三，市委书记徐景贤。江青亲自给徐老三照过标准相。他们手下有朱永嘉④、王知常⑤、何秀

---

① 戴立清，1938年生，山东郯城人，上海标准件厂临时工，1968年起任工宣队三办（科技组）负责人、加入共产党、中共上海后方基地委员会副书记，市总工会常委。

② 马振龙，1940年生，江苏泰兴人，上海搪瓷机修厂工人，“文革”后任上海市革委会委员、市总工会常委、加入共产党、中共上海市轻工局委员会副书记。

③ 廖祖康，上棉十七厂技校里的学生，1966年18岁。王洪文受围攻时，他带着技校红卫兵解救王洪文。

④ 朱永嘉，1931年生，江苏无锡人。1948年，上海清心中学学生参加革命活动，1949年3月加入中国共产党。1950年考入复旦大学历史系，任校学生会主席。1952年提前毕业留校，任系总支委员。1964年借调到中共中央华东局《内刊》、中共上海市委写作班历史组，任历史组组长，为姚文元写《评新编历史剧〈海瑞罢官〉》一文提供资料。1966年12月造反，1967年起先后担任上海市革命委员会常委、复旦大学革命委员会常委。1967年3月，任上海市革命委员会专题写作组负责人、1968年后参与组建并领导《红旗》杂志上海组稿组、中共上海市委写作组。1975年四届人大常委。1982年被判处有期徒刑14年。1988年保外就医回家，写史论、时评文章。

⑤ 王知常（1931－2014）1949年高三学生，参军，在南京军区政治部宣传部工作，加入共产党，中尉军衔。1957年考入复旦大学历史系。毕业后，留校为近代史教研组教师。被借调到中共中央华东局《内刊》和中共上海市委写作班历史组工作。1967年3月，任上海市革命委员会专题写作组的二把手，1968年后《红旗》杂志上海组稿组、中共上海市委写作组的二把手。1983年被判处有期徒刑12年。1988年保外就医回家，写史论、时评文章。

文、萧木[①]。这一文一武团结就是力量。但是，他妈的，有人说我们是青洪帮！

陈阿大拳头一挥，蹭的一家伙跳起来，太阳穴的青筋绷出来，吼叫：这是他妈的政治谣言，恶毒攻击么！政治谣言要追查的，恶毒攻击中央领导！阿大我哪一点像青洪帮流氓老头子？杜月笙有那么多小老婆，我有吗？杜月笙在上海倒运鸦片烟土、海洛因，我倒卖过吗？他开妓院、开赌场，我开过吗？

天下是我们打下来的，当然由我们坐天下啰！当然，得培养、重用我们自己的人马，洪文说林彪都能培养出周宇驰、于新野那样的人，我们为什么不能培养我们自己的人呢？

陈阿大谈兴大发，说完第一个问题，又谈第二个问题，阶级斗争和路线斗争问题：目前现实的阶级斗争重点是什么？就是批邓。怎么批？批谁？春桥、文元事先跟上海市委打过招呼。上海有春桥、文元直接领导，我们是幸福的……资产阶级民主派转化成走资派，这是最危险的敌人，实际上是敌我矛盾！

第三个问题，就是上海抓革命、促生产的经验。政治挂帅就得抓大批判！工人阶级是岗位的主人，不是岗位的奴隶。火车晚点也没关系，我们宁可要无产阶级的晚点，也不要资产阶级的正点！

再讲第四，突出政治问题。突击入党，突击提干，突出政治，都得要“突”字领先。突出政治是怎么个突法呢？就是靠嘴巴讲话，一天到晚，政治不离口，大批判不离手，帽子随身有。我是经常做大报告的，我可以一口气讲三个钟头。

曹大澄问他当前上海工交战线的生产任务完成情况，财政收支情况，节约煤炭、电力的数字。他说：我抓政治，不抓数字。

问他怎样依靠群众加强企业管理。

他说：企业管理无非是三讲，讲路线，就是无产阶级革命路线；讲领导权，就是造反派掌权；讲相互关系么，就是上海要听洪文为首中央四首长的。我们要搞一个没有规章制度的工厂，机床一转就有管理。你们中央各部的

---

① 萧木，铁路工人，作家，《支部生活》主任编辑。1966 年底到徐景贤领导的市委机关联络站，1967 年起任上海市革命委员会专题写作组、《红旗》杂志上海组稿组和中共上海市委写作组的负责人。1973 年 5 月到北京任王洪文秘书。1983 年被判刑。出狱后从事写作。

干部思想不整整是不行的呀……[1]

陈阿大谈的组织路线问题，确使人感到他们真是一伙青洪帮，凡是为帮派打天下立过汗马功劳的都论功行赏，封官晋爵，打手走马上任，文痞窃据要职。为帮派文攻武卫、打砸抢抄，摇唇鼓舌，舞文弄墨，表忠心，偷鸡摸狗之辈为非作歹，鱼肉人民，这不是三四十年代的青洪帮又是什么呢？

曹大澄想：这些流氓阿飞得知他们的首长“四人帮”被抓起来，一定会负隅顽抗。流氓是什么事都能干出来的。

“四人帮”上海余党打探北京消息，策划武装暴乱，派人监视八人小组

9 日 8 点 32 分，飞机降落在上海虹桥机场。[2] 大厅空荡荡的，到处不见接站人。大家都感到意外。王守家当即给工交组值班室单永志挂电话，告诉他：“我们八人已经到上海虹桥机场，怎么没人来接站？”

单永志说：“已经写电话记录，报告工交组组长陈阿大了，他至今还没批下来。”

王守家反问：“难道安排住宿还要批准吗？”

单永志在电话里支支吾吾，说：“上海的旅馆全都满了，没地方住了。”

王守家说：“我们已经到上海了，我们不能回北京了。实在没地方，就住在你们办公室吧！”这时机场一值班员在旁插话：“最近根本没有什么人来上海，旅馆怎么可能都住满了呢？”

单永志又说：“机场有车子吧？”他还是想将徐良图一行拒之门外。

王守家斩钉截铁地说：“你们必须来接我们。”

单永志说等我再联系一下。过了一个多小时，单永志来电话，说火车站附近可能还有旅馆，等我联系一下。又过了一个半小时，单来电话说：“真是对不起，一会儿，我们范处长去机场接你们。”

单永志所说的范处长，是上海市革委会工交组下属的生产组负责人之一。生产组是工交组最重要的单位。范处长于 1975 年 9 月入党，10 月即当了副组长。一月夺权后，原有的组织系统全被打乱，名称也发生变化。因为

---

① 曹大澄回忆。

② 王守家出差上海工作笔记。

中央文革小组权倾一时，各地纷纷效仿，将重要机构都称“小组”，一时间遍地是“小组”。小组里套着小组。外人都难以搞清楚他们之间是谁领导谁。上海称工交组。单永志是沿用“文革”前的称呼称范为处长。为了叙述方便笔者也沿用这个称呼。

徐良图一行又在机场等了很长时间，范处长坐一辆小面包车来了，一见面，都是熟人，忙说：“真是对不起，值班员没有交接好，让你们久等了。”

大家上车后，范处长第一句话就问：“春桥同志好吧？”

大家不动声色，回答：“都很好。”

从机场到市区的路上，街上写着大标语“按既定方针办”。路口设了哨卡，实枪荷弹的民兵检查过往的行人。大家顿时感到形势不同一般，上海呈现一种大战前的紧张气氛，犹如箭在弦上，一触即发。

面包车把大家拉到距离锦江饭店不远的一座三层小楼，范说：“工交组领导都出去开会了，现在我来安排一下，暂时先住在这里吧！”

上海对八人小组的到来的确深有疑虑。范处长所说“工交组领导都出去开会了”，其实就是继续开10月8日徐景贤、王秀珍的研究武装叛乱的会。

10月7日晨，中办秘书局局长周启才电话通知马天水、周纯麟到北京来开会。行前马天水和徐景贤、王秀珍商议，感到中央这次不同，开会通知的程序不同寻常，过去是中办通知上海市委，由上海市委通知警备区周纯麟司令。这次不同，却是中办直接通知周纯麟。

徐景贤感到突然。因为9月21日他在北京见到张春桥、王洪文两人时，问过近期有什么会议，他们都说没有。9月28日王洪文的秘书萧木来沪给市委常委传达张春桥的话时，也说没有会议安排。7日中午，马天水临走前商定，马到京后两小时内来电话报平安。但是，马天水一上飞机，如泥牛入海，没有消息。

到晚上9点30分，王秀珍找来正在上海办事的金祖敏秘书缪文金，通过京西宾馆的熟人电话找到马天水的秘书房佐庭，那边说尚在待命。会议有上海、江苏、山东、湖北，还有南京军区、济南军区、武汉军区等参加。王秀珍问：马老好吗？房佐庭说：马老有点感冒，现在正在洗澡。

马天水被称为“马老”，因他资格老，1931年入党，1956年提升为上海市委书记，分管工业。1966年11月，马到北京参加全国工交会议，向中央文革小组副组长张春桥求救，经张的指点下站到造反派一边。张春桥领导的一月夺权，将华东局、上海市委负责人都打倒了，但要有一个懂工业的副主任，便“结合”了马天水。1968年马天水担任上海革委会的副主任，1969年九大当上中央候补委员，1972年取代王少庸主持上海全面工作，1973年十大当上中央委员。徐景贤外号徐老三，因为他的地位在上海，排在张春桥、姚文元之后第三位，马天水还是经他手解放的。张春桥要稳定上海，将马天水摆在徐老三前面，并专门给他写信，要他尊敬“马老”。张春桥一再叮嘱王秀珍、徐景贤这些造反派要尊重马天水，称马天水为“马老”。这个称呼传到周恩来的耳朵里，1970年周总理当面问他：“你几岁呀，人们都叫你马老？”马天水说：“我虚龄58岁。”周总理哈哈大笑：“那你比我小好几岁呀，怎么称马老呢？”马天水满脸通红。[①] 那时，人们习惯称郭沫若为“郭老”。郭沫若是全国著名的学者，比周恩来大6岁，才被称为“老”。马天水在上海被尊为“老”，可见地位不一般。

又等了1个多小时，还是没有消息，徐景贤便给文化部部长于会泳[②]打电话。于会泳说他本来率团出国演出《红色娘子军》的，中办突然通知他不出国了。徐景贤觉得一定出了大事，因为毛主席逝世时有些代表团还照常出国的。随后，徐景贤又给卫生部部长刘湘屏打电话，刘湘屏说：没有发现异常。

徐景贤终于收到了马天水的电话。徐景贤急切问：“北京怎么样？”马回答：“很好，很好。”声音、语气正常。说完就放下了电话。事实是中央政治局召集的打招呼会刚结束，华国锋特意派中办秘书局局长周启才送马天水回来。此时马天水已知道“四人帮”被抓，但他当着周启才的面不敢造次。[③]

徐景贤、王秀珍在惶恐中度过了10月7日，[④]他们直等听到马天水亲口

---

① 司马东去：《浩劫上海滩——一个中央工作组成员的耳闻目睹》，第65页，中央党校出版社，1999年。

② 于会泳(1926—1977)山东省乳山人。1946年任胶东文化协会文工团副队长。1949年8月，到上海中央音乐学院华东分院专修班学习，同年11月加入中国共产党。1950年9月毕业留校，任中央音乐学院华东分院音乐工作团创作组组长、上海民族音乐系理论专业教员兼理论教研组负责人、民乐理论系副主任。1967年任中央文革小组成员，1969年4月，作为上海代表出席了中共第九次全国代表大会，并被选为大会主席团成员。1970年任国务院文化组成员。1973年8月当选为中共十届中央委员，1974年任国务院文化小组副组长，1975年任国务院文化部部长、党的核心组组长。1977年8月28日在隔离审查期间服毒自杀身亡。1977年9月，被撤销党内外一切职务，开除党籍。

③ 2003年12月19日采访周启才。

④ 以上内容见徐景贤1976年10月31日交代，《关于“四人帮”反革命集团重要骨干马天水、徐景贤、王秀珍等人罪证材料之六》，第144—145页。

说“很好，很好”，才回去睡觉。

8日上午，王秀珍去找同住一个院的张春桥老婆李文静。“文化大革命”后，李文静先后在市委机关革命造反联络站材料组（后改名为上海市革委会材料组、专案办）工作，她没有职务，实际上是这些组的负责人。1973年张春桥与李文静离婚，但是没有让她搬家，仍住在康平路市委院内。李文静讲：儿子原定8号去北京，昨晚我打了一夜电话也没打通，不知出了什么事情。

王秀珍用保密机挂钓鱼台找王洪文，想问个究竟，王洪文不接电话。连王洪文的秘书、护士、警卫也都不接电话。王秀珍犯了嘀咕，将徐景贤、冯国柱、张敬标找到康平路小礼堂商量。他们又让王洪文在上海的秘书廖祖康、萧木，张春桥的秘书何秀文分头再给王洪文、张春桥挂电话，也无人接听。为什么都不接电话呢？

他们又分头给北京姚文元的秘书、姚的老婆，钓鱼台王洪文的秘书、警卫员、司机、服务员等打电话，又给紫光阁打电话。王洪文的秘书廖祖康甚至给八三四一部队值班科、总政的一个熟人打电话，徐景贤给迟群打电话，都不通。

徐景贤终于拨通了《人民日报》负责人鲁瑛的电话，不料鲁瑛神态反常，旁若无人嘟嘟囔囔说的话也不知道是什么意思。

最后，张敬标终于给马天水秘书房佐庭打通了电话。房秘书慑于党中央的威力、慑于纪律不敢据实以告，说：“我的老胃病复发，你们以后少来电话。会议不准往外打电话。”廖祖康一把抢过电话，房秘书还是说这个话。为了搞清楚这句话的真假，派张敬标的秘书找房秘书的家属核实，才知“房根本没有胃病”。①

这让他们越发不安。

徐景贤又给浙江省委一位副书记和福建省委常委陈佳忠打电话。王秀珍给辽宁省委书记魏秉奎打电话，要魏秉奎给毛远新打电话摸底。② 一天之内，上海市委徐景贤、王秀珍，大小秘书共打出了二十多个电话，都没有摸到一点准确消息。③

这时，收到警备区作战处的电话记录说，军委首长指示，部队战备工作

---

① 1976年11月4日徐景贤检查材料。

② 1976年11月4日徐景贤检查材料。

③ 曹大澄的回忆。

转入正常后，发现有的单位有些松懈，请检查一下。战备工作不能放松，仍应提高警惕，注意敌情，边防（沿海）防止内遣外逃。上海警备区作战处通知：总政首长指示，在上海召开的全军图书工作现场会不开了。

徐景贤、王秀珍、冯国柱、王少庸、张敬标、上海市委写作组负责人朱永嘉、王洪文秘书萧木、廖祖康等人在康平路小礼堂看了电报，议论纷纷：一级战备刚撤销，为什么又要加强战备，而且要防止"内遣外逃"？房秘书说"老胃病复发"，是不是指老帅或某些军区的负责人动手了？

徐景贤判断说：种种迹象表明中央出了事情，极有可能发生了军事政变。一个是老帅闹事，一个是邓小平上台。[①] 我们大家要有思想准备，春桥早已告诫我们，上海要准备打仗，打大仗。

空气陡然紧张起来。

王秀珍把金祖敏的秘书缪文金找来，他下午要随一架专机到北京。王秀珍交待说：你到北京后，到京西宾馆马天水的秘书那里去摸摸情况，赶快打电话给我。她还交代联络的暗号是：如一般情况就说肚子痛，情况严重就说胃痛，最严重的情况就说心肌梗塞。[②]

王秀珍提出下午要找民兵负责人，王少庸提出要找公安局负责人。徐景贤提出下午要找报社、电台等新闻单位的负责人召集起来打招呼。

午饭后休息片刻，徐景贤从家中书柜里拿出给张春桥、姚文元的三封信的底稿烧了。随后和王秀珍给公安、民兵的负责人及部队的两个负责人部队打了招呼。王秀珍说：一级战备撤销后，发现有些单位战备松懈，我们要提高警惕，要加强战备，防止敌人空飘、海飘，防止国内外阶级敌人的突然袭击。要他们回去抓紧部署战备。他们有意将"边防（沿海）防止内遣外逃"，改为"防止敌人空飘、海飘"。

徐景贤找新闻单位的负责人打招呼时，他先介绍情况说：中央台通知停

---

① 王秀珍1979年3月20日的交代。《关于"四人帮"反革命集团重要骨干马天水、徐景贤、王秀珍等人罪证材料之六》，第147页。

② 1976年11月6日王秀珍的检查材料。

播两首歌曲《毛主席永远活在我们心中》和《永远按既定方针办》[1]。于会泳突然不出国了。和《人民日报》的鲁瑛通电话时十分反常。在京的三位领导都联系不上，又来了“老胃病发作”的暗示，可能出问题了。然后，他说：苏修入侵捷克时，捷克国家广播电台只听一个负责人贝利康的指挥，坚持广播了一天的抗议声明，根本不听苏军的。我布置新闻单位加强保卫，准备调民兵去保卫。你们发表什么东西，都要告诉市委。[2]

他的话暗示中央如发布揭露“四人帮”的消息，上海不能随便刊登，要向他报告。最后徐景贤说：“还是按毛主席的既定方针办。”[3]

8日下午5点多钟，徐景贤主持召开常委、列席常委会议，把他们对形势的判断向大家打了招呼。但因为对军队有怀疑，没有通知应该列席的空军和海军领导参加。[4]

晚上8点半，金祖敏的秘书按照约定，从北京打电话给上海警卫处政委康宁一，以暗号报告：“我娘心肌梗塞。”[5]大家都惊呆了。

关键时刻，上海市委警卫处政委康宁一[6]给公安部祝家耀秘书打电话，对方只讲了三句话：“人都集中了，锁起来了，不能动了。”徐景贤、王秀珍这下确认王洪文、张春桥、江青、姚文元真被“锁起来了”，决定立即召开上海市委常委扩大会议，商讨应变对策。

---

① 1976年4月30日，华国锋向毛主席汇报工作，讲到全国有几个省的问题时，毛主席亲笔写了三条指示，其中之一是“照过去方针办”。华国锋即时在政治局会议上传达。姚文元看了毛泽东的手迹，事后查在他笔记本中记的华的传达也是“按过去方针办”。但是9月9日毛泽东逝世的当天，姚文元即向《人民日报》的鲁瑛部署写“按既定方针办”的社论，并于9月16日《人民日报》社论《毛主席永远活在我们心中》中以黑体字发表。六个字错了3个字。他们企图在全国人民中造成一种印象，即华国锋为首的党中央隐瞒了毛主席的“临终嘱咐”，只有他们才是“临终嘱咐”的宣传者、捍卫者。10月2日，华国锋指出了他们的这个错误。

② 1976年11月4日徐景贤检查材料。

③ 1976年11月4日徐景贤检查材料。

④ 徐景贤1976年10月31日的交代，《关于“四人帮”反革命集团重要骨干马天水、徐景贤、王秀珍等人罪证材料之六》，第173页。

⑤ 1976年11月4日徐景贤检查材料。

⑥ 康宁一：上海警备区干部，1967年1月以解放军支左代表身份进驻工总司，后担任上海市革委会警备处负责人。

晚10时左右，文化部副部长刘庆棠[①]也打来电话："马老不接电话。我们都病了，有病情。"王洪文的秘书萧木惊叫起来，"不好了，对文化部动手了。下一步要抓我们了。"徐景贤举着双手做着手势，说："从此以后，谁也不准往外打电话了。"[②]

上海市委写作组负责人朱永嘉提出："我看这次是华国锋、汪东兴两个结合，其他人搞不起来。"

王洪文的秘书廖祖康说："8341这支部队是很厉害的，听汪主任的，没有汪主任指挥，一下子要搞掉四个人不容易。"

朱永嘉平时沉稳寡言，讲话轻声细语，这时一反常态："他们先抓人，然后宣布一个决定，说几个人反党。困兽犹斗，我们要干，拉出民兵来，打一个礼拜不行，打五天三天也好，让全世界都知道，就像巴黎公社那样。各地可能会有反应，可以发告全市人民书、告全国人民书，还可发一点有针对性的语录。或者赫鲁晓夫如何上台的材料等。"[③]

这时，大家都害怕当天晚上被一网打尽，议论要分两个点，撤出康平路机关，决定徐景贤、王少庸，上海市委常委、上海警备区党委常委、警备区副司令张宜爱[④]，警备区师长、党委副书记李仁斋和徐景贤的秘书张家龙等转移到"一号点"丁香花园；王秀珍、冯国柱，警备区副司令杨新亚，警备区常

---

① 刘庆棠1932年生，辽宁盖县人。1946年，进中共辽东省委创办的白山艺术学校学习舞蹈。1954年，进北京舞蹈学校学习芭蕾舞。1959年首演《天鹅湖》中的王子。任中央歌剧舞剧院芭蕾舞剧团演员、演员队副队长。后加入中国共产党。"文革"造反，任中央芭蕾舞剧团革委会中共核心小组副组长、中共中央芭蕾舞剧团党委书记。中共十大主席团成员、第四届全国人大主席团成员、文化部副部长。1976年10月后被隔离审查，并被开除党籍。1983年11月2日，被北京市中级人民法院以积极参加反革命集团罪、反革命宣传煽动罪和诬告陷害罪判处有期徒刑17年，剥夺政治权利4年。

② 徐景贤：《十年一梦》，第418页，时代国际有限公司，2003年。

③ 朱永嘉1976年12月14日供词。《关于"四人帮"反革命集团重要骨干马天水、徐景贤、王秀珍等人罪证材料之六》，第147页。

④ 张宜爱（1913—　）安徽六安人，1931年参加中国工农红军，历任红四方面军分队长、大队长、副团长等职，华东野战军参谋长、师长、海军舟山基地司令员，1961年后历任上海警备区参谋长、副司令。1961年晋升少将军衔，1971年1月任上海市委常委、市革委会常委。后因参与"四人帮"在上海阴谋活动，受到开除党籍和行政降级处分。

委、第二副政委李彬山[①]及廖祖康等到民兵指挥部。张敬标留守市委(康平路),观察动静。

徐景贤起草了上海进入临战状态的命令:

请民兵指挥部加强战备,二千五百人集中,三万一千民兵待命(即晚上集中值班)。请民兵指挥部立即派人加强对电台、报社的保卫。

写好第一号命令,徐景贤当面交给王秀珍,按命令行事。分手时说定,大家做好准备,最后听徐、王指挥。[②]

朱永嘉离开康平路后,到了《文汇报》社、《解放日报》社和电台。问如果市委决定只发上海的消息,不发中央的(消息)行不行?这些单位的负责人因为都参加了下午徐景贤的打招呼会,均表态同意。然后,朱永嘉回到康平路141号、147号写作组,要王知常负责收集语录和赫鲁晓夫如何上台的材料。[③]

半夜零点,中央电台广播中央的两项决定:出版《毛泽东选集》第五卷和建立毛主席纪念堂。坐汽车到丁香花园的路上,徐景贤对王少庸说:"发这两个决定的做法很坏,他们捞了稻草,看来是个阴谋!"[④]

当晚11点3刻左右,王秀珍、冯国柱、廖祖康来到民兵指挥部领导小组副组长施尚英[⑤]的办公室,听施尚英的汇报,让施看了徐景贤的手令。并召集当年造反的小兄弟叶昌明、陈阿大、黄金海、马振龙、王明龙、施尚英、钟定栋[⑥]、汪湘君等人来开会。

---

① 李彬山(1912年—1995),湖南平江人。1929年加入共青团,1935年转入中国共产党。1936年参加红军,后调任湘鄂赣军区政治部破坏部长,组织部代部长,游击队政委,新四军第一支队一团连政治指导员,营政治教导员,团政治处主任,苏北盐城总队副总队长,新四军独立团团长,新四军6师51团政治委员,苏浙军区第三纵队九支队政治委员,苏中军区3旅9团政委,旅政治部主任,华东野战军第四纵队10师副政治委员,67师政委。第23军干部部副部长、部长。1952年入朝作战,任志愿军第23军干部部部长、政治部主任,第24军政治部主任。荣获朝鲜二级自由独立勋章。回国后任第24军副政治委员兼政治部主任,1955年被授予少将军衔。1966年任上海警备区第二副政治委员、副政治委员。"文化大革命"中犯有严重政治错误,被开除党籍。

② 1976年11月4日徐景贤检查材料。

③ 朱永嘉1976年12月14日供词,《关于"四人帮"反革命集团重要骨干马天水、徐景贤、王秀珍等人罪证材料之六》,第166—167页。

④ 1976年11月4日徐景贤检查材料。

⑤ 施尚英:江南造船厂的工人,"文革"中造反,1973年突击入党,历任江南造船厂革委会副主任、厂党委书记、市总工会常委,1974年2月调任上海市民兵指挥部领导小组副组长。

⑥ 钟定栋:上海市监委干部,"文革"初期造反,得到王洪文赏识,调任文攻武卫指挥部负责人。

王秀珍向他们说：中央出了大问题，感到不给你们工会的头头打个招呼不行，所以这么晚了把你们统统找来。她介绍情况后说："肯定出了问题，把'文化大革命'出来的中央领导都抓起来。我们要同他们干。这几天康平路不能蹲了，否则一网打尽。上海是一月风暴的发源地，我们跟'文化大革命'血肉相连，中央出了修正主义，我们要对着干，就是死了，也要教育后代，让全国知道。"①

王洪文秘书廖祖康煽动说：周司令到上海，可能指挥抓我们。他们把马天水关在北京。也可能叫我们去开会，然后把我们全部抓起来。他要施尚英拿出上海地图，边看边骂："上次就告诉你们了，一张像样的地图也没有，这种地图怎么好打仗？"并要施尚英他们马上研究提出具体作战方案。施尚英讲，是按国庆保卫工作具体方案准备的。廖祖康提出，如果外地军队来怎么办？他们以加强战备名义来，怎么对付？我们要随时掌握动向，采取措施。还说，铁路、码头、机场都要控制起来，要保证电信畅通。王秀珍同意，要廖祖康和冯国柱分头部署落实。

他们决定组织反革命武装暴乱的力量由原来民兵值班二三千人，准备增到一万多人，并根据打"联司"的经验，设立一线、二线（秘密指挥点），在指挥点设置电台。王秀珍对陈阿大、黄金海、叶昌明、马振龙等人说，你们打过"联司"，有经验，那时也分一线、二线的。如打起来，你们都分到各指挥点去一起抓。决定秘密指挥点设在江南造船厂，并设置了电台。马振龙还讲，轻工系统下属工厂仓库里有子弹，打起来可以用。②

徐景贤则率领王少庸、朱永嘉、张宜爱、李仁斋等宣传、军事参谋人员到华山路丁香花园一号指挥点坐镇指挥，负责抓总和舆论准备。

半夜 2 点，王洪文的秘书廖祖康从民兵指挥部用红机子打来电话，转达了王秀珍、冯国柱的意见。徐景贤在丁香花园又起草第二个命令：

> 电台由李仁斋同志告电台的连，注意警卫，听从刘象贤同志（电台台长）的指挥。三连由李仁斋同志通知一下，要听从市委的指挥。

徐景贤让秘书叫醒睡在隔壁的李仁斋，交给他去执行。③ 李仁斋根据徐

---

① 1976 年 11 月 6 日王秀珍检查材料。

② 1976 年 11 月 6 日王秀珍检查材料。

③ 徐景贤：《十年一梦》，第 422 页，时代国际有限公司，2003 年。

景贤的手令布置了下去。

此时，上海武装叛乱已经箭在弦上，只要一声令下，上海马上陷入一片血海之中。

到9日上午10时左右，这些人见一夜无事，中央并没有派人来抓他们，怕天亮容易暴露，又纷纷回到康平路。王秀珍想把王洪文、张春桥的家属和他们自己的家属安排转移。[①]

正在这个紧要关头，徐良图一行八人突然来到了上海，虽然国家计委说是来抓革命、促生产，但是早不来晚不来偏偏这时来，徐景贤、王秀珍充满了戒备与敌意，所以迟迟不派人接待。

9日上午，王秀珍总算同在北京的马天水通上了电话，问他对于那两个决议(即华国锋任中共中央主席、中央军委主席)怎么表态？马天水说："要热烈表态，坚决拥护。"问他张、姚、王三人情况，他说："见到了，身体还好，他们很忙。"徐景贤、王秀珍一干人听到三人情况正常，松了一口气，赶快准备起草两个电报，一个是坚决拥护中共中央的两项英明决定(出版《毛泽东选集》第五卷和建立毛主席纪念堂)，一个是热烈欢呼华国锋同志任中共中央主席、中央军委主席。徐景贤错误地判断了形势，认为这两个决议是"四人帮"拥护的。[②]

于是才派人将徐良图8人安排在简陋的招待所，想打发了事。

徐良图一行八人被送到地方，范处长就告退了。这个三层小楼十分简陋，单人房间，一桌、一凳、一张床、一只热水瓶一只茶杯。还没有坐稳，生产组另一个副组长唐光煊坐着车来了。当时路上车很少，汽车往来速度很快。因为工作关系，他与徐良图很熟悉。他一来就说：怎么能住在这儿，太简陋了。将大家搬到衡山饭店。

衡山饭店位于徐汇区，离康平路市委大院很近，是上海有名的饭店。徐良图、李景昭、周力是单间。曹大澄、王守家、陈斐章、王德瑛和徐良图、李景昭6人在4楼，干志坚、周力在3楼。[③] 但是很快，大家发现情况不对头，楼梯被封死了，上下楼只能走电梯。更令人惊异的是，楼道里有三个往来巡梭

① 1976年11月6日王秀珍检查材料。
② 1976年11月6日王秀珍检查材料。
③ 王守家出差上海工作笔记。

的“服务员”，还有一个把住楼梯口。他们虽然一身白裤褂，腰间却斜挎一把套管大扳子，像随时要修下水道的管子工。徐良图召集大家在屋里开会，发现有人趴在门上偷听。从楼上向下看，宾馆两旁的街道衡山路、宛平路上也有三三两两的人不停地走动。王守家外出买粢饭（上海用米饭做的早点）给大家吃，一个尾巴紧随其后，盯住不放。

徐良图立即召集紧急会议，说：“我们的任务是来观察上海余党动向，现在却先被软禁起来。我们唯有针锋相对，主动出击。”当即商定派王守家、陈裴章到工业交通组找黄涛、陈阿大，正面谈工业生产和交通运输问题。派曹大澄去拜访王一平探听“内幕”消息。

徐良图说：“去工交组去拜访陈阿大，被他们盯梢紧跟，还算是一个保镖。去王一平家的一定要甩掉尾巴，保证一平同志安全。”

于是，先安排干志坚出门。此公膀大腰圆，地道的上海人。他疾步出了门，一个服务员紧盯不放。过五分钟，王德瑛跑出去追干志坚。又一个服务员，不容分说尾随其后。稍后周力下楼买烟，又跟上一个尾巴。李景昭逛南京路，再跟上一个尾巴。四个服务员都被调开了。这时，曹大澄最后下楼，和看门的服务员打招呼：“阿拉吃饭去！”守门的不敢擅离职守，眼巴巴看着他的背影消失在人群中。

不辱使命，曹大澄拿到情报；华国锋速调徐景贤、王秀珍到京

10月7日晚，王一平接到谷牧电话之后，难以抑制内心的激动，推门来到阳台，长长地舒了一口气。十年、十年，终于等到这一天。上海是“四人帮”经营十年之久的地方，他们一定不会善罢甘休，他们会怎样动作呢？他在阳台上来回踱步，不停地思索。他想起两个人，一个是长期在上海市委秘书处工作的李庸夫。李庸夫是华东局公安部部长梁国斌的秘书。1965年梁国斌任上海市委书记，李任上海市委办公厅秘书处处长，直接在秘书长王一平的领导下工作。“文革”后，张春桥将梁国斌抓了起来，1969年将李庸夫全家下放到黑龙江呼玛县带上海知青。王一平分管知青工作，两人一直有往来。下放干部互相戏称为“荒友”。后来李庸夫想办法从黑龙江回到上海，在一个区里做调查员，住在淮海路，离康平路、武康路不远。

1976年8月下旬，马天水根据王洪文指示，开始在上海发枪，他们也知道这是见不得人的，既不征求警备区司令周纯麟的意见，也不敢让其他人发

觉，偷偷摸摸地进行。在市总工会工作的女同志张伟强发现后，将此情况告诉北大荒的“荒友”李庸夫。李庸夫立即与老领导王一平商议。李庸夫是张春桥注意的人，不便去北京，便找到在上海警备区的老乡李兴先，让李兴先的爱人顾宗芳以给孩子看病为名，连夜将情报送到北京，经王一平介绍交给谷牧。从此李庸夫更加注意收集市委动向。他找曾在黑龙江工作过的“荒友”了解情况。因为这些人都是从上海市各单位抽调的，回到上海后，又都分配在市委、革委会各个单位工作。①

王一平想起的另一个人，是市委常委、办公厅主任张敬标。“文革”前张敬标曾任组织部的一个处长，在王一平领导下工作。他虽然投靠了“四人帮”，成为马徐王的核心成员和骨干，但也尊重王一平，有时登门看望老首长。②

王一平密切关注着上海的形势。10月8日深夜，徐景贤下了第一、二个叛乱的命令后，民兵开始集合、持枪上街巡逻。王一平很快得到消息，凭着丰富的政治经验马上断定徐景贤、王秀珍已经知道“四人帮”被抓，有异动，可能要暴乱。他当机立断拿起电话给康平路市委办公厅打电话，找张敬标。此时徐景贤、王秀珍带人已分别进入第一、二指挥部，只有张敬标留守康平路市委办公厅。张敬标一听是王一平的电话，拒绝接听。

王一平从张敬标拒绝接听的行动中，推测事态严重。要不要再打电话呢？再打电话可能惹祸上身，甚至是杀身之祸。王一平思考片刻，又一次拿起电话。他发了脾气，张敬标才不得不接。一开始对方很害怕，什么也不肯说。在王一平严厉追问下。才不得不承认是要暴动。王一平要求见面，不容回绝，张只好同意，约在康平路100号李干辉家里。张与李是儿女亲家。③李干辉是1925年的共产党员，曾任上海组织部副部长、副秘书长，1974年3月病逝。王一平到他家不会引起别人注意。况且，100号内有几栋公寓式的楼房，原是华东局的宿舍，住的老干部很多，离武康路很近，王一平的出入不会引人注意。

大约9日上午，见面后，王一平晓以大义，陈明利害。张敬标不得不详细地汇报了徐景贤、王秀珍10月8日以来的策动暴乱的内容，并将文件副本交

---

① 《李庸夫生平》。1976年12月，李庸夫和严晓彬谈话。2002年6月，严晓彬访问李庸夫夫人郭淑芳。2002年6月，严晓彬、李少南访问张伟强。

② 王时驹：《怀念父亲王一平》，2010年2月《上海滩》。

③ 李庸夫之子李少南转述其父的回忆。

给王一平。[1] 从此，张敬标的态度发生变化。在徐景贤、王秀珍到北京后，王洪文的小兄弟要叛乱，他提出等马、徐、王回来再说。为此，后来清查时，张敬标得到宽大处理，经中共中央批准，给予留党察看两年和降低工资两级（由11级降13级）处分[2]。张敬标病重住院，特别想见王一平。王一平闻讯赶到医院。张敬标握着王一平的手，感谢老首长当年的挽救政治生命之恩。

王一平、李庸夫为人低调，从不炫耀自己当时的功劳。随着他们去世，一些历史细节已不复再现，绝非王一平所说“打了两次电话”[3]那么简单。笔者采访过几百个老干部，发现他们事后的回忆、描述，与职业、经历有关。做大事的人、做决策的人，叙述起来往往如同他们做工作报告一样，三言两语，高度概况。而做具体工作的人，关注细节多些。搞文学创作的人观察细致，讲起过程来对各色人物的表现描述得活灵活现。

10月9日下午3时左右，曹大澄匆匆来到武康路4号二层找王一平。进门便看见清瘦、儒雅的王一平正和一人在桌边谈话。王一平对曹大澄说：谷牧同志在今天你们所乘的飞机落地之后来过电话。我本想把10月8日晚上上海市委宣布全市进入一级战备的情况，向他反映。他阻止我，说电话里什么都不要讲，我派曹大澄找你去“接头”。谷牧用山东荣成话拖腔说“接头”两字，王一平心里已有数了。

曹大澄拿出黄胄所作《四蟹图》，画上题诗句为“蟹肥酒香秋光好，看尔横行到几时”。王一平看罢此画，笑笑说：“我明白了。”

王一平介绍屋内那位客人：“自己人。”

这位客人也笑眯眯站起来自我介绍：“我叫李庸夫，十八子李，庸庸碌碌的庸，人字捅破天的夫。”

王一平介绍说：李庸夫同志是我们的人，他长期在上海市委秘书处工作，“文革”前他是原上海市委分管政法书记梁国斌同志的秘书，后留在市委

① 2008年年初采访谷牧长子刘念远；王时驹：《怀念父亲王一平》。

② 中共上海市委党史研究室编纂：《中共上海党史大典》，第288页，上海教育出版社，2001年。

③ 1984年12月12日王一平：《立此存照——1984年12月12日在市委整党中的书面发言》。

秘书处，徐景贤听聂元梓[1]传达《炮打司令部》[2]大字报的矛头所指，遂聚众造反成立"造反兵团"，在上海市委"后院放火"。李庸夫参加徐景贤当头头的"造反兵团"，他憨厚老实，办事踏实，话语不多，深得徐景贤信任。当他看到徐景贤、王秀珍一伙打倒陈丕显、曹荻秋等一批为中国革命献身的老革命，而上海滩的地痞流氓阿飞瘪三，夺权窃居高位，感到"文革"是一场政变，是新版"升官图"。李庸夫身为秘书处负责人，举凡上海市委会议的原始记录，张春桥、姚文元的重要指示，都归他负责整理存档，他掌握上海马、徐、王三书记和北京四首长的大量核心机密。[3]

王一平的介绍与李庸夫的真实情况并不完全相符，可见当时环境之凶险，形势之紧张。稍有闪失，前功尽弃。

曹大澄向王一平、李庸夫传达了 10 月 6 日中央政治局决定逮捕"四人帮"事，扼要介绍自己前来的目的、任务。

王一平、李庸夫即向曹大澄提供了 10 月 7、8 两日，上海市委书记徐景贤、王秀珍阴谋策划反革命武装叛乱的内容及行动细节。此时，距离徐景贤、王秀珍密谋武装叛乱不到 24 个小时，材料即落入谷牧派出的上海先遣小组手中。

曹大澄和王一平、李庸夫谈话结束时，从屋里走出一位年长者，上海交通局张局长。王一平问：你都听到了吧。他笑着点点头。上海多数同志对"四人帮"的所作所为早就不满，大家听到这个振奋人心的消息都很高兴。

王一平对曹大澄说："我这里目标太大，你以后和李庸夫联系。"当即李庸夫和曹大澄商定了下次见面地点，就在附近延庆路的画家程十发家。[4]

曹大澄立即赶回衡山饭店，向徐良图汇报，李景昭也在座。形势严重，刻不容缓，徐良图对曹大澄说："你今天就坐飞机回北京，当面向谷牧同志报

---

① 聂元梓（1921—　）女，河南滑县人，1938 年参加中国共产党，1960 年起任北京大学经济系副主任、哲学系党总支书记。1966 年 5 月 25 日写了大字报，成为北京大学文化革命委员会主任、革委会副主任、北京市革委会副主任，将校系 200 名干部、教授、教师、学生诬陷为走资派、资产阶级反动权威、反革命，私设黑帮大院，对这些同志进行残酷迫害。积极参与林彪、江青两个反革命集团的阴谋活动。九大中央候补委员。1978 年 4 月被开除党籍，1983 年被判处有期徒刑 17 年，剥夺政治权利 4 年。

② 即毛泽东写的《炮打司令部——我的一张大字报》，称聂元梓的大字报是"全国第一张马列主义的大字报"。认为从 6 月中旬派工作组以来的 50 天"实行资产阶级专政"。没有点名，矛头指向在北京主持中央工作的刘少奇、邓小平。

③ 2010 年 5 月采访曹大澄。

④ 2014 年 6 月 6 日采访曹大澄。

告。”李景昭说:“我回北京。曹大澄对上海人熟,继续了解情况。”

王守家买好票,当晚送李景昭上了飞机。这天是1976年10月9日,星期日。

李景昭回北京的事情马上引起“服务员”的注意。第二天他们就问王守家:“你们刚来就回北京?上午来,晚上走,他回北京干什么去了?”王守家回答:“他回去拿东西。来时,落下东西了。”

李景昭乘晚上飞机回到北京,立即将王一平、李庸夫收集的情报交给谷牧,由谷牧秘书胡光宝编写成《上海来信》第一号,连夜送交华国锋、叶帅等中央领导。华国锋、叶帅得到上海小组的报告,当晚决定速令徐景贤、王秀珍来北京。为了不引起他们的怀疑,华国锋决定由马天水打电话通知他俩,并派了中央办公厅一人与周纯麟一道坐车去京西宾馆。来到京西宾馆,中央办公厅来人把中央批示给马天水看。马天水看完后,就与那人一道给上海挂了电话,让徐景贤、王秀珍立即到北京来。①

上海这边,徐景贤、王秀珍接到北京开会的通知,连忙和冯国柱、王少庸、黄涛、张敬标4个常委与王洪文秘书廖祖康、萧木开会研究。冯国柱,老谋深算,提出:可能有问题,是否不去人,或者去一个人。廖祖康、萧木也说:不要去。果然正如华国锋预料的那样,徐景贤和王秀珍很听马天水的话。所以徐景贤、王秀珍商量后坚持要去,说:这是马老通知的,(我们)两人不去不好,去了一定打电话回来,如果没有电话就是出事了。并说:我们走后,你们几位就在康平路集体值班,注意各方面的动向,有问题在一起研究。王秀珍又打电话给市总工会副主任叶昌明:我和徐景贤要去北京开会,你那里不要动,有事要请示王少庸、冯国柱、张敬标,要听他们的指挥。我们去开会一二天回来。②

10日晚,徐景贤、王秀珍乘专机到了北京。华国锋决定由周纯麟、马天水向他们传达“四人帮”被隔离的情况。徐景贤、王秀珍听了传达,知道大势已去,马上要求与上海通一次电话,说“可能出事”。打电话的内容经过书面请示中央办公厅同意后,徐景贤当晚即打了电话,告知冯国柱:“我们已经平安到达,一切等我们回来以后再定。”不让黄涛、陈阿大等王洪文的小兄弟轻

---

① 周纯麟:《周纯麟回忆录》,第575—576页,中共党史出版社,2005年。

② 1976年11月6日王秀珍检查材料。

举妄动。以后，11 日、12 日，每晚都由王秀珍、马天水打一次电话给上海，告知“一切要等我们回来再定”。11 日还通知上海的宣传口径要以《人民日报》和新华社的为准。但是，黄涛和廖祖康、萧木、陈阿大等王洪文的小兄弟继续活动，12 日再次布置武装叛乱。①

因谷牧派出的八人小组，及时掌握了上海动向，使华国锋、叶剑英能不费一枪一弹，一个电话调走徐景贤、王秀珍两人，打乱了上海武装暴乱的部署。

12 日，中央政治局决定派苏振华、倪志福、彭冲接管上海。

12 日晚，中央政治局同马天水、徐景贤、王秀珍谈话。经过几日教育，马天水表示坚决拥护党中央的果断措施。徐景贤、王秀珍交代在上海调动了民兵的数字。并说，坚决和“四人帮”划清界限，决心在华国锋同志为首的党中央领导下，誓死保卫毛主席的革命路线。

中央决定让他们回上海，向干部群众传达中央解决“四人帮”问题的精神并表明自己的态度。这一招很厉害，一石四鸟：既给马、徐、王一次机会，考察他们对中央的决定是真拥护还是假拥护；又可以稳住“四人帮”上海余党；更便于放手发动上海群众起来揭批“四人帮”及其上海的余党；又为中央派工作组到上海争取了时间。

对此，1977 年 1 月 6 日华国锋说过：“我们采取了正确的方针和政策，要马天水、徐景贤、王秀珍来京时，对他们进行耐心细致教育，给他们时间，等待他们觉悟。”②

华国锋决定让马天水、徐景贤、王秀珍第二天回上海，但没确定回上海时间。这要看上海的局势变化。

及时传出的情报让中央迅速决策，预谋中的上海叛乱胎死腹中

曹大澄和李庸夫的见面地点都是双方临时约定。为了保证曹大澄的安全，徐良图派王守家、陈斐章保护。他们三人坐一辆汽车，快到接头路口时，提前下车，曹大澄走在最前面，中间是陈斐章，王守家随后，三人相隔十几米。曹大澄一趟一趟出去和李庸夫联系。中央派人到上海来一事极大地鼓

---

① 1976 年 11 月 4 日徐景贤检查材料。

② 王守家出差上海工作笔记。

舞了李庸夫和市委反对“四人帮”的同志，他们源源不断地将收集的材料提供给曹大澄。

更难的是怎样才能将上海最新动向最快速传递到北京？曹大澄、王守家等在衡山饭店试验用密写的方式写信，到了北京那边用碘酒一抹就显出字来了。一次听说上海四个市区轮流检查邮件，徐良图只好派王守家和陈斐章坐火车到苏州寄信，刚到火车站，王德瑛赶来叫他俩回去，说不用送了。回到衡山宾馆才知道时间来不及，已另想办法找到可靠人打了电话。

除曹大澄外，工作组其余人也在执行“抓革命促生产建设调研和督促”的任务，分头到各个工厂了解生产情况。一方面掩护秘密使命，麻痹、迷惑对方；另一方面突破“四人帮”上海余党的封锁、监视，更广泛接触干部、群众，直接观察社会动向，了解更多政治、生产情况。王守家等 12 日上午到自行车三厂，下午到钟表元件厂、新跃仪表厂。13 日上午到汽轮机厂、下午到吴泾化工厂。14 日上午到上海港口、港务局。15 日上午参观万人体育馆、普陀区中山北路住宅。16 日听冶金局汇报。一天跑几个单位。① 在路上见民兵持枪各处巡逻，街道上堆着沙包。工厂门口停着卡车，民兵持枪坐在卡车上，随时准备出发。形势紧张，一触即发。

10 月 13 日清晨，大家正在吃饭，王一平、李庸夫突然来到衡山饭店。这是十分反常的。徐良图急忙将他们迎进屋内。王一平、李庸夫告诉徐良图，王洪文的小兄弟 10 月 12 日决定今天(13 日)下午 5 时发动武装叛乱。要逮捕一百名上海老干部和过去反对过“四人帮”的人，加上北京派来的徐良图一行 8 人。武斗暴动打响第一枪后，先枪毙这 108 人。②

情况万分紧急，一旦武装叛乱得逞，动了枪，开了火，对全国局势必然发生重大影响，要速报中央。时间紧迫，只剩七八个小时了，如何将这份重要情报送到北京呢？王一平在上海工作时间长，和各方面联系广泛，提出可以借用部队备战的红色电话机，用电话传往谷牧办公室。王一平同江湾路一号总后驻沪办事处领导联系时。这边曹大澄、陈斐章已将情报整理成简报。随后，李庸夫陪曹大澄去了江湾路一号。曹大澄在电话这边念，谷牧秘书胡光宝在北京那边记。

谷牧 10 月 13 日的日记为证：

---

① 王守家出差上海工作笔记。

② 2011 年 5 月采访王守家、曹大澄。

今天发走了上海问题第三、四、五号，三号是曹大澄军用电话打来的，四号是密码来的，五号是(王)西萍亲自跑回来的。李伯宁(水利电力部副部长)也坐飞机回来了，谈的情况和西萍谈的一样，没有另写报告。①

中央接到三号上海紧急来信，于 13 日上午 9 点，立即派专机送周纯麟、马天水、徐景贤、王秀珍四人回上海。将近中午，飞机在上海虹桥机场降落时，只有冯国柱、王少庸、张敬标三人前来迎接。黄涛没有到机场，因为他正忙着打电话通知区、局工会，要将“中央出了修正主义了。情况紧急。我们要做好一切准备”以吹风方式迅速扩散到基层工会去。

冯国柱、王少庸提出要到丁香花园去开会。周纯麟感到，此时最要紧的事是要尽快掌握部队情况，坚持要先回家。但是冯、王等并没有通知警备区，警备区没有派车来接周纯麟。在周纯麟的坚持下，他们才用王秀珍的车把周纯麟送回去。一到家，周纯麟立即把政委请来，询问部队情况。政委说，南京军区已传达了粉碎“四人帮”的情况，警备区部队已按南京军区的指示，作了调整和部署。周纯麟紧张的心情才有所缓和。②

下午，在锦江饭店召开市委常委和列席常委(指王洪文的小兄弟)会议。马天水、徐景贤通报了中央打招呼会议的情况，然后表态。王秀珍也表态，说听了中央传达毛主席生前批评“四人帮”的指示后，认识有所转变。

还没有等马、徐、王讲完，会场就乱成一片。有的放声大哭。有的说这是宫廷政变，有的叫嚷马天水、徐景贤、王秀珍是叛徒，有的说这些材料都是假的。

黄涛说：“就凭这些能够把‘四人帮’打倒?”

周纯麟当即指出：“不能这样说！中央讲得很清楚，‘四人帮’是‘四人帮’，上海是党的发源地，上海人民是听中央话的，你们哪一个不听中央的话，自己硬要往圈子里面钻，那是你们自己的事，是要负责任的！”

他这一说，立刻引来一片叫骂，说你有什么了不起，现在神气了。有的甚至卷起袖子站起来要打他。

---

① 谷牧：《谷牧回忆录》，第 284 页，中央文献出版社，2009 年。

② 周纯麟：《周纯麟回忆录》，第 579 页，中共党史出版社，2005 年。

周纯麟一拍桌子，大声喝道："我不参加这个会了！出了事情，一切后果由你们负责！"说完警卫人员护着他就起身离去。[①]

13日晚8时，在锦江饭店小礼堂，马天水又向市总工会、市妇联、团市委、市公安局、市民兵指挥部头头传达中央打招呼会议主要精神。

因为及时掌握了上海的动向，中央只派回周纯麟、马天水、徐景贤、王秀珍四个人，预谋中的武装叛乱便胎死腹中，保障了上海的安全和稳定。这真是"不战而屈人之兵"。

"四人帮"被粉碎的消息在上海传开之后

徐良图一行八人到达上海之后，国务院继续派人前往上海。10月9日谷牧找水电部、一机部、冶金部等又一批去上海的同志分别谈话。[②] 同时，交通部、轻工业部、全国供销合作总社等单位也都派出干部。轻工业部派了八名干部。临行前，部长钱之光找他们谈话，传达中央、国务院的指示后说：你们这次到上海"只带眼睛和耳朵，不带嘴巴"，即观察和了解上海"四人帮"余党动向，发现问题不随便表态，要立即报告。并指定计划组副组长陈锦华和机械局局长谢红胜为带队领导。[③]

轻工业部的八人12日晚到上海，住在国际饭店。有人到衡山饭店找徐良图。徐良图不见，派王守家下楼接待。王守家告诉来者，徐良图外出不在。徐良图这么谨慎，一来他没有接到谷牧的通知，二来环境险恶，不能贸然行事。

当时徐良图等八人，每个人的心都悬着，这种紧张情形一直持续到14日。14日晚，突然从窗外传来锣鼓声。大家跑到窗口看，是交通大学的大卡车，学生们打着五颜六色的彩旗，敲着锣，打着鼓，不断高呼口号：庆祝粉碎"四人帮"的胜利！打倒"四人帮"！打倒江青！打倒张春桥！打倒王洪文！打倒姚文元！后面跟着列队的学生，从衡山饭店经过向康平路进发。大家站在楼上看到浩浩荡荡的游行队伍，知道粉碎"四人帮"的消息已传遍上海，上海的群众起来了。从此心里踏实了。

---

① 周纯麟：《周纯麟回忆录》，第579—580页，中共党史出版社，2005年。

② 谷牧：《谷牧回忆录》，第284页，中央文献出版社，2009年。

③ 郑定铨：《奋战上海200天——忆粉碎"四人帮"后中央工作组》，《百年潮》2011年第4期；2011年4月鲁利玲电话采访郑定铨。

这时，衡山饭店的"管子工服务员"也消失得无影无踪。原来在衡山路、宛平路巡逻的民兵也不见了。

浦江两岸，南京路、淮海路、延安路到处人如潮涌，游行的队伍源源不断地来到康平路，包围市委机关办公院（楼）。马天水、徐景贤、王秀珍招架不住，于 10 月 15 日凌晨，向中央发出告急电话。① 曾在阴谋策划武装叛乱中发号施令的市民兵指挥部，15 日不得不在报纸上发表公开声明，称上海民兵的"枪杆子永远听从党中央指挥"。被定为武装叛乱一号据点的江南造船厂的工人群众也起来，将这伙人搞叛乱的电台等设备端了出来"示众"。声讨、揭露"四人帮"及其追随者厂党委书记黄星等人的大字报贴满全厂。② 陈阿大、黄金海、王知常等一干人，都成了"过街老鼠，人人喊打"，连门也出不去了。

迫于群众的压力，10 月 15 日下午，马天水在文化广场召开了万人大会，传达中央精神。徐景贤仍然执迷不悟，称姚文元为同志。③ 徐景贤的话激起人民的愤恨，将马天水、徐景贤、王秀珍轰下台。三人只得从后门溜走了。改由周纯麟主持，会场才逐渐安静下来。周纯麟传达完中央精神，要求广大干部、群众坚决听党中央的话，按中央的指示办事。

从此上海游行、集会，规模越来越大。上海"长自轮"领导在 10 月 16 日传达给船员，同日下午船去大连。17 日晚在船上传达到 48 个旅客，100 多船员、旅客在船上召开声讨大会，贴出打倒"四人帮"的标语。17 日半夜，上海"长自轮"到达大连港就地抛锚。那时，中央关于粉碎"四人帮"给各地的打招呼会一直到 14 日结束，但是到 17 日辽宁还没有传达。18 日拂晓，辽宁港监上船见状，说：你们不能进港。双方争执起来。港监说：没有信号不能进港。等于扣压了"长自轮"。船上用无线电话再三联系，大连市委说：叫你们政委下来。"长自轮"领导召开支委会，再同大连联系。大连港又通知他们：一、不准进港。二、撕掉庆祝粉碎"四人帮"的大字报、大标语，自己与上海联系。三、做旅客工作。四、接受地方党委领导。否则会犯错误。"长自轮"马上报告中央、交通部，同时在船上又增加了三幅标语。华国锋得知后说："应

---

① 杨肇林、丑运洲、乔崖：《从高山到大海——共和国上将苏振华》，第 351 页，解放军出版社，2001 年。

② 江南造船厂党委在上海全市第三次揭批"四人帮"大会发言。

③ 王守家出差上海工作笔记，10 月 20 日生产组的负责人唐光煊汇报。

该支持上海的工人。”[1]

到8点20分，大连港接中央交通部的通知，才准许“长自轮”进港。因拖延6小时不能进港，船员们群情激动，一上岸，拿着糨糊桶到处贴大标语：“打倒四人帮”，“打倒毛远新”，一路刷到13部汽车上，一直刷到旅大市委。大连市不敢阻拦，但是，派了四个便衣警察跟着。[2] 可见斗争之激烈。

这样，粉碎“四人帮”的消息在东北大地也传开了。

华国锋听到这个消息，高兴地说：“这个消息实在好啊！我听了实在高兴，这些工人实在好。向上海工人阶级学习。”[3]

10月18日，《人民日报》报道：上海二百万产业工人坚决拥护中央两项重要决定，决心最紧密地团结在华国锋同志为首的党中央周围，同修正主义、搞分裂、搞阴谋诡计的人斗争到底。《人民日报》的报道，鼓励了上海人民的斗争。

18日，中共中央向全党发出通知，即中央16号文件，宣布对王洪文、张春桥、江青、姚文元隔离审查的决定，列举了他们反党篡权的罪行，和毛主席1974年以来对他们的批评。中央文件的传达，进一步加速了粉碎“四人帮”消息在全国的传播。

19日下午，交通大学的团委、学生会发起召开全市16所高等院校的“声讨‘四人帮’大会”。不少听到消息后赶来参加的工人、机关干部共计3万多人。这个大会通过了向党中央的两点请求：一、立即改组上海市委，组成新市委，领导上海人民进行揭批“四人帮”的斗争。二、立即派中央调查组到上海，调查“四人帮”在上海的一切罪恶勾当。[4]

市革委会的干部也开始行动，工交组下属的秘书组于17日、18日将之前的材料封存起来。[5]

上海“四人帮”余党已控制不住局势。19日急电告中央：“市委机构整个已经瘫痪，急请中央予以指示。”

徐良图小组将上海的情况源源不断地汇报到北京。谷牧日记为证：

---

① 1986年和李莉采访华国锋。

② 王守家出差上海工作笔记。

③ 1977年1月6日华国锋讲话。

④ 参见刘定汉、袁捷、朱通华、谷冰等：《和彭冲在一起的日子》，第194—195页，江苏人民出版社，1997年。

⑤ 王守家出差上海工作笔记，10月25日生产组秘书组负责人翁严偌汇报。

10 月 16 日，发上海来信第 10 号、第 11 号。10 月 19 日发上海来信第 16—18 号。10 月 20 日，发出上海来信第 19、20 号。[①]

20 日晚，苏振华、倪志福、彭冲率中央工作组到达上海，谷牧停止编写上海来信。后来叶帅等中央领导人还问谷牧，上海来信怎么没有了？谷牧说：中央工作组到了上海，上海来信就结束了。到此，徐良图一行八人使命也随之结束。

曹大澄、王守家谦虚地说："34 年前，我们有幸到上海'抓革命促生产'也是平生快事！我们的工作只是将上海余党武装叛乱消息传回北京而已，而取得这些重要情报主要是靠王一平、李庸夫同志。"时至今日，王一平、李庸夫、徐良图、李景昭、周力、干志坚同志已先后逝世。在历史的转折时刻，中央对上海的决策，徐良图八人小组在上海的工作起到了关键作用。

① 谷牧：《谷牧回忆录》，第 284—285 页，中央文献出版社，2009 年。

华国锋主持政治局会议解决上海问题

对解决“四人帮”问题，华国锋说：
“只要把上海的问题解决了，其他各省市的问题就好解决。”

1976年10月6日，阴历八月十三日，金秋十月，天高气爽①。晚10时30分，玉泉山九号楼灯火通明。叶剑英元帅卧室的门打开了，华国锋挽着叶帅的手，一起走进了会议室。他们坐在中间的沙发，将几张纸放在前面的茶几上。②

参加政治局会议的共11人。政治局委员：华国锋、叶剑英、李先念、汪东兴、陈锡联、纪登奎、吴德、陈永贵，政治局候补委员：苏振华、倪志福、吴桂贤。

华国锋提议请叶剑英主持会议并讲话。叶剑英要华国锋主持。

华国锋说：“我现在向政治局会议宣布：今天晚上已将王洪文、张春桥、江青、姚文元隔离审查。”然后介绍了抓捕“四人帮”的全过程。

叶剑英接着讲话：“我们党同‘四人帮’的斗争是一场势不两立、你死我活的斗争。在毛主席逝世不久的情况下，采取什么样的斗争策略、措施和方法，做到既要把这个反革命集团彻底打掉，又要保证北京和全国局势稳定。这是一步险棋，怎么走好这步险棋，非同小可，要慎之又慎，做到万无一失。经过我和国锋同志及东兴同志几次个别谈话，统一思想认识，决定采取‘以快打慢’的方针，用在怀仁堂召开中央常委会的形式，对‘四人帮’采取行动，实行隔离审查。在决策和实施这一重大行动过程中，保密问题重之又重，知密范围很小，参与人员十分精干。实战证明，这样做是正确的，未放一枪一弹，即迅速粉碎了这个反革命集团，取得了预期的胜利。”③

---

① 1976年10月6日《人民日报》当天天气预报：白天阴间多云，风向北转南，风力二、三级，最高气温18°C；夜间多云间阴，风向南转北，风力一、二级，最低气温10°C。

② 2003年采访周启才。

③ 周启才：《中央政治局玉泉山紧急会议》，《世纪》2006年第4期。

叶剑英说："这次中央从政治上、组织上打掉了'四人帮'反革命集团，粉碎了他们篡党夺权的阴谋，是我们党取得的重大历史性胜利。但应该看到，这还是初步的胜利。今后除了从组织上做好清查'四人帮'的帮派体系外，更加艰巨的任务是在全党、全军和全国范围内从思想上彻底肃清'四人帮'的余毒和影响，从中央到地方各级部门，特别是思想战线各部门，还需要做出长期艰苦的努力。"[①]叶帅在讲话中还强调了政策的重要性，强调了稳定局势的重要性。叶帅提出要像处理林彪事件一样保密两个月。这样中央可以从容处理"四人帮"在各省市自治区、国务院各部委的爪牙，局势稳定后再向人民公布。

会议一致通过了对王洪文、张春桥、江青、姚文元实行隔离审查的决定、《中共中央关于华国锋同志任中国共产党中央委员会主席、中国共产党中央军事委员会主席的决议》，并通过保留毛泽东遗体、建立纪念堂和出版《毛泽东选集》五卷、《毛泽东全集》的决定。

随后华国锋与大家研究即将召开的向高级干部打招呼会议。华国锋说："既要解决问题，又利于大局稳定"，"要破得彻底，立得正确"。[②]

华国锋说："我们同'四人帮'的矛盾，是敌我矛盾。对于这一点，必须有清楚的认识。对跟着'四人帮'犯了错误的人，要区别对待。在他们当中，参与'四人帮'阴谋活动的是极少数，受'四人帮'思想影响而犯了错误的是大多数。参与阴谋活动的，还有浅有深。无论是浅是深，只要把参与阴谋的那一套向党向人民讲清楚，同'四人帮'划清界限，我们就欢迎。打击面要缩小到'四人帮'及其一小撮不肯改悔的死党身上。至于受'四人帮'思想影响而犯了错误的，更要着重教育，帮助他们分清路线是非，认识错误的内容、危害、原因和改正的办法。对犯错误的同志，'一要看，二要帮'，'惩前毖后，治病救人'，这是毛主席的一贯方针，是延安整风的优良传统。这个方针和传统，长期以来遭到'四人帮'的严重破坏，我们要在斗争的实践中切实地把它恢复过来。"[③]

华国锋虽然认为全党与"四人帮"的矛盾是敌我矛盾，但是在发文件时，

---

① 周启才：《中央政治局玉泉山紧急会议》，《世纪》2006年第4期。

② 《有计划有步骤地整顿各级领导班子》，《文汇报》1978年6月1日；中共十一届三中全会公报。

③ 《中国共产党中央委员会主席华国锋同志在第二次全国农业学大寨会议上的讲话》，第15—16页。

仍留有余地，称“四人帮”为反党集团。

叶剑英说：“在揭发和批判‘四人帮’反党集团的斗争中，国锋同志讲到要注意政策。这个问题很重要。我们要有步骤地、稳妥地实行扩大教育面、缩小打击面和有反必肃的正确政策。在这次斗争中，集中揭批‘四人帮’，不要打倒一切，要坚定地相信干部和群众的大多数，切实执行毛主席的方针；‘惩前毖后，治病救人’，‘扩大教育面，缩小打击面’，团结一切可能团结的人。上海是个重要的工业城市，‘四人帮’企图把上海变成他们的根据地，但上海的绝大多数干部和工人群众是好的。上海在历史上是一个具有革命传统的城市，上海的工人，上海的人民，觉悟是高的。希望上海的同志通过这次清除‘四人帮’以后，把上海的事情办好，把上海的革命搞好，把上海的生产、工作、战备促上去。”①

这个政策，保证了顺利解决上海问题。

大家分析认为，上海是“四人帮”的发迹地，王洪文、张春桥、姚文元对上海的控制和指挥从来没有放松过，他们调到北京后，还一直兼着上海的市委书记。张春桥是第一书记，姚文元是第二书记，王洪文虽是党中央副主席，却兼上海市委书记，排在张、姚的后面。他们控制上海十年。张春桥是南京军区第一政委，南京军区司令许世友历来看不惯他们那套，当面就和他顶起来。张春桥指挥不了部队，就在上海抓民兵，建立属于自己的第二武装。1974 年八大军区司令对调，丁盛调到南京军区。丁盛到了南京和上海打得火热，常往上海跑。上海做了准备的，已大量买了鞭炮，准备了上台后放映的电影。发了枪，发了电台，准备搞武装叛乱。

华国锋认为：“只要把上海的问题解决了，其他各省市的问题就好解决。其他各省市的造反派和‘四人帮’比起来就是小玩闹。”②

具体办法，华国锋说：“‘四人帮’在上海拉过警备区的四个领导干部，号称有四个枪杆子，只有周纯麟没有拉过去。就叫马天水和周纯麟两个人来。先让马天水和周纯麟来。先做马天水的工作。”他想了想，又说：“同时通知丁盛、廖汉生（南京军区政委）。”

华国锋让周纯麟与马天水一同来，有几个考虑：其一，周纯麟是警备区司令，负责保卫上海。其二，“四人帮”一直整他，他是一个可靠的老同志。

---

① 中共中央文献编辑委员会：《叶剑英选集》，第 447 页，人民出版社，1996 年。

② 采访华国锋。

其三，只叫马天水一个人来，他会不会生疑而不来呢？如果他不来事情就难办了。

汪东兴提议：一架飞机，从上海起飞，再到南京接他们。

华国锋：可以。

汪东兴明白，丁盛和上海关系好，同时通知上海和南京军区，这样不使上海生疑。

中共中央政治局召开打招呼会议，华国锋谈毛泽东对“四人帮”的批评

10月7日上午10时，华国锋、叶剑英和中央政治局委员在玉泉山开会，向谷牧、王震等副总理通报“四人帮”已隔离审查的消息。谷牧激动地和苏振华拥抱。[①] 会上，苏振华要谷牧派精干可靠的同志到上海了解情况。

同日下午，专机到上海接马天水、周纯麟。马天水接到要北京开会的电话时，满腹狐疑：每次中央开重要的会议，张春桥、王洪文都会事先打招呼，讲讲方针、对策，而这次却没有。从1976年1月到10月，马天水、徐景贤、王秀珍与王洪文通话102次，同张春桥通话44次。[②] 马天水于是将住在同院的徐景贤、王秀珍找来商议。马天水、徐景贤、王秀珍都感到突然，给王洪文、张春桥、姚文元打电话也联系不上。他们一起做了布置、安排后，马天水才不得不离开上海。飞机到了南京，马天水一见彭冲上来，就问：“去北京有什么事？”彭冲说：“我还不跟你一样？”[③]便不再吭声。随后南京军区政委廖汉生、司令员丁盛也上了飞机。飞机到济南又接上山东、济南军区领导。同时中央派出专机又将湖北省市的负责人和武汉军区负责人接到北京，一起安排住在京西宾馆。

华国锋首先派人将江苏省委第一书记彭冲和书记许家屯接到玉泉山，说：“今天找你们来，告诉你们，中央解决了‘四人帮’的问题，你们听了一定

---

① 谷牧：《谷牧回忆录》，第283页，中央文献出版社，2009年。

② 1977年3月18日苏振华在中央工作会议上的讲话。

③ 朱通华：《风雨雷电的四年》，见刘定汉、袁捷、朱通华、谷冰等：《和彭冲在一起的日子》，第174—175页，江苏人民出版社，1997年。朱的文章是根据彭冲和秘书夏加林的回忆，并查阅了大量档案写成的。2001年4月17日，李海文采访彭冲问到这段历史，彭送给这本书。

很高兴。”[①]

彭冲一听激动难抑。长在我们党身上的毒瘤终于被剔除了，这一天终于到来了。[②]

华国锋接着说：“‘四人帮’到处串连，对江苏实际上就是要把你们两人搞掉。他们说江苏的南京反革命事件就是你们策划的。”[③]

汪东兴说：“彭冲同志任省委第一书记、南京军区第二政委是毛主席亲自指定的。我们知道你们受‘四人帮’的欺压很深，因此先告诉你们。”[④]

当天晚上，中央政治局召开到京人员会议，马天水走进会场，见华国锋、叶剑英等在京的政治局委员都在场，唯独没有王、张、江、姚四个人，惊讶之余，故作镇静和大家握手、打招呼如常。

华国锋主持会议。叶剑英首先宣布中央已于6日对“四人帮”隔离审查。中央已经通过四项决议：对“四人帮”隔离审查的决定；华国锋担任党中央主席、中央军委主席的决定；建立毛泽东纪念堂的决定；出版毛泽东著作的决定。

听到这个消息，到会的同志绝大部分都欢欣鼓舞，周纯麟高兴得几乎从沙发上跳起来。马天水傻了眼，两手发抖，抱头闷坐在那儿。[⑤]

叶剑英等会场安静下来，请华国锋主席做重要讲话。

华国锋说：今天，我们这个会是向大家打个招呼，是关系到党和国家命运、前途的重大问题，是关系到能不能继承毛主席的遗志，贯彻执行毛主席的革命路线，把毛主席开创的无产阶级革命事业进行到底的重大问题。政治局决定分别向同志们打招呼。我讲了以后，政治局其他的同志讲。

他说：王洪文、张春桥、江青、姚文元，他们是“四人帮”，搞阴谋，篡党夺权。他们不是现在才结成的，毛主席在世时就结成了“四人帮”。

然后他系统介绍了毛主席1974年起对“四人帮”的不满和历次的批评，

---

① 刘定汉、汤天英、佘孟孝：《沧海横流仍从容——忆“文化大革命”中的彭冲》，见刘定汉、袁捷、朱通华、谷冰等：《和彭冲在一起的日子》，第169页，江苏人民出版社，1997年。

② 朱通华：《风雨雷电的四年》，见刘定汉、袁捷、朱通华、谷冰等：《和彭冲在一起的日子》，第176页，江苏人民出版社，1997年。

③ 刘定汉、汤天英、佘孟孝：《沧海横流仍从容——忆“文化大革命”中的彭冲》，见刘定汉、袁捷、朱通华、谷冰等：《和彭冲在一起的日子》，第169页，江苏人民出版社，1997年。

④ 刘定汉、汤天英、佘孟孝：《沧海横流仍从容——忆“文化大革命”中的彭冲》，见刘定汉、袁捷、朱通华、谷冰等：《和彭冲在一起的日子》，第169页，江苏人民出版社，1997年。

⑤ 周纯麟：《周纯麟回忆录》，第570—571页，中共党史出版社，2005年。

介绍“四人帮”如何阴谋篡党夺权，以及对他们进行隔离审查的必要性。

会场气氛热烈，不少人插话。

汪东兴插话谈及毛主席对华国锋的选用：我向主席说，你选了一个好人。主席讲，你赞成吗？我说，我举双手拥护。主席讲，第一，他有一个省的全面工作经验，工业、农业、财贸等，到中央工作了几年。第二，这个人忠厚老实。第三，这个人不蠢。宣布第一副主席，主席说要发新闻，要登报，要各地表态。他们要贬低华国锋同志，抬高他们自己。他们要分裂党，搞阴谋诡计，不要“三要三不要”。

华国锋手上拿着三份毛主席的手稿。说：他们大造舆论，几种报刊都是他们控制的。他们伪造毛主席临终嘱咐，“按既定方针办”。其实是我在1976年4月30日，毛主席会见新西兰总理后把我留下。我报告主席，整个形势是好的，有几个省，浙江、江西、福建、云南有问题，政治局要讨论研究解决。主席写了三张纸给我三句话，一张是“慢慢来，不要招（着）急”，一张是“照过去方针办”，一张是“你办事我放心”。我正式给政治局传达前两张，后一张没有传达。“按既定方针办”这句话在告人民书里，在悼词里他们不写，却在社论里写了。六个字改了三个字，作为临终嘱咐大做文章。当时主席逝世，我们都很忙，忽略了这个事。乔冠华在联合国的讲话稿，讲了主席嘱咐，“按既定方针办”。我在（10月）2日看了把这个字改了。张春桥又批了“暂时不要传达”。到10月4日，《光明日报》头版头条发表《永远按毛主席的既定方针办》，这篇文章用梁效的名义，文章里说：“篡改毛主席的既定方针，就是背叛马克思主义，背叛社会主义，背叛无产阶级专政下的继续革命的伟大学说。”陈锡联同志从唐山回来，对我说，我们都是叛徒了。在悼词里面不提“三要三不要”，讨论时，陈锡联同志提出要把“三要三不要”加上去，姚文元淡笑了一下，还是没有加上去。后来，汪东兴同志又向我提出，经我坚持，加上去的，张春桥表示写就写吧！

他们大造舆论，他们靠他们掌握的宣传工具，迫不及待地插手各地。他们几次在政治局会议上说，江苏打不开，说要派人去搞。

他们自成系统，自搞一套，想大换班。他们搞修正主义，搞阴谋。主席在时，他们就搞，主席病重逝世后，“四人帮”结得更紧了，迫不及待地搞反党活动。中央政治局为了保卫毛主席开创的无产阶级革命事业，不让修正主义在我们手里将毛主席的革命事业毁掉，政治局决定采取坚决措施，一致通过对“四人帮”隔离审查，然后全会通过，要大家心中有数。全国绝大多数是拥护的，陈锡联同志给解放军打招呼时，有的当场晕倒。我们相信全国是会搞得更好，有信心搞得更好，再拖半年受不了，国民经济也受不了。

陈锡联说：《光明日报》4日发表的《永远按毛主席的既定方针办》的文章，讲修正主义头子指的谁是很清楚的。“四人帮”砸不烂不行。

李先念说：共产党员给主席去信，反映一些问题是对的，像新华社朱穆之等三人给主席写信，反映江青在全国农业学大寨会期间的讲话和问题。可是对朱穆之批判到现在也没有结束。朱穆之是中央委员，追悼会把朱的名字也划掉了。

彭冲说：搬掉“四人帮”这个绊脚石，我们这个多灾多难的国家，今后可以安心搞建设了。

马天水始终不发一言。

会议宣布几条纪律：不准私自向外面打电话；不准写信；不准外出；不准接待客人。

马天水脸涨得通红，提出两条要求。华国锋派苏振华、倪志福做马天水工作

会议一直开到8日清晨。华国锋看了看表，说：“今天就谈到这里吧！晚上继续开，大家发言。”然后对马天水说：“你回京西宾馆后，立即给徐景贤、王秀珍打电话。”话不多，字字有千钧重。马天水心中一沉，不是刚宣布不准打电话吗？

华国锋回身，对周启才说：“老周，派车，你送马书记回京西宾馆。”并向他使了个眼色，周启才领会是让他看着马天水给上海打电话，会意地点了点头。[①]

马天水心中惊讶，华国锋真厉害。有周启才在旁边，他哪敢对徐景贤、王秀珍说北京的真实情况。

路上，周纯麟、马天水、周启才同坐一辆车，周纯麟故意敲了马天水几句：“你今天为啥不高兴，大家都很高兴啊！你连记录都不做，回去怎么传达啊？”

---

① 2003年12月19日采访周启才；周启才：《中央政治局玉泉山紧急会议》，《世纪》2006年第2期。

马天水说："我好像被打了一闷棍！这些事，以前我一点也不知道啊！"

周纯麟说："这是全党全国人民的大事，也是上海的大事，今晚大家都还没来得及发言，明天你可要好好表个态！"

马天水却说："这些材料说服力不强。毛主席死了还不到一个月，他们就那么坏吗？我不同意把他们抓起来这种办法，就是有错误，也应作为人民内部矛盾来处理，给他们有检讨改过的机会嘛！难道四个人都是一样的错误吗？"

周纯麟说："华主席、叶副主席讲话时，材料都说得很清楚，证据确凿，你又不是没听到。他们谋害毛主席、反对周总理，难道还是假的吗?！你对他们的不少事情都是很了解的吧！应该老老实实地说出来。"①

马天水、周纯麟、周启才到京西宾馆，一起上楼。周纯麟回到自己的房间，周启才跟着马天水进了套间。马天水的秘书房佐庭已等了一夜，正心急火燎，他不了解中央开会的内容和情况，一直不能向上海报平安。

马天水一进门就对房佐庭说："给我要徐景贤的电话。"

徐景贤的电话接通后，秘书将话筒递给马天水。马天水虽然对中央的处置不满，但是他当着周启才的面不敢造次。

徐景贤在不安中急切问："北京怎么样?"

马天水说了一句"很好，很好"就放下了电话。②

周启才返回玉泉山五号楼，向华国锋、汪东兴报告。③

华国锋命令马天水给徐景贤打电话，又派周启才监视他，为稳住徐景贤、王秀珍，击破张春桥事先布置的在上海的武装叛乱，赢得宝贵的时间。

周启才刚走，马天水马上变了个人，气急败坏对秘书说：你找不到人，人已被人家隔离了。一会儿，他又说；材料不足，江青的材料，生活上的多，王、张、姚没有什么材料。这简直是突然袭击，宫廷政变。我看是先搞起来再搞材料吧！

他垂头丧气地说：我可能回不去了，一旦干起来损失太大，现在看来大势所趋。干是不行了。他向秘书交代任务：如你能回去，要转告徐景贤、王秀珍不要乱来，乱来要受镇压的，要搞"合法斗争"。

---

① 周纯麟：《周纯麟回忆录》，第571—572页，中共党史出版社，2005年。马天水1976年11月4日、21日检查材料。

② 2003年12月19日采访周启才。

③ 周启才：《中央政治局玉泉山紧急会议》，《世纪》2006年第2期。

他幻想中央对“四人帮”隔离审查后，将来还能分配工作。说：我要求调动工作，到西藏去，到新疆去，你如果能回去，我的家属要照顾一下。

他盘算如何对付眼下局势，连说：很难表态。表态难，不表态也难。表示拥护吧，回家怎么说，不拥护吧，恐怕回不去。

华国锋在考虑，政治局内由谁来做马天水的工作比较合适？东海舰队驻在上海，苏振华是海军政委，可以指挥东海舰队，不怕上海闹事。倪志福是上海人，又是工人、劳动模范，在上海有一定的影响。他决定，先由苏振华、倪志福做马天水的工作。上海的班子一定要换，时机成熟时可以派苏振华、倪志福接管上海市委。

8 日下午，苏振华、倪志福来到京西宾馆。先到周纯麟的房间，向他了解马天水的情况。周纯麟汇报：马天水情绪不好，一上午没有起床。还是坚持说材料不真实，说服力不强，昨晚马天水在车上自言自语道：“看样子我是回不去了(指回上海)。”[①]

他们仔细商量后，一起到马天水的房间。马天水仍转不过弯子来，提出要见“四位领导”，说中央没有采取隔离审查的必要，强调要分清两类矛盾。认为这些人是人民内部矛盾，在一定范围里批判、检查，帮一帮是需要的，中央对他们隔离审查一下，将来应分配工作。

周纯麟批评：“讲法不妥。”

马拒绝说：“我的调子不能再高了。”

苏振华严肃指出：“马天水同志，你在‘四人帮’的泥潭中陷得太深了！现在你必须转变立场，不然你将犯更大的错误甚至犯罪！希望你能猛醒。”[②]

马天水仍然执迷不悟。

谈话后，苏振华、倪志福、周纯麟共同研究。周纯麟提出来：马天水虽是上海的总管家，现在他乱了套，不如让徐景贤、王秀珍来京解决问题。苏振华、倪志福考虑“四人帮”上海余党可能狗急跳墙，为了打乱他们的阵脚，揭露他们的阴谋，同意周纯麟的建议。[③]

8 日晚上，中央政治局打招呼会议又开了一夜，江苏、山东、湖北各省和

---

① 周纯麟：《周纯麟回忆录》，第 572 页，中共党史出版社，2005 年。

② 杨肇林、丑运洲、乔崖：《从高山到大海——共和国上将苏振华》，第 340—341 页，解放军出版社，2001 年。

③ 杨肇林、丑运洲、乔崖：《从高山到大海——共和国上将苏振华》，第 340—341 页，解放军出版社，2001 年。

南京军区、济南军区、武汉军区的人相继发言，对“四人帮”进行揭发和声讨，气氛极好。[①] 只有马天水仍然情绪消沉，不讲话。

临到最后，马天水才发言，神情紧张，脸涨得通红，不停地问：“这四位领导，是不是篡党夺权？是不是一定要用抓起来隔离审查的办法？应该给四个人考虑的时间，中央是不是再给一些材料看看。”还提出了两个要求：一是让他再见见他们，二是希望中央对他们宽大处理，处理时要区分两类不同性质的矛盾。马天水坚持认为，这是人民矛盾、党内矛盾，在一定范围里批判检查一下，帮一帮是需要的。对他们要惩前毖后，治病救人。[②] 他内心认为中央这样做是“阴谋”、“政变。”但是这话他绝不敢讲出来。

周纯麟打断马天水的话，指出：“上海的问题能否处理好，关键在你马天水身上。你对他们的话是坚决执行的。”到会各军区、各省市的负责人对马天水的表现、发言也十分不满。

会议又开了一夜，直到太阳从东方升起才结束。

在返回住地车上，周纯麟厉声斥责马天水：“你今晚在会上讲的什么东西，主席健在时就说要砸烂‘四人帮’，你还讲是人民内部矛盾！？你至今执迷不悟，回去之后如何向上海人民传达？！”

马天水闷声不语。[③]

飞机不停地起落，各省市区、各大军区的负责人，先后从全国各地来到北京玉泉山。华国锋、叶剑英不耐其烦地一遍一遍讲。到9日晚，中央打过招呼的各省市、各军区已近一半，而且和上海邻近的江苏、山东、江西、福建省都已谈过，大家都一致拥护中央的决定，情绪很高。以前到北京来开会，上海后台硬，经济实力雄厚，大家见了马天水格外热情。现在没有几个人理他的。马天水形单影只，好不孤立。苏振华警告他再走下去要犯罪，这令他胆战心惊。渐渐，马天水的态度也有变化，不像刚来时那么对立，走路时低着头。

---

① 朱通华：《风雨雷电的四年》，见刘定汉、袁捷、朱通华、谷冰等：《和彭冲在一起的日子》，第176页，江苏人民出版社，1997年。

② 采访华国锋；朱通华：《风雨雷电的四年》，见刘定汉、袁捷、朱通华、谷冰等：《和彭冲在一起的日子》，第175页，江苏人民出版社，1997年；杨肇林、丑运洲、乔崖：《从高山到大海——共和国上将苏振华》，第339页，解放军出版社，2001年。

③ 周纯麟：《周纯麟回忆录》，第572—573页，中共党史出版社，2005年。

华国锋召徐景贤、王秀珍来京恰逢其时

10月9日晚，中央政治局通过上海8人小组得知上海策动武装叛乱的消息。当晚8点多钟，召周纯麟到玉泉山5号楼。周纯麟刚坐下，李先念马上就端个椅子，隔着一个茶几，坐在他的对面，详细具体地询问了关于上海警备区兵力部署情况和上海民兵的情况。周一一做了汇报。

接着，李先念非常严肃地问：周纯麟，你估计一下，“四人帮”被隔离的消息公布后，他们上海的党羽会出现什么情况？

周纯麟思索了一下，说：“我估计有三种可能，一种是大干，一种是小干，一种是没什么大的问题，比较平静。但是大干的可能性不大。”

“为什么？”李先念追问道。

周纯麟回答说：“因为王洪文、张春桥、江青、姚文元四个人被抓起来后，他们没有打旗的了。在上海有哪一个人能挑头，就是马天水、徐景贤、王秀珍也不行，树不起来。而小干呢，就是他们可能利用一下民兵，把我们警备区的机关冲垮，或把我们上警的几个领导同志抓起来。”他稍许停了一会儿，又说：“不出问题的可能性较大。但先决条件是，要尽快地把‘四人帮’的罪行向上海人民群众公布，使群众不再受蒙骗。同时，最近这段时间，要尽可能保证上海方面的生活供应，稳定人民群众的情绪，不让他们有任何空子可钻。”

李先念又问：“市委有没有军事人才？民兵指挥部里有没有军事指挥人才？”

周纯麟说：“市委常委有一个副司令，民兵指挥部里有一个副政委（都是他们的人）。”

接着，他又把马天水这几天的表现情况做了汇报。这时，一位中央领导问：“徐景贤、王秀珍能来吗？”周纯麟说：“中央要他们来，恐怕会来的。”

“那谁打电话通知他们比较好？是中央办公厅打呢？还是你们自己打电话？”

“还是马天水打电话比较好。”周纯麟建议。

当即，华国锋拍板同意。[①]

华国锋知道马天水在上海的地位。让马天水通知他们，既保证他们能

---

① 周纯麟：《周纯麟回忆录》，第575—576页，中共党史出版社，2005年。

来，又不会节外生枝。徐景贤、王秀珍来了，不让他们马上出席政治局会议，表示中央对他们的冷淡。冷淡就是一种威慑。先让马天水、周纯麟做他们的工作，这样阻力小，还可以摸清情况。然后再让陈锡联、苏振华、倪志福和他们谈话。等他们态度转变了，政治局的同志再见他们。华国锋准备让苏振华、倪志福在时机成熟时接管上海。

9日晚上，马天水奉令打电话告诉上海的徐景贤、王秀珍，中央要你们两人来北京开会，空军会派飞机，情况来了会清楚的。徐景贤在电话中汇报了下午上海收到中央15号文件，立即召开了常委会和组、办扩大会议，起草两个电报，一个是坚决拥护中共中央的两项英明决定（出版《毛泽东选集》第五卷和建立毛主席纪念堂），一个是热烈欢呼华国锋同志任中共中央主席、中央军委主席。[①] 马天水说：还可以在马路上贴拥护中央决定的大标语，但开大会要等我回来。

结果正如华国锋预料的一样，徐景贤和王秀珍虽然心存疑虑，但商量后对冯国柱、王少庸、黄涛、张敬标说：这是马老通知的，（我们）两人不去不好，去了一定打电话回来，如果没有电话就是出事了。

让他们最终决定一起到北京的还有一个原因。10日上午他们看到《人民日报》社论《亿万人民的共同心愿》，社论写道："历史证明搞垮我们党是不容易的。任何背叛马克思主义、列宁主义、毛泽东思想，篡改毛主席批示的人，任何搞修正主义、搞分裂、搞阴谋诡计的人是注定要失败的。"对此，徐景贤、王秀珍等错误地分析了形势，认为社论所指，可能是有人反对华国锋，而江、张、姚、王是站在华国锋一边的。这也是徐景贤、王秀珍到北京来之前的真实想法。[②]

最后，还决定徐景贤的秘书张家龙随他们一同去北京，这样，张家龙可以帮他们在外面了解情况，及时向上海通报消息。

王秀珍说：我们走后，你们几位就在康平路集体值班，注意各方面的动向，有问题要一起研究。

徐景贤说：我们两人去北京开会的消息，在场人要保密，不要传出去。

其实徐、王自己就没有保密，向他们联系的各方作了安排、布置。因为

---

① 1976年11月4日徐景贤的检查材料；1976年10月10日《文汇报》。

② 1976年10月31日徐景贤供词，《关于"四人帮"反革命集团重要骨干马天水、徐景贤、王秀珍等人罪证材料之六》，第179—180页。

11 日、12 日两天，不少人知道徐景贤、王秀珍将赴京，纷纷来电话，到康平路询问情况。[①]

王秀珍打电话给市总工会副主任叶昌明说：我和徐景贤要去北京开会一二天就回来。你那里不要动，有事要请示王少庸、冯国柱、张敬标，要听他们的指挥。[②]

徐景贤要王秀珍打电话告诉施尚英，民兵值班“撤销五位数（即 31000 人，实际上只有 11000 人），保持四位数（即 2500 人），恢复正常”。然后，徐景贤、王秀珍和王洪文秘书廖祖康谈话，要他撤销东湖的据点。[③] 但是，廖祖康并没有撤，一直维持到马天水、徐景贤、王秀珍 13 日从北京回来。

因有谷牧派出的 8 人小组，及时掌握上海动向，使中央能不费一枪一弹，一个电话，召徐、王进京，打乱了他们武装暴乱的部署。徐景贤、王秀珍 10 日晚到北京。让徐景贤、王秀珍来北京的时机掌握得恰到好处。来早了，马天水的态度未变，三个人沆瀣一气，更难转变；来晚了，12 日外电报道了江青等被捕的消息后，徐景贤、王秀珍就不会来了。12 日是“四人帮”在上海的余党准备大干的一天，因马天水、徐景贤、王秀珍都在北京，徐景贤、王秀珍临走又交代不要动，因而即使上海吵闹得再厉害，最终也没敢行动。历史在关键的时刻就是那么几天甚至几个小时，如把握不住，稍纵即逝。形势一旦逆转，就无可挽回。

9 日晚的政治局会议上，还解决了一个问题。周纯麟汇报：毛泽东逝世后，部队处于一级战备，有一个师正在由青浦向上海方向拉练。

华国锋马上说：“马上停止，不能引起误会，逼出事来。要相信上海工农群众，军队一调动，马上就会引起恐慌了。”[④]下令解除拉练。这个部队很快

---

① 冯国柱 1976 年 12 月 16 日的交代，《关于“四人帮”反革命集团重要骨干马天水、徐景贤、王秀珍等人罪证材料之六》，第 156 页。

② 王秀珍 1976 年 11 月 6 日检查材料。

③ 1976 年 10 月 31 日徐景贤供词，《关于“四人帮”反革命集团重要骨干马天水、徐景贤、王秀珍等人罪证材料之六》，第 179 页。徐景贤 1976 年 11 月 4 日检查材料。

④ 1986 年和李莉采访华国锋。

就回去了。[①]

华国锋深信“四人帮”早已失去人心，就是在他们经营十年之久的上海，广大工人、群众和干部对他们的倒行逆施也早已不满。广大民兵不明真相，一旦“四人帮”真下了“打”的命令，他们未必不会听命。他反复讲，一定要将“四人帮”和广大群众分开。现在部队向上海运动，虽然是早已决定的，但是容易造成误会，不利于做上海民兵的工作。为了说服大家，他用了一个“逼”字，这个字语义深刻，领导者站在主导地位，应化解矛盾，而不是激化矛盾；更不是“逼”出民变，再派兵镇压。这个决策十分英明，保证在粉碎“四人帮”的过程中不动一枪一弹，没有发生流血事件，更没有发生内战，保证了国家的稳定、统一、团结。

当历史平稳度过危机之后，人们常常以为历史就应该是这样的，其实历史的发展，必然里也有很多偶然。

华国锋曾回忆：我让江苏省委和南京军区的同志先回去。粉碎“四人帮”的消息慢慢由南京传到上海。

10月9日晚上，知道马天水已给上海打电话，徐景贤、王秀珍已答应到北京来开会后，华国锋、李先念等中央几位领导人又找彭冲、许家屯和南京军区的两位负责人谈了一次。10日上午，飞机起飞，中午，彭冲、廖汉生、丁盛等回到南京。[②] 彭冲在省委常委一个很小的范围内传达了华国锋、叶剑英的讲话，传达了中央的精神。[③]

徐景贤、王秀珍到北京情绪抵触，几天后都坐不住了

10日晚，徐景贤、王秀珍到达北京。华国锋不让他们参加政治局打招呼

---

① 上海警备二师直属南京军区，由上海警备区代管，驻在淞江华阳镇、奉贤、大小洋山（属浙江舟山群岛）。9月9日毛泽东逝世后的一二天，部队接到紧急命令，战士们搬出炮弹，擦拭、装车，连夜开拔，带篷的军车穿过上海市区来到大场机场。这是一个战略要地，当年日本人打上海时，国民党向真如镇撤退的要地。到了机场，部队马上挖野战工事，架起炮，脱去炮衣，战士们日夜守在炮位上。飞机场的飞机进入临战状态，飞行员都坐在飞机里，随时可以起飞。毛泽东的追悼会是以班为单位，在炮兵阵地上举行的。这样过了一个月，天开始冷的时候，突然来了一个命令，部队撤到金山卫。10月22日，他们从金山卫赶到市区，列队走在游行队伍的最前面，所到之处受到群众的热烈欢迎。（2001年采访黄如军）

② 朱通华：《风雨雷电的四年》，见刘定汉、袁捷、朱通华、谷冰等：《和彭冲在一起的日子》，第176页，江苏人民出版社，1997年。

③ 2003年6月电话采访朱通华。

会，由马天水、周纯麟向他们传达“四人帮”已被隔离的情况。徐景贤、王秀珍顿时傻了眼了。但是，他们情绪抵触，提出的问题比马天水还要多、还要荒谬：“这件事可能是青年人搞的。我们前几天在北京时，还没有听说有这些事，为什么突然把他们（指“四人帮”）一起都抓起来？”①

徐景贤不得不谈了10月8日以来，他们在上海调动民兵，搞战备部署的情况。其目的就是武装叛乱，不过他是用“战备部署”来遮掩。

接着，徐景贤要求与上海通一次电话，说“可能出事”。经请示同意后，徐打电话给上海的冯国柱，说：第一，他和王秀珍已经安全到达北京；第二，一切要等我们回来再定。之后，他们回到各自的房间。②

而上海那边接到徐景贤的电话后仍然我行我素，准备叛乱。

10日深夜，马天水、徐景贤、王秀珍背着周纯麟在一起密谈。他们现在考虑更多的是自己的处境和未来的命运。

王秀珍向马天水说：中央负责同志什么时候见我们？

马天水并不清楚中央的安排，推测说：明天要见了吧！

徐景贤说：到时候我们有什么问题要提出来请示的？

马天水说：“四人帮”篡党夺权问题还感材料不足，很难说服人。

徐景贤说：《光明日报》10月4日的文章和姚文元有什么关系？我看不出有什么关系。

王秀珍说：王洪文是一些生活问题，其他还有什么问题要中央负责同志给我们讲讲。

徐景贤、王秀珍自知武装叛乱罪责难逃，早说可以落个好态度，都说：上海动用民兵要讲一下。

马天水不同意，反问：是不是一定要汇报？

11日早晨，徐景贤到两位秘书房佐庭、张家龙的房间里说：“昨夜没有睡好，晚上做梦，真他妈的，民兵动起来了，电台向全世界广播了，像巴黎公社一样搞起来了。”又说：“王洪文、江青材料是充分的，张、姚的材料不足。”又说：“他们不识货，姚文元很刻苦，看书学习很用功。”③

10月11日中午，王秀珍、徐景贤聚在马天水住的房间里开会，周纯麟得

---

① 周纯麟：《周纯麟回忆录》，第577页，中共党史出版社，2005年出版。

② 冯国柱1976年12月16日的交代，《关于“四人帮”反革命集团重要骨干马天水、徐景贤、王秀珍等人罪证材料之六》，第156页。

③ 1992年上海文革史料整理编纂小组：《上海“文化大革命”史话》内部本（三），第965页。

知后，立即过去，刚推门进去，三个人就不讲话了。徐景贤、王秀珍立即起身走开，马天水赶忙招呼周纯麟坐下。[1]

徐景贤当初表态是一时冲动，其实他并不甘心。马天水的房秘书到王秀珍房间送文件，徐景贤也跟了进来。

王秀珍问秘书说：毛主席逝世不到一个月呀，怎么一下子被他们搞起来了？是怎么一回事啦！老房，你在马老身边几天了，马老是怎么想的？

房佐庭讲了马在中央表态的情况。

徐景贤说：同意他们的会议精神，就是同意和平演变啊！

王秀珍说徐景贤：你怎么把调动民兵、分两个点的情况对周司令也说了，不能对他说的。周司令是党中央安排在我们市委那里的"一只钉子"。

后来，秘书又把徐景贤、王秀珍的话告诉了马天水，马天水说：我这个表态等于不表态，他们还有意见。

11日中午2时左右，中央再次派陈锡联、苏振华、倪志福到京西宾馆会议楼，找周纯麟和马天水谈话。周纯麟汇报了徐景贤、王秀珍的情况。马天水谈了10日深夜徐景贤、王秀珍提的一些问题。中央领导再次向马天水做了思想劝导工作。[2]

回来后，周纯麟和马天水立即向徐景贤、王秀珍转达了中央领导的讲话内容。

下午，给徐景贤看张春桥《二月三日有感》。这是张春桥对1976年2月2月中央下发1976年1号文件、由华国锋同志任国务院代总理发泄不满，他写道：

> 又是一个一号文件。去年发了一个一号文件。（1975年1号文件是对邓小平的任命）真是得志更猖狂。来得快，来得凶，垮得也快。

徐景贤说：张春桥讲去年的一号文件还是可以的。姚的材料不足。毛主席也表扬过姚文元，姚文元与自己反动家庭划清了界限，家属搬到北京，不住在钓鱼台，是想脱离"四人帮"啊！又说：姚文元是扎扎实实工作的人，

---

① 周纯麟：《周纯麟回忆录》，第577页，中共党史出版社，2005年。

② 周纯麟：《周纯麟回忆录》，第577—578页，中共党史出版社，2005年。1976年11月21日马天水补充揭发交代。

他们不识货。[1]

到12日，马天水、徐景贤、王秀珍都坐不住了，急切地要求中央首长接见一下就赶回上海，说首长如果真忙，只要有一位首长接见一下也行。

他们之所以紧张，因为一连三天不让他们参加政治局会议，心里发毛，不知中央会如何处理他们。他们通过几天在京西宾馆的观察，看到全国各省来参加会议者都热烈拥护中央的决定，明白大势已去，因而担心上海出事。如果上海真的发生武装叛乱，他们难逃法网。另外，他们内心不肯接受"四人帮"被隔离的事实，希望当面向中央辩解。

华国锋了然于胸，知道这些人都是"四人帮"的死党，即使表态拥护中央决定，也不可能再领导上海的工作了，所以不急于和他们谈话。现在，首先要解决的是向上海派中央工作组接管上海的问题。

华国锋主持政治局会议决定接管上海的中央工作组人选

10月12日上午，华国锋在玉泉山5号楼召开政治局会议，讨论派往上海的中央工作组的人选问题。

华国锋说：现在看来，上海市委这些人已无法工作了，他们顽固地站在"四人帮"立场上，与党中央对抗，妄图发动武装叛乱；过去被"四人帮"压下去的一派也准备搞串连；上海的群众也自发地起来行动了，需要正确的引导，中央应马上派人去接管上海，不然会出大乱子。

1985年，华国锋对派出人选是如何决策的回忆道："上海的工人就是好，不听他们的。等我们让马天水、徐景贤、王秀珍回去，他们已经控制不了局面。这时中央已决定派苏振华、倪志福、彭冲等同志到上海。上海有东海舰队，苏振华是海军政委，调动海军方便。倪志福是上海人，对上海熟悉。天安门事件最早在南京发生的。彭冲是江苏省委书记，顶'四人帮'坚决。上海有困难可以就近得到江苏的支持。严佑民我早在1975年就认识，我到公安部提出要解放几个副部长，他就是其中之一。这是由政治局决定，由大家提的名。谁提的谁，我已记不清了。"[2]华国锋作风民主，他有想法，总是引而

---

① 1992年上海文革史料整理编纂小组：《上海"文化大革命"史话》内部本(三)，第965—966页。

② 和李莉采访华国锋。

不发，请大家谈。另外他不愿意过多谈自己，因而说："谁提的谁，我已记不清了。"

倪志福比华国锋年轻，他对这次会议印象深刻。20世纪80年代，他应苏振华秘书丑运洲的要求，详细回忆了这次会议。以下是他回忆的具体情况：

在会上，叶剑英成竹在胸地说：我赞成国锋同志的意见，为了防止上海这些人狗急跳墙，搞武装叛乱，要派一位无论是在军队和地方都能压得住台的老同志去。

叶剑英停了停，略一思忖后说：我看振华同志堪当此重任。他资格老，林彪、"四人帮"整得他很惨，但他斗争很坚决，在粉碎"四人帮"的紧急时刻，起了重要作用。在战争年代，有指挥作战的丰富经验；在建国初期，担任过贵州省委书记，多次受到党中央、毛主席的称赞。再说，上海有海军东海舰队的基地，苏振华去上海，工作起来也有方便条件。

陈锡联补充说：我赞成叶帅的提名，振华同志是军委常委，我们曾一起处理军委日常工作，1974年调整各大军区领导班子时，他做了很多工作，起了重要作用。这些都便于他协调南京军区、海军、空军的部队，特别是南京军区廖汉生等一些老同志都曾受林彪、"四人帮"迫害和压制，与振华同志关系都很好，肯定能得到他们的支持。振华同志牵头去上海是很合适的人选。

李先念接着发言说：叶帅的意见是深思熟虑的，上海是"四人帮"起家的基地，解决"四人帮"在上海的余党问题，是解决"四人帮"问题不可分割的组成部分，是中央解决好"四人帮"问题一着极为重要的棋，稳住了上海，对于稳定全国局势具有特殊重要的意义。因此，确定去接管上海的人选，特别是牵头的人选，就特别重要。毛主席曾说管海军靠他，这次解决"四人帮"在上海的余党问题，也要靠他去牵头，靠他去发挥核心领导作用，我赞成叶帅的意见。

华国锋接着说：我赞成叶帅的提名。①

然后，华国锋说：根据"四人帮"控制上海的实际情况，中央去接管上海的人选，最好是在将来的一段时间内，能够取代张春桥、姚文元、王洪文在上海职务的人。"四人帮"和他们的余党不是说王洪文是工人阶级的"领袖"

---

① 杨肇林、丑运洲、乔崖：《从高山到大海——共和国上将苏振华》，第342—343页，解放军出版社，2001年。

吗？他是什么工人阶级“领袖”！我们要派一位真正的工人阶级领袖去，我看志福同志也一起去上海。

倪志福说：我肝脏不大好，去了工作一定很紧张，恐怕身体吃不消。

李先念说：我赞成志福同志去，他既是上海人，又是有创造发明的劳动模范，在工人群众中威望高，而且有治理地方的工作经验，是工人阶级自己的领袖。

汪东兴说：志福同志对工人群众的情况很熟悉，能很好地联系群众，虽然身体不好，去了可以少工作，就是不工作，到上海在病床上躺着，对解决好上海问题也有好处。

叶剑英说：志福同志作风正派，处事大度稳重，是工人阶级杰出的代表。身体不好，可以带个医生去。

政治局只有十一个人，华国锋决定派两个政治局委员到上海，可见他对上海的重视和解决上海问题的决心。

华国锋又说：过去上海和江苏的矛盾很尖锐，但上海和江苏不论政治、经济等各方面的关系都很密切，最好能从江苏调一位同志去上海工作。

李先念建议：可以派彭冲同志去，他处事从容稳重，在江苏政绩突出，“四人帮”往死里整他。他跟“四人帮”斗争非常坚决，他去接管上海，有利于解决两地矛盾，上海经济建设上遇到的困难和问题，将会得到江苏的有力支援和帮助。

中央其他领导同志也都同意派苏振华、倪志福、彭冲三人一起去接管上海。

华国锋最后说：振华、志福同志去上海工作一段时间再回来，彭冲同志将来可以留在上海工作。

叶剑英说：中央、国务院各部委还可以抽些人去协助工作。现在中央国务院已有部分人在上海了解情况。振华、志福同志也可以带些人去。彭冲同志带几个工作人员去就行了。所有这些人都以苏振华、倪志福、彭冲三同志带领的中央工作组名义去上海。至于去上海的工作方针，等明天中央派专机接彭冲同志来京后，中央政治局再开会一起商定。①

一切安排妥当，华国锋才决定召见马天水、徐景贤、王秀珍。

---

① 杨肇林、丑运洲、乔崖：《从高山到大海——共和国上将苏振华》，第342—345页，解放军出版社，2001年。

中央政治局再做工作，王秀珍、徐景贤交代策划武装叛乱问题

晚10时，华国锋、叶剑英和陈锡联、纪登奎、吴德、汪东兴、苏振华、倪志福、陈永贵、吴桂贤等接见了马天水、徐景贤、王秀珍三人。一直谈到13日凌晨1时半。李先念因劳累没有参加。

华国锋单刀直入，首先要马天水先谈谈。

马天水汇报了几天来的思想认识过程，表示坚决拥护党中央对篡党夺权的“四人帮”采取果断措施。

华国锋拿出张春桥的《1976年2月3日有感》[①]的影印件，给了他们三人每人一份，对徐景贤说：你给大家念一遍。

徐景贤看了确实是张春桥的手迹，顿时哑口无言。张春桥在“有感”中把政治局多数同志叫“他们”，把“四人帮”叫作我们，阵线划得很清楚，公开要分裂党。

陈永贵、吴德、吴桂贤介绍“四人帮”反对周总理等具体情况。马天水等三人都说，真没想到他们这样对待总理，在我们面前他们装得很尊重总理。

华国锋介绍江青控制主席处的文件，把江青改过主席的两个讲话给他们看。详细介绍主席逝世前后江青、张春桥、王洪文、姚文元大闹政治局的情况。华国锋说：摇羽毛扇的是张春桥，这份《有感》是他的总思想，“又是一个一号文件”，他恨主席恨得很。

叶剑英说：上海是受蒙蔽、受封锁的。主席讲，情况明，决心大，方法对，你们这次来了，情况就明了，张春桥的《有感》里，把阵线划得很清楚，“他们”、“我们”，搞宗派历来是反党分子的做法。

华国锋说：主席不但想打烂“四人帮”，而且还怕把新同志拉进去，所以在陈永贵同志报告上批了“钓鱼台没有鱼”。

---

① 2月2日，中共中央下发通知：“经毛主席提议，政治局一致通过，华国锋任国务院代总理。毛主席提议，政治局一致通过，在叶剑英同志生病期间由陈锡联负责主持中央军委工作。”次日，张春桥写《二月三日有感》，手迹全文如下：“又是一个一号文件。去年发了一个一号文件。（1975年1号文件任命邓小平为中共中央军委副主席兼人民解放军总参谋长，张春桥为总政治部主任）真是得志更猖狂。来得快，来得凶，垮得也快。错误路线总是行不通的。可以得意于一时，似乎天下就是他的了，要开始一个什么新时代了。他们总是过高地估计自己的力量。人民是决定性的因素。代表人民的利益，为大多数人谋利，在任何情况下都站在人民群众一边，站在先进分子一边，就是胜利。反之必然失败。正是：爆竹声中一岁除，东风送暖入屠苏。千门万户曈曈日，总把新桃换旧符。”

叶剑英说：凡是反党、分裂党的，都要搞宗派。凡是政治局开会，四个人众口一词，人家有辫子，总是扭住不放。去年王洪文从上海回来以后，就调集所有的文件、讲话、记录，要整人。同时，到处拉人，到处拉军队，拼命搞民兵。主席逝世以后，他们更猖狂了。10月6号把“四人帮”从组织上打垮了。上海的工人、学生“文革”以来，特别进步。有人如果再站在“四人帮”方面，对自己的工作没有好处。你们在上海同他们工作那么久，希望不是站在个人的立场，要对他们阴谋篡党划清界限。回去上海要知道全部情况，去做工作，决心就大了。要把上海的问题好好地解决，对全国、全世界都有很大影响。奉劝上海的同志同中央一道，推动上海的工作前进。要抓革命，促生产，促工作，促战备。对上海的几位领导同志寄予很大的希望。也有电报，说上海民兵有行动，中央信任你们，对你们放手，把上海事情办好，信赖你们。

叶剑英说，“也有电报，说上海民兵有行动”，点出了上海武装叛乱的问题。徐景贤、王秀珍知道中央另有消息渠道，是有人揭发，还是……？他们才知道事关重大，如不好好交代，是过不了关的。听了叶剑英后面几句话，又稍稍安心些。

华国锋介绍了毛主席对“四人帮”的批评，然后说：要提醒你们，在他们蒙蔽下，确实存在着一些错误，确实转变立场后，会发现一些问题。自己的问题做些自我批评。我们不会采取“四人帮”对别人的办法，乱戴帽子，乱整人。有错误改了就好，惩前毖后，治病救人。按毛主席的路线，以实践来检验，只要转变立场，我们是欢迎的。揭发批判，我们欢迎。有些材料要保存好。你们一时思想转变不过来，是可以理解的。廖祖康、萧木（王洪文秘书），要来京办学习班，他们是青年，要帮助改正错误，我们相信你们能搞得更好。按主席的思想路线办，会越办越好。我们相信上海的工人、农民、解放军。“四人帮”解决了，全国的形势就会更好。你们过去对外省点名批评，但这次江苏对上海没有提意见。经济上我们一定安排好，煤铁的供应决不能减少。对于“好八连”以及其他基层同志的努力，都要肯定，不要因为某某某送过什么东西，就否定他们，要区别开来，群众是好的。

汪东兴说：王洪文要给主席身边布置人，给主席发现了。主席说：“你王洪文竟然干涉我的内政。”王洪文还拿手表、拿毛线衣送给毛主席的秘书小张，江青老是去干扰主席。

纪登奎：关于张春桥的历史问题还没有查实，需要进一步查清。这是我们几位革命老前辈(包括朱老总)都有交代的。

中央领导同志问马天水等三人:你们过去听说过“四人帮”吗?

马天水等三人回答,从来没有听说过,而且今年年初打招呼会议来北京时,见了张春桥,问他回不回上海,他还说:“现在国锋同志刚刚出来主持工作,需要支持他,我不能回去。”我们以为他是站在国锋同志一边的。他完全是一个反革命两面派。

周纯麟、马天水都表示坚决拥护党中央的果断措施。

徐景贤汇报了这次来北京前,在上海和军队的几人会合在一起,还调动了民兵。现在了解了这几个人原来是篡党夺权的“四人帮”,感到极大的义愤,并表示坚决和他们划清界限,决心在华国锋同志为首的党中央领导下,誓死保卫毛主席的革命路线。

徐景贤汇报了上海调动民兵的情况后,又交代了张春桥准备和文静离婚,并要徐景贤为他找“老伴”的事。

华国锋笑着说:你们回去别人会骂你们是叛徒!你们把立场转变过来,就要振作精神,做好工作。

纪登奎:“文化大革命”中的成绩不能抹杀。

随着马、徐、王态度的转弯,会议气氛渐渐变得和缓。散会时,周纯麟、马天水等三人同政治局委员们一一握手告别。回到京西宾馆后,王秀珍后悔她没有主动交代调动民兵的问题。第二天一早,她找到会议记录人员,告诉了上海调动民兵的数字,请他补到记录里去。

对此,1977年1月6日华国锋在政治局会议上说:“在打招呼会议上,马天水听了我的谈话以后,他说,说服力不够。我们拿出《2月3日有感》,他受震动了。张春桥的‘有感’到底矛头指向谁?指向毛主席么!16号文件中公布了几段毛主席批他们的话,就有力量。江青不总是代表毛主席身份出现么!我们就用毛主席的话揭露她。毛主席说,她不代表毛主席。我们就用毛主席批示揭露‘四人帮’。作用是大的,所以我们取得了胜利。

我们采取了正确的方针和政策,要马天水、徐景贤、王秀珍来京时,对他们进行耐心细致教育,给他们时间,等待他们觉悟。”①

这种做法与“四人帮”的打倒一切,全面内战完全不同,其结果也完全不同。党中央对各省、市、自治区及各大军区负责干部分期分批打招呼会议一

---

① 王守家出差上海工作笔记。

直开到14日结束。这些负责干部回去按指示精神传达粉碎“四人帮”的消息，做工作，不费一枪一弹，成功地制止了湖南长沙、贵州、辽宁、云南有人上山打游击的企图，挫败了“四人帮”余党武装叛乱的企图，挽救了更多干部，稳定了政局。

“四人帮”上海余党再次预谋武装叛乱，华国锋不战而屈人之兵

上海。徐景贤、王秀珍赴京前虽然叮嘱“不要动”，但王洪文的小兄弟一直没有停止暴乱的准备工作。

10月11日晚上，在东湖招待所，陈阿大向一伙小兄弟说：“我反正不相信他们会反党，会篡改毛主席指示的。”“你们怕不怕，到时候大家不要当逃兵，当叛徒。”“怕死不革命，革命不怕死”。

陈阿大不仅在外面这样鼓动，12日凌晨1点多钟回到家里，对老婆说：“可能中央出了事，把王洪文、张春桥、姚文元他们抓起来了，要准备干，我也准备被抓起来。”问她怕不怕。[①]

12日上午，就在中央开会决定派工作组去上海时，王洪文在工总司的这伙小兄弟从公安局、新华社、外办得到消息：英国《每日电讯报》报道了“毛的遗孀被捕”，证实“四人帮”已被打倒。他们极为震惊，要采取行动了。下午，市工交组负责人陈阿大、市工会副主任叶昌明、民兵指挥部负责人施尚英、市轻工局党委副书记马振龙、上海后方基地常委副书记戴立清、市财贸组负责人黄金海、市机电局党委常委王明龙、王洪文秘书廖祖康等人情绪非常激动，在市工人文化宫5楼会议室召开秘密会议。

大家焦急万分。这个说：“马、徐、王为什么还不回来？”那个说：“何时可以回来？”“他们三人的态度会不会有变化？”“我们应怎么办？”吵了半天也没有头绪。

廖祖康说：“我们不要乱哄哄的，光讲讲不行，有些事情要有人去落实的。”

叶昌明说：“我们这些人一散了，不容易找到。”那时不仅没有手机，连电话都很少，有的单位只有一两部电话。有人提议：大家都同值班室联系。

---

① 陈阿大1980年8月30日供词，《关于“四人帮”反革命集团重要骨干马天水、徐景贤、王秀珍等人罪证材料之六》，第191页。

最后确定在上棉三十一厂设一个秘密联络点，叶昌明、黄金海、戴立清、王明龙商议，值班室由戴立清负责。①

叶昌明说："戴立清在联络点值班，可由戴立清起草标语口号稿。对标语内容不要写得太明显，先写一些通用的，如保卫文化大革命的胜利成果。暗中指这次事件。"②

戴立清说："'三要三不要'，保卫文化大革命成果、保卫新生事物。"

黄金海说："标语可以分两种，一种是两面都可以理解的，如'三要三不要'等，谁也抓不住什么，根据情况发展。另一种可以明朗一些，如头可断，血可流，毛泽东思想不可丢，也可以写还我×××……"③

徐景贤、王秀珍走后两天，冯国柱、王少庸、张敬标、黄涛他们度日如年，一筹莫展。因为徐景贤、王秀珍走之前留下"不要动"的话，他们又不敢马上行动。

晚上8时半，陈阿大、叶昌明、黄金海、戴立清、马振龙、施尚英，市委写作组负责人朱永嘉、王知常，市委组织组负责人王日初④，王洪文秘书廖祖康、萧木，张春桥秘书何秀文一伙人拥进康平路。一进来就吵吵嚷嚷，捶胸顿足。

马振龙一脚跳到沙发上，慷慨激昂说了一通："我从小要饭做工，是毛主席两次把我解放，是文化大革命解放了我。我拼脑袋也要干。"

陈阿大把衣服一脱，跟着起哄。

自称是写作组一霸的王知常平时放浪形骸，此时更加张狂，借古讽今，不断叫喊。

施尚英说他下午去找了从南京军区开会回来的上海警备区副政委李彬山，李吞吞吐吐地告诉他四个人被抓的情况，还说李有一个记录本在口袋里摸进摸出。在南京开会的情况也讲不清楚，总是讲要等马天水、周司令回来传达。

---

① 戴立清1978年9月5日供词，《关于"四人帮"反革命集团重要骨干马天水、徐景贤、王秀珍等人罪证材料之六》，第227页。

② 叶昌明1980年9月3日供词，《关于"四人帮"反革命集团重要骨干马天水、徐景贤、王秀珍等人罪证材料之六》，第226—227页。

③ 戴立清1978年9月5日供词，《关于"四人帮"反革命集团重要骨干马天水、徐景贤、王秀珍等人罪证材料之六》，第228页。

④ 王日初：原上海警备区干部，1967年1月以解放军支左代表身份进驻工总司，担任工总司机关党支部书记，到市委后仍兼着这个职务。

原来，李彬山、张宜爱两位到南京军区听传达之前，同他们约好如果正常没有事情，打电话时讲“原来要买的电视机抓紧一点办”；如果问题严重，就说“原来要买的电视机现在不要了”。但是因受到南京军区领导的警告，他们在南京没敢打电话，回到上海后也不敢打电话，不想再参与这些非法活动。

这伙人你一句我一句地要四个市常委表态。[①]

正在这时，马天水从北京来了电话，大家都拥到对面房间的电话机旁。

接电话的常委冯国柱问：“明天什么时候回来?”马一会儿回答上午，一会儿回答下午。因为他也不知道。

冯国柱火了，说：“你等于没有回答。我们在这里都十分着急，现在社会上人心浮动，流言很多，有些同志现在很激动，局势无法控制。”

马天水说：“你要他们不要激动，不要浮动嘛!”

冯国柱说：“你要我们一两个人不要激动可以，其他的人，我们稳不住。不少人就在我旁边。”

这时王秀珍接过马天水的电话说：“争取明天一定回来，一切等我们回来再说。”冯国柱随即叫市总工会副主任叶昌明与王秀珍通了话。[②] 王秀珍对叶昌明说：“要听指挥，一切等我们回来再说。”王秀珍是“工总司”的造反派头子，王洪文的这些小兄弟都听她的。

放下电话，回到学习室，这伙人你一句我一句，骂马、徐、王三个人叛变了，是“投降派”、“软骨头”、“既得利益者”，等等。骂了一通，别无他法，有的借口打电话，有的借口上厕所，一个个想溜出去。冯国柱看出他们是想到外面一起商量，于是说：“这样吧，干脆你们一起去商量，4个常委留下也研究一下。”这样，叶昌明、陈阿大等一干人去了小礼堂。

留下的四个人，冯国柱、王少庸、张敬标一致意见是要稳住，一定要等三位书记回来。黄涛既不说干，也不说不干，只是踱来踱去说：“要准备，要准备。”

不一会儿，叶昌明、陈阿大、马振龙等从外面进来了，也不吵了。朱永嘉变成后半场的主角，王知常、萧木、廖祖康在一旁帮腔。

---

① 冯国柱1976年12月16日交代，《关于“四人帮”反革命集团重要骨干马天水、徐景贤、王秀珍等人罪证材料之六》，第156—157页。

② 冯国柱1976年12月16日交代，《关于“四人帮”反革命集团重要骨干马天水、徐景贤、王秀珍等人罪证材料之六》，第157页。

王知常讲了历次政变因丧失时机而失败的教训。

朱永嘉一改平日的温文尔雅，异常激动，说："毛主席逝世不到一个月，他们就下毒手了，这是资本主义复辟。""巴黎公社只坚持了九天，我们只要能坚持一两个星期就是胜利。"[①]"我来起草《告全市人民书》和《告全国人民书》。"他写了一张条子："民气可用，决一死战。"[②]煽动性地讲了一大段，大意是：我没有想到张、王、姚会有如此下场。王洪文我不太了解，张、姚我完全了解。我那里有他们给我们的全部批件，可以公布于世界。我认为要起义。要发表告人民书。刷大幅标语，口号是"还我江青，还我张春桥，还我王洪文，还我姚文元"。要干的话，我们连夜干，一个要出动民兵进驻报社电台，可以发一点有针对性的语录，和赫鲁晓夫如何上台的材料。现在就是赫鲁晓夫上台。他们怕群众，怕上海瘫痪，只要守三五天，港口码头一瘫痪，在全世界就造成影响。这时，即使像巴黎公社一样的失败，也可以用鲜血教育后一代，等等。

这些话，8 日晚上他就和徐景贤等人说过，老调重弹。

陈阿大说："斗也垮，不斗也垮，宁斗死，也不投降。"[③]有人还说：机场去二辆大卡车就行了，航道上沉一条船就行了。还议论到控制煤、电、粮。[④]

朱永嘉对四个老干部常委说：8 号就应该干，已经错过，今夜再不干，到了明天，一切时机丧失。要干要下决心今晚干！要大干！要以市委名义干！要你们四个人和我们一起干！

朱永嘉见他们不吭声，又进一步说：今夜要是不干，到了明天，他们一回来，要干也干不起来了。那时，我看你们就只有唱两支歌的份了，要么唱一支革命歌，我就算钦佩你们；否则就唱一支投降歌。但是当你们回忆今晚历史时，将会感到忏悔。朱永嘉逼着常委表态。

冯国柱要黄涛发言。黄涛说："肯定是政变了，修正主义上台了，要对着干。""邓小平上台后没有达到的目的，他们达到了。"[⑤]但要他讲到如何行动，仍像下午那样，阴阳怪气，只重复："要准备，要准备。"

---

① 1976 年 10 月 23 日苏振华、倪志福向中央汇报提纲。

② 朱永嘉 1976 年 12 月 14 日供词，《关于"四人帮"反革命集团重要骨干马天水、徐景贤、王秀珍等人罪证材料之六》，第 147—148 页。

③ 1976 年 10 月 23 日苏振华、倪志福向中央汇报提纲。

④ 朱永嘉 1976 年 12 月 14 日供词，《关于"四人帮"反革命集团重要骨干马天水、徐景贤、王秀珍等人罪证材料之六》，第 148 页。

⑤ 1976 年 10 月 23 日苏振华、倪志福向中央汇报提纲。

张敬标第一个表态反对：我们虽然和你们心连心，但现在不能干。我们四个人代表不了市委，没有代表性，没有号召力，小拨拉子。六个书记在北京，要干也要等他们回来。

王少庸也表示：中央出了修正主义，我和你们一起干。现在四个人抓起来了，三个人情况不明，可能有三种情况：一、变成叛徒；二、思想不通；三、在中央拿出罪证面前没有话讲。现在不能随便乱动，一动就暴露。要干，还是要等他们回来。

冯国柱说：我也同意少庸、敬标意见，要干，但今晚不能干，一定要等他们回来。我们大家可以商量，要做些什么准备，但不能像朱永嘉讲的那么绝对，好像目前只有两条：要么今晚就大干，唱大戏；要么明天唱两支歌。可不可以有第三条，比如明天还是由我们几个人去接他们，看他们回来的态度和材料再说。

冯国柱讲完后又要黄涛发言，他还是既不说干，也不说不干，哼哼那句：要准备，要准备。

其间，施尚英出去给民兵指挥部一个负责人钟定栋打了两次电话。第一次，要钟检查各单位值班，枪、弹和战备的人数落实情况。第二次要钟定一个重点目标保卫方案。

钟定栋找作战组起草了一个设三道防线的计划：控制徐家汇、静安寺、曹家渡、北站、南京路、大世界、隧道 7 个要点；控制通往江浙两省的安亭、浏河、金泽等 6 个重要口子；控制电台、车站、机场、市区的 10 座重要桥梁，以及全市民兵小分队控制里弄等计划；还要海洋渔业组织派 2—3 对渔轮加强对吴淞口的巡逻。拟定区县作战指挥班子的名单，弹药补给，并对密令暗号做了周密的布置。钟定栋看后比较满意，起了“捍一”、“方二”的标题。①

这样短的时间就可以搞出如此周密的计划，可见不是一日之功。

有人还提出来，可以趁 13 日下午 5 时上下班时间，街上人多之机打响第一枪。要严密监视重点对象，要逮捕一百名上海老干部和过去反对过“四人帮”的人，加上北京派来的徐良图一行 8 人。打响第一枪后，先枪毙这 108 人。②

凌晨 2 时多，这伙人对常委的最后表态甚是不满意，一哄而走。他们又

---

① 施尚英 1980 年 8 月 28 日供词，钟定栋 1980 年 8 月 27 日供词，《关于“四人帮”反革命集团重要骨干马天水、徐景贤、王秀珍等人罪证材料之六》，第 200—203 页。

② 2010 年 5 月 10 日采访曹大澄。2010 年 5 月 11 日采访王守家。

回到市总工会，决定层层吹风。

市妇联主任汪湘君上午6时就向妇联副主任、常委们吹风，还通过妇联系统向各级党委吹风，并通过借调到妇联工作的人回原单位去吹风。

市总工会办公室主任唐行南立即召开了区、县、局的工会负责人会议。以学习《亿万人民的共同心愿》为名，预先布置。有人提问："听说北京发生了政变，说王洪文、张春桥、江青、姚文元、毛远新等是反党集团，已经抓起来了，这消息是否可靠？"主持会议的唐行南就说："确有其事。我们大多数是老造反、新党员，要经得起考验，要提高识别能力，立场坚定。情况是严重的，大家是文化大革命中过来的，现在这种情况究竟说明了什么，大家可以思考思考。"

当有人问要采取什么措施时，他又引导大家讨论。有的说："王洪文是我们工人领袖，不可能是反革命。"有的说："头可断，血可流，希望总工会拿出措施来。"有的说："这是翻文化大革命的案，是邓小平路线的继续。"在他们鼓动下，会场个个摩拳擦掌。

要贴出的标语口号经叶昌明、马振龙、黄金海、戴立清审定，将17条增加为21条。如：

还我江青，还我春桥，还我洪文，还我文元
一月革命风暴精神万岁
全市工人阶级和革命人民团结起来，同赫鲁晓夫式的野心家斗争到底
决不容许苏联变修的历史在中国重演
打倒中国的赫鲁晓夫
决不容许赫鲁晓夫式的野心家篡夺党和国家的领导权①

黄金海还写了一份材料，攻击粉碎"四人帮"的斗争，"是王明路线的重演"，"是林彪的手段"。②

13日上午10时左右，王洪文的小兄弟、市轻工局党委副书记马振龙召开各组室新干部会议。他说：中央出了修正主义了。华国锋叛变了。上海

① 《关于"四人帮"反革命集团重要骨干马天水、徐景贤、王秀珍等人罪证材料之六》，第225页。唐行南1976年12月11日供词，《关于"四人帮"反革命集团重要骨干马天水、徐景贤、王秀珍等人罪证材料之六》，第230—232页。

② 1976年10月23日苏振华、倪志福向中央汇报提纲。

到北京去中央开会的几个领导，我们现在联系不上，情况紧急。我们要做好一切准备，宣传准备，武器准备，物资准备，共产党员在关键时刻要有一个态度。会后，一些人按照马振龙的要求议论、研究准备物资，并到各个仓库提取物资。①

在此之前，10 月 12 日、13 日，马振龙就在轻工业局策划和部署反革命武装暴乱，在局内设了明哨暗哨，在局外设两个黑据点，动用基层三个民兵营、两个连，供轻工业局统一调动，从军事上、组织上、物质上都做了准备。马振龙一次就动用了手电筒 200 只，手电池 10 箱，桅灯 260 只，压缩饼干 1 吨，自行车 20 辆，火柴 1 大件，汽车牌照 7 副，油桶 40 只，汽油票 1 吨，纸张 2 吨。还亲自布置仓库将早已准备的 6 辆新汽车，5 套广播器材全部拿出来。②

13 日上午，在王一平、徐良图安排下，曹大澄用军用电话报告了上海要在 13 日发动叛乱的消息。华国锋、叶剑英接到上海八人小组的报告，当即(13 日上午 9 点)派专机把周纯麟、马天水、徐景贤、王秀珍送回上海，终于使王洪文小兄弟策划的武装叛乱胎死腹中。

在专机上，周纯麟对马天水、徐景贤、王秀珍提出：一、回上海后，立即通知市属各大单位，说明“四人帮”被隔离了的事情是确切的；二、市委马上按中央指示办，逐层传达打招呼会议精神；三、各单位照常工作，不准任何人搞破坏；四、各级领导干部要听中央的话，一切听中央指挥。这四条，要由他们三人亲自给各有关单位打招呼。③

上午 10 时多，专机在上海虹桥机场一降落，周纯麟立即赶往家中，把政委请来。政委说，南京军区已传达了粉碎“四人帮”的情况，警备区部队已按南京军区的指示，做了调整和部署。周纯麟紧张的心情才有所缓和。

马天水、徐景贤、王秀珍和张敬标同坐一辆汽车，一路上一言不发。到丁香花园后，马、徐、王传达了中央打招呼会议精神，徐景贤拿出毛泽东给华国锋的几张亲笔批示影印件给冯国柱、王少庸、张敬标看。有人把毛泽东的批示往沙发前茶几上一摔，用手拍打着说：我以为你们带回来什么重磅炮弹响！原来是这几张东西，上面又没头没尾的，谁拿到了都可以用嘛！

徐景贤说：这是毛主席的手迹。

---

① 朱××1980 年 8 月 28 日交代，《关于“四人帮”反革命集团重要骨干马天水、徐景贤、王秀珍等人罪证材料之六》，第 209—210 页。

② 中共上海轻工业局委员会代表 1976 年 12 月在工交战线揭发批判黄涛、陈阿大会议上的发言。

③ 周纯麟：《周纯麟回忆录》，第 578—579 页，中共党史出版社，2005 年。

有人说：谁知道是真是假，凭这么几张东西就可以宣布人家反党了！说到昨天晚上造反派大闹的事情，他说：你们说服得了他们？革命革到现在，发生这么大的变化，弄成这样的下场，培养一批青年干部不容易，他们革命热情非常高。

有的边哭边抱怨：自从你们走后，各路情况摸下来都是传四个人被抓起来了，警备区的几个人从南京军区开会回来也不敢来找市委了。总工会、写作组的人都要起来干，逼着市委表态，而你们在北京不断来电话要家里稳住，一切等你们回来再说。弄得几个在家的人两头受夹，度日如年！①

最后决定下午召开常委会，传达中央打招呼会议精神。

13 日下午，马天水、徐景贤、王秀珍在锦江饭店 14 楼召开市委常委和列席常委（即王洪文的小兄弟）会议。原通知下午 3 点钟开，因为丁香花园会议上有意见分歧，拖到下午 4 点钟才开。马天水通报了中央打招呼会议的情况。徐景贤做补充，讲了毛主席对“四人帮”的批评、指示，然后表态。王秀珍也表态说，听了毛主席的指示后认识有所转变。顿时会场乱了，有的放声大哭，有的叫嚷起来。

冯国柱说：“可以想一想，也可以提些问题。如果说（四人帮）有问题，要有重磅炸弹，能说服我，说服上海的工人阶级、党员。既然 1974 年主席指出‘四人帮’，为什么主席生前不搞？主席逝世不到一个月，尸骨未寒。不相信吧！后面还有文件。”

黄涛也说：“就凭这些能够把‘四人帮’打倒？”

周纯麟当即针锋相对地指出：“不能这样说！”

冯国柱说：“既然是‘四人帮’，主席为什么还叫春桥、文元写文章？”“既然是讲党内的斗争，为什么不通过党内斗争的方式来解决，而是先把人抓起来，然后把材料收集出来？既然讲是‘四人帮’，是四个人的问题，为什么连金祖敏等人都抓起来？”②

周纯麟插话制止：“中央讲得很清楚，‘四人帮’是‘四人帮’，上海是党的发源地，上海人民是听中央话的，你们哪一个不听中央的话，自己硬要往圈子里面钻，那是你们自己的事，是要负责任的！”

这一说，会场像炸了锅一样，有的指着骂他你有什么了不起，现在神气

---

① 1992 年上海文革史料整理编纂小组：《上海“文化大革命”史话》内部本（三），第 967—968 页。

② 1992 年上海文革史料整理编纂小组：《上海“文化大革命”史话》内部本（三），第 968 页。

了;有的甚至撸胳膊卷袖子站起来要打他,一片乌烟瘴气。

周纯麟一拍桌子:“我不参加这个会了!出了事情,一切后果由你们负责!”说完,在警卫人员保护下离开。[①]

再哭、再闹、再喊、再叫,也无济于事了。

13日下午,写作组的王如常没有参加常委会,他忙着打电话给财贸组负责人黄金海,催促立即大干,把大标语贴出去,把民兵拉出来。黄金海提出要与马振龙、王明龙、戴立清、施尚英商量一下。王知常限时下午2时半以前答复。到了2时半、王如常又去电话问怎样决定?“你们干,我带人一起来。”

黄金海说施尚英在江南造船厂,不在总工会,还要找他商量一下。

王如常非常激动,说,你们这些人怎么这样动摇!算了,算了,我们辛苦培养几年的力量也不要拿出来了。但又说:好吧,等你们到四点钟,你们动,就打电话来。

到了四点钟,王知常又打电话问怎么样?黄金海说:我们几个还没有碰到一起,定不下来。王如常说:算了,算了,束手待毙吧!

13日晚8时,马天水在锦江饭店小礼堂召集市总工会、市妇联、团市委、市公安局、市民兵指挥部头头会议,继续传达中央打招呼会议主要精神。传达后会场内议论纷纷。黄金海、王知常这些顽固分子看到大势已去,才不得不收起武装叛乱的人员、物资。

早在10月7、8日,特别是10日以来,“四人帮”倒台的消息就不胫而走。

张春桥、姚文元、王洪文、马天水、徐景贤、王秀珍等在上海实行法西斯专政,作恶多端,罄竹难书。王洪文甚至说“现在上海是我们的天下”,“在上海找一百条狗困难,捉一万个、十万个反革命容易”。[②] 大批无辜者被诬为“反革命”、“叛徒”、“特务”、“走资派”等,蒙受空前奇冤。仅举一例,20世纪60年代初为查清给江青写匿名信的人,上海市公安局有少数人接触到江青30年代的历史。但是在“文革”中,被定为敌我矛盾抓起来的干警1700多人,被整死和自杀的66人。[③] 在“四人帮”统治下的上海,真是白色恐怖。粉碎“四人帮”的喜讯,像狂飙、像怒潮,席卷学校、工厂、机关、街道、农村各个

---

① 周纯麟:《周纯麟回忆录》,第579—580页,中共党史出版社,2005年。

② 1977年3月18日苏振华在中央工作会议上的讲话。

③ 1977年3月18日苏振华在中央工作会议上的讲话。

角落，群众欢呼“第二次解放”，奔走相告，笑逐颜开。13日深夜，已有人在上海街道上刷出：“打倒王洪文”、“打倒张春桥”、“打倒江青”、“打倒姚文元”等指名道姓的大标语。

14日清晨，不少公共汽车上载着这样的标语，行驶在市内各条交通线，消息迅速传遍全市。①

14日，在延安中路200号，有区、县、团、局和大专院校负责人以上干部参加的大会传达了中央打招呼会议精神。当宣布“四人帮”已被隔离时，到会的绝大多数同志情绪非常高昂，有的情不自禁地喊出口号：“打倒‘四人帮’！坚决拥护党中央的英明决策！”只有少数人闷坐着，不吭声。②

下午陆续传达到群众。一夜之间，砸烂“四人帮”的漫画大字报铺天盖地地贴满了大街小巷、商店橱窗。浦江两岸，南京路、淮海路、延安路等处人如潮涌，彩旗飞舞，锣鼓喧天。愤怒的群众游行队伍一层一层地包围徐家汇、康平路市委机关办公院。③

位于徐家汇的交通大学师生员工走在最前面，首先到康平路刷大标语：砸烂反革命黑窝！揪出反革命的帮凶！清除四害，斩草除根！

他们还迫使徐景贤走出机关大院，接受师生们递交的抗议书，并要他转告马天水、王秀珍，要好好检举、坦白、交代！④

各级干部积极传达，不仅在上海传播，还将这个消息主动传到外地。华国锋高兴地说：“上海人民知道粉碎‘四人帮’的时间早，广大群众对‘四人帮’的愤恨像火山一样爆发出来，这实在好啊！这个消息实在好啊！我听了实在高兴，这些工人实在好。向上海工人阶级学习。”⑤

正值菊黄蟹肥时节，有人把三只雄蟹和一只雌蟹绑成一串，在街上叫卖，一时成最出名的漫画题材。华国锋说：我原来没有想到老百姓这么高兴。我看了上海的漫画实在高兴，群众当中实在有人才。⑥

---

① 1992年上海文革史料管理编纂小组：《上海“文化大革命”史话》内部本（三），第969—970页。

② 周纯麟：《周纯麟回忆录》，第580页，中共党史出版社，2005年。

③ 1992年上海文革史料整理编纂小组：《上海“文化大革命”史话》内部本（三），970页。

④ 司马东去：《浩劫上海滩——一个中央工作组成员的耳闻目睹》，第21页，中共中央党校出版，1999年。

⑤ 王守家出差上海工作笔记，1977年1月6日华国锋在政治局会议听苏振华、倪志福等汇报时的讲话。1985年和李莉采访华国锋。

⑥ 1985年和李莉采访华国锋。

华国锋主持中央政治局会议，再次研究解决上海问题的方针政策

10 月 13 日，彭冲应召紧急入京，此次心情却是轻松的。

当晚华国锋要主持召开政治局会议，研究解决上海问题的方针。华国锋说："对上海市旧市委，群众冲一下是必要的。""中央工作组到上海以后，就是抓好揭批'四人帮'的阶级斗争，千万不要钻到具体事务里去。具体事务让上海市原来的有关职能机构去搞。如果有人乘机搞乱，破坏生产，破坏革命，你们查他们就是了。"华国锋嘱咐："你们去了以后，要注意，生产不要受影响，要控制住局面。"①他事后回忆："就以上海来说，'四人帮'经营十年之久，我们原来准备那里可能出一点大的乱子。但是实际上，揪出'四人帮'的消息一传开，'四人帮'及其一小撮余党就陷入上海一千万军民揭批'四人帮'的汪洋大海之中。革命群众意气风发，社会秩序稳定，工业生产逐日上升，大的乱子没有出，中的乱子没有出，小的乱子也没有出。""从上海看到全国，斗争形势发展得这样好，不是偶然的。它有力地说明了'四人帮'人心丧尽，极端孤立；有力地说明了毛主席培育我们的党、我们的军队、我们的人民是非常之好的；同时有力地说明了，中央对开展这场伟大斗争的指导方针是完全正确的。"②

在 10 月 13 日的会上，叶剑英也讲了话。他 79 岁高龄，头脑敏捷。他强调解决上海问题的重要性，上海是"四人帮"的发家之地，经营多年，盘根错节，情况复杂。上海又是全国最重要的工业基地和最大的城市，在经济上举足轻重之势。他说：上海的运动搞到什么程度？一破一立，破要破得彻底，立要立得正确。是否彻底，要听听群众的意见。去上海问题的方针是，既要解决问题，又要稳定局势。上海稳住了，全国就稳住了一大半，就是为中央分忧。

叶帅提出，要总结"文革"中简单提出"破字当头，立在其中"口号的教训，保证粉碎"四人帮"的胜利不断地、顺利地扩大战果。

汪东兴赞成叶帅的意见，强调："上海的运动宁肯稳一点，不要急。要防

---

① 司马东去：《浩劫上海滩——一个中央工作组成员的耳闻目睹》，第 13 页，中共中央党校出版社，1999 年。

② 司马东去：《浩劫上海滩——一个中央工作组成员的耳闻目睹》，第 15—16 页，中共中央党校出版社，1999 年。

止敌人下毒手。晚上不要单独活动，不要单枪匹马。”[①]

华国锋对彭冲说：“你这次去，要有个长期打算。”因为苏振华、倪志福都是政治局成员，政治局一共11个成员，上海局势稳定后，苏振华、倪志福会另有任命，只留彭冲在上海工作。

李先念提醒彭冲：“你到上海去，上海有些人会眼红的，同你是对头冤家嘛！这一点不要紧。但自己要注意一点，不要带江苏的人去。”

彭冲很重视李先念的这条意见，没有从江苏带干部去，担任了上海市委第一书记以后，由王一平分管干部工作，从不对干部的安排或提拔提出个人意见，一切放到集体讨论中解决。[②]

李先念说：“不排除上海有人抢过反对‘四人帮’的旗帜，保存实力，求得一官半职。”[③]

华国锋、叶剑英、李先念这些讲话，政治局这次研究上海政策问题的意见集中反映在1976年10月18日下发的《中共中央关于王洪文、张春桥、江青、姚文元反党集团事件的通知》中，通知在列举了“四人帮”的罪证后，首先指出其对“四人帮”斗争的性质是：“我们党同王、张、江、姚反党集团的斗争，是无产阶级同资产阶级、社会主义同资本主义、马克思主义同修正主义之间的你死我活的斗争。”

然后提出解决问题的政策：

> 在揭发和批判王、张、江、姚反党集团的斗争中，要注意政策。要坚定地相信群众的大多数。要切实执行毛主席的方针，“惩前毖后，治病救人”，“要扩大教育面，缩小打击面”，团结一切可能团结的人。对犯错误的人，要区别对待。它们中的大多数人，是受了“四人帮”的影响，说了错话，做了错事；又有极少数人是跟着“四人帮”干坏事，陷得很深的。要允许犯错误的同志改正错误，改了就好。不要揪住不放，不要纠缠历史的旧账，不要一棍子打死。中央

---

① 司马东去：《浩劫上海滩——一个中央工作组成员的耳闻目睹》，第13页，中共中央党校出版社，1999年。

② 司马东去：《浩劫上海滩——一个中央工作组成员的耳闻目睹》，第15页，中共中央党校出版社，1999年。

③ 司马东去：《浩劫上海滩——一个中央工作组成员的耳闻目睹》，第13页，中共中央党校出版社，1999年。

热烈希望，跟随王、张、江、姚反党集团犯了错误，包括犯了严重错误的同志，尽快觉悟过来，同王、张、江、姚反党集团划清界限，揭发他们的罪行，转变自己的立场，回到毛主席的无产阶级革命路线上来。

文件最后强调：

反对王、张、江、姚反党集团的斗争，一律在党委一元化领导下进行。要提高革命警惕，严防国内外阶级敌人造谣惑众，破坏捣乱。对矛头指向伟大领袖毛主席和以华国锋同志为首的党中央的政治谣言、反动标语等，要坚决追查，打击制造者。对反革命、对打砸抢者，要实行镇压。要加强对人民群众的思想政治工作，采取有力的措施消除资产阶级派性。不准串连。不准成立任何形式的战斗队。

"抓革命、促生产、促工作、促战备"，"深挖洞、广积粮、不称霸"，关心群众生活，限制资产阶级法权，努力把各个方面的工作做好，进一步发展大好形势，巩固我国的无产阶级专政，争取对人类做出较大的贡献。

这个文件体现了华国锋在政治局会议上所说的"我们不会采取'四人帮'的办法，乱戴帽子，乱整人"的政策。这个文件的发布不仅保证了中央工作组顺利接管上海，也保证了全国运动的顺利进展，政局的平稳过渡，将国民经济从崩溃的边缘拉了回来。

苏振华、倪志福、彭冲组建中央工作组经过

工农干部知识化的典型，有谋有勇的苏振华上将

为什么华国锋、叶剑英、李先念、陈锡联都提议由苏振华挂帅中央工作组呢？

苏振华1955年授上将衔，1976年64岁，正年富力强。参加革命已48年。

苏振华，生于湖南平江一个雇农家庭，原名苏七生。16岁参加儿童团，翌年8月参加共青团，1930年6月参加红军时，由彭德怀改名为苏振华。同年8月参加共产党。因英勇善战，表现突出，1931年当选为全国第一次苏维埃代表大会代表。同期参加革命的红小鬼成长为党政军高级干部的很多，但是，当选为苏维埃一大代表不能说是绝无仅有，也是很少的。会后任团政委，参加历次反"围剿"、长征，英勇善战，多次负伤。1936年6月入红军大学高级班学习。苏振华文化低，听课当堂不能记录，晚上借同学的笔记，一笔一画地抄录。他学习刻苦，实践经验丰富，理解快，博闻强记，不到6个月的时间，毕业时考试门门功课优秀。曾被毛泽东誉为工农分子知识化的典型。[①] 抗战时任冀鲁豫军区政委。解放战争时任晋冀鲁豫野战军第一纵司令员兼政委，1949年指挥部队横渡长江，解放大西南，此后主政贵州，任省委书记、贵州军区政委。

1953年11月邓小平在重庆找苏振华谈话。他说：萧劲光年纪大了，身体不大好，为了加强海军领导，我和彭总建议调你到海军工作。[②] 萧劲光大将是海军司令，后任国防部副部长，这年50岁。苏振华41岁。1954年5月苏振华到北京，历任海军副政委兼政治部主任、海军党委副书记、海军政委。1956年在中共八大当选为中央候补委员。1959年9月任中共中央军委副秘

---

① 1979年2月15日邓小平在苏振华追悼大会的悼词，《人民日报》1979年2月16日。

② 杨肇林、丑运洲、乔崖：《从高山到大海——共和国上将苏振华》，第149页，解放军出版社，2001年。

书长、委员。

1967年1月苏振华被林彪集团的重要成员李作鹏等人打倒,1月16日被绑架、隔离。夫人陆迪伦受株连被关押。专案组逼她和苏振华离婚,遭到她严词拒绝。孩子们都受到牵连,妻离子散,备受煎熬。[①] 后苏振华夫妇被发配到湖南零陵冷水滩监督劳动。

林彪摔死蒙古温都尔汗,李作鹏被隔离审查后,苏振华于1972年2月回到北京治病,住在北京阜外医院小儿科,床头挂的是参军前的名字"苏七生",仍然没有行动自由。1972年3月5日毛泽东在苏振华申诉信上批示:"此人似可解放了。如果海军不能用他,似可以改回陆军(或在地方工作)让他做一些工作。可否,请中央酌定。请汪(东兴)印发各同志。"[②]3月7日深夜,海军司令萧劲光到阜外医院,向苏振华传达了毛泽东的批示。17日,苏振华被转到301解放军总医院,解除监护。因有毛泽东的批示,同年5月,苏振华出任海军第一副司令员、党委第三书记。1973年3月任海军第一政委、党委第一书记。

1973年8月"十大"召开,苏振华当选为政治局候补委员。事先,周总理找他谈话。苏振华认为党内许多老同志,无论是理论修养、工作能力和资历都比自己强,一再表明难以胜任。周恩来严肃地对他说:"毛主席过去多次指出,当选中央委员和中央领导成员的同志,不一定水平比没有当选的同志高,只是当选者加重了为人民服务的责任。我们只有兢兢业业为党、为人民鞠躬尽瘁,做好工作。"周恩来说:"还有许多老同志没有站出来,或没有完全站出来工作,党和国家还有许多困难,特别是军队遭到林彪一伙严重破坏,亟须恢复元气,需要有更多的忠于党和人民事业的人大胆工作,你要不负重托。"

他的夫人陆迪伦正在外地,得知苏振华要进政治局,连夜赶回北京,劝阻苏振华:"现在情况这么复杂,最好请求组织上让你多做实际工作,不进政治局。"苏振华深知林彪集团刚刚被粉碎,军队、地方许多部门在"文革"的破坏下成为重灾区,积重难返,江青、上海帮频频发难,在这种情况下进入政治局,风险很大,但是周总理的一席话,使他深感责任重大,不能够也不允许推

---

① 杨肇林、丑运洲、乔崖:《从高山到大海——共和国上将苏振华》,第281—282页,解放军出版社,2001年。

② 中共中央文献研究室:《建国以来毛泽东文稿》第十三册第290页,中央文献出版社,1998年。

辞。面对变化莫测的形势，他以“义不容辞、责无旁贷、力不从心、勉为其难”来鞭策自己，兢兢业业地工作。[①]

1973 年 9 月，西贡南越政权宣布将我国南沙群岛的南威、太平等岛划入其福绥省。1974 年 1 月 14 日，了解到南越有入侵西沙群岛的可能，军委决定派舰队巡逻西沙，护渔护航，为此成立中央军委五人小组。19 日，前线紧急，叶剑英、邓小平到作战指挥部研究敌情，海军第一政委苏振华协助实施指挥。20 日，战役结束，收复了 3 个岛，击沉敌护航舰一艘，击伤驱逐舰 3 艘，打死打伤南越官兵 100 多人，俘虏 49 人。[②]

这一仗，使毛泽东增强了对苏振华的信任。从此中央军委五人小组由此变为六人小组。

1975 年 1 月 5 日，中共中央决定邓小平任军委副主席兼总参谋长，叶剑英任国防部长。1 月 25 日邓小平发表《军队要整顿》的讲话。2 月 5 日，经叶剑英建议，毛泽东同意，中共中央发出文件通知，以西沙作战时的军委六人小组为基础，取消军委办公会议，成立中国共产党中央军事委员会常务委员会，由叶剑英主持。成员有：叶剑英、王洪文、邓小平、张春桥、刘伯承、陈锡联、汪东兴、苏振华、徐向前、聂荣臻、粟裕 11 人。苏振华进入了军委常委之列。

从 1935 且 11 月起中央军委主席一直由毛泽东担任，1959 年后由林彪、贺龙、聂荣臻等任副主席，1966 年 1 月增补陈毅、刘伯承、徐向前、叶剑英等为副主席。1967 年在所谓反对二月逆流的情况下，叶剑英受到批判。在此之前贺龙被隔离。1968 年 3 月中央军委常委、代总参谋长杨成武被隔离后，根据毛泽东的建议军委常委会不再开会。代之以军委办事组，林彪集团的重要骨干黄永胜为组长。从此军委办事组取代军委常委会主持军委日常工作。“九一三”后，撤销了军委办事组，成立军委办公会议，由叶剑英、谢富治、张春桥、李先念、李德生、纪登奎、汪东兴、陈士榘、张才千、刘贤权 10 人组成，叶剑英主持军委日常工作，进行集体领导。1973 年 5 月“十大”前夕，王洪文担任中共中央军委办公会议成员。无论军委办事组，还是军委办公会议，这都是临时机构。现在正式恢复了军委常委会，这标志着军委工作重新

---

① 参见杨肇林、丑运洲、乔崖：《从高山到大海——共和国上将苏振华》，第 311—313 页，解放军出版社，2001 年。

② 参见杨肇林、丑运洲、乔崖：《从高山到大海——共和国上将苏振华》，第 314—320 页，解放军出版社，2001 年。

进入了正规。这为保证叶剑英等对军队的领导起了重要作用，为粉碎“四人帮”准备了条件。

1975年苏振华反对“四人帮”夺军权、夺政治局权

1975年1月张春桥当上国务院副总理、中共中央军委常委、总政治部主任，但是从来不穿军装，以示他同叶剑英等军队老同志的区别。他知道军队、枪杆子重要，虽然不懂军事、不穿军装也到总政上任。3月1日，张春桥召开全军政治部主任座谈会，在会上突然拿出一本书《经验主义还是马克思列宁主义》，这是从苏联尤金的《哲学小辞典》中选编的。同时他引用毛泽东1959年讲的几句话，说：“现在主要危险是经验主义。”然后借题发挥，说：“林彪也犯了经验主义，因为经验主义是作为教条主义的助手出现的。”他以反对经验主义、反对林彪为名，实际上是针对富有斗争、领导经验的老同志。

同日，《红旗》杂志发表姚文元的文章《论林彪反党集团的社会基础》，姚文元在文中，也如法炮制，断章取义引用毛泽东1959年的这几句话：“……现在，主要危险是经验主义。”3月21日姚文元向新华社发指令：“社论说到主要危险是经验主义，”“你们要组织宣传，要搞典型、配评论，这样效果好。”一时间北京、上海各报发表了许多反经验主义的文章，甚嚣尘上。同时，江青在政治局会议上提出要求印发毛泽东批判经验主义的讲话。4月4日江青接见工人代表，专门介绍张春桥关于对资产阶级全面专政文章的重点。事后认为讲得不全面，特别电话加发补充，讲得更露骨：“我还要补充另一个重点，就是现在我们主要危险不是教条主义，而是经验主义。”①

4月1日张春桥文章《论对资产阶级的全面专政》在《红旗》第4期发表。

张春桥、姚文元的文章发表，给江青极大鼓舞。她也不甘寂寞，将毛泽东1974年秋“不要由你组阁”的批示②置于脑后，跟王洪文商议，分工找政治局委员谈谈政治局的领导问题。1974年6月1日周恩来住院手术后，王洪文主持中央政治局的工作。江青看不起王洪文，认为自己的机会来了。但是“四人帮”在政治局是少数，此时，她要借势扩大自己和“四人帮”在政治局

---

① 迟群传达江青1975年4月4日的电话指示。

② 1974年11月12日毛主席在江青的信上批示：“不要多露面，不要批文件，不要由你组阁(当后台老板)，你积怨甚多，要团结多数，至嘱。”“人贵有自知之明，又及。”

的影响，或进一步夺取政治局的领导权。由此可见她野心之大，虽然对国务院组阁失败，现在反而又要过问政治局的领导问题。

1975 年 4 月 8 日晚，江青约苏振华到钓鱼台 17 号楼谈话。江青开门见山：

最近，我跟王洪文商量，我们分工找政治局同志谈谈政治局的领导问题，我负责找登奎、锡联同志和你谈。洪文同志找政治局其他老同志和青年同志谈。

主席批评政治局不议政、不议军后，有一段时间政治局的政治生活有些改善，开会讨论问题比较活跃。最近一段时间政治局学习理论、讨论国际问题，又不重视了，除春桥、文元和我发表意见外，其他同志很少发言。过去登奎、锡联和你在政治局讨论问题时，能动脑筋发表意见，四届人大以后，你们也不发言了，是什么原因？政治局生活不正常。

苏振华对江青这席话很有意见，认为她只是政治局一般成员，却把自己摆在政治局之上，这将毛主席、周恩来、叶剑英等副主席置于何地？顾及她的特殊身份，苏振华只能耐着性子听下去。

苏振华说：一是我在医院动手术，政治局会议没有参加，了解情况少。[①]二是自己水平很低，参加政治局会议，抱着当小学生的态度努力学习。

江青打断苏振华的话：你说的不全面，应当一面当先生，一面当学生。

苏也很不客气地说：我在政治局当先生，我教谁呀？

江青见苏振华态度强硬，就稍有缓和，说：要敢于思想交锋。现在政治局会议，实际上是洪文、小平同志主持。洪文同志有人捧他，我提醒他后，他学习理论比较注意了。

江青见苏沉默不语，话锋一转，说：小平同志讲话不多，他不爱务虚。我对小平同志两点意见，第一政治局要经常议国际问题，小平同志同意。对日本、葡萄牙问题我有不同看法，我向主席写过信，送过材料。第二要总参整理国际的材料和印制国际地图。小平同志说总参二部、三部正在整顿，现在没有力量整国际方面的材料。小平同志管总参不经过他不好办。主席说小平同志路线对头的时候好合作，路线不对头的时候不好合作，他曾犯过对主席闹独立王国的错误。

江青又说：学习理论很重要，不学习要变修，经验主义是修正主义的帮

① 1975 年春，苏振华在 301 医院住院做阑尾切除手术。

凶。学习理论一定要搞运动，要抓典型，我就抓住了几个典型，政治局同志不抓典型，不学习理论不行，一抓理论，生产、工作都可以带上来。

又说：主席的秘书过去是招待员，文化水平很低，国际地图都看不懂。但政治经济学我是行家，我每天要看60000字材料，从中选用有用材料送主席看。

最后，江青又提出让苏振华选编毛主席有关无产阶级专政的理论文章，整理从第一国际到第三国际的历史资料，选编马克思、恩格斯、列宁的有关语录。

苏振华婉言回绝：编印整理这些资料是大事，马列主义理论自己懂得很少，国际知识知道得就更少。而且海军的工作很多，也忙不过来，又没有搞理论的专门机构，这个任务我担当不了。春桥、文元管理论工作，建议请他们抓。①

谈话结束时，江青送给苏振华一首诗和三份学习材料。对于苏振华的拒绝，江青悻悻然十分不满。

4月14日晚，王洪文出面找苏振华、倪志福、吴桂贤谈话。王洪文又提出同样的要求。苏振华还是拒绝。② 王洪文碰了壁，借口要去江青那儿审查电影，就先走了。

苏振华深感这两次谈话不正常，他说："政治局负责同志找政治局成员谈谈工作是正常和有好处的，但是，我感到江青同志同我的谈话、有些问题是不应当和我谈的，是不正常的。"他及时向周总理、叶剑英、邓小平报告了这两次谈话的情况。③

苏振华汇报的情况，引起周恩来、叶剑英、邓小平的注意和警觉。1974年毛主席批评江青，不让她组阁，她不但没有收敛，反而要过问"政治局领导问题"。批林批孔时"四人帮"提出反对走后门。现在开展学习理论，他们又提出要反对经验主义。他们口头上高喊毛泽东万岁、毛泽东思想万岁，但是在实际工作中总夹带私货，批经验主义的舆论造得很大，火点得很旺。这与江青过问、解决"政治局领导问题"的图谋是一致的。

张春桥、江青"反对经验主义"这种提法，事先并没有经过政治局讨论。

---

① 1975年6月5日苏振华致毛主席的信。

② 2010年3月和陈东林采访苏振华的秘书丑运洲。

③ 1975年6月5日苏振华致毛主席的信。

政治局多数同志认为现在问题不是经验主义，而是极左。现在的任务不是批判经验主义，而是整顿。如果以批经验主义为主，正在进行的整顿就会停止，甚至倒退。大家看出他们名为批经验主义，实际是攻击以周恩来为首的老同志，攻击国务院。但是“四人帮”拿着毛泽东过去讲的话大做文章，只有毛泽东本人出来讲话、批评，才能制止“四人帮”这种错误的做法。怎样才能让毛泽东知道他们的所作所为，成为至关重要的问题。

4月14日毛泽东从南方回到北京。4月18日，毛泽东由邓小平陪同会见朝鲜劳动党总书记金日成。外宾走后，邓小平抓住机会，向毛泽东反映了江青等反经验主义的问题，明确表示不同意关于“经验主义是当前主要危险”的提法。过了5天，23日毛泽东在姚文元报送的新华社《关于报道学习无产阶级专政理论问题的请示报告》上批示：

> 提法似应提反对修正主义，包括反对经验主义和教条主义，二者都是修正马列主义的，不要只提一项，放过另一项……我党真懂马列的不多，有些人自以为懂了，其实不大懂，自以为是，动不动就训人，这也是不懂马列的一种表现。此问题请提政治局一议。为盼。[①]

政治局多数同志早想刹住“四人帮”批经验主义的歪风，看到毛泽东的批示，心中大喜，在4月27日的政治局会议上都要求将毛泽东批示发下去，为此和“四人帮”发生争吵。这是政治局第一次在会上批评“四人帮”。而苏振华向周恩来、叶剑英、邓小平所反映的情况，正是这场斗争的导火索。正因为此，后来1976年4月7日召开处理天安门事件、邓小平的中央政治局会议，会前毛泽东就特别告诉毛远新不要叶剑英和苏振华参加会议。[②] 苏振华经常住在西山，和叶剑英的住所相邻。那时形势急转直下，面对不理解的孩子们，苏振华说：“你们要相信我们老的。你们谁都不准在外面乱说话，坏了我们的事。”[③]

这段历史，因苏振华于1979年早逝而鲜为人知。

---

① 中央文献研究室：《建国以来毛泽东文稿》第13册，第426页，中央文献出版社，1998年。

② 采访华国锋。2011年叶选基回忆：后，毛泽东又让叶剑英参加会议。

③ 2011年10月采访苏承业。

毛泽东得知4月27日政治局会议上的争论后，1975年5月3日晚10时3刻，在中南海住所召开政治局会议。这也是毛泽东最后一次主持召开政治局会议。周恩来特地从医院赶来开会。因为久不见面，毛泽东同政治局成员们一一握手，并对每个人都讲几句话。此时他的眼睛因白内障只能模模糊糊看到每个人的轮廓，但是他仍能从动作、声音，准确地辨识出每一个人。他握着苏振华的手时，特地戴上眼镜，仔细端详了一会儿说："管海军靠你，海军要搞好，使敌人怕。"随即伸出小拇指，不无遗憾地说："我们海军只有这么大。"[①]苏振华回答说：现在大了一点了，现在这么大。他也伸出用无名指作比。

大家落座后，毛泽东讲话，尖锐批评了江青等人反经验主义及其宗派活动。他说：

"我看批判经验主义的人，自己就是经验主义，马列主义不多。""不要分裂，要团结。要搞马列主义，不要搞修正主义。要光明正大，不要搞阴谋诡计。不要搞'四人帮'，你们不要搞了，为什么照样搞呀？为什么不和二百个中央委员搞团结？搞少数人不好，历来不好。这次犯错误，还是自我批评。"

"我看江青就是一个小小的经验主义者，教条主义谈不上……不要随便，要有纪律，要谨慎，不要个人自作主张，要跟政治局讨论，有意见要在政治局讨论，印成文件发下去，要以中央的名义，不要用个人的名义，比如也不要以我的名义，我是从来不送什么材料的。要守纪律，军队要谨慎，中央委员更要谨慎。我跟江青谈过一次，我跟小平谈过一次。王洪文要见我，江青又打来电话要见我，我说不见，要见请大家一起来，完了。"

这是毛泽东第一次将江青等四个人称为"四人帮"。"四人帮"的称号就是这么来的。

同时，毛泽东又说："我看问题不大，不要小题大作，但有问题要讲明白，上半年解决不了，下半年解决；今年解决不了，明年解决；明年解决不了，后年解决。不作自我批评不好，要人家作，自己不作。有没有。"

5月12日，周恩来在305医院找苏振华谈了一次话。6月5日下午5时半，周恩来又和苏振华谈话一小时。

6月3日晚，政治局会议遵照毛泽东的批示，开会批评"四人帮"。苏振

---

① 中共文献研究室：《建国以来毛泽东文稿》第13册，第434页，中央文献出版社，1998年；杨肇林、丑运洲、乔崖：《从高山到大海》，第305页，解放军出版社，2001年。

华发言说：王洪文对会议要讲明白的问题，特别是“四人帮”的问题没有讲明白，实际上做了一遍解释，同主席多次严肃指出的精神是不相符合的。

苏振华还就江青、王洪文找他谈话提出批评，他说：本来，政治局负责同志找政治局成员谈工作是正常的，有好处的，但有些话是不应当说的。像编印毛主席和马列文章这样的大事，应向主席或常委提出建议。

苏振华当面的揭露批评，使江青恼羞成怒，她暴跳如雷，大声吼叫，“你不要挑拨！”①

深夜归来，苏振华不能平静，深深感到斗争的严重和复杂。经过深思熟虑，6 月 5 日，他亲笔给毛泽东写了一封信说：

> 主席多次提到“四人帮”的问题，是有调查研究和根据的，而且对这个问题讲得很严肃。我对主席的话坚信不疑，希望在这次政治局会议上把这个问题讲明白，但是，某些同志回避这个问题，甚至有的问题的实质说颠倒了。

信中直接揭露江青 4 月 8 日找他的谈话内容，说：

> 江青同志同我谈话，有些问题是不应当和我谈的，是不正常的，因此，我向总理、剑英、小平三位副主席谈了江青同志和我谈话的情况，同时，我在政治局会议发言时也提到江青、洪文找我谈话的问题……我说这样大的事情，应当向主席报告或政治局常委提出建议。我认为找我这样的人个别谈是不适当的。
>
> 政治局这次会议，对主席 4 月 23 日的批示和 5 月 3 日的重要指示，既没有学好学深，提出来的问题也没有完全讲清楚。今后，我相信政治局在主席的直接领导下，一定遵照主席的指示：上半年解决不了，下半年解决；下半年解决不了，明年解决；明年解决不了，后年解决。②

---

① 杨肇林、丑运洲、乔崖：《从高山到大海——共和国上将苏振华》，第 325—326 页，解放军出版社，2001 年。

② 苏振华 1975 年 6 月 5 日写给毛泽东的信。

最后表示自己将按毛泽东的要求，同“四人帮”斗争到底。同时，还附寄了江青另有用意抄录的一首诗。

苏振华亲自把写好的信先送叶剑英、邓小平和周恩来审阅，邓小平在个别地方亲笔作了修改。他们同意信的内容，但周恩来认为时机还不成熟，担心会干扰毛泽东处理“四人帮”的部署，提出暂不要送交毛泽东。[①]

6 月 3 日后，王洪文在周恩来的劝说下，在政治局的压力下，做了检查。6 月 28 日，江青在毛泽东和政治局的压力下终于交出了第一份书面检讨。

苏振华根据毛泽东、周恩来、叶剑英、邓小平的指示，对“四人帮”搞的反经验主义以及煽动资产阶级派性、反对落实干部政策等做法，又在海军组织开展了严肃的批判。

7 月 1 日，叶剑英给毛泽东写信，建议由邓小平主持政治局会议。毛泽东批示：“同意。”[②]由此从 1975 年 7 月开始，邓小平正式主持政治局工作。

毛泽东的干预、周恩来领导政治局多数同志的斗争，挫败了江青要解决“政治局的领导问题”的企图，保证政治局领导权在毛泽东、周恩来、叶剑英、邓小平等坚持正确意见的多数手中，为粉碎“四人帮”打下基础。

6 月 24 日至 7 月 5 日，叶剑英、邓小平主持召开中央军委扩大会议，贯彻执行毛泽东关于“军队要整顿”、“要准备打仗”的指示，确定先从调整领导班子着手，把军队整顿好。苏振华参与处理军委日常工作，受命将调整方案绕过由张春桥任主任的总政治部，专程送到广州请叶帅审定。经毛主席、党中央批准，迅速、果断地调整了军队各总部、各大军区、各军兵种 23 个大单位的领导班子，稳定了军队，有效地制止了“四人帮”安插亲信的阴谋。8 月，苏振华、陈锡联、杨成武、梁必业受邓小平指示，参加空军党委常委扩大会，帮助空军常委扩大会端正方向。会后经毛主席批准，调整了空军领导班子。[③]

1975 年 7 月邓小平主持中共中央政治局工作后，王洪文回到上海向马天水、徐景贤、王秀珍发牢骚：“中央军委讨论这些名单(即领导班子名单)的时候，我和春桥同志都不熟悉这些人，对有些人的情况，根本不了解，讲不出

---

① 杨肇林、丑运洲、乔崖：《从高山到大海——共和国上将苏振华》，第 325—326 页，解放军出版社，2001 年。采访丑运洲。

② 谈话记录，见逄先知、金冲及主编：《毛泽东传(1949—1976)》(下)，第 1739 页，中央文献出版社，2003 年。

③ 杨肇林、丑运洲、乔崖：《从高山到大海——共和国上将苏振华》，第 326—327 页，解放军出版社，2001 年。

反对的理由，只好通过。”“春桥同志最近说什么呢？他说我这个总政治部主任不过是枚橡皮图章，人家搭好班子，要总政向上报，报告上盖的就是张春桥的签名章，可是根本不征求我的意见。”①

他这一番话说得徐景贤、马天水、王秀珍不敢出声。

这些举措，使军队牢牢掌握在党和人民手中，为粉碎“四人帮”做了组织准备。

苏振华面见叶剑英、华国锋，提出解决“四人帮”问题的四条建议

1976 年 9 月 14 日傍晚，毛泽东逝世后第 5 天，苏振华登门看望叶剑英。叶剑英把收音机的声音开得大大的。稍事寒暄，话题便转到“四人帮”的动向，特别是上海正加紧给民兵发武器，毛远新有调动沈阳部队进京等话题上。苏振华建议：要赶快下手解决“四人帮”的问题。

苏振华拿起茶几上放着的军委便笺和铅笔，一条一条写出给叶帅看，附在叶帅的耳边加以说明。他提出四条：一、要抓军队，军队不能让“四人帮”插手，要把军队掌握在可靠人的手里；二、要抓舆论，设法把被“四人帮”控制的报刊、电台抓过来；三、要对中央主要领导同志的安全特别注意，不能老住在一个地方，要经常变动；四、要赶快下手，夜长梦多，要注意保密。

这天下午，李先念已来看过叶剑英，说：“国锋同志让我来，请叶帅考虑我们和‘四人帮’的矛盾必须解决，请叶帅考虑，用什么方式解决，在什么时机解决为好。”此时叶帅看了苏振华写的四条后，频频点头，对苏振华说：适当的时候，你当面与华国锋谈谈。叶剑英把华国锋的保密电话号码写在便签上交给苏振华，同时说：等我先给华国锋打了招呼，你再与他联系。②

9 月中旬，陈锡联收到海军东海舰队一个干部写的一封信。这是一封要求江青当党主席的劝进信。陈锡联将信交给叶帅。9 月 20 日，叶帅将信交给苏振华，并告诉苏振华说：经初步了解，此人为“四人帮”制造舆论很卖力，这样的信写了不少(后查明他先后给“四人帮”、马天水、徐景贤、王秀珍、毛远新等人写这样的信共 22 封)，他提出进中央领导班子的名单，同已掌握的

---

① 徐景贤：《十年一梦》，第 373 页，时代国际出版有限公司，2003 年。

② 杨肇林、丑运洲、乔崖：参见《从高山到大海——共和国上将苏振华》，第 330—331 页，解放军出版社，2001 年。

“四人帮”拟定的名单，除个别外，基本是一致的。要查清是有谋而合还是不谋而合，不能大意，要查清楚。经中央主要领导同志同意，先把此人扣起来，必须尽快果断执行。

苏振华当即同海军副政委卢仁灿商量，决定派海军装备部副政委、曾任海军政治部保卫部长的范维纲去东海舰队执行这一任务。范维纲说：我现在不是保卫部长，执行这样的任务会有许多不便。

苏振华斩钉截铁地说：这是一个特殊任务，这事不能扩大，知道的人越少越好。现在找到你，你去也得去，不去也得去，而且要绝对保密，不许告诉任何人，连老婆也不能告诉。

范维纲当即赶赴东海舰队，找到舰队党委主要负责人说明来意，先核对写信人的笔迹。舰队主要负责人说：这样的事，海军党委没有下达正式文件，不好执行。范维纲反复说明，仍无法执行。

范维纲连夜赶回北京，向苏振华和卢仁灿汇报。

苏振华明确说：此事没有经海军党委讨论，是中央政治局主要领导同志决定交办的，可以告诉舰队党委主要负责人，这是非常时期采取的非常措施，他们必须坚决执行！随后，苏振华指示加派海政保卫部一个处长与范维纲一同去东海舰队，传达中央这个决定。①

9月29日夜，华国锋主持召开中央政治局会议。为了留毛远新在中央起草三中全会文件，江青、王洪文、张春桥、姚文元一起围攻华国锋。吵了一阵，“四人帮”见在政治局会上占不了上风，江青颤抖着嗓音，尖声喊叫：“没有事了，散会了！散会了！其他的政治局委员都可以走了！”不一会儿，江青又喊：“这是我们的家事，我只和华国锋同志谈，别的同志可以走了。”

此时东方已泛白。政治局其他人陆续离开了会场，汪东兴一直没有离开。李先念、苏振华也没有走远，在旁边的福建厅坐下来。过了约半个多小时，李先念、苏振华回到东大厅，看到江青还在那里吵，于是插话说：“国锋同志近来处理主席后事很累了，身体不大好，不要再谈下去了。天都快亮了，明天天安门城楼上还有座谈会，散会吧。让国锋同志休息一下。”

任凭江青、张春桥、王洪文、姚文元再怎么说，华国锋就是不让步，此时

---

① 杨肇林、丑运洲、乔崖：《从高山到大海——共和国上将苏振华》，第331—332页，解放军出版社，2001年。

便宣布："散会，毛远新同志回东北工作。""四人帮"只好悻悻走了。①

10月2日，华国锋安排见了苏振华。华国锋向苏振华说：你的四点建议，叶帅已告诉了我，今天请你来谈谈。苏振华向华国锋复述了那四条建议。华国锋连连点头，慎重而又严肃地说：你的意见很好，当前特别要掌握好部队。你和锡联同志都是军委常委、政治局成员，你长期受林彪、"四人帮"打击迫害，在部队威信高，请你和锡联同志协助叶帅，抓好稳定部队的工作，保证部队能够听从党的指挥，千万不能出差错。

苏振华坚定地说：请党放心，我一定圆满完成党中央交给的任务。②

为了完成华国锋交给的任务，当天(10月2日)，苏振华约吴忠少将一起到密云水库。解放战争时期，吴忠是杨勇、苏振华纵队的旅长。此时，吴忠是北京卫戍区司令，掌握着北京地区的卫戍部队。吴忠在苏政委面前无话不谈，共同语言很多。

苏振华对吴忠交代：目前情况复杂，请他务必掌握好部队，保持部队稳定，不受干扰，除了华总理、叶帅的命令，任何人都不能调动部队，特别是不准任何人调部队进京，保证部队绝对听从党中央的号令，千万不能出任何问题，而且要求绝对保密。苏振华说："不解决'四人帮'问题，华国锋同志就工作不下去。"但他没有谈如何解决。③

苏振华特别对吴忠说：叶帅对北京郊区某坦克团不放心。万一有人被煽动、蛊惑，把坦克开进北京城怎么办？吴忠回答说：这个部队大门口就驻有警卫师的坦克团。卫戍区的坦克比他们只多不少，加上反坦克火炮，足以保证首都的绝对安全。

吴忠深感任务的重要和神圣，当场表示保证掌握好部队："坚决听从党的号令，决心圆满完成党交给的神圣任务。"④

吴忠深知"四人帮"的劣迹，对他们早就不满。1968年5月，吴忠任北京卫戍区第一副司令员，1970年任卫戍区司令员。正值"文化大革命"的高潮，卫戍区部队不仅要完成繁重的首都卫戍任务，还要介入地方"文化大革命"

---

① 1985年和李莉采访华国锋。

② 杨肇林、丑运洲、乔崖：《从高山到大海——共和国上将苏振华》，第331页，解放军出版社，2001年。

③ 吴德：《十年风雨纪事——我在北京工作的一些经历》，第243页，当代中国出版社，2004年。曲爱园：《百战将星——吴忠》，解放军文艺出版社，2004年。

④ 杨肇林、丑运洲、乔崖：《从高山到大海——共和国上将苏振华》，第332—334页，解放军出版社，2001年。曲爱园：《百战将星——吴忠》，解放军文艺出版社，2004年。

运动，担负“三支两军”工作。卫戍区部队执行的具体工作任务，既有上级领导机关按正常程序下达的，也有越级下达的，甚至由中央领导特别是周总理直接交办的。工作千头万绪，关系错综复杂，稍有考虑不周，就会出现纰漏，甚至造成严重后果。对他的工作，党中央和毛主席、周总理比较满意。

早在 1972 年，吴忠即多次说：那几个没有什么了不起，他们是兔子的尾巴长不了。上海“样板戏”剧团的一个成员来看望吴忠，听到此话，密报上海。上海又整理成书面材料报送“四人帮”。姚文元看后写的批语是：“看来相当复杂。”张春桥批：“存洪文同志处，先不要对任何人讲，要研究一下。”又在材料的醒目处写了一个“存”字，存字下面还画了粗粗的两道杠。

1971 年 3 月吴忠兼任北京市委书记，分管政法工作。1974 年，王洪文要北京市派人去学上海的民兵工作经验。学习团回来汇报后，吴忠看出了“四人帮”在上海抓民兵的险恶用心，认为北京民兵不能学上海：一是上海民兵是在“文革”中成立的，是一派群众组织的民兵，北京不同；二是上海民兵权力大得很，可以抓人，可以办案，北京不能那样办；三是上海民兵和武装部是一个牌子、一个班子、一个党委，等于取消了省军区、军分区、武装部，这涉及体制问题，北京市无权决定。当时北京市召开民兵工作会议，他不去讲话。会议纪要也因吴忠反对而未能下发。

1976 年 2 月底，北京市委书记谢静宜要借卫戍区机关礼堂开“批邓”大会，吴忠不同意，并要政治部通知所属部队礼堂都不得借给地方开“批邓”大会，不让“四人帮”的势力到部队点火。

1976 年 4 月天安门广场事件发生之前，吴忠特意指示在广场执勤的部队负责维持好秩序，帮助群众把花圈摆放好，加强巡逻，防止失火。4 月 3 日，广场上已经摆满了花圈，继而天安门前灰色观礼台也摆满了花圈。吴忠立即指示再开放更靠近天安门的红色观礼台。同时，邀请各界群众代表座谈、征求对花圈处理的意见。多数代表要求将花圈摆到 4 月 6 日，到时群众自己取回。市委当即将群众意见作为建议上报。但是，这一建议未被采纳。在“四人帮”的蛮横坚持下，中央政治局决定 4 日午夜强行收毁花圈。吴忠对市委主要负责同志说：这样搞问题就大了。果然，5 日凌晨，上万人涌向广场索要花圈，愤怒声讨“四人帮”。群众越聚越多，情绪愈加激昂。中央政治局决定于当晚 8 点半合围天安门广场，驱散群众。晚 7 时，市委派吴忠到历史博物馆进行现场指挥。吴忠看到广场上群众约有数十万人，立即意识到将这么多群众驱散，混乱中不知会踩死、踩伤多少人，更何况将悼念周总理的群众当反革命看待，本身就是错误的。他借口星期日难以集中民兵，先到的财贸系统民兵大部分是女民兵，执行任务有困难，借此一再拖延时间；同时指示天安门管理处几次打开广场的全部灯光，又反复通过广播劝群众迅速离去。直到夜 11 时，才不得不开始清场，这时广场已只剩下二百多人。即使对这极少数人，吴忠还指示公安局要认真加以甄别，只将有破坏嫌疑如身上带有凶器者留下，其余的则在天亮前通知他们所在单位将人领回。因文化部为“四人帮”余党控制，规定所属单位一律不得去领人，最后由公安局留下审查的不过 50 人。没有死一个人。他尽了最大努力，终于避免了可能发生的严重后果。保护了人民群众，支持了群众悼念周总理的活动。①

正因为吴忠有这样的表现，苏振华才对他如此开诚布公。

为了完成华国锋交给的任务，10 月 5 日，苏振华又找总参副总参谋长王尚荣中将谈话。王尚荣是湖北石首人，贺龙的部下，长征前即任团参谋长。1952 年以优异成绩从南京军事学院毕业后，经周恩来总理提议，任军委作战部副部长，此时年仅 37 岁。1958 年在中共八大二次会议增选为中央候补委员。1966 年任作战部部长时被打倒，受林彪集团迫害，被关押 8 年。1974 年 11 月任副总参谋长。

苏振华告诉他：目前情况复杂，请他务必掌握好部队，保持部队稳定，不受干扰，除了叶帅的命令，任何人都不能调动部队，特别是不准任何人调部队进京，保证部队绝对听从党中央的号令，千万不能出任何问题，而且要求绝对保密。

在与王尚荣谈话时，苏振华特别指出：根据叶帅掌握的情况，10 月 2 日，毛远新通知孙玉国，把沈阳部队一个装甲师调进北京。叶帅已经命令这个师立即停止前进，返回原部队驻地。这个部队是否已经回到原驻地，要严密注视，同时要检查其他部队是不是有异常情况，要掌握好全军的情况，不能出半点差错。

王尚荣保证，掌握好部队，坚决听从党的号令，圆满完成党交给的神圣任务。②

正当苏振华按照叶剑英指示找人谈话之时，一天下午，大将、海军司令

---

① 以上见周家鼎、张铁夫、李维赛：《无欲则刚》，《吴忠追怀录》，第 209—211 页，广东人民出版社，1993 年。

② 杨肇林、丑运洲、乔崖：《从高山到大海——共和国上将苏振华》，第 333—334 页，解放军出版社，2001 年。

萧劲光来到苏振华家。苏振华热情接待了他，谈得也很融洽，还留萧劲光在家里吃了便饭。当萧劲光问起"四人帮"问题时，苏振华考虑到当前复杂情况，怕一言不慎，泄露机密，所以没有正面回答，只善意提醒说：现在情况很复杂，你说话也应多加注意。①

正因为苏振华有这样的表现，所以华国锋、叶剑英、李先念、陈锡联在考虑由谁挂帅组建赴上海中央工作组时，不约而同都想到了苏振华。

工人领袖倪志福亲自参与抓"四人帮"余党行动

倪志福这年43岁。他是上海人，17岁当学徒，因发明"倪志福钻头"而闻名。1953年到北京长辛店永定机械厂当钳工，1958年加入中国共产党。在大学(业余)学习三年，任工程师、副总工程师。1959年出席全国群英会。"文革"中在批斗会上陪斗过，但是找不到他有什么问题。"文革"期间，有人动员他参加一派组织。他说：我参加共产党了，任何一派都不参加。1969年，当选为"九大"代表。中央原设想北京出1个中央委员，2个候补委员。经过群众讨论，倪志福当选为中央委员，这样北京产生了2个中央委员，1个候补委员。会后，谢富治说："你当了中央委员，不等于你的水平就高了。"仍让他回厂当总工程师。

但倪志福还有不少事迹不为人知。周恩来对会见外宾时，常让倪志福作为工人代表陪同。

1970年10月24日，在智利六年一届的总统大选中，左翼人民联盟候选人、社会党领导人萨尔瓦多·阿连德获胜。萨尔瓦多·阿连德1958年、1964年两次竞选总统失败，此次阿连德政府的成立，是继1959年古巴革命胜利后发生的重大历史事件，引起世界各国强烈反响。为参加阿连德就职典礼，周恩来总理派倪志福率工人代表团前往智利访问。行前，10月28日晚8时，受到周恩来的接见。

10月31日倪志福到智利后，见到阿连德，面交周总理贺信。倪志福从外贸部驻智利的办事处了解到，阿连德当了总统，某人一定会当外交部长。倪志福知道周总理非常重视与智利建交一事。阿连德当选之前曾到中国访

---

① 杨肇林、丑运洲、乔崖：《从高山到大海——共和国上将苏振华》，第334页，解放军出版社，2001年。

问，但是外交部分管欧洲、美洲工作的副部长在阿连德临走的前一天才报告周总理。周总理因不能与阿连德会见，曾当着倪志福的面批评这位副部长。于是倪志福登门到那位先生家里拜访。这位先生表示，如他当了外交部长，一定将台湾的“大使馆”赶走，和中华人民共和国建交。倪志福还找了一辆车，冒险进山，见了智利共产党的政治局委员。

11月4日，以阿连德为总统的人民联盟政府（通称阿连德政府）宣告成立。中国工人代表团于11月17日回到北京。① 11月19日下午6时，周恩来同中共中央政治局成员一起听取代表团访问智利的情况汇报。得悉新就职的阿连德政府有意尽早同中国建交，便指示中国驻法大使黄镇与智利驻法大使接触，进行建交谈判。② 同年12月15日两国即建立外交关系。智利是南美洲第一个与中国建交的国家。

周恩来对倪志福的智利之行非常满意，要调他到五机部作为接班人培养。吴德说：北京市缺干部。将他留在了北京。1971年3月10日在中共北京市第4次代表大会上，倪志福当选为北京市常委。他用了几个劳模替代了造反派。③ 1973年任北京市总工会主任，后任北京市委书记、革委会副主任。他总结了纺织系统加强班组建设的“两长五大员”经验，把专业管理和群众管理结合起来，在北京市推广。④

倪志福在中共“十大”当选为政治局候补委员。会后，周总理向毛主席介绍他是上海人。毛主席说：你讲几句上海话。倪志福讲了几句。毛泽东高兴地说：噢，你真是上海人。站在他后面的一位说：“代表延安儿女祝主席健康长寿。”毛泽东不高兴：“延安人民，你代表得了吗？”倪志福说：在主席面前要实实在在，不能来虚的。⑤

1973年9月12日，周恩来主持中共中央政治局会议，讨论四届人大会议各项筹备工作。拟先在政治局内组成三个小组进行，倪志福为宪法修改

---

① 2004年2月16日采访倪志福。1970年10月26日、11月1日、11月6日、11月18日《人民日报》。

② 中共中央文献研究室编，主审李琦，主编力平、马芷荪：《周恩来年谱（1949—1976）》下卷，第413—414页，中央文献出版社，1998年。

③ 2004年2月16日采访倪志福。

④ 2013年5月3日《人民日报》。

⑤ 2004年2月16日采访倪志福。

小组的成员。[①]

所以李先念说他：有治理地方的工作经验，是工人阶级自己的领袖。叶剑英评价他作风正派，处事大度稳重，是工人阶级杰出的代表。这也是周恩来对他的评价。

毛泽东逝世后，9 月 16 日，《人民日报》、《红旗》杂志、《解放军报》编辑部署名社论《毛主席永远活在我们心中》毛泽东主席的遗言改为“按既定方针办”，从此各报刊都按此口径宣传。也有的报纸用原来的“按过去方针办”莫衷一是，比较混乱。乔冠华参加联合国大会，报告稿也用“按既定方针办”。

10 月 2 日华国锋在乔冠华联大的这个报告稿上，批示：

> 我查对了一下与毛主席亲笔写的错了三个字，毛主席写的和我在政治局传达的都是“照过去方针办”。为了避免再错传下去，我把它删去了。我也查了一下计划会议我的讲话记录，他们记成还是照过去方针办。

吴德当天看到华国锋这个批示，找到倪志福，问他在政治局听华国锋传达时，记录到底是“按既定方针办”还是“按过去方针办”？倪志福一时找不出来，等找到了记录，一看他记的多了两个字，“按过去的方针办事”。

倪志福找出来时，吴德却不见了。秘书也不知道他哪儿去了。

倪志福很警觉，既然搞不清楚嘛，就不要宣传，北京市不能出事。他立即把市委办公室主任陈一夫叫来，对他说：“从今天起北京的报纸刊物一律不准再出现‘按既定方针办’或‘按过去方针办’。”

吴德去哪儿了？原来这天下午，华国锋亲自到吴德家商解决“四人帮”的问题。华国锋走后，吴德马上找吴忠谈话后，又分别向倪志福、市委常务书记丁国钰打招呼，明确告诉他们中央要解决“四人帮”的问题，对他们隔离审查。北京市分工负责抓谢静宜、迟群、金祖敏。[②]

10 月 6 日，吴德与倪志福、市委常务书记丁国钰一起守在电话机旁。吴德接到汪东兴电话，知道中南海行动顺利，随即命令市委办公室主任陈一夫

---

① 中共中央文献研究室编，主审李琦，主编力平、马芷荪：《周恩来年谱（1949—1976）》下卷，第 612 页，中央文献出版社，1998 年。

② 2004 年 2 月 16 日采访倪志福，吴德：《十年风雨纪事——我在北京工作的一些经历》，第 243 页，当代中国出版社，2004 年。

议的信件、电报420封，抗议电话1000多次。[①]

这时《文汇报》社内互相埋怨，推卸责任。马天水、徐景贤、王秀珍慌忙向北京的“四人帮”汇报。王洪文说：“删掉总理题词算个屁事！”张春桥说：“不要批评报纸了。”姚文元说：“编辑不删稿子，那就不要办报了！这样的事多的是。”[②]4月1日上午，马天水、徐景贤召开紧急会议，徐景贤宣布：“现在有人以《文汇报》3月5日、3月25日的报道大做文章，矛头是对着以毛主席为首的党中央的，这是分裂以毛主席为首的党中央的严重事件。我们不要受它干扰，继续深入批判邓小平的修正主义路线。”当日下午，徐景贤、朱永嘉和上海市革委会常委、《学习与批判》负责人王承龙[③]等到《文汇报》社，召开报社党委的扩大会议。徐景贤代表市委对《文汇报》社表示“慰问”、“致敬”。[④]《文汇报》社某些头头原准备发“更正”启事，这下子腰杆子硬了，把从南京寄来的40多封抗议信交给马天水、徐景贤、王秀珍转送到南京、杭州，使不少群众受到打击迫害。

1976年的春天，真是山雨欲来风满楼。3月24日下午3时，江苏医学院中医系师生抬着花圈走出校门，挽带上写着：“敬爱的周总理和革命烈士永垂不朽！”一路上群众不断加入，人潮涌向雨花台。人们终于找到一个表达自己感情的地方和方式。3月28日，南京大学数学系400多人，也抬着“光辉永照后人”花圈到周恩来战斗过的地方梅园新村。梅园新村纪念馆得到省委通知，热情接待学生。师生们的游行鼓舞了广大市民。3月29日南京街头出现大标语：“《文汇报》的反党文章是篡党夺权的信号弹！”“不揪出《文汇报》的黑后台誓不罢休！”“打倒张春桥”。那天下午，南京大学300名学生们分成20个组，在开往全国各地的长途汽车、火车上刷大标语，一直刷到晚上。在火车站，大家一起振臂高呼：“打倒江青！”“把野心家、阴谋家、两面派张春桥揪出来示众！”[⑤]“《文汇报》‘三·五’、‘三·二五’的文章居心何在?!”“揪出中国的赫鲁晓夫式的人物！”“警惕赫鲁晓夫式的野心家篡夺党和国家

---

① 严家其、栾文华、刘长林等6人编写：《四五运动纪实》，第13页，人民出版社，1979年。

② 1976年11月20日解放日报社党委书记王景发言。

③ 王承龙，五金店店员，1952年入团，1954年入党，1955年夜校毕业进入南京工学院学习，因病肄业回原单位，任中心店支部书记，1959年到解放日报当实习记者，1961年借调到《支部生活》工作。1966年12月和徐景贤一起成为机关革命造反联络站的主要头头。

④ 1976年11月20日解放日报社党委书记王景发言。

⑤ 刘定汉、袁捷、朱通华、谷冰等：《和彭冲同志在一起的日子》，第166页，江苏人民出版社，1997年。

的最高领导权!”上海马天水、徐景贤、王秀珍慌了手脚,急忙派出大量民兵到上海近郊洗刷火车上的标语。标语是用柏油、油漆写的,一时很难刷干净。

彭冲在自己处境困难的情况下,默许、同情、爱护学生。在高校负责人会议上,他说:“要注意做好学生的思想工作,劝阻学生的过激行为,不要造成不必要的牺牲。”①他特别嘱咐南京大学党委书记章德,做好学生的疏导工作,不要激化矛盾。

南京群众上街纪念周总理,3月底出现反对张春桥的大字报,消息传到北京,3月30日,王洪文给《人民日报》主要负责人鲁瑛打电话:你们在南京有记者吗?鲁瑛答:有记者。王洪文说:

> 叫他们反映重要情况。南京大街贴出“打倒张春桥”的大字报,省委说没有办法。不是没有办法,是他们不管。第一,这个事件的性质,是对着中央的,是转移批邓斗争的大方向。他们是借着《文汇报》删稿,大做文章。别的报也可以删嘛!第二,你们的记者要深入到群众中去,深入到基层去。全省要批邓,自己不批邓,是怕批邓、反击右倾翻案风反到自己头上。你们记者要掌握南京的情况。那些贴大字报的是为反革命复辟造舆论。南京事件是因为省委有走资派,省委的彭冲。②

王洪文在电话中直接指出彭冲是走资派。

4月7日,天安门事件被宣布为反革命事件。彭冲看到天安门诗抄却说:“周总理在天之灵有知,也会感到欣慰。”③他对公安厅长说,抓人要慎重,要注意分寸。对暂时收容审查的学生,他也关照说:要注意爱护他们,他们还年轻。④

---

① 陆幸生:《情系金陵——彭冲在南京》,刘定汉、袁捷、朱通华、谷冰等:《和彭冲在一起的日子》,第115—116页,江苏人民出版社,1997年。

② 转引自朱通华《风雨雷电的四年——彭冲在上海》,刘定汉、袁捷、朱通华、谷冰等:《和彭冲在一起的日子》,第172—173页,江苏人民出版社,1997年。

③ 刘定汉、汤天英、佘孟孝:《沧海横流仍从容——忆文化大革命中的彭冲》,刘定汉、袁捷、朱通华、谷冰等:《和彭冲在一起的日子》,第167页,江苏人民出版社,1997年。

④ 陆幸生:《情系金陵——彭冲在南京》,刘定汉、袁捷、朱通华、谷冰等:《和彭冲在一起的日子》,第115—116页,江苏人民出版社,1997年。

4月中旬，中央政治局开会解决江苏省委的问题，将江苏省委、南京军区负责人召到北京来。华国锋和政治局多数是想稳定局势，帮助各省的主要负责人顺利过关，而"四人帮"则要兴师问罪，将抵制他们的干部打下去，支持造反派乘机夺权。

"四人帮"质问："北京有个政治谣言公司，南京有没有？如果没有，那才怪呢？"并向杨某等人交底：江苏乱得不够，要派人去搞。实际上，通过"四人帮"在上海的亲信，已经派了人在江苏搞分裂，搞阴谋。①

华国锋主持会议时，仍然话很少，冷静观察，看清楚江苏确实有那么几个人，听命于"四人帮"。知道彭冲对"四人帮"这一套很不满意，政治态度鲜明，对"四人帮"是顶的。他不动声色，记在心里。会议结束时，华国锋向江苏的同志特别打招呼回去只传达四句话："认真学习，深入批邓，认真追查破案，坚决镇压反革命。"

"追查破案，坚决镇压反革命"缩小打击面，只打击反革命。其实是从正面规定不准传达"四人帮"对彭冲的批判。

华林森在下边散布："邓小平不是一个人，是一批人，一层人。""真正要查南京反革命政治事件的幕后策划人只要三分钟就够了，彭冲到北京自首就行了。"②

4月底，杨某到上海向马天水、徐景贤、王秀珍诉苦："我在省委里是少数。"马天水一伙给他出主意："应该让华林森进省委常委。"他回到南京多次提出让华林森进省委常委，分管工业、农业。由于彭冲坚决反对，这个图谋未能得逞。

1976年4、5月间，华林森在上海华东医院住院，频繁地和马天水、徐景贤、王秀珍等人联系接触。马、徐、王在和华林森谈话中，多次挑唆：彭冲对点名批邓不表态，省委是"没有江谓清③的江渭清班子"，鼓动华林森到省委去闹。6月18日、10月3日，华林森给王洪文、张春桥写诬告信。为了给华林森鼓劲，马、徐、王还多次把华林森攻击彭冲、攻击江苏省委的诬告信和所谓"材料"，转给江青、王洪文等人。

华林森从2月到9月，先后组织了53批、1100人到南京张贴、散发攻击

---

① 采访朱通华：江苏省委揭发，1976年12月18日第172期《内部参考》。

② 江苏省委揭发，1976年12月18日《内部参考》第172期，第5页；2006年6月电话采访朱通华。

③ 江渭清原是江苏省委第一书记，此时任江西省委第一书记。

省委的大小字报，到省委机关和南京寻衅闹事，甚至制造涉外事件，以造成国际影响。8月6日，博茨瓦纳总统访问南京，华林森派出大批民兵冲击省委和省公安机关，强占派出所，绑架民警，殴打工人。还绑架苏州地委书记刘锡庚，并在地委机关门口搭帐篷，砌锅灶，闹了两个月。接待全省各地帮派头目共130人，策动联合反对省委。江苏各地区造反派纷纷效仿苏州。南京、无锡、徐州的造反派一个个山头又树起来。

1976年六七月间，华国锋批准国务院在苏州地区召开南方水稻生产现场会议。在会上，陈永贵肯定全国农业学大寨会议，肯定抓革命促生产，对省委是很大的支持和鼓舞。而华林森等人诬蔑陈永贵的讲话是“彻头彻尾的唯生产力论”，“是以生产压革命”，“要追查会议的深刻的政治背景”，说陈永贵的讲话“不能代表中央”。①

这个情况很快反映到国务院。华国锋十分清楚江苏的情况以及彭冲的困难境地。10月7日，专机接上海、江苏、山东、湖北省市的负责人和济南军区、武汉军区负责人到京，对解决“四人帮”问题分批打招呼。华国锋首先派人将彭冲接到玉泉山，说：“今天找你们来，告诉你们，中央解决了‘四人帮’的问题，你们听了一定很高兴。”②华国锋接着说：“‘四人帮’到处串连，对江苏实际上就是要把你们两人搞掉。他们说江苏的南京反革命事件就是你们策划的。”汪东兴说：“彭冲同志任省委第一书记、南京军区第二政委是毛主席亲自指定的。我们知道你们受‘四人帮’的欺压很深，因此先告诉你们。”③

第一批打招呼结束，华国锋让江苏省委和南京军区的同志先回去。粉碎“四人帮”的消息慢慢由南京传到上海。10月9日晚上，知道马天水已给上海打电话，徐景贤、王秀珍答应到北京来开会，华国锋、李先念等中央几位领导人又找彭冲、许家屯和南京军区的两位负责人谈了一次。10日中午彭冲、廖汉生、丁盛等回到南京。④ 廖汉生马上在南京军区传达了粉碎“四人帮”的情况，上海警备区部队根据南京军区的指示，做了调整和部署。⑤ 保证

---

① 江苏省委揭发，1976年12月18日第172期《内部参考》；2006年6月电话采访朱通华。

② 朱通华：《风雨雷电的四年》，见刘定汉、袁捷、朱通华、谷冰等：《和彭冲在一起的日子》，第176页，江苏人民出版社，1997年。

③ 刘定汉、汤天英、佘孟孝：《沧海横流仍从容——忆“文化大革命”中的彭冲》，见刘定汉、袁捷、朱通华、谷冰等：《和彭冲在一起的日子》，第169页，江苏人民出版社，1997年。

④ 朱通华：《风雨雷电的四年》，见刘定汉、袁捷、朱通华、谷冰等：《和彭冲在一起的日子》，第176页，江苏人民出版社，1997年。

⑤ 周纯麟：《周纯麟回忆录》，第579页，中共党史出版社，2005年。

了上海的安全。

严佑民说："责任由我一个人承担。"华国锋说："我们要留你。"

对中央工作组人选，华国锋还提出一个人，公安部副部长严佑民。1975年华国锋出任公安部部长，抓紧解放干部，首先给几个老部长杨奇清、严佑民、凌云分配工作。这三人1968年初被关入秦城监狱，杨奇清、严佑民1972年秋出狱，1974年秋做了结论，一直没有安排工作。凌云1973年出狱后，也一直没有做结论。1975年8月7日，华国锋在中南海国务院会议厅找杨奇清、严佑民、凌云谈话。[①]

严佑民写报告要求离开公安系统。华国锋对他说："我们要留你。"华国锋为什么会这样讲？

"文革"前严佑民任公安部副部长兼国务院内务办副主任，谢富治是主任。"文革"起来后，内务部群众分两派，一派要打倒内务部部长曾山，一派要保护。1967年10月，为了保护曾三，要查清他的历史，经谢富治、康生等批准，派科长孙宇亭到中央档案馆看档案，但没有让他抄回来，他自作主张抄了回来，摘抄了毛泽东等圈阅过的电报。这件事被认为是盗窃中央档案馆档案。事发后，原要抓孙宇亭。谢富治、吴法宪等都在人大会堂审孙宇亭，这时严佑民站起来说："前前后后的情况我都知道，是经过我批准的，责任由我一个人承担。"谢富治说："你承担得了吗？"严佑民说："承担得了、承担不了，都应该承担。"严佑民被捕后，没有人敢再整曾山。这样严佑民被关进监狱，孙宇亭去了干校。

在此之前，谢富治找严佑民谈过此事，当时就问：是你坐牢，还是我坐牢？！"文革"前秦城监狱是由公安部管的，严佑民当然清楚坐牢的滋味，以及给夫人、孩子带来的后果。在关键的时候，他挺身而出，承担了责任。

1972年严佑民出狱后，孙宇亭去看他，说："严部长，你为我坐牢……"内心十分不安。严佑民说："我坐牢，中央有人替我说话，还有出来的那天。你坐牢，瘐死狱中。"[②]

---

① 《杨奇清日记》。

② 孙宇亭：《责任由我一人承担》，严佑民：《公安战线五十年——一位副部长的自述》，第205页，群众出版社，2005年。

严佑民 1935 年 10 月高中时参加共产党。1937 年 4 月参加红军。1939 年 4 月和王新波共四个人一起从延安出发到大别山新四军处。他们化装成战士，将介绍信封在蜡丸里，上千里路基本步行。为了不牵连家人，大家都要改名。正在翻山越岭，他随口说："我就叫岳岩吧"。一直到抗战胜利，才改回原名。

1967 年 4 月，周总理批示要成立中央专案办公室，每个专案都由中央的政治局委员负责。办公室主任是汪东兴，副主任是严佑民、戚本禹和萧孟。严佑民负责日常工作，那时只有彭真、杨尚昆等几个专案。他在狱中写的自传这样说："4 月间，中央调我到专案办公室工作。是个不管专案的专案办公室。我在汪东兴领导下，做了一点人民来信的处理工作和不属于专案组的事，又为专案服务的工作，个别专案组的领导委托办的具体事。所有这些事，我都有报告请示，凡是领导批办的，我就积极地办，领导没有批的就不办。对于来信中的问题，属于专案的，即转给各专案组处理，不属于专案的重大问题，由于我对中央的许多事不了解，就把材料摘要，注明来源，抄好送汪东兴处理。我自己没有向中央直接送过材料或报告。由于搞专案是一个机密工作，我在专案办公室时，同外界的各种组织一概不来往。"[①]

康生在党内号称理论家，人称康老。在延安时严佑民听康生讲过课。在专案组，第一次谈话，康生给他讲《共产主义运动中的"左派"幼稚病》。康一边看着书，一边指着书上批的字对他说："这个，我是 1929 年批的；这个，我是 1939 年批的；这个，我是 1949 年批的。"他看康生讲得那么耐心，就说："康老，我们那些年轻人搞专案不大懂，以前没搞过这些事情，你可不可把他们召集起来，讲一讲。我以前看过您讲的一个 9 条方针内容，审干时讲的，我没记录，我看您能不能讲讲这些？"因为这 9 条是讲政策的，与"文革"中的"打倒一切"做法不同，从这次谈话后，康生再也没再找过严佑民，也不与他接触。开会也不叫他，中央文革开会他一次也没去过。

他提醒同去的公安部另一个副主任，说："历史有经验教训，情况复杂。你是管具体工作的，无论如何要实事求是，一是一，二是二，要经得住历史的考验。否则我们要受历史的惩罚。延安整风有教训，毛主席曾敬礼赔礼道歉。"这个人听不进去，说："现在是立功的时候。"

1972 年 9 月严佑民出狱后住在木樨地政法干校西小楼。西小楼前面有

---

① 严佑民：《公安战线五十年——一位副部长的自述》，第 118 页，群众出版社，2005 年。

个学员一部楼，是幢很大的四层楼房，住的人都是陆续从监狱里放出来的，从副部长、局长到处长、科长，甚至一般干部都有，住了几十家。这些人出来后，没有工作，住得近，经常串门交换情况，议论政事。他们讲和专案组斗智，专案组提出刁钻古怪的问题，既可笑又可气。谈到结论，最常用的八个字是："事出有因，查无实据。"审查五六年，没有审查出任何问题，可就是不给平反，还要让他们正确对待组织，正确对待群众，正确对待运动。

反击右倾翻案风后，这些干部又一次受到批判，甚至有的失去工作。1976 年 8 月，严佑民到北京医院看望杨奇清。杨奇清用手势比画着，轻声告诉严佑民：两边都做好准备了，就等他（主席）逝世后动手。杨奇清从 1949 年公安部组建起一直是副部长。1968 年 1 月将两人一起抓到秦城，杨是 6844 号，严是 6845 号。1972 年秋一起放出来。1975 年华国锋一起找他们谈话，分配工作。杨在监狱里挨打受了伤。从秦城监狱出来就直接被送到医院，1978 年病逝。他和严佑民共事多年，了解甚深，才敢这样说。①

果不其然，毛泽东逝世不到一月，10 月 6 日中央就解决了"四人帮"问题。8 日，严佑民从公安部副部长于桑给他的一份文件上没有看到"四人帮"的名字，断定他们已被隔离审查。

9 日，严佑民进入中央专案组办公室工作。成立中央专案组是 10 月 6 日抓"四人帮"的当晚由中央政治局会议决定的。专案组由华国锋亲自挂帅，成员是全体在京的政治局委员。下设办公室由汪东兴、李鑫负责，严佑民、于桑、武健华、周启才，任子超、王志民为办公室成员。② 会后，华国锋写下手令：要严佑民等人到中央组织部调阅江青、张春桥、王洪文、姚文元四人的档案。③

严佑民到中央专案组工作刚三天，10 月 12 日，他的亲戚《光明日报》社长莫艾受到审查。严佑民一向严守纪律，对党忠诚老实，向汪东兴如实汇报。汪东兴问：你们来往多吗？从战争年代走过来的干部，生死之交的战友之情远远超过亲戚。所以汪东兴这样问。严佑民如实回答：我们是亲家。汪东兴无不遗憾地说：那你自己找国锋同志说去吧，我来安排时间。

---

① 李海文：《高风亮节　后人楷模》。严佑民著：《公安战线五十年——一位副部长的自述》，第 254 页，群众出版社，2005 年。

② 1976 年中央文件第 17 号。

③ 史云、李丹慧：《难以继续的"继续革命"——从批林到批邓》，第 707 页，香港中文大学出版社，2008 年。

这样严佑民被派往上海，让他离开了在北京的专案组，既实行回避，又可以发挥他的才干。

余秋里推荐林乎加，谷牧推荐韩哲一、王一平、杨西光加入中央工作组

10月12日，中央政治局会议决定派中央工作组到上海，13日彭冲进京，中央政治局定下日后上海工作的大政方针。从此苏振华、倪志福、彭冲三人，大家简称为苏、倪、彭，根据中央的部署，研究文件，研究接管上海的主要问题，并挑选工作组的主要成员。他们住吃在玉泉山4号楼，连日工作。

苏振华派倪志福到国务院了解上海情况，谷牧推荐了原华东局书记韩哲一、王一平、杨西光[①]三位。倪志福到国家计委找到余秋里，希望他推荐一个懂经济工作的副主任。余秋里非常支持，推荐了林乎加。[②]

为什么推荐林乎加？第一，林乎加"文革"中表现非常好，不推诿，对"四人帮"斗争坚决。第二，林乎加是懂经济的一把好手，业务好，能力强。第三，林乎加在浙江工作时间长，如果上海需要浙江支援，林乎加就地联系很方便。

60岁的林乎加是山东长岛人，14岁当学徒。有一次背钱（铜板）上楼，不慎跌倒腿骨折，而医生又接骨错位，从此留下残疾，走路有一些瘸。他一边工作一边学习，达到高中文化。1937年加入了中华民族解放先锋队，简称"民先"，12月参加了天福山起义，拉开了胶东人民武装抗击日本侵略者的序幕。[③] 林乎加由此认识了王顾明，由相识而相爱。1939年，林乎加调到鲁南任鲁南区党委宣传部副部长，从此两人天各一方，直到1945年8月抗日战争胜利后才相会。两人等了六七年，有情人终成眷属。他们两个人对婚姻的坚贞不渝传为佳话。

---

① 杨西光（1915—1989），安徽芜湖人，大学文化程度。1933年加入中国共产主义青年团，1936年加入中国共产党。在上海、北平等地从事学生运动。1937—1940年，在东北军做中共党的秘密工作，任中共特支书记。1941年起，在中共中央统战部工作，后任华东军区军官总团教育长、副政委。上海解放后，曾任市军管会驻同济大学军代表。1950年后，历任中共福建省委宣传部副部长、部长，《福建日报》总编辑，复旦大学党委书记，《解放日报》总编辑，中共上海市委常委、教育卫生工作部部长、书记处候补书记。"文化大革命"期间受迫害。1975年任市革委会副主任。1978年4月起，任《光明日报》总编辑。系第六、第七届全国政协常委。

② 2004年2月16日采访倪志福。

③ 2010年5月18日采访林乎加。

1949 年南下，林乎加一直在浙江工作，曾任书记处书记，负责全省农业工作。1965 年，组建国家小计委，毛主席亲自点名，让林乎加到小计委当副主任，负责全国的农业工作。

1967 年 1 月全国夺权，浙江造反派来北京揪林乎加。林乎加明知回到浙江凶多吉少，仍说，我在浙江工作了这么多年，管农业管了这么多年，我要回去，有什么错误，就检查什么错误。他回去后，多次挨斗。他对孩子说：我在浙江当书记的时候，把浙江省的各个县都跑遍了。这次我又把浙江的各个县都跑了一遍。浙江和上海相邻，浙江的造反派对王洪文言听计从。林乎加对“四人帮”的胡作非为，非常反感。

林彪事件以后，毛主席调整政策，解放了一批干部。1972 年林乎加回到北京任国家计委任副主任，一心一意辅助余秋里抓工作。1975 年，邓小平领导整顿，计委起草了《关于加快工业发展的若干问题》。1975 年 11 月，批邓后，《关于加快工业发展的若干问题》成为被“四人帮”批判的三大毒草之一。计委成为批判的重点。1975 年 5 月余秋里发现心脏病，11 月到广州休养。[①] 林乎加开始主持计委工作，天天与造反派周旋，既不能不做检查，也不能检查得太多。

62 岁的韩哲一是苏振华的部下，1939 年苏振华到冀鲁豫时，韩哲一任边区支队战地工作团团长。韩哲一 1932 年到苏联学习时加入共青团。1934 年回国收集日军情报，不幸被捕。因为找不到证据，被判“非法入境”罪坐了三年牢。出狱后，在河北南宫参加八路军，1938 年加入共产党。[②] 1943 年任冀鲁豫边区政府工商局监委，从此一直做经济工作。1953 年到国家计委任副主任兼国家物资总局局长、国家物资储备局局长。1958 年，毛泽东在中南海西楼听汇报，提出一些具体问题，韩哲一连小数点以下的数字都讲得清清楚楚。毛泽东微笑着说：“以后就称‘韩材料’吧！”从此他“韩材料”的外号在党内不胫而走。[③]

1960 年中共中央华东局成立，韩哲一调上海任华东局候补书记，1965 年任书记，负责华东地区工业交通工作。华东局有 12 个书记，均是各省、市

---

① 1975 年 11 月经邓小平、李先念批准余秋里到广州休息。1976 年 1 月余秋里回京参加周恩来的治丧活动。后余秋里到山东烟台，7 月回京参加朱德的治丧活动后又回到山东烟台，9 月 10 日赶回北京参加毛泽东治丧活动。

② 《难忘的历程——韩哲一同志革命生涯图片集》，第 4—5 页。

③ 《难忘的历程——韩哲一同志革命生涯图片集》，第 8 页。

和军队第一把手。1964 年春，华东局第一书记柯庆施因肺癌开刀后一直在广东养病，1965 年病逝。韩哲一和魏文伯两人主持华东局日常工作。1966 年 11 月，王洪文所在的“工总司”等造反派数百人冲进安亭火车站卧轨，使南北大动脉瘫痪 30 多个小时。中央文革小组组长陈伯达来明码电报，中央政治局常委陶铸来电话要他处理安亭事件。就在他和上海市副市长李干成、华东局宣传部副部长杨恺劝说工人回单位“抓革命，促生产”时，张春桥却另在文化广场签了字，同意“工总司”的五项要求。① 1967 年 1 月，由张春桥、姚文元策划，徐景贤、王洪文夺权，韩哲一被打倒，随后隔离审查四五年之久。

张春桥为什么要打倒华东局的书记，撤销华东局？江青到上海来搞京剧改革时，张春桥是上海市委常委，宣传部长。1966 年 3 月杭州会议决定张春桥任华东局宣传部长。1966 年春，张春桥进入中央文革小组后，说小组别的成员都是各个中央局的书记，言下之意是华东局应该让他当书记。韩哲一和魏文伯召开华东局书记处开会商量，江华、江渭清、叶飞、许世友等 8 个书记从南京、杭州、合肥等地赶来参加会议。许世友问：“张春桥是干什么的？我怎么不认识？”江华也明确表态说不行。大家认为，中央局的书记都是中央任命，哪能个人提出？这样张春桥没能当上华东局书记。为此，张春桥出了许多坏主意，要打倒华东局书记，撤销华东局。②

周恩来总理每次到上海都询问韩哲一的情况，并提出要他出来抓华东地区的工业生产。张春桥、马天水这些人就是不落实，一直拖到 1973 年才解除韩哲一的隔离审查，下放干校劳动。1975 年才安排韩哲一到上海市革委会综合计划组工作，当第四五把手的副组长，实际上没有任何实权。

进驻上海前在人民大会堂的一次紧急会议

中央工作组人员确定后，从中央各部和国务院抽调的人员，由中央办公厅下发通知。苏振华、倪志福则分别通知从海军和北京市抽调的人员。

10 月 19 日傍晚，海军宣传部副部长兼新华分社社长车文仪正准备吃晚饭，忽然接到海军王昕副政委的电话，通知他接受新任务。10 月 20 日凌晨，严佑民突然接到电话，要他 20 日上午到人大会堂开会。

---

① 《难忘的历程——韩哲一同志革命生涯图片集》，第 8—9 页。

② 1999 年采访韩哲一。

20日上午10时20分，车文仪赶到人民大会堂北京厅参加会议，除苏振华、倪志福、彭冲外，还有国家计委副主任林乎加、公安部副部长严佑民、北京市委副秘书长毛联珏以及海军的张寿华、苏振华的秘书丑运洲、倪志福的秘书张不知等十余人。[①]

苏振华穿着洗得很干净的布质海军制服，一头短银发，神情严肃，看着手中的名单。因为工作组成员大家互不认识，苏振华规定点到谁，谁就简单做自我介绍。林乎加、严佑民、毛联珏、车文仪一一自我介绍。倪志福、彭冲手里也有一份名单，一边看着讲话人，一边做着记录。

介绍完毕，苏振华宣布："'四人帮'虽然已经被捕，但上海的党政大权还掌握在'四人帮'的余党手里。他们正蠢蠢欲动，要出大事。出了大事就会影响全国。所以党中央决定立即派一个强大的工作组去上海接管党政大权，领导是苏振华、倪志福、彭冲，在座是工作组成员。"[②]

苏振华要求："这次是在特殊情况下去上海执行特殊任务，大家要有艰苦奋斗、连续作战的思想准备。我们这次到上海的方式、时间都是绝对保密的。中央认为，为了防止'四人帮'余党狗急跳墙，必须严防不测，所以在通知各位来开会前都没有讲会议的内容。我们去上海也没有通知'四人帮'余党控制的上海市委，专机是中央派的，接待的是海军上海基地。会后请大家回家带上洗漱用具和换洗的衣服，下午1时去南苑机场待命，何时起飞，中央将视上海的情况而定。"[③]

严佑民匆忙中来不及和家人告别，回家拿东西时，就给夫人林轩留下一张条子，上面只有几个字："我到上海出差。"[④]下午1时，大家准时赶到了南苑机场。专机已在待命，随时准备起飞。

---

① 杨肇林、丑运洲、乔崖：《从高山到大海——共和国上将苏振华》，第346页，解放军出版社，2001年。2014年6月15日采访张不知。

② 1986年9月2日采访严佑民。

③ 1986年9月2日采访严佑民。

④ 采访严佑民夫人林轩。

中央工作组进驻上海，
摧毁“四人帮”在上海帮派体系

中央工作组连夜找马天水等三人谈话，接管康平路上海写作组

10月20日下午2时，上海群众自发组织了一次以工人为主的100万人声讨“四人帮”大会，有200多个单位参加。4时余结束后举行了声势浩大的游行。[①] 机关干部并将徐景贤、王秀珍等拉到会场内“勒令”他们低头认罪，老实交代问题。王洪文的一帮“小兄弟”也被群众“揪”了出来。

市委内部的大字报集中在3个人身上：马天水、徐景贤、王秀珍。工交组内部从16日开始贴出揭发“四人帮”的大字报，矛头对准黄涛、陈阿大，财贸组则对准黄金海。[②]

工交组对徐良图八人的态度也开始大变。10月20日下午，工交组生产组的副组长唐光煊等9人，主动到衡山饭店向徐良图等汇报工作。唐光煊说：最近形势好，不但起来很快，而且态度好。各局、组一致要求向中央发电报，请求接管。下面揭发比上面揭发得快。“四人帮”的阵线打乱了。昨天，高校大会上，徐景贤还叫姚文元称同志。黄涛在计划座谈会上追“风源”从哪里来？这个问题已揭出来了。老的工作班子不合适。对我们自己思想、问题也应很好清理。

1967年各地相继成立革命委员会后，政府机构和名称都不统一。唐光煊介绍上海工交组下分六个组：秘书、生产、计划、军工、基建、外经。他还详细地汇报1—9月的生产情况。特别汇报了10月上旬，中央两个文件和15号决定发布以来，粉碎“四人帮”的消息传开以后，群众积极性大增，生产大

---

① 司马东去：《浩劫上海滩——一个中央工作组成员的耳闻目睹》，第22页，中共中央党校出版社，1999年。

② 王守家出差上海工作笔记。

发展。他还给出了一组数字，汇报的内容十分详尽，一共用了三四个钟头。徐良图十分重视，最后商定，工交组生产组各个部门分别汇报，安排如下：21日（星期四）基建；22日（星期五）燃料、运输；23日（星期六）物资；25日（星期一）电；26日（星期二）外贸、清仓；27日（星期三）大城市规划。[①] 但是由于形势发展很快，这个计划未能执行。

但也有一些王洪文的小兄弟不甘心。10月15日上午，后方基地党委副书记戴立清到轻工业局，见马振龙等人，就说："不要跳，急是没有用的。""现在的问题不是急，而是要头脑清醒，该做些什么呢？对打招呼会议的材料，要进行分析，有些什么问题要提出来。可以找几个人对提出来的问题进行有充分说理的批驳。可以找几个可靠的人做工作，也要他们帮助做一些群众工作。"[②]

就在徐良图20日下午在上海衡山饭店听唐光煊等人汇报时，苏振华、倪志福、彭冲、林乎加、严佑民、毛联珏、车文仪、张寿华，苏振华、倪志福、彭冲的秘书丑运洲、北京市委政策研究室的石建增、张不知（倪志福秘书）、司法局孙常立、警卫参谋朱明章、甄胜发、301医院医生张湘英、护士长周亚非，共18人正在北京南苑机场待命。[③] 因上海正在举行以工人为主的百万人声讨"四人帮"大会，中央密切注视着上海动向，待4时大会结束后，到下午4时30分中办才通知：飞机4时46分起飞，预计晚上6时到达。海军上海基地已做好了迎接中央工作组的准备。[④] 上飞机后，苏振华的秘书丑运洲说：上海基地的汽车有限，宣布坐车的编组。苏振华爽快地说："我和志福、彭冲同志坐一辆车吧！"[⑤]

飞机按时降落在上海虹桥机场。机场正处在严密的戒备状态中。上海市警卫处长康宁一、上海警备区副政委李彬山早守候在机场大楼。局势诡谲，康宁一、李彬山也想乘此机会在暗中观察窥探一下，中央派来的是什么人？但他们不敢登机盘问。[⑥]

这时，海军基地的小车队飞快地驶进机场，一字排开停在专机旁边。海

---

① 王守家出差上海工作笔记。

② 中共后方基地党委代表在1976年12月揭发批判黄涛、陈阿大大会上的发言。

③ 2007年6月29日采访丑运洲，2011年10月6日采访周亚非；2014年6月15日采访张不知。

④ 杨肇林、丑运洲、乔崖：《从高山到大海——共和国上将苏振华》，第347页，解放军出版社，2001年。

⑤ 2007年6月29日采访丑运洲，2011年10月6日采访周亚非。

⑥ 2001年采访丑运洲；2011年10月6日采访周亚非。

军上海基地司令员杜彪、政委康庄带着全副武装的警卫人员登上飞机，向苏振华敬礼问候："政委，我们来接你们了，迟了一步，对不起。"

苏振华紧张的心情这才放松下来，招呼大家："同志们下飞机吧！"

杜彪、康庄十分抱歉地说："我们基地小车不多，全调来了也不够用，只好请首长们挤一挤了！"

苏振华连忙说："不要紧，不要紧。"

按照事先的编组，三四人不等，挤坐一辆车，飞快驰离机场，穿过沉沉夜色，直奔海军上海基地司令部驻地。①

车队在前面，康宁一和李彬山在后面跟着。他们看是东海舰队的车牌，不敢妄动。② 后来，彭冲说："当时是有点惊险色彩……但他们捞到消息这么快，抢先一步到机场武装监视我们，说明他们情报系统很灵，不可小看。"③

工作组一到达水电路海军基地，马上开始紧张的工作。首先，通知上海警备区司令周纯麟、政委李宝奇、空四军政委武占彪迅速到基地来。电告南京军区政委廖汉生明晨赶到上海，研究稳定上海局势的有关问题。

苏振华、倪志福、彭冲和林乎加、严佑民等一边吃饭，一边抓紧时间听海军上海基地司令员杜彪、政委康庄的汇报。饭后，除苏振华、倪志福、彭冲外，其他人都出动执行各自的任务。

林乎加立即和徐良图联系，让他通知王一平速来见面。早在抗日战争时期，林乎加和王一平就在一个地区工作，互相认识。此时此地，老战友会面格外亲切。林乎加介绍中央派出的中央工作组，传达中央精神。徐良图、王一平则汇报当前上海的情况。从此，徐良图、王一平经常到海军基地来开会。④

严佑民带人到康平路 147 号、141 号写作组，封锁房间，搜查材料。他说：一片纸都要保留。⑤ 写作组的几个核心人物从 11 日就开始烧材料。20 日工作组的进驻，结束了上海写作班子的工作，为揭批"四人帮"收集了大量的材料。

周纯麟、李宝奇、武占彪相继赶到海军基地。海军基地招待所后楼的临

---

① 1986 年 9 月 2 日采访严佑民。

② 2004 年 2 月 16 日采访倪志福。

③ 杨肇林、丑运洲、乔崖：《从高山到大海——共和国上将苏振华》，第 348 页，解放军出版社，2001 年。

④ 2010 年 5 月 18 日采访林乎加。

⑤ 20 世纪 80 年代采访严佑民。

时会议室，既没有沙发，也没有会议桌，只有几把棉布蒙着的靠椅。于是在苏振华、倪志福、彭冲的座位前放了一张长条的矮茶几，权当桌子。工作人员都坐在依墙而放的椅子上，由苏振华的秘书丑运洲做记录。① 苏、倪、彭和周纯麟、李宝奇、武占彪谈话结束时，已是下半夜3点。

苏、倪、彭听了各方汇报后，得出结论：现在上海的形势总的是好的。群众已初步发动起来。工业生产、市场供应、交通运输、供水、供电基本正常。社会秩序也是好的。当前，影响运动发展的主要问题是：市委领导已经瘫痪，主要领导人马天水、徐景贤、王秀珍在群众中已威信扫地，说话没有人听，失去了领导运动、控制局势的能力。②

虽然已是21日凌晨3时，为了防患于未然，苏、倪、彭决定马上找马天水谈话。

自19日深夜马天水给中央发了第二次告急电话后，一直坐卧不宁。20日晚，他得知天黑时北京来了架专机，被海军车队接走了。深夜，接到中央办公厅通知："中央已派出苏振华、倪志福、彭冲同志为领导的中央工作组，今晚到达上海，将由他们同你们联系。"③此时，一接到苏振华的电话，赶紧来到海军基地。

马天水体态臃肿，故作镇静。20日下午，马天水参加群众大会，接受群众批判揭发，表态时，群众有两次鼓掌。他陶醉在这两次鼓掌中，认为没有过不去的难关。④ 看见会议室如此简陋，便说："你们怎么住在这里？可以住锦江饭店，也可住兴国路，那边房子都空着，条件比这好。"

苏振华没理他的唠叨，当即宣布："马天水同志，党中央根据上海情况和你们的要求，为了稳定局势，搞好揭批'四人帮'的斗争，决定派中央工作组进驻上海，工作组由我们三人领导，希望你打起精神，把中央打招呼会议精神和中央16号文件传达贯彻好！现在请你把从北京回来后，你们做了些什么，现在的认识怎样，给我们谈谈。"⑤

---

① 采访丑运洲；杨肇林、丑运洲、乔崖：《从高山到大海——共和国上将苏振华》，第349页，解放军出版社，2001年。

② 杨肇林、丑运洲、乔崖：1976年10月23日苏振华、倪志福向中央汇报提纲。

③ 杨肇林、丑运洲、乔崖：《从高山到大海——共和国上将苏振华》，第352—353页，解放军出版社，2001年。

④ 1976年10月28日解放日报情况简报（增刊185期）第6页。

⑤ 杨肇林、丑运洲、乔崖：《从高山到大海——共和国上将苏振华》，第353—354页，解放军出版社，2001年。

马天水精神紧张起来，结结巴巴地说：现在群众都起来了，冲击市委，我们难以控制局面，难以工作，今天下午的揭批大会有上百万人，我们去参加了，不让我们发言，搞得很狼狈。现在，中央工作组来了，我们就好办了，我们保证服从你们的领导。

苏振华立即郑重地告诉马天水：我们是工作组，主要了解情况，市委的正常工作，还是由你们负责，该怎么办就怎么办。过去，你们在"四人帮"的泥坑里陷得很深，现在要打起精神，将功补过，上海出了问题，还是由你们负责！

倪志福、彭冲也明确表示：中央的方针、政策十分明确，在北京你们都直接听了，作为上海市委负责人，该怎么办你当然清楚。[①]

马天水这时仍极力表白和推脱，还想把工作组推上第一线，乘机逃脱责任。[②]

谈话结束，已是 10 月 21 日凌晨 5 时了。

丑运洲边做记录边整理，谈话结束时，他已写出报告，当场念出来，核实、批准后，马上用保密电话向中办值班室报中央。为及时向中央报告上海的情况，他每天工作结束后都不能休息，常常是连轴转，最后累出心脏病。[③]

面对上海如此复杂的情况，苏振华深感和 1949 年进驻贵州的情况类似。那时面对的是国民党作最后挣扎的残余势力，是国民党隐蔽下来的特务、顽匪，是地方割据的土匪、恶霸。现在面对的是"四人帮"长期经营的巢穴，是"四人帮"一批穷凶极恶的余党，是一批妄图发动武装叛乱的末途流氓、文痞。稍有不慎，局面失控，将陷上海于乱局。他必须摸准情况，做出正确决断，以确保中央方针的完全实现。[④]

苏振华、倪志福、彭冲与廖汉生、张挺谈话，向王一平、韩哲一了解情况

和马天水谈话后，苏、倪、彭稍事休息了几个钟头。10 月 21 日上午，和

---

① 杨肇林、丑运洲、乔崖：《从高山到大海——共和国上将苏振华》，第 354 页，解放军出版社，2001 年。

② 1976 年 10 月 23 日苏振华、倪志福向中央汇报提纲。

③ 2004 年 10 月 10 日采访丑运洲。

④ 杨肇林、丑运洲、乔崖：《从高山到大海——共和国上将苏振华》，第 354 页，解放军出版社，2001 年。

从南京赶来的南京军区政委廖汉生、副参谋长张挺商谈。

苏振华提出，鉴于上海“四人帮”的余党贼心不死，蠢蠢欲动，请南京军区继续加强戒备，特别是江苏、浙江一线的部队要保持高度警惕，海上情况由海军负责。请廖汉生警告上海警备区4个参与武装叛乱阴谋的人，悬崖勒马，立即停止活动。将上海警备区那4个与武装叛乱活动有牵连的人立即调回南京。请南京军区另外抽调人员到上海，协助中央工作组，重点保证不出乱子。

廖汉生政委当即决定由张挺副参谋长留在上海，并抽调一些人员协助中央工作组抓好警备区、战备工作，以保证上海不出乱子。[①]

很快，上海警备区常委、副司令杨新亚，师长李仁斋被找来谈话。他俩交代了10月8日深夜，徐景贤向上海市委常委、上海警备区党委常委、副司令张宜爱和李仁斋了解部队动向、兵力的情况；徐景贤写的手令内容；王秀珍对杨新亚、上海警备区副政委李彬山说“可能出事，如果中央出修正主义，我们军民要联合作战”等情况。[②]

林乎加、严佑民则在21日上午找先期到沪的同志开会。林乎加对陈锦华讲，苏政委（指苏振华）的意见是，让你去上海市委写作组，你要在那里深挖“四人帮”篡党夺权、大造反革命舆论的阴谋。第二天，林乎加通知陈说改变决定了，要他去市革命委员会文教组，先把党政大权夺过来。[③]

苏振华、倪志福、彭冲则随时听林乎加、严佑民的汇报，掌握工作进展情况。

21日晚7时15分，苏、倪、彭第二次找马天水谈话，这次要徐景贤、王秀珍一起来。

苏振华说：10月24日北京要召开百万人大会，全国各地都要开这样的大会。根据中央的统一部署，我和倪志福届时回北京参加全国的庆祝大会；彭冲回南京参加江苏省的庆祝大会。上海是“四人帮”经营已久的基地，开好这个大会尤为重要，对全国影响很大，你们一定要同全国人民站在一起，开好这个大会。这对你们也是最好的考验。你们回去立即召集常委、区县局干部议一下，这个会怎么开，能不能开好。

---

① 杨肇林、丑运洲、乔崖：《从高山到大海——共和国上将苏振华》，第355—356页，解放军出版社，2001年。

② 1976年10月23日苏振华、倪志福向中央汇报提纲。

③ 陈锦华：《国事忆述》，第59页，中共党史研究出版社，2005年第1版。

马天水三人说，召开大会，群众不来，来了就起哄。他们已经无法领导。

苏振华告诫说：上海市委在“四人帮”问题上犯了严重错误，要揭发、要交代、要检讨，但是先要办好这件大事，24日以后再搞市委本身的揭发交代检讨。现在你们要振作起来，把工作抓起来，不要搞什么“合法”斗争。又强调说：要注意政策，对于在“四人帮”问题上所犯严重错误，市委要为下面承担责任，不要搞层层揪斗。不要搞跨行业串连，要引导广大群众按系统在本单位党委统一领导下开展揭发批判。

倪志福指出：要注意政策，要注意正面引导，按中央指示办。

彭冲严肃要求说：24日的大会，一定要开好，这是大局，市委的揭发交代检讨下一步再搞。

马天水、徐景贤、王秀珍从北京回来后，思想并没有转过来，没有原原本本迅速传达华国锋在打招呼会议上的重要讲话。到10月17日，才把自称“是从兄弟省市抄来的”10月7日华国锋讲话、8日中央领导讲话和打招呼提纲一并作为市委正式文件印发基层党组织。这些材料错误百出，有很多篡改和歪曲，例如将毛泽东批评江青“你们要注意呢，不要搞成四人小宗派呢”删掉不传达，将华国锋对“按既定方针办”的批评“与毛主席亲笔写的错了三个字”，篡改为“张春桥批了暂时不要下达，我（指华国锋）考虑也有道理，不要引起纠纷”，故意制造混乱。对10月8日中央出版毛泽东选集、建立毛泽东纪念堂两项重要决定，不但不组织群众学习，反而说这是“华国锋上台后要树旗帜，笼络人心”，是“捞稻草”。① 因为有这些表现，他对中央工作组到上海十分紧张。王秀珍一见到徐景贤，竖起自己两手的大拇指对碰了几下后说：“对头来了！有的斗了！”徐景贤马上打断她的话，连连说：“不要瞎说了，不要瞎说了！”②在群众大会上，王秀珍只讲过程，空洞承认“我要负责”、“我有罪”，涉及具体问题却推说“不知道”、“不清楚”。她知道中央工作组来了，再这样推脱是过不了关的。而徐景贤之所以这样回答不是偶然的。19日他在16所大学高校召开的万人大会上像是做大报告，又像是演戏。回来后，他向马天水、王秀珍其他常委介绍经验道：“上台去要低下头来，要靠边站。”③徐景贤是摇羽毛扇式的人物。

---

① 1976年10月23日苏振华、倪志福在中央政治局汇报提纲。

② 刘定汉、袁捷、朱通华、谷冰等：《和彭冲在一起的日子》，第197页，江苏人民出版社，1997年。

③ 1976年10月28日《解放日报》情况简报增刊185期。

这时，这三人一边听，一边急于表白自己，想继续搞“合法”斗争。王秀珍因和倪志福一起去智利访问时当过副团长[①]，对倪志福还表示出一种特别的“热情”。倪志福当即指出：王秀珍同志，当前你主要的是按中央指示的方针办事，做好工作。[②]

这次谈话，他们交代了8日策动“一级战备”的过程，徐景贤交出了他在8日写的两次手令。王、徐强调说，他们从北京回到上海时，王洪文的秘书萧木、廖祖康准备把他们抓起来，了解他们是否投降了，如果投降了，也要用他们的名义发动武装暴乱。还谈到12日朱永嘉、陈阿大、黄金海等人的表现。谈话中，他们对自己的严重错误和罪行，仍在极力表白和推脱，还想把工作组推上第一线。[③]

当时上海有1000万人口，有650多万工人、师生、干部、部队走上街头游行，[④]22日达到高潮，一天达150万人。口号声、欢呼声响彻云霄，鞭炮声、锣鼓声传遍浦江两岸。从清晨到深夜，千千万万的工农兵和各界群众，由各级领导干部带队，抬着毛主席的巨幅画像，高举红旗，手持花束和彩带，纵情欢呼。《国际歌》、《三大纪律八项注意》、《东方红》激荡在整个城市上空。

21日上午，徐良图向曹大澄、王守家等人传达了昨天中央工作组到沪的情况和林乎加的讲话。他转达林乎加的话：你们早来的同志现在任务是砸烂“四人帮”，严格按16号文件办事。中央要求：第一，“破得彻底，立得正确。”第二，总的精神按中央16号文件办事。依靠上海两个百分之九十五。砸烂“四人帮”，搞（挖）毒根。他们的罪行是反党篡权。他们的大本营在上海，我们到大本营来了。当然上海不是“四人帮”的上海，但是少数人干这个的。相信上海的群众。张春桥的一贯逻辑是：工作由你干，错误由你犯，把柄由我攥，到时你完蛋。我们的政策不是这样。

林说：运动要在各级党委一元化的领导下。中央说：群众冲一下也可以，还是在党的领导下，能控制局面。我们不到第一线去，任务是坚守岗位，抓革命，促生产，促工作，促战备。现在是个考验，拥护以华国锋为首的党中央领导，工作要比过去搞得好，出问题要负责。多数依靠上海本地同志工

---

① 1970年11月30日《人民日报》。

② 杨肇林、丑运洲、乔崖：《从高山到大海——共和国上将苏振华》，第354—355页，解放军出版社，2001年。

③ 1976年10月23日苏振华、倪志福向中央汇报提纲。

④ 《在华国锋主席为首的党中央领导下胜利前进》，1976年10月24日《人民日报》。

作，大会我们要参加，要防止破坏、烧毁、转移材料。

最后，徐良图说：要争取唐光煊起来揭发。各个单位都要排一排队。

在林乎加、毛联珏、车文仪等人安排下，中央工作组成员不断从北京飞到上海。21日下午，徐良图等听冶金部参加上海中央工作组的张益民（副部长）、贾洪、辛月斋、于明川汇报。张益民汇报：上海冶金局一把手病了，二把手有问题。上钢五厂是重点，王洪文、谢静宜、迟群都插手上钢五厂。大字报揭发出：王洪文说黄涛可以当国家计委主任。并揭发冶金部领导的问题。现在老工人高兴，群众高兴。①

22日晚上，徐良图再次从海军基地回来后，召开八人小组会议，徐良图传达：中央派来的苏振华、倪志福、彭冲三位同志叫工作组，明确我们叫联络组。任务是了解情况，反映问题。我们不到第一线去。所谓不到第一线就是生产、日常工作、具体工作仍让上海市原来的有关职能机构去做，原上海市委的干部负责。所有大组我们都派人去，主要是搞阶级斗争，砸烂“四人帮”。

根据中央指示，10月23日，苏振华、倪志福回到北京，彭冲回到江苏，分别参加首都和江苏省庆祝粉碎“四人帮”胜利的大会。上海中央工作组的工作由林乎加、严佑民暂时负责。马天水、徐景贤、王秀珍则仍负责上海市委工作，出席了上海粉碎“四人帮”庆祝大会。

同日，徐良图参加了林乎加主持的中央工作组会议。

林乎加用略带山东口音宣布了经由苏振华、倪志福、彭冲审阅批准的工作组工作人员名单，这个名单包括两部分，一是工作组成员，另一部分是以国务院名义派到上海出差的人员，对后一部分人，林乎加说：你们不要另找地方了，要安心工作。工作组名单如下：

市委办公室：徐良图、曹大澄、陈斐章。

市委组织组：李锡铭（电力工业部副部长）、王西萍、李风、刘汉。

工交组、计划统计组、科技组：李景昭、干志坚、周力、王守家、曹维廉、王德瑛。

财贸组和郊区组：郭世荣。

地区组：罗淑珍（邮电部副部长）。

---

① 王守家出差上海工作笔记。

文教组：陈锦华。

写作组：车文仪（新华社海军分社社长）。

公安、民兵组：严佑民（公安部副部长）。

外事、统战组：秦仲达。

机关事务：阎济民。

从此，徐良图八人正式并入中央工作组。

林乎加然后宣布了五条方针：

一、根据16号中央文件精神，了解情况，反映问题，搞好砸烂“四人帮”的这场伟大斗争。

二、党委要紧密团结在以华国锋同志为首的党中央周围，立场坚定，旗帜鲜明，站在运动前列。认真学习、坚决贯彻中央16号文件，充分发动群众和依靠群众，同“四人帮”做坚决的斗争。彻底揭发、批判他们的反革命罪行。跟随“四人帮”犯了错误，包括少数跟“四人帮”干坏事、陷得很深的人，都要坚决站在毛主席革命路线一边，同“四人帮”彻底决裂，在这场大斗争中经受党和群众的检验。

三、全体同志都要坚守岗位，在党委一元化领导下，抓革命，促生产，促工作，促战备。把各项工作搞得更好。

四、党委重大会议和重大活动，须通知工作组，必要时工作组人员要参加。运动中的重要情况要及时向工作组反映。

五、提高警惕，严防阶级敌人破坏捣乱，文件、档案必须妥善保管，任何人不得擅自处理，更不允许转移或烧毁。如有违反，要严肃追查处理。

林乎加说：我们在正式会议不表态、不讲话，否则大字报上街。活动要注意安全，重要文件不要拿出去。现在是你死我活的斗争。保密问题，保护接近我们的同志。和有问题人谈话，要两个人，有人做记录。我们行动要严格遵守三要三不要，打主动战不打被动战，研究他们的种种花招，注意阶级斗争新动向。接触各种人要有三个正确对待，反对他们的人也要了解背景，不要轻易表态，一些老同志不要有三气。不要上圈套。收集内外大字报，编成册给我们，小兄弟的材料要各单位收集。

这五条方针，成了中央工作组的“安民告示”，是中央工作组进驻各组办的“约法五章”。[①] 林乎加宣布“不表态、不讲话”，因为中央工作组刚到上海，

① 陈锦华：《国事忆述》，第63页，中共党史出版社，2005年。

许多人临时仓促上阵，情况不明。直到10月27日中央任命苏、倪、彭为上海市委第一、二、三书记之后，10月30日苏振华在召开中央工作组全体大会上才宣布："我们参加上海工作，是加强领导，要出主意，想办法。"到这时方针才改变，由"只带耳朵、眼睛，不带嘴巴"，改为加强领导、帮助工作。

严佑民随之强调了两点：

一、要学好中央16号文件。

二、不随便说话。"四人帮"是不肯改悔的正在走的走资派。"四人帮"在上海十年之久，负隅顽抗。[①]

10月23日，林乎加、严佑民等从海军基地搬到延安饭店。徐良图、曹大澄、王守家等八人也从衡山饭店搬到延安饭店。此后中央工作组都集中住在这里。延安饭店是部队招待所，条件简陋，房间少，部长住单间，其他人都是两人一间。林乎加住803号，徐良图与王守家住在802号，林乎加的秘书胡康生和陈秘书住801号。

中央工作组到上海后，工作是公开的，而"四人帮"余党活动则转入地下。在苏振华、倪志福到北京开会期间，有少数"文革"中反王洪文的造反派头头号召大家到人民广场集会，想乘机拉山头，打旗号。对此林乎加、严佑民很伤脑筋，如不迅速采取措施，上海运动的领导权有旁落到少数坏人手里的危险，有可能被坏人乘机浑水摸鱼，挑起派性斗争，危及上海大好形势。[②]但是，这些人打着反"四人帮"的旗号，对他们的处置又要与"四人帮"余党不同。他俩商议后决定请王一平出来做工作，告诉王一平，中央精神是稳定，运动要在各级党委一元化的领导下，把各项工作搞得更好。中央指示：群众冲一下也可以，还是在党的领导下，能控制局面。不要上街。王一平长期在上海工作，联系群众广泛。他回去一说，人民广场的人马上就散了。工人群众相信老干部。形势很快得到控制。[③]

华国锋主持政治局会议听取苏振华、倪志福汇报。邓小平说："阿丕告诉我，你们干得很好。"

10月23日，苏振华、倪志福回到北京。当晚，华国锋主持政治局会议，

---

① 王守家出差上海工作笔记。

② 苏振华、倪志福1977年1月6日向中央政治局汇报提纲。

③ 2010年5月18日采访林乎加。

专门听取苏振华、倪志福汇报。

苏振华、倪志福事先做了充分的准备，写了汇报提纲。首先汇报：现在上海的形势总的是好的。着重谈到，影响运动发展的主要问题是：市委领导已经瘫痪，主要领导人马天水、徐景贤、王秀珍在群众中已威信扫地，说话没人听，失去了领导运动、控制局势的能力……在市委指挥失灵的情况下，也出现了一些值得注意的问题：

一、跨行业活动有发展，必将引起大规模的集会。这些集会都是交通大学等单位串连发起的，他们已和二百个工厂挂钩，准备组织百万人大会。这种情况有发展的趋势，这对贯彻中央16号文件非常不利，还可能形成拉队伍、立山头，坏人乘机浑水摸鱼，挑起派性斗争。

二、层层揪斗领导干部的现象增多，有的党组织已经瘫痪。江南造船厂党委办公室已被占领，有的车间停产。交通大学已经一星期没有上课。这种情况蔓延下去，会转移大方向，造成生产下降。

三、民兵指挥机关已瘫痪，公安机关不能充分发挥专政工具的作用，流氓阿飞活动有发展趋势。

他们建议：

第一，迅速改组上海市委领导。这是解决上海问题，搞好运动和生产的关键。建议由中央工作组领导成员彭冲同志参加上海市委领导，主持市委工作，或请中央正式任命他为上海市委第一书记（仍为中央工作组领导成员）。马天水、徐景贤、王秀珍一面继续工作，一面检查交代问题。这对于领导上海市人民贯彻执行中央16号文件，按照毛主席的革命路线和方针、政策，彻底揭发和批判“四人帮”的罪行，团结百分之九十五以上的干部和群众，把上海的运动和工作搞好，是十分必要的。同时，工作组派一些联络员到各区县局，了解情况，帮助他们工作，要他们坚守岗位，把工作搞得更好。

第二，一定要坚持党委一元化的领导。对于目前存在的跨行业的串连，积极引导，做思想工作，用中央16号文件统一思想，统一政策，统一行动。既要保护群众自动起来揭发、批判、声讨“四人帮”罪行的积极性，又要提高革命警惕，防止别有用心的人，争夺运动领导权，重拉山头浑水摸鱼。

第三，牢牢掌握斗争大方向，严格区分和正确处理两类不同性质的矛盾。要集中火力揭发批判“四人帮”篡党夺权的反革命罪行，揭开上海市委的盖子，把“四人帮”在上海的反革命罪行揭深揭透。对“四人帮”的所谓“小兄弟”“小姊妹”，要做具体分析，不能一概看作坏人。更不能层层揪“四人帮”的“爪牙”。要防止别有用心的人故意搅乱阶级阵线，打击一大片，保护一小撮。对有错误包括犯有严重错误的人，都要贯彻“惩前毖后，治病救人”的方针。要让他们在与“四人帮”的斗争中接受教育、经受考验、改正错误。只要改就欢迎。只对极少数陷得很深，民愤很大，又继续对抗、破坏运动的，才应采取必要的组织措施。

第四，要警惕坏人策划停电、停水、停产的阴谋。对一小撮阶级敌人的破坏活动要坚决打击。对某些与国计民生有重大关系的工厂、企业，必要时应实行军管。

第五，尽快恢复和加强上海市的民兵工作和公安工作。由市委书记、警备区司令员周纯麟同志分管民兵工作，并由市委委托警备区加强对民兵的领导，对市民兵指挥部做必要的调整，从警备区抽调少数干部和基层民兵组织中挑选一些骨干恢复、充实民兵指挥部，加强区、县人武部，立即恢复民兵的正常活动，维护革命秩序，保障社会治安。民兵的枪支、弹药，暂由各单位集中保管。市公安局的领导成员，也准备作些初步调整，局党委的12个常委中，有6个尚可工作，主要成员薛干青[①]、徐成虎[②]等是王洪文的“小兄弟”，已不能主持工作，组织他们学习、检查、交代问题。[③]

华国锋敢于让苏振华、倪志福、彭冲离开上海到北京汇报，就是基于对全国乃至上海形势的判断，他认为全国、上海的干部、群众绝大多数是好的。对此他充满信心。华国锋很重视苏振华、倪志福的意见，说：工作组派一些联络员到各区县局，了解情况，帮助他们工作，要他们坚守岗位，把工作搞得更好。这个意见很好。不要失去领导，上海不能乱。中央工作组要赶快到各组办去。把被“四人帮”篡夺了的上海市委的领导权重新夺回来，上海的运动逐步纳入市委和各级党组织一元化领导下进行，这样上海形势很快就会稳定下来。会后，苏振华及时将中央的这个决定电告林乎加、严佑民。

10月24日，中央政治局成员出席了在天安门广场召开的庆祝粉碎“四人帮”胜利的大会。25日政治局继续开会听取苏振华、倪志福的汇报。[④]

那天政治局在玉泉山的这个会开得很晚才散，苏振华请倪志福同住在

---

① 薛干青，上海电机厂党委书记，后调到机电一局。“文革”中投靠造反派，后调任上海市公安局常委、副书记。

② 徐成虎，上海柴油机厂工人，“文革”后当上上海市公安局负责人。

③ 1976年10月23日苏振华、倪志福向中央汇报提纲。

④ 2007年6月27日采访丑运洲。

西山军委驻地，即9月13日李先念看望叶剑英时所到的院子里。当时，叶剑英、聂荣臻等军委负责同志都住在这里。粉碎“四人帮”后邓小平可以自由出入这个院子。

第二天一早，倪志福和苏振华正要吃早饭，得知邓小平在院子里散步，正在向这边走来，急忙放下碗筷，出门去迎他。

邓小平进来坐下说：“阿丕告诉我，你们干得很好。”倪志福当时误以为邓小平所说的阿丕是阿沛·阿旺晋美，问了苏振华，才知道是指陈丕显。

倪志福和苏振华说：“你会出来工作。”

邓小平说：“还是让国锋、剑英同志搞，我给你们当顾问。”

倪志福和苏振华异口同声说：“顾问就是有职有权。”

曹大澄在张春桥办公室发现枪支。中央工作组进入工交组摸底

10月24日上海同北京及天津直辖市、21个省会城市、5个自治区首府一起，同时举行了庆祝大会。上海市委通知，除黄涛外，马天水、徐景贤、王秀珍、叶昌明、陈阿大、汪湘君都参加大会。不少人对他们还参加大会很有意见。

24日下午，林乎加召开工作组大会，传达苏振华北京电话指示：中央工作组要赶快到各组办去，不要失去领导。林乎加说：原来打算这次来的各部委的人直接下到对口的局，比如轻工业部的人到纺织局，机械工业部的人到机电局等，去当联络员。后来发现市委有一小撮人，通过市委、市革命委员会的有关组、办从中作梗，搞一些小动作。现在看来要绕过市委这些组办直接到下面各单位，恐怕还不行。经过研究后，决定中央工作组还是先到市委、市革命委员会的各个组办，清查“四人帮”的罪行，打破他们的帮派体系，把党政大权夺过来。到了各个组办以后，根据工作的需要，再到下面的各个单位去具体了解情况。主要任务是搞揭、批、查斗争，彻底砸烂“四人帮”。[①]

苏振华、倪志福、彭冲、林乎加、严佑民决定先把坏头头抓起来。严佑民分工政法，负责此事。[②] 从1976年10月25日开始陆续把那些组织武装叛乱、罪恶深重、民愤极大的人隔离审查，针对不同的情况，采取不同的措施。

---

① 郑定铨：《奋战上海200天——忆粉碎“四人帮”后中央工作组》，《百年潮》2011年第4期。

② 2010年5月18日采访林乎加。

首先将“四人帮”心腹、骨干黄涛、黄金海、戴立清、叶昌明、王日初、朱永嘉、王知常7人交由警备区监护，进行专案审查。其次，将陈阿大、汪湘君、马振龙、施尚英、董秋芳（上棉十七厂党委副书记）、李伟民（中华造船厂代理党委书记）等6人交由本单位群众监护，进行专案审查。再次，对文静（张春桥老婆）、何秀文（张春桥秘书）、汪洋（市办工作人员）、胡鼎君（姚文元秘书）、崔根娣（王洪文老婆）、李群（张春桥女儿）6人进行保护性的审查。① 当时上海局势还未稳定，怕愤怒的群众可能做出一些不符合政策的出格之事。

这些举措，顺应了广大群众的要求，大家拍手称快，扬眉吐气。同时也引起了紧跟“四人帮”的人，做过一些错事、说过一些错话的人的恐慌。

10月25日开始，中央工作组陆续进入市委和市革命委员会的各个组办。南京路上也贴出了欢迎中央工作组进驻市委、市革命委员会各个单位的大字标语，由此，形势把中央工作组推到了第一线。

25日，工作组来到康平路市委机关大院，曹大澄被派到市委办公厅工作，办公室在最东头第一间，原是张春桥的办公室。

1973年8月，张春桥在十大当选为中共中央常委。9月邓颖超随周恩来陪法国总统到上海，其间邓颖超到康平路市委宿舍登门看望新老干部，看了王洪文、姚文元、马天水、徐景贤、王秀珍家里，连常委王少庸家都去了，唯独没有看张春桥的夫人文静。因为文静在1943年12月时被俘叛变、投敌，为日本人做过反共广播宣传，后张春桥与文静结婚，两人感情很好。张春桥利用职权，为文静解决党籍、安排工作。张春桥也有历史问题，上海群众几次反张春桥时都提出这个问题，可是毛泽东不让查。② 邓颖超这个举动当然表明了周总理的态度，四两拨千斤，吓得张春桥再没有敢回上海，并提出和文静离婚。1974年王洪文陪外宾来上海。送走外宾后，专门将马天水、徐景贤、王秀珍找来密谈张春桥离婚一事。并说他（王洪文）与姚文元商量，张春桥离婚的消息不对外宣布，文静和孩子仍旧住在康平路，孩子要看张春桥可以直接到北京去。③ 张春桥与文静经常直接通信，并通过子女、秘书保持密切来往。④

---

① 1977年1月6日苏振华、倪志福向中央政治局汇报提要。

② 1973年4月9日周恩来在玉泉山见邓小平夫妇时谈话，见邓朴方：《二十世纪真正知己》，《百人访谈周恩来》，第107页，江苏文艺出版社，1998年。

③ 徐景贤：《十年一梦》，第395—397页，时代国际出版有限公司，2004年。

④ 1977年3月，王洪文、张春桥、江青、姚文元反党罪证（材料之二）。

从此，张春桥更加仇恨周总理。虽然张春桥再没有回过上海，但是，这间办公室一直为他保留着。

曹大澄进门后，首先将房间检查一遍，从柜中发现一个琴盒。他有些奇怪，张春桥还有此闲情逸致？打开一看，竟然是一支微型冲锋枪。他不禁一惊。继续查看，在书桌的柜中发现厚厚的一包文件，封面上写着姚文元父亲姚篷子的档案。姚篷子是上海有名的反动文人，"文革"初期姚文元进入中央文革小组，就有很多高级干部反对。张春桥将姚篷子的档案藏在自己办公室里，包庇姚篷子的罪行昭然若揭。曹大澄急忙叫来有关同志，将这两样证据上交。①

25 日上午，进驻工交组、计划统计组、科技组的李景昭、干志坚、周力、王守家、曹维廉、王德瑛，到位于外滩的上海市革委会大楼，和各组负责人见面。这些负责人有：工交组负责人金传德、生产组的唐光煊、军工组的高崇志、秘书组的翁严偌、组干组的史恩之、基建组的鲁纪华、科技组的严绪召、计划统计组的韦明、外经组的刘宪、军工组的尹秀坤，另外各组成员三四人。工交组核心组成员还有黄涛、陈阿大。此时黄涛已被隔离审查，陈阿大也被机关群众隔离审查，揭发交代，虽然市委没有批准隔离，但已不能参加这些会议。另有一些人长期病假，没有来。会上，翁严偌、唐光煊、鲁纪华等汇报情况。25 日下午，继续听汇报，由翁严偌介绍面上的情况。26 日上午，李景昭、王守家等参加秘书组学习会，学习 16 号等三个文件。26 日下午召集各工业局联络员会议，听关于运动与生产情况的汇报。会后在 333 房间召开秘书、司机、打字员、值班、信访等人开会。他们认为，核心组的盖子没有揭开。②

综合以上人员的汇报，工作组了解到上海的情况是：

上海全市有 200 万职工，33 个局级单位。14 日传达中央打招呼会议以来，群众即将目标对准"四人帮"，说上海是"四人帮"基地，市委紧跟"四人帮"。在这个问题上群众没有转弯子的问题。大家说黄涛、陈阿大你们才有转弯子的问题。大家的热情像火山一样爆发。

群众说：华国锋主席当我们的领袖，放心、放心、最放心。揪出"四人帮"开心、开心、最开心。抓革命促生产，要跃进、跃进、再跃进。

---

① 2010 年 5 月采访曹大澄。

② 王守家出差上海工作笔记。

群众热烈欢迎中央的决定。要求中央工作组的同志与机关干部见面，中央工作组的同志深入到各组去，领导揭发“四人帮”的罪行，马天水、徐景贤、王秀珍的罪行和黄涛、陈阿大的罪行。

上海是“四人帮”苦心经营多年的基地，盘根错节。“四人帮”对工交系统抓得很紧。马、徐、王经常找工交组。王秀珍找工会、民兵指挥部、妇联、组织组。王洪文曾工作过的十七棉纺厂、黄金海曾工作过的三十一棉纺厂、王秀珍曾经工作过的三十棉纺厂，马、徐、王经常找小兄弟开会。批林批孔时，由工会直接传达。反击右倾翻案风、批邓，也先由工会系统一层一层吹风。“四人帮”有事也是通过工会、妇联、民兵指挥部向下传达、贯彻。市总工会常常是星期一下午开常委会。①

王洪文的小兄弟大部在工交系统，具体情况如下：

黄涛，工交组一把手。

陈阿大，工交组二把手。原良工阀门厂工人。

金祖敏，市组织组，到全国总工会工作。原上海电机厂工人。

叶昌明，市总工会常委、副主任，王洪文兼主任。原合成纤维研究所的工作人员。

王明龙，机电一局党委常委、工会主任、市总工会常委。王明龙是不挂名的第一把手，是王洪文秘书廖祖康的秘书，参与反革命政变。13 日上午，叶昌明到机电一局，向王明龙、庞某(市委委员)、黄某(副书记)吹了风。

黄金海，财贸组一把手，市总工会常委。原上棉三十一厂工人。

马振龙，轻工局党委副书记。原搪瓷厂机修工人。

戴立清，后方基地党委副书记，原上海标准件材料一厂临时工。

朱永嘉，写作组一把手，姚文元班子的，原复旦大学历史学教师。

王知常，写作组二把手，姚文元班子的，原复旦大学历史学教师。

王承龙，市革委会常委、文教组二把手。

王日初，市组织组一把手，关键人物。

施尚英，民兵指挥部二把手。

唐文兰②，纺织局党委副书记，原是棉纺十七厂的，和王洪文一个工厂。

---

① 王守家出差上海工作笔记。

② 唐文兰：女，中共党员，“文革”前是上海国棉十七厂组织干事。“文革”后任上海市革委会委员、上海纺织局常委副书记、局工会副主任。“文革”结束后开除党籍，免予起诉，回劳动岗位。

汪湘君，市妇联主任。原停经片厂的工人。

这15个人，只是王洪文小兄弟的一部分。

这些人虽然都是二把手，但实际是掌实权的。张春桥说要看大节。叶昌明、黄金海等人入不了党，就换党委书记，直到让他们入党为止。黄金海是过去上海流氓、阿飞，从厂里抽大批老造反到各个单位。他们控制组织组，派来的干部是结党营私，他们熟悉的就提拔。干部路线问题大，为篡党夺权做准备。张春桥每次到上海，都见总工会、工总司，但不接见区县局的同志。[①]

总工会以王洪文为主。总工会到现在没有多少大字报，盖子没有揭开。

写作组以张春桥、王洪文、徐景贤、朱永嘉为主。

机关斗了黄涛一次。目前有8个人看管黄涛，12个人整理材料。黄涛交来"四人帮"给他的信，和"四人帮"谈话记录。最近这两年王洪文交给他办的事情多，主要是要东西，照相机、手表、钓鱼竿、猎枪及奢侈品。黄涛已写了四五份材料。

上海全市有七个主要工业局：冶金局12万人，化工局12万人，一机局35万人，仪表局10万人，轻工局23万人，纺织局38万人，手工局10万人。几天来没有发生事故，生产数量没有减少。游行，也未影响生产，坚持业余闹革命。生产情况中旬比上旬好。大多数局都能抓起来。只是轻工局下属11个党委，有5个卷入武装暴乱，机关无人值班，下边串连要开筹备会、批判会。轻工局两派对立的程度次之。主要是马振龙一条龙下去的，安插一批人。马振龙一倒，有些人怕层层揪。纺织局斗争激烈。纺织、电业、物资三局两派对立严重，原定26日开会，现在还僵在那。有人摇身一变，要夺权，但能量不大。

因为市委指挥不灵，群众都不听市委的。所以大家都有顾虑，下去得少了，简报也不出了，不知给谁看，内容也不知对不对，怕再犯错误。机关刚开始揭，大家还有顾虑。因为这些年确实跟着"四人帮"干了一些事情。这几天游行，思想还没有转过来。各组头头也有顾虑，怕抓机关工作紧张了，被说成是转移斗争的方向。

冶金局汇报：上钢一厂开万人大会5次，参加游行3次。厂里1.8万人，

---

① 1966年、1968年上海出现两次炮打张春桥的事件，都是王洪文的"工总司"冲在最前面，镇压群众。张春桥很感激，从而重视上海总工会。

未影响生产。去年三季度王洪文到上钢一厂去一次。今年10月12—14日，冶金局党委副书记陈某、工会主席吴某，三个晚上去上钢一厂三次，他们来干什么的？民兵师在上钢三厂设了一部电台。上钢五厂问题多，1974年批林批孔时，江青派谢静宜、迟群送来天津小靳庄批《三字经》材料。去年夏天一个晚上，王洪文去过一次？来干什么？要领导交代！王某原是电工，去年提拔车间总支副书记，王是惯偷，贪污2000元，被开除。黄涛讲话了，他才得到提升。党委准备星期五(28日)开大会，党委要表态。二电炉车间一个工人是十大代表，理论队伍负责人之一，正在搞吕后传。10月13日听说“四人帮”抓起来，他说独立思考后，就哭起来了。别人说：你是哪个阶级的？现在抓生产的同志很高兴。过去不能管，一管就是管、卡、压。过去不能讲企业管理。虽然是以钢为纲，但是，年产量380万吨都完不成。10月，平均日产钢10860吨。问题是缺焦炭，日缺150吨。劳动力不足，缺1278人。生铁紧张，5万吨，只够4天用的。一厂、三厂化铁炉大部未开足。

纺织局汇报：22日纺织局召开各公司革委会副主任、生产组负责人会议，了解生产情况，抓好批“四人帮”，抓革命促生产，分头开座谈会。各公司情况都很好。纺织局共有11个公司，其中9个公司比9月有增长。全局共22个棉纺厂。预计10月1—10日比9月同期平均班组产量增长10%以上。群众口号：外地上去后，我们上海怎么办？

机电一局汇报：形势很好。揪出“四人帮”，人心大快。上周开大会，已批判王明龙(工会主任、局党委)、彭某(市革命委员会常委、市委委员、局书记)。

仪表局汇报：下属四个公司，146个厂。10月比去年同期增长10%。10月超增6%。昨晚我们跑了19个工厂，有18个厂好，最差的无线电四厂，王洪文老婆担任一车间党委副书记，此人是特殊人物。各厂指挥灵，群众情绪高。无线电十三厂提前2个月完成今年任务。上海调解十厂，提前2个月完成今年任务。第六电表厂，14日传达后，心情舒畅，干群关系好了。老工人说：人逢喜事精神爽，身有生病轻三分，革命干劲添万分。

轻工局汇报：轻工局共12公司，批判会不断，揪马振龙，一个厂一个厂斗，各厂联合斗。全局1—20日生产比去年同期增9%。钟表公司增38%。食品公司增23%。电器公司增13%。皮塑公司增11%。五金公司增10%。

从汇报可以看出比较差的厂是江南造船厂，上班不大干活，出工不出力。过去黄涛是江南造船厂的党委书记。上海民兵指挥部领导小组副组长施尚英也是江南造船厂的。王洪文是江南造船厂工宣团的团长，现任党委书记黄星是工宣团政委。

城建局提出：27日开大会，希望黄涛、陈阿大、叶昌明能到场挨斗。

王守家负责当时的记录并将这些情况及时汇总给苏振华、倪志福、彭冲掌握，以便他们更好领导运动。

会后，李景昭又召工作组开会，商量了解、掌握机关运动情况，有哪些知情人。大家对各组知情人排了排队。分析后，认为“四人帮”在上海经营十年，不少干部跟着，感觉能信赖的人非常少，所以讲话十分谨慎。决定目前揭发的重点是：武装叛乱情况，“四人帮”对经济工作的破坏。

随后，工作组研究生产问题：缺化肥、无烟煤、硫酸。“文革”以来这些年，上海生产增长幅度逐年递减，财政收入逐年减少。另外，重点研究了江南造船厂的问题。这个厂“四人帮”抓得比较紧，叛乱时在此设了指挥部。粉碎“四人帮”的消息传开后，工人们自发地占领厂党委办公室，第二天自发地到五七干校将王洪文的追随者揪回来，面对面地斗争。由于王洪文在江南厂大搞夺权，制造了许多冤假错案，长期以来，生产管理系统混乱，生产无计划，管理无政府，施工无定额，操作无规程，质量无检验，劳动无组织。浪费增加，1975年回收丢在地上的整根焊条就达60吨。银行贷款1976年比1966年高5倍，生产逐年下降，一条艇中修周期延长一倍时间。[①] 现在有的车间停产。摧毁武装叛乱的指挥部是好的，但是车间停产，如蔓延下去，会转移斗争大方向，造成生产下降。这种无政府状态必须尽快结束。

26日《解放日报》的内部情况简报增刊179期，专门刊登了工交财贸组根据市委机关、工会系统和《解放日报》、上海人民广播电台等单位群众揭发以及市委常委黄金海，市委常委、《解放日报》党委书记王景，轻工业局副书记马振龙的初步交代材料，公布了从10月7日起到13日徐景贤、王秀珍策划武装叛乱的活动情况。28日在185期、188期做了续报。[②] 这些简报将其武装叛乱的情况大白于天下，有力地揭露了“四人帮”及马天水、徐景贤、王秀珍的反动本质，推动了各个机关、单位运动的开展。

林乎加根据情况的变化，对中央工作组人员分工进行了重新调整。

工交、计划、科技核心组：彭德清、阎济民、李锡铭、李景昭、徐良图。

---

① 1977年5月江南造船厂党委在全市第三次揭批“四人帮”大会上的发言。

② 王守家保存的《解放日报》内部情况简报增刊。

财贸组：任泉生、郑拓彬。

郊区组：郭世荣。

地区组：罗淑珍。

文教组：陈锦华、鲁万章、王金光。

组织组（包括工、青、妇、市直属机关）：赵振清。

外事组、统战组：秦仲达。

写作组：车文仪。

公安（警卫）：严佑民。

市委办公室：曹大澄、韩滔、阮忠敬（此三人是国家建委的干部）。

中央工作组进驻各组办以后，很快感到人手不够，不得不紧急向中央各部委求援，要求尽快增派人员。各部委都积极配合，迅速增派。

中央任命苏振华、倪志福、彭冲为上海市委第一、二、三书记

26日，苏振华、倪志福由北京到南京与彭冲会合，参观了南京长江大桥，于当日下午4时一同回到上海。[①] 这次与上次大不一样了，他们住进了锦江饭店南楼。粉碎“四人帮”后中央决定上海暂时不接待外宾，这里就成为中央工作组的指挥部。苏振华的工作班子是：海军宣传部副部长张寿华、苏的秘书丑运洲，及两名机要员、打字员住在15楼。倪志福的工作班子是：北京市委秘书长毛联钰、倪志福的秘书张不知、政策研究室的干部肖振帮，还有中央警卫局派出的两位警卫参谋，住在14楼。彭冲和秘书佘孟孝、夏加林、朱通华住在12楼。16楼是苏、倪、彭议事的地方。刚到时，大家只在餐厅吃饭时才见面，互相点头招呼一下，又匆匆回去各人办各人的事。因处于一种非常状态，南京军区派了一位副参谋长，带了两名作战参谋，负责警卫工作。锦江饭店警卫森严。[②]

苏振华、倪志福去上海后，北京，中央政治局开会再次研究上海问题。考虑到上海市委已瘫痪的事实，中央同意苏振华、倪志福迅速改组上海市委

① 杨肇林、丑运洲、乔崖等：《从高山到大海——共和国上将苏振华》，第356—357页，解放军出版社，2001年。

② 朱通华：《较量上海滩》，第7—8页，中共中央党校出版社，2009年。

领导的建议，并做出决定：任命政治局候补委员、海军政委苏振华为上海市委第一书记、市革命委员会主任；任命政治局候补委员倪志福为上海市委第二书记、市革命委员会第一副主任；任命彭冲为上海市委第三书记、市革命委员会第二副主任。撤销张春桥、姚文元、王洪文在上海的党内外一切职务。同时决定继续从中央各部调干部分别到上海各口（系统），深入群众，调查研究。党中央的这一决定对夺回被“四人帮”窃取的上海市委领导权，进一步稳定上海局势乃至全国起了非常及时的关键性的作用。

对党中央只撤销张春桥、姚文元、王洪文在上海的党内外一切职务，没有撤销马天水、徐景贤、王秀珍的职务，开会还要这些人参加，也引起一些群众的不理解甚至不满。这种做法与“文革”中的做法截然不同，“文革”爆发以后对当权派不管是否有错误，不管错误大小，通通打倒，“一月夺权”更是将原有的省委、市委各级党委机关干部通通赶走，连刚分来一年的大学生，打字员、司机都不能幸免，革命委员会完全是另起炉灶。江青曾说：成立一个精干的小班子，自己拉出来，根本拉出来，不再和他们沾边。搬出原有的办公地点，到宾馆办公。[①] 她这番话想表明革委会就是新政权，要与所谓的旧政权划清界限，形成打倒一切的局面，达到改朝换代，以至于全国用了近两年的时间才成立了除台湾外的各省市自治区革委会。在两年无政府主义状态下，出现了全面内战的混乱局面。

现在既要把马、徐、王参与“四人帮”篡党夺权的阴谋揭露出来，又要找他们在一起开会；既要彻底改组马、徐、王为核心的原上海市委领导班子，又要继续使用市委工作班子。这真是一场复杂而特殊的斗争！

10 月 27 日，中央任命电报到达上海，苏振华、倪志福、彭冲名正言顺地进驻康平路市委机关，中央工作组的林乎加、严佑民等人因尚无任命正式职务，只能列席常委会。[②]

当晚，上海展览馆宴会厅灯火通明，全市部委办、区、县、局 400 人的干部会议在这里召开。这是苏、倪、彭第一次在全市干部面前亮相。人们早早来到会场，气氛格外严肃。

8 时，苏振华、倪志福、彭冲走上主席台，徐景贤、王秀珍坐在主席台的第二排。马天水犹豫着不知坐在何处为好。苏振华回过头来喊了他一声，他

① 1968 年 3 月 30 日江青讲话。
② 张世珠《1976：中央工作组秘密抵沪》，《世纪》1993 年第 2 期第 25 页。

赶快坐在第一排。因为中央的任命没有公布，会议仍由马天水主持，他知趣地只讲了三句话，说："我们今天开一次重要的会议。我们热烈地欢迎苏振华、倪志福、彭冲三位领导同志到上海来主持工作。现在我们热烈地欢迎苏振华同志传达中共中央的重要通知。"[①]这是马天水最后一次主持会议。

苏振华穿着布质海军制服，一举一动，均显示出军人威严。他讲话干脆，观点明确，满怀信心。他宣读了中央对上海新市委的任命，引来会场一片欢呼。[②]

苏振华等会场安静下来后说："今天，我们主要是跟大家见见面，经过与倪志福、彭冲同志商量，讲点不成熟的意见。"

他首先肯定"连日来上海人民敲锣打鼓，兴高采烈地上街游行，举行集会，贴大字报、大标语"的行动。然后指出："上海市是党中央领导下的上海市，是一千万人民的上海市，是有光荣革命传统的英雄城市。'四人帮'妄图把上海作为他们篡党夺权、复辟资本主义的阵地，阴谋策划反革命武装暴乱，以武力对抗以华国锋主席为首的党中央，这是痴心妄想。"[③]

苏振华的话简短，却点出"四人帮"在上海阴谋发动武装叛乱的这个最要害的问题，解脱了绝大多数干部，有利于迅速拉开全市范围的揭、批、查"四人帮"的帷幕。他的讲话受到全场广大干部的热烈欢迎。

随后周纯麟讲话，表示拥护党中央决定，坚决同"四人帮"斗争到底。

马天水讲话，表示坚决拥护中共中央的决定。[④]

马天水话音刚落，"文革"前的上海市副市长，曾长期任中共上海市地下党负责人、负责统战工作的张承宗便站起来，面对面地揭发马天水的罪行。他说：马天水曾经让工厂突击生产几万副手铐。他质问马天水："你要赶做这几万副手铐干什么？你要铐谁呀？谁让你这么干的？"

顿时马天水惊慌失措，无法回答，也不敢回答。

会场上，有人站起来指着马、徐、王说："你们怎么老是被动呀？应该自己主动揭发交代嘛！"还有人站起来说："市委的常委们要到市委各委、办去，接受群众的揭发批判！"会上不少人围绕着武装叛乱、篡党夺权这个重大的

---

① 司马东去：《浩劫上海滩——一个中央工作组成员的耳闻目睹》，第17页，中共中央党校出版社，1999年。

② 陈锦华《国事忆述》，第65页，中央党史出版社，2005年。

③ 苏振华讲话稿。

④ 《上海军民坚决拥护华主席为首的党中央英明决定》，《人民日报》1976年10月30日。

政治问题展开对他们的质问，气氛极为紧张。[①]

自此，夺回被“四人帮”篡夺的全市党政领导权和人民武装的领导权。同时，割断了被“四人帮”控制利用的工会、共青团、妇联、民兵等组织垂直领导，使他们不能再凌驾于党委之上发号施令。运动逐步纳入了市委和各级党组织的一元化领导，并很快进入第二阶段，即揭批阶段。从此以后，马天水、徐景贤、王秀珍等人的排位也逢会即降，每开一次揭批大会，他们就降一次。从坐在台上，降到坐在台下；从揭发别人到自己挨批，直到被隔离审查。[②]

以深挖发动武装叛乱的阴谋作为解决上海问题的突破口

为了解决“四人帮”在上海余党的问题，保证中央“既要解决问题，又要稳定局势”方针的落实，苏振华、倪志福、彭冲统观全局，从全盘战略考虑，决定：射人先射马，擒贼先擒王，先抓住原上海市委常委的问题，即以妄图发动反革命武装叛乱为突破口，解决上海问题。

在锦江饭店南楼顶层会议室，苏、倪、彭亲自坐镇，召集上海市委常委会，林乎加、严佑民等列席。苏振华开宗明义说：现在我们集中时间，先把你们自己妄图发动武装叛乱的问题交代清楚。你们可以自己交代，互相揭发，最好是按妄图发动武装叛乱的日程，一天天讲清楚。这是常委会，范围小，有利于你们发言，讲清问题。这也是一次让你们认识错误和罪行的机会，我们党历来的方针是“惩前毖后，治病救人”，希望你们打消顾虑，端正态度，讲清问题，不要错过这个机会。

倪志福、彭冲也都说明会议的重要和党的政策，希望马天水、徐景贤、王秀珍等人不要错过机会。

徐景贤首先发言。王秀珍接着交代，马天水也插话，常委们补充揭发，基本讲清楚 10 月 7 日以来策划叛乱的过程。

每交代到关键、要害处，马天水就装作不知道，态度最坏，还故意问别人他的要害问题是什么？

---

① 陈锦华：《国事忆述》，第 66 页，中央党史出版社，2005 年。

② 朱通华：《风雨雷电的四年》，刘定汉、袁捷、朱通华、谷冰等：《和彭冲在一起的日子》，第 201 页，江苏人民出版社，1997 年。

苏振华当即指出：马天水同志，你先不要把门封死，你们妄图发动武装暴乱问题，你知道不知道，事实总会查清。你应该首先端正态度，把事情的来龙去脉讲清楚。

马天水的发言空话连篇，好像自己没有多大问题，迟早还要站出来的样子。

王秀珍尽量表白自己。

徐景贤讲，自己在感情上转不过来。他除了把自己臭骂一通以外，会选择机会抓住要害问题，点一点马天水。王秀珍则跟着徐景贤的调子，时不时也把马天水的位置和问题突出点一下。这时，马天水就紧张起来，解释一通，但又支支吾吾，就不说到点子上。三人各怀鬼胎，相互揣摩，争相表演。

会一结束，马、徐、王三个人马上分头围住苏、倪、彭，要求单独谈问题。苏、倪、彭三位没有估计到他们这一手，只好一人对一个，硬着头皮听他们讲。马天水多是讲：过去的事情记不住了，揭发材料写不起来，要求指定一个人帮他写检查和整理揭发材料。王秀珍多半是有点像背书，也有点像演戏那样地说一通自己的问题，然后说自己文化低，写得慢，要求有个人帮忙。徐景贤同他们两人不一样，每次开过会总要交一本或两本书面材料，有自己的检查，也有对别人的揭发。这么弄了一、两次，苏、倪、彭也有经验了，下次会议一结束，他们站起身拎起公文包，就走出会场。马天水、王秀珍无奈，只好怏怏而去，徐景贤则把书面材料交给坐在第二排的工作人员。①

每次接到开会通知，马天水、徐景贤、王秀珍会早到，有的提前一个多小时就到了。到了以后，就急忙向饭店服务员要求开房间洗澡。马天水仍拿一副还是市委书记的派头，要开大房间，照用照洗不误。徐景贤和王秀珍要识相得多，不敢用套间，只要求有个地方洗一洗就可以了。当时上海生活水平并不高，马、徐、王都住在康平路机关宿舍，也不能天天有热水洗澡。

如此市委常委会议连续开了两天，尽管苏振华一再交代政策、晓以大义，但三人还是躲躲闪闪，极力掩盖真相，想统一口径，逃避责任。言辞中他们也只讲“暴动”，不讲“叛乱”，受到其他常委的批评。10 月 29 日后，便停止他们出席常委会。②

---

① 司马东去：《浩劫上海滩——一个中央工作组组员的耳闻目睹》，第 9—10 页，中共中央党校出版社，1999 年。

② 陈锦华：《国事忆述》，第 68 页，中共党史出版社，2005 年。

10月29日下午，苏振华、倪志福、彭冲还找了一些工交、财贸组和部、办、局负责人开座谈会，了解当前运动情况，群众的反映、要求。随后他们三人都讲了话。林乎加也参加了这次会议，根据他的传达，王守家做了记录整理。林乎加是将三人讲话综合在一起传达的，大意如下：

今后开会作风要改一下，党委会不要随意外传，更不要上街，要讲纪律。“四人帮”在上海把党的作风搞坏了，把“四人帮”的批示摆在中央之上，可以改变党章规定。大家要认真学习中央指示。昨天核心组学习中央16号文件，一定要按16号文件精神办事，和群众一起商量执行16号文件。

当前运动总的形势大好，但不能低估“四人帮”的影响。这是一场两个阶级、两条道路、两条路线的斗争。“四人帮”就是要搞修正主义，搞分裂，搞阴谋诡计，他们披着左派外衣，把自己打扮成正确路线代表。“四人帮”是党内资本主义典型代表，比资本家还厉害。我们要将矛头对准“四人帮”。

现在斗争刚开始，还有大量工作要做，大家建议召开市委扩大会，大中小会议相结合，认真学习，深入揭发批判“四人帮”，这些意见是很好。现在要做准备。首先要认真学习、武装思想，要学习中央16号文件，吴德同志讲话，两报一刊社论，学习苏振华同志重要讲话。广泛发动群众，并且作知情人工作，逐步引导到本系统、本单位，边学边揭批，边声讨。这场斗争是马列主义、毛泽东思想的普及教育。上海广大干部群众路线觉悟是高的，不像少数人估计那样。

许多单位要求派人去帮助，以华国锋为首的党中央对上海非常关心，派了中央工作组。原来工作组的同志只是了解情况、反映问题，现在直接参加领导，帮助工作。工交、计划、科技由林乎加同志负责。各部来的同志帮助把上海运动搞好。上海市公安工作中央派了公安部副部长严佑民同志负责。

同志们提出的开市委扩大会议，这要认真做准备工作。受“四人帮”影响的同志，要放下包袱，轻装上阵，共同对敌。领导要到群众中去，和群众一起深入揭发批判“四人帮”。

有几个工厂要做好工作，如上海机床厂、上钢五厂等和上边联系多一些，应揭发“四人帮”罪行，揭发市委某些人的问题，领导部门要到这些地方去工作，各单位有好的经验，可向市委报告。

中央、国务院派来的同志到各单位直接参加工作，帮助你们，但你们也不要依赖，你们要大胆负责。关于个别人受“四人帮”影响，讲过错话，做过错事，是执行的，要跟那些跟得很紧、陷得很深的人区别开来。这些人要带头揭发。至于自己有错误，要自我批评，群众会谅解，就有可能取得主动。

各级党委站在运动前列，严格按方针政策办，在党的一元化领导下，团结两个百分之九十五，要有信心，要敢于领导，善于领导。

大字报主要是揭“四人帮”，要抓大是大非问题，至于生活上那些丑恶的东西当然也要揭，方法上要注意。另外大字报不要上街，否则有副作用。大字报点名不要点得太多，有些人问题可在适当会上提出来，一看二帮。不要一部分群众贴另一部分群众大字报。大字报上街不好。要反复交待政策，认真学习，深刻领会。同时注意方法。利弊向大家讲清楚，要做思想工作。政策要搞稳，没有把握的问题要请求报告，总之，要有利于运动健康发展。①

苏振华、倪志福、彭冲经常听林乎加、严佑民的汇报，随时掌握工作进展。还经常见王一平、韩哲一等，听他们介绍“四人帮”在上海余党的活动近况，也了解了上海干部和群众的认识及最新动态。苏振华还通过秘书丑运洲找新华通讯总社派到上海的干部了解情况。

10 月 30 日，《人民日报》头版发表了评论员文章，题目是“喜看上海大好形势”，指出上海的形势大好，令人十分高兴。

苏振华、倪志福、彭冲召开中央工作组全体人员大会

10 月 30 日上午 10 点，苏振华、倪志福、彭冲在锦江饭店会议厅召开工作组全体人员大会。林乎加主持，他说：出席今天会的有中央各部委 87 人，摄影、电视记者 36 人，共 123 人。曹大澄回忆，在这个会上他第一次见到苏振华、倪志福、彭冲三位领导。会场气氛热烈，熟悉的同志互相打招呼，平日

① 王守家上海出差工作日记，11 月 2 日林乎加在工交组、各局负责人见面会的传达。

工作紧张，难得这么轻松。

王守家保存了三份工作组名单，一份是1976年11月7日在延安饭店的工作人员住房、电话号码；一份是1976年12月3日住在上海大厦的；一份是1976年10月至1977年4月的，这三份名单上的人数均多于林乎加这次会上所说的123人。最后一份人数最多，因为中央不断派人来支援、加强上海力量，最多时达226人，其中省部级干部17人。[①] 现在我将这三份名单综合起来罗列于后，其中各部委220人，新闻单位36人（领队是工作组成员）。各单位人员以参加工作组先后顺序排列，具体是：

中组部：赵振东（应是赵振清，部核心组成员）、梁良华（女）、唐佩荣、苗枫林、李竹林、傅宪武、秦永明、王铸、常月英（女）。

北京市：毛联珏（市委副秘书长）、石建增（处长）、孙常立、张不知、肖振帮、金业明。

总政：陈柱深（军政大学宣传部副部长）、夏侯魁（军政大学系政治处副主任）、陆国元（新华社海军分社记者）、王素之（《解放军报》处长）、栾保俊（《解放军报》记者）。

海军政治部：车文仪（海军宣传部副部长兼新华社海军分社社长）、张寿华（海政宣传部副部长）、丑运洲（苏振华秘书，原新华社海军分社记者）、堵仲伟（新华社海军分社社长）、张志毅、陆国元、邵以华、李润身。

公安部：严佑民（副部长）、宁福洪（副处长）、张泰臣（副处长）、李声华。

国家计委：林乎加（副主任）、徐良图（生产组副组长）、干志坚、王守家、陈斐章、陈宗皋、胡康生（林乎加秘书）、陆凯军、高卢麟、刘洪、竺庭鹤。

国家建委：李景昭（核心组成员）、曹大澄（副局长）、王德瑛、韩滔、阮忠敬、方中成、傅雯娟（女）。

冶金部：贾洪（军工办负责人）、辛月斋（副处长）、于明川、罗琪、李文杰、陈国昌、王德权。

石化部：秦仲达（计划司司长）、李风（女、计划司副司长）、张德义、冷寅生、蔡强、林栋、魏瑞明、聂应凯、贺务宜、吴鸿安。

水电部：李锡铭（副部长）、李伯宁、游吉寿（副司长）、刘航、周振先、周培年、温克昌、叶延芳、袁联、白世海、张勇、何永传。

一机部：曹维廉（科技局局长）、侯宝勤、杨铿（副部长）、江泽民（外事局

---

① 赵霄洛采访赵行志。

局长）、江虹、张志、奚义杰、邱平金、罗亚黎（女）、刘志明。

六机部：阎济民（副部长）、章九雄、张有萱、江勇为、陈祖林、张志信、梅鉴洪、彭定方、马祥渠、王产良。

交通部：王西萍（局长）、赵成斌（处长）、何志良、彭德清（副部长）、袁跃成、韩文青、周秋岩、冯志利、苏玉璞、王仁亭、丁炎瑞、夏元卿、戴丽明（女）。

铁道部：宁致远、聂凤竹、白耀飞。

邮电部：罗淑珍（女、副部长）、崔志宏（政治部副主任）、徐敏庄（局长）、董会义（处负责人）、郑德铨（干部部负责人）、杜肤生、王圣暖、朱述武、毛子炎。

轻工部：陈锦华（计划司负责人）、谢红胜（机械局局长）、郑定铨、徐政（女，机械局副局长）、娄世勤（女）、潘裕仁（食品局副局长）、葛荣生、凌晋良、王海南、鲁万章（一轻局局长）、周鹏年、李澄和、朱庆颐、王金光（二轻局局长）、李正光（化纤局局长）。[1]

商业部：任泉生（副部长）、张有余（秘书）、张世尧（局负责人）、许配厚（副局长）、阎敏（局长）、林形如（副局长）、宋章名、吴炎晖、俞昌寿、徐盖清。

外贸部：郑拓彬（局长）、张先成（副局长）、沈觉人（秘书）、马云汉（副局长）、陈明（处长）、宿世芳、何平、赵明良。

供销总社：郭世荣（副主任）、王厚德（研究室负责人）、汪文华（副处长）。

物资总局：周力（原非金属局局长，已到部队工作）、王文才、朱尔鑫、靳永和、刘炳华、王庭州、田平、费怀安、黄健峰、宋学兵、黄炳南、顾君然。

财政部：傅泽浩（司长）、杨哲省（司长）、蔡瑞东（处长）、刘惠英（女处长）、郭建华（处长）、李靖林（处长）、王绪兴（处长）、郑维叶（副处长）。

国防工办：孙连文、陈再方。

三机部：李周书、怀居明、朱致恒、韩永康、孙连文、冯宝恂、林跃芳。

五机部：刘城基、蒋明生。

农林部：肖峰、张其瑞、孙泮琪、官治国、王赞礼、崔正升。

地质总局：边固、顾金银、王显卿、吕信。

外交部：赵行志、金桂华、徐斌良、范中武、席振寰。

新闻单位、新影：郝玉生（总编辑、领队）、盛玉增（总摄影、副领队）、陈立

---

① 在延安饭店的名单上有葛荣生处长的名字，据郑定铨回忆，葛是10月6日之前轻工部派到上海来检查督促生产的，并不是中央工作组成员。

国(编辑、副领队)、庄唯(摄影)、李振羽(摄影)、靳敬一(摄影)、姜芙杰(摄影)、杨之举(摄影)、李俊昌(摄影)、王海润(摄影)、杜庆思(摄影)、孙永田(摄影)、肖宏道(制片)、黄宝泉(录音)、王少杰(录音)、王延良(录音)、黎世泉(照明)、李良(照明)、雷克谦(剪接)、莫裕达(机械师)。

北京电视台:周居方(领队)、于光华(副领队)、田亨九(记者)、阎立志(记者)、孙永福(记者)、李小兵(记者)、左耀东(记者)、马清华(记者)、叶邦伟(记者)、冯景山(记者)、王元洪(记者)、李芳廷(记者)、冯吉庆(记者)、张茂希(记者)、庞哨(编辑)、王兴华(编辑),共 38 人。

上海市委:王一平(革委会副主任)、杨富珍(女,副书记)[①]、孙绣华(女)。

秘书联络组:陈国昌、孙杰伟、戈凤、戴耀荣。陈国昌与前面重复。

专案组共 14 人:顾林昉(公安部处长)、秦友三(军科院研究员)、宋杰楷(军科院研究员)、林宪玉(广州军区保卫部副部长)、温景义(军政治部副主任)、王阶平、薛元青、李声华、叶克林、粟晓松、殿兆龙、陈龙宝、张泰臣、肖若欧。张泰臣、李声华与前面公安部的名单有重复。

从这个名单看出,各部派出的干部均是精兵强将。

苏振华的讲话,王守家保存有两份记录,一份是他自己的记录,一份是根据郑定铨的记录整理的打印件,这两份记录基本一样。

苏振华说:我们来上海才几天,对情况不熟悉。开这次会是和中央各部、北京市委、部队和新闻单位来的全体同志见见面。然后,他介绍林乎加、严佑民、南京军区副参谋长张挺三人和大家见面。

随后他念了林乎加给他的一个参会人员名单:中央各部来 87 人,其中部级 11 人,局级 32 人。新华社、《人民日报》都派了人。中组部 5 人,北京市 4 人,总政 5 人,海政 2 人,公安部 3 人,国家计委 8 人,国家建委 7 人,冶金部 3 人,石化部 5 人,水电部 6 人,一机部 2 人,六机部 3 人,交通部 3 人,邮电部 6 人,轻工部 8 人,商业部 5 人,外贸部 5 人,供销社 3 人,物资局 2 人。另外有新闻单位、摄影、北京电视台等 36 人。

苏振华说:

---

① 杨富珍,1932 年生,女,江苏南汇(现属上海市)人,初中文化程度,1949 年 1 月参加革命工作,同年加入中国共产党。上海解放后,曾任上棉一厂布机挡车工、工会小组长,先后被评为市劳动模范、先进工作者和全国劳动模范、全国青年建设社会主义积极分子。"文化大革命"初期受到批判,后历任上棉一厂革委会召集人、普陀区革委会主任、中共普陀区委书记、市总工会副主席、市革委会副主任。中共第九届中央委员,第十届、第十一届中央候补委员。

今天就是见个面，我先简单说几句。这次华主席、党中央对上海非常重视，非常关怀，要把上海揭发批判“四人帮”罪行的运动搞好，组织中央各部委、北京市委、部队、各条战线的同志来上海工作，这是中央华主席对我们很大的信任。任务很光荣，但也是很艰巨的。我们一定要按照华主席、党中央的指示，结合上海具体情况，把运动搞好。在搞好运动的同时，把生产、战备搞好。有的同志来得很急，中央一声令下就到了。

华主席、党中央为什么对上海这样关心呢？

首先，上海有一千万人民（实际上是一千多万），是全国第一大城市，在政治上、经济上、军事上对全国影响很大，对国际上影响也很大。上海是一个工业城市，建设形势对全国影响很大。

第二，“四人帮”妄图把上海作为篡党夺权的阵地，确实搞了不少阴谋活动，篡改毛主席的指示，在上海另搞一套，把上海当成“独立王国”，不听中央的，还利用上海插手全国各省市的工作，干扰破坏毛主席革命路线的执行，干扰破坏各省市的工作。上海工人阶级、广大党员、广大干部是好的。上海是党的诞生地，上海是八亿人民的，是中央领导下的上海，是中华人民共和国的上海，“四人帮”妄图把上海当成他们推行反革命修正主义路线的阵地，这个问题既不能估计过高，要看到主流是贯彻毛主席革命路线的。但对他们的破坏作用没有适当估计也不对，要批判他们的反动实质。所以要我们来上海，任务有它的复杂性，和过去出差、一般调查研究完全不同的。

第三，“既来之，则安之”。据说我们有少数同志要回机关、回北京，这很自然的。但我们既然来了，思想精力就要集中在工作上，不能分散精力。首先要安下心来，要有相当一段工作的思想准备，至于来到上海是否待一辈子，这是辩证的。可能长一点，也可能短一点，总之要把上海的事情办好，起码把运动搞好。到一定时间回北京看看是可以的。至于把我们统统都留下？彭政委是走不了。（彭冲：我是跑不掉了）我讲个故事，在抗大时，我们想到前方去，毛主席亲自跑到抗大作报告，要我们安心在抗大学习。总之，希望同志们要集中精力把上海的事情办好。

有的同志说我们都是搞业务的、打算盘的，现在搞运动感到很吃力，信心不足，要求业务对口，在北京搞什么，到上海还搞什么。我们尽量照顾。我们要政治挂帅，搞业务也要把政治放在第一位。

搞运动要贯彻毛主席思想路线、方针政策和中央16号文件。搞运动没有什么神秘的，要注意：一、依靠群众；二、党委一元化领导；三、掌握方针政策、策略，要贯彻毛主席思想路线、方针政策和中央16号文件，将来还会有重要指示和重要文章在报上发表。

到群众运动中去，与群众一道搞运动不难。搞阶级斗争不是少数人能够包办的，否则走偏方向。过去运动被"四人帮"干扰破坏，使我们不断有曲折，现在消除了"四人帮"，就好办了。革命斗争道路上就是复杂的，不可能一帆风顺的。简单化本身就是不合辩证法的。我们来的人不能完全业务对口，要参加到运动中去，当群众的小学生，到群众中去吸取政治营养。这就是社会大学，是正规大学课程中没有的。

搞运动作为一个领导成员，主持一个方面的工作，要认真负责，可能少睡一点觉，多跑些腿。要勇于负责。我党留下好的优良传统。你们想把工作做好，犯了错误不要紧。当然，明知故犯不好。我们给承担责任。我们要谦虚谨慎。要搞好工作，首先要把当地党组织搞好。市委的问题要复杂一点，我们不能依靠他。有少数人说了些错话，做了些错事，怎么办？过去"四人帮"采取高压，对上海干部高压。我们对这些同志还是要惩前毖后，一看二帮，犯了点错误不要紧，改了就好。原则的问题必须搞清楚，和稀泥不成。

我们不当钦差大臣．对他们的正确意见要支持，对不正确的意见要帮助，要团结两个95%。我们参加上海工作，是加强领导，要出主意，想办法，与他们多商量，不要单枪匹马去搞。要团结大多数，但不要形成包揽，主要工作要靠他们做。

要提高警惕，个别单位隐藏坏人，要揪出来，掌握了真凭实据后再搞。要把跟得紧、陷得深、参与阴谋活动的与受了影响、说了错话、做了错事的区分开来。前者是敌我矛盾，后者是内部矛盾，但前者经过斗争也可能转化。扩大教育面，缩小打击面。有些单位可能还有派性，凡是正确的我们就支持，不正确的要批评教育。

各方面意见都要听。

倪志福瘦高个，文质彬彬，讲一口上海普通话，他说：

刚才苏政委讲得很重要，同志们做了大量工作，很好。我们刚来，情况还不了解，首先是调查研究。搞好这场运动，有利条件很多。首先有以华国锋同志为首的党中央的支持，在天安门广场召开声讨“四人帮”罪行的大会，向全世界宣布，对全国推动很大。现在全国形势很好，上海形势也很好。“四人帮”妄图把上海作为篡党夺权的阵地，他们对上海干部采取高压手段。压得越重，反抗越大，像火山一样爆发，一定要依靠广大群众。但也要看到“四人帮”经营多少年了，全国没有转弯子的问题，人心大快，对上海来讲，广大群众没有个转弯子问题，少数人来讲有个转弯子问题。对说了错话、做了错事的人，要做耐心细致的工作，允许他们有个认识转变的过程。上海确实有一部分人参与阴谋活动，也有受影响的，二者矛盾要分开。关键是要做好工作，尽可能促使他们转化。如果我们的工作做得好一点，回北京的时间就会早一点。否则，工作做不好，我们在这里时间就要长一点。

“四人帮”搞的“小兄弟”、帮会是地痞、流氓、阿飞。据我们掌握(在上海)不超过10个人。

中央决定我们三人(指苏、倪、彭)来主持上海市的工作。我也是上海人，但离开这里已有23年了，现在对上海已生疏了。我们工作中有什么不当，有什么问题和错误，请大家及时向我们提出来。

彭冲说：

你们对上海了解得比我多。我已有10年没来上海了。过去“四人帮”在上海“搞鬼”，设置许多障碍。中央一些部委在上海有自己的直属单位，你们来上海办事有时也会遇到困难。

我们上靠党中央，下靠群众。群众觉悟高，不像少数人说的“四人帮”问题一公布，上海就要出现大乱子。事实并不是这样。现在上海的形势发展很快，比我们预计的还好。革命洪流挡不住。

但对“四人帮”的破坏影响不能低估。昨天下午，开了工交财贸座谈会，今天下午还要开文教座谈会。

现在要贯彻落实16号文件，苏振华同志27日讲话，上海反映强烈，点出了上海的问题，增强了大家的信心。要把广大职工的积极性引导好，矛头指向“四人帮”，必须联系上海的一些负责人进行揭批。防止层层揪小“四人帮”。目前不过10个人。要按党的政策办.

认真学习中央16号文件和吴德、苏振华同志讲话。掌握政策，发动群众充分揭露“四人帮”罪行，掌握斗争大方向。以中央文件精神在本单位本系统，边学、边议、边揭发、边声讨。不是做文章，而是广大干部声讨、揭发。因势利导。昨天介绍中有二商局揭露“四人帮”后两派联合起来了。要开大、中、小会，会内会外相结合。防止大串连。

第二，抓革命，促生产，促工作，促战备。上海对全国有政治、经济的影响。搞好经济生活。我们来时，华主席、党中央、国家计委都要求做好抓革命，促生产，促工作。江南造船厂停产了几天，你们去讲了讲，现在已上班了。今冬明春工作做好。早计划，早安排，步步抓紧，一季度搞好了就主动。

第三，巩固革命秩序，要抓治安，对各种犯罪刑事分子要宣判。公安工作请严佑民同志抓，工业生产请林乎加同志牵头。

中央来的同志由林乎加、严部长牵头，当前不是工作组，是直接参加上海的领导，参加工作。大家不要怕，要大胆工作，但要谨慎。

因为来之前中央就宣布彭冲要留在上海工作，所以彭冲在这个讲话中强调，当前不是工作组，是直接参加上海的领导，参加工作。

最后由林乎加宣布散会。

苏振华、倪志福、彭冲在工作组威信高，同志们将他们三人并称为“苏倪彭”。本书在叙述中沿用这个称呼。

彭冲回忆说：中央工作组是强大的，上海干群是迟早要起来革命的，看看我们能不能因势利导，趁热打铁。工作组要抓住情况，反映动态，尽可能到现场看看。[1]

粉碎“四人帮”，权力交接之际，往往容易出现权力真空，各种势力都要争相表演。“四人帮”余党死而不僵，兴风作浪。“四人帮”在上海发迹，作恶多端，与人民群众矛盾异常尖锐。人们盼着中央派人来解决，人们的眼睛盯着中央工作组，恨不得十年的问题马上就解决。所有的问题一下子都摆在工作组的面前。

中央工作组殚精竭虑，稳定局势，发动群众，揭露“四人帮”死党罪行。工作紧张，没有休息日，没有节假日，天天忙到凌晨两三点，熬通宵也是常事。每天夜餐不过是一碗阳春面，天天如此。由于一直处于高度紧张的状态之中，苏振华几次心脏病发作，倪志福的肝病一直不好，仍坚持工作。已进入花甲之年的彭冲，因长年游泳有一副好身体，始终精力充沛，倒少见有疲惫之态，而很多比他年轻的不少人都累病了。

苏振华微服私访工人民兵情况。华国锋批示：可以让民兵游行

正确区分两类矛盾性质，正确处理人民内部矛盾，首先需要解决的，就是如何对待曾经持枪荷弹、上街巡逻的3万上海民兵？这事关中央工作组能否迅速稳定局势，赢得广大群众的拥护，进而在上海站稳脚跟。

民兵组织在人民战争中发挥了重大作用。新中国成立后，民兵一直归解放军领导下的各级武装部领导。但是，王洪文所领导的上海工人民兵组织是在武斗中产生的。1967年全面内战，7月22日江青提出“文攻武卫”口号，王洪文在砸了对立派组织“联司”、一统造反派天下之后，借机正式提出筹建上海“文攻武卫”组织，要“用枪杆子保卫笔杆子革命”。张春桥批示同意，要求“把造反派组织起来，按班、排、连、营、团、师组织好”，“武装5万、10万、15万人”。9月1日，上海市革委会正式批准建立上海市“文攻武卫”指挥部。

1967年10月1日，由12个试点单位5120人组成的一支用步枪、冲锋枪、机枪和高射炮等武器装备起来的“文攻武卫”队伍，正式在国庆游行队伍中亮相。张春桥宣称：“我们终于有了自己的队伍！”“文攻武卫”队伍成立伊始，就由张春桥、王洪文等人控制，规定队伍“要以老造反为主”，营以上干部

---

① 刘定汉、袁捷、朱通华、谷冰等：《和彭冲在一起的日子》，第197页，江苏人民出版社，1997年。

要由造反派担任，还多次抽调“工总司”帮派骨干担任市、区两级“文攻武卫”指挥部的领导。

“文攻武卫”成立初期只有几万人。在张、王等策划下，这支队伍从人数到武器装备不断扩充，到1970年5月已经建立了7个师，72个团，623个连，共21万人，已初具军队之外第二武装的规模，并改名为“上海市民兵指挥部”。①

1970年8月，林彪在庐山会议上反对张春桥、抢班夺权的阴谋失败。但是会上多数中央委员都纷纷发言，反对张春桥。张春桥惴惴不安，和江青、马天水、徐景贤、王秀珍说：“他们有枪杆子，我只有一支笔杆子。”②指使马天水等人加快扩展由他们直接控制的这支“第二武装”。同年开始在上海的工厂制造武器。1973年后，市郊各县成立了县民兵指挥部，这时上海民兵已发展到306万人，成立了步兵、摩托、高炮、防化、通讯等各种专业分队，拥有各种枪支22.6万支，各种火炮4500余门，各种车500余辆。市、区两级指挥部都是由王洪文、王秀珍亲自掌管、调度。从1974年以来，在国家拨给的民兵装备计划经费外，又私自运用大量地方经费造枪买枪，从1974年到1976年共动用地方经费3283万元。计有自动步枪315000支，半自动步枪16962支，步枪子弹387万发，高射炮弹5万发，摩托车160辆，指挥车10辆，雷达指挥仪10套。③

张春桥、王洪文等人一再声称“民兵的领导体制要来个大革命”，污蔑军队系统领导民兵是“条条专政”，不让上海警备区负责民兵工作，他们通过搞“三位一体”（民兵、治保、消防一体化）、二部合并（把人武部合并到民兵指挥部）试点，排挤军队对地方武装的领导。

“文攻武卫”及其以后的民兵，张春桥、王洪文等将之作为剪除异己的力量，赋予很大的权力。1968年年初，张春桥说：“现在‘文攻武卫’指挥部实际上起着专政（机关）作用”，擅自批准“文攻武卫”指挥部（民兵指挥部）有抓人、关人、办案等特权。1973年7月，马天水、徐景贤等人根据张、王授意，在《武装工人阶级，建城市民兵》的调查报告中，进一步提出：上海的工人武装是“不穿军装的解放军”，“不挂牌子的派出所”，“群众专政的铁拳头”。9月，

① 中共上海市委党史研究室编纂：《中共上海党史大典》，第133页，上海教育出版社，2001年。

② 马天水1976年12月15日供词，王秀珍1980年3月12日供词。《关于“四人帮”反革命集团重要骨干马天水、徐景贤、王秀珍等人罪证材料之六》，第2—3页。

③ 中共上海市委党史研究室编纂：《中共上海党史大典》，第133页，上海教育出版社，2001年。

王洪文对王秀珍说："要建立全国民兵指挥部，由我亲自来抓。"据粉碎"四人帮"后的统计，十年动乱中，上海"文攻武卫"及其以后的民兵指挥部私设牢房有 9700 多平方米，共抓、关了 10.4 万人次，制造了大量冤、假、错案。[①]

为了摸清民兵队伍的主要成分工人政治态度，获得第一手情况，苏振华身穿军便服，只带了一个警卫员亲自到问题严重的江南造船厂和工人们攀谈、聊天。江南造船厂是徐景贤、王秀珍策划武装叛乱时的指挥部，是王洪文直接控制的重点工厂。工厂负责修理海军舰艇，但"文革"动乱，生产极不正常，一条舰艇中修周期比"文革"前延长了一倍的时间。苏振华是海军政委，对此深有体会，1974 年打西沙海战时，有的舰是带病上阵的。

苏振华说：不入虎穴，焉得虎子。他要听听在"四人帮"重点控制的这个工厂里，工人们真实的想法，看看他们在粉碎"四人帮"后的反应。那时，电视不像今天这样普及，工人们谁也没有想到站在眼前的这位就是上海市委第一书记苏振华。人们从他一头白发，轩昂的举止，只猜出他地位不低。他们心里正有一肚子的话无处可讲，大家围拢来，无拘无束倾诉：对"四人帮"的仇恨，特别是对王洪文 1968 年 3 月第二次夺权后实行法西斯统治的愤恨，对马、徐、王、黄涛的不满，对粉碎"四人帮"的喜悦，对未来的憧憬。当苏振华问对工人民兵的看法时，大家说民兵的主体是根正苗红（即出身好、表现好）的人，也谈到对如何处理民兵的疑虑和担忧。从谈话中苏振华了解到工人们对粉碎"四人帮"是发自内心拥护的，工人中有巨大的积极性，就看上面如何引导。

苏振华在江南造船厂微服私访。家里秘书、警卫参谋找不见他了，非常着急。当时不仅身边的工作人员担心他的安全，子女也很担心。女儿苏承业出差到上海，对他说：爸爸，你到了"四人帮"的老巢，可一定注意安全。苏振华蛮有把握地说：你不必担心。上海的工人很好。我很安全。[②]

周纯麟和公安部副部长严佑民负责民兵、公安工作。他们首先改组了民兵指挥部。在市委领导下，由警备区负责领导民兵的日常工作。对公安工作也进行初步整顿，加强专政机关的职能。[③] 实行依靠广大人民群众和专门机关相结合的方针，提高革命警惕，打击国内外阶级敌人的破坏和捣乱，

---

① 中共上海市委党史研究室、张文清主编：《上海社会主义建设五十年》，第 346—347 页，上海人民出版社，1999 年。

② 2011 年 10 月采访苏承业。

③ 1977 年 1 月 6 日苏振华、倪志福向中央政治局汇报提要。

维护社会治安。特别注意保护文件、档案和材料，规定任何人不得转移、销毁和破坏。对反革命分子，对打、砸、抢者，要坚决实行镇压。

“四人帮”为了组织武装暴乱在上海动员了一些民兵，特别有一部分是荷枪实弹上街巡逻。这些人是少数，但对他们的处理影响到数百万民兵，如果加上家属，影响面更大。如何对待这些民兵成为关键问题，按常规有几种做法：第一，写检查，不装入档案。第二，写检查，装入档案。第三，登记在册。这三种做法，会使这些工人民兵永远背上历史的污点。按照“文革”中株连的做法，甚至会牵连子女后代。苏振华、倪志福、彭冲、严佑民在党内几十年，经历了无数次的党内斗争，特别是“文革”中身受其害。“四人帮”的反革命阴谋是打着党的旗号、以组织名义，公开合法渠道推行的，而以出身好、表现好、工人为主体的上海民兵并不了解“四人帮”的阴谋，他们只是执行上级指示。不知情者无罪，不应追究他们。

严佑民一向认为处理群众性的事件只能是“可顺不可激，可解不可结”，从 1942 年起从事公安工作，1948 年任新组建的东北铁路公安局长，是新中国铁路公安保卫工作的创始人之一。共产党执掌政权进了城之后，大量面对的是治安工作。20 世纪 50 年代末的经济困难时期，铁路沿线群众哄抢运输物资、盗窃铁路器材事件不断发生，铁路治安问题严重，在社会上产生很大反响，基层干部情绪很不稳定，不少人憋了一肚子气，想在破案之后严厉打击。对此，严佑民多次率队亲临一线调查处理，反复讲群众性的事件只能是“可顺不可激，可解不可结”，否则往往是事与愿违，适得其反。我们要打击的只能是少数罪大恶极的组织者、煽动者。困难时期尤其要高度警惕，要正确处理两类不同性质的矛盾。他的话使干部从中得到了教益，不再意气用事，使许多事件顺利平息下来。在纯洁职工队伍、清理内部时，他为了摸清路子，积累经验，同铁道部副部长武竞天一起带领工作组深入到呼和浩特铁路局呼和机务段调查研究试点。当时缺衣少吃，生活条件极其困难，工作组一行七人与职工同吃、同住、同劳动，一待就是三个月，总结出放过大多数群众，打击一小撮坏人，即“先放后打”的成功经验。①。

为了解决上海民兵问题，上海市委准备组织十万民兵于 1 月 1 日召开大会，声讨“四人帮”及其在上海的一小撮余党篡党夺权、阴谋发动反革命武装

---

① 李声华：《“可顺不可激，可解不可结。”》，严佑民：《公安战线五十年——一位副部长的自述》，第 187—188 页，群众出版社，2004 年。

暴乱的罪行，消除广大民兵的疑虑，稳定情绪。此时，以阶级斗争为纲的年代，“左”的气氛还很浓烈。这么做会不会被戴上右倾的帽子？能不能得到中央的支持？这样重大问题，只能报中央决定。

1986年华国锋回忆：他看到上海的报告后，马上做出批示：同意。

得到党中央的支持，上海市委放手大胆去干。为贯彻党中央制定的“团结大多数，孤立极少数，扩大教育面，缩小打击面”的政策，根据华国锋提出的“三个区别”，即“把少数跟‘四人帮’干坏事，陷得很深，同受‘四人帮’的影响，说了错话做了错事区别开来；把正常工作关系，同搞阴谋诡计区别开来；把打招呼会议精神传达以前上当受骗、犯了错误，同打招呼会议精神传达以后坚持反动立场、负隅顽抗的区别开来”，[①]上海市委具体制定出了“三个切开”，即“充分肯定上海工人阶级和广大人民的革命传统和在毛主席革命路线指引下做出的贡献，与‘四人帮’妄图把上海作为篡党夺权的基地严格切开；充分肯定上海民兵，在维护社会治安，巩固无产阶级专政方面发挥的重要作用，与‘四人帮’妄图蒙蔽广大民兵进行反革命武装叛乱严格切开；充分肯定上海的绝大多数干部是好的和比较好的，与‘四人帮’网罗坏人，结帮篡党的罪行严格切开”。[②]

对严佑民的工作，苏振华感慨地对身边工作人员说：要是早几年有严佑民这样的助手，海军的事就好办了。[③]

11月1日，上海10万民兵在人民广场集会，他们是上海二百多万工人、几百万民兵的代表。苏、倪、彭作为上海第一、二、三书记第一次出现在上海民众面前。

在大会上，苏振华宣布彻底改组民兵指挥部，把民兵指挥部纳入新市委领导下，由市委书记、上海警备司令员周纯麟负责分管，民兵的日常工作由上海警备区负责。[④] 他的讲话受到广场十万人的拥护。随后，一队队民兵身佩“上海民兵”胸章，手持钢枪，高唱歌曲，雄赳赳气昂昂从广场列队通过。他们高呼口号，表示坚决拥护以华主席为首的党中央派来的三位书记主持上海工作。大会还通过了给华主席、党中央、中央军委的致敬电，声讨“四人

---

① 1977年11月15日，彭冲在第四次揭批“四人帮”大会上讲话，1977.11.17日《文汇报》。

② 1981年7月8日《上海市清查工作的基本情况》，第12页。

③ 2011年10月6日，采访时任苏振华护士的周亚非。

④ 杨肇林、丑运洲、乔崖：《从高山到大海——共和国上将苏振华》，第390页，解放军出版社，2001年。

帮”及其余党的反动罪行，一致表达拥护党中央的决心。最后大会在《三大纪律八项注意》歌声中结束。①

这次大会收到很好的效果，数百万民兵得到解脱，“上海形势很快稳定下来。”②上海的社会秩序和生产秩序逐渐恢复正常。以苏振华、倪志福、彭冲为首的上海市委首战即胜，中央工作组的威信树立起来了。

中央工作组成员在上海日常工作情况

11 月 2 日，林乎加主持中央工作组分配到工交组的同志和上海工交组、各局负责人见面会。这是大家期盼已久的会面，与 10 月 27 日的大会相比气氛和缓得多。工交组的第三把手金传德介绍各局的负责人。王洪文曾说过选金选错了，金传德受到黄涛、陈阿大的排挤。徐良图介绍工作组人员。

林乎加传达了 10 月 29 日下午，苏、倪、彭在工交、财贸组和部、办、局座谈会上的讲话，重申了政策。然后他说：昨天核心组商量和大家见面，讲明中央、各部委来的任务是在上海市委领导下，参加各组办帮助工作。我们研究工作组组员分工的意见是：

彭德清等负责铁路交通系统。

李景昭牵头基建系统(金山卫)。

阎济民、费维康负责帮助一机局、二机局、仪表局、后方基地。

谢洪生负责轻工、纺织、手工业。

李锡铭：华东电网、电管局。

罗淑珍：邮电系统。

李峰：化工局。

贾洪：冶金局。

周力：物资局。

他只念了参加核心组负责人的名单。当时中央工作组根据形势变化不时调整人员的分工。

林乎加说：负责同志到各局参加核心组领导，帮助工作。主要还是学习 16 号文件、两报一刊社论，苏振华同志讲话，按此进行工作。我们来的同志

---

① 1976 年 11 月 3 日《人民日报》。

② 1977 年 1 月苏振华在中央政治局会议的汇报。

还是调查研究，听听意见吧。“四人帮”在上海把党的作风搞坏了。他们将“四人帮”的批示摆在中央之上，“四人帮”的批示可以改变党章规定。昨天16个大专院校要求：一、中央领导同志（苏、倪、彭）接见。二、马天水、徐景贤、王秀珍靠边站。三、组织学联。我们回答是：运动要在党委一元化领导下进行，马天水、徐景贤、王秀珍如何处理，这是市委会讨论过的。成立学联是想架在党委之上，这不符合一元化领导的精神。

林乎加说：

我们要认真学习，严格按党中央规定办事，不要另搞一套。要把党的作风搞好。“四人帮”和中央唱对台戏。“四人帮”在上海破坏党的领导核心，通过工会系统、妇联系统，大量印发黑材料。党是工人阶级最高领导核心，而他用工会站在党之上，违反党的组织原则，凌驾于党委之上。将小兄弟、小姐妹驾于党之上，这是最明显的篡政。把一个有纪律的、毛主席缔造的、马列主义政党，被他们糟蹋这样了。是要党，还是要帮会？这是根本问题。要肃清错误思想。对错误思想就要进行斗争。

当然在“四人帮”统治下，上海人民处境很困难。过去反“四人帮”就是反革命。当然，有不少共产党员一直和他们斗争，绝大多数同志在基本原则上按毛主席指示办事，有很多同志敢怒不敢言。至于有些人受“四人帮”影响说了错话，做了错事，群众揭发、批判，我们支持。党委成员里有这样、那样问题，这是个人问题。至于党组织还是领导核心，应该在党委领导下进行工作。

当前上海群众起来了，声讨“四人帮”罪行。张春桥、姚文元、王洪文过去都是市委书记，现在撤销了。有些单位党委站在运动前边领导运动，带头揭发、批判。这样的领导群众相信。也有些单位领导同志揭批“四人帮”旗帜不鲜明，老是“我有罪，我要揭发”，只打雷不下雨。这样的领导，群众不能等，不信任。我们就是要帮助这些单位做工作。我们只能到一部分办、局，如轻工局等。有的局党委瘫痪，说话不灵，我们帮助一下。群众信任的，工作做得好，我们就不去了。我们力量有限，我们一共来86人，其中工交财贸只

40多人。计划统计组、科技组我们不去①。

黄涛、戴立清在本系统监护。陈阿大、马振龙群众监护。跟“四人帮”跟得紧、民愤大的只一二十人。工交系统的两霸黄涛、陈阿大，财贸的黄金龙，民兵指挥部的施尚英，妇联的汪湘君，组织组的王日初……犯了错误的绝大多数是受“四人帮”的影响，所以一定要划清界限。一是陷进去的，一是受影响的。就是陷进去的，也给他们创造条件，也希望他们交代问题，揭发“四人帮”，把他们拉上来么。对黄涛、陈阿大等人采取保护措施，也给他们创造条件揭发、交代。“四人帮”在上海做了很多坏事，更深入的罪行要靠他们来揭。

准备开区县局会议，把他们的揭发交代在党内揭露，区县局同志也揭发他们的问题。上边问题搞清楚，下边问题也要搞清楚。

对受影响、说错话、做错事的人，做细致深入思想工作。在上海工作，“四人帮”要你办的事不办，要你说的话不说？我们理解上海同志犯的错误。绝大多数同志是执行问题。群众揭发，我们一定要支持，不能泼冷水。这些人不能给群众穿小鞋，自己问题自己大胆揭发，自己认真揭发承担了责任，群众会谅解的。问题要搞清楚，搞不清楚不行，群众不谅解。处理好两类不同性质矛盾。对人民内部矛盾，要团结、斗争、团结，要一看二帮，耐心等待。反革命暴乱基本搞清楚，6月27日就发了枪。建立了武装叛乱的联络点。工会、妇联、青年团、民兵、学校等问题也要搞清楚。还有准备三中全会问题。这是明目张胆地另立中央，搞分裂。党的政策是：首恶必办，胁从不问，立功受奖。

抓革命，促生产安排问题。16号文件第6条写了，党委一元化领导，运动、生产一起抓。党委内部要有分工，运动、生产都要有人重点抓。如果人员少，可由下面抽人。群众积极性很高，要把运动安排好，生产安排好。

群众起来了就到处看大字报。但是，不能搞跨行业串连。党委要负责领导，不能让出去(到外单位)串连。工交系统领导由工交组核心小组负责。我们工作组同志参加，重要问题一起讨论。

① 科技组组长由市革委会副主任杨西光兼任。

不向下传达。[①]

会后，徐良图和工交组专门研究了港口、煤炭运输问题。主要问题是船少，运力不足，港口压船多。上海路局安排煤炭排空车，9月计划每日500辆，实际完成每日550辆。10月计划每日700辆，10月1—25日实际完成每日712辆，大大超过9月。

其他中央工作组的人到各局考察各级领导干部，动员原来受“四人帮”压制的领导干部站出来工作，先后将杨慧洁、郭忠业派到市纺织局、轻工业局主持工作。

随后，11月上旬，对基层问题严重的单位，如王洪文工作过并一直控制的国棉十七厂，王秀珍工作过的国棉三十一厂，黄金海工作过的国棉三十厂，叶昌明工作过的合成纤维研究所，黄涛控制的江南造船厂等，还有上钢五厂、上海京剧团、上海音乐学院、上海柴油机厂、金山石油化工总厂等，相继派了工作组或联络员，重点清查、调整和加强了对这些单位揭、批、查斗争的领导。[②]

斗争十分尖锐，轻工部机械局副局长徐政带队进入上海化纤厂，一进门就被上千人围住。她站在人群中大声讲：“你们要工作组来，我们来了就被围住，这叫我们怎么工作呀！”慢慢群众才散开。原想闹事的几个人一看没有机会，悄悄溜走了。徐政说：“这是多好的群众啊！”[③]

工作组刚到三十一厂，两派的人都去找，逼工作组表态。有人扬言：“工作组进厂12小时给他颜色看。”果然，12小时后三十一厂就发生火灾。林乎加及时召集进驻国棉十七厂、国棉三十一厂、国棉三十厂等4个单位的工作组人员开会，听取汇报，作出部署。他说：工作组的同志要深入群众，各种意见都要听。这些单位领导绝大多数是执行问题，要他们放下包袱，轻装上阵，把他们拉过来，让他们揭发“四人帮”，即使有严重问题的人，也要争取过来，集中火力对准“四人帮”。[④] 由于政策对头，事态没有扩大，很快平息下来。

对重点、难度大的单位，领导亲自做工作。一次严佑民高烧40°C，秘书

---

① 王守家上海出差工作日记。

② 陈锦华：《国事忆述》，第64页，中共党史出版社，2005年。

③ 陈锦华：《国事记述》，第91页，中共党史出版社，2005年。

④ 郑定铨：《奋战上海200天——忆粉碎“四人帮”后的中央上海工作组》，《百年潮》2011年第4期。

李声华劝他休息。他不许身边同志声张出去，次日高烧略有下降，带病到江南造船厂召开万人大会，动员群众，解除顾虑，大胆检举揭发。动员会后，群众揭发了大量线索、材料，收获颇丰。而严佑民却病倒了。[①]

王守家来到位于外滩的市政府大楼的工交组，楼里贴满了大字报。办公室少，此时陈阿大已被隔离审查，只有他的办公室空着，分配给王守家用。王守家一进门就看见墙上都是球印。陈阿大的司机说："陈阿大坐车不老实，坐在后排，把两个腿放在我的肩上。"陈阿大没烟抽了，就跟人家打扑克，别人都得输，输了就得给他买烟。开会，大家都坐着，陈阿大从不坐着，总是走来走去的，一个肩膀靠着门口，像个二流子一样，从没有个正形。有一次轻工局某单位没有党委书记。陈阿大对管人事的同志说，上一次来开会的有一个胖胖的女同志，梳着短发，你叫她当那个党委书记。既无名又无姓，人事部门真是难以执行。挑来挑去，挑到一个短发的女同志。等这个女同志上班了，陈阿大到轻工局去，一看说不是他讲的那个人。后来大家说人家已经上班了就算了吧。陈阿大就是这么一个人。

王守家首先去看了许言。这是他离开北京时袁宝华嘱咐的。许言是王守家的老上级，许言任钢铁局局长时他们经常见面。张春桥、马天水这些人排斥老干部，许言任科技组副组长，排在后面，不知第几把手。中央工作组来后很快让他主持工作。

王守家负责计划组，又看望了韩哲一，他说：宝华同志要我来见见你。韩哲一在计划组当第四、五把手，向王守家反映黄涛、陈阿大这一帮人无法无天。韩哲一任国家计委副主任时，是王守家尊重的老首长。韩不仅对各种材料、数字了然于胸，而且做报告从不照本宣科，生动风趣。一次讲到对上级的指示要全面领会，不能断章取义，他说：抗战在根据地，开会布置了许多事情，其中顺便讲到，为了方便夜间行军，要求大家打狗。因为狗一叫敌人就听见了，暴露了我们的行动。一个区长回去了，别的不传达，只讲了两个字"打狗"。这就把会议精神讲偏了。韩哲一笑着说："你们千万不要学'打狗区长'啊！"[②]说得大家哄堂大笑，印象深刻。这样的报告，王守家听几个小时都不觉得累。

---

① 李声华：《可顺不可激，可解不可结》，严佑民：《公安战线五十年——一位副部长的自述》第189页，群众出版社，2005年。

② 邓伟志：《序言》，《难忘的历程——韩哲一同志革命生涯图片集》，第1页。

延安饭店是部队招待所，条件简陋，坐落于延安西路，离外滩的市革委会大楼比较远。王守家每天到工交组上班。当时社会秩序比较乱，为了途中安全，国家建委的一个女同志付雯娟经常找王守家一起上下班。12月3日中央工作组从延安饭店搬到上海大厦，离外滩近，上下班才比较方便。到上海大厦后，林乎加、徐良图、王守家等国家计委、国家建委的人都住在10楼。徐良图住在1008，王守家住在1006①，徐良图经常到康平路参加市委会议。他俩长期一起工作，相当惯熟，王守家随时向徐良图汇报情况，交换看法。

王守家在工交组，主要做了四件事：第一，找人谈话，了解工交组班子的情况，每一个人的思想情况。工交组人很多，仅生产组下属：工业小组、交通小组、调度小组、计划物资小组、协作小组、技术小组。通过了解以后，总体感觉有几个人是值得信赖的，但是非常少。所以都不敢跟他们说什么了。将他们反映的情况都记下来。他谦虚地说："我也没别的能耐。"第二，看大字报，市革委会的大字报铺天盖地，看都看不过来。主要揭发黄涛、陈阿大、王秀珍、张春桥、王洪文。他将重要的抄下来。第三，解决煤、电、车皮运输等问题。那时物资匮乏，经常和国家计委联系，解决这些问题。第四，将了解的情况随时向徐良图汇报。徐良图不经常到革委会大楼，他主要是参加市委、中央工作组的会议，只有工交组开重要会议才到革委会大楼。徐良图经验丰富，常常是王守家刚汇报完，他已经概括、归纳，提纲挈领总结出了几条，作出部署安排。

中央工作组搬到上海大厦后，每天晚上又增加一项工作：审查电影、戏剧。陈锦华当时负责文教。"文革"前17年全国拍了600多部电影，一半以上出自上海电影制片厂。江青说17年是文艺黑线统治，批判这些电影都是资产阶级、修正主义，禁止演出。"文革"十年，八亿人只能看八个样板戏。对此大家早就很有意见。"文革"中左的东西不是一下就能改正的。所以要审查，看"文革"前拍的这些电影，能不能尽快开禁上演。这样很快解禁了一批电影。久旱逢甘雨，这些电影上演时观者如潮。

华国锋一直关注着上海工作。11月5日下午3时，在国务院听取财政部张劲夫、王丙乾汇报1976年财政问题的会议上，他讲到当前形势时说：上

---

① 王守家保存的1976年10月至1977年4月中央工作组名单，内有集中办公住宿地点。1977年3月8、9日搬到衡山宾馆。

海的情况比我们预料的好得多，上海广大工人、干部、军队知道“四人帮”搞阴谋诡计后，一下子就起来了。说明上海工人觉悟高，我很高兴。

加强外事工作，派赵行志到上海

当时到中国访问的外宾，一般先到首都北京，第二站就是到上海参观访问。上海局势稳定后，到上海来访的外宾越来越多。上海原负责外事工作的副主任冯国柱因群众意见很大，不能再工作，上海市委急需一位外事经验丰富的领导干部。李先念长期任副总理，对外交部干部熟悉，提议将59岁的驻伊拉克大使赵行志调回来派往上海。11月18日，正在巴格达的赵行志突然接到外交部特急电报，要他赶在11月30日回到了北京。外交部副部长刘振华对他说，中央决定调你到上海工作。次日，赵到中组部报到。中组部的领导接谈后说，你到上海是先念同志决定的，详情中组部不了解。你稍等等，请示下先念同志看还有什么交待没有。一会儿，他回来说，先念同志说要你赶快去上海，别的没有什么交待了。这样，赵行志于12月5日赶到上海，参加了中央派驻上海的工作组，分管上海市的外事、安全、体育和统战系统等工作。

这是赵行志第三次来到上海。第一次来到上海是1935年，赵出生在四川成都，后随母亲到北京。1935年，他到上海曾先后就职于江万平会计师事务所、中央信托局。晚上，则在沪江大学就读。他自幼嗜读武侠小说，立志抱打天下之不平。他常说：“做人要讲义气，不能见利忘义。”这种行事风格一直保持到晚年，2009年5月彭冲见到赵行志的儿子赵霄洛伸出大拇指赞赏说：“你爸爸是条好汉！”

赵行志第二次进上海是随军南下打到上海，1949年5月，他担任文管会的副书记兼秘书处长、人事局副局长。他先后担任上海市文教办、市体委、市外办等单位的领导，为上海的治理整顿、恢复生产、社会稳定做了大量卓有成效的工作。他熟悉上海情况。①

1960年，赵行志任中国驻瑞士日内瓦总领事。1967年1月，赵行志被召回国在外交部参加“文化大革命”。当时，外交部的一批老大使对“造反派”批斗陈毅十分不满，并很担心周总理的处境。当时，在外交部里不便深谈，

---

① 赵霄洛：《父亲赵行志三进上海》，2009年6月29日《新民晚报》。

便到曾涛家里，或是黄镇家里，酝酿起草大字报。赵行志的毛笔字不错，还负责抄写成大字报。开始是耿飚、黄镇、仲曦东、曾涛、赵行志等7人签名，随后又吸收了19人签名。这就是当时外交部著名的“26人大字报”。这批人后来被称为“耿黄反党宗派集团”，并将最先签名的7人批斗了几个月。

赵行志到上海后，与中央工作组一起，齐心协力，夺回了“四人帮”及其余党把持的上海党政大权，整顿了领导班子，顺利进行了“揭、批、查”斗争，“既搞清了问题，又稳定了局势”，揭开了上海发展历史的新篇章。

“四人帮”为了夺取外交权力，在上海工交系统抽调上百人当“工人大使”，如何处理这批人是政策性很强的工作。赵行志认为：“‘工人大使’的实质是‘四人帮’为僭越国家外交权力，积极积蓄力量。但是，这不是说凡是‘工人大使’都参与了这项阴谋。这些工人同志绝大多数是好的，是受欺骗的。绝不能把这些同志和‘四人帮’联系在一起，应严加区别。只有个别的，做了一些坏事的。即便对于这些人，我们仍然希望他们划清界限，打消顾虑，积极参与‘揭批查’。这为外办妥善处理‘工人大使’问题提供了指导性的意见。”①

① 林德明：《拨乱反正，开创上海外事工作的新局面——回忆赵行志同志主管上海外事工作的一些往事》，见《难忘岁月——纪念父亲赵行志》画传，第90页。

第一次全市揭批、清算“四人帮”及上海余党反革命罪行大会

在市委领导下成立领导小组，注意使用、团结上海当地干部

一切准备就绪后，11 月 4 日下午 2 时，上海市委在展览馆宴会厅召开区县局党员干部会，400 人参加。同时上海有 35 个分会场，25 万党支部委员以上干部通过广播收听会议实况。

倪志福主持会议宣布说：今天开个中会，在市委领导下成立揭批“四人帮”领导小组：组长，上海市委第三书记彭冲；副组长，上海警备区司令、党委第二书记周纯麟。成员：中共嘉定县葛隆大队党支部书记、市革委会副主任、十大中央委员周丽琴①，六十军副军长、空四军政委、上海市革委会副主任武占魁，上海警备区党委第三书记、上海警备区第二政委、市革委会副主任刘耀宗，上海市革委会副主任王一平，上海革委会副主任杨西光，上海警备区政委、党委书记李宝奇，中央工作组林乎加、严佑民、毛联珏、车文仪、彭德清、任泉生、郭世荣、赵振清、曹大澄。市文教组领导成员、上海人民出版社党委书记贺汝仪，刘芬②、“文革”前老市妇联主任关建③，柴雄昌④，原华东

① 周丽琴，1940 生，女，江苏嘉定（现属上海市）人，初中文化程度。1966 年加入中国共产党。中共嘉定县葛隆大队党支部书记。1970 年 3 月至 1976 年 10 月，任市革委会副主任。1973 年在中共第十次全国代表大会上当选为中央委员。

② 未查到资料。

③ 关建：1916 年生，浙江杭州人。1938 年加入中国共产党，从事地下工作。1941 年转入苏中抗日根据地，任苏中东台县文教科长、中共苏中区区党委民运部妇女科长、苏中中共兴化县县委委员、兴化县民运部部长、中共苏中十地委巡视团团长、干部科科长兼地委党校党委副书记。1949 年 2 月起先后任华中妇女联合会副主任，苏北区党委妇委书记、苏北妇女联合会主任。新中国成立后，历任中共江苏省委妇委副书记、中共上海市提篮桥区委、虹口区委第一书记、长宁区委书记，中共上海市委妇委书记，上海市妇联主任，中共上海市委员会委员。是中共八大代表，第三、五届全国人大代表。在全国第四次妇代大会上被选为全国妇联副主席。

④ 未查到资料。

局农林政治部主任孙加诺，十大中央候补委员陈佩珍[①]，市工交组军工组负责人高崇志，市工交组负责人金传德，上海市团委书记陈新发，上海市公安局原副局长王鉴，从“文革”前一直任市委办公厅副主任、1972 年任上海市革委会副主任的李修庚。一共 28 人。外来干部 10 人，仅占不到三分之一，其余都是上海当地干部，考虑到老中青三结合，但以老干部为主。对这些干部的使用，随着运动的深入不断调整，有的重用、提升，有的被处理。

然后，彭冲讲话，他说：

> 这次会议的目的是进一步学习、领会中央文件精神，揭发“四人帮”篡党夺权阴谋，同时帮助市委某些人（指马天水、徐景贤、王秀珍）揭发交代问题，认识错误。这是广大干部、群众迫切要求，也是运动深入一步。
>
> 当前上海市的形势一片大好，越来越好。上海广大干部和群众是好的和比较好的，他们忠于毛主席革命路线，忠于华主席的领导。“四人帮”在上海和在全国一样，人心丧尽，非常孤立。“四人帮”搞了很多阴谋活动，他们把上海作为阵地，行将灭亡时还垂死挣扎，搞武装叛乱，造成恶果，决不能低估。要肃清流毒，还要用一番斗争。剥下“四人帮”画皮，上海有责任、能够提供“四人帮”的罪行和材料。
>
> 揭批“四人帮”是两条道路、两条路线的斗争，这次会对我们每个同志都是严峻的考验，也是市委某些负责人的机会，立功赎罪、将功补过，和“四人帮”彻底决裂，站到华主席为首的党中央一边。当然，要做到这一点也不是容易的，要相信群众，老老实实，不要侥幸过关，总之不管多么严重，只要态度端正，一次讲不完，讲几次也可以把问题讲清楚。允许犯错误，允许改正错误，有了错误，改了就好。

---

① 陈佩珍，1944 年 11 月生，浙江省宁波市人。1966 年 3 月加入中国共产党。1962 年 11 月参加工作，先后任上海市中百五店营业员、团支部书记、南市区委财贸政治部干部科干事、上海市中百五店革命委员会委员、豫园商场百货部党支部书记。1973 年 9 月任上海市妇女联合会副主任、市财贸组革命委员会领导成员。1976 年 10 月离职接受审查。1977 年 10 月在上海市食品一店劳动。1979 年 5 月任上海市百货公司文体批发部保管员、上海市文化用品采购供应站文具批发部营业员、上海文化用品批发公司文具经管部记账员、调拨员，1987 年 5 月起任上海文化用品批发公司文具分公司纸品部副主任、主任。1998 年 12 月退休。

现在有两点值得注意的：一、政治谣言、反动标语。二、传小道消息。要坚决追查、打击制造者，对反革命制造者，要镇压。对矛头指向伟大领袖毛主席和华国锋同志为首的党中央的政治谣言，反动标语等，要坚决追查，打击制造者。对反革命，对打砸抢者，要实行镇压。不许搞宣传车，不许上街。不要传播小道消息，散布政治谣言，对当前运动有干扰。要按党的系统，各单位要做思想政治工作。今后发现违反者要给予纪律制裁。

希望到会同志加强纪律，每天下午、晚上开会，白天上午在机关办公。要求各单位很好分工，工作要很好安排，工业生产、市场供应工作搞好。①

会议最后，倪志福讲话，他说：各级领导要做好这项工作。有情况及时向市委汇报。

最后公布了分组讨论名单。王守家参加的是第二小组会议。

领导小组组长彭冲是全市性揭批大会的主要组织者。为了开好这个会，事前他亲自主持受害者和知情人座谈会，阐明政策，解除他们的顾虑，发动他们站出来发言揭发、批判。并点出"四人帮"和马、徐、王的要害。他亲自审阅发言稿，牢牢把握住斗争方向和打击重点。上海的揭发材料及时报送中央，为全国揭批"四人帮"提供了大量材料。②

下午王守家出席第二组讨论，参加第二组的有：邮电局、手工业、物资局、冶金局、纺织局、邮电局党委负责人。大家说：几天来，马天水、徐景贤、王秀珍只表态，无行动。我们要揭发、批判、声讨。彭冲同志讲话表达了全市人民斗争的决心。

物资局党委副书记曹维屏首先发言：马天水、黄涛就是"四人帮"的帮凶。哪个地方不稳定，都是他们爪牙有计划有部署活动的结果。

纺织局党委书记鲍复指出：上海是"四人帮"的黑基地，跟得很紧，陷得很深，流毒很广。搞反革命武装叛乱是由来已久，在重要关键时刻他们都有

---

① 王守家出差上海工作笔记；彭冲同志在区县局党员负责干部会议上的讲话稿。

② 朱通华：《风雨雷电的四年》，见刘定汉、袁捷、朱通华、谷冰等：《和彭冲在一起的日子》，第201页，江苏人民出版社，1997年。

行动。今年1月8日总理逝世，晚上他们发材料，说中央出了修正主义，大喊大叫。主席病危，他们发枪。主席逝世时，他们召开三位一体①经验交流会。

冶金局党委副书记陈杏金揭发：他们告诉我们紧跟清华，但不要超过清华。

手工业党委书记张华宁说：我们给唐山抗震救灾物资，马天水说：南京机场不给运，你们知道为什么？挑拨我们和南京的关系。

邮电局党委副书记李英才揭发：王秀珍说中央各部都有问题，组织部也有问题。散布民主革命派就是走资派。

纺织局负责人唐文兰最后发言，她说：市委组织组负责人王日初来纺织局，提出要做大事，要纺织局提供送中央的30多人名单。1970年王秀珍布置国棉十七厂党委，保存原王洪文房间、办公桌，要拍照片，挂牌宣传。1974年王秀珍等人在十七厂保卫组开秘密会议，王秀珍说：我们是到王副主席工作过的地方纪念纪念。两次都是王秀珍带去的，一次4个中央委员，一次市委8个常委。王秀珍为王洪文篡党夺权做组织准备。

马天水、徐景贤、王秀珍第一次做检查

马天水、徐景贤、王秀珍没有料到上海揭批“四人帮”的斗争会发动得这样快。马天水、王秀珍急急忙忙写好检查去找曹大澄，说：老曹同志，请帮助看看。曹大澄要他们竹筒倒豆子，毫无保留地讲出来。同时提醒他们不要过于着急，做好一次过不了关的准备。②

11月5日下午，在展览馆宴会厅举行的区县局干部会议接着举行，彭冲宣布：今天会由马天水、徐景贤、王秀珍揭发交代。

当时认为，“四人帮”是1973年“十大”王洪文当选为党中央副主席、张春桥进入中央常委后形成的，所以揭发、批判的重点时间放在“十大”以后。苏振华、倪志福、彭冲研究后认为：张春桥、姚文元、王洪文从“文革”一开始就勾结在一起，上海是“四人帮”篡党夺权的基地，经营10年之久，许多阴谋活动是有连贯性的。为把问题搞得比较透彻，必须对那些骨干分子的清查采取新老账一起算，政治问题与经济问题一起算的办法。因此，马、徐、王的检

① “三位一体”经验，即民兵、治保、消防三者结合起来。“文革”爆发后，“四人帮”为了掌握第二武装，将这个经验改为民兵、人民武装部、治安三者结合，企图以民兵代替由中国人民解放军指挥的人民武装部。

② 2010年5月采访曹大澄。

查及全市揭批大会不少发言，已涉及“十大”以前“四人帮”的罪行。

马天水得知“四人帮”倒台后，如丧考妣。10月27日晚上大会后，他还向徐景贤、王秀珍介绍他在“文革”时向群众做检查交代时纲上得高就可过关的经验，说：“现在什么都翻过去了！”流露出一种敌对情绪。他传播黄涛的话：“十年之功，毁于一旦”，对“四人帮”的“事业”惋惜不已。[①]

我们来看看马天水是怎样检查的。以下根据王守家记录和市委秘书处11月18日印发材料整理，因篇幅有限，删去表态性的话和政治口号，只保留他交代的重要事实。这是马天水第一次做检查，他从主席台后排站起来，走到话筒前，如同做报告一般说：

同志们：

我有错误，我有罪。“四人帮”搞阴谋、搞分裂、篡党夺权，犯了反革命滔天罪行，干尽了坏事。我过去把他们当作中央，有事不向中央办公厅请示，向他们请示，帮他们做了很多坏事。

几年来，我错误地把“四人帮”当作左派，当作正确路线的代表者，谁支持“四人帮”，就认为他是左派，我们就支持谁；谁反对“四人帮”，我们就认为他是右的势力，我们就反对谁。“四人帮”身边来的，或者观点相同的人，不论是秘书、演员、部长，我们是热情招待、请客吃饭。目的是打听消息，摸点气候。对国务院经济部门来的，多数同志因为观点不同，我们就很冷淡，很少有负责同志去看他们。

我说的右的势力大，就是说反对“四人帮”的势力大。因此，就陷得深、跟得紧了。下面我揭发、交代几个问题：

在反击右倾翻案风开始的时候，我和张春桥打电话，张春桥首先问反击右倾翻案风开展的怎么样，要大力开展。我说，我们正在开展，只感到材料不多。他说，材料不少嘛。只要不以市委名义，下边印发是可以的。在张春桥的授意下，我们立即印发了江西省负责同志（即江渭清）的传达材料，里面有参加会议的国务院副总理的名字。还印发了科技汇报会上有中央领导同志和几位副总理的插话材料。还印发了其他很多会议上的讲话和材料。当时下面有反映，有抵制，我们就压制。不以市委名义印发，不具名的印发

① 1977年1月6日苏振华、倪志福向中央口头汇报提纲第14页。

或下边发，本身就是一个大阴谋。

批邓开始时，张春桥要上海不要搞乱自己，但他要把兄弟省搞乱，要把党中央搞乱，要把国务院搞乱，要把有关部搞乱，打倒人家，这不是篡党夺权的大阴谋么？

我还转送过告状材料，收集中央和国务院及有关部的，以及有些省的领导同志的讲话材料，实际上，我们已成为“四人帮”与其他省市的联络点。

我还插手外地的运动，如河南有一位同志来上海，反映在那里受压，我答应黄金海同她谈话，并整理了中央某负责同志的材料，向“四人帮”送。她说没有钱，我们就对她的吃饭、治疗不收费。

直至今年7月份，王洪文批示，要外贸系统给外贸部送大字报。王洪文在计划会上批了外贸的一个文件，我们转发了。支持贴外贸部大字报，说可以点名，但是，点名不用财贸组的名义。

68年或69年，张春桥和我谈话，露出了周总理要见上海的文化界人士，他阻止了总理接触这些人。总理逝世后，群众要求设灵堂、送花圈、鸣汽笛，我两次问过王洪文，我就按他的意见办，不准群众设灵堂、送花圈，对鸣汽笛的还去追查。

张春桥反对和攻击中央其他领导同志、国务院领导同志。八届十二中全会后，说陈毅在上海影响很大，要狠批陈毅，肃清他在上海的流毒。回到上海以后张春桥就对陈毅同志狠批一通。

“四人帮”说无产阶级司令部到姚文元为止。我就积极地压制批判、追查对“四人帮”有议论、有抵制的人。不仅对地方上搞得很厉害，对军队里搞得更厉害。

回想在“文化大革命”初期，我对张春桥等人有些话也不能接受，后来就逐步接受了。72年底，我主持上海工作以后，对“四人帮”跟得更紧了，陷得更深了。74年以来，毛主席对“四人帮”做了一系列的批评，他们根本没有向我们讲过。

“四人帮”在今年9月下旬，派来了王洪文的秘书萧木，向我们带来了口信。说：党内资产阶级还有力量，问题是谁挂帅。就是北京炸平，相信各地会出领袖。有这么好的群众一定会出领袖。还说林彪、邓小平要搞上海没有搞成，上海还没有真正经受过严重的考验。这是要我们配合反党集团搞阴谋的信号弹。

萧木和写作组讲，社会上的阶级敌人不可怕，群众会起来把他们打倒，在上层、在中央出修正主义最可怕。主席逝世后中央可能出修正主义，列宁逝世后，托洛茨基威信高，但斯大林当了领袖。

今年夏天，警卫处要求调换枪支弹药，因为警卫处的重要问题一直是王洪文过问的，我要王洪文的秘书廖祖康提个意见，我写个条子给王洪文、张春桥，王洪文说：这样会惊动人家的。为什么会惊动人家呢，无非是怕暴露了他们的阴谋。

十大提中委、候补中委时，我们上海开始准备的数字不多，他们要大批增加，结果代表中选不出这么多中委。为此，王洪文多次严厉批评我选代表犯了方向路线错误。连夜打电话在家里选人，我也帮他出点子，一夜在北京提出名单。

四届人大时，要我们送部长、副部长大批人选，阴谋妄图改组中央和国务院有关部门，竟提出要我们准备30人。王洪文说30人少了不行，邮电部、教育部、组织部、公安部、轻工部、工会、青年团……王洪文讲至少3次，说中央一定要改组的，上海一定要准备人，四届人大前就准备。去年，王洪文还说中央各部委不行，你（马天水——笔者注）现在离不开上海，如能离开，你到国家计委去工作很合适。当时说：六机部准备一名部长，邮电部、建委、一机部、教育部、轻工部和中央组织部等部准备副职。六机部正部长名单我们已选好了，后来还有工、青、妇。公安部等已去了不少人。

他们为了篡党夺权需要有军队的力量，在中央抓不到军权，就在地方抓军权。张、王对上海警备区党委采取又打又拉又压的分裂主义政策，妄图拉住地方部队为他们服务。借批林批孔的机会，张、王直接指使我们大整警备区的领导。72年市委、警备区党委两委会整得周司令心脏病发了。今年，王洪文还说过，周司令靠不住。李宝奇同志到警备区以后①，王洪文一再问李宝奇政委怎么样，我说现在还看不出，不怎么样。在（1974年）批林批孔中，还指使我们向南京军区送大字报。

因为南京军区和警备区领导对他们有所警惕，他们拉不到解放军，这样“四人帮”就更要控制民兵，他们将民兵自立系统，还企

① 李宝奇1976年1月到上海警备区任政委，党委书记。

图吃掉武装部。我在这方面做了他们的帮凶。去年王洪文来上海，在会上说："现在军委要把民兵置于武装部管理之下，我是不同意的，过了20年之后，我还是要把这支民兵队伍拉起来的。"王洪文对民兵武器的制造和装配极为关心，经常过问和督促。这次武装叛乱根子在"四人帮"。

"四人帮"不仅插手兄弟省市，对上海更是搞法西斯控制。他们在上海搞分裂，"四人帮"各有自己的线控制市委。张春桥有上海的"张办"。"张办"秘书都参加常委活动，连电话记录都要向他送，有重要情况我必须向他汇报。张、姚和写作组直通一条线。王洪文直接控制总工会。他当了中央副主席后，对上海总工会主任的位置还把住不放，以致总工会的权力很大，工团主义严重。批林批孔不是市委先开会，而是工会先开会。半年多以来王洪文还直通黄涛一条线。有事再由黄涛告诉我们。

1968年张春桥说，文化大革命是改朝换代。张对我讲：有些人问题不大，工作也做不好，也不好处理，文化大革命把这些人搞下去，是个好机会。他说过多次：我们自己培养起来的干部，要怎样怎样的。提出"领导熟悉，群众拥护，上上下下"的方针。毛主席对处理陈丕显的指示，似可作人民内部问题处理。张春桥要黄涛口头带信，说：性质是敌我矛盾。陈丕显要解放，什么人都能解放。

在干部处理上，一是以"四人帮"划线，排斥异己，结党营私。搞小兄弟，对这些人当中有严重问题的还加以包庇重用。我还参与包庇了张春桥的老婆，他的老婆是叛徒。张春桥的老婆把情况写信给江青，江青如何回答的我不清楚。张春桥规定他老婆不要工作，但长期以来在政治上、生活上享受着高干待遇。

王洪文在招待所生活腐化透顶、吃喝玩乐，每天看黄色反动电影。1968年，开十二中全会，我和王洪文一起去的，要办公室寄200元给他，上海寄出了，他却说没有收到。后来，他要的补助越来越多。[①] 去年，王洪文回到上海，我们劝王洪文回北京去抓工作，他

---

① 为了缩小工资高低之间的差别，1966年前，三次降低了党内领导干部的工资。"文革"爆发后，许多领导干部被打倒，被扣工资，只给生活费。为了实行巴黎公社经验，要求领导领取与工人同等工资，"文革"爆发后新提起来的干部，一律保持原工资。王洪文口头上反对资产阶级法权，而实际上不执行，以各种借口要补助。

说，这是硬要把我往火坑里送。他还说，我有什么权，邓小平的权是毛主席给的。我们要王洪文去看看周总理，他说（周总理的病）有得拖了。

一促生产，张春桥就用教条主义吓唬人。我们对生产方面抓了一下，“四人帮”就说唯生产力论。一抓企业管理，就是管卡压。这几年生产增长不快，增产不增收。所以这几年上海生产实际落后于全国。去年，贯彻农业学大寨会议精神，我抵制派工作组和整风，另搞一套，自成体系。

马天水的这个交代，10 年的事情他只说了一个半小时，大帽子给自己扣了不少，一口一个“我有错误，我有罪”，“积极当了‘四人帮’的帮凶”“为他们篡党夺权服务”。但是没有什么实质内容，空洞、无物。他只揭发“四人帮”，对自己的问题，只是点到为止，或避而不谈。如在张春桥的授意下马天水、徐景贤、王秀珍私自整理、散发了中央和一方领导的大量材料，光上海市总工会就整理印发了中央和地方领导的材料 43 种，25 万份，被点名的政治局委员、副总理、副委员长 15 人，中央、国务院各部门负责人 20 多人，省委第一书记 13 人。[①] 对此，马天水只轻描淡写地举了几个例子。他揭发王洪文要控制民兵，却不提发枪一事。因为如果没有他批准发枪，也不会有后来徐景贤、王秀珍指挥的武装叛乱。人们对他避重就轻的检查，会上面对面提出质问。

有人责问：廖祖康的未婚妻，为什么你市委主要负责人安排在招待处？

有人指出：你骂彭冲，彭冲、彭冲，你冲到哪里。

马天水急忙承认：我说过。

有的质问：老干部为什么不解放，为什么不用？让他们职位高高的、权力小小的？

师大有人揭发：你们将上海师大作为打党政军负责干部的单位，将江西省革委会的介绍到我们那里，要他照上海这样做。你要把各省搞乱。

有的责问：2 月 8 日到 13 日市委干部会上，材料是哪里来的？3 月 29 日市委办增印 11.5 万份材料。印材料时有人提出疑问，马天水说，干革命还要批准？

---

① 1977 年 3 月 18 日苏振华在中央工作会议上的讲话。

有的指出:选 16 个人到北京(国务院)当部长,其中 11 个有历史问题。

大家争先恐后地质问,马天水难以招架。

马天水检查后,由徐景贤检查交代。徐景贤这年 43 岁,比马天水小 12 岁。他 1950 年加入青年团,1951 年到上海市委宣传部文艺处工作,任干事。1953 年加入共产党。业余时间从事报告文学写作,崭露头角的作品是奉命帮助作者陈耘修改的话剧《年青一代》,[①]后拍成电影。1949 年 7 月张春桥到上海工作,先后出任华东新闻出版局副局长、上海《解放日报》社长兼总编辑,1955 年任上海市委宣传部副部长。徐景贤从 50 年代起就在张春桥的领导下工作。1963 年,党中央组织写作班子写反修文章,各省市都成立了自己的写作班子。徐景贤担任上海写作班子的支部书记,负责文学组。因写作班子设在丁香花园,正适逢学习雷锋的高潮,文学组故以"丁学雷"为笔名。1964 年张春桥分管写作班子的工作。从此,徐景贤与张春桥的关系更密切了。徐景贤比姚文元小两岁,两人交往十几年,各有短长,写文章,徐景贤不如姚文元,论口才,徐景贤远胜于姚文元,出口成章,滴水不漏。两人互相帮助,视为知己。1965 年姚文元写《评新编历史剧海瑞罢官》,写作班子此时已搬到武康路 2 号。徐景贤为之妥善安排各种事宜。张春桥指令复旦大学研究明史的教师朱永嘉帮助查找资料。[②] 姚文元的文章为揭开"文化大革命"立了汗马功劳,上海写作班子也受到江青的表扬。1966 年 12 月 18 日徐景贤在张春桥、姚文元的指挥下造反,成立"市委机关革命造反联络站",夺了市委、华东局的权,开了各省市自治区党政机关内部造反的先河,从此平步青云。1967 年 1 月 4 日张春桥、姚文元到上海,首先接见徐景贤和写作班子,而后在徐景贤安排下才接见王洪文为首的"工总司"。1 月 6 日徐景贤和王洪文领导的造反组织联合召开了"彻底打倒上海市委大会"。[③]

张春桥、姚文元与陈伯达密谋,2 月 5 日成立上海人民公社。周恩来对省市级成立"人民公社"提出不同意见,被毛泽东采纳后,毛泽东与张春桥、姚文元谈话,2 月 24 日上海人民公社改名为上海市革命委员会,张春桥为主任,姚文元、王洪文、徐景贤为副主任。[④] 因工人出身,王洪文排在徐景贤名

① 李逊著:《大崩溃——上海工人造反派兴亡史》,第 189 页,时报出版公司,1996 年。

② 李逊著:《大崩溃——上海工人造反派兴亡史》,第 191 页,时报出版公司,1996 年。

③ 徐景贤:《十年一梦》,第 6 页、25 页、27 页、29 页—41 页,时代国际有限公司,2003 年。

④ 上海党史研究室:《上海社会主义建设五十年》,第 339 页,上海人民出版社,1999 年。

字前面。1971年1月起徐景贤任上海市委书记，排在马天水之后，但是一直被称为“徐老三”，可见他是张春桥、姚文元在上海最信任的人。他聪明干练、多年文字工作养成严谨、细致的作风。

徐景贤在检查中洋洋洒洒讲了七个问题，下午没有讲完，又讲了一个晚上。他说：“少说空话，拿出实际行动来。我决心和‘四人帮’划清界限，彻底揭发他们的反革命罪行，也清算自己的罪行。”每讲一段就高呼打倒“四人帮”的口号。他先揭发“四人帮”，最后才交代自己武装叛乱问题。徐景贤说：

> 一、揭发王洪文反对毛主席的罪行：1975年9、10月间，王洪文在锦江小礼堂楼上，一边喝酒一边咒骂：“什么主持工作，还不是让我往火坑里跳！”“现在我有什么权？党中央和国务院是他（邓小平）的，军队也是他的，我只能抓抓党校的工农兵读书班！这是毛主席定的呀！”①
>
> 关于王洪文在上海的反动思想和堕落生活，1975年11月，姚文元老婆来上海，我向她详谈了王的情况，要她转告姚文元、张春桥。我没有向毛主席报告。我总认为王洪文是张春桥等向毛主席推荐的，王洪文出了问题，张春桥等一定要受到牵累。我希望张、姚能够主动处理，对王有所制约。今年9月21日晚上，我去北京到王洪文处，王洪文大骂外交部王海容同志。最近参加打招呼会议，才知道“四人帮”要乔冠华整王海容、唐闻生，主席讲这是“借刀杀人”。王洪文显然是攻击毛主席关于“借刀杀人”的指示。
>
> 二、揭发张春桥反对毛主席、反对华主席的罪行：今年9月21日下午，我到张春桥处。张春桥说：“今后的工作会遇到困难，主要依靠集体了。”他只字不提毛主席生前已经安排好了接班人华国锋同志。张春桥说：上海“要谨慎小心，特别是你们几个人讲话要注意”。他特别关照说：“你回去再跟老马说一说，南京路上出现过的大字报（即坚决要求张春桥当总理）再也不能贴了，这是毛主席单独向我作过指示的。今年年初我已经给老马打过电话了，你再说

① 因为王洪文讲过这句话，后来清查参加学习班的人与王洪文的关系。其实，学习班的大政方针都是政治局决定的，王洪文只负责日常或者部分工作。

一下。”[①]他一再强调这一点，正好表明他的心虚。那时，他想当总理，谁知道南京路一张大字报泄露了他的野心；现在，他要篡夺更高的领导权了，所以他特别关照，不要再给他帮倒忙。

那天，张春桥还说：“人家已经讲我们是‘上海帮’了！”这次我参加打招呼会议，才知道批他们是“上海帮”的是毛主席。张春桥说：“要经常分析阶级斗争的形势。”这和王洪文的秘书萧木9月28日给市委常委传达张春桥的话是一致的。当时传话说：“老实说，上海还没有真正经受过严重考验，林彪、邓小平要搞上海，都没有搞成。林彪搞成的话，上海有大考验，要打仗。”“有这么好的群众，一定会出好的领袖。”“要看到曲折，看到资产阶级还有力量，问题是谁挂帅。”他把华国锋同志为首的党中央说成是资产阶级，而他自己就是要“挂帅”的“好的领袖”。据10月17日王知常在市委组办会议上交代，萧木在9月23或24日给写作组核心有一封密信，信中讲：张春桥说现在要警惕党内出修正主义，主要是中央，在上层。张春桥还露骨地说：托洛茨基当年是红军总司令，威信比斯大林高。他以斯大林自居，而要把华国锋同志等都打成托洛茨基分子。

三、揭发江青反对毛主席的罪行：1976年2月20日晚上，在批邓打招呼会议期间，江青到京西宾馆上海组的套间里，把上海的马天水、徐景贤、王秀珍、黄涛，还有李彬山副政委找来，又把南京军区丁盛同志单独找来。江青说：“你们知道吧？把我也说成是‘上海帮’了！”“要集中火力揭批邓小平……去年他斗了我几个月。我是关在笼子里的人，现在出来了能讲话了，我要控诉他！”还说：“什么言论自由啊，他是一言堂，独立王国，法西斯！”2月21日晚上，江青又让上海、辽宁和沈阳军区的一些同志到她在钓鱼台的住所去。她发泄：“我是孙猴子，去年他把我关在笼子里关了几个月，不能讲话，把我箍起来啦，他一念咒，我就头痛。现在是‘金猴奋起千钧棒’了。”她就是要造伟大领袖毛主席的反！

---

① 上海贴出大标语，“坚决要求张春桥当总理”。毛泽东毫不客气，原封不动地将上海材料都送给张春桥。“四人帮”自讨无趣，不敢再在总理的人选问题上搞小动作。有群众将此标语改成“张春桥坚决要求当总理”。

上海市委的几个人到江青钓鱼台住所去过两次，第一次是1972年批林整风会议期间，她到华东组开会时说："鬼都不上我的门。"后来王洪文就带着我们几个去了。江青给我们拍彩色照片，又请我们看电影《罗马之战》。这部电影是讲姊妹两个王族互相残杀，最后妹妹把姊姊杀死了，当上了女皇。

四、揭发姚文元反对毛主席的罪行：1975年4月和5月，毛主席指示："反对修正主义，包括反对经验主义和教条主义"，批评"四人帮"只反经验主义，不反教条主义。7月5日姚文元到上海，7月16日在市委常委会讲话，只字不提"反教条主义"的问题。他情绪非常阴暗，对我说："我这个人，要我挤挤公共汽车，上上五七干校，还是可以的。"我说："假如林彪上台的话，我们恐怕连五七干校都进不成呢！"他点头称是。姚文元说："我想今年下半年可能要出事。"当时是7月底，他已经知道了毛主席7月25日对影片《创业》的批示，但他根本不向我传达。我和姚文元的关系最深，从认识到密切有20年左右的历史，我经常吹捧他，直到这次从北京回来，还没有和他划清界限，甚至为他惋惜。1975年7月他来上海，他教我一个办法："以后你搞什么东西，都要写成书面稿子，然后送别人画圈。"他自己篡改毛主席指示，然后又把文章送毛主席圈阅。

五、揭发"四人帮"篡党夺权的反革命勾当和我跟着他们干的大量罪行：文化大革命以来，我一直把"四人帮"看作左派，把他们攻击的人，看成是右派。张、姚、王在我们面前攻击中央和军队的领导同志，是经常的。我们跟着攻击。

批林批孔期间，张春桥、王洪文要市委常委和警备区联合开两委会，揭发警备区和南京军区的问题，我和马天水、王秀珍经常单独接见军队中跟市委、跟张、姚、王跟得最紧的几个负责人，另外我们还秘密接见部队的同志，进行煽风点火。

1975年7月底，王洪文受了毛主席的批判后来到上海，这一段时间他除了吃喝玩乐以外，攻击和议论党中央、国务院、军队和各地的领导同志次数更多了。11月初，他在上海看到了清华大学根据毛主席的指示开展大辩论的简报，说"走资派还在走"。过了几天，他说：现在毛主席对教育部也有批示了，对七机部也有批示了。就在11月15日动身回北京。王洪文同意我的秘书随他的专机去北京。秘书到迟群那里去过，第二天从文化部于会泳处了解情况。于会泳说：清华在批刘冰、周荣鑫了，中央在开会，揭露邓小平的问题。据说邓的问题是毛远新从新疆慰问团回来以后向毛主席汇报后揭发出来的。毛主席在接见外宾后，说过：邓小平8年没有工作了，不懂得文化大革命，要张春桥给他讲讲文化大革命。于会泳说这都是迟群参加了中央的会议后告诉他的。11月18日左右，我的秘书从北京回来，我和马、王三人在锦江小礼堂听了上述的情况汇报。

在这段时间里，“四人帮”连续对我们下达指示：第一是关于发材料的问题。马天水电话请示张春桥后，张说“不用市委名义发，用下面名义发”。第二是张春桥亲自把北大、清华的《大字报选编》批给我们阅，授意上海也要贴大字报，并且指示要上海快编出自己的大字报选。第三是张春桥看到上海有几个县、团级干部对我们这样批邓的搞法思想不通，他在12月中旬的一期简报上批道：“对这几位同志……希望他们能够取得主动权。”第四是王洪文直接打电话给市委，要上海市委把党中央、国务院领导同志的材料印成单份白头的一式几份送他。

我做的以下几件坏事：印发材料。我抛出几位政治局同志和副总理的材料，正如华国锋主席所严肃批判的，这是开国以来所没有过的。收集材料。从邻近各省收集材料，比如有关于各地运动的来信，各地右倾翻案风的表现，还有军队的情况、来信等，印发给参加县、团级干部会议的同志。交换材料。我把在上海收集到的材料，都送给迟群、谢静宜。我又向他们要上海没有的材料，再转手印发下去。整中央领导同志的黑材料。这是王洪文来电交办的。由市委布置有关部门收集编写，然后印成白头的情况或言论摘编，送王洪文和张春桥、姚文元。整人。对一些对上海批邓的做法思想不通的人就整，我在市委常委会上整过王一平同志，在区、县、局会议上，用各种手段整过农业局、电影局、科技干校的领导同志。非法组织大串连，先在上海复旦、师大点火，再布置各校、各单位、各工厂到这两所大学去看大字报。刺探情报，12月下旬，打电话给王洪文打听中央和各部运动情况，王洪文说：“下次你们向中央发电报，可以点部老爷的名。”

六、揭发、交代在批邓打招呼会议期间的反革命大串连：从今年2月19日开始，我们五人到北京参加批邓打招呼会议。上海小组住的京西宾馆的套间，变成了一个反革命串连的黑窝。来往的人有王洪文(2月22日、25日来了两次)，张春桥(2月20日下午、23日下午来了两次，2月26日下午找马、徐、王去一次)，江青(2月20日晚来一次，2月21日晚找上海、辽宁等同志去一次)，姚文元(2月22日晚来一次)，毛远新(2月22日晚来一次)，迟群、谢静宜(2月25日晚来一次)，其他来的人有金祖敏，以及文化部、公安部、国家体委、《人民日报》的，还有几个部、几个省和军队的少数几个人。

2月20日下午，张春桥在上海小组套房内攻击华国锋同志和纪登奎同志。2月22日晚，王洪文攻击叶剑英同志，并且指名污蔑各省和军队的领导同志是“还乡团的分团长”、“邓小平的老部下”等。2月22日晚，姚文元攻击华国锋同志。毛远新还攻击了王震副总理。23日下午，江青在十二省市会议上影射、攻击周总理，同时点了大批领导同志的名，后来受到了毛主席的严厉批评。26日下午，张春桥找马、徐、王谈话时，攻击了纪登奎同志。同时说先来开会的五个省的领导都难以转弯，对有的省的领导还指名攻击。25日晚，迟群、谢静宜来，和我们密谈，“江青放炮，王洪文揭材料，姚文元有理论，最后总是张春桥作结论”等。他们对绝大多数的政治局领导同志都作了攻击，有的甚至加以丑化。22日姚文元、毛远新来后，谈到中国像苏联一样变修后怎么办，毛远新当着姚文元的面说：“那时要给你戴上一顶帽子，说你反党、反毛主席，那时枪口就会对着你。”我们还收集了各部、各省“右倾翻案”的大量情况；我和王秀珍还传播江青对彭冲同志的攻击。我们到清华去听了一次“经验介绍”。

回到上海，派出记者，收集邻省的情况上报。外地来的人我们接见，有福建、江苏……送材料，议论形势，搞串连，继续分裂各省。把清华、北大编的未经中央审定的《邓小平言论摘录》(初编、续编)等大量发送，给全国电视工作会议、赤脚医生工作会议的代表。我还向五个省熟悉的省委领导同志送了这两本材料，并写信暗示他们也和上海一样印发。我在各种会议上大讲全国右倾翻案的情况，进行煽动。继续交换材料，迟群打电话来要马天水揭发邓小平的材料。毛主席逝世以后，迟群和谢静宜送来新编的未经中央审定的《邓小平言论摘编》各一本。

江青指示文化部组织几个电影厂给清华、北大和上海的几所大学和工厂拍纪录电影。

周总理逝世以后，我把上海悼念敬爱的周总理的文章统统拉下来了。

早在华国锋同志担任国务院业务组领导工作的时候，张春桥就说过贬低华国锋同志的话。周总理逝世以后，我内心是想要张春桥当总理的，但我觉得他树敌太多，资历不够，恐怕摆不平。我们对华国锋同志任代总理大为意外。马老说：主席圈阅的不一定同意，让他们表演吧！王少庸说：豺狼当道，焉问狐狸。冯国柱说：一号文件出个冷门。我和马天水都认为：华国锋同志为人比较中间，左右都能接受。

徐景贤说到此时，时间已晚，会议暂时休会。晚上徐景贤继续检查。他说：我到写作组说，"华国锋是摆设。""不一定水平最高的人当第一把手。"

随后他专题交代阴谋策划反革命武装暴乱的问题。关于这个问题，在本书第二章中，徐景贤、王秀珍的检查业已述及。徐景贤在此时检查中承认12日晚上，黄涛、廖祖康和朱永嘉、萧木，布置反革命武装暴乱和13号的反革命吹风："这是我们在8日阴谋策划的反革命武装暴乱活动的一种恶性继续和发展，我虽不在上海，但仍要负最主要的罪责。"但他将自己于8日两次调集和部署民兵之事，轻描淡写说成是"写了一张字条，开了两个名单"。在讲话中，他不时流露出一些情绪，那就是这样做是被迫的，是在不明真相的情况下，为了避免被"一网打尽"而采取的被动的、防御的，一再强调武装叛乱未遂。

徐景贤说：

上海民兵指挥部过去一直叫"文攻武卫指挥部"，"文攻武卫"的名称就是江青提出来的。后来，为与全国统一，张春桥下令改称民兵，仍然要把上海民兵指挥部作为市委、市革会的一个直属武装部门，不让警备区插手。去年七八月，王洪文来上海期间，在锦江小礼堂，王洪文说："要警惕出修正主义，要准备上山打游击！""只要我不死，二十年后我还要把这支队伍拉出来！”今年2月22日晚，王洪文到京西，说：“邓小平想敲掉上海民兵的经验，上海民兵春桥和我两个人搞的嘛！”几年来，擅自发了大量的枪支弹药和轻重武器。张春桥经常对我们讲：“赤条条来去无牵挂”，“我早就准备杀头了”。王洪文经常叫嚷：“要上山打游击”，“上海没有退路，两边一夹击，只能死守”等。萧木9月28日来传张春桥的口信，“上海有大考验，要打仗”，这就等于下了反革命的动员令。

徐景贤说：

在北京时，华主席谆谆教导我们“要转变立场”，但我回来以后，立场未转变。我们以前不知道有“四人帮”。现在看来，我只是不知道“四人帮”这个名词，而实际上我是清清楚楚知道这四个人是抱成一团的。回到上海以后，我还没有认识到这场斗争的性质，还把自己放在无产阶级一边。昨天马天水到我的办公室里说民兵问题我（指马天水）只能抽象负责任。马天水6月就准备6万支枪，批了不要入库。马天水在北京时就安排了后事，要到新疆去工作。

11月6日下午，轮到王秀珍检查交代。这年王秀珍41岁，矮小、虚胖，此时脸色苍白。她一口辽宁味的普通话。解放前家庭贫穷，1950年15岁时进辽阳纺织厂当了工人，1953年1月参加共产党，当选劳模，沈阳市人大代表。[①] 1956年后到上海纺织工业学校（中专）学习，1960年毕业后在上海国棉31厂任技术员、工段长。1966年夏给厂领导贴大字报。工作组进厂后，任厂的文化革命委员会主任。后和工作组发生矛盾，在反工作组时认识王洪文，1967年2月任上海工总司宣传组组长。因造反派中党员少，女同志少，市领导需要一位女同志，经王洪文推荐，张春桥选定，[②]1968年10月任上海市革委会文教组负责人。1970年3月任上海市副主任，1971年1月任上海市委书记，1975年任全国人大常委会委员。[③]

---

① 徐景贤：《文革名人——徐景贤最后回忆》，第186页，星克尔出版有限公司，2013年。

② 徐景贤：《徐景贤最后回忆》，第189页，星克尔出版有限公司，2013年。

③ 中共中央组织部、中共中央党史研究室：《中国共产党历届中央委员大辞典》，第788页，中共党史出版社，2004年。

王秀珍是王洪文1972年到北京后，在上海这帮“小兄弟”的头目，她说：“上海要选拔一个女副总理”，“京官不好做，本来是叫我去，我不去”。反击右倾翻案风以后，她攻击华国锋是“老右”，叫嚷：“现在是右派登台，中间派观望，左派刚刚投入战斗。”扬言“要从上到下揪大大小小的走资派”。她在一次常委会上，拿着上海印的材料，指着叶剑英、李先念、汪东兴、许世友、陈永贵、陈云、谭震林、王震、郭沫若等人的名，逐个攻击。1976年8月她要大家研究赫鲁晓夫怎样靠军队上台的。9月毛泽东病重，她说“现在要货真价实地干了”，“要用脑袋去拼了”。毛泽东逝世后她说：“到底是我们掌权，还是他们掌权，现在还不清楚。”[①]她做检查，按照马天水、徐景贤的路子，先揭发“四人帮”，然后才交代自己策动武装叛乱的问题。她说：

从九大时起就跟着“四人帮”，崇拜他们，迷信他们，对他们感恩戴德，跟他们干了很多坏事，犯了严重罪行。

一、首先揭发王洪文反对毛主席的反革命罪行：去年5月，毛主席在政治局会议上批评了“四人帮”。王洪文在去年7月窜到上海，就要给他准备一间办公室。意思是他不准备回北京了。有一次，马天水、徐景贤同志和我去看他，他脱口而出说：我有什么权！党的权、政府的权、军队的权，都没有。我只有一个办工农兵学习班的权。什么要我主持工作，是他们把我往火坑里推。还说邓小平能见到主席，他见不到。

姚文元也来过上海，对我说：你不知道，我在那里处境很困难呀。我身体还可以，还能挤公共汽车，我准备到五七干校去啦。他还说下半年要出什么事。我当时不懂他的意思。

对邓小平的解放问题，毛主席有过几次指示，“四人帮”一直是抵制的，反对毛主席的。张春桥在今年2月就讲过：邓小平出来工作，江青是不满的。

毛主席作了批示，才不得不于1974年解放陈丕显。但是，还不甘心，王洪文于74年10月9日打电话给徐景贤同志和我说：陈丕显要解放啦，快叫专案办打报告，你们快点提一批一月革命风暴的老头头名单出来。我同其他同志商量提出了一份181人的所谓“老

① 1976年1月6日苏振华、倪志福在中央政治局口头汇报提纲。

头头”的名单送给他，有十多个人都做了安排，在市委讨论陈丕显的职务安排时，原来提出安排为市委委员和市革委会副主任。后来张春桥说：先安排副主任，党的职务以后再考虑。我们按照张春桥的意思，修改了原来的安排。

二、揭发“四人帮”反对、仇视周总理的严重罪行：去年11月月中，王洪文到北京后，不去看周总理。后来，去看周总理时，他没有说两句话，周总理就示意让他出去了。在周总理追悼大会刚刚结束，一走出人民大会堂，王洪文就要去打猎。司机一听气坏了，耐不住说：今天是什么日子？因为司机不肯开车，才没有去成。

三、揭发“四人帮”攻击、诬蔑中央领导同志，分裂党中央的严重罪行：早在1969年，参加九大时，张春桥授意王洪文，对我们上海代表说：对几位老帅，不能给满票，要杀杀他们的威风。在张春桥授意下，用上海代表的名义请陈毅同志参加我们的会议，实际上是批陈毅同志。我当时也是最起劲的一个。1974年初，姚文元离开上海时，在我们面前有意贬低、攻击一位老帅。去年3月，我在北京，张春桥当着我的面攻击某副总理。去年11月，王洪文从上海临回北京时，对我和金祖敏、黄金海、叶昌明、陈阿大等说：你们不知道，中央斗争多么复杂，政治局就分好几派呀，从对待文化大革命的态度，就可以看出来了。今年2月，到北京开会，王洪文、张春桥、江青、姚文元、毛远新等都给我和马天水、徐景贤同志讲，国务院各部，除了文化、卫生、公安三个部外，其他都怎么怎么不行，批邓没有批起来。谢静宜讲：政治局批邓，最有水平的是张春桥、江青、姚文元、王洪文四人，还有另外两位还比较好，其他同志都怎么怎么不行。特别是毛远新攻击了好几位副总理。

四、揭发“四人帮”攻击一些地方的领导同志，妄图打倒一大批地方党政军负责同志：今年2月，到北京参加会时，马天水住宿处成了串连站。一些人大肆散布攻击、污蔑一些地方负责同志的言论。张春桥对我们说：问题多点的五个省，看来问题是难办的，有的恐怕不行了，弯子不容易转好。王洪文、张春桥等还指名道姓地说，这个人是“还乡团”的分团长，那个人是“复辟派”的头子。

我还把江苏一位同志的所谓“告状材料”，送给王洪文。还有河南一位同志来上海时，黄金海帮她写了“告状材料”。我把在上海收集到的一些材料寄给了迟群。兄弟省有的同志来上海时，我们把清华、北大编印的材料，送给他们，请他们到大学里参观大字报。我还同辽宁交换过上海和他们的大字报汇编。上海变成了一个最大的串连站，一个公开的联络点。

按照王洪文的意见，市总工会打头阵，召开万人大会，发动揭盖子。各级工会层层开会，把党委撇在一边。请党委负责人到会，实际上是批斗，还靠边了一批干部，有的至今还未解决，整了一些同志。“四人帮”利用、控制上海总工会一些头头（实际上就是王洪文的一伙小兄弟），自成体系，搞宗派，搞行帮，破坏党的一元化领导的原则，大搞顺我者昌，逆我者亡，谁不听“四人帮”的话，就整谁，这伙小兄弟就是“四人帮”整人的打手。王洪文每次回上海，多次召开工会干部会议，有时还不让工会干部给党委汇报，完全把工会凌驾于党委之上。我有时召集工会干部开会，也是这样做的。

关于策划反革命武装暴乱问题，王秀珍也同徐景贤一样承认自己有责任，她说：10月10日，我到北京参加中央打招呼会议。但策划这次反革命武装暴乱的罪魁祸首是我。10日以后，反革命武装暴乱的组织活动的继续发展，10月13日的反革命“吹风”，都是我在家时煽动、策划的必然结果，罪责完全在我。

当场有人质问王秀珍：做1000副手铐，要交代。

王秀珍回答说：

市委决定，让上海工厂做的。这是8月的事。这次我策划武装暴乱这一严重的反革命事件，绝非偶然，是有它深刻的根源的。长期以来，我头脑中只有“四人帮”，没有党中央。以为自己当中央委员、市委书记、市革委会副主任，都是他们的“栽培”，因此把自己的命运、前途紧紧连在他们身上。所以把“四人帮”的垮台，就看作是“右派政变”，就要死保，就去策划反革命武装暴乱，以武力对抗华主席为首的党中央。

对武装暴乱问题的交代，是王秀珍检查的第五个问题。

王秀珍接着检查：

六、揭发“四人帮”反党乱军，分裂军队的罪行：今年2月21日晚上，我们和辽宁、沈阳军区的同志去看江青。江青对我们说：部队搞成这个样子，怎么行啊。不注意老中青三结合，老的那么老了，怎么打仗？等到部队搞好了，问题解决了，我再穿上军装，再戴上红星。王洪文说：现在军队新干部都被排挤了，只剩下某某某一个人了。去年，十届二中全会时，张春桥向我们说过：现在我最担心的是，军队不在我们手里，军队里没有我们的人。

74年3月去北京，王洪文对我说：批林批孔军队也开展起来了，是我批了铁道兵的一封信，群众就发动起来了，总政也在动了。我现在到处放火，把军队批林批孔搞起来。去年王洪文在上海三个半月中，对民兵工作抓得很紧。9月18日在锦江小礼堂，同民兵指挥部领导小组成员开了一次会，我也参加了。他在会上提出了人武部和民兵指挥部合并问题，还讲了武器装备要多要好，一旦有事就好使用。会后，我们在两个区、一个县试行“两部合并”。

七、在推行“四人帮”的修正主义组织路线，搞宗派活动方面的罪行：“四人帮”在组织上结党营私，提出了不依靠党组织，不依靠群众，而是通过座谈、谈话方式，当场“相面”，听发言、看外表的选拔干部的方法。召开十大时，王洪文对上海代表名单大为不满，说我们是犯了方向、路线错误等。他要黄涛和金祖敏两人，到代表以外的对象中去挑选中央委员。是各地名单中最后提出来的一个，拖了大会的时间。王洪文说，有的人历史复杂有什么关系。什么阶级分析，只要表现好就行了。王洪文对有问题的造反派老头头，无微不至的关怀，他说：这些老头头不会反对文化大革命的，到时候是有用的。这次反革命武装暴乱中，这几个人是起了“大”作用了。

在召开四届人大时，王洪文要金祖敏准备一大批名单，说是国务院各部都要掺沙子，都需要人。1974年我去北京，王洪文就要我选一点，抽上来到各组办工作。1974年8月29日搞过一批30个人的名单（部级18人，司局级12人）。1975年1月又搞了个16个人的名单（都是部级）。今年2月，张春桥对我们说，不要对各部送人了，如某某某到了北京，也不起作用。按这个黑指示，中组部要人，黄涛认为去一个人也不起作用，要被人家吃掉的，也不给。

张春桥在1968年就讲过，工总司的老头头入党，不能走后门，要走前门，要报市革委会（后是市委）审批。在王洪文的指使和支持下，有的人不符合入党条件，如戴立清、黄金海、陈阿大、叶昌明、马振龙等，用各种办法把他们拉入党内，陈阿大是先内定当九大代表，再突击发展入党的；有的明明有严重问题，也照样提拔重用；有的违法犯罪，就加以包庇，让他们逍遥法外；有的已被判了刑的，还给他平反。

王洪文调到中央工作时，要我有事情要多找总工会一些老头头商量。因此，我总要在会前或会后，把几个小兄弟找来谈谈，议论议论。特别是在批林批孔时，我常和这几个人研究分析运动形势，研究党委班子人员，让工会直接发号施令，不听党委的一元化领导。

这里，我还要交代同张春桥的老婆的往来，从1969年3月开始，我同她有些往来，串串门子，当时并不清楚她的问题。1974年，王洪文回上海，对我们说：张春桥要与她离婚，否则不好办。这时才知道她有重大政治历史问题。但是，我仍旧保持了同她的密切往来，是为了讨好张春桥，通过她向张春桥反映意见。

小组会背对背揭批，工交口120人中型会议，当面揭批马天水

第一次揭批大会召开后，上海市委决定大小会结合，下上结合，乘胜追击。

马天水、徐景贤、王秀珍终于做检查，工作组和群众都很高兴。11月7日，王守家参加第二小组会议。大家都认为这个会开得好，长了无产阶级志气，能把运动向深一步发展，会内会外了解了以前很多的情况，因此看到了“四人帮”在上海搞阴谋活动很多，罪行累累。但也认为他们的活动、罪行远远不止这些，提出：马、徐、王对自己的问题，别人揭一点，他们承认一点；对别人没有揭发的，就只字不提。马天水是1931年入党的老干部，这些反党勾当，怎么是受蒙蔽？马天水从不谈自己的思想，只说是执行。马天水不是陷得深而是合伙，检查空洞，交代问题少。马天水最主要的是在发枪一事上轻描淡写，早在6月26日就批准发枪。要向群众交心，过去是和“四人帮”交心。

大家反映：徐景贤讲的时间长，谈具体问题比马天水多，最后掉了几粒

眼泪。毛主席、周总理逝世他都没有掉眼泪，这次掉眼泪，像演戏，做人不够真实，只说自己是执行者，上推下卸。能推则推，能卸则卸。上推马天水，下卸黄涛。说反革命暴乱有理、有功。武装暴乱过程讲得滔滔不绝，点了很多人。但要害讲得不多。徐的要害问题是掌握舆论，没很好交代《文汇报》等上海报刊攻击周总理的问题。准备召开三中全会的问题也没有交代。

大家认为：王秀珍的要害问题是组织路线，将市总工会变成帮会，凌驾于党委之上。这不是工团主义，而是指挥党。还有打击老干部的问题，也没有交代。对帮内的问题，互相包庇，对革命干部和群众，实行法西斯专政。

大家认为，三人交代非常不老实，存在幻想。马天水装糊涂，徐景贤耍滑头，王秀珍语无伦次。因此，建议背靠背不行，应该面对面。冯国柱、王少庸、张敬标等人的交代也应同时开始，一个问题、一个问题搞清楚。因为这次会议只限于党内，非党群众要求扩大传达范围，希望马上传达。

同时，大家还具体揭发出很多问题：如：一、十大以后包庇叶昌明入党问题。二、今年二三月打招呼会，王秀珍整理攻击毛主席、华主席的黑话。三、明知汪湘君有问题，还提名为中央候补委员。四、黄金海是31厂有名的阿飞，社会关系复杂。凡是不同观点的人，他就搞逼供信，违反政策。还点名让他当四届人大代表，组织部门报告群众有意见，上边不听，照批。五、31棉厂的某人不够条件，黄金海把他提为党委副书记。党委讨论都是个人说了算，因为是小兄弟。陈阿大就是个人说了算。六、选部级干部，1973年9月13日黄涛传达王洪文的指示，1974年1月23日金祖敏召开座谈会。要工会干部到中央去工作。培养工人大使，第一批已送工交口学习，有的到复旦大学学外语。“四人帮”要把中央权力掌握在上海手里。

在小组开会讨论的方法外，王守家还通过个别找人谈话的方式了解更多情况。

11日上午，工交口召开120人参加的中型会议，面对面地质问、揭发马天水。

翁俨若揭发，马天水在批邓时说：“点名只点部长，但错误论点要批，可以提某些人。”

马天水承认：我讲过，暗地里讲不少。但是，这些我向中央报，不在这个会上讲。

有人揭发：马天水亲自打电话工交组要赶快组织一批所谓有影响的先进单位去复旦、师大看大字报，要有领导干部，也要有理论骨干，回来以后可以在工厂里搞起来。

马:我就是搞阴谋诡计,想把批邓传下去,干得很起劲。这是两个司令部的斗争,现在不要这么提。

有人问:总理病危,你1月8日急急忙忙开座谈会,点八个副总理的名,为什么?

马天水:我说万里是死硬派。总理病危我知道。我如果要知道总理逝世还召开这个会,应当马上枪毙我。

有人继续追问:你知道总理病危,你还于1月8日晚上开座谈会,为什么?为什么1月8日纷纷出笼?

马天水狡辩:我小会上讲的,又不故意外传。这就是阴谋吗?

在群众的追问下,马天水承认:“四人帮”篡党夺权,我是帮凶,“我赞成张春桥当总理”。“我说过不要(给张春桥)帮倒忙”。

有人追问:你怎么和“四人帮”勾结的?

马天水笼统讲:哪一件事我都帮忙了,如批林批孔。张春桥说邓小平一批人,我是赞成的。

有人责问:要江青保重身体,领导我们战斗……当时毛主席健在,要江青领导和谁战斗?讲第一战役,第二战役是什么?

有人问:你到钓鱼台江青送你什么?为什么送你全国地图?

张文涛问:你有什么阴谋,在打招呼会上,在京西宾馆是怎么策划的?

马天水应付:我有实际行动。

张文涛:向你们交底是有谱的,你也有谱。你把他们当中央,他们送你地图打击什么人?你心里是有谱的。

马天水回避说:我回忆一下。

马天水秘书房佐庭提示:马天水观念中的左中右已经形成了。

马天水说:中央国务院有的是中间的,有的是右的。好的文化部、卫生部了。左中右我心中有数的。我提供炮弹给他们。我串连了。

有人指出:你说过国家计委一个副主任专门整上海,现在我不说,将来我要说。

马天水承认:去年上半年打三次电话给张春桥。张回信说三句话:你现在很烦恼,我无能为力。不要急。“四人帮”半靠边了。

在会上,马天水态度不好,不正面回答问题,动不动就说:我回忆一下。我不在这个会上讲,我向中央讲,不能扩散。我已经写了24页多。甚至和大家顶起来。有的地方，由秘书代他解释。即使回答问题也只讲过程，不谈思想。马天水在会上装糊涂问别人，我的要害问题是什么？满不在乎，还哼小调。会场里还有人笑，可见有的人思想没有转过来。这个会因为参加的人多，大部分人没有轮上发言。

王洪文的小兄弟和写作班子的负责人把希望寄托在马天水不倒。他们说："只要马老不倒，我们就有希望。"[①]

12日下午，继续召开中型会议，由金传德主持。这次马天水态度大变，首先检查：昨天的会上我不应顶，我请罪。然后，他揭发张春桥攻击中央领导同志，说现在中央领导人的水平没有超过斯大林。承认主谋是"四人帮"，我们是帮凶。我搞阴谋诡计配合他们搞。我插手江苏，很坏，这是阴谋。在讲话中称江青为"同志"后，又赶快改口说："江青是坏蛋。"

有人揭发：你们想通过总工会，来控制、压我们。有的指出：不是压，而是要改朝换代。有的揭发：马天水1974年3月26日下午3时去制药厂放毒说：老中青三结合阻力很大，从中央到地方都有阻力。

马天水承认：我指向毛主席，我有很大错误。

张维问：1974年初批林批孔开始，张春桥在上海抓克己复礼典型，开始拿长航局作典型。为什么调动民兵？

马承认：我错了，有罪。我有罪。

张维：通过铁路给"四人帮"输送什么东西？

马答：送什么东西我不清楚，事情有，我指定人让他负责。

张维：为"四人帮"效劳。今年非法送去五批物资，派专人押运。9月1日黄涛、廖祖康、马振龙、黄金海，由黄金海押运，送往北京。9月25日黄涛带6人押运。为什么"四人帮"、马、徐、王要夺铁路权？

马说：这件事我插手。我说点交通部、外贸部是可以的。王洪文说过要改组国务院。

马天水承认自己保王洪文，包庇、迁就戴立清。对于群众的质问，他连声承认：是的。我说过。

12日晚上，召开中型会议，面对面揭批王秀珍。王秀珍比较老实。有人揭发：主席逝世后，又唱歌又跳舞。王秀珍承认：跳了。

---

① 1977年1月6日，苏振华、倪志福在中央政治局汇报提要。

11月13日星期六，晚上大家不休息，继续面对面揭发、批判马天水。史任远、鲁纪华、程国平、张思明、汪传文、张文镏、陈大同等发言。还有很多人发言，因王守家不认识他们，没有将他们的名字在工作笔记中记下来。这次会议主要围绕"四人帮"对经济工作的破坏展开。

有人说：上海的项目有江青的项目、王秀珍的项目、陈阿大的项目、马振龙的项目，但都要经过马天水批。

马天水低头承认：这是丧失原则。

有人说：对"四人帮"项目那样卖劲，但对公用事业你们都不讨论。解放初期全市有浴室110个，现在只剩80个。要建8个，马天水不干。王洪文钓鱼绳用了3万元做的。铁道医学院是为12万职工培养医生的，王洪文一个批示搞招待所，王秀珍一个批示做图书馆，就停止了对医生的培养。

马天水说：我受"四人帮"的毒。这有罪责。

有人揭发：上海体育馆是周总理批准。上报900万元投资，突破3000多万元，上报国家计委，无法安排，只安排2400万元。周总理批文：设计到现场去，北京长处要学，缺点要去掉。马天水、徐景贤、王秀珍大骂：为什么上海不能超过北京。体育馆里28根柱子，全部搞好，马天水一句话全部炸掉。工人同志们都掉眼泪。[①]

有人说：周总理要搞综合平衡，要求加强计划机构。马天水说只搞计划综合组，放在工交组下面。马天水还说：就是不给你们计委大权，计委大权集中在市委手里。

有人说：破坏与外省市关系。10套化肥生产设备，国家计委已给了广东。最后上海不给广东(计划内的)而给了马天水老家河北省。

现在是消耗多，成本高，事故多。大家揭发道，从1974年批林批孔起，上海的生产、财政收入连续几年下降。

对于这些质问，特别是对他主管的上海生产连年下降的事实，马天水无言以对。

王守家记录了大家在发言中揭发马、徐、王在四届人大召开前夕，向"四人帮"提供安排到国务院各部委里的人的名单：国务院副总理：马天水、王秀珍；国务院计委主任：黄涛；外交部长：冯国柱；农业部长：祝家耀；外贸部长：

---

① 徐景贤在《十年一梦》中说是王洪文看到柱子是黑色的大理石，不满意，提出全部炸掉重做。马天水在一边不吭声，黄涛只好执行。

黄金海；冶金部长：陈阿大；轻工部长：马振龙；铁道部副部长：×××；交通部副部长：×××；纺织部长：唐文兰；商业部长：×××；三机部长：×××；六机部长：张国权[①]；教育部副部长：周宏宝；卫生部副部长：×××；全国总工会派：金祖敏（又任组织部长）；全国妇联派：汪湘君；组织部：×××。[②]

上海区县局党员干部大会对“四人帮”、马天水、徐景贤、王秀珍的更深揭发

在搞面对面揭批的同时，苏振华、倪志福、彭冲不断指导、掌握运动的发展，准备继续召开大会揭批。各级干部积极呼应，为大会发言做准备。

11月13日上午，林乎加在工交组布置大会发言。他说：

> 我们要做好两篇文章，第一篇是揭露“四人帮”篡党夺权，他们把执行革命路线的人打下去，自己以革命“左派”自居。要揭发要害问题。他们在批邓开始就另搞一套，以批邓为名，从中央到地方要打倒一大批同志，达到反党夺权目的。我们要研究中央4、5号文件，与“四人帮”的讲话进行对比。用事实讲话，不要用似是而非的材料。揭发他们从1975年11月的打招呼会到1976年7月计划会议活动，这篇文章很有力量，可以送中央。第二篇，“四人帮”破坏国民经济。造成国家发展速度是大爬行。批判“四人帮”的谬论，“四人帮”认为一抓生产就是唯生产力论，一抓管理就是管卡压。对这个问题要论证讲清楚。否则，谁敢抓生产，谁敢抓管理。
>
> 上海有3000多企业。工人做工，农民种田，技术人员学技术，秀才写文章都有罪。这种做法是篡改马列主义、毛泽东思想，是破坏基本建设，破坏生产。对国务院安排的任务，上海愿干就干，不愿干就不干。上海胡子工程有1000多个。事故多，劳动生产率低，把上海的名誉搞坏了，丢死人了。凡抓四个现代化、抓生产的都是罪人。只有那些玩女人、打鸟、拿棒子打人就是顶革命的。工交组黄涛、陈阿大、黄金海这些人是什么货色，还要控制全中国?! 可

---

① 张国权，1940年生人，江南造船厂工人，1966年底造反，1970年入党，1971年进入复旦大学工宣队，后任工宣队负责人，1974年任国务院六机部核心组成员。

② 王守家上海出差工作日记。

是，有些人到现在思想还扭转不过来。

他说：今明天开中会，然后开大会。各条战线要拿出成果，摆出大量事实，揭露他们的破坏罪行。政治思想上被他们搞糊涂的，要纠正过来。

15日，徐良图、王守家出席工交组核心组会议，讨论翁俨若写的大会发言稿《“四人帮”以及马、徐、王批邓另搞一套，阴谋篡党夺权》。

如何选典型？林乎加在工交组谈到这个问题。他说：“选典型有两种，好事里找好人，坏事里找坏人。这就是实践，真理来自实践。一个单位搞得好，要向这个单位领导、群众学习。领导怎么领导，群众怎么干的。”为准备大会发言，在谈到如何写材料的问题时，他说：“典型是斗出来的，要有人的奋斗，转化过程。好，是怎么好的；坏，是怎么坏的，没有肉只有几根筋，不行。实事求是很重要。写典型要如实反映情况，不要为写典型而写典型。一是一、二是二。真正学毛主席反八股文风。不要在编造上下功夫。在编造上下功夫是修正主义，不是马列主义。”①

各单位核心组认真讨论研究发言稿，以保证所揭发的内容真实、可靠。11月18日、19日、20日连续三天，每天下午，在展览馆宴会厅举行上海区县局党员干部大会批判“四人帮”及其马、徐、王。同时设立分会场，拉线听广播。会议由周纯麟主持。

19个发言以批判揭露“四人帮”为主，再向下联系马天水、徐景贤、王秀珍。关于这三人的问题主要揭发了下内容：

上海民兵指挥部领导成员吴冬梅揭露“四人帮”、马、徐、王在上海策划武装暴乱的全过程。关于发枪一事，马天水在检查中只字未提，轻描淡写地说：“警卫处要求调换枪支弹药”，我“要廖祖康提个意见”，然后我“写个条子给王洪文、张春桥”。

吴冬梅的发言指出，事实真相是：1976年6月下旬，在“四人帮”授意下，王秀珍要民兵指挥部立即起草发枪报告。民兵指挥部根据“用旧存新”的原则，在报告中提出把两万新的半自动步枪入库。7月3日，马天水要指挥部全部下发，不必入库。并说，不要再报告。8月马天水得知这批武器还没有下发，就大发雷霆，要求“立即下发”，“明天就下发”。从8月15日到25日共发步枪73000多支，机枪200挺，八二迫击炮300门。毛泽东逝世的第二天，

---

① 王守家上海出差工作日记。

从凌晨到23时，仅22个小时，就发出子弹几百万余发，炮弹15000多发。

上海市财政局党委书记陈捷揭发“四人帮”为武装叛乱大搞物质准备的情况。他指出：在国家拨给的民兵装备计划经费外，马天水、徐景贤、王秀珍私自运用大量地方经费造枪买枪。1974年擅自增加718万元，1975年擅自又增加515万元，1976年用高达2050万元购置武器。王洪文亲自视察生产枪支的工厂，指使马天水等人决定正式投产。上海生产的雷达指挥仪，马天水、黄涛强行扣下10台归上海使用，并说：（上面）不给，就不生产。去年10月，王洪文、马天水、徐景贤察看了战备库。今年1月张春桥在上海市关于本市蔬菜问题的报告上写：“靠各省、市越来越靠不住，这是大势所趋。”黄金海叫嚷：“要准备打仗。”还问：“打起仗来粮食可吃多少时间？”要商业一、二局、粮食局准备“应变物质”，准备酱菜4万担、咸鱼10万到20万担等。

市委组织组领导成员马建村揭发“四人帮”的组阁活动。十大前王洪文、张春桥打着培养工人干部的旗号要上海准备100—150个干部，其中部长、副部长30名。他们强调选人标准是：“要对工总司有感情”，“档案只能做参考”，“社会关系复杂的也不要紧”。根本不讲接班人五项条件，只要对“四人帮”有感情，跟得紧，就是好的。十大召开前，马、徐、王去北京，将上海名单送给“四人帮”，王洪文、张春桥、姚文元一看，因亲信、小兄弟少，大为恼火。

面对事实，马天水承认说：我知道让调部长、副部长30人。

马建村继续揭发：他们想把黄涛拉进中央委员，遭到周总理的坚决反对。张春桥说，“我不愿多抽上海人来中央，现在有需要。”王洪文就与马、徐、王商议，硬把不是十大代表的祝家耀、汪湘君选为中央委员。王洪文深夜给金祖敏打电话。金祖敏、黄涛等连夜整理材料。汪湘君为一个特嫌通风报信，在材料中说她是“由于经验不足”。十大之后，王洪文、张春桥、姚文元一再说要总结教训，为什么在代表中找不出中央委员。他们知道要准备开四届人大，1974年3月，王秀珍到北京，住在王洪文处，和王洪文、张春桥、姚文元密谋选部长一事。7月金祖敏从北京回到上海，亲自找候选人谈话，最后确定了部长人选18名，司局级人选12名。四届人大前夕，马天水、王秀珍、金祖敏带着人大常委候选名单到北京，有陈阿大、朱永嘉等十余人。陈阿大当上了人大常委。毛主席粉碎了他们组阁阴谋，他们不满说：“各部的老干部一安排工作就宣布是部长、副部长，上海去的新干部，一个也没有明确当副部长。”利用反击右倾翻案风之机，王秀珍叫嚷：“中央各部老爷不好好弄不行！”“我们要多准备人。”“多送人去。”张春桥说：“你们准备都调走，上海不仅本市，还有个全国的问题。”

马建村质问道：马天水、徐景贤、王秀珍你们只是上海市委书记，有什么资格、权力向中央和国家机关各部派部长?！你们这样做不是凌驾于毛主席、党中央之上吗?！你们就是要篡党夺权。

市革委会工交组领导成员翁俨若揭发：1976年1月马天水、徐景贤召开座谈会，在会上散发有8位副总理名字的“科技汇报会议讲话记录”，马天水说：“科技会议讲话，可以捅下去。”徐景贤说：“你们回去可以印，油印机可以一天24小时开动。”1月下旬，张春桥说：“清华已经点名批邓了，上海要不要点名，你们看着办。”马、徐、王立即召开会议印发了科技会议、钢铁会议、国防工业重点企业会议讲话和工业二十条等12个材料，又大量印发到工厂、学校、机关，仅轻工业局就印了47万份。黄涛在今年7月计划工作座谈会上，以追经济领域右倾翻案风的风源为名，要打倒一大批中央领导人。他们的活动受到华国锋的批评。7月30日，华国锋在会上讲话后，工作人员整理记录，以便回来传达。黄涛说：“整理它干什么！”“这次会议，我看是走资派还在走的会议。”

市总工会党委常委干玉娥揭发，1974年初批林批孔时，张春桥说：“一月革命也不可能把所有单位的领导权都夺过来，有的夺过来又失掉了。”要再次夺权。要各级党委书记参加工会开的大会，各级党委对运动的部署，都要听市总工会的，整了一批党委干部，仅纺织系统就有65个党委书记靠边。中央文件先在工会传达。王洪文直接要求收集中央领导的材料。总工会收集了30多篇中央领导讲话，先后印发材料十几万份，涉及计委、外贸、财政、商业、交通、冶金、一机、四机等十个部委的负责人。王洪文把市总工会控制在自己手里，将陈阿大、叶昌明、黄金海、马振龙、戴立清等人作为常委中的常委，结成死党。王秀珍看哪个区、县、局党委不听话，就派工会委员到那担任副书记。马、徐、王包庇坏人，仅1972年底一次，将专政机关审查、判刑的48名老造反派头头，重新复查。所谓“复查”就是翻案，有的撤销原判，释放，不仅补发刑期内的工资，还给补助。

市革命委员会外事办公室副主任袁冬林发言：张春桥在市常委会上说，出席联合国大会的人都是戴眼镜的，驻外大使没有工人出身的，提出上海要培养工人大使。在张春桥的催办下，1972年初挑100多人，其中80人送复旦培训两年。1974年分配这批培训人员时，王秀珍说：“要相对集中，调配权在市委，随时可以调动。”马、徐、王利用外事机会，整材料，攻击王海容、唐闻生。“四人帮”要整倒王海容。毛主席说这是借刀杀人。今年4月，徐景贤、冯国柱硬要把上海编印的攻击中央和地方的材料给杨振宁，要他到复旦看大字报。杨振宁私下说：“上海为什么同北京的气氛不一样？中国会不会乱？会不会出问题？局势究竟会怎样发展我还吃不透，过两三年再来看看。”

马天水当场承认：江青恨王海容、唐闻生，我支持反对王、唐的人。

上海警备区副政委章尘揭露“四人帮”、马、徐、王把手伸到警备区，但是只拉过去三个人。他们不甘心，利用批林批孔，派记者、联络员到警备区。将批林批孔办公室凌驾于常委之上。指使干部写告状信，张春桥、王洪文收到后，说：“现在是彻底揭开警备区领导机关阶级斗争、路线斗争盖子的时候。”本来警备区是归南京军区和上海市委双重领导，可是马、徐、王只召开上海市委常委、警备区党委常委会，整得周纯麟当场心脏病发作，住进医院。马、徐、王秘密策动警备区的一些人到南京军区送大字报，想搞乱、整垮南京军区。今年2月打招呼会，不让主持工作的李宝奇政委到北京参加会，却让被拉过去的副政委李彬山参加。王洪文对李彬山说“李宝奇的历史，你要了解一下。”王秀珍散布：“李宝奇是邓小平派来的。”警备区一个干部写信要王洪文当主席，张春桥当总理。部队派人调查，马、徐、王指使人出来包庇，说是认识问题。要把毛主席树立的好八连旗子拔掉，马、徐、王鼓动八连给“四人帮”写信告警备区领导状。妄图把军队搞乱。他们要民兵指挥部和人武部合并就是要吃掉人武部。在民兵中散布南京军区的流言蜚语，制造上海民兵与警备区对立。

出版社党委副书记张洁揭发，1974年，姚文元炮制文章打着批吕不韦的幌子批周总理。江青说：“这篇文章好就好在批吕不韦。吕不韦是宰相。”批孔丘也一再点明孔是宰相。周总理逝世后，马天水下令报刊一律不许登悼念周总理的文章，《上海少年》登了《周总理来到少年宫》，遭到“四人帮”和马、徐、王的指责。今年2月，张春桥说：“要注意阶级斗争新动向，要警惕出修正主义，在党内，在中央。”今年5月20日徐景贤说批邓还要揪挂帅人物。今年第4期《学习与批判》在登华国锋任第一副主席、总理的同期登蒋介石上台的文章。7、8月，姚文元下令编赫鲁晓夫是怎样上台的材料。马、徐、王立刻下令翻印赫鲁晓夫秘密报告，登了蒋介石上台，袁世凯上台，宋朝反对改革的司马光上台的文章。张春桥写了《论对资产阶级的全面专政》，王洪文秘书萧木吹捧张的文章“丰富了列宁的思想”。今年6月12日张春桥说，读毛选四卷，“越读越感到对今天各阶级的情况，真是不甚了了”。

复旦大学党委书记侯赞民揭发：去年反击右倾翻案风中央还没有部署在全国展开，“四人帮”抓住北大、清华，通过两校指挥全国。马、徐、王抓住复旦大学、师大为窗口，南北呼应。张春桥亲自把清华、北大的材料寄给马、徐、王。马、徐、王立即下令复旦、师大转抄贴出，然后再印发。违背中央规定：“注意不要层层揪邓小平在各地的代理人。”王洪文打电话给徐景贤：“要点一批部老爷的名。”王秀珍说右倾翻案风时，“中央各部都没有顶住，只有文化部顶得住，是独养儿子。”

侯赞民揭发：徐景贤知道一个分配到国家建委的学生到上海出差，他的笔记本有中央领导在科技汇报会上的插话，欣喜若狂，马上派人找到这个人，从他的笔记本中抄下来，印发。当时有的同志提出，材料上有这么多副总理的名字，这样印好不好？徐景贤说：“如实反映嘛！可以印发。”并说翻印时“不要一个版本，版本越多越好，让人家不知道从哪里来的”。从江西弄到一份江渭清传达12省市讲话，马上派人到复旦大学要以最快速度打印出来，发到班组，并要复旦大学转告各个单位。同时组织150万人到师大、复旦看大字报，每天多达几万。很多人提出意见，认为这是违背中央不准进行串连的决定。马天水说：“这不是大串连，这是交流经验。”他们拉外地造反派头头来看大字报，有江西、浙江、山东、江苏、安徽等省。外地来的头面人物，马、徐、王亲自接见，进行密谈。他们的策略是“稳住上海，搞乱外地”。华国锋当了代总理，徐景贤说：“不一定水平最高的人、最好的人当第一把手。”徐景贤还组织留学生到复旦大学看大字报。

《解放日报》社党委书记王景揭露《文汇报》3月5日删去周总理对雷锋的题词后，引起全国人民的愤恨，马、徐、王十分惊恐。王洪文打气，说：“这是屁大点事。”张春桥说：“不要批评报纸了。”姚文元说：“这样的事多的是。”4月1日，徐景贤到《文汇报》社说，“你们经受了斗争风浪的考验”，“向你们致敬”。今年7月，国务院召开计划工作座谈会，马、徐、王利用望亭30万千瓦机组发电，大肆宣传，造谣说国务院不准上海自力更生制造这个机组。姚文元亲自审定新闻稿。其实这个机组还没有达到设计标准，有人对现在就宣传提出不同意见。马、徐、王、朱永嘉置之不理。国务院以废铁价格买进一条船，他们歪曲事实，作为洋奴哲学的典型攻击国务院领导。在批判的同时，却打电话给交通部要再多要几条这样的船。

电影局党委常委江雨声发言指出，今年2月，徐景贤背着江苏的原作者，亲自修改《欢腾的小凉河》，将1972年改为1975年，加强了走资派人物的镜头。企图以此来打南京。徐景贤还说剧本不要用农业学大寨的口号和提法，他说："他们的那些提法，我们不要去用。"他们、我们划得很清楚。电影中将实现四个现代化作为修正主义来批判。今年5月，王洪文说："要写文化大革命，十年了，应该写好。"徐景贤加紧拍摄《盛大的节日》，要12月完成。这个电影以安亭事件为背景，突出人物是张春桥、王洪文的化身，也宣传徐景贤如何造反。

市革委会科技组领导成员许言发言，揭露"四人帮"破坏基础理论研究，大肆破坏国家科研项目。一个海军项目，毛主席7次批示，周总理11次批示，"四人帮"百般阻挠，不安排研制和生产。张春桥说："我们是大陆派，现在导弹、火箭都很发达，装在陆地上可以打到任何地方，海军不必大搞。"对国务院安排的项目，他们不是顶着不办、砍掉，就是霸占机构、场地、经费。有人提出应该将国家项目放在第一位，他们就给你戴上"想搞条条专政"的帽子。陈阿大等人说："吃上海的饭，就要为上海做事，不干地方的事，不给饭吃。"1968年派戴立清来科技组当第一把手，他根本不懂党的组织原则和政策，3年制造冤案，拉帮结派，破坏科技工作。

市农林局常委书记董家邦揭发"四人帮"批判华国锋在农业学大寨大会上的讲话。毛泽东、华国锋主张由生产队所有制向大队所有制过渡必须有两个条件，一是大队要有强大的经济力量，另一个各个生产队之经济大体平衡。今年6月5日，张春桥批示说："要抓各种典型，特别是穷队典型，有全国意义。"王洪文说："不想搞穷大队过渡，就是不想搞革命，反对农村所有制变革。"马、徐、王跟着喊："穷队不够条件也可以过渡。"朱永嘉的话泄露了天机，准备半年后出一本书，像毛泽东编的《中国农村的社会主义高潮》一样，写序言、加按语。还说：《中国农村的社会主义高潮》一书出得晚了，等到出来，高潮已经过去了，这次要抓得早，要写在高潮到来之前。要制造出一个超过马列主义、毛泽东思想的"张春桥思想"。

市革委会综合统计组负责人韦明发言，揭批"四人帮"马、徐、王搞乱企业管理、国家计划，造成严重后果。上海基本建设投资不断增加，职工数目逐年增加，而生产发展速度逐年降低，积累水平年年下降，近3年工业产值增长的绝对数，还没有基本建设的投资多。财政收入3年未完成计划。轻工业部检查上海一个产品的质量问题，张春桥大骂轻工业部，说："这是一个大阴谋。"重大交通事故逐年上升。主要产品的燃料、材料、电力的消耗不断上升，浪费严重。张春桥说："革命搞好了，生产自然而然地上去。"1971年全国钢铁结束十年徘徊,1973 年创造历史最高水平。而这几年由于“四人帮”的破坏,年年完不成任务。张春桥却说:“不要怕下降速度,下降也可以。”一个钢厂的屋顶积灰长期没有人负责清扫,积到 1.9 米之厚,造成厂房倒塌,停产一个半月。他们把抓生产的、做工作的,都看作是唯生产力论,路线斗争觉悟低的罪人;那些说空话、搞阴谋、吃喝玩乐的腐化堕落的反倒成了最革命的。上海异型钢管厂是 1958 年的红旗厂,批林批孔时在王洪文的怂恿下,一个有严重问题的人要批判、打倒厂领导,搞得生产大幅下降。上海织布女工毛信贤,连续 27 万米无次布,《文汇报》发了内部情况,国务院的领导同志看到批示要学习。北京市纺织局派人来跟班学习。王秀珍知道了大发脾气,马天水打电话给上海市纺织局党委负责人,追查是谁给报社材料的,还要查毛信贤的出身和社会关系,企图迫害她。

韦明说:在轻工业局掌权的马振龙贪污、盗窃大量财富,供“四人帮”和他们挥霍、享受。在他的柜子中搜出 600 多种轻工产品,其中手表 90 多只,现金 7000 元。“四人帮”所谓讲路线、讲相互关系、讲领导权的“三讲”,就是要“改朝换代”,以“帮”代党,取消党的领导,把领导权掌握在这些资产阶级分子手中。在一次座谈会上,有人提出对阿飞流氓打群架要严肃处理,张春桥却说:“不要只看到他们现在打架,他们有长处,将来打起仗来会很勇敢。”张春桥听到个别青年工人工作时间到外面捉蟋蟀,竟然说:“不要批评,领导干部应当同他一起去捉蟋蟀,先培养感情,而后再做思想工作。”弄得大家哭笑不得。

韦明说:1973 年交通部两次正式来文,要上海生产 300 吨的大平板车,他们置之不理。1974 年交通部要准备进口大平板车,黄涛又说:“上海能制造,为什么进口?”生产出来后拿到全国会议上作为进攻交通部的武器。上海生产出 32 吨矿用载重汽车,国家计委要上海扩大生产,并主动给投资,黄涛却拒绝说:“我不听他的,上海不搞,不搞就是不搞。”粉碎“四人帮”后,广大干部群众长期受到压抑的社会主义积极性像火山一样爆发出来,10 月钢产量达到今年最高水平,全市工业总产值比去掉同期增长 5%。

上海市外贸局党委副书记胡瑞林说:“四人帮”一讲到出口,他们就说你是“投降卖国”。把进口与独立自主、自力更生对立起来。攻击“外贸部是卖国部”,“比慈禧太后还坏”。马天水污蔑外贸部:“人皮也出口”。

马天水当场承认:我讲过。

胡瑞林说:为了贯彻毛泽东指示“要扫仓库”,今年 6 月初中央政治局决定开展这项工作。张春桥却借此机会,另有打算,连续给马天水写信。马天水下指示："这次清仓，要解决路线问题，这里面有很多的不平等，有投降卖国的东西。"还特别规定，只能提上面的问题，不能提上海的问题。派记者来整理材料，仅 8 月一个月通过报社攻击外贸部的材料就有 30 多份，为"四人帮"提供炮弹，向党中央施加压力。由张春桥授意、姚文元定稿的一份材料《外贸部推行邓小平修正主义路线的一些情况》，由王洪文批准印发给出席全国计划座谈会的人员。材料诽谤外贸部是"包外国资本家发财"，"在国外捡破烂"。姚文元在材料上加上：要"自动采取措施"，黄金海跟着说：要"派一千个工宣队[①]员到外贸部去"。"四人帮"要马天水向外贸部送大字报。想从外贸工作找到突破口，打倒中央、国务院领导。今年 3 月张春桥说："在我们党内，首先在政治局内部有资产阶级，有买办资产阶级。"实际"四人帮"才是崇洋媚外的修正主义者，仅今年 5 月一次进口影片 550 部，为了译成中文，花了上百万美元进口设备。在他们眼里什么都是外国的好，连洗头水也要进口。王洪文坐的车的喇叭坏了，指定要进口西德的。王洪文用的钓鱼竿是从抄家物资中拿的进口货。他们在这方面的所作所为，比林彪反党集团有过之而无不及。

市法院党组书记宋季文揭发，早在九大之前，张春桥为了打倒叶剑英，将叶剑英的亲属逮捕，秘密交市专案组审查，大整叶剑英的黑材料。将叶的亲属判了 7 年徒刑。十大前夕，知道叶要当副主席，特别安排徐景贤给王洪文、张春桥报告，王洪文批示"表现好，提前释放"。张春桥画圈同意。1968 年张春桥在听取市委专案组汇报时，抓住李富春副总理的一句话，陷害李富春，王洪文批语："要继续追查。"张春桥批语："要迅速追查。"今年，马、徐、

---

① 工宣队：1968 年 7 月 27 日经毛泽东同意，北京市成立"首都工人毛泽东思想宣传队"（简称工宣队）进驻清华大学，制止武斗。同月 28 日，上海成立工宣队领导小组，由王洪文、陈阿大负责。8 月 25 日中央发出《关于派工宣队进驻学校的通知》，同日姚文元发表《工人阶级必须领导一切》，从 1968 年 8 月到 1969 年 1 月，上海由 9 万多名工人组成工宣队队进驻全市 1971 个大专院校和科技、文化、卫生、机关、中小学校等单位。1967 年后，以"造反早"、"敢于斗争"为标准，张春桥、王洪文选定了 128 个党员（工人代表）调到市革委会各部门和区、县、局重要部门。此时，张春桥、王洪文将"工宣队领导小组"下属的"工宣队办公室"扩充为 5 个办公室，同市革委会原组室合并，从"工总司"委员中抽调王秀珍、戴立清、黄金海等 26 人担任这些组室的实际负责人。从此，王洪文的班底全面掌握市、区、县、局的领导（除徐景贤领导的文教系统和写作班子）。工宣队进驻各单位后，领导各单位"斗、批、改"，基本上执行一套左的做法。1970 年随着各基层单位革委会的建立，除文教、科技单位外，工宣队基本撤离。到 1974 年全市尚有 1 万名工宣队员。1977 年 11 月中共中央批准教育部党组《关于工宣队问题的请求报告》，工宣队全部撤离进驻单位。（以上根据：中共上海市委党史研究室：《上海党史大典》第 129 页，上海教育出版社，2001 年。徐景贤《文革名人——最后回忆》第 181—183 页，星克尔国际有限公司，2013 年。）

王、王少庸多次布置法院整全国最高法院院长江华的材料。徐景贤说，辽宁早已整理，上海为什么落后了。1971年市公检法领导小组发现黄金海贪污，将材料报送市委，杳无音信。马振龙参与一个反革命集团，干了许多坏事，法院要给马判刑。王洪文下令，不许处理，并加以重用。有人反对马振龙，只是一般违法，却被关了好几年。法院认为应该释放。马振龙不同意，给马天水写报告。马天水要法院听马振龙的。法院去找马振龙，马振龙拒不见，说："搞我马振龙就是分裂市革命委员会，就是矛头指向王洪文。"1974年春，张春桥妹妹因医疗事故而死亡，张春桥说是在路线斗争中死的，马、徐、王立即成立专案组，说是政治陷害，找不到材料也要判医生十年徒刑。"文革"初期，江青提出"砸烂公检法"，张春桥说"现在国家机器要彻底砸烂，另起炉灶。"毛主席针锋相对提出："对公安工作要一分为二。"周总理在公安15次会议上肯定毛主席革命路线在政法工作占主导地位。马、徐、王对这些情况都是清楚的。去年11月马天水却说："法院工作符合社会主义的东西不多。"

马天水低头认罪："我说这个话是错误的。"

宋季文说：王秀珍叫嚷法院内"右倾保守势力严重"，策划从组织上改组法院。

中共杨树浦区委副书记周新珍揭发，1967年12月张春桥在筹备工人大会的会上说："安亭事件我为什么支持你们，巴黎公社马克思开始是反对的，后来群众起来了，马克思就支持他们。"还说："现在你们是工总司委员，过了几年，你们有的可能是市委书记、副书记，有的是中央部长、副部长。"他们将王秀珍、金祖敏、陈阿大、叶昌明、汪湘君、黄金海、戴立清、马振龙安排在市总工会任职。王洪文调中央工作后，继续抓住总工会主任的位置不放，使市总工会自成体系。王秀珍说："王洪文已不是上海的工人领袖了"，"要搞好我们的工作，使我们的主任放心"。1968年底张春桥接见部分工人代表说："工会可以发号施令，党组织不执行是错误的。"王洪文一到上海首先到市总工会，和小兄弟开会。王秀珍说："我们新干部要发挥作用，我们头上的角不要磨掉，不要失去新干部的作用。"在反击右倾翻案风中，王秀珍和叶昌明、陈阿大、黄金海等人对区委领导分析研究，通过工会召开经验会，层层揪邓小平的代理人和大大小小的"还乡团"。同时重用他们熟悉的人。有一个人品质很坏，在几个单位工作都被赶出来，因王洪文对他熟悉，就派到一个区委任副书记。还有一个人被公安机关拘留，因是王洪文的小兄弟，王洪文指名释放，王秀珍、金祖敏策划，王洪文批准入了党，安排到区里工作，成为区里的小霸王。叶昌明、陈阿大本来是一伙地痞流氓，王洪文说："什么阶级分析，只在表现好就行。"王秀珍说："上海要处理好与老头头的关系。"批林批孔时乘机对有问题被处理的老头头鸣冤叫屈。1974 年王洪文打电话："陈丕显要解放，一批下台的老造反也要落实政策。"王洪文、王秀珍借落实政策，重用一批坏人。这批人有：攻击毛泽东主席、反革命集团的成员，破坏上山下乡的犯罪分子，奸污女学生的流氓，五毒俱全的坏分子。

市委办公厅招待处党委副书记王健揭发王洪文生活奢侈，去年王洪文来上海 3 个月，用 2.36 万元（游崇明、佘山、金山的费用没有计算在内）。他喜欢吃鱼唇、海螺，市场没有，派人给他下水摸，有时派三辆车采购。王洪文除了吃喝就是作乐，每天下午 2 时才起床，总要玩上三四个小时，打扑克、游泳，玩腻了就到外面钓鱼、打鸟。王洪文钓鱼时，让工作人员倒茶，送毛巾擦汗。为了夜间打猎，要工交组两天改装吉普车。他打猎，警卫处长跟着装火药、捡兔子。几乎每天晚上看电影，徐景贤说："先弄一部轻松轻松?"看完了，又说："还有胃口，再来一部。"假借以社会调查、视察为名，到上海崇明等地兜风，不谈工作，喝得酩酊大醉。群众气愤地说："这是真正的百鸡宴。"这些活动，马、徐、王积极参加。王洪文在北京半夜三更要请客，打电话给上海，要上海给他送食材。马天水慨国家之慷，每月给王洪文高额补助。

张敬标负责办公厅，这时交代："两年半中给了 7500 元。"

马天水叫苦："王洪文要，限制不住。"

王健揭发江青生活更是穷奢极欲。规定吃童子鸡要孵出 25 天左右的，煮汤要老母鸡，不要鸡头、鸡脚、内脏，必须都埋掉，不准别人吃。鲫鱼要老杆 10 两，而且只吃肚子上的两块肉。菜要将菜筋抽掉。要吃麻雀，300 人给她抓。酱油也要进口的。她房间的温度差半摄氏度也不行。困难时期，她养猴子，用白糖、白面、水果喂。江青要学开汽车，看摩托车表演，派几百个战士整场地。她要骑马，张春桥给她挑马。江青更爱看电影，3 次来沪看了 200 多部。江青有四怕，怕风、怕光、怕声音、怕见人。散步不能碰到工人、警卫人员。有一次碰到一个战士，战士向她敬礼，她马上告诉张春桥。张春桥训斥这个战士，说"行礼，是打扰首长思考问题"。她在前面走，后面警卫背着椅子跟着。江青不顺心，将这个警卫审查了好长时间。张春桥、姚文元从 1966 年底成立"张办"，长期占用一处招待所，里面保持 2 个秘书、5 个警卫、2 个驾驶员、6 部汽车。徐景贤、王秀珍学得快。王秀珍经常进出饭店，吃饭不给钱，共吃补助 2497 元，吃了还往家带。徐景贤要别人治病用"一根针，一把草(药)”，自己治病，要医院从国外进口19种药。做假牙要用黄金，还嫌材料不好，要医生打报告，他说：“应该用的还得用。”王秀珍用外国毛线织毛衣，线不够了，要工交组布置给工厂。工厂专门为她投料、配色生产。成品出来了，她只要半斤，付了5元钱。王洪文对身边工作人员完全是一副老爷式的态度，从来不理睬，动不动就要人家“滚蛋”。我们许多同志为毛主席、周总理服务过，亲眼看到毛、周日日夜夜工作操劳，艰苦朴素、平易近人。更加怀念毛主席、周总理。

市委办公室工作人员秦富根发言：1975年7月下旬，王洪文受到毛主席的批评，他躲到上海说：“我是压不下去的，即使被压下去了，也总有一天会起来的。”11月王洪文回到北京，11月29日深夜让秘书打电话，要上海把收集到的中央国务院领导同志在1975年间所有讲话材料连夜找出来送往北京。马天水将材料分两次送去，一共19份，其中有：《华国锋、李先念、王震两次接见全国财贸工作座谈会带队同志时的讲话》《华国锋、陈永贵同志在全国棉油糖麻生产会议上的讲话》《国务院领导同志在各省、市委书记会议上的讲话》《中央领导同志接见全国工业书记会议代表时的讲话》等。王洪文看了这些材料，连说很多材料从来没有看到过，很有用。今年2月22日晚上到京西宾馆马天水的房间，对马、徐、王说：“我从上海回来，开了二三次政治局会议，把×××的传达记录一读，很多人不知道。邓小平说有些地方记不起来了，有些话我没有讲过。我就说，你不是一句两句话，而是一条路线。”以后，王洪文又让秘书来要材料。我们把这些铅印材料按平时发文送市委书记周纯麟，马天水知道后暴跳如雷。

秦富根一连向马天水提了几个问题：你是老干部，为什么这几年紧跟“四人帮”不能自拔？难道一点不了解“四人帮”的底细？张春桥老婆文静的叛徒问题，你能不了解吗？为什么让她享受市委常委的政治、医疗、生活待遇？对王洪文的小兄弟陈阿大、戴立清、黄金海、马振龙是些什么样的人，你不了解吗？为什么扣下群众检举的材料？1973年有人揭发戴立清腐化问题，马天水、王秀珍十分惊恐，不但不严肃处理，反而找揭发同志谈话，要他们“严格保密”，并威胁说，谁讲出去，一切后果由他负责。同时将戴立清送到后方基地，向他许愿：你先过渡一段，然后到市革委会工交组当主要负责人。马天水一看到群众揭发“四人帮”的材料，明明知道这些材料是事实，却责令公安部门彻底追查，甚至拘留审查。强令这些同志的所在单位“发动群众进行批斗，要批倒批臭”，实行法西斯专政。你是上海市委书记，却将手伸得那么长，有什么权力去管各省、市，管各部委的事情？

会开到最后，周纯麟总结说：很多人要发言，明天下午二时开大会，再由马、徐、王补充交代。

会后，这些揭露出的“四人帮”及其马天水、徐景贤、王秀珍的大量材料，印发到各个单位。

在大会发言的有的是受打击的干部，也有的是知情人。何谓知情人？就是跟得紧、办事多，与马、徐、王、黄涛、陈阿大关系密切者。如果按照“四人帮”在“文革”中层层揪人的做法，马、徐、王做完检查，就该这些人做检查。“四人帮”垮台后，虽然以前他们之中一些人也不满意“四人帮”的做法，但内心惴惴不安，不知哪天自己会挨斗、被隔离审查。现在他们能站在台上揭发批判“四人帮”及其马、徐、王，他们有机会悔过自新，争取群众谅解，得到解脱，因而万分激动，将一腔怒火指向“四人帮”，指向马、徐、王。

大会一连开了三天，每人发言后，全场振臂高呼，口号声不断。口号内容多是：在华主席为首的党中央领导下，把反对“四人帮”的斗争进行到底！打倒“四人帮”反党集团！彻底清算“四人帮”的反革命罪行！顽抗到底，死路一条！不获全胜，决不收兵！伟大的、光荣的、正确的中国共产党万岁！口号震动环宇，人们以十年来未有过的兴奋，深感第二次解放的快乐，纷纷说：报应，你们也有今天。多行不义必自毙。

马天水、徐景贤、王秀珍继续补充揭发、交代

21日下午，马天水、徐景贤、王秀珍在区县局干部大会作补充揭发交代。

首先由马天水交代、揭发，这次他交代了10个问题。根据王守家出差上海工作笔记和秘书组11月25日印发材料整理，删去口号、吹捧或扣大帽子的话与前面揭发重复的，主要是以下内容：

（一）我怎么陷入“四人帮”而不能自拔的？“四人帮”为什么要我主持上海工作？有如下原因：一是，我比较早地得到解放，对张春桥感恩戴德；二是，1968年“四一二”事件中，我保了张春桥。三是，我对有极少数所谓的新干部，实际上是王洪文的小帮派，其中有的是流氓，有的是新生的资产阶级分子，支持他们，纵容他们，后来发展成为包庇他们；四是，“四人帮”内部常有矛盾，狗咬狗，往往

在上海不同的战线上表现出来，我根据张、王的意图，搞调和，搞折中。不使“四人帮”狗咬狗臭事暴露在党中央和全市人民面前。此外，更为重要的是，我不是九大的代表，把我安排进了九大的候补中委。

我主持工作以后，准备十大，周总理召集政治局包括各省市第一书记会议，传达主席提议，酝酿王洪文当党中央副主席候选人的事。有的同志不大赞成。我打头阵表了态，说：我同王洪文相处一段时间，觉得王洪文看问题还比较全面，不是一个冲冲杀杀的人，他在上海主持过一段时期的工作，我感到他比我强。等到十大散会后，江青见了我，把我的手握得很紧，很亲热，和以前态度大不一样。后来，开会时经常到上海组看我们，又送书，又问好。

王洪文当选副主席后，我在京西宾馆招待祝贺，参加的有王洪文、徐景贤、王秀珍、黄涛，谈今后还会有斗争，我们一定要斗到底。目的是为了巩固“四人帮”的地位而斗争，为“四人帮”篡权而斗争。我当时的反动思想是，认为在党中央有几个靠山了，对我的工作也更有利了。王洪文几次讲周纯麟不可靠。

（二）批林批孔开始时，张春桥恶毒攻击敬爱的周总理。江青攻击一位老帅，又讲十一次路线斗争开始了。张春桥于 2 月 27 日给上海来信，说：“老实说，从严格意义上来讲，一些方面，一些单位的权并没有夺过来，在一月风暴中，有的夺过来的权又失掉了。”这封信，市委常委讨论过了，我们还到基层去煽风点火，扩大了打击面，批判打击了一大批干部。

王洪文当时抽上海的人和工农兵学习班的人去中国人民解放军三个总部，目的就是搞军队的材料，揪军队的领导，特别是揪所谓军队的旧势力。“四人帮”借批林批孔整军队，借机整警备区，整周司令和其他同志。张春桥问我，李宝奇怎么样？我说，不怎么样。张接着说，我早说过，不要换人，越换越不好。我们还根据“四人帮”的黑旨意，煽动张宜爱、李彬山写黑信，告恶状。用很多阴谋手段，收集警备区以及南京军区的材料，还插手上海的空军和海军。

（三）“四人帮”妄图改组国务院的很多部，阴谋组织“四人帮”内阁，架空周总理。张春桥说，我关心的是上层建筑和生产关系的革命。张还说邓小平一伙人，是物质迷，人大报告一定要写进1980年、1985年钢、粮的主要指标。经他反对，没有写上。邓小平去年6月12日来上海，王洪文在前一天打电话告诉我：邓小平来上海后，可能要找你谈话，请你注意。我就提起警惕，当他谈到批唯生产力论，谁还敢抓生产呀，上钢五厂生产搞得还好嘛，我就说上钢五厂就因为批唯生产力论，生产才上去的。“四人帮”控制的舆论工具和中央文件精神有很多地方不一样，但我们把“四人帮”控制的舆论工具，特别是把清华和梁效的文章，都看作圣经一样，组织动员学习。

(四)在张春桥煽动下，整理中央领导同志的黑材料。去年七八月份，我看到北京、天津处理知青工作情况，怕影响上海。当时向姚文元汇报。姚说，这是毛主席指示嘛，要统筹解决嘛，可以向毛主席、党中央发电报嘛。市委发电报给中央和国务院，请求统筹解决。我连续向张春桥打过两三次电话。他给我来了一封信，大意说：我知道你现在有很多难处，比较烦恼，我现在处境也很困难，也无能为力，不要急，今后慢慢会好的。他还讲看完要烧掉。我只给徐景贤、王秀珍看过。黄涛弄来了邓小平在去年8月18日会上的讲话，说现在的问题“积重难返”，我和徐景贤、王秀珍、黄涛一面骂人家，一面就收材料，准备反击。

1975年11月19日，在万人育体馆开会，(是)得知了政治局在批判刘冰等人的信，我们以为时机到了。今年1月初，我向张春桥汇报煤、电、油等生产情况时，张春桥说：你要注意阶级斗争的形势，要注意大事，不要老抓一些小事。于是我收集多部委的材料。召开座谈会，煽风点火非常积极。

我们几个人议论过谁当总理，我内心是赞成张春桥当总理的，但根据他的特点，不适合搞行政工作，搞中央工作倒合适，就是由他来主持中央政治局工作的意思。

(五)今年2月打招呼会议，2月19日(徐景贤交代是20日下午)张春桥来上海小组说，邓小平说他不搞阴谋诡计，到你那里讲的一通不是阴谋吗。你不要以为讲过了，(在这次会上)不讲了，包括电报里的内容还是可以讲的。还有进口那么多，石油出口1100万吨，弄得自己停产，都可以讲嘛。我在小组会上讲了话，出了简报。但张春桥感到我们的发言调子还不高，责问我们：你们的气难道都出光了，看了你们的简报，气还没有在家里写的电报大。于是，第二天我们加足气，对邓小平和右倾翻案风大攻了一通。张春桥在2月23日来上海小组说：邓小平这批人，就是买办阶级，把中国工人劳动成果送给人家，把石油垄断起来，猪肉垄断起来，是垄断资产阶级。还胡说比蒋介石还厉害。蒋介石垄断不了全国，他们垄断了。2月22日毛远新等人窜来上海小组时，毛远新说，大学我们自己可以搞，经济上他们（指国务院）卡我们。毛远新说，他们不仅代表资产阶级，而且代表买办阶级。回来以后，我同意了朱永嘉要调查外贸的情况，以给张春桥提供中央领导同志的炮弹。

会议结束时张春桥找我们三人到钓鱼台谈话，讲，阿Q和小D打架后面是赵太爷挑动，赵太爷就是走资派，层层揪走资派。

我向张春桥汇报，《解放军报》很少报道批邓的消息。南京事件[①]开始时，张春桥要我们把《文汇报》接到的有关指责他的来信都报给他。我还通过各种渠道了解中央有关部和有关省的情况。谢静宜、迟群对徐、王讲了政治局领导对批邓的态度。他们都向我讲了。

（六）插手外地，分裂兄弟省。有机会就宣传我们的观点，比如广播电视会议，我和徐景贤、王秀珍又是访问，又是宣传，又是送材料。我们还插手了外交部运动，江青在今年2月份，大骂王海容同志。我们心领神会。后来，“四人帮”来电话告诉我们，外交部的事，你们不要多问。教育部周宏宝来上海，本来已调出上海了，我们对他做工作，要他和迟群不要对立。我支持民航局的人向“四人帮”写信告状。1974年到外地去开会，布置工作人员上街去看大字报，抄大字报。

（七）不经中央批准私自在地方引进两条武器流水线，作为“四人帮”生产武器的自留地。超产计划不经上级机关同意就捞来分配。由某厂专门造了一艘巡逻艇。今年，我为什么要这么急着发枪？我和徐景贤、王秀珍三人经常地议论主席百年之后会不会打内战、闹乱子，特别主席逝世前后，我们议论得更多了。

---

① 指1976年3月底南京人民悼念总理，反对“四人帮”之事。

（八）再补充一点包庇坏人，压制反对、抵制他们的革命同志。原文教组的一位负责人，因为他知道江青30年代的一些情况，在四五十年代议论过江青的问题，张春桥对他恨之入骨，硬要把他打成反革命。张春桥在1968年，为林贼大建招待所，要布六千尺。有一位组办负责同志提出了不同看法。张春桥就把这个负责同志关了几年。小兄弟的问题，我向王洪文汇报时，王洪文却说，这些人有些问题，但在关键时刻还是有用的。其中有些人在这次武装叛乱中就起了作用。王洪文死保，我丧失原则，不敢向党中央报告。我是一个受党教育多年的老干部，为什么这样，一是私心重、保乌纱帽。二是我有野心。张、王说：你管国家经济最合适。做了"四人帮"在上海的代理人，做了资产阶级在党内的代理人。

（九）在上海的经济工作上，自搞一套，搞独立王国。张春桥不懂工业生产，多次讲只要抓阶级斗争，生产可以自然上去。张春桥讲农场只要抓阶级斗争，颗粒无收也行。上海把无产阶级文化大革命初期的一套，什么大组套小组，上下一般粗的组织机构固定化。在计划上没有综合平衡，"四人帮"一句话就是计划，什么人都可以批基建项目，但是，国家急需的项目，可以迟迟不解决。一定要搞新建的，贪大求洋。很多人民急需的项目，排不上队。对科学技术研究也有很大的破坏。黄涛、陈阿大也干了不少坏事。很多干部不敢抓生产，怕戴上唯生产力论的帽子。在生产上造成了严重的恶果。生产增长率逐年下降、劳动生产率的增长率也逐年下降，但成本上升，单耗增加，事故增多。出了事故往往去找英雄、找烈士，不追查，不处理。

（十）今年10月政治局召开的打招呼会议及会后的表现。（业已述及，略）。

徐景贤这次做补充揭发、交代，终于将自己与"四人帮"联系在一起讲，但仍将"四人帮"、马天水的错误放在前面。根据王守家出差上海工作笔记和秘书组11月25日印发材料整理，删去口号、吹捧或扣大帽子的话与重复的，内容如下：

一、"四人帮"妄图篡夺党和国家的最高领导权，蓄谋已久，但是觉得他们篡党夺权的最大障碍，就是人民军队。

他们大搞反军、乱军。1975年8月王洪文在上海时，反复对马、徐、王说："军队不可靠。""政治谣言都是从军委扩大会议以后传出来的。在军委扩大会议上，那些老家伙乱讲，发泄不满。"他攻击好几个兵种、大军区的领导。

张春桥是"四人帮"中摇鹅毛扇的。今年2月会议，他来京西宾馆，说："部队，我们有处理林彪问题的经验。"王洪文的秘书萧木谈到天安门广场事件时，说："在天安门广场最乱的那一天，春桥在人民大会堂里面往外看，他甚至想：假如军队把枪口都掉过来（就是对准'四人帮'），那怎么办？"

今年2月21日晚上，江青对我们说："现在军队的报纸、文化的领导权，意识形态的领导权，掌握在混进部队的、没有改造好的知识分子手里。""等到部队搞好了，问题解决了，我再穿上军装，再戴上红星。"1967年上半年，姚文元伙同张春桥支持一些人冲南京军区。姚文元有一条基本的理论："军队就是保守派的后台。"1975年7月姚文元来上海，还攻击叶副主席。某师的一个干事写了一句"赫鲁晓夫式的人物就在上海"，我连续批了几次，连他回家结婚都不放过。

十届二中全会期间，张春桥当着上海全体中委、候补中委的面，训斥周（纯麟）司令，把周司令整得心脏病发作。某政委来上海时，张春桥借部队里发生的一起事故，拍桌大骂这位政委。我也当了打手。张春桥对马、徐、王说："新来的（指李宝奇）不一定比原来的好。"我狠批了李宝奇政委，在会上责问某副政委等说："你们来警备区，究竟是谁派你们来的？带着什么任务、什么感情来的？"张春桥说："所谓正面教育就是不批首长，至于批邓、批论点，当然可以批"，"（部队）稳定，不是不要搞批判。"所以我回上海后，积极主张部队"搞批判""批论点"的，而且我还到一个连队去煽动"揪军内一小撮"。

在我的反对下，《长征组歌》没能在上海演出。

我秉承林彪一伙和"四人帮"的旨意，打击好几位老帅。九大前后，上海整理过叶剑英等同志的黑材料。九大时，王洪文和我组织上海出席九大的代表团的同志少投老帅的票。九大期间，上海编了《陈毅同志反动言论》小册子，发给九大代表。几次批陈毅同志，我都是最积极的发言人。陈毅同志逝世以后，市委直属机关干校的群众来信，是我转给张、姚、王的，由他们批下去，整了好几位为陈毅同志说好话的老同志。

我一向以文人自居，但是这次却下了手令，调动民兵，调动军队，直接指挥起反革命武装暴乱来。最根本的原因，就是长期以来，认为军队不可靠、最危险。

二、揭发交代“四人帮”和我反对毛主席的严重罪行。

1975年7月25日，毛主席对影片《创业》作了批示，我拒不让上海电影局传达。文化部向北京直属单位传达后，上海文艺工作者提出强烈要求，我被迫于8月22日由文教组出面传达。当时，我和马、王商量的传达口径是：“原来关于《创业》的十条意见（即‘十大罪状’）传达到什么范围的，这次毛主席的批示也传达到什么范围。”即使这样，张春桥立即打电话给马天水，大发雷霆地说：“谁叫你们进行传达的？你们有什么权力扩大传达范围？你要知道，这件事情关系到江青。”马天水接到电话，也大发脾气，打电话给文教组“你们传达是什么用意？矛头指向谁？”完全把责任推给下面。同时，各单位的同志要求传达毛主席的批示时，马天水竟说什么：“你们唯恐天下不乱！”文化部刘庆棠来上海，向王洪文汇报了“四人帮”其他人的黑指示，王洪文听了，马上跳出来表示呼应。王洪文说：《创业》“影片无大错，还是有错误”。“求全责备不对，不严格要求也不行”等。我也传播过刘庆棠带来的“四人帮”的黑话。文化部于会泳对我多次叫嚷文化部处境孤立、困难，我不断下达指示，要上海文化、电影、宣传等系统支持文化部。

1975年5月，我听说毛主席有一个重要批示，知道是对“四人帮”张春桥在总政的讲话和对姚文元的《论林彪反党集团的社会基础》一文的批判。我进行封锁，不往下传达。在7月底送姚文元回北京时，向他告密说：“听说新华总社某某某向分社传了关于经验主义和教条主义的事。”姚文元回京后，立即镇压、追查。

三、揭发交代“四人帮”和我反对周总理的严重罪行。

在去年12月底的一次会上，我抛出几位政治局同志和副总理的材料。王洪文在1975年12月底或1月上旬和我通电话时说：

"上海的讨论情况是好的。"他说:"下次你们向中央发电报,可以点部老爷的名,可见右倾翻案风不是孤立的。"我把王洪文的电话告诉了马天水、王秀珍。1月8日下午,我跑到某大学,就江西省委负责人(江渭清)的一个讲话进行煽动,并布置常委的负责同志晚上带了这份材料到市委召开的座谈会上散发。

我砍掉了上海群众悼念周总理的大量的文章,砍掉了上海市舞蹈学校的简报中一段悼念周总理的文字,还删掉了报纸简报和稿件里关于周总理的一些正确的提法,怕得罪"四人帮"张春桥、姚文元。因为我知道他们看上海的报纸和情况反映是非常仔细的。

我下达指示,要上海两报尽量多登北京两校的报道和文章,而且要求尽量把新华社发来的外地的电讯登在显著的比较醒目的地位,而宁可把上海的报道放到后面。我这样做目的是想把那些地方发动起来,把他们的批邓活动纳入我们的轨道。

1月下旬,由我起草向毛主席、党中央发了一个点名批邓小平的电报。

四、和"四人帮"彻底决裂,重新做人。

1966年底,我起来造旧市委的反,得到了张春桥、姚文元的支持。12月底,姚文元打电话给我,传达了毛主席的指示,我对姚感激涕零。1967年1月4日,张、姚来到上海,把我负责的市委机关革命造反联络站实际上当成了他们的工作机构。1967年的一·二八事件,我被红卫兵抓后,认为是他们保了我,把他们看作是救命恩人。李先念同志来上海,应群众要求在文化广场绕场一周,就是我向张、姚报告的,后来张、姚狠整了李先念同志。[①] 1967年底,机关造反派中有分成两派的危险,我的处境很困难,张春桥又提名把我作为上海市党章起草小组的负责人之一。我就用死保张春桥来报答他。1968年4月,市革委会组织组的两同志,怀疑张春桥和他老婆的历史。我发难对他们进行审查,整了他们达八年之久。1969年初,我找写作组编《一月革命大事记》,把张、姚在1967年初的讲话都收集排印出来,送给张、

① 关于此事的前因后果在徐景贤:《文革名人——徐景贤最后回忆》有详细记述,第125—130页,星克尔出版有限公司,2013年。

姚。他们觉得我的做法太露骨，赶紧下令不准印发。[①] 1969 年九大，我当上了中央委员，认为是张、姚的提拔，对他们感恩戴德。我知道张、姚是经江青提名后到中央去工作的，因此我也紧跟和吹捧江青。1970 年在庐山九届二中全会上，我保张有功，同时会上发的六号简报也是我先看到后送去的，因此到 1971 年初的上海党代会上，他又提名我任市委书记。以后，我和王洪文发生了一些矛盾，张春桥也是明的批评我，暗中往往支持我。1974 年起，我无意在几件事情上触犯了他，他虽然批我几次。我马上向他们写信检讨，表示效忠。在 1976 年 2 月我们去北京开会时，张对我很热情，没有批评我。我觉得这是他对我的奖励。

张在 2 月 26 日找马、徐、王谈话时，提出要我们替他找两个秘书。我回来后积极替他物色了两个男同志，整理成两份材料给马天水、王秀珍看后寄给了张。到了 3 月份，张给我寄来了一封亲收信，此信共两页，根据我的回忆，第一页的大意是说，他收到两位同志的材料后，觉得他们去了以后，可能没有太多的事情，还不如在外面多干一些事情为好。第二页是张春桥单独写给我的。信的大意是：老实说，我要的不是一般意义上的秘书，而是想找个伴。关于我的情况，你是知道的。这几年来，有时想，反正说不定什么时候就杀头了，何必去想这些事情呢？但有时连个说话的人都没有，于是又想起了这件事。你看，有没有合适的人呢？信的末尾写明：上一页可以给其他同志看，这一页请阅后烧掉，免得引起不愉快的事。但找什么样条件等当面再说。第一页我给朱永嘉看过。

我收到信后，想起 1974 年王洪文来上海时专门和马、徐、王谈了张要和他的老婆文静离婚的事，理由是文静有历史问题。9 月 21 日我去北京开会，张春桥单独接见我。我向他介绍了对象的情况，他当时说：以后再讲吧！到了 10 月 1 日，他忽然在我的一封信上，批了一句话：你上次提到的某单位的那位同志的材料，能否送来一阅。于是我就积极把材料在 10 月 6 日寄去了。

最近我进一步认识到，这不仅是张春桥的一般生活问题，而是

---

① 徐景贤：《文革名人——徐景贤最后回忆》，第 340—436 页，星克尔出版有限公司，2013 年。全文公布了《一月革命大事记》。

“四人帮”阴谋篡党夺权整个计划的环节之一。张的第一封信写于3月份，正在他写《二月三日有感》之后，他刻骨仇恨毛主席，他想取华国锋同志而代之。他声称“说不定什么时候就杀头了”，是对毛主席为首的党中央、对华国锋同志充满仇恨的自供。张的第二次批语，写于10月1日。9月21日晚上江青大闹，张春桥居然对华国锋同志说：你要考虑江青的工作。9月29日江青又为毛远新的事大闹，把政治局的同志统统赶走，只留下“四人帮”和华国锋同志。张春桥说：毛远新不能回去，要他准备在三中全会上起草报告。这说明“四人帮”以为时机已到，已经下手了。10月1日他提出要我送对象的材料，说明他准备在篡夺党和国家的最高领导权时，可以避免给他人抓住把柄，就可以体面地粉墨登场了。

9月21日我见到张春桥时，还向他汇报了我所知道的军队的一些重要情况，以及马、徐、王给民兵发了枪等情况，都得到了他的默许和支持，他传授了要争取团结某人等反革命策略。因此，这一次的反革命武装暴乱，完全是在张春桥的支持和怂恿之下搞起来的，而我打头阵。

徐景贤长于写作，勤于记录，有许多笔记本。他到各单位“讲清楚”时，都带着一叠笔记本，把事情的来龙去脉，谁讲什么，他是如何回答的，都讲得清清楚楚。后来他写了回忆录《十年一梦》，2003年12月在香港出版。书中没有写到武装叛乱一事，但是收入1980年12月13日他在最高法院特别法庭的证词，即关于在张春桥、王洪文的指使下，与马天水、王秀珍策划武装叛乱。这是张春桥、王洪文的主要罪状。《十年一梦》与这两次检查所述的情节基本一致。

徐景贤在检查中为张春桥找伴一事，没有点名，因为事先徐景贤单独与苏振华、彭冲、倪志福谈过，他问中央工作组这三位领导：我要不要当众揭发这件事？

苏振华看了看倪志福和彭冲，一字一句地说：“这件事，我看就到此为止。不要搞什么当众揭发了，人家并不知道嘛！不要闹出一条人命来！”话不多，意思很明白。然后苏振华又问：“你们看呢？”倪志福、彭冲异口同声：“同意！”苏振华看了一眼徐景贤，又用眼光扫了一下担任记录的朱通华，重复说了四个字:“到此为止!”[①]

所以徐景贤在公开检查中没有提到这位女同志的名字,在《十年一梦》书中,徐景贤说:“这么多年以来,我始终遵守对苏振华、倪志福、彭冲等几个政治局委员的诺言:要保护这位女士,姑隐其名。”[②]

11 月 22 日下午,王秀珍补充揭发交代。以下根据王守家的记录整理:

我几年来跟随“四人帮”犯的罪行。

第一,与“四人帮”密切关系。1968 年我在北京,张春桥在天安门城楼介绍我去见江青。1970 年参加九届二中全会,住在庐山,江青吹嘘自己在上海搞地下斗争。回来后,我要烟厂树江青,实际是树自己。1971 年参加中央工作会议,江青说:我住的地方鬼都不登门。我去了,她拿出许多照片,又照相又看美国宫廷政变电影。1972 年参加批林整风会议,我吹江青是反陈伯达、林彪的。今年 2 月到北京参加打招呼会,她送我们两本地图,送文官果。

我同王洪文关系亲切,1966 年 11 月到工总司之前就认识。调到工总司后,1967 年 4 月,王洪文把我送到北京见了毛主席。我一向认为自己能当中央委员、市委书记都是王洪文提拔的。我常说:要为工总司总司令争气。保留王洪文在上棉 17 厂的办公室,为他树碑立传。1972 年王洪文到中央工作前说:有事可以找造反的老头头。我照办。王洪文和徐景贤有矛盾。王洪文表扬黄金海、陈阿大、马振龙。王洪文和张春桥是狗咬狗斗争。今年 1 月周总理逝世,我要到北京去。王洪文说,你们不要来了,要批邓。王洪文说,上海民兵有战斗力的,要做好布置。“四人帮”发动暴乱早就有预谋,我积极参加了。

第二,结党营私,搞了小兄弟。小兄弟有陈阿大、黄金海、马振龙、叶昌明、戴立清,头子就是王洪文。黄金海是一个流氓阿飞。检举黄金海的信,马天水又转给黄金海了。戴立清在专案组和我打得火热,搞得很坏。王洪文说对小兄弟要帮,我都照办。陈阿大

① 朱通华:《到此为止》,《党史博览》2011 年第 2 期。

② 徐景贤:《十年一梦》,第 409 页,时代国际出版有限公司,2003 年。

是个不读书，不学无术的流氓。派陈阿大到工交组，参加市委常委会议。马振龙是王洪文心腹、保镖。王洪文通过我和叶昌明把持总工会。我经常在小兄弟面前说："为上海在中央的三位领导同志争气、争光。"天安门广场事件时，我同祝家耀通电话，和小兄弟开两次会。毛主席病重时我找过小兄弟，我说中国可能出修正主义，可能要分裂。和马天水、徐景贤一同也议论过。一直到反革命暴乱，都把小兄弟当成骨干力量。王洪文是大头目，我们是二头目。

第三，顺我者昌，逆我者亡的组织路线。只要"四人帮"熟悉的，不管是乌龟王八蛋都要提拔。部长级干部提了18名，司局级干部提了12名。后来又提出，部长级16人名单。办坏事是我，根子在"四人帮"。1974年4月底，把区局领导班子不忠于"四人帮"的大换班。王洪文指示要分期分批地调走。九大前，要陈阿大为九大代表，张春桥要立即突击发展他入党。小兄弟们都是急急忙忙拉入党内的。叶昌明就是马天水和我发展的。工总司一个老造反奸污知识青年判了五年刑，我给放出来。还有一个老造反有人命案，王洪文拉入党，当上区党委书记。对我有意见的人，我一有时间就整她。对另一人也是打击报复。[①] 张春桥1972年接见工代会代表，要下级党组织听总工会命令，破坏党的一元化领导，市总工会向各区派干部。

第四，紧跟"四人帮"，破坏批林批孔。"四人帮"在1974年批林批孔时活动达到登峰造极。1974年1月24日，王洪文指示，在北京开万人大会，军队开万人大会。上海总工会要开大会，王秀珍你要讲话。3月20日，我同马天水商量要去北京汇报，得到王洪文、张春桥的同意。我偷偷摸摸去的，坐波音707试航飞机，21日到的，住在王洪文处，参加一次打猎，看电影外，主要和王洪文谈。王洪文大肆攻击解放军，说军队运动盖子未揭开。要上海抓紧干部

---

① 据审讯王秀珍一案的法庭审判长王文正回忆：1982年7月14日，在法庭上，王秀珍交代她迫害过的人名时，一开始说了一大串名字，不但多，而且牵涉到全市各个部门、各条战线。她对这些受过迫害的人很熟，说得很快，后来说着说着就放慢了速度，边想边说，最后停下来，她说："受我迫害的人太多了，我真的无法记起来。"法官问："你为什么无缘无故地迫害别人？"她回答："不打倒陈丕显、曹荻秋以及他们在上面和手下的人，张春桥、姚文元、王洪文和我们这些人是上不去的。"见王文正口述，沈国凡采写：《以共和国名义判决——审判"四人帮"上海余党前后》，第273—274页，中共党史出版社，2008年。

工作，培植亲信。上海工作一抓阶级斗争，二抓培养干部，王洪文说林彪能培养周宇驰、于新野，我们为什么不能培养呢？今年2月张春桥早把名单搞好了，下手很快。

第五，交代我插手外交部的罪行。王洪文说王海容称王称霸，还骂我王洪文是王八蛋。有机会我就摸情况，破坏外交部运动，搞分裂。王洪文说祝家耀很好，将公安部情况都告诉王洪文。

第六，插手外地罪行。今年6、7月间李庆林来上海讲福建省委情况。去年10月父亲重病，我回辽阳，和辽宁省委联系。

会议最后，由苏振华做了总结报告。以下根据王守家记录和市委记录整理：

同志们，市委召开的这次区、县、局党员负责干部会议，还有23万人党支部委员以上的干部拉线听了会议实况。会议今天就要结束了。这次会议，是认真学习、贯彻华主席在中央打招呼会议上的重要讲话和中央16号文件精神的会议；是声讨、揭发、批判"四人帮"篡党夺权滔天罪行的会议；是揭发、批判、帮助马天水、徐景贤、王秀珍同志，教育、挽救犯错误干部的会议；是进一步发动群众，彻底砸烂"四人帮"的会议。这次会议开得很好，鼓舞了广大干部和群众的革命壮志，对于推动全市运动深入开展，进一步发展大好形势，有着重要意义。

许多同志讲得好，越说越感到毛主席生前高瞻远瞩亲自选定华国锋主席同志为接班人，打乱了"四人帮"篡党夺权；越学越认识到华国锋同志英明伟大，解放军统帅，中国革命有了合格接班人，无比自豪，越学越感到与"四人帮"斗争意义伟大，和"四人帮"斗争决心和信心。这次会议经验把斗争矛头对准"四人帮"。从揭发出大量事实，"四人帮"阴谋罪行是惊心动魄的，阴谋迫害毛主席，篡改毛主席指示，大搞唯心主义、形而上学，在哲学、政治经济学、社会科学进行破坏。叫嚣张春桥思想丰富了毛泽东思想，背着毛主席党中央，诬蔑周总理和党中央负责同志，制造要江青当党主席、张春桥当总理的反革命舆论。妄图篡夺国家最高权力。这些人是帮会，破坏党的优良传统，实行法西斯专政，改变党的无产阶级性质。

苏振华列举了“四人帮”一系列罪行后说:“这次会议进一步证明,上海市的广大干部是好的和比较好的。会议是大、中、小会结合的方法对革命和生产统筹安排,推动了面上的作用,促进了生产,形势是很好的。”

最后,他部署当前运动,提出六个方面:

一、“认真加强学习,放手发动群众。”

二、“牢牢掌握大方向,集中火力深入揭发批判‘四人帮’的罪行。”

三、“切实执行毛主席‘惩前毖后,治病救人’、‘要扩大教育面,缩小打击面’的方针,团结一切可能团结的人。要严格区分和正确处理两类不同性质的矛盾。要把极少数跟着‘四人帮’干坏事,陷得深,同受了‘四人帮’的影响,说了错话做了错事严格区别开来;把正常工作关系同搞阴谋诡计的严格区别开来;把华主席在中央打招呼会议讲话以前,上当受骗、犯了错误的,同打招呼以后坚持反动立场、负隅顽抗的严格区别开来。”[①]“一定要防止‘打横炮’、‘乱点名’、‘层层揪’。不能把当时参加过所谓‘紧急战备’活动和听了‘吹风’的,都说成参与反革命武装叛乱。‘四人帮’妄图利用工宣队控制一些单位,但绝大多数工宣队员是好的比较好的,是不知道他们的阴谋的,是做了很多工作的。‘四人帮’插手一些单位干坏事、搞破坏,但是这些单位的广大干部和群众是忠于毛主席,是革命的,有的还对他们的阴谋活动进行了抵制和斗争。要相信和依靠绝大多数,揭发‘四人帮’和个别跟他们干坏事的人。要警惕别有用心的人故意搅乱阶级阵线,浑水摸鱼。”

四、加强党委一元化领导,领导干部要站在斗争前列。“不准串连,不准成立任何形式的战斗队。”“各级党委要敢于领导,敢于负责,把革命和生产全面抓起来。”

五、强调加强公安工作和民兵工作,充分发挥专政机构的作用。

六、强调抓革命、促生产、促工作、促战备。

从 11 月 4 日到 22 日召开的区县局党员负责干部会议,初步揭开了上海市委阶级斗争的盖子,取得初战的胜利,教育团结了一大批干部,加强了各级党组织对运动的领导,部署了全市的运动和工作。上海的运动逐步纳入市委和各级党组织一元化领导下,上海形势很快稳定下来。全市运动在市

---

① 这是见诸文字的苏振华第一次明确提“三个区别”的政策。

委统一领导下逐步深入。苏振华、倪志福、彭冲认为："主要是华主席、党中央英明领导措施果断，把被'四人帮'篡夺了的上海市委的领导权重新夺了回来，同时从中央各部的同志，分别到各口，深入群众，调查研究，做了大量的工作，这对进一步稳定上海局势，发展大好形势起了决定性的作用。"①他们对中央工作组的工作给予高度评价。

北京下发揭批"四人帮"的36件材料

11月5日下午3时，华国锋在国务院听取财政部张劲夫、王丙乾汇报1976年财政问题的会议上，讲到当前形势时，说：现在全国形势大好，有些我们预料到了，有的比预料的还要好，粉碎"四人帮"篡党夺权的阴谋，还不到一个月，广大群众、人民解放军、干部情绪是好的。

全国各地也在大张旗鼓地揭发批判"四人帮"，揭发批判材料越来越多，为了推动运动的发展，加强各地交流。中央及时将这些材料发往各地，一共有36件，其中上海市委关于反革命暴乱的调查材料有六七件。现将36件目录刊登如下，以存史料于后人：

一、廖汉生、詹大南同志在南京军区党委扩大会上揭发张春桥的罪行。

二、清华大学学生揭发江青写黑诗为复辟制造舆论。

三、王洪文1976年10月3日在平谷县讲话(节录)。

四、吉林省常委揭发江青扼杀《创业》和去年在大寨的反党言论。

五、徐景贤1975年3月10日给张春桥、姚文元的信(摘要。内容为反映王洪文问题)。

六、江青1976年10月1日在清华大学讲话(节录)。

七、梁效：永远按毛主席的既定方针办。

八、张春桥写的一首反动诗(1934年12月16日《文学季刊》第4期)。

九、迟群传达江青1975年4月4日的电话"指示"。

十、迟群1976年10月6日在清华大学团委和上管改委员会第一次会议上的讲话记录稿。

十一、迟群、谢静宜在清华大学机械系党员和干部学习1976年5月16日两报一刊社论讨论会上讲话(原件)。

---

① 苏振华、倪志福1977年1月6日在中央政治局会议上的汇报。

十二、迟群1976年9月9日在清华大学支部书记以上干部会议上的讲话。

十三、张春桥疯狂反对毛主席、篡党夺权的铁证(1976年2月3日有感的原件)。

十四、张铁生,刘继业的反动言论。

十五、张春桥1938年3月发表的一篇反动文章《韩复榘》(在汉口出版的《战地》杂志第1卷第1期)。

十六、张春桥1975年3月1日在全军各大单位政治部主任座谈会上的讲话记录稿(讲学习部分)。

十七、天津市委召开声讨"四人帮"大会小靳庄等单位代表揭发批判江青的反党罪行。

十八、1975年9月12日江青在接见大寨大队干部和社员时的讲话记录稿。

十九、江青三次去小靳庄的部分讲话和活动。

二十、江青在"天津市儒法斗争史报告会"上的讲话。

二十一、上海市委办公室招待处揭发"四人帮"王洪文吸工人血的罪恶。

二十二、江青投降主义丑恶灵魂的自我暴露——吹捧投降派宋江是"英雄人物"。

二十三、上海市委一些人策划反革命武装暴乱的初步调查。

二十四、张春桥早就是地道的投降派。(1936年3月15日张春桥化名狄克攻击鲁迅的文章《我们要执行自我批判》,1936年4月16日鲁迅写的《三月的租界》)

二十五、迟群给毛远新的信,毛远新给宗明兰等人的回信。

二十六、王金籽:江青两次来大寨干了些什么?

二十七、关于王张江姚反党集团操纵舆论工具,宣扬"按既定方针办"的一些情况。

二十八、江青在打招呼会议期间擅自召集的十二省、区会议上的讲话记录稿,1976年3月2日。

二十九、张铁生在太原市湖滨会堂的讲话。

三十、江青、姚文元,迟群、谢静宜1974年1月25日在中央直属机关和国家批林批孔动员大会上的讲话(记录稿)。

三十一、中共国家计委核心小组:"四人帮"是地地道道的洋奴。

三十二、"四人帮"在上海大量选拔、培植亲信阴谋夺中央和国务院各部委的领导权。

三十三、国家文物事业管理局临时党委：关于江青 1936 年为蒋介石“购机祝寿”演出和争演《赛金花》主角的揭发材料。

三十四、国家文物事业管理局临时党委：张铁生试卷的揭发材料。

三十五、上海工交口干部揭发“四人帮”利用 7 月的计划会议向党猖狂进攻的罪行。

三十六、大寨接待站支部书记霍金保同志在昔阳愤怒声讨王张江姚“四人帮”反革命罪行大会上的发言。

与此同时，《人民日报》等全国及上海《解放日报》《文汇报》各省市自治区各大报刊，也发表大量文章，揭露、控诉“四人帮”的罪行，公布大量事实与证据。

工交组揭批“四人帮”及黄涛、陈阿大。上海生产稳步上升

对黄涛、陈阿大等人第一次面对面的揭发批判

11 月 23 日下午，彭冲、林乎加听取了工交组、计划组核心组的汇报。

首先，金传德发言，他说：对苏振华的讲话，大家满意，反映强烈。政策感受深，马、徐、王犯了严重的罪行，还挽救。工交组、计划组核心组的同志很感动。大家表示要到群众中去，揭发“四人帮”。工交组群众对核心组信不过，我们要联系自己思想，取得主动权、领导权。问题在“四人帮”，也在我们，我们要改正。要搞好系统的运动，首先搞好机关运动。半天工作，半天学习。抓典型，交流经验。抓好各级班子。

梁星明指出工交组是“四人帮”的黑据点。要揭深揭透。核心组成员程度不同地揭了些问题，还有的同志揭得不多，对市委常委会问题揭得不够。大家纷纷发言。并点出知情人、揭发不够的人的名字。

高崇智说：要把机关运动搞好，首先把核心组会开好。第二，到小组去。第三，到意见大的组去一起揭批。在此基础上开大会，在基层揭发后，再开工交口的大会揭发批判。

最后，彭冲总结，他指出：“革命生产形势很好，上海市广大干部群众觉悟比我们估计高得多。马、徐、王估计一传达粉碎‘四人帮’，上海就会乱，实际他们是孤立的。上海对全国革命、经济影响都很大。要抓好当前矛头要对准‘四人帮’，政策上是清楚的。”

他再次宣讲政策：“今天到会同志是领导干部，要轻装上阵。中央政策清楚。全国 2000 万工人，上海占 200 万人。大家要挑起担子，要看行动。你们要大胆工作，放手工作，过去有点这样、那样错误，怕什么？党内路线斗争这样复杂。要总结这段经验教训。比较主席批示的文件和上海怎么执行

的，问题在哪里？提高思想。同志们大胆工作，把工作组织起来，各就各位，分工明确。不要动不动就训斥人，叫人家滚。这样做不得人心。既不能改正错误，也不能达到目的。”他再次强调：“加强党委一元化领导。不准串连，不准成立任何形式的战斗队，消除资产阶级派性。各级干部要站在斗争前列，放手领导，敢于负责，把革命和生产全面抓起来，革命和生产搞得热气腾腾。”

彭冲表扬上海港务局第三区党委、上海仪表厂党委掀起大批判的高潮。表扬上海无线电十三厂、农药厂、玻璃厂提前两个月完成今年国家任务。第五建筑公司、异型钢管厂、燎原化工厂、上钢一、三、九厂，第一被服厂也很好。[①]

11 月 24 日，林乎加听工交组汇报运动情况。许萌介绍这几天抓了核心组揭发批判，星期六晚上，星期天半天都开会。他介绍了各个人揭发的内容。一些受“四人帮”余党重用人虽然揭了一些东西，但是立场还没有根本转变。

林乎加认为，抓运动是抓班子问题，如班子好，找好人。班子坏，找坏人。做干部工作要从实践中选好人。也从群众揭发出的坏人中找坏人。会后，林乎加对李景昭说：工交组开核心组会你们去一个人。机关群众不信任核心组，怎么工作。我们对这些人要做工作，不要把他们当打击对象，要帮，要促，要争取他们，揭发“四人帮”。工交组带头揭发黄涛、陈阿大。再给他们机会，看是真揭还是假揭。

11 月 30 日上午，工交组核心组会议揭发批判马天水、黄涛、陈阿大等人的罪行。

任××首先发言。他说：我原是基层的工人，1974 年 7 月 4 日要选一批部长。黄涛说：就选像我（指任）这样的人。四届人大预备会，陈阿大说：任××到工交组由我领导。王洪文说：任××，你可以当国家计委副主任。1975 年 2 月 10 日我到工交组，分配在军工组。现在我认识到这些都是“四人帮”的封官许愿。

任××揭发 9 月初随陈阿大到北京看到的情况，9 月 3 日主席病重，王洪文在北京喝酒。9 月 2 日，姚文元老婆看过陈阿大。金祖敏来过二三次。陈阿大到金祖敏那儿多次。任说：两年来，黄涛的手段有打、拉、捧。如黄涛

---

① 王守家出差上海工作笔记。

问我，你房子搬了没有？给我 50 元补助，我拒绝了。核心组成员的补助，直接在王日初那儿领。10 月 12 日，王日初补助陈阿大 150 元，一般同志补助，由机关党委负责。

翁俨若插话说：袁宝华来上海，黄涛看在座有许言。事后黄涛说：袁宝华尽找些老右。

唐光煊说：今年 9 月 22 日廖祖康从北京回来带两件任务：一、分解型冲锋枪。二、防弹车。

大家纷纷发言说，尖端科学应当国家统一搞，“四人帮”却想把“701”工程①搞成上海控制的独立王国，和国家科委对着干。

林乎加和工作组的同志研究，工交组在黄涛、陈阿大控制下干了大量坏事，问题非常之多，性质极为严重。现在揭发的问题是初步的，运动要推向深入。当前黄涛很嚣张，要工交组出题目，他才交代。工交组核心组在中央工作组的帮助下，要加强对运动领导。总的由核心组领导，分工负责，各组有一个负责人抓运动，机关总支、支部在核心组领导下进行。要抓住“四人帮”极右实质，列出 10 个专题，一个问题一个问题揭批。专案工作与群众工作密切结合，把一个问题一个问题核实清楚。

12 月 1 日上午，由金传德主持召开工交组大会，徐良图、王守家参加了会议。首先许萌汇报运动情况。他说：运动开展起来：第一，反复学习 16 号文件。第二，领导带头学，带头揭，带头批。核心组范围三个半天揭批，另三个半天到小组去，到昨天为止已开了四个半天，继续进行。对核心组同志意见多的组，核心组同志去该组一起揭批。第三，准备 12 月召开一次全机关揭批大会，开二三个半天。会议先由黄涛、陈阿大揭发交代，然后再批判。

最后，徐良图针对有人对“四人帮”认识不清，又害怕自己被处理的情况，说：上海市三位书记和中央工作组，坚决统一靠群众，发动群众搞好这场运动。对马、徐、王、黄涛、陈阿大之流，一个不漏，彻底一网打尽。决心很大，宜将剩勇追穷寇。至于工交组核心组同志们干了一些错事，说了一些错话，核心组领导同志要听群众意见、群众帮助，更主要的自觉进行。要解决领导和群众的矛盾。这一阶段，群众掌握运动是比较好的。前一段，有的领导同志领导不力，总之，目标对准“四人帮”，不搞层层揪斗，不要失去大方向。他强调：生产不能放松。要把国民经济搞上去，上海是工业重要基地。

---

① 701 工程，即 1970 年第 1 号工程，研制人造卫星和运载火箭。

不能老是上街游行，就要在党委一元化领导下，稳定下来，搞揭批。

“四人帮”在上海十年，全市被立案审查的达30多万人之多。[①] 如果一人有5个家属，就有150万人受到牵连，而上海全市才一千万人，高于全国的平均数[②]。在被立案审查的人中，属于非正常死亡的有1万多人，仅工交系统搞了300多个集团专案，立案审查近10万人，其中隔离审查4534人，拘留3025人，逮捕991人，在审查期间有2225人死亡。市纺织系统有540余人被迫害致死，其中活活打死的有15人。上海电业系统在“文革”中被打致死、致伤、致残的有125人。

恶有恶报，清算之日终于到来了。经过近一月的准备，12月21日，工交系统召开了第一次大会，面对面揭发批判黄涛、陈阿大。会议连续开了三天，21—23日，每日半天开会。

工交组李家骝首先发言，他讲了黄涛几件事：

1972年10月4日，《人民日报》按照中央、国务院领导同志的指示，刊登了东北辽阳发电厂关于开展劳动竞赛的报道。对此，张春桥、姚文元非常恼火，要《人民日报》负责人鲁瑛派记者来上海找黄涛发表谈话。黄涛污蔑这篇报道是宣扬物质刺激，是修正主义路线回潮。他说，毛主席过去关于开展劳动竞赛的指示“都是很早以前讲的，不能以过去的指示来否定现在的指示嘛”。后来，《人民日报》把黄涛的谈话出了简报，张春桥看了很高兴，对黄涛说“你那个谈话我已经拜读了，你不怕人家说你极左啊！”张春桥在上海公开讲过“生产下降也可以”，“工厂不出产品也可以”，“农场颗粒无收也可以”。

1974年4月，全国15个省市抓革命促生产会议，正逢中央第一期读书班，上海的金祖敏等许多人在读书班内学习。他们参加总参、总政的批林批孔运动。上海的王日初也在北京，也常到总参、总政去的。黄涛经常同他们密谈。黄涛利用开会，插手中央部门和兄弟省市运动，1975年底计划会议期间，黄涛多次找上海民航局长、民航总局副局长廖××了解民航总局党委扩大会情况。1976年7月全国计划座谈会期间，中央在京西宾馆解决福建问题，福建省委常委陈佳忠、郑重等人也来找黄涛谈福建的运动情况。郑重，就是黄涛介绍给王洪文而勾搭上的。

---

① 上海市复查办公室1979年6月30日统计。

② “文革”中“因大量冤假错案受到诬陷、迫害和株连的达一亿人以上”（见中央文献研究室：《关于建国以来党的若干历史问题的决议注释本（修订）》第392页，人民出版社，1986年）。1966年时中国人口6亿5千万，1976年时8亿。

1975年底召开全国计划会议前，10月24日黄涛到北京开会，临行前一天，王洪文、马天水找黄涛去密谈。王秀珍在机场送行，对黄涛说："你们这次去斗争会很激烈的。"黄涛回答说"有了昨天晚上的一碗酒垫底，什么也不怕。"这碗酒就是王洪文同黄涛的密谈。王洪文还把国家计委送中央政治局审查的、为会议准备的绝密文件，偷送给黄涛看。开始不让黄涛发言。国务院、计委领导几次动员黄涛发言，他坚决不讲，同会议领导对抗。到了11月下旬，王洪文、马天水又突然改变主意，要黄涛马上发言，要黄涛争投资。黄涛当着谷牧副总理的面，说：你讲"发言要开门见山"，我"还是要花点时间把门开门，而后再见山"，否则"谈问题就是就事论事"。最后说，今天"把问题讲清楚""该列的项目要列上"，"已经列的给我安排落实"，否则，生产上不去，责任全在你们。会议期间，黄涛同王洪文联系很频繁，王洪文、张春桥的秘书经常来找黄涛，一谈往往几个小时。当时，黄涛透露，"政治局批邓已经拉开。王洪文在政治局发言一次就讲了几个小时"。文化部的刘庆棠有一天晚上到前门饭店来吃夜餐，一见黄涛的面就大叫"我们胜利了"。黄涛指派上海参加会议的同志到北大、清华去看大字报，摸情况，并把大字报上的主要论点摘录整理，由黄涛送给马、徐、王。后来徐景贤又写信给参加会议的一位同志，去找迟群，并把迟群的谈话记录寄回给徐景贤。大搞串连、情报活动。黄涛一个人关门写东西，向王、张、江、姚反党集团送了不少黑材料。有些材料还是刘庆棠密送给黄涛，由黄涛转送王洪文的。那天下午，高崇智同志和我到黄涛房间去，黄涛拿出一份手抄的胡耀邦向国务院的汇报记录，讲"王洪文要这份材料要得很急"。他下令要上海小组同志搞过的材料就有：一、第五个五年计划期间农轻重比例材料。二、打电话到上海要邓小平在钢铁会议、国防工业重点企业会议上讲话材料，在后一个材料上还有叶副主席的讲话。三、要上海参加劳动工资会议的同志，抄录邓小平以及其他领导同志关于工资问题的讲话材料。四、整理了若干技术革新好的典型材料。

黄涛进行反革命串连非常频繁，来得最多的是金祖敏、刘庆棠。周总理刚逝世后，黄涛在前门饭店请刘庆棠吃饭，一定要买酒。小卖部服务员讲：总理逝世不久，我们不卖酒。黄涛一定要喝酒。黄涛每次从北京开会回来，最重要、最保密的一件事，就是去向张春桥的老婆文静汇报、密谈。

李家骝最后说：我在参加这几次会议过程中，跟着黄涛的指挥棒，也说了错话，做了错事，教训是深刻的。我决心积极投入揭发、批判"四人帮"的斗争，彻底同他们划清界限，经常想一想自己的弱点、缺点和错误，更加积极地工作，努力为人民服务，继续革命，永远革命！

上海铁路局委员会代表发言，揭露张春桥多次讲："铁路是必争之地，一定要控制好。"马、徐、王认为上海铁路局不听话。1974年2月2日全市批林批孔大会上，马、徐、王、黄涛、陈阿大背着铁路局党委，炮制《铁路局复辟倒退四大罪证》的材料，打得铁路局很被动，造成思想混乱。同时，马天水、王秀珍到铁路局，马天水讲："交通部的问题很严重，你们新干部到那里开会，他们不满意，你们就回来嘛！"王秀珍说："你们那么多组室对交通部的口，对什么口？是对无产阶级的口，还是对修正主义的口？"黄涛在铁路局一份材料上批："铁路修了，铁路局两座大楼都是修的。"所说的"修"是"修正主义"的"修"。在他们煽动下，在外地的分局所属铁路职工到上海市区贴大字报，大闹上海铁路局。他们见事情闹大了，又派民兵，准备镇压，黄涛、陈阿大、周宏宝、叶昌明亲自来铁路局指挥。铁路局党委识破了他们的阴谋，没有按他们的办法做，避免了流血事件。黄涛不满意，事后派人来要党委领导靠边站。

1975年中央9号文件整顿铁路，马天水训斥铁路局领导："你不要拿9号文件压我。"他给国务院领导打电话，说："不要拿徐州经验乱套。"①反击右倾翻案风以来，马、徐、王分开点名批判铁道部万里部长，背着铁路局，召开座谈会，要在铁路局机关揪"翻案派、复辟派、算账派"，"抓邓小平的徒子徒孙"。利用上海铁路局地处三省一市的特点，大搞串连，插手外地运动。市总工会派煽动铁路职工到南京贴大字报，要把江苏搞乱。张春桥说："我们上海的两个邻居不好。"

张春桥说过："铁路是个好题材。"于是，在今年9月前后，许多文艺单位都涌到我们上海铁路局来，收集所谓反击右倾翻案风斗争的素材。刮起了"写与走资派作斗争的文艺作品"的歪风。有三部电影《盛大的节日》《金钟长鸣》《一月的汽笛》同时在我们铁路局开拍。在他们拍摄的电影镜头中，把广大铁路干部丑化为民主派、走资派，统统都该打倒。他们想通过电影来大造反革命舆论，妄图打倒一大批中央和地方的党政军负责同志。

---

① 徐州地处京沪、陇海两条铁路大干线的交汇点，"文革"爆发以来，派性严重，生产下降，堵塞严重，直接影响到华东以至全国铁路干线不能畅通。1975年3月铁道部部长万里亲自到派性严重的徐州铁路局解决问题，在江苏省委配合下很快解决，创造了徐州经验。

上海轻工业局委员会代表揭发“四人帮”及其在上海余党的腐化生活。上海轻工业系统60大类行业，上万种产品。从高档的照相机、彩色电视机、自动双历手表，到拉丝茶盘、成套餐具；从上万元的电冰箱、成套的电影放映设备，到几分钱一包的调味品；从吃的高级酒心巧克力、吸的特制的熊猫、中华牌香烟，到穿的皮鞋、凉鞋，从骑的自行车，到看的电影片，听的收音机；从已经上市供应的名牌产品，到还未上市供应刚试制出来的新产品、新花色；从生活资料到生产资料，“四人帮”及其在上海余党统统都要。群众愤怒地指出：“四人帮”什么都要，就是面皮不要。王洪文拿走的东西价值13万元以上。马振龙充当“四人帮”、马、徐、王、黄涛、陈阿大等小兄弟的“后勤部长”，仅初步揭露，他动用设备更新改造费购买的东西共629000元，至今还有13万元没有还上，仅手表就1400只，照相机800架。金祖敏要茶杯，工厂一时没有货，马振龙让工厂停产，专门给金祖敏做，专人护送，直飞北京。黄涛要买一台缝纫机，规定要出口的型号，马上就要，价钱不得超过150元。可是，出口产品价钱在170元以上。于是动用两部汽车，从局、公司到厂动员了12位同志，跑了批发站、百货商店、仓库、工厂等7个地方，最后，先从工厂借出一台，再由商店去还。叫商店把这台缝纫机的钱分为三个部分，分别开了三张发票，其中二张给了黄涛，正好在150元以下，还有一张发票24元，黄涛不认账，结果只得由一位经办人自己掏腰包。这张发票还在这里！他们通过“试吃”“试用”“样品审查”、“商标鉴定”，大发新产品财。王洪文从马振龙手中拿的手表就有100多只，去送礼、拉关系，收买人心。马天水夸马振龙是“最好的青年干部”。为他们结党营私、树碑立传服务，金祖敏要在乡下搞一个集体所有制的企业，把自己搞成“海清天”。马振龙立即下令无偿调拨大批生产资料去那里，其中仅一次调拨就有25万元。

中国远洋上海分公司委员会代表揭发“四人帮”及其在上海余党利用风庆轮远航制造事端。当造船厂和远洋公司就安装国产还是进口设备发生分歧，造船厂工人贴出大字报时，马、徐、王、黄涛、陈阿大批示，给远洋公司戴上“崇洋媚外”、“比苏修还苏修”、“假洋鬼子”等帽子。[①] 风庆轮用的是国产设备，起航时，他们没有信心，并不重视。风庆轮到达欧洲目的地后，江青见到简报，要风庆轮回来后在《人民日报》登头条。张春桥批示应盛大欢迎。风庆轮回到上海，马、徐、王、黄涛、陈阿大及市委常委、革委会副主任、在沪

---

① 此事发生于1973年底1974年初。

的中央委员到码头迎接。[①] 工交组派了20名记者上船采访，报纸、电台、电视宣传了两个月，将自己打扮成“批崇洋迷外的英雄”，“新生事物的支持者”，“正确路线的代表”。同时无中生有说有人说“造船不如买船，买船不如租船”，攻击中央和国务院的领导是“假洋鬼子”“当代的李鸿章”。中国远洋上海分公司委员会，党的关系在上海，但是人员任命、业务由交通部管理。出航时，交通部派了李国堂、顾文广上船任副政委等职。远航中李国堂流露出对王洪文、王秀珍等人的不满。江青在反映李国堂问题的《国内动态清样》上写道：“交通部是不是毛主席、党中央领导的中华人民共和国的一个部？国务院是无产阶级专政机关，但是交通部确有少数崇洋迷（媚）外、买办资产阶级思想的人专了我们的政。政治局对这个问题应该有个表态。”王洪文、张春桥、姚文元一拥而上，都写上“完全同意”。王洪文立即下令将李国堂扣留在上海批斗。[②] 马、徐、王、黄涛、陈阿大逼着分公司常委派工作组上船，成立李国堂专案，要追后台。今年2月江青说邓小平是李的后台。1974年时邓小平还没有主持工作。1975年8月王洪文、马、徐、王、陈阿大到风庆轮，王洪文以正确路线自居，一口气讲了5个假洋鬼子，扬言要与假洋鬼子“再斗30年”。徐景贤吹捧王洪文：“毛主席视察了长江舰，今天王洪文视察了风庆轮。”徐景贤在市揭批会上讲1975年就发现王洪文的问题，那你为什么这么吹捧王洪文?!

上海电影工业公司、市革委会工交组电影工业小组发言揭发说：1969年6月中央决定要在大三线建立电影胶片厂和洗印厂。为此，周总理开了5次会。江青对厂址、规模、车间部署提出苛刻的条件，到1972年才将厂址定下来。江青倒打一耙。一份关于此项目的材料写：“是否有人破坏”，“石化部领导不力，高高在上，很少深入基层”江青在此处批上：“恐不只是如此。”并将此材料转给周总理，将矛头对准国务院的领导。1974年初，中国科学院化学所有人写信给江青，反映上级对化学所的一项目重视不够，江青回信：“要回敬你院的孔老二徒子徒孙们。”1974年7月毛主席批评江青“动不动就给人戴大帽子”。10月她在计委关于电影工业的报告上写道：“可能我的民族自尊心太强了，有些话刺伤了一些人，但我无私心。”

---

① 风庆轮1974年5月4日从上海起航，9月30日返回上海。

② 李国堂中国远洋运输总公司组织处处长。顾文广，宣传部干事。1974年李为风庆轮副政委，顾为政治干事。1978年6月21日交通部为李国堂、顾文广彻底平反，李提升为中国远洋运输总公司天津分公司党委书记兼经理，顾提升为总公司办公室主任。

1975年王洪文回到上海，9月17日晚，对辽宁电影电视办公室的人说："报纸上为什么登江青在大寨的讲话？因为有人想搞嘛！"马天水问："你们那里前一阵子谣传的多不多？"王洪文说"辽宁、上海要团结起来。"今年，把辽宁私自拍的两部为"四人帮"在辽宁死党涂脂抹粉的电影拿到上海放映。马、徐、王、黄涛、陈阿大一再说："我们一定要把上海电影工业搞好，要为在中央工作的领导同志争气。""我们多么幸福，直接见到中央领导同志（指王洪文、江青）。"你们执行不执行王洪文、江青的指示是"态度问题、感情问题、路线问题"。陈阿大说："你们搞出成绩，简报可以直接送王洪文。如果搞不出东西来，你们写的简报，我看也不看，只能当擦屁股的草纸。"粗鲁的流氓语言。江青使用的照相器材、胶片、相纸、洗印剂都是进口的。我国试制的新产品已经出来，江青却花500万美元进口，将我们的样机打入冷宫。"四人帮"是一伙地道的洋奴。

上海后方基地委员会揭发戴立清（后方基地党委副书记）在武装叛乱中的活动。戴立清同黄金海等人到江南造船厂、上棉三十一厂、工人文化宫等地，召开黑会，设立武装叛乱的据点，他说："只怪我们在天安门广场事件后手太软了。中央出了修正主义我们要罢工，宁可站着死，不肯跪着生，不做修正主义的党员。"他亲笔拟定了十多条反革命标语，10月12日到13日两天之中，他6次打电话给后方基地党委和驻沪工作组，要后方基地党委领导同志，"不要远离机关，要加强值班，加强民兵训练，加强战备，加强武器装备的检查与保管"，"要设立指挥部"，派专人赶到后方基地妄图策动基地领导和后方民兵参加他们的反革命武装叛乱。戴立清打电话给后方基地党委，说"王、张、江、姚问题，为什么毛主席在世时不解决，毛主席逝世才20天就这么干了？""毛主席把王、张、江、姚的问题当作人民内部矛盾处理，现在为什么要这样处理？"等5个"为什么"。10月13日晚，戴立清看了毛主席亲笔批示的复制件后，还和叶昌明、黄金海、陈阿大、施尚英、汪湘君、马振龙、王日初等人继续密谈到半夜。第2天，他与黄金海窜到上棉三十一厂，继续为"四人帮"鸣冤叫屈，进行煽动、挑拨，把矛头直指以华国锋主席为首的党中央。14日下午，戴立清知道中央点名要廖祖康去北京办学习班后，急急忙忙伙同叶昌明、黄金海等人到廖祖康家里碰头密谈。傍晚，又一起前往机场送行，策划。今年以来，戴立清要在后方架设电台并要派专人去上海培训，以便在非常情况下同上海保持联络。他还搞一个整个后方的立体沙盘，并且搞了一本南京军区水陆交通图，对后方基地一带的地理交通，专门加以研究，还亲自跑遍了附近几个省的主要公路，熟悉地形。今年3月，他不经党委同意，私自向基地公安处拿了两支手枪，随身携带。毛主席逝世后，戴立清从上海民兵指挥部领来“五六”式半自动步枪500支、子弹6万发。他自己私藏手枪、步枪和小口径步枪子弹2000余发。

戴立清到后方基地，准备每年以20%的速度，花五年时间把后方基地的领导权统统抓到手。1974年3月28日，戴立清伙同叶昌明等人，在联合厂召开了一个全后方基地拉线广播的所谓“万人夺权大会”。在大会上，戴立清在黄涛的支持下，宣布对7个人进行停职和隔离审查；对隔离的同志用武装民兵押送，并且扬言，“谁要反对就再抓几个”，制造白色恐怖，实行法西斯专政。同时，大抓民兵，大抓公安机关，而且把黑手伸到两个劳改农场，伸到上海设在后方基地的所有单位，伸到外省市，派人到街头上抄写当地贴出的大字报，并用长途电话和打字复写，报给了黄金海，由黄金海转报王秀珍。戴立清原在兰州工作。1961年，他擅自离职，逃回上海。到上海后，他设摊头，跑单帮，后来，将户口非法报进上海，混进了工厂做临时工。“文化大革命”期间，组织《红色工人造反总司令部》，同王洪文拉上了关系，他从抄家物资中，挑选了一支最好的微型手枪给王洪文。王洪文拉他当上“工总司”常委、秘书组负责人、工宣队三办负责人。当时戴还不是党员，王洪文却让他把持了科技系统党政大权，基层科研单位党委正副书记的任命要由他来批准。在王洪文的授意下，王秀珍、金祖敏再三强令基层党委办理批准手续，将其拉入党内。王洪文批示，把其老婆从兰州调回上海。戴还以养病为名，伙同一帮小兄弟，吃喝玩乐，偷鸡摸狗，钓鱼打猎，利用窃取的权力，非法侵吞国家大量财富。他无证驾车，在上海轧死一个农民。又到黄山游山玩水，撞翻农民的一辆拖拉机，倒打一耙，说是农民的拖拉机撞了他这个“中央首长”的汽车，要当地公安机关追究农民的责任，自己却逍遥法外。当戴立清的腐化堕落错误败露后，马天水、王秀珍、金祖敏、廖祖康等人，一再向他表示为他保密，说“市委常委也没有几个人知道”。马天水还对戴立清许愿说：“你先到小三线去一段时间，半年内再把你调到工交组来。”王洪文每次来上海，总要找戴立清密谈。戴立清写信给王洪文说：“看不到你，自己心里总缺什么似的。”对别人说：“司令在北京压力很大，处境很困难。”“司令一打倒，我们就完蛋。”“我们不好好干，如何对得起司令。”戴确实是王洪文所说的“在关键时刻有用的人”。

市革委会工交组唐光煊揭发马、徐、王、黄涛、陈阿大，在“四人帮”的指使下，对党中央、国务院的文件、指示、决定，可以随心所欲，自作主张，有的竟不传达、不贯彻。对国务院和各部委召开的会议，有的拒绝参加，有的派一般工作人员去应付，有的还要进行恶毒的攻击和诽谤，甚至把中央和国务院领导同志在会上的讲话拿来进行批判。去年2月，中央为了解决铁路问题，召开工业书记会议，并经毛主席圈阅，发了中央9号文件。马天水、黄涛对中央这次会议和中央9号文件，只派了一位工交组的副组长出席。回来以后要汇报，他们不安排时间；要传达，他们不表态。文件规定铁路局和铁路分局同在一个地区的，分局应该由路局实行一元化领导。上海拒不执行，说，这一条是专门针对上海的，中央、国务院是“搞阴谋”。1973年，经党中央批准，国务院召开第一次全国环境保护会议，要求各省市革委会副主任带队，而上海只由城建局党委书记带队。会后，国务院专门发了文件，但是马、徐、王、黄涛、陈阿大不听汇报，不作传达，拖了一年之久，才在一次会上稍带了几句，算作传达。1974年、1975年两次全国计划会议期间，谷牧副总理亲自召开工业学大庆座谈会，黄涛两次都拒绝参加，关在房间里睡大觉，要我去参加。我向他汇报，当我说到谷牧副总理提出，没有开过学大庆会议的省市包括上海，希望快点开，为召开全国学大庆会议做准备，黄涛却说“我们没有开，全国一下也开不起来，大庆的经验政治局还没有通过呢”。去年下半年，马振龙擅自决定把上海牌手表从17钻改为19钻，并要轻工部、商业部把零售价格从120元调整为125元。轻工部和商业部不同意，正式下文，已经生产的手表还是按原价出售。马振龙暴跳如雷。马天水、黄涛、陈阿大还授意马振龙，再向两部写报告。马天水说“你这个报告，文字上不要写市委支持的，但又要让他们看出来，市委是支持的”。马天水直接打电话给国务院领导，施加压力，同时，他们借口价格问题没有解决，不让手表出厂，造成厂里手表大量积压，而市场上又无货供应，迫使两部改变原来决定。马、徐、王和黄涛、陈阿大这些人，都是一伙两面派。一是公开顶，一是欺骗。去年中央发出17号文件以后，国家计委根据国务院领导同志指示，多次来电话，要汇报重点企业领导班子的分析情况。黄涛根本不予理睬。后来向他汇报，这是中央领导要的，他才同意搞一个排队分析。排队结果，比较差的领导班子占重点企业总数的百分之九。黄涛竟不顾事实，武断地说“我们上报，差的不能超过百分之五，百分之三到四也可以”。特别关照：第三类企业不要讲“路线不端正”，“我们上海不存在路线不端正的问题”。今年1月初，马、徐、王秉承“四人帮”的旨意，布置搜集所谓经济领域两条路线斗争材料。陈阿大召集工交组有关同志多次布置,他说要"有多少搞多少,越多越好","问题要提得尖锐,要上纲上线"。搞了十多份材料,内容有石油口问题、电站设备问题、电视工业和造船工业等问题,涉及国家计委、国家建委、交通部、外贸部等十几个部委,指名道姓地攻击中央领导同志和部长。马天水还叫秘书几次打电话来催,要把这些材料连夜送去,不然过了时间就"派不上用场了"。事后,黄涛透露,当时中央政治局正在开会交锋,马天水急急忙忙要的这些材料,就是为"四人帮"提供炮弹,大整中央、国务院和有关部委的领导同志。马天水还密令工交组:要赶快把经济领域的所谓奇谈怪论汇编一下。黄涛、陈阿大自己翻箱倒柜,又派人四处搜罗,到工交各局、公司和工厂,广泛收集国务院和各部委领导同志的讲话、报告,不管是传抄的,复写的,还是油印的都要,有二三十份之多,如获至宝。最后,拼凑了一份所谓《经济领域奇谈怪论汇编》,印了 50 份。唐山地震,有关部委要上海有关局紧急支援一批设备器材,黄涛竟然污蔑他们想乘机发"抗震财"。去年,国家计委一位负责同志在听到上海一个钢厂炼 1 吨钢消耗 1500 公斤的料时,提出要认真加以改进。黄涛知道后就大发雷霆,马上要我们核实数字,还追查是谁把这个数字捅出去的。1973 年周总理指示要成立造船统筹组,有关部搞了一个近期规划,黄涛说"统筹统筹,统而不筹,统筹为时过早",把矛头直指周总理。今年 4 月,黄涛到造船公司,提出一个口号,"向 30 万吨进军,向硬骨头开战,给邓小平颜色看"。把有条件生产的、国家急需的产品拉掉,而把没有条件的、吨位大的放上去。结果造成国家计划外的船缺配套,国家计划内的船被挤掉,使今年造船完不成国家计划。1975 年 9 月,国务院在北京召开 18 个重点企业的党委书记会议,征求对"二十条"的意见。会上明确宣布文件是草稿,不得外传。而黄涛打电话给上海参加会议的同志,密令连夜偷抄下来,带回来。黄涛下令打印 20 份,分送"四人帮"及马、徐、王。张春桥收到后,说:"到现在为止,这个材料还没有人送给我过,是黄涛第一个送给我的。"黄涛抢了头功。李先念同志曾在年初全国计划会议上讲过"二十条"不成熟,不算数,有错误,有些地方传出去了,造成了不好的影响。明明是黄涛传出去的,他却在年初召开的市党员干部会议上,大批"二十条"。到 7 月的全国计划工作座谈会上,黄涛还是抓住不放。

到今年年初全国计划会议上,确定更新改造资金按"三、三、四"比例分配使用,即由国家计委和有关部集中百分之三十更新改造资金,安排一些重大措施项目。当时谷牧副总理专门找黄涛商量,黄涛是同意的,姚文元、王洪文、张春桥都是赞成的。但会后不认账，王洪文大骂这是“刮皮主义”。马天水找综合计划组、工交组、财政局的同志去，破口大骂，说“这比刘少奇还刘少奇，刘少奇不敢干的，他们敢干”，还布置写报告把它顶回去。并讲“你们可以说叫谷牧来收，叫张劲夫（财政部长）来收，我们收不起来”。黄涛在7月的全国计划工作座谈会上，学着王洪文、马天水的腔调，破口大骂。马、徐、王、黄涛、陈阿大搞特务手段、法西斯专政。对参加各部开会，和各部、委、兄弟省市来上海的领导同志，控制越来越严，他们规定：凡是各局领导同志参加各部、委召开的会议，事先都要关照，甚至亲自谈话。回来先将部、委领导的讲话稿送黄涛、陈阿大审查，不合口味的不仅不准传达，还要抓辫子、打棍子，断章取义，肆意歪曲，整理“黑材料”送交“四人帮”。各部、委或兄弟省市领导同志到上海来，马天水布置要把他们活动的情况收集汇报，黄涛、陈阿大还密令陪同的人，要把他们到了哪些单位，讲了哪些话，都要整理，向他报告。去年，国家计委、石化部、轻工部、一机部、四机部、交通部来上海工作的人员都被布置盯梢过，掌握动态，向王洪文、张春桥汇报。看哪些同志对上海态度还可以，就“拉”过去，看哪些同志对上海态度差，要“打”。

最后他说：“我在几年工作中，执行了‘四人帮’和马、徐、王、黄涛、陈阿大的黑指示，做了不少错事，犯了许多错误，工交生产上的许多问题，我是有很大责任的。我决心在揭发、批判‘四人帮’的斗争中，提高觉悟，改正错误，划清界限，肃清流毒，在英明领袖华主席为首的党中央领导下，在市委领导下，继续革命。”

机电一局、工交组军工组、工交组生产组联合发言，代表揭发：1969年第二季度，王洪文、张春桥下达了制造防弹轿车的任务。同年9月，黄涛开会布置，他说“由洪文亲自抓，工交组由我负责”。打着“保卫毛主席，保卫党中央”的旗号，限令汽车工人抓紧试制。王洪文5次到汽车厂。1970年6月底，造出了第1辆防弹轿车，第二天，王洪文说“车子要有上海特色”，“要超过（吉林一汽生产的）红旗”。又伙同王秀珍、陈阿大、戴立清等人，到靶场实弹射击，试验轿车的防弹性能。到1974年，共私造了防弹轿车6辆，第7辆零部件也已做好，一共花费了12万个工作日，320多万元。今年9月18日晚上7时半，廖祖康从北京打电话给黄涛，了解防弹车的情况。9月22日凌晨1时，廖祖康来上海，和黄涛、陈阿大一起抓防弹车。9月24日，黄涛又写了手令：“6号（车）要修好，7号（车）完成它。”10月6日，陈阿大亲自到汽车厂，限令要把6号防弹车搞好待命。

1974年10月，王洪文指使黄涛私自安排了微型冲锋枪的试制，派廖祖康送样枪、图纸，提出具体要求。黄涛亲自布置，陈阿大批示，要“试制十支（枪），设立专门小组抓，保质保量尽快攻下来”。再三强调“对下不要说是洪文亲自抓的”。当工交组军工组要列入国家计划时，黄涛坚决反对。1976年9月，样枪造好以后，黄涛专门派人，伪装好，送到北京给王洪文。今年9月23日，王洪文专门派廖祖康来上海，同黄涛、陈阿大一起策划，说“年内要搞出50支枪来，50支不行，20支、10支也可以”。

今年9月9日清晨，王洪文给黄涛打电话，要上海赶做水晶棺。但是不久，“四人帮”知道保存毛主席遗体有技术问题没有解决，竟然撒手不管，企图嫁祸于华国锋主席和中央其他领导同志。从此，黄涛对制造水晶棺的态度来了180度的转弯，不参加，不表态。上海的广大工人、干部、技术人员，夜以继日，进行了大量试验工作。我们把模型送到人民大会堂后，听说“四人帮”正在此参加会议。但一直等到下半夜，他们也没有来看。后来廖祖康出来说：“领导（指‘四人帮’）很忙，没有时间来看，你们回去吧。”粉碎“四人帮”以后，我们才知道那天晚上正是“四人帮”为了要窃取毛主席的文件和材料，围攻华国锋主席，大吵大闹了五个小时。黄涛、陈阿大私造的防弹轿车和微型冲锋枪，成了他们篡党夺权无可抵赖的铁证；华主席亲自主持毛主席纪念堂的奠基典礼，彻底粉碎了他们破坏制造水晶棺的阴谋，真是大快人心，大得人心。

市革委会工交组居开松、杨元仁、蒋庆良三人联合发言：凡是王洪文提出的吃喝玩乐要求，黄涛都作为压倒一切的“政治任务”，限期完成。王洪文要打鸟，黄涛布置上海气枪厂特制气枪，先后经黄涛之手送王洪文的气手枪就有5支，气步枪2支，气枪铅弹8000发。十大期间，王洪文对黄涛讲“这次中央委员因为老干部多，就不提你了，今后你可以当市委书记”。陈阿大也是拼命地为王洪文效劳。上海的彩色电视机一试制成功，陈阿大就马上挑选了三台，空运北京送给王洪文。陈阿大还把照相机和上海打火机厂试制出来的各种新式打火机，都给王洪文送去。

黄涛、陈阿大对张春桥、江青、姚文元同样如此。江青要做衣服，拿了一块类似乔其纱的料子交给黄涛，要黄涛照样子生产一块。黄涛接受后，深夜找了工厂和公司规定限时限刻完成。黄涛拿到产品后，又亲自包装，写了信，空运给了江青。还要上海感光胶片厂特制了几百卷、价值数千元的彩色胶卷，亲自带到北京，交给江青。陈阿大也不甘落后，他也从上海照相机厂拿了价值上万元的东风牌高级照相机送给江青，并写了信，说什么“请首长试用”。张春桥的老婆不在北京，但今年年初，张春桥的秘书打电话给黄涛说“首长要避孕药”。黄涛立即派人去制药厂拿了两瓶最好的，当天就送了。市四届党代会时，黄涛为了能得到小兄弟的支持，当上市委常委，专门把十元一张的人民币兑换成一元一张的，在上衣和裤子的各个袋袋里都放一点，好让小兄弟来摸袋袋请客，这实际上同国民党出钱拉选票是一样的办法。黄涛经常拉小兄弟，请客吃饭。尤其是金祖敏、廖祖康等人每次来上海，黄涛都设宴招待。黄涛去北京几年来带的手表就有二三百只之多。今年7月，他给张春桥的秘书严××四只春蕾牌手表。黄涛也不给手表厂付钱，到现在还欠着。黄涛说他是个365天、天天没有空的大忙人，有些局党委书记接连找他几天，打了几十只电话，甚至只要求见他5分钟，他都说没有空。其实，黄涛根本不抓工作，除了为“四人帮”奔波，就是在家里吃喝玩乐。大量贪污各种轻工业品，还利用特权，买热水瓶，买棉毛衫，买台钟，配眼镜，都叫工厂和商店把各种各样的产品拿到他的办公室挑选，还少给钱、不付钱、不付券。他要吃月饼，黄金海布置，先做几只给他试味，等他满意以后再生产，而且尽管是特制的，但每只只付一二角钱，一次就买了一二十斤。黄涛有个儿子在部队当兵，1973年生了病，到上海治疗，每周回家，看戏、看球、看电影、看同学，都要机关里派轿车接送，每天要看大参考，机关派车子送到医院。机关里对此反应很强烈。但是，黄涛向王洪文告状，王洪文说：“限制资产阶级法权，竟然限制到常委的头上来了！”当机关不得不给他儿子派车子时，黄涛对司机说：“你们说我是大老爷，我儿子是小老爷，今天怎么又派车了？”

工交组的另一个恶霸陈阿大，同黄涛一样，上午在家睡觉，下午才来上班。到机关，每天必做六件事：举哑铃，拉弹簧，下军棋，打乒乓，打羽毛球，以及踢足球。凡是供“四人帮”看的西方电影，他都要先过目。从下午看到深夜。陈阿大经常和他的小兄弟去饭店大吃大喝，有时吃了还要拿回家去，吃不掉再倒掉。用各种名目贪污、盗窃、敲诈勒索。他逢年过节，要从张敬标、王日初那里拿上百元的“小兄弟补助费”，他住的房子，按规定每月房租46元，他每月只付3元7角8分钱，厂里每月给他的房租补贴15元，这样每月还要收进11元多。他坐专车，还要机关买月票，在厂里每月拿交通费5元。仅这两笔，几年来贪污就达二三千元之多。去年夏天，他当上了上海人民友好代表团副团长，访问日本，日本人送了这个代表团手表20只、照相机

20只、半导体收音机20只和餐具20套。按规定，这些礼品都要上缴，过去有人没有把礼品上缴，马、徐、王又是点名，又是通报。但这次，陈阿大串通代表团团长冯国柱，经过马、徐、王点头，把这些礼品统统据为己有，把录音机、半导体收音机分别送给王洪文、张春桥、姚文元、马天水、徐景贤、王秀珍、金祖敏、张敬标、黄涛、廖祖康等人。陈阿大经常说："货币对我们这些人不起作用"。陈阿大一家住了两套公寓，今年年初，又看中了新康花园前花园洋房，指令房地局为他大修房子，修理费自己分文不出。又提出要动迁住在楼下的一户居民。

黄涛、陈阿大对待机关工作人员也看作是他们的奴隶，是一个比奴隶主还要厉害的贵族老爷。黄涛、陈阿大声称，秘书是伺候他们的。动辄训人、骂人，稍不称心，就讲要把三个秘书"砸烂，统统给我滚蛋"。机关里任何人他都训斥。他下午二三点钟才来机关，到六七点钟回家吃饭，要到九点左右再来机关，干部都得在机关等候，如果回家了，也要把你叫回来，所以机关的同志说"黄涛是常中班，而我们都要早班、中班连夜班"。由于黄涛的折磨，不少同志长期睡眠不足，搞垮了身体。

陈阿大也是一副老爷架子，流氓腔调。他吃饭要人端到手里，衣服要别人帮他洗，洗澡要人替他擦背，家里的地板要秘书、司机帮他打蜡，连他小孩子的尿布也要驾驶员给他洗。尽管这样，陈阿大还是经常训人、骂人，工交组的许多同志都被他指着鼻子臭骂过，什么下流肮脏的话都骂得出来，什么卑鄙无耻的事都干得出来。动手打驾驶员的头，有一个驾驶员无辜被陈阿大捅了一下，胸口疼了十几天，说也不敢说。还有一次，陈阿大下车时把一条毛料裤子勾破了，他就骂驾驶员，要驾驶员赔他的裤子。最后工交组找老师傅织补，他也不付钱。

中共上海市纺织工业局委员会代表发言揭发：1974年1月24日和25日，"四人帮"在北京连续召开了两次批林批孔大会，把矛头直指周总理和其他中央领导同志。会后，江青和姚文元对大会录音连续进行了三天的修改，要发到全国。这两个大会受到了毛主席的批评，扣发了录音带。在这两个大会后的第3天，王秀珍拿着大会记录稿，到上棉三十厂，并把上棉十七厂的人也叫去，传达布置，妄图通过这两个厂，把这股阴风刮到整个纺织系统，刮到全市，转移批林批孔斗争的大方向。王洪文在他安插在纺织局的一个亲信写的一封诬告信上，点名批判，给纺织局党委主要负责同志定下了"搞修正主义，搞分裂，搞阴谋诡计"的罪名，马、徐、王以及黄涛、陈阿大、黄金海、叶昌明、汪湘君等人伙同王洪文在纺织局的亲信，有计划、有步骤、有准备地“放火烧荒”，大搞“改朝换代”。马天水、徐景贤、黄涛等人多次到上棉五厂，捏造了一个“资产阶级专了无产阶级二年半的政”的典型。徐景贤说“这是全市难得的一份反面教材”。造成一大批革命的新老干部被戴上了种种莫须有的罪名，遭到残酷斗争，无情打击。而王洪文的小兄弟黄金海、叶昌明、汪湘君等盗窃犯、流氓、坏蛋，则通过高压手段，被拉入党内。

长期以来，王秀珍和“四人帮”在纺织局的亲信突出地宣扬王洪文。他们把王洪文的所谓“视察”，当作“特大喜讯”，对王洪文的所谓批示和讲话，印成材料，组织学习，开会交流，检查落实。在他们的吹捧下，王洪文俨然成了党的化身。张春桥要搞“张春桥思想”，王洪文也不甘落后，在上棉十七厂把一个车间当作他的点，说：要在这里摸索“中国工业化的道路”。王秀珍忠实地贯彻，还仿效江青，多次用个人名义给厂里送材料。王秀珍亲自出马，命令上棉十七厂把王洪文工作过的办公室按照原样保存下来，当作圣地，供人瞻仰。王洪文还亲自授意王秀珍和在纺织局的那个亲信，编写上棉十七厂“文化大革命”的大事记。第一稿写成后，王洪文亲自审查了三遍，嫌自己不突出，作了三条指示。他说，“不要树碑立传，但是个人是有作用的”，“一般的人一般写写就可以了”，“上棉十七厂的夺权应该比一月革命早”。王秀珍效仿王洪文，要上棉三十厂写大事记为她自己树碑立传。毛主席病重和逝世以后，“四人帮”以为时机已到，迫不及待地妄图篡夺党和国家的最高领导权。王秀珍又到上棉三十厂，说：“右倾翻案风来势之猛，涉及面之广，靠邓小平一个人刮得起来吗？要议得深一点，想得远一点，”“不要以为揪出邓小平，祸根就挖尽了，其实并没有挖尽，修正主义还会上台。”攻击华国锋同志为首的党中央。她还说：“修正主义上台后怎么办？你们敢不敢打游击?!”说江青还要领着我们去战斗。难怪“四人帮”在纺织局的那个亲信和上棉十七厂的那个黑干将董秋芳连呼“大喜事，大喜事”。但是，他们高兴得太早了。华主席为首的党中央代表了全体党员、全国人民的心愿，采取英明果断的措施。“四人帮”一朝覆亡，顷刻瓦解，落得个可耻的下场。

上述中说的“纺织局的那个亲信”是指唐文兰，因为当时还没有做组织处理，所以发言中没有点名。

工交组基建组、化工局、建工局、石化总厂、吴泾化工厂联合发言揭发：30 万吨合成氨工程，是中央 1974 年正式批准的项目。在一次接见全国基建代表和各省市负责人时，华国锋同志指示：进口十三套引进技术，争取一点时间，但要立足国内。上海同志打算自己搞一套，很好。中央各部要支持。我们要独立自主，自力更生。我们要引进，我们要超过它。李先念同志说：进口翻版，无论如何要坚持独立自主，自力更生，按总理讲的一用、二批、三改、四创去办。国务院有关部委为确保这项重要工程，在各个方面给了大力的支持。但是，“四人帮”在这项工程酝酿的过程中，先是拼命进行反对，不同意建在上海。黄涛说工人群众设计、试制的成果“不成熟，没把握”，要“担风险”，走自力更生的道路是“瞎来，欠考虑”。陈阿大说：“为什么都要自己干？化肥为什么不能进口？”1975 年初，30 万吨工程破土动工。大家听到石化部在广州与美方谈判时，美方人员态度十分傲慢的情况，都感到非常气愤，提出一定要争这口气，决心以最快的速度，抢在进口装置之前，把这一工程搞上去。但是，黄涛、陈阿大却冷眼旁观，从不过问，不仅不支持，还横加干扰，有意拖延施工，造成工程进度缓慢，不但不作自我批评，相反倒打一耙，把责任推给中央部门。马天水说，“你们说一句话，30 万吨就上去了？砍掉了多少项目，谁负责？”黄涛指责具体负责工程的同志：“到底和一机部一起搞的什么鬼？”这项工程搞成了，他们就贪天之功为己有。马天水曾说“搞得再不好，也是我们自己的”。国产 30 万吨合成氨工程设备制造方面取得了较大进展，“四人帮”认为可以从中捞取政治资本，于是来了 180 度大转弯。1975 年黄涛以市委办公室名义，炮制了一份整石化部的材料，王洪文批示，要黄涛立即行动，搞个情况报告，要越快越好。马天水、黄涛、陈阿大歪曲事实，说这个项目是他们“争来的”“抢来的”，还说这个是“第二个风庆轮”，逼有关部领导检讨，还要追“后台”。他们明明知道进口 12 套大型化肥设备，是毛主席 1973 年批准的，当时邓小平还没有主持工作，和邓小平毫无关系。江青竟下令追查“大化肥究竟是谁批准的？”黄涛攻击进口大型化肥装置是“奴化思想大回潮”。冯国柱说“月亮也是外国的圆”是“拜倒在洋人脚下，没有中华民族的骨气，没有无产阶级的气味”。陈阿大叫嚣要“为王洪文争气，为上海争气，这个项目搞上去，我们腰板更硬了”。

金山工程建石油化工总厂，1972 年 2 月 5 日经国务院确定，周总理同意，毛主席圈定。可是张春桥在 1972 年 8 月的一次会议上，和 10 月 9 日来金山工地时，说“我是反对引进的，如果不是为了翻版，我是不同意放在上海的”。1973 年下半年，黄涛对石化总厂指挥部的同志讲“金山是上海的金山，金山工程是上海的金山工程，你们要听上海的，不要听北京的”。工业学大庆的群众运动，对照大庆找了差距。黄涛说：“什么学大庆、学大庆，上海有上海的大庆,金山就是大庆”。1975 年 8 月国务院决定在金山工地召开现场会议,但是,由于这个会议是国务院召开的,不是“四人帮”定的,因此,马、徐、王和黄涛采取顶、拖、混等手法进行抵制破坏。谷牧副总理和各省市有关负责同志都已到上海,但会议材料还没有准备好,谷牧同志当时严肃批评指出,材料没搞好,会议不能开。黄涛变换手法,把大堆材料推给国务院来金山的同志,使会议达不到预期的效果,从而嫁祸于国务院。现场会议是国务院召开的,会后上海各报报道,只字不提“国务院现场会议”。今年 3 月,徐景贤秉承江青、姚文元的旨意,要金山工程拍故事片。他说:要害问题是要写最大的走资派。《春苗》只写了一个卫生院院长,《决裂》也只写了一个专员,要以金山工程为背景,写省以上的走资派,甚至更大的走资派。1975 年 10 月中旬,王洪文的政治秘书萧木,打电话给工交组说,王洪文回北京需要带几份材料作为重型炮弹,要石化总厂写一份,题目是“积极理解基本建设程序”。

中共上海市冶金工业局委员会揭发:批林批孔一开始,“四人帮”在上面反对周总理和中央其他领导同志;在下面揪斗干部,搞乱基层。马、徐、王首先对上海机修总厂开刀。1974 年 3 月 18 日,马、徐、王到厂里,王秀珍学着张春桥的话说:“过去我们夺了他们的权,现在又被他们这些人夺过去了。”徐景贤说:“要开刀!”马天水说:“批林批孔一定要联系这方面的实际。”对干部“要狠狠地批,狠狠地斗”。马、徐、王还召开万人大会,把上海机修总厂作为全市一个所谓右倾复辟的典型在会上介绍,马天水亲自抓上钢一厂,派了一个得力干将到厂指挥,揪大大小小的“复辟势力代表”。陈阿大跑到矽钢片厂和冶金局,在揭矛盾大会上拍着台子,说“为什么要搞批林批孔,如果只一个单位复辟那就好办,这不是一个单位的问题,而是全国的问题”。一语泄漏了天机,目的是篡党夺权。1974 年 8 月 5 日,清华、北大、党校三校大批判组给上海市委和上钢五厂党委写了信,说按照江青的指示“要来上钢五厂送材料”。王洪文还特地要廖祖康打电话给王秀珍,告诉马、徐、王要狠抓这件事。马天水 8 月 6 日写信给五厂党委,吹捧江青,说“这是对上钢五厂职工同志和上海工人阶级的关怀和鼓励”。同一天,又和王秀珍把江青送来的材料亲自送到厂里。8 月 8 日下午,迟群、谢静宜专程到上海,在马、徐、王陪同到厂里。去年 8 月 26 日晚上,王洪文突然窜到上钢五厂,只用了半个小时,就跑完了 3 个车间,到上钢一厂第三转炉车间,根本不同炼钢工人接近。他怕热、怕脏,走了不到 150 公尺,竟先后用冰毛巾揩了 6 次面。他哪里有一点我们工人的气味。黄涛一看没有欢迎队伍，捅了一下厂党委副书记，说："你们又不鼓掌，又不欢迎，是干什么的！"1958 年 9 月 28 日深夜，毛主席到工厂，登上一号炉的炉台，向工人们频频招手，和炉前的工人、干部热情握手，亲切交谈，还接过火镜，察看炉火，询问生产的情况。周总理先后四次到过上钢一厂，两次到过上钢三厂，也到过异型钢管厂。周总理自己到工人食堂排队，吃几分钱的菜。周总理和我们工人心贴心，我们爱戴周总理。

中央批邓打招呼会议后，王秀珍到冶金局说"有人要一口气把地球吞下去"，"他们有后台"，"这次风源之大是空前的"。马天水到五厂说"这次斗争涉及人的面是很大的""有挂帅人物"，"有得力干将"，"要一个一个逐步搞"。今年六七月，毛主席病重期间，"四人帮"为了在全国计划工作座谈会上向党中央进攻，黄涛指定上钢五厂派人前去参加会议。黄涛出点子、定调子，煽动上海代表先开炮，攻击所谓"大官们"。王洪文说："回去告诉你们厂党委要更加朝气蓬勃地投入战斗，斗争还没有完，棱角不要磨掉。"

上海的钢产量 1973 年比 1970 年增长 120 万吨。但是由于"四人帮"的干扰和破坏，从 1974 年至 1976 年钢产量连续下降，三年没有完成计划，而且消耗上升，成本超支，利润下降。"四人帮"和马、徐、王、黄涛、陈阿大是破坏上海钢铁工业的罪魁祸首，但他们却把责任推给基层，说"你们没有完成计划，使上海在北京的中央领导同志压力很大"，另外嫁祸于中央和国务院，说"给上海压的任务太重了"。事实上，毛主席、华主席、党中央历来对我们冶金战线非常关怀。1974 年 9 月，冶金部召开重点冶金企业会议，10 月 2 日华国锋同志等几位中央领导同志在百忙之中抽出 6 个多小时，作了重要讲话，我们到工交组汇报，陈阿大听了两句，就讲了四个字："不准传达！"

面对以上揭发、批判，黄涛、陈阿大不得不低下头。

1976 年 12 月 10 日中共中央下发了 24 号文件《王、张、江、姚反党罪证（材料之一）》。材料多处涉及徐景贤。徐景贤很紧张，说，按现有材料已够死罪，要争取个好态度，从宽处理。[①] 12 月 24 日下午，文教口批判马、徐、王、朱永嘉、王知常。新华社上海分社揭批"四人帮"插手写作组经济组：朱永嘉利用经济调查攻击周总理。上海京剧团揭发江青革命旗手的画皮。上海人民出版社"朝霞"出版社揭发"四人帮"控制"朝霞"的罪行。理论队伍代表、

① 1977 年 1 月 6 日，苏振华、倪志福在中央政治局口头汇报提纲。

上海师大的同志也做了发言。①

第二次面对面揭发批判黄涛、陈阿大

经过20多天的准备，1977年1月15日上午，黄涛、陈阿大第二次做检查。根据王守家的笔记记录，这次黄涛的态度比较老实。

他说：我向同志们交代，我紧跟"四人帮"。我干了大量坏事，罪行累累。我利令智昏，过去没有把这些豺狼认识清，他们放个屁，我可以唱台戏。从1973到1976年四次计划会议上，做"四人帮"的帮凶一次比一次猖狂，是各省市的一霸。1975年11月计划会议，在王洪文精心策划下，采取一磨二顶三争的策略，破坏会议，目的是反对周总理。1976年计划座谈会，我为"四人帮"急先锋，狂叫"国务院务虚会"是右倾翻案风的风源，目的反对华主席。罪行严重。我严重罪行集中表现为"四人帮"的吹鼓手、急先锋、干将，破坏革命，破坏生产。

黄涛揭发，去年反击右倾翻案风以来，王洪文说上海要跟上。张春桥说，最大走资派要点名了。要打倒一大批。去年国家计委要总结工业学大庆的材料时，我说，现在批邓，国家计委学大庆，方向不对头。今年9月9日王洪文打来电话说毛主席逝世，要做水晶棺，越快越好。到15日又说，水晶棺慢慢搞，因遗体能不能保存好是第一位的。

最后黄涛交代自己在武装叛乱中的情况。黄涛检查时像做报告，他交代的都是众所周知的内容。

随后金传德揭发：你讲过："我不做假共产党员，我准备坐牢。"

大家纷纷质问：你和"四人帮"的关系？到北京多少次？你交代的是众所周知的。从北京回来，攻击中央领导同志，怎么安排亲信，一个一个安排。总理逝世，各船鸣汽笛，为什么要追查？

黄涛不得不低下了头。

1月15日下午，继续开会，陈阿大做检查。随后进行揭发批判。前面群众揭批陈阿大的事情很多了，此次王守家只记了以前没有涉及的事情。陈阿大在外事方面不遵守纪律，不懂礼貌。1975年6月底阿尔巴尼亚代表团来，当天晚上宴请，原定7点接外宾，到时间陈阿大还在家里打羽毛球。黄涛

---

① 王守家上海出差工作日记。

却与马、徐、王和王洪文到一边开黑会。接待越南代表团，陈阿大对越南代表团说：中国橘子比越南好吃。越南同志说：各有各的味道，陈还强调中国的好吃，使越南同志很反感。

有人揭发：1974 年计划会议时，要进口 15 套化肥设备。黄涛在大会上表态，说：上海 1975 年底，自己搞出一套。国家计委同志说，一个省市搞一套有困难，是否几个省市一同搞。黄涛表示进口 15 套设备是投降卖国。黄涛说“争投资也是一种斗争”，处处和国家计委对着干。黄涛和冶金部的陈××、吉林的吕××勾结的相当密切。

翁严诺揭发，批邓分三条线，朱永嘉从理论上批，黄涛从经济方面批，王秀珍从组织方面，批台阶论[①]。

有人揭发：陈阿大散布王洪文、张春桥、江青、姚文元是主席、副主席，毛远新、迟群、谢静宜进政治局没有问题。政治局左派占多数，事情就好办了。

会上，许多人纷纷揭发、质问黄涛、陈阿大。

最后许萌总结：一、要下功夫学习，掌握思想武器。改造自己世界观，核心组带头认真学习好。二、继续发动群众，一件一件揭发调查，面对面斗争。专案斗争与群众运动相结合。三、机关一些领导干部，过去说过错话，干过错事，要在斗争中多亮思想。[②]

到 1977 年 1 月中旬，上海第一次全市性的揭批告一段落。

中央工作组在全市借调干部 5 万人，专职做揭批、清查工作。因为王洪文的小兄弟集中在工交系统，工交系统一直是揭批、清查的重点。从 1976 年 11 月以来，工交系统派出 201 个工作组，2221 个人，重点了解 1034 个工厂。经过两个月的努力，工交系统面貌大变，以上海冶金局为例，冶金局下属共 57 个单位，运动分三个类型：一、主要成员立场坚定，旗帜鲜明，积极领导运动，带领群众，带头学、带头揭，带头批，把自己摆进去，革命轰轰烈烈，生产热气腾腾，如上钢三厂、异型钢管厂、上钢二厂等。这类企业占三分之一。二、党委内部有些人受“四人帮”的影响，说过一些错话，做过一些错事。群众有意见，自己又不能正确对待，怕字当头，党委对运动领导不力，行动迟缓；也有一些单位抱着等待上级部署的思想，一般地办点学习班，运动声势

---

① “文革”中许多造反派坐直升机当上领导。1975 年整顿时提出，干部要一个台阶一个台阶地提升，不能坐直升飞机。引起“四人帮”及其余党的不满。

② 王守家上海出差工作日记。

不大，这是多数。三、少数单位，特别是“四人帮”和马、徐、王插手干坏事，搞破坏的个别企业，群众对领导的意见较大。领导班子对一些问题的看法很不得力，受到群众的批评，领导处于被动状态。如上钢一厂、机修总厂，这类企业占十分之一。[①] 又经过5个月努力，到1977年5月，工交口20个局，82个公司，3031个厂，最好的单位324个，占10.3%；一级591个，占19.5%；二级119个，占3.9%；最差的只占1%—2%。到1977年底，工交系统采取组织措施进行审查的对象1266人，用“讲清楚”等形式进行审查的对象共2364人，据不完全统计，共查出173件同“四人帮”阴谋活动有牵连的事。[②]

经过数次揭发批判，终于剥开“四人帮”的“画皮”：

一、不是“文艺革命的旗手”，而是篡党夺权的里手；

二、不是“正确路线的代表”，而是党内资产阶级的典型代表；

三、不是“左派”，而是极右派；

四、不是“马克思主义的理论家”，而是资产阶级的野心家和阴谋家；

五、不是“新生产物的支持者”，而是破坏者；

六、不是毛主席的“学生”和“战友”，而是陷害毛主席的凶手；

七、不是限制资产阶级法权的“模范”，而是扩大资产阶级法权的吸血鬼；

八、不是批判唯生产力论的“真革命”，而是破坏国民经济的反革命。[③]

依靠上海当地干部，起用韩哲一

在开大会、中会、小会揭批“四人帮”的同时，林乎加和中央工作组尽量依靠上海市的干部，不断找人谈话。11月5日上午，徐良图找高崇志、唐光煊、葛恒、陈任之、徐景元等人研究生产，王守家记录。徐良图说：生产10月比9月好。今后还有50多天。他强调：一方面深揭“四人帮”，一方面狠抓生产。我们自己说错话、做错事也不要紧，先揭发“四人帮”，有错自己认错，争取群众谅解，不要把自己名字和“四人帮”绑在一起。把生产促上去。工交组日常请求报告，工交组几位领导商量办就可以了。

得到中央工作组的信任，干部们放下包袱，大胆工作。11月9日上午，

---

① 王守家上海出差工作日记。

② 上海市委揭批“四人帮”运动办公室：运动情况第25期。

③ 王守家上海出差工作日记。

工交组由唐光煊主持召开工交组、各局负责人抓革命、促生产的会议，听取纺织局、港务局、冶金局、交通运输各局汇报。

徐良图在会上做总结说：揭发“四人帮”是历次斗争最大的斗争。现在中央组织国务院各部委组成工作组来上海帮助工作。三位书记对经济路线很关心。最近要掀起抓革命、促生产的新高潮。要以实际行动粉碎“四人帮”。上海市要做得更好。然后，他对生产做了以下统筹安排：

一、希望三五天内工交组将情况综合起来给市委同志写个报告，让市委放心，甚至给华主席写个报告，请华主席放心，不辜负中央的期望。

二、希望一些企业带头提出倡议，响应党中央的号召。

三、上海市工交系统要努力完成今年生产计划。从 11 月 1 日开始建立新的日报以后，领导同志每天都看。要求轻工生产市场急需商品。解决上海市财政收入，繁荣市场，支援外地。化工原料、冶金工业要多生产。组织战役不能拼设备，保持一定量库存。千方百计克服困难，工作组做后盾。这些问题在工交组里共同研究解决。

15 日，徐良图在出席工交组核心组会议听取各局汇报时，又说：工交组的领导同志分工搞好。集中力量揭发四人帮，集中力量抓好生产。遇到重大问题，乎加和我都帮助一下。同志们精神状态要振作。他宣布成立专案组。

林乎加要翁佴诺、许萌两位参加核心组领导工作。工交组全面工作由金传德抓起来。要求把机关同志组织起来，该下厂下厂，抓紧一些，经常开会检查。

最后，徐良图宣布了一个好消息：明年解决工资问题。

从 1956 年全国实行统一工资以来，调整工资 7 次，但是每次因钱少，增加工资的人数有限，大多数人已经 20 多年没有涨工资了，1958 年的大学毕业生仍然拿着毕业转正时的工资 56 元。1958 年及以后参加工作的职工，早已成骨干，却只拿二级工的工资 35—42 元不等。① 都已人到中年，有三四个孩子，生活十分困难。“文革”十年动乱造成国民收入损失五千亿元人民币，②又实行“高积累，低消费”，上海的消费基金在国民收入中所占的比重，

---

① 当时全国分为 11 类工资区，各类地区工资标准不同，最高和最低地区相差 30%。

② 中央文献研究室编：《关于建国以来党的若干历史问题的决议注释本（修订）》，第 396 页，人民出版社，1986 年。

由1965年的32.4%下降到1976年的26.8%。“文革”中大批资产阶级法权，否定按劳分配原则，推行平均主义，取消计件工资和奖金，使全民所有制企、事业单位职工平均工资由1965年的69.58元下降到1976年的57.16元，下降17.8%。加上城镇职工子女上山下乡，增加了家庭负担。全国人民生活在这十年中不仅没有上升，反而下降。[①] 1974年，1975年两次要提工资，都因“四人帮”反对而不能实现。[②] 现在大家听到要涨工资，感到政策变化，看到希望，无不振奋。[③]

当时，华国锋要国家计委首先对1977年第一季度做出安排，报国务院批准，明年一二月开全国计划会议。11月16日，华国锋批准了这个第一季度计划。11月16日到21日，林乎加主持了华东计划会议，提出三个目标：一、各行业所有企业达到本行业历史最好水平；二、一年或二年达到全国行业先进指标。三、提出赶超世界先进水平。

11月23日彭冲、林乎加第二次听取工交组、计划组核心组的汇报，研究生产问题。[④] 苏振华、倪志福、彭冲和林乎加重视原来在上海市委担任领导工作的同志，决定将韩哲一请出来主持制定明年计划。王守家随即通知韩哲一参加会议。24日晚，林乎加在工交组宣布：韩哲一负责计划组，计划组和工交组管计划的同志集中在一起，制定明年计划。

韩哲一对制定计划果然轻车熟路，很快定下方案。12月14日下午，韩哲一主持召开区县局负责人会议，讨论上海的这个1977年第一季度计划。他说“四人帮”一向是你抓生产就是唯生产力论；你抓制度就是管卡压；你抓生活就是物资刺激。从现在到1980年一个新项目不上还要花几个亿，例如新车站原计划7000万，但实际需要2亿。综合平衡的任务重。

韩哲一不仅负责制定计划，还管财贸经济，粮、棉、油副食及鸡、鸭、鱼市场供应。当时市场缺鸡蛋，但上海有粮食，林乎加提出用粮食换鸡蛋。韩哲一说：南方人喜欢养鸭子，用粮食换鸭子、鸭蛋，这个容易做到。林乎加高兴地说：有鸭子、鸭蛋吃也很好嘛！这个容易。上海的供应马上改善了。此事

---

① 中共上海市委党史研究室编：《中共上海党史大典》，第140—141页，上海世纪出版集团、上海教育出版社2001年。

② 1978年1月2日《文汇报》。

③ 1977年1月全国开始给百分之六十多的职工增加工资，这次增加的工资总额和增加工资人数是建国28年来最多的一次。

④ 见王守家工作笔记，因会议涉及很多专业术语，略。

隔三十多年，95岁的林乎加仍清晰地记得，他说：当时上海有粮食、有菜园子。韩哲一原来就是抓经济工作的，他和各县有联系，他一布置下去，各县就完成任务。一抓就抓起来了。当时有一个重要经验，就是依靠原来的干部，不重新搞一套。"四人帮"就不懂这点。张春桥是：工作由你干，错误由你犯，把柄由我攥，到时你完蛋。他们的口号是砸烂，好干部都换掉，用的造反派，没有群众基础，干不了什么事。①

工交组核心组有些人跟着黄涛、陈阿大干过一些错事，说过一些错话，清查开始后，情绪常常波动，不稳定。针对这种情况，徐良图说：不管我们有多错误，要倾听群众意见。知情人，看你敢不敢揭发。想溜是溜不掉的。核心组揭发批判，主要抓住"四人帮"极右实质，"四人帮"利用经济部门篡党夺权。这个目标不能转移。至于我们执行了不要紧。不能把"四人帮"和自己捆在一起。要实事求是。这个思想不解决，就只能讲过程。当然过程要讲，主要讲极右派实质，讲他们的毒害、反党、反中央，及上下勾结，提高揭发批判水平。另外，大家到小组里和干部群众一起，对群众的问询，要作准备。

但仍有人执迷不悟，思想转不过来，批判稿都是别人替他写，对黄涛什么都没有揭发。对工作组有情绪，说：工作组指挥，我怎么干？不承认工作组的安排。上班十分之一的时间下棋。不下去到各局，下面送来的报告，该批的不批，也不向上送。当面向徐良图撒谎，汇报时说，一个星期一次抓生产，实际没有。还扬言：我这个人什么人都可批评我，我坚决不当头，我已经准备小包袱，到公安局报到，我有什么问题审查。观察了一个月后，12月20日工作组开会座谈生产组领导问题。大家认为这位组负责人弄虚作假，欺上瞒下，要滑头，两面派，改也难。会后报林乎加、徐良图决定让他靠边站，由别人来做。但仍给他一个机会，第二天批判黄涛、陈阿大的大会发言由他来宣读。

上海生产稳步上升

上海是全国最大的工业城市，全国工人有2000万，上海工人有200万，占全国的十分之一。在十年内乱中，上海的经济和全国一样，工业经历了三

---

① 2010年5月18日采访林乎加。

起三落，到 1976 年，上海的经济和全国一样已被拖到了崩溃的边缘。① 全市连续三年没有完成财政任务，工业总产值损失 115 亿元。

10 月 29 日下午，苏振华、倪志福、彭冲和工交、财贸组和部、办、局召开座谈会。从市委的组、办到区、县、局和各公司，都成立抓革命和抓生产的两套班子。理直气壮地抓生产，工业生产从 10 月中旬以来逐月上升。②

林乎加和中央工作组尽量依靠上海市的干部，11 月 2 日，他率工作组与工交组及各局负责人见面，着手研究港口、运输问题。

上海历来是我国重要的进出口口岸和交通枢纽。为适应经济发展需要，50 年代末和 60 年代初，上海曾对港口和铁路进行了大规模的改造和扩建。1973 年，随着中日邦交恢复及中美关系逐步趋向正常，外贸运输任务急剧增长，港口码头吞吐能力已不适应生产发展的需要，经常压船 70 条到 80 条，影响生产不说，每天需付出大量的压船费。周总理发出“三年改变港口面貌”的号召，成立了由国务院和上海市双重领导的上海港口建设领导小组，交通部对上海港的建设也有具体建议，因此上海港从 1973 年起，进行大规模的改造和扩建。与此同时，铁路运输装备也有较大的改进，添置了多路载波机和列车无线调度电话，改进了装卸、工务等有关设备并实现客运机车的内燃机化。③ 但仍然不能适应经济发展的需要，加上“四人帮”及其在上海骨干的干扰和破坏，1976 年 1—10 月交通运输只完成 80.2%，3 万吨货积压运不出去。车辆完好率只有 89%，配件材料跟不上。仍有压港 62 万吨，压的船舶 29—30 个。

同时，煤、电等原材料库存量少，车皮奇缺，是上海面临的另一个困难。冶金局反映：焦炭应给 8.7 万吨，实给 7.9 万吨。④ 由于上海和各部委、各省关系紧张，各省出于对“四人帮”的不满，不愿意供应上海。中央国务院积极出面协调。如煤炭，国务院副总理纪登奎、余秋里、谷牧亲自找各省、部同志开会，说 99 万吨煤供应上海一吨不能少。林乎加到上海后，也利用自己国家计委副主任的身份，跟各部委、各省沟通，很快解决了煤、电、车皮的问题。

---

① 1978 年《上海市揭批“四人帮”斗争中定性处理工作的情况》(汇报资料)。

② 10 月完成 36.9 亿元，11 月 37.2 亿元，12 月 39.69 亿元。

③ 中共上海市委党史研究室：《上海社会主义建设五十年》，第 380—381 页，上海人民出版社，1999 年。

④ 王守家上海出差工作日记。11 月 9 日上午，工交组召开工交组、各局负责人抓革命、促生产会议，各组各局汇报。

徐良图、王守家利用自己长期在计委工作的有利条件，和计委、各部委联系具体落实。从王守家的上海出差日记也看出，这是他们在上海的另一项重要工作。上海的煤主要由安徽供应。12 月 25 日以来，安徽的运输紧张，自己省内电厂都难以保证。29 日上午，徐良图、韩哲一专门研究运输问题。经数次电报来往，徐良图和安徽省委商定，蚌埠铁路分局首先保住上海的煤炭运输。①

1976 年 11 月、12 月，上海市场上的大路货飞马牌、海鸥牌香烟突然脱销。一查，原来问题出在烟糖公司的一个头头身上。此人是王洪文"五虎将"之一，以"我已指挥不动"为借口，消极对抗，想看中央工作组的笑话。有几天，市场上忽然好多人抢购毛巾和火柴，有人一次就买走几十条毛巾和几十包火柴。商业部门有人建议限量供应。情况报到彭冲那里，他多年担任南京市委第一书记、江苏省委第一书记，对这类问题自有办法，说："毛巾、火柴这类商品，仓库里有的是；就是缺少，紧急生产和调运也不难，这点本事商业部门还有。不上这个当，毛巾、火柴不能当饭吃，顶一阵就过去了。"他同苏振华、倪志福等商量以后决定：从库存中紧急拨调。几天后，抢购风销声匿迹。②

与商业系统相比，工交系统各个工厂的情况不同，受"四人帮"直接控制的工厂，问题多，冤假错案多，解决起来比较困难，如上海江南造船厂揭批运动开展起来后，调动了工人积极性，到 1977 年 3 月才开始超额完成月度计划。③

钢铁生产一直是工业的重中之重，毛泽东曾提出"以钢为纲"的口号。上海的钢产量从 1974 年以来年年完不成任务。"文革"结束时，1976 年的钢产量仅相当 1971 年水平，相当于后退了一个五年计划。④ 11 月中旬，在研究 1977 年第一季度计划时，林乎加说：明年全国钢产量 2400 万吨，明年进口钢材大致 250 万—300 万吨。上海明年钢材量不能少产。今年 3%增长速度太少了，从现有实际出发，从节约、挖潜力找速度，能否将明年速度搞到 10%？

王守家在计委长期负责冶金系统工作，下去考察时特别注意冶金系统的情况。他和工交组的同志到上钢一厂、上钢五厂、上钢三厂、异型钢管厂、

① 王守家上海出差工作日记。

② 刘定汉、袁捷、朱通华、谷冰等：《和彭冲在一起的日子》，第 191 页，江苏人民出版社，1997 年。

③ 1977 年 5 月江南造船厂党委在全市第三次揭批大会上的发言。

④ 1976 年 11 月谷牧讲话。

铁合金厂、上钢十厂、上钢一厂半连轧、上钢八厂调查研究、现场办公。1977年1月19日上午研究冶金钢材生产时,他的笔记中记下了大量的具体技术问题和数字。

电力不足一直制约上海经济的发展。由于林彪和“四人帮”破坏,十年来,全国少装500万KW电力设备。1970年华东电网改由上海市革委会管理后,马、徐、王从来不抓电的建设,辅机不配套;也不抓电的维修和管理。本来华东全网全年可发电600万KW,现只有380—400万KW,不能满足华东所需的550万KW。电力不足造成周波下降,从1970年的49.5KW下降到1976年的45KW。下降一个周波,上海产量下降2%—6%。同时增加消耗煤、损坏设备,形成恶性循环。“四人帮”马、徐、王长期不抓生产,不抓管理,不进行培训,工人素质低,一个临时工清扫时将一个铝片抛到变压电线上造成0.19秒停电,损失200万元。①

粉碎“四人帮”后,全国电力职工积极性大增,11月下旬比10月上旬发电增长10%。但是,各行各业群众扬眉吐气,都开足马力生产,电力供应紧张的问题更加突出。1976年仅11月8到30日拉电(停电)2146次,严重影响生产。煤供应不上,最紧张时上海的存煤只够三天的。徐良图的房间里安了三部电话,电话日夜不停,到各地调煤,非常辛劳。②

为了保证电力供应,徐良图和李锡铭想了很多办法,同时提出反对浪费,③提倡技术革新,节约用电。12月8日下午,徐良图主持上海市节约用电计划用电交流会。由纺织局、玩具工业、八一铸钢厂、上海电工合金厂、第一百货公司、上钢三厂介绍节约用电,大力开展技术革新的经验。望亭电厂介绍省煤节电的经验。最后徐良图总结,他说:国务院1970年三号文件提出三电工作即:计划用电,节约用电,群众办电。这是长期方针,国家计委每年两次抓三电会议,介绍全国各地的好经验。由于“四人帮”马、徐、王叫嚷“宁可要社会主义的低速度,不要资本主义的高速度”,把国民经济搞乱,不传达1975年全国计划用电会议。

在会上,大家畅所欲言,研究很多具体的、技术性的问题,出了不少好主意。经过批判、揭发马、徐、王、批斗黄涛、陈阿大后,许多同志提高认识,得

---

① 王守家出差上海工作笔记。12月8日会议孙立余发言记录。

② 朱元谋:《接管上海》。

③ 仅1976年1至9月,22种重点产品浪费电力1.65亿万度。

到解脱，精神面貌为之一变，敢于发言。和中央工作组刚进来时大为改观，气氛、活跃、融洽。

12月11、12日王守家、孙立余等到望亭电厂，白天实地考察，晚上召开座谈会。双水内冷汽轮机发电机三十万机组组装、连续运行两年了，也存在一些亟待解决的问题。因“四人帮”将技术问题和政治混为一谈，谁提意见，就说谁否定新生事物，有些问题拖了一年没有解决，生产一直没有达到设计水平。工人们憋一肚子气，在座谈会上纷纷发言。

苏、倪、彭将筹备全国工业学大庆会议的过程，发动工业学大庆群众运动。各级领导干部亲自下去，抓典型，以点带面，抓两头带中间，着重抓学大庆较好或毛主席视察过的先进企业单位和厂子，另外对问题多、对全国影响大、各部直属的重点企业，建议国务院各部派干部参加工作组，在市委统一领导下进行整顿。①

经过两个月的努力，1976年全年完成工业总产值450亿元，终于扭转了从1974年以来的下降趋势。②

12月10日，第二次全国农业学大寨会议在京召开。这是粉碎“四人帮”后召开的第一个全国性的会议，苏、倪、彭派出由王一平带队共66位同志参加。王一平在大会并作了长篇讲话，揭发批判“四人帮”以上海为阵地篡党夺权的罪行。全国都很关注上海的动向，掌声有十次之多。③

上海市委决心用两三年的时间，普及大寨县，实现机械化，建成旱涝保收的稳产高产田，标准是百日大旱保灌溉，日雨量二百毫米不受涝，夺取亩产一吨粮。12月20日，上海淀浦河工程全线动工，14万民工上了工地，百里平原红旗招展。工程完工后可以改造50万亩低洼地。④ 同时把问题较多的青浦、南汇、川沙三个县作为重点抓好。

12月28日下午，苏振华在上海市党员干部大会传达华国锋在第二次全国农业学大寨会议1977年战斗任务。⑤ 1977年1月3日至13日，在全市召开18000人参加的大会传达第二次全国农业学大寨会议精神。苏振华、倪志

---

① 苏振华1977年1月初在主持中央政治局会议汇报。

② 全国1976年工农业总产值比上年增加1.7%，大大低于计划要求增长7%的速度。

③ 朱通华：《风雨雷电的四年》，见刘定汉、袁捷、朱通华、谷冰等：《和彭冲在一起的日子》，第201—202页，江苏人民出版社，1997年。

④ 1976年12月23日《文汇报》。

⑤ 王守家上海出差工作日记。

福出席闭幕会，彭冲在会上讲话。[①] 上海市委采取一竿子插到底的办法，各县作为分会场，进行具体讨论，彻底揭批“四人帮”和上海一小撮余党。然后各县都制订出规划。同时，工交、财贸、科教等系统，也要做出支援农业的规划。1977 年年初，抽调 1200 多名干部组成工作队到郊区十个县推动农业学大寨的运动。

上海市委始终注意抓市场供应，当年元旦、春节的工业品供应比去年略有增加，副食品供应总的可维持上年水平。[②] 上海市场供应基本稳定，人民生活必需品的供应优于往年，大家高高兴兴过了春节。

1977 年，上海同全国一样经济快速发展，全市工业总产值增长了 8.7%，劳动生产率提高了 6.4%，财政收入增长了 11.6%，实现的技术革新项目有一万多项。[③] 1978 年上海工业总产值增长 12%，全面完成八项经济技术指标。结束工业长期徘徊的局面。

这两年还有一件大事：筹建宝钢。1977 年春节期间，苏振华看望了上海几家钢铁厂坚持生产的干部和职工，发现阻碍上海钢铁工业发展的瓶颈是每年缺铁 300 万吨。苏振华与倪志福、彭冲商量，提出新建两座容积为 2500 立方米的高炉。这个想法得到党中央、国务院的支持。[④] 华国锋指示引进日本的先进技术，迎头赶上世界先进冶金技术水平，促进全国钢铁工业现代化的发展。1977 年 11 月 9 日，冶金部向政治局汇报钢铁工业长远规划：今后 3 年在上海抢建一个现代化的、年产 500 万吨生铁的大型炼钢基地，全套设备从国外引进。[⑤] 1977 年冬，苏振华与倪志福、彭冲，就宝钢选址问题，亲自实地考察了乍浦、月浦、盛桥、金山、浏河，最后同意月浦的方案。[⑥]

1978 年 1 月华国锋决定宝钢工程建设的领导体制以上海为主，冶金部参加。1978 年 1 月 10 日，苏振华请东海舰队调 131 驱逐舰到上海。他和倪志福、彭冲、严佑民、王一平陪同国家计委、冶金部的负责同志及专家一起考察长江口航道、宁波北仑港，为宝钢确定港口打下基础。回来后，派市委常委陈锦华为团长，李东冶为顾问，鲁纪华、许言为副团长到日本考察。1978

① 王守家上海出差工作日记。

② 1977 年 1 月 6 日，苏振华、倪志福、彭冲口头汇报提要，第 6 页。

③ 1978 年 3 月向华主席、党中央关于上海市清查工作的情况报告，第 4 页。

④ 丑运洲：《倪志福深情回忆苏振华》，《湘潮》2007 第 1 期。

⑤ 房维中主编：《中华人民共和国经济大事记》，第 589 页，中国社会科学出版社，1984 年。

⑥ 丑运洲：《倪志福深情回忆苏振华》，《湘潮》2007 第 1 期；杨肇林、丑运洲、乔崖：《从高山到大海》，第 406—408 页，解放军出版社，2001 年。

年2月1日，成立中共上海宝山钢铁总厂工程指挥部。苏振华、彭冲、林乎加、陈锦华从选址、拆迁到平整土地，都多次到现场察看，提出意见，协调矛盾，解决问题。市委常委会曾多次听取有关部门的汇报，讨论宝钢第一期工程建设规划。①

经过近两年的调查研究，规划方案，对外谈判，择址勘察，施工准备，1978年12月23日，彭冲主持宝钢打第一根桩的开工仪式，苏振华、谷牧、顾明特地从北京来参加。会后组织了现场办公。

---

① 朱通华：《风雨雷电的4年》，见刘定汉、袁捷、朱通华、谷冰等：《和彭冲在一起的日子》，第212页，江苏人民出版社，1997年。

清查“四人帮”上海帮派体系，平反冤假错案，调整领导班子

清查工作全面展开

1966年“文革”爆发以来，“四人帮”及其在上海的余党，利用窃得的权力，实行法西斯统治，在夺权、清队、一打三反和抓“五一六分子”运动中，制造了大量冤假错案。在上海全市立案审查305225人，后事实证明96%是错案。在立案审查的人中，受迫害非正常死亡10407人，其中干部、知识分子3262人。[①] 加上受株连的家属亲友，则不下150万人。[②] 全市原局级干部850人，靠边审查或打倒的有643人（包括非党干部34人和自杀22人）。[③] 仅上海音乐学院一个单位，由于部分师生揭了江青、张春桥30年代的历史，揭了于会泳等人的政治历史问题，就被张春桥指责为“炮打无产阶级司令部的大本营”，全院700多人，受审查的有110多人，逼死逼疯25人。[④] 受到迫害的人竟占全院人数的六分之一。

清查工作面临的情况十分复杂。马天水、徐景贤、王秀珍及王洪文小兄弟在策划叛乱的同时，也在准备“应变”。1976年10月12日，马振龙即在市轻工局召集人谈话，说要尽可能多地把“新干部”保存下来，要布置一些人留在二三线不要出头露面。等到中央工作组来了之后，马对亲信说：你们揭发批判我，把责任统统推到我的头上。只要你们保留下来，今后就好办。市纺织局的几个靠造反上台的人密谋说：顶一个时期，形势就会好转。有人认为自己可能被捕，指定4个接班人，排好次序，一个垮台另一个顶上去。

---

① 上海市复查办公室1979年6月30日统计。

② 中共上海市委复查办公室1979年10月15日，《关于“四人帮”反革命集团重要骨干马天水、徐景贤、王秀珍等人罪证材料之五》，第226页。

③ 《关于“四人帮”反革命集团重要骨干马天水、徐景贤、王秀珍等人罪证材料之五》，第226页。

④ 1978年3月13日《文汇报》。

写作组的秀才们从10月11日就开始销毁罪证。14日夜，徐景贤叫秘书将朱永嘉、王知常、萧木、王绍玺、陈冀德接到丁香花园密谈。谈话的房间正是十年前第一次见张春桥的房间。大家唏嘘不已，“十年一觉黄粱梦”，徐景贤表示，实在舍不得把一个同志往虎口中送。要核心成员团结，按市委(马、徐、王)的步子慢慢转弯子，争取写作组一个不倒。有的说，我们不行了，我们下面第三流、第四流的人还会起来。[①]

中央工作组进入上海之后，“四人帮”在上海的余党不甘心失败，四处散布流言，11月6日，解放日报社接到一个电话，说：“有个工厂反映，交通大学贴出了‘彭冲滚出上海去’的大标语，快去报道!”一查，根本没有这回事，是这家工厂一个王洪文的“小兄弟”无中生有。这谣言甚至传到南京，说“彭冲遇刺”，警卫员也受伤了。江苏省委办公厅打电话询问上海，朱通华回答：彭书记很平安，没有此事，请各位放心。彭冲听到这个消息时，哈哈大笑。[②]

清查的工作量非常之大。苏振华亲自抓这项工作，经常和严佑民一起研究问题，及时处理、解决。1976年11月11日，清查四人帮的专案小组成立了，下设办公室。[③] 由市委办公厅副主任李庸夫担任专案办公室负责人。从北京调来顾林昉(后为公安部副部长)、秦友三、宋世楷、林宪王、温景义、王阶平、薛元青、李声华、叶克林、栗晓松、殿兆龙、陈龙宝、张泰臣、肖若欧共14人，单独住在华山路招待所。[④] 1977年成立上海市委揭批“四人帮”运动办公室，负责全市揭批、清查、专案工作。各系统、各单位也相应成立了清查组织。清查重点主要是区县局以上领导机关和相当于县团以上的领导班子，以及“四人帮”直接插手和严密控制的基层单位。清查范围限于同“四人帮”阴谋活动有牵连的人和事。[⑤] 办公室将收集、上报的材料分类整理，重要的材料及时上报市委，市委领导上报中央，以支持中央专案组的工作，为中央专案组编写“四人帮”罪行材料提供了大量材料。后来中央印发的“四人帮”三批罪证材料之中，有98件是上海提供的。

当时社会治安也不太好，一些刑事犯罪活动与政治破坏紧密相连。如：

---

① 1992年上海文革史料整理编纂小组：《上海“文化大革命”史话》，第972—977页。

② 朱通华：《风雨雷电的4年》，刘定汉、袁捷、朱通华、谷冰等：《和彭冲在一起的日子》，第191页，江苏人民出版社，1997年。

③ 张文清主编：《上海社会主义建设五十年》，第421页，上海人民出版社，1999年；陈锦华：《国事忆述》，第62页，中央党史出版社，2005年。

④ 王守家保存：郑定铨根据当时中央工作组打印的名单整理汇总。

⑤ 张文清主编：《上海社会主义建设五十年》，第421页，上海人民出版社，1999年。

上海自行车钢珠厂 1977 年 1 月 15 日公款被盗 5000 元。25 日，厂里收到一封匿名信，声称钱是他偷的，并随信附来人民币 10 元零 6 分，说这是 10 月 6 日的意思，叫嚣要为所谓“四大领袖”“报仇”，猖狂至极。[①]

针对这种情况，上海市委在 1977 年一二月搞了两次集中打击。一次在 1 月底，公审了 223 名罪犯，枪毙了 26 名，参加公审大会的群众有 10 多万人，事先将案例征求群众意见，参加讨论的有 300 多万人。第二次是春节前，全市统一行动，集中打击现行犯罪分子，据 9 个区不完全统计，批斗犯罪分子 600 多名，参加群众近 20 万人。这两次集中行动，打击了犯罪活动，伸张了正气，对维护社会治安，保卫揭批“四人帮”运动起到很好的作用。[②]

贯彻中央第 23、24 号文件，严佑民负责，树立三个平反冤假错案的典型

1976 年 12 月 5 日，中央下发 23 号文件《中共中央关于重新处理纯属反对“四人帮”案件的通知》。开始发到省军级，后扩大通知到县团级。苏振华、倪志福、彭冲认为在上海重新处理这些案件是十分重要的，因为在上海直接反对张春桥、王洪文、江青、姚文元的人很多。在上海重新处理好这个问题，可以进一步发动群众。12 月 13 日，倪志福主持召开上海市区县局党员负责干部会议，传达这个文件和 12 月 10 日中共中央下发的 24 号文件《王、张、江、姚反党罪证（材料之一）》。

严佑民对上海市委根据 23 号文件所做的通知内容做了说明，强调贯彻中央文件应注意的政策，他说：

重证据、重调查研究，严禁逼供信，坚持实事求是原则。处理过程中遇到复杂情况时，如有的人主要反对“四人帮”同时还有一些错误言论。处理时要经过调查研究，实事求是，区别不同情况的原则。由公安、法院、武装部门等都组成专门小组处理。或由原单位处理的仍由原单位重新处理。过去特大案件，要经过调查研究妥善处理。处理中认真做好善后工作。如：一、纯属反对“四人帮”的人，对其判决书、口供等当面烧毁。背着本人装进档案的拿出销毁。二、照发工资。三、安排工作，原单位安排，工人回到原单位。

---

① 1977 年 3 月 18 日苏振华在中央工作会议上的讲话。

② 1977 年 3 月 18 日苏振华在中央工作会议上的讲话。

四、被逼死的要向家属宣布，有生活问题的给以补助，对亲属子女受到影响的应消除。

党委加强领导。问题多的单位，党委有一人专门负责。上海造成问题责任在马天水、徐景贤、王秀珍，不在于办案人。不冤枉一个好人，也不放过一个坏人。①

会议讨论并通过了这个通知。

上海第一次全市性揭发批判"四人帮"及其余党的罪行临近尾声，1977年1月11日，上海市委专门成立贯彻23号文件办公室。各级党委在传达、学习中央23号文件和市委文件，迅速确定领导挂帅，成立专门工作班子，普遍进行排除分析，做了重新处理。

为什么上海直接反对"四人帮"的人很多呢？

1967年初，各派组织林立，各不相让，纷纷效仿张春桥、姚文元在市内各单位夺权。从1月6日张春桥策划徐景贤领导的"上海市委机关革命造反联络站"与王洪文领导的"工总司"联络30多个组织夺了上海市委的权后，到2月5日成立上海人民公社之前，上海还发生过4次其他全市性造反派组织夺权事件，但是都因张春桥的分化瓦解、软硬兼施而失败。这些造反派头头被关，总部被砸，组织解散。张春桥支持一派打击一派的做法引起群众强烈的不满。这些组织的群众逐渐联合起来，形成了反对张春桥的力量，曾有两次大的反对张春桥事件发生。

第一次起因是"文革"后到处揪叛徒。1967年初复旦大学的"孙悟空战斗组"收集到张春桥的妻子文静被日本人、伪军逮捕后自首事实的材料，1月24日在上海闹市贴出大字报，并贴出"张春桥不等于中央文革！""坚决反对目前成立以张春桥为首的新市委！"等标语。1月27日，复旦大学红卫兵组织"红革会"②将张春桥的"材料袋"徐景贤拉到复旦大学扣押起来，以寻找打倒张春桥的突破口。张春桥闻讯大为恐慌，派警备师部队到复旦大学救人，被学生堵在校门口。学生们质问：是谁派队伍来镇压学生？！因为1966年8月毛泽东曾说过镇压学生的没有好下场，张春桥怕事情闹大了，只好28日撤兵。学生们印发"一·二八事件真相"，到处散发。29日晚，愤怒的大学红卫

---

① 严佑民讲话稿。

② 红革会全称：上海市红卫兵大专院校革命委员会，成立于1966年10月12日，主要组成是复旦大学和上海师范学院。

兵组织“红革会”联合其他组织在复旦召开了“炮打张春桥誓师大会”，并决定第二天和另一个学生造反组织“上海红卫兵革命造反第三司令部”（简称“上三司”）及一些工人组织一起在人民广场召开“炮打张春桥”的10万人大会。张春桥闻讯后紧急向中央文革小组组长陈伯达、副组长江青求救。29日晚，陈伯达、江青以中央文革小组的名义拍来特急电报，电报强调“红革会”犯了错误，矛头指向张春桥、姚文元就是指向中央文革。张春桥马上下令出动广播车，沿街广播，同时印了20万份传单，广为散发。王洪文立即派人上街覆盖炮打张春桥的标语和大字报，同时封锁人民广场，准备冲击会场抓人。在巨大压力之下，“红革会”、“上三司”被迫取消了大会和游行，释放了徐景贤。第一次炮打张春桥失败。上海最大的红卫兵组织“红革会”由此垮台，[①]他们在政治上受压，写检查、挨斗、群众专政。群众专政实际就是隔离审查，即由一派群众组织私设监狱。就连一般“炮打”的同情者到1968年毕业分配都受到影响。从此，徐景贤对张春桥更感恩戴德，死心塌地投靠张春桥。[②] 张春桥看到王洪文的力量和对他的忠心，更加器重王洪文及“工总司”。此次事件又称为“一二八事件”。

张春桥、文静的历史问题铁证如山，再加上他们胡作非为，群众的不满一时虽被压下去，但内心并不服气。1968年4月初，上海第二军医大学部分群众组织首先贴出“打倒叛徒张春桥”的标语，很多高校、科研单位闻讯呼应。《文汇报》部分群众起草了《七个为什么?》，得到群众响应，市区主要街道到处贴着标语“张春桥不等于中央文革!”“打倒反革命、两面派、叛徒张春桥!”这次张春桥通过江青向林彪求援。此时，江青、林彪两个集团相互勾结、相互支持。4月12日，林彪集团时任海军政委的李作鹏表态：不赞成炮打，不准部队上街，不准贴大字报。并通过驻沪三军以及各单位的军代表进行传达。13日，王洪文坐镇《文汇报》社，指挥“文攻武卫”队伍对报社进行打砸抄，揪斗炮打张春桥主要发起者。[③] 此次事件又称为“四一二事件”。随后在上海市内大肆迫害参与炮打或同情炮打的干部、群众，又制造了一批冤假错案。

上海人民10年来与张春桥、姚文元、王洪文斗争的情况，中央工作组心

---

① 张文清主编：《上海社会主义建设五十年》，第332—335页，上海人民出版社，1999年。

② 1976年11月徐景贤检查。

③ 张文清主编：《上海社会主义建设五十年》，第355—356页，上海人民出版社，1999年。

中有数。清查工作一直与揭发批判同步进行，简称为揭、批、查。严佑民一到上海，很快领导清查经过市公安局处理的2500个案件，这个数字并不是公安局处理的全部案件，其中一些案件起名为“防扩散”。因“四人帮”确有许多污点，所谓“防扩散”就是不准扩散、防止扩散、传播“四人帮”历史上的丑闻与问题。在处理这些案件时，只准写上污蔑中央领导，不准写“污蔑”的具体内容。这些“防扩散”案件，反对“四人帮”的比例大于40%—50%。市委、市革委的专案办公室39件“防扩散”案件中，有22件是反江青的，有6件是逼供信造成的假案。[①] 这仅是已发现的案例，全市各个单位还有更多冤假错案。有清查任务的单位数不胜数。仅以纺织、机电一局、化工、冶金、轻工、仪表等10个局，对所属1863个基层厂调查，就有873个厂有清查任务，占了47%。[②] 中央工作组的人员有限，这么多清查任务，从何入手呢？

正如苏振华所指出的：“及时发现群众中好的经验。心中有全局，手中有典型这是搞运动、抓工作的必要方法。”[③]会后，严佑民和办公室同志研究，选择了三个典型，以点带面。第一个是王洪文起家的十七厂；第二个是国防科委在上海的七一一所，这个所1968年参加炮打张春桥的人比较多，受到迫害的人也多；第三个是上海人民出版社。这三个单位情况不一，都是重灾区。

由于“四人帮”经营上海十年之久，大肆制造舆论，十七厂的各级干部中，对贯彻中央23号文件有不少想法，有的认为“我们厂里纯属反对‘四人帮’的对象难找”，“落实中央23号文件没啥好搞”。于是，中央工作组采用专门组织支部书记以上干部学习的办法解决思想问题。经过学习，不少支部书记、总支书记说，十七厂是“四人帮”反党分子王洪文的老窝，他们严加控制，排斥异己，大搞法西斯专政，苦心经营了十年，“哪里有压迫，哪里就有反抗”。干部、群众早已恨之入骨。在十七厂贯彻落实中央23号文件精神，更是十分必要、十分及时。

随后中央工作组通过四个渠道进行调查研究：一、举办总支书记、支部书记学习班，组织大家对清队、整党、一打三反、清查“五一六”、批林批孔运动中受审查以及受党纪处分等156个对象，逐个排队，并复查了“文化大革

① 1976年12月13日严佑民讲话。

② 上海市揭批“四人帮”运动的一些基本情况。

③ 1976年11月22日苏振华讲话。

命”以来判刑、戴帽、定性等77个对象；二、同过去办案人员座谈，请他们提供对象线索；三、从群众揭发批判“四人帮”及其亲信的大字报上搜集情况；四、通过一些被害人及其家属的控诉材料进行研究分析。

通过以上反复排队分析，内查外调，初步摸清了过去纯属反对“四人帮”和受“四人帮”迫害的对象共有21人。其中：党员17人，团员4人。他们分三种情况：

一、过去纯属反对“四人帮”受到迫害的，有5人。这些人都是对“四人帮”的丑恶底细有所了解，反对他们的所作所为，因而被打棍子、扣帽子，受到种种政治迫害的。

二、过去被怀疑反对“四人帮”而受迫害的，有4人。他们从学校分配来厂，在清查“五一六”运动中，被怀疑参加过“四一二”炮打张春桥，作为“五一六”分子受到审查。

三、本人虽然过去没有反对过“四人帮”，但在王洪文的直接指挥下，受到迫害的有7人。这里有两种情况，一是在整党和党团领导班子改选中，4个小青年成立《风华正茂》战斗队，在车间里进行串连活动，对个别新党员进入领导班子有意见。因此，在清查“五一六”运动中，王洪文两次黑批示：“要注意他们搞秘密活动这一点，后面有何人支持。”为此，对有的人实行了变相的隔离审查。还有是在1969年新党委改选时，3个党员投了王洪文所不中意的人的票，被扣上“右倾思潮”的罪名，进行批判检查，并暂缓恢复党的组织生活。

如何做好重新处理工作？中央工作组认真执行中央精神，在了解情况、充分做好准备的基础上，不急于具体处理，而是在5个纯属反对“四人帮”的案件中，选择了马骥为典型。共产党员马骥，原是厂保卫科干事。1969年新党委成立时，他对王洪文、唐文兰的野心和在厂里所作所为不满，没有投王、唐的票，以后又公开具名写信给市委反映王、唐的问题。王、唐对他恨之入骨，抓住马骥在“文化大革命”运动初期站错队这个“辫子”，[1]追查所谓匿名信为名，动用专政工具，将他隔离审查，对他妻子也举办学习班，大搞逼供信，抄了他们的家，还派人到马骥的儿子、女儿、弟弟单位进行诬告陷害。马骥长期被下放劳动，全家政治上受迫害。以此做典型，工作组召开了有四千

---

① 所谓站错队，就是他没有参加造反组织，而是支持（或参加）保上海市委的赤卫队组织。一月夺权后，赤卫队等组织因被视为犯错误而解散。

多人参加的揭发、批判大会，宣布了对马骥等 5 人重新处理的决定。马骥也以自己亲身受“四人帮”残酷迫害的事实，以一件件确凿的证据，在会上揭发、控诉，使大会反应十分强烈。

工作组着重注意了解被害人、办案人以及当时参加活动的人员的思想情况，做细致的思想工作。受迫害者对具体办案人员也很气愤。有的被害人与办案人员是死对头，情绪十分对立，几年来见面不讲话。一些办案人员也顾虑重重，怕追查责任，搞到自己头上来。另外一些当时曾参加批斗被害人的人也有顾虑。如厂后勤组有一个人说：“过去我也上台进行揭发、批判，现在要重新处理，不是说明我以前揭发、批判错了吗?”没有受过迫害的人，也视一些办案人员为“打手”“爪牙”。

工作组针对这些情况，首先，做被害人的工作。与他们深入谈心，反复强调受迫害的根子在万恶的“四人帮”，责任在上海的马、徐、王等余党，办案人与被害人之间没有势不两立的矛盾。受迫害的党员王翠珠，原来对办案人满肚子怨气，后来她主动上门找一个原办案人谈心，两人共同声讨批判“四人帮”的滔天罪行，两个冤家变成了战友。

第二，做好办案人的思想工作。对原办案人员，举办座谈会，学习中央文件，说清楚不追究他们的个人责任，不记个人怨仇。消除顾虑，激发阶级感情。同时也指出一定要旗帜鲜明，有责任对过去纯属反对“四人帮”的案件做好重新处理工作。只有这样才能取得被害人的谅解。经过工作，这些人说：过去我们还没有意识到是充当“四人帮”迫害革命同志的打手，思想上有委屈、有顾虑。现在认识到确实是受了欺骗，做错了事，责任在马、徐、王，根子在“四人帮”。我们必须立即站起来揭发批判“四人帮”的罪行，弄清事实真相，为处理好这些案件出一分力。他们纷纷提供了当时案件的一些重要情节。

第三，做好积极分子和群众的工作，使大家认清“四人帮”一伙假革命、真反革命的面目。厂后勤组的干部、群众看到“四人帮”整王翠珠的所谓罪证材料后，大家说：我们原来以为她本人是有缺点错误的。现在清楚了，只不过讲了几句真实话，反对“四人帮”及其心腹，就给她戴上三顶大帽子，整得她好苦，真是地地道道的法西斯专政。大家表示给王翠珠案件重新处理是完全正确、完全应该的。王翠珠本人也在场，她激动地说：“我有缺点，同志们对我进行帮助我不怪大家，但是‘四人帮’是有罪的。我今后一定要和同志们团结在一起，用实际行动来报答英明领袖华主席的恩情。”

认识统一后，就要落实政策。怎么落实？

第一，销毁有关材料问题。按照市委〔1976〕29号文件的规定，工作组把原受迫害的5人的检查、交代、批判会记录、大字报稿等全部材料，整理集中起来，编造目录。在有工作组、复查小组人员和本人一起参加的会议上，当面把材料一份一份清点过目，当场予以销毁。销毁材料的目录也不放入本人档案。

在销毁过程中，遇到另一种情况：一个师院毕业分配来厂的学生，在毕业自我鉴定中，写了一段"炮打"的自我检讨。对此如何处理有二种意见：一种认为自己写的不必动他，还可留下一段反对"四人帮"的光荣历史见证。另一种认为这是在压力之下写上去的，应当处理，把这一段自我检讨覆盖掉，上面加盖公章。对这个处理，他本人也很满意。

第二，恢复名誉。由党委署名，为每人专门写一份重新处理的决定。充分肯定当时反对"四人帮"的言行是正确的，"四人帮"搞迫害是严重破坏党纪国法的，鼓励他们进一步揭发批判"四人帮"的罪行。

考虑到这些案件是纯属反对"四人帮"性质，过去上过报，开过批斗会，全厂闻名，影响很大，现在本人的表现也较好，因此，在厂内开全厂大会，宣读厂党委的重新处理决定，以肃清影响恢复名誉。至于对他们的家属、子女、亲友受到影响的，则按照原来"四人帮"一伙搞到什么范围，现在肃清影响也搞到什么范围的原则去办。在本市范围的，工作组派专人代表组织去讲清楚重新处理的情况，明确受迫害的性质，通过组织协助消除其影响。在外地的，工作组出具证明信，说明重新处理情况，肃清影响。

第三，由党委讨论适当安排工作。马骥原来是干部，后来被迫害下放劳动，最近在运动中，先把他调上来，在学习班里作为一骨干来使用。[①] 有的则准备调上来参加大批判组的工作。有的身体有病，待恢复健康后，安排适当的工作。[②]

七一一所是另一种情况，没有派工作组，平反工作由党委会领导。

1968年4月，在"四一二"炮打张春桥事件中，七一一所群众刷出大标语、发表声明予以支持。张春桥及马、徐、王一伙，则视七一一所是国防科委

---

① 1982年7月上海市高级人民法院刑事庭审讯王秀珍时，马骥任人民陪审员。

② 1977年2月10日纺织局上海十七厂工作组：《在重新处理过去反对四人帮的案件中，积极做好政治思想工作》。

在上海的“桥头堡”，采取种种卑鄙手段，挑动群众斗群众，扬言要砸烂“桥头堡”，揪出“马蜂王”。王洪文叫嚣：“像田震环这样的人不打倒，上海工人阶级就没有本事。”关押原所革委会主任田震环等人3年之久。他们还调动“文攻武卫”队伍冲进七一一所，由马、徐、王亲自批准，隔离、抄家30多人，点名批判、勒令检查交代的52人，至于受到影响的在全所14个党支部中，每个支部都有一批，许多人在政治上受迫害、精神上遭折磨长达8年之久。不仅如此，他们借口清查“五一六”分子，整了另一部分群众和干部，将近80%的党支部书记靠了边，甚至对原所党的核心小组主要负责人强加莫须有的罪名，令其停职审查。造成七一一所干群思想极其混乱，组织陷于瘫痪，科研生产长期停顿，成了全市闻名的“老大难”单位。

面临所内这种情况，七一一所党委对贯彻中央23号文件，开头存在一个“怕字”，认为涉及的人多、面广，矛盾复杂，担心大张旗鼓重新处理，弄不好要引起派性回潮，群众对立。因此，只想依靠专门工作班子，按照文件规定把材料处理掉，开个会讲一讲，个别做一做工作就了事。经过学习中央、市委两个文件和市委领导人的讲话，对照、分析了所的情况，使党委思想开了窍，深深感到，造成“老大难”问题的根子，就在“四人帮”和马、徐、王身上。现在要解决“老大难”问题，也必须把斗争矛头对准“四人帮”和马、徐、王。

在党委工作班子中，有人提出先打开材料，理清楚处理掉。有人提议，材料是“死”的，人的思想是“活”的，不消除思想的影响，即使材料处理了，也不能调动群众的积极因素。到底是先抓“人头”（思想），还是先抓“纸头”（材料）呢？党委反复领会中央、市委文件精神，认识到：贯彻中央23号文件，必须把人的思想工作做好了，纸头上的材料才能处理好。于是，带着中央和市委文件，分别到分散在上海的复兴岛、高昌庙、中山西路各点的14个支部中去，一起学习文件，传达党委要求，听取意见，了解研究各种人员的思想动态，直接找受害深的20多位同志谈心、做工作。

群众中也有两种不同的意见：一部分受“四人帮”迫害的人，批评党委贯彻中央文件行动缓慢，希望快点处理材料。五室和其他室一些受“四人帮”迫害的人，酝酿要出“海报”，在食堂召开揭批“四人帮”迫害广大干部群众的罪行大会，但另一部分观点不同的群众则对召开这样的大会表示“不放心，不参加”。

党委掌握情况后，明确支持广大群众揭批“四人帮”的积极性，同时又表示应在党委一元化领导下开好这个大会。党委主要成员分三路做工作：一是，由原所革委会主任田震环分别找受迫害的人谈话，听取意见，引导他们增强党的观念，牢牢掌握斗争大方向，积极支持党委开好大会。二是，由党委主要领导先后两次召开各组室负责人、支部书记会议，同受迫害的部分群众一起研究商讨，把原揭发、批判稿中不利于团结的言论删掉。三是，分别到原来不愿参加会议的部分群众中做工作，向他们阐明揭批“四人帮”是斗争的大方向，教育、鼓励他们积极投入到斗争中去。经过做工作，大会开得很顺利。

有个技术员，过去受冲击、被抄家，当作“黑炮手”被批斗，他的家属在里弄里也被当“现行反革命”对待。对此，他有怨气，长期来情绪消沉。现在他积极靠拢组织，主动找不同观点的人谈心，做促进团结的工作，在试验工作中，连续通宵奋战完成任务，后来加入了党组织。

三室有个党支部委员，原是一派群众组织的负责人，在学习中央和市委文件时一言不发。党委针对他的思想做工作，他最后也表示说：我理解受迫害同志的心情，坚决拥护贯彻中央 23 号文件，把这项工作做好。①

上海人民出版社的平反工作也由单位党委负责。出版系统是“四人帮”及马天水、徐景贤、王秀珍直接插手控制的地方，受害人很多，受不同程度迫害的竟达 400 人左右，约占全系统总人数的 10%。纯属反对“四人帮”的人中，有戴帽判刑的，有作“敌性内处”的，有作犯“严重政治错误”或“政治错误”结论的。未作结论但写了材料放进档案的，更为普遍。还有人被逼致死、致疯，肉体受摧残，亲属受牵连，情况十分严重。

党委首先决定组成社一级贯彻中央 23 号文件领导小组，抽调 10 个干部组成工作班子。各基层支部也相继建立专门工作班子，由一名支部负责人具体抓，参加工作的，有过去的办案人员，也有受“四人帮”迫害的人。

在初步摸清情况之后，党委举办了工作人员学习班。提出在 1 月 20 号左右先解决 20 个人的问题。学习班一结束，工作班子立即行动。以原处理单位为主，现在所在单位主动配合，以过去纯属反对“四人帮”的案件为重点，先个人（即单个案件）后集体（即牵涉人员较多案件）的办法，抓住重点，查阅档案，召开各种座谈会，同本人谈话。在做好政治思想工作的基础上，选出 7 个案件共 14 个人，作为第一批重新处理名单，党委连夜召开会议进行

① 1977 年 2 月 14 日中共七一一所委员会：《抓住揭批四人帮这个纲落实中央 23 号文件有方向》。

讨论，在1月26日召开了第一次贯彻中央23号文件，揭发控诉“四人帮”罪行大会，宣布对受“四人帮”迫害的这些人恢复名誉。

基层单位有人提出：“公安局过去发反革命的案例，征求群众意见，现在同样可以搞革命的案例，应发给群众讨论。”党委接受了这个意见，连夜赶编材料，下发讨论，征求意见。这样做，群众很欢迎，他们说：“这才是开门办案，过去不给我们看材料，说是‘防扩散’，只听到什么‘恶毒攻击污蔑中央领导同志’，到底怎么回事，谁也不敢问，这样就定了案，判了罪。”在讨论中，群众不仅对案例提出许多建议，并且对材料上使用的语言，也提了很多意见，对党委很有启发。例如，对“四一二炮打”受迫害的人，绝大多数都没做政治结论。只写个简单情况说明，群众对此不满意，认为“不慎重”、“太轻率”。党委接受了这一意见。又如，有一个人，他因为传播江青的问题等，在“一打三反”运动中受到审查，但他还犯有其他方面的错误，群众意见比较多。经研究后，决定不在大会上宣布，并向他所在支部及本人做了工作，这样避免了工作上的被动。再如，对纯属受“四人帮”迫害致死的柴庆祥，材料上讲他在学习班上“交代”问题，对他进行所谓“保密检查”，后又“自杀身亡”等等，群众批评这样写观点不鲜明，立场没转过来。党委都采纳意见，做了修改。类似这样吸取群众的意见的做法，大家都比较满意。

会上，4位受迫害的人和一位受迫害致死者的家属，控诉揭发了“四人帮”的罪行。被迫害致死的柴庆祥的女儿，原来在发言稿中要追查谁逼死她父亲的？点名批评基层单位领导和具体办案人员，经说服后删去了。开过后，群众普遍反映5人的发言“揭批有力”，“控诉感人”，“姿态很高”，“很受教育，很受鼓舞，对领导、群众、办案人员今后掌握政策都有意义”。认为“这个会开得好，开得及时，开得成功”，“什么叫法西斯统治，具体感受到了”，“如果‘四人帮’上台，不知有多少人头要落地”。

在做好被迫害人的思想工作的同时，还要做好工宣队员的工作。因为有些工宣队、军宣队员过去参加了一些案件的工作，群众对他们有意见，他们因此认为“这次运动是搞我们的了”。为此，党委召开工、军宣队员座谈会、学习班，帮助他们解除思想顾虑，积极起来揭发问题，同“四人帮”做斗争。[①]

---

① 1977年2月12日中共上海人民出版社委员会：《加强领导，停靠群众，抓紧落实中央23号文件》。

严佑民要这三个典型单位写出经验介绍，同时将自己的总结交给办公厅。2 月 22 日，他提出：请毛联钰安排常委讨论一次。2 月下旬，常委会讨论了这三个典型经验和严佑民的总结。随即召开了有各区、县、局、大专院校和相当这一级的党委分管这项工作的负责人各一名，共约 300 人的大会，由这三个单位的代表介绍经验。

会议最后，严佑民讲话说：

据工交、财贸、文教、科技、地区、郊区几个系统初步统计，过去纯属反对王、张、姚“四人帮”而受迫害的案件有 3000 余件，主要是反对王张姚“四人帮”而又犯有其他错误的案件有 1000 余件，合计近 5000 件（不包括有些大案、集团性案件中受迫害的人）现已重新处理了 15％左右。纺织工业系统已重新处理 90％以上。

他指出当前问题是：这一工作发展不平衡，有的认识不足，重视不够，有“怕、难、等”思想，举步不前。有的工作简单化，由少数人凭印象，“拍脑袋”，不走群众路线，没有深入调查研究，心中无底。有的单纯任务观点，结案了事，忽视政治思想工作，忽视一系列具体问题的妥善处理，效果不好。还有少数单位没有紧紧抓住纯属反对“四人帮”的案件，纠缠于某些一时还搞不清楚的历史案件，使这项工作遇到一定的阻力和干扰。

他说：上海是“四人帮”经营多年的重要阵地，受“四人帮”及其余党打击迫害的绝不是几个单位少数人。虽然各级党组织做了一些工作，不能自满，不能松懈斗志，更不能敷衍了事。因此在深揭猛批“四人帮”的斗争中，进一步提高认识，坚决贯彻落实中央 23 号文件。要抓住四人帮“三搞一篡”，（即搞修正主义、搞分裂、搞阴谋诡计、篡夺党和国家最高领导权），复辟资本主义这个要害。把重新处理的工作同整修运动紧密结合起来。要注意防止脱离当前群众斗争，孤立办案的倾向。

他说：“我们接触到大多数领导同志的态度是认真负责的，但也有少数领导同志怕犯错误，怕资产阶级派性回潮，等待观望，畏难不前；还有个别的领导同志患得患失，或者因为自己在这个问题上也有这样或那样的错误，怕群众指责，顾虑重重，案件深不下去，老是处于被动状态。这些思想明显是不对的。有的同志说得好：贯彻 23 号文件认真不认真，实质上是对华主席为首的党中央的态度问题，是同‘四人帮’斗争的立场问题，也是对受迫害阶级兄弟的阶级感情的问题。”

他说：中央和市委文件已经下达两个月，应当抓紧清理。“其中，目前尚在押、拘留的、劳改劳教的、服刑的，公安、法院和人民武装部应该积极主动地协同有关单位，迅速清理处理，力争在最近期间，做好他们的释放和取消刑期的工作。对于受到其他处理的纯属案件，也应按照中央市委文件的规定，有计划有准备地抓紧做出妥善处理……要有利于促进当前运动，有利于调动一切积极因素，有利于增强革命团结、共同对敌。防止草率简单化。”

“有不少单位反映，上海是‘四人帮’严密控制的重要阵地，不仅‘四人帮’，而且马、徐、王也直接打击迫害了许多革命干部和群众，应同时重新处理。我们认为，对于这部分案件，原则上可按中央和市委文件的精神，一并重新处理。”

可以“将中央市委文件扩大传达到全体党员和群众，进一步发动依靠群众，促进这项工作的落实。”“切实做好受迫害者、原办案人员和广大群众的政治思想工作，就能更好团结起来，共同对敌。”一些受迫害的同志说得好：“落实中央 23 号文件，不仅是让我们放下包袱，更重要的是鼓励我们上阵战斗。”

他表扬十七厂，“深入做好各种人员的政治思想工作，引起了热烈的反响。受迫害同志看清了根子在‘四人帮’，责任在马、徐、王，能正确对待原办案人员，不记个人怨仇，把仇恨集中到万恶的‘四人帮’身上，使原办案人员放下包袱，消除顾虑，以实际行动投入斗争，取得群众谅解，从而过去的冤家变成现在的战友。”

他再次强调政策，“目前，各系统各单位要尽快把过去纯属反对四人帮案件的‘底’摸清楚，按照中央、市委文件提到的几种情况，实事求是，分析论定。现在，许多单位对于主要反对‘四人帮’而又犯有其他错误的人，以及不是纯属反对‘四人帮’的而有‘三反’罪行的人，也在进行排除摸底。这些案件情况较复杂，有的性质一时不易判明，要注意抓典型案例，听取各方意见，深入分析研究，提出处理意见。凡过去纯属和主要反对‘四人帮’的，要按政策重新处理；而属于‘三反’罪行的，决不允许翻案。同时，‘文化大革命’以来历次政治运动中，还有一批涉及面广、影响大、情况复杂的案件，一时弄不清楚，如不妨害纯属反对‘四人帮’案件的处理，应就每个人的具体情况，是什么问题就是什么问题，按照政策，做出实事求是的处理。”“在同一案中，如有反对林彪反党集团的材料，可一并销毁。有关案件中涉及过去防扩散的材料，本着有利于积极落实中央和市委文件的精神，公安、法院对这部分材料迅速加以清理、修改、提出管理办法。”他再次说：“一定要实事求是，辨明真伪，审慎处理，做到不冤枉一个好人，也不放过一个坏人。”①

最后，他说：“当前，有了一个很好的开端。形势很好。”强调加强领导是做好重新处理工作的关键，并引用毛泽东的话：“不但一定要抓，而且要抓紧。”

1977 年 12 月，到这项工作结束时，全市复查、平反受迫害的党员、干部和群众 10500 余人，281 人全部撤销刑期获得释放，3759 人解除了立案审查，3252 人取消了组织结论和鉴定，2892 人在一定范围内由组织消除政治影响，407 人撤销党纪、团纪处分，本人的交代和结论材料当面销毁。没有工作的重新安排了工作，已死亡的认真做了善后工作。②

清查同“四人帮”篡党夺权阴谋活动有关的十二个大事件

从 1976 年 10 月中央工作组进入上海起，在发动群众深入揭发和批判“四人帮”及其余党的运动中，获得大量他们的罪证。在上海市委建议下，党中央批准把参与组织武装叛乱、罪恶深重、民愤极大的人进行隔离审查，10 月 25 日到 1977 年 3 月 12 日，陆续被隔离审查的人有：市组织组负责人王日初，市革委会常委、市委列席常委、市委写作组负责人、四届人大代表朱永嘉，市委常委、工交组负责人黄涛，市革委会常委、市总工会常委、市财贸组负责人黄金海，市后方基地常委副书记戴立清，市革委会常委、市总工会副主任、全国四届人大代表叶昌明，市委写作组领导成员王知常，公安局党委副书记薛干青、徐成虎，市总工会常委、轻工业局党委副书记马振龙，市机电局党委常委王明龙，民兵指挥部施尚英、钟定栋。市革委会常委、市委列席常委、市总工会常委、工交组负责人、全国四届人大常委陈阿大，则由警备区监护居住，进行专案审查。③

1977 年 1 月 10 日，中共中央批准马天水停职审查，徐景贤、王秀珍离职审查，继续到群众中去接受揭发批判，把问题彻底交代清楚。王少庸不再参加常委。2 月 15 日，党中央批准隔离审查徐景贤、王秀珍，8 月 15 日隔离审查马天水。④

---

① 严佑民讲话稿。

② 上海党史研究室：《上海社会主义 50 年》，第 424—425 页，上海人民出版社，1999 年。

③ “四人帮”反革命集团在上海的重要骨干定性处理表。

④ “四人帮”反革命集团在上海的重要骨干定性处理表。

同时，不断充实上海市委领导班子，1 月 11 日中共中央批准林乎加、严佑民、王一平为上海市委书记；赵行志、毛联钰、车文仪、陈锦华调任上海市委委员、常委；任命林乎加、严佑民、王一平、陈锦华、赵行志为上海市革委会副主任，杨富珍调回上海，仍任市委常委市革委会副主任。这些组织措施，有力推动了揭批查运动的深入发展。

随之揭批的深入，问题越来越清楚，对于那些牵连较大、陷得较深的人，经公司以上党委审查批准列为清查对象的有 5417 人，包括处理和惩办打砸抢分子 458 人。其中采取拘捕、隔离、停职、离职、不参加领导等组织审查措施的有 1683 人。①

同时，开展“三大讲”、“讲清楚”等活动，联系实际，由事及人，对“四人帮”篡党夺权阴谋活动有牵连的人和事进行清查。“讲清楚”的人员全市有 1 万余人。②“讲清楚”而后予以解脱 3734 人。到 1978 年绝大部分人的问题已经基本查清。③

严佑民要求各部委办、区县局排出应清查的事，共有 300 多件。② 面对浩如烟海的材料，从何处着手呢？抓住主要矛盾，纲举目张。他认真研究了上海“文化大革命”的历史，在 1976 年 11 月，从中排出全市性同“四人帮”篡党夺权阴谋活动等十二个方面的重大事件，比如：关于武装叛乱和吹反革命黑风；关于批林批孔、批邓中另搞一套；关于向“四人帮”写黑信的问题；关于插手外省、军队、中央各部的问题；关于残酷迫害革命干部和群众的问题；关于帮派体系的问题等。③ 他研究这些事件的来龙去脉和主要情节，以事找人，找到策划者、指挥者和主要骨干，经过专门机关的调查核证，基本查清这些为首人员的现状，将每件事的过程、现状和处理情况，写得清清楚楚存档。

清查的另一个重点，要摧毁“四人帮”在上海的帮派体系：以马天水、黄涛为首的卖身投靠的某些老干部；以徐景贤、朱永嘉之类为首的一伙文人、刀笔吏；以王秀珍、陈阿大为首的坏人、打砸抢者，这三股势力共同结成了“四人帮”在上海的反革命帮派势力。但在清查中要有政策界限，什么是王洪文的小兄弟？什么是“工总司”的成员呢？经过研究，王洪文的小兄弟只有一二十人，但是形成王洪文的“工总司”的有八种成员，如：工总司筹备委

---

①②③　1979 年 2 月 19 日《上海市清查工作的基本情况》，第 3 页。

②　1979 年 5 月 22 日《清查工作汇报提纲》。

③　上海市揭批“四人帮”运动的一些基本情况（资料摘录）。

员，“工总司”委员，市总工会第五届常委，“工总司”派往各单位任区、县、局常委的负责人，所属区、县、局联络站负责人，128 名进驻上层机关的工人代表，181 个造反派老头头，市总工会机关的帮派分子。再加上“四人帮”先后选拔的，一共 713 人。这是“四人帮”及其余党的主要依靠力量之一。

严佑民认为这 713 人并不都是帮派分子，其中有个别劳动模范，是“四人帮”为了欺骗群众，装潢门面而安置的。本着“不冤枉一个好人，不放走一个坏人”的原则，经过清查，采取各种形式只审查了 400 人左右，其中逮捕、判刑 90 名，定严重政治错误的 25 名，定政治错误的 39 名，其余大多在审查后回原厂劳动。① 基本上摧毁了“四人帮”在上海的帮派体系，特别是王洪文的小兄弟。

市委原写作班子，本部 45 人，非本部人员 240 余人。参与“四人帮”篡党夺权的有 51 人，其中定敌我矛盾的 6 人，严重政治错误的 1 人，属于说错话做错事的 38 人。其余都回原单位或另行分配到基层工作。②

清查的同时，处理和惩办了一批打砸抢分子。根据一些单位的情况调查，参与刑讯逼供和打人的，大致有 3 种情况：一为仇恨共产党，仇恨新中国，实行阶级报复的，要彻底查清，分别情况依法惩处。二为泄私愤、报私仇或怀有政治野心和其他个人目的的人，迫害干部群众致死或致残废，民愤很大的主要打手及其幕后策划者和指挥者，要追究刑事责任；打人后果不很严重，民愤不很大的人，要检查认错，接受批判教育，但要把他们从各级领导班子中清除出去。三为受反动思想影响，违反政策，执行错误路线的人，有过一般打人行为的人，不列为清查对象。但要对他们进行教育，分清是非，接受教训。③

1978 年 4 月 16 日，严佑民在区县局干部会议上讲话，他特别指出：“这里讲的三种人，不是三种罪行都具备的一种人。现在，有的群众很不满意的是，有的单位个别搞打砸抢的人至今仍在领导岗位上，而有些领导同志对于这个问题还认识不足。‘四人帮’横行时，上海被打死、迫害致死的共产党员、革命干部和群众近万人，情况十分严重。杀人犯是应当受到惩办的，只是由于‘四人帮’的支持、包庇、纵容，才逍遥法外。‘四人帮’被粉碎后，我们

---

① 1979 年 5 月 22 日《上海市清查工作的基本情况》；1981 年 7 月 8 日汇报资料《上海市清查工作的基本情况》。

② 《上海市清查工作的基本情况》第 8—9 页。

③ 1977 年 12 月 11 日市委揭批“四人帮”运动办公室：《清查工作中应注意掌握的几个问题》。

应当认真地抓住这个问题，对罪行严重，证据确凿，民愤极大的，经过调查核实，由公安机关拘捕归案，依法惩处。”①

根据以上政策，共逮捕和拘留了打砸抢分子458人，其中担任党政工团各级领导125名；当过所谓“造反队”“司令”、“队长”、“头头”的78名；充当专案组、工宣队骨干等犯有打砸抢罪行的分子226名。这458人中已判刑的有238名。在已拘捕的打砸抢分子中有：一、直接打死人的凶手57名，逼死人的首犯52名；二、为首或参与策划、指挥全市闻名的“康平路事件”，“昆山事件”，上柴、青浦、一〇一厂以及铁路南站等武斗事件中的打砸抢分子和首犯，如“工总司”“副司令”潘国平、“工总司”北上返沪第二兵团“司令”耿金章、“文攻武卫”的头头张宝林、“铁路联指”头头谢鹏飞、青浦“小五虎将”陈恩伯、普陀区联络站头头沈国铨等人；三、非法组织“治安组”大搞打砸抢的为首分子，如“上体司”“司令”胡永年、“治安组”头头楼骏等人；四、残酷毒打迫害领导干部、著名教授、演员和文艺、科技、医务人员的主谋者、策划者，如迫害师大原党委书记常溪萍的所谓“学生领袖”刘浩德，和迫害原交大党委副书记张华、邓旭初的所谓“学生领袖”严步东，迫害黄浦区副区长张六吉致死和迫害杨士法的原市革委会专案组成员申明全和中华造船厂专案组长盛松章、王耀商，参与迫害化工学院党委代理书记田辛致死的唐文熙，迫害文艺系统著名演员的造反派头头陈光文等人；五、制造冤假错案、残酷迫害大批干部、群众的主谋者、策划者，如制造江南造船厂地下党大冤案的江南厂工宣团政委黄星和制造杨浦区纺织系统地下党大冤案的国棉十二厂造反派头头、厂革委会副主任王新林等人。②

在清查工作中，坚持重证据，重调查研究，严禁逼供信。要求专案材料工作要经得起历史的检验。为此对全市的专案材料，强调要做到：事实清楚，证据确凿，定性正确，处理恰当，发现错误及时纠正。清查工作有条不紊地进行，每个案件的处理都要有根有据，让群众满意，让人服气。看起来慢，但是避免了大起大落，避免了夹生饭，实际上快。

1978年3月11日上海市委向中共中央提交《关于上海市清查工作的情况报告》。4月，中央下发12号文件，批示同意这个报告。③

---

① 1978年4月16日，严佑民在区县局干部会议上就贯彻中央12号文件发表讲话。

② 1980年6月3日情况汇报第81期。

③ 1978年5月25日严佑民讲话稿。

1978年5月25日之后，上海清查运动转入定性处理阶段。1978年5月25日，严佑民在全市第五次揭批“四人帮”大会上讲话，指出：

> 定性处理是一项很复杂、很细致、政策性很强的工作，要坚持在各级党委的统一领导下，采取专案工作与群众路线相结合的方法，发动群众来搞好。要按照中央12号文件的具体规定，根据审查对象的问题大小、态度好坏、一贯表现，逐个进行全面的历史的分析，实事求是地确定性质，分清哪些人是“四人帮”的骨干分子，哪些人是犯有严重政治错误，哪些人是犯有政治错误，分别提出处理的意见，该从宽的从宽，该从严的从严，做到定性准确，处理恰当。严格按照批准权限，经过审批备案后，成熟一个处理一个，成熟一批处理一批。要通过定性处理，进一步贯彻党的政策，巩固发展清查的成果。至于那些由于受“四人帮”的思想影响，说了错话、做了错事的同志，属于思想认识问题，只要把问题“说清楚”了，认识了错误，接受了教训，改了就好，不需作组织结论。对于那些在“四人帮”及其余党支持、纵容、包庇下搞打砸抢的首恶分子，严重破坏社会治安的犯罪分子，仇恨社会主义、进行阶级报复、反攻倒算的地富反坏分子，罪行严重，证据确凿，民愤极大的，经调查核实，由公安部门依法惩处。至于受“四人帮”极左反动思潮影响，受骗上当，动手打人的，主要是教育他们分清是非，认识错误，接受教训。①

定性工作，为了“不冤枉一个好人，也不放过一个坏人”，采取专案工作与群众路线相结合的方法，发动群众来搞好。处理上要把好四道关：一、要核实查证材料；二、要审查结论同本人见面；三、要经过群众讨论；四、要党委审查批准。审查对象的材料，绝大部分同本人见了面。经过审批备案后，成熟一个处理一个，成熟一批处理一批。重点检查了一些专案材料的质量，一般是比较好的，没有发现刑讯逼供和违法乱纪的事。②

1978年第二季度开始，在90%以上清查对象的问题已基本查清的基础上，逐步转入定性工作，当年定案、解脱3620人，占审查对象的70%。依法

---

① 严佑民同志在上海市第五次揭批“四人帮”及其余党反革命罪行大会上的讲话。

② 严佑民：《公安战线五十年——一位副部长的自述》，第156—157页，群众出版社，2005年。

逮捕首恶分子马天水、王秀珍、陈阿大、叶昌明、马振龙、黄金海、戴立清、王承龙、潘国平、胡永年等40多人。根据1978年中发12号文件,全市拟定为骨干分子的不到100人,犯有严重政治错误的300人左右,犯政治错误1000人左右。属于说错话做错事已予解脱的有4000人左右,以上5000余人中需清除出党的500人左右。[1]

到1978年,对各单位的清查工作,进行全面的检查验收。

1999年,严佑民回忆说:

我在上海处理了5000人,已过去了20多年,到现在没有一个翻案的,就是分清了罪与非罪,避免了扩大化。是把"四人帮"的打砸抢分子与"四人帮"下面执行路线错误的人区分开来。凡是"四人帮"下面的"打砸抢"分子,证据确凿的我一个也不放过,抓起来判刑,我把他们作为罪犯处理。对"打砸抢"分子这样处理,群众高兴。其他的,如"四人帮"搞"工人阶级登上政治舞台",他们选了一些在工厂里做工的工人等,使这些工人成了中级干部,甚至高级干部。这一批人上来时间不长,什么也不懂。部长、大使,有的已派到北京,但是在上海还有很多准备派到北京去,对这批人怎么办?是"四人帮"要培养他们的,而且他们还没有去,对这批人,如果把他们关起来,把他们杀了,都不行。我就采取一个办法:从哪里来回到哪里去,你不要再登上政治舞台了。你回到单位后,你自己和单位群众讲清楚就行了。如果你在原单位干过坏事,由原单位按政策处理。上海"四人帮"统治十年,盘根错节。结论让你自己看,自己改。实事求是,没有证据不能定罪。不同意还可以改嘛,直到你同意为止,签字,材料留在你的档案里。这种处理办法,群众受到教育,他自己也受到教育。这样做,避免了以前那种"一年运动,三年收尾"的情况。20年过去了,处理的这5000人没有一个申诉、翻案的。[2]

---

① 1980年6月《上海市揭批"四人帮"运动的一些基本情况》第6页。

② 《忆彭真同志和我在上海的政法工作》,《公安战线五十年——一位副部长的自述》,第155—156页,群众出版社,2005年。

“四人帮”在上海经营十年，“四人帮”重用的人不可能都受到惩罚，只能对那些罪大恶极的少数分子判刑。他们重用的人中，亦不乏才干之人，后来这些人因没有做结论、装档案而得到重用、提升。1984—1986年整党，有些人到了北京，向中央领导人反映，你看某某人，他是“三种人”，造反起家，坐直升机上去现在做了高级干部。有人认为王少庸“免予起诉，开除党籍”处理轻了。王少庸是个老干部，上海市委书记。上海群众对他意见很大，上海所有老同志抓起来都是他批的。这算不算证据？这不能算罪的证据，因为，那是“四人帮”控制下的市委讨论通过的，他敢不批吗？严佑民到中纪委汇报工作，中央管清查的干部问明情况以后，对有意见的人表示：那你说怎么处理这些人，把他开除中国国籍？把他关起来？不能这样做。[①]

这样的回答是因为党中央的政策是一贯的。华国锋当时明确提出：“我们不会采取‘四人帮’的办法，乱戴帽子，乱整人。”一再强调党的政策是“缩小打击面，扩大教育面”，“缩小打击面到‘四人帮’及其一小撮不肯改悔的死党身上”。上海市委坚决贯彻中国共产党一贯的方针政策。1980年彭真主持审判“四人帮”的工作，仍然坚持这个正确的政策。坚持划清罪与非罪的界限。彭真说：这些材料好多都是路线问题，我们今天审判路线吗？不是。我们审判是审判罪。上海清查没有扩大化，没有再搞“一年运动，三年收尾”，使干部尽快摆脱“文革”中的纷争，使工作、建设尽早走上正轨，为国家的建设保存了一批有才华的干部，使他们在四个现代化建设中发挥才干。

另外，1978年4月16日，严佑民在区县局干部会议上就贯彻中央12号文件的讲话中特别提到对待“四人帮”骨干分子的家属和子女的问题，他说：

> 要把父母的问题和他们子女加以区别。要相信他们中间的绝大多数是可以教育、争取过来的。对他们不要歧视，要循循善诱，讲清道理，多做耐心细致的思想工作，充分调动他们的积极因素，在各自的岗位上，为社会主义事业贡献力量。一年多来，我们在大学招生的政治审查中，就是这样掌握的，就是王洪文的家属和孩子，我们还是让她们上班工作或上学。我们继续这样做。这同林

① 1999年采访严佑民。

彪、"四人帮"株连家属、子女做法完全不同。[①]

从1976年10月下旬到1979年年底，上海不仅基本查清了"四人帮"篡党夺权阴谋活动的重大事件，摧毁了"四人帮"在上海的帮派体系[②]，而且上海在清查工作中获得的"四人帮"罪证有98件被选入中央印发的"四人帮"罪证材料之中。在审判"四人帮"时，上海向法庭提供的证据达174件。[③] 主持审判"四人帮"的彭真曾当面表扬严佑民，说：上海对"四人帮"的揭、批、查斗争是彻底的，审判"四人帮"时，上海提供的罪证材料占1/3。没有上海的材料，审判"四人帮"就无法进行。曾任上海市副书记、副市长的陈锦华在2005年回顾这段经历时，意味深长地指出："中国革命和建设的历史证明，一个好的政策，而且执行得好，一定会争取人心，凝聚力量，把事情办好。相反地，一个错误的政策，或是好的政策执行得不好，发生偏差，往往也失去人心，得不到支持，工作也做不好，走向失败。"[④]

1981年7月13日，"两案"审判办公室负责人在全国省、市、自治区座谈会上的讲话分析说，各省、市、自治区的揭、批、查斗争大体有三种情况，一是揭、批、查搞得比较好，比较健康、政策掌握得比较好，处理的人不是太多，定性也不算太高，至今申诉的人也不多，在运动中按照政策办事，以理服人，没有违反政策的现象，如上海。[⑤]

调整领导班子四原则

根据中央指示，在清查的同时，开展清查区、县、局以上的领导班子。上海市委决定由林乎加、严佑民、王一平和中央组织部的局长赵振清具体负责，[⑥]他们将各组(办)和区、县、局共103个领导班子分为三类：

第一类，31个领导班子比较好，立场坚定，旗帜鲜明，群众信任，领导运动比较主动，革命和生产形势都很好。对这样的班子依靠、支持。

---

① 王秀珍的两个女儿毕业找工作，一个招工进入全民所有制的工厂，一个考入技校，这在当时是很好的工作。

② 1981年7月8日汇报资料《上海市清查工作的基本情况》第4、7页。

③ 上海市委揭批四人帮办公室：《上海清查工作的基本情况》。

④ 陈锦华：《国事忆述》，第85页，中共党史研究出版社，2005年。

⑤ 陈锦华：《国事忆述》，第73页，中共党史研究出版社，2005年。

⑥ 2010年5月18日采访林乎加。

第二类44个，主要领导成员说过错话，做过错事，经过帮助，在揭批“四人帮”以及马、徐、王的斗争中，把自己摆进去，认真进行自我批评，取得群众谅解仍可以留在领导班子中。或虽无大错误但领导弱，班子不够整齐，目前领导运动和工作比较困难，需要加强，就适当调整充实。并通过“三大讲”等形势帮助他们转变立场，搞好运动，抓好工作。

第三类，28个领导班子问题严重，有的长期被“四人帮”控制，基本烂掉，如总工会、妇联、民兵指挥部、组织组、写作组、轻工局、纺织局、一机局等，要下决心逐步彻底改组。目前已派有工作组参加领导，帮助工作，或从组织上整顿、彻底改组。①

对班子问题的解决，苏、倪、彭根据中央“破得彻底、立得正确”的指示，先委派一、二、三把手主持工作的办法，再解决整个领导班子问题。目前能够不动的，尽量不动，留到运动后期再作调整。或以帮助工作的形式，看准以后再作正式任命。②

在方法上，自上而下，先上后下。一是先解决市委和市革委会各组、办的领导班子和区、县、局的领导班子，再逐级抓下去；二是先充实领导力量后调整领导班子，使领导不中断，工作不脱节；三是先派工作组或派领导干部去主持工作，经过一段时间的考验，看准了再任命正式职务；③四是先配好第一、二把手，后解决整个领导班子。

对充实进区、县、局的以上领导班子的，主要从以下三部分人中选拔：1、遭受“四人帮”及其余党迫害、排挤的老干部；2、把在“四人帮”横行时敢于抵制、敢于斗争、在揭批“四人帮”的斗争中、工业学大庆、农业学大寨的先进单位的领导干部和有一定实践经验的中青年干部；3、劳动模范、先进工作者。

在选拔使用干部、搭配领导班子，上海市委坚持反复研究商量，充分走群众路线，做到知人善用。

在建立新班子时，上海市委突出抓了以下几条：

第一，强调建老中青三结合、精干的、能实干的领导班子。对“四人帮”

---

① 1977年1月6日，苏振华、倪志福、彭冲口头汇报提要；《有计划有步骤地整顿各级领导班子》，1978年6月1日《文汇报》。

② 1977年1月6日，苏振华、倪志福、彭冲口头汇报提要；《有计划有步骤地整顿各级领导班子》，1978年6月1日《文汇报》。

③ 1977年1月6日，苏振华、倪志福、彭冲在中央政治局口头汇报提要；《有计划有步骤地整顿各级领导班子》，1978年6月1日《文汇报》。

及其余党突击提干的人注意作具体分析，凡是问题不大、表现比较好的，这次建立班子适当予以保留。注意配备熟悉本行业务的“实干家”和勤勤恳恳、埋头苦干的“红管家”，不说空话，会干实事，又红又专的干部选拔到领导岗位。因此新的领导班子，人员精干、分工明确，政治、业务、后勤等各项主要工作都有人抓，领导比较得力。

第二，把整顿领导班子和落实党的干部政策紧密结合起来。通过领导班子，到1979年5月已有267位长期没有分配工作或分配了工作但使用不当的原部、局干部担任区县局的领导工作。那些对“四人帮”深仇大恨的同志，被放在重要部门担任第一、二把手，充分发挥他们的作用。另有66位年老体弱的领导同志担任顾问。党的干部政策得到落实，这些老干部心情舒畅，精神振奋，干劲十足，对工作抓得很紧，很快改变了本单位的面貌。

第三，特别注意选配好第一、二、三把手，在此前提下，要把“四人帮”横行时，敢于抵制、敢于斗争，在揭批“四人帮”的斗争中立场坚定、旗帜鲜明、密切联系群众的班子，凡属于“风派”、“震派”、“溜（溜须拍马）派”人物，凡是政治品质恶劣、作风很坏、投机钻营、玩弄权术的人坚决不让他们进领导班子。

第四，并且十分注意整顿好组织部门。“四人帮”横行时，上海区县局以上的组织部门基本上被“四人帮”所把持，成了“四人帮”及其余党整人的部门，网罗党羽、培植亲信的工具。粉碎“四人帮”以后，上海市委十分注意整顿组织部门，把那些不适宜做组织工作的坚决调离，同时充实了一批作风正派，办事公道，不信邪的干部。市委还经常抓组织部门思想上、作风上的整顿，帮助他们肃清“四人帮”的流毒和影响，恢复发扬党的优良传统和作风。①

粉碎“四人帮”以前，全市区、县、局以上领导岗位上的干部有1170人。到1978年底经过两年多的努力，列为清查对象的有478人，占41%，其中采取组织措施的有249人，“讲清楚”对象219人。1978年底全市区、县、局以上领导班子的成员，与粉碎“四人帮”以前相比，主要负责人调整了80%以上，领导成员调整了60%以上。经过几个月的验收，区、县、局以上的领导班子没有发现漏查的帮派骨干分子。②

上海是“四人帮”发迹之地，张春桥常说“文化大革命”是“改朝换代”，

---

① 1977年2月9日《文汇报》。

② 1979年2月19日上海市委运动办公室整理：《上海市清查工作的基本情况》，第4页。

“一月革命”夺权后，他们不分青红皂白实行全面打倒，对干部实行残酷斗争，无情打击。“文革”前，全市共有局级以上干部1054人(包括华东局136人)，到1976年已死亡60人，离休、调出99人，尚有895人。[1] 1976年10月时，“文革”前局级干部被打倒、未分配工作的五六百人，1978年年底前安排的有473人，占74.2%。[2]

1978年到1979年，在揭批查的基础上，对区县局领导班子第二次作了重新调整，有367人调离岗位或调高了他们的职务或做出其他处理，并陆续安排了一批受“四人帮”打击迫害的干部加强各级领导班子。[3] 1979年继续安排“文革”前的局级干部134人，占21.2%。到1980年1月，前原局级以上干部95.2%先后安排使用。[4] “文革”前的局级干部受审查61人，定敌我矛盾性质需要判刑和开除党籍7人，拟定政治错误的10人，属于说错话做错事的32人，定性尚待研究的1人。[5]

由于严佑民在清查中做的工作卓有成效，1979年12月他被选为上海市第七届人大常委会主任，市委第二书记。

---

① 王一平:《立此存照——1984年12月12日在市委整党中的书面发言》，第37—38页。

② 朱通华:《风雨雷电的4年》，刘定汉、袁捷、朱通华、谷冰等:《和彭冲在一起的日子》，第209页，江苏人民出版社，1997年。

③ 上海党史研究室:《上海社会主义50年》，第419页，上海人民出版社，1999年。

④ 王一平:《立此存照——1984年12月12日在市委整党中的书面发言》，第37—38页。

⑤ 1980年12月上海市委揭批“四人帮”办公室:《关于“四人帮”反革命集团重要成员马天水、徐景贤、王秀珍等人的审查报告》(附件)，第1页。

华国锋主持政治局会议，听取上海工作汇报

苏振华、倪志福、彭冲的汇报。叶剑英与华国锋的讲话

1977年1月5、6日，华国锋主持中央政治局会议，专门听取苏振华、倪志福、彭冲关于上海工作的汇报。[①] 出席会议的有：叶剑英、李先念、陈锡联、纪登奎、汪东兴、吴德、陈永贵、吴桂贤。

苏振华汇报了从1976年10月20日以来70天的上海工作情况。他高度肯定党中央的决策和中央工作组的工作。他说：

> 从中央下发16号文件和10月27日中央决定我们到上海市委工作，到上海市委召开区、县、局党员负责干部会议以后，上海运动逐步纳入市委和各级党组织一元化领导下进行，上海形势很快稳定下来。主要是华主席、党中央英明领导、措施果断，把被“四人帮”篡夺了的上海市委的领导权重新夺了回来，同时从中央各部派来了许多同志，分别到各口，深入群众，调查研究，做了大量工作，这对进一步稳定上海局势，发展大好形势起了决定性作用。

他用大量事实指出马、徐、王是“四人帮”在上海的忠实代理人，参加“四人帮”篡党夺权一系列阴谋活动，在“四人帮”粉碎后，还要搞武装叛乱，抵抗以华主席为首的党中央，他们罪行是十分严重的。从中央打招呼会议到现在已两个多月，一再给他们时间，等待觉悟，同“四人帮”彻底决裂。徐景贤相对比较好一点，王秀珍经过群众的揭发批判，态度有所转变，虽然他们也

① 1977年1月17日倪志福在上海区县局党员干部会上传达说是5日、6日，苏振华在同一个会上说是4日。可能1月4日苏、倪、彭到北京，5日、6日政治局开会。

交代一些问题，但到现在他们还没从根本转变立场，特别参与“四人帮”篡党夺权的要害问题，没有根本交代。马天水是三人中态度最坏的一个，24 号文件下发以后，他觉得他的材料不多，若无其事。王少庸至今未写一份像样的揭发交代材料。

苏振华对马、徐、王和王少庸等其他三个常委的处理提出了两个方案。一是，马天水停职审查，徐景贤、王秀珍离职审查，王少庸不参加常委，冯国柱、张敬标暂不动。二是对马、徐、王离职审查，其余与第一方案同。

他分析了市组办、区、县、局 103 个领导班子的情况及解决的方案。指出：“调整各级领导班子大概需要一年左右的时间。中央各部来上海帮助工作的同志，暂时不能撤，还需要继续帮助一段时间。”①

最后他根据华国锋在第二次农业学大寨会议上提出的四项任务，提出 1977 年上海工作安排：一、在斗争中加强党的建设。二、开展农业学大寨，工业学大庆。用两三年的时间，普及大寨县，实现机械化，全部建成旱涝保收的稳产高产田（标准是百日大旱，日雨量 200 毫米不涝），夺取亩产一吨粮。三、掀起学习马列著作、毛泽东著作的新高潮。

听完汇报后，叶剑英副主席首先讲话：

> 上海是个工业城市，文化教育发达。上海这个城市很复杂。这个城市是国内国外交往的地方，是多年帝国主义的租界，是蒋介石起家的地方，也是工业、贸易集中的地方，也是地痞流氓集中的地方，过去革命者依靠租界，地痞流氓依靠租界。振华同志讲了一月风暴的领导权落在“四人帮”手中，他们又控制了全国文化舆论工具欺骗工人，欺骗群众利用他们小兄弟控制他们工矿企业。同志们去的时间不长，成绩很大，砸烂了“四人帮”的黑窝，把他们基本上粉碎了。他们妄图稳住上海，搞乱全国乱中夺权，他们依靠他们的爪牙。组织群众发动起来了，群众是好的，“四人帮”的罪行是通过上海的马天水、徐景贤、王秀珍贯彻。（现在）上海的政策方法是稳妥的，批判“四人帮”和他们的爪牙要用理论上批判，要把批判的水平提高，上海有这个水平。你们要组织工人起来参加斗争，发现积极分子，主要依靠上海工人阶级，要改造利用团结知识分子，

① 1977 年 1 月 6 日，苏振华、倪志福、彭冲口头汇报提要，第 25 页。

发挥他们的作用。

上海文化系统也要发现积极分子，知识分子中也要选拔。上海是“四人帮”的基地，这一点没有问题了吧。他们篡党夺权没有问题了吧。把部长、大使都安排好了。“四人帮”原来就是黑帮。

前几年我在长沙向毛主席汇报工作，说过今后打仗像斯大林格勒战役那样，外墙、内部、地面、地下都要有准备，今后战争有原子弹，要对付，大城市要争夺，城市里要深挖洞，要打地道战，上海要深挖洞，要像封神榜的土行孙战术，听说上海水位比较高，敌人来个七、八师，一定要把它消灭。今后要搞地下演习。

要注意本地干部，注意发挥本地的条件，上海班子要注意调查，要作风正派，伸张正气，要训练干部，要坚持按三要三不要的基本原则，不要搞认人唯亲。要搞任人唯贤，不要那些打小报告的，不要依靠他们来建设社会主义。打小报告的人无非是名利二字。控制不住自己的私心杂念。要扶植正气，压倒邪气，我们的党要有正派的干部，要建立正派的作风。

华主席抓上海、保定。上海派你们三个人去。上海过去渣滓很多，要宜将剩勇追穷寇，不可沽名学霸王。

华国锋在会上也讲了话，他说：

我感觉到这次处理“四人帮”问题，中央政治局站得高，看得远，进行是顺利的。所以形势大好。听了上海汇报，上海的形势也是大好的。对上海的形势，你们的看法与政治局的看法是一致的。这段一步一步地进行，比较稳妥，成绩很大，上海确实比我们预计的好。我们原来准备人家闹事。“四人帮”他们说十年之功毁于一旦。过去他们掌握领导权，当然得听他们的。他们依靠小兄弟、地痞、文痞，控制上海。他们不仅掌握机关还有工会、青年团、妇联、民兵指挥部等来加强他们资产阶级的控制。不是民兵不好，而是他们另搞一套。什么写作组也是他们控制，思想上受他们的毒素比较深。利用他们报纸、刊物、广播，利用他们的《学习与批判》，散布修正主义谬论。所以上海确是“四人帮”的根据地，谁都不能碰他，反正叫你乱我不乱。他们说学大庆是一个点，我上海是一个面。他们搞什么学大寨，他们野心要夺权。我为什么说这个呢？我们前面揭发问题整理出来就看清楚他们的罪恶了。看清后把道理讲清楚，就可以看出我们的胜利。我们当然不能自满，要谦虚谨慎，不骄不躁。你们向中央写个报告，要提高到思想路线上来写上海的胜利。

在谈到形势大好的原因时，华国锋说：

取得胜利很重要一条是遵照毛主席遗志办事。"四人帮"的问题揭露出来后，我们先打招呼，又公布了两项决定，后来又发了两个文件（15、16号文件），在上海人民中起了很重要的作用。我们和"四人帮"斗争的性质明确了，确实我们继承毛主席的遗志。在那个文件中指出我们和"四人帮"斗争实质。

16号文件中，把毛主席批他们的话用了好几段就有力量。江青不总是代表毛主席身份出现么！我们就用毛主席的话揭露她，毛主席说，她不能代表毛主席，我们就是用毛主席批示揭露"四人帮"作用是大的。所以我们取得了胜利。

我们采取了正确的方针和政策，要马、徐、王来京对他们进行耐心细致教育，给他们时间，等待他们觉悟。

我们依靠上海人民、上海工人阶级、上海的解放军，我们相信把情况告诉人民群众，"四人帮"是搞修正主义的，人民群众就不会再跟他们跑了。一开始看起来好像上海是乱了一点，实际不是乱了我们，是乱了"四人帮"，是向"四人帮"及其余党冲击，实在好啊！广大群众对"四人帮"愤恨像火山一样爆发出来，这实在好啊！上海的船去大连，在船上写了大标语，进了港就批"四人帮"，还点出了辽宁，还有毛远新，这个消息实在好啊！我听了实在高兴，这些工人实在好。向上海工人阶级致敬。

以前"四人帮"说人家不打自倒，一轰就跑，现在上海他们自己就是不打自倒，一轰就跑，群众还没去打，他们就要求派人来。我们发动群众揭批"四人帮"以及马、徐、王，这个部署好。他们自己不是说，马、徐、王还有群众吗？通过这个阶段一批，他们把群众脱离光了，这样一来极端孤立。我们取得了胜利。我看了上海的漫画实在高兴。上海一面有人画画，一面有人给出主意，建议怎么画好，群众当中实在有人才。这样大的冲击，生产没有下降。工人阶级觉悟高啊！要依靠工人阶级要向群众讲清，我们是继承毛主席遗志办事的，是按毛主席革命路线办事的。

关于当前工作，华国锋说：

当前工作我在学大寨的会上都说了，同意你们的今后工作安排意见。不要自满，要继续清查他们的罪行，肃清他们的流毒，把毛主席培育的优良传统恢复起来。总之，思想上不能松懈，要踏踏实实。叶帅讲要加强战备。我们还要解放台湾。上海造船工业占全国的近一半，要为解放台湾贡献力量。

关于充实加强市委领导班子问题。华国锋说：

我们政治局的同志不多，到上海去了两位，又从南京调了彭冲同志，这表示政治局的决心，拟希望你们要立足上海，搞好各项工作，发展胜利，把我们的党建设好，在揭发批判“四人帮”斗争中来整顿党。对马天水等人的处理现在不是最后组织处理。现在要把市委班子健全一下，不解决不好，同意你们解决，便于你们工作。鉴于你们的要求，中央同意你们的意见：林乎加同志、严佑民同志、王一平同志留下当书记。杨富珍原来就是上海的常委，调回上海。陈锦华同志也可以留下来。关于中央国务院派来工作组同志，请先念、登奎谈一下，去上海100多位同志先不动。

要加强对民兵工作的领导。王洪文能抓民兵典型，我们把他那套批了，我们按毛主席革命路线搞，为什么不能把民兵抓好。要抓典型，为什么不能搞好呢？

组、办、区、县、局这个班子，有的实在不行的，时间不要拖久了，拖久了不利。你们那时有问题的大企业也不要拖久了，久拖不解决也会挫伤上海群众积极性。拖久了也会出其他毛病。我们要好好地把组、区、县、局班子解决好。大企业、关键的单位要处理得快。

关于干部政策问题，华国锋说：

干部总的要依靠本地的、中央派少量干部去是可以的，要注意政策，只要不是参与阴谋，有错误，批到一定程度你们帮助谈谈话，不要揪住不放。要按毛主席五条标准选拔干部，要注意老中青三结合。中青要注意一下，要注意区别两类不同性质矛盾。属于人民内部矛盾还是惩前毖后、治病救人。在整党整风中让这些同志搞一点自我批评，接受教育。至于那些贪污犯，你们把他搞清楚，这些人好处理。对干部毛主席说要高抬贵手，对新老干部都要这样。干部总的是好的和比较好的。要注意上海本地干部，要注意文化大革命起来的干部，要注意发现积极分子，当然要看群众的反映。

会上，政治局其他领导人讲了以下内容：

在华主席的领导下，上海的形势是好的。好就好在华主席为首党中央及时采取有力措施，你们发动群众，大张旗鼓做是对的，已经做出成绩上海形势比原来设想的好。马天水他们错误估计形势，他们认为自己有威信，可以控制。其实你不搞马列主义，不搞团结，不搞光明正大，什么人也不行，群众就起来造反。马、徐、王三人，主要是马天水，当然上面还有“四人帮”。王洪文与王维国的关系是连在一起的。对马、徐、王这样处理是正确的，现在到这样搞的时候了，对上海问题不能低估，上海搞独立王国不是现在搞独立王国，早就搞独立王国，他们就死心了？不会死心的，你们要提高警惕，防止阶级敌人反扑。

“四人帮”及上海余党，他们在上海搞了那么多年，要把他们搞臭，还要花功夫，有些大厂，基层还有小兄弟，两头小中间大的三类的分析是正确的，发展了顺利的，要注意作中间工作，这是靠路线、靠政策。我们与“四人帮”斗争是你死我活的斗争，心不软，手也不软。上海的工人阶级不愧为无产阶级，上海的群众是好的，干部的大多数是好的，相信上海人民，相信上海工人阶级。（华国锋插话：也相信那里的解放军）

政治路线确定之后，组织路线要跟上，宁稳不滥。要把忠于党、符合五项条件的提上来。要通过群众路线，要谨慎，看中了的就要提，看不准的要过渡一下，不要别人一说好话，就把他搞上来，干部的班子要经过斗争和群众的考验。你们要强调全国的统一，和中央各部搞好关系，过去中央各部都不敢去上海那个金山卫工程[①]。谷牧到那讲话，还是讲了许多好话的。就是因为国务院没发通报表扬，上海还是把国务院骂了一通。今后上海要服从中央统一领导，中央要发挥地方积极性，地方一定要服从中央统一领导。

过去上海阶级路线有问题，1967 年张春桥讲老工人就是既得利益阶层，这个话发明人是张春桥而不是陈伯达。

上海这个地方对“四人帮”的假象认识不清，比如“四人帮”是理论家，是“文革”的先进分子，对这个问题不要轻视，要做工作。运动中也可能漏下个别坏人，这个不要紧，有重点就有一般，有区别就有政策，要巩固和发展大好形势。[②]

会后，中共中央于 1977 年 1 月 10 日正式下文：马天水停职审查，徐景贤、王秀珍离职审查，王少庸不参加常委，继续接受群众批判教育，彻底交代问题。冯国柱、张敬标的错误也是严重的，一面接受群众批判帮助，一面揭发交代问题，一面积极工作以实际行动改正错误。

有区别才有政策。上海革委会中五个老干部，只对黄涛隔离审查。

中共中央 1977 年 1 月 11 日批准：

林乎加调任上海市委委员、常委、书记，市革委会委员、常委、副主任；

严佑民调任上海市委委员、常委、书记，市革委会委员、常委、副主任；

王一平任市委委员、常委、书记；

赵行志任市委委员、常委，市革委会委员、常委、副主任；

毛联珏、车文仪、陈锦华调任上海市委委员、常委；

杨富珍调回上海，仍任市委常委、市革委会副主任。

1 月 16 日中共上海市委员会下文转发了这两个文件。

华国锋、叶剑英对上海的重视及很高评价，鼓舞着大家。1 月 17 日，苏、倪、彭召开了上海市区县局负责干部大会。彭冲主持，首先宣布对林乎加、严佑民等八位同志的任命。然后由倪志福传达 1 月 5、6 日到政治局的汇报和华国锋、叶剑英及其政治局指示精神。最后苏振华宣布，上海对“四人帮”及其余党斗争已取得初步胜利，他说：

---

① 即金山石油化工总厂。

② 1977 年 1 月 17 日倪志福的传达。王守家上海出差工作日记。

三个多月来，上海形势同全国一样大好，越来越好，好就好在以华主席为首的党中央对上海采取一系列措施，非常及时英明正确。批“四人帮”群众运动已发动起来了。这个“四人帮”经营多年的上海，今年已经成为埋葬“四人帮”的大海，已取得初步胜利。

华主席指示我们不要自满，要戒骄戒躁，要从思想上、经济上、组织上肃清影响，王洪文小兄弟清查出来，把领导权真正掌握在无产阶级手里。艰苦斗争还在后头。还要作大量艰苦细致工作。所以决不能骄傲自满，掉以轻心，决不能松懈斗志，兢兢业业、踏踏实实做好工作，去争取胜利。

中央批准对马天水停职审查，对徐景贤、王秀珍离职审查。王少庸同志不参加常委，这个决定非常正确、非常必要。这个决定，反映上海一千万人民的愿望。大家都知道，马、徐、王参加“四人帮”篡党夺权一系列阴谋活动，在“四人帮”粉碎后，还要搞武装叛乱，抵抗以华主席为首的党中央，他们罪行是十分严重的，从中央打招呼会议到现在已两个多月，一再给他们时间，等待觉悟，同“四人帮”彻底决裂，虽然他们也交代一些问题，但到现在他们还没从根本转变，特别参与“四人帮”篡党夺权的要害问题，没有根本交代，马天水态度更坏，故意装糊涂，搞小动作躲躲闪闪，避重就轻。王少庸问题也很严重，交代很少，群众要求采取措施。广大群众干部要求对他们采取措施是正确的。现在对他们还是留有很大余地；对他们继续教育，给予希望，希望他们不要一误再误，错过机会，彻底转变立场，老老实实接受批判，认真接受教育，与“四人帮”决裂，脱胎换骨，要认罪负罪。回到党和人民的立场上来，这样我们还是欢迎的。

任何人，利用党的政策的宽大，继续玩弄花招，蒙混过关搞所谓合法斗争，都是行不通的。何去何从，到了迅速选择的时候了。

冯国柱，张敬标同志的错误也是严重的，一面接受群众批判帮助，一面揭发交代问题，一面积极工作以实际行动，改正错误。

苏振华还宣布了关于上海市党委的具体分工：

周纯麟：分管警备区、民兵、人防。

林乎加：分管计划、工交、郊区、财贸、科技。

严佑民：分管公安、政法、地区、专案。

王一平：分管组织、宣传。

毛联珏：分管市委办公室、市委直属机关。

车文仪：分管报刊、电台、新华分社、写作组。

陈锦华：分管文化、教育、体育、卫生。

赵行志：分管外事、统战。

杨富珍：分管工会、青年团、妇女群众组织工作。

他讲到 1977 年的六项任务，再次强调要认真执行党的政策。

彭冲宣布：会议精神组织传达到支部以上。然后宣布散会。

1977 年 3 月 18 日，苏振华在中央工作会议上全面汇报了到上海以来的五个月的工作。他介绍上海揭批情况的内容前面都已讲到，不再重复。值得一提的是，他指出："四人帮"是林彪的同伙。林彪的《政变经》，张春桥是参与炮制的。直到"九一三"事件前不久，张、姚还到林彪家里密谈。林彪垮台后，他们直接控制王维国的专案，不准揭发林彪及其同伙王维国等人的罪行，甚至强迫同案人翻案。他们继承了林彪的衣钵，变本加厉地进行篡党夺权的阴谋活动。

不久，中央转发了上海揭批"四人帮"及其余党工作经验，充分肯定苏振华和上海市委的工作，"大乱子没出，中乱子没出，小乱子也没出"，夺回了"四人帮"及其余党把持的党政大权，整顿了领导班子，顺利地进行了揭批查斗争，"既搞清了问题，又稳定了局势"，揭开了上海发展历史的新篇章。

拨乱反正，倡导尊重劳动、尊重知识，率先召开两个座谈会

1977 年春节（2 月 18 日）即将来临，2 月 9 日苏、倪、彭召开了各条战线先进工作者、先进生产者、劳动模范代表大型座谈会。[①] 出席劳动模范代表座谈会的代表共有 275 人，老劳模老先进 195 人，占 71%，以后涌现的 80 人，占 29%。其中仍然战斗在生产、业务第一线的 233 人，占 89%。[②]

---

① 1977 年 2 月 12 日《人民日报》，《文汇报》。

② 杨肇林、丑运洲、乔崖：《从高山到大海——共和国上将苏振华》，第 390 页，解放军出版社，2001 年。

这样的盛会在上海已经十年没有召开了。"文革"初期不少劳模作为保守派、走资派的红人一直受批判，长期被打击迫害，抬不起头来，子女也受到牵连。"四人帮"及其在上海的余党将坚持生产的劳动模范、先进工作者，钻研技术的同志扣上"唯生产力论"、"白专道路"。否定他们，就是否定他们的智慧、创造和贡献，就是否定建设社会主义的劳动。劳模们一吐十多年来心中的积郁，大快人心。特别是对知识分子出身的劳动模范、先进工作者的重新肯定，这在当时具有重要意义。而过去一直否定他们是劳动人民的一部分，伤害了他们的积极性。当苏振华、倪志福、彭冲、周纯麟、林乎加、严佑民、王一平同大家一一握手，代表们抑制不住内心的激动，有的不禁热泪夺眶而出。会议气氛热烈、感人。

倪志福在会上讲话。然后，上海海运局"长自轮"政委程灿松，全国劳模革新闯将王林鹤，创造40万米无次布的青年织布工毛信贤，嘉定县徐行公社党委书记革委会副主任季德章，全心全意为人民服务商业工作者余三荣，不畏强暴、勇于与"四人帮"作斗争的文艺工作者朱锦多，多次获先进工作者的小学教师倪谷音，为激光事业做出贡献的科技工作者干福熹在会上发言，分别联系自己切身体会和感受揭批"四人帮"，畅谈当前大好形势，要为天下大治的伟大胜利，贡献自己全部力量。①

座谈会结束时，他们久久不愿离去，苏振华、倪志福、彭冲、严佑民、王一平送到门口，同他们一一握手送别。很多人把市委为他们准备的一盒盒午餐点心带回家，和全家人一起分享这份党对他们的重新肯定、关怀之情。②会议情况在《人民日报》报道后，在全国起到示范作用。

2月10日下午，中共上海市委、市革命委员会召开了文化、教育、科学、医务、工程技术、宗教、民主党派、爱国人士、侨胞、少数民族、台湾同胞代表座谈会，共160人参加。参加会议的代表大多过了花甲之年，接到请柬，冒着严寒，兴致勃勃地来到会场。这样的会已有十年没有召开了，"文革"中知识分子被批斗，成为排在叛徒、特务、走资派、地主、富农、反革命、坏分子、右派之后的"臭老九"；有海外关系的，被打成"特务"、"特务嫌疑"；政协、民主党派被取消活动，人员到五七干校劳动。人们看到，中国共产党的统一战线政

---

① 1977年2月12日《人民日报》,《文汇报》。

② 杨肇林、丑运洲、乔崖等:《从高山到大海——共和国上将苏振华》,第390页,解放军出版社,2001年。

策又回来了，真是新春喜事，双喜临门。

苏振华、倪志福、彭冲、周纯麟、林乎加、严佑民、王一平等书记参加了座谈会，和他们一一握手，热情问候，祝他们春节好。会场气氛亲切、热烈。

会议由彭冲主持。四届全国人大常委吴耀宗在发言时心情十分激动。他说，不久前，我在北京参加人大常委会，见到许多老朋友，大家都异口同声地说："揪出'四人帮'，我们都变得年轻了。"四届全国人大代表、民革市委主任委员赵祖康说，"四人帮"及其在上海的一小撮余党说什么"统一战线臭了，还要什么统战机构"。粉碎"四人帮"，革命统一战线得救了。民盟市委副主任委员、复旦大学教授苏步青说：张春桥胡说我们这些知识分子都是"废物"，是"豺狼虎豹"。他们一不许我们参加教学，二不许我们搞科研。他表示为祖国造船工业和数学理论工作的发展，战斗到生命的最后一息。四届全国人大代表、民进市委主任委员、市政协副主席吴若安，科研工作者冯德培，戏剧、电影工作者黄佐临等发言批判了"四人帮"及其在上海的一小撮余党破坏教育革命、文艺革命、科技战线上的罪行。纷纷表示，我们要积极地为实现我国四个现代化的宏伟目标而奋斗，为解放台湾、统一祖国贡献自己的一分力量。

最后，苏振华讲话。他说，上海的形势和全国一样，也是一派大好，越来越好。经过四个多月的战斗，揭批"四人帮"的伟大斗争取得了初战的胜利。我们要把继续深入开展揭发批判"四人帮"的群众运动作为中心任务，放手发动群众，把"四人帮"及其在上海的一小撮余党篡党夺权的反革命罪行揭深揭透。要大张旗鼓地开展农业学大寨、工业学大庆的群众运动。要进一步掀起学习马列著作和毛主席著作的新高潮。他赞扬上海的文教卫生、科学技术各界的同志、朋友以及爱国人士，为我国的社会主义革命和社会主义建设作了许多有益的工作。过去，"四人帮"扣帽子，打棍子，实行资产阶级文化专制主义，只准他们炮制资本主义的毒草，不准革命人民培育社会主义的香花。打击广大革命和要革命的知识分子。苏振华最后说：团结起来，争取更大的胜利。

座谈会开得热气腾腾，代表们情绪高昂，掌声不断。[①]

---

① 1977 年 2 月 16 日《解放日报》。

中央工作组成员陆续离沪。
苏振华回海军，倪志福回北京市委

1977 年 3 月 7 日，中共中央发出 9 号文件通知：中共中央军委的日常工作仍由叶剑英负责主持。3 月 24 日苏振华出席了在北京召开的中央军委座谈会，4 月 11 日、12 日出席叶剑英主持的中央军委常委会议。同年 10 月上旬到 11 月上旬陪同叶剑英到济南、南京、杭州、武汉、广州视察、调查。

上海的局势步入了正常的轨道。苏振华要重回海军主持工作，从此不能全力以赴在上海工作，要两头兼顾。倪志福提出：他是长征干部，他做第一把手，我可以协助他。下面的干部都是长征、抗战干部，我是解放干部。他不在了，我怎么能领导长征、抗战干部。现在吴德困难，我可以回到北京帮助他。华国锋听后说：那我们按原定计划办。原来计划即苏振华和倪志福是临时去上海，将来要交给彭冲。[①]

中央工作组成员陆续离开上海。曹大澄早在 1976 年的 11 月初因工作需要就已回到北京。1977 年 1 月，林乎加亲自和王守家谈话，希望他能留在上海工作。但是王守家考虑到国家计委的工作离不开，婉言谢绝了林乎加的挽留。临行前韩哲一送给他一个小型电子计算器。王守家于 1 月 23 日离沪，24 日到京，结束了近 4 个月的上海工作。3 月 8、9 日，中央工作组在上海的住地搬到了衡山宾馆。

4 月 14 日晚，中央工作组会上，倪志福、彭冲、林乎加决定，凡是市委办、组、局一级领导班子已经配备好，揭批查“四人帮”运动已正常开展起来的单位，工作组可以逐步撤出。4 月 19 日倪志福回到北京任第二书记。[②] 苏振华、倪志福任上海市第一、第二书记，但实际工作由彭冲主持。倪志福说：“我在上海挂名两年半，实际工作就半年。”[③]这是倪志福的自谦，其实，他和苏振华都是两边跑，仍然参与上海市委重大决策。

“五一”节前夕，中央工作组大部分成员相继撤离上海，返回原机关。[④]这时，中央工作组主要成员留下来的有，林乎加、严佑民任上海市委副书记，

① 2004 年采访倪志福。

② 倪志福 1980 年 11 月 14 日给中央的报告。

③ 2004 年 2 月 16 日采访倪志福。2014 年张不知回忆是 4 月 13 日他随倪志福一起回到北京。

④ 陈锦华：《国事忆述》，第 89 页，中共党史出版社，2005 年。

赵行志、毛联珏、车文仪、陈锦华任上海市委常委。

1977年8月12—18日举行的中国共产党第十一次全国代表大会上，苏振华、倪志福由政治局候补委员进入政治局。彭冲直接进入政治局。林乎加、周纯麟、王一平、汪明章[①]当选为中央委员。毛信贤、杨富珍当选为候补委员。

1977年11月，韩哲一为上海市委书记。王鉴、赵振清、汪明章、杨慧洁4人为市委常委。张承宗为市委统战部长。[②]

1977年底，苏、倪、彭一起领导上海市第七届人民代表大会的筹备工作，12月25日，苏振华主持开幕式，会议通过彭冲做的工作报告。30日，苏振华在闭幕式上讲话。会议仍然选举苏振华为上海革委会主任，倪志福为第一副主任、彭冲为第二副主任，王一平、周纯麟、杨西光、杨富珍、林乎加、严佑民、赵行志、王鉴、杨恺为副主任。12月25日—29日，上海第五届政协第一次会议，彭冲当选主席，赵行志、张承宗、梁国斌、苏步青、巴金、李干成、赵祖康、黄赤波、冯德培、刘靖基、吴若安、王致中、周谷城、卢于道为副主席。[③]1978年2月，苏振华、彭冲分别率上海代表团参加全国第五届全国人民代表大会和政协第五届全国委员会第一次会议。[④]

1979年1月，因苏振华、倪志福调离，中共中央任命彭冲为上海市委第一书记，严佑民为上海市人大常委会主任、上海市委第二书记。王一平、韩哲一任书记。4月，增加钟民、赵行志、夏征农为上海市委书记。杨士法、陈锦华、陈沂为市委副书记。[⑤]

1979年12月上海召开第七次人民代表大会，彭冲当选为上海市市长，王一平、韩哲一、陈锦华、赵行志、杨士法、赵祖康、王鉴等为副市长。严佑民

---

① 汪明章(1939—)浙江奉化人，1958年参加工作，在上海第三钢铁厂转炉车间学徒、炉长、副厂长，1960年参加共青团，1966年1月加入中国共产党。1973年2月任共青团上海市委书记，同年12月任上海赴黑龙江慰问团政委。1976年4月任共青团上海市委书记，1978年十一大当选为中央委员，1979年3月历任共青团上海市委书记、宝钢副指挥、党委副书记，1983年后历任上海冶金局副局长、上海冶金控股(集团)公司董事、上海冶金工会副主席、宝钢公司再就业工作领导小组副组长。

② 中共上海市委组织部、中共上海市委党史征集委员会、中共上海党史研究室、上海档案室：《中国共产党上海市组织史资料》，第558页，上海人民出版社，1991年。

③ 1978年1月15日《文汇报》。

④ 全国人大常委、全国政协在“文革”爆发后停止工作，直到1975年才召开第四届全国人民代表大会。1978年2月24日—3月8日召开政协第五届全国委员会会议。会前恢复了全国各级政协工作。

⑤ 中共上海市委组织部中共上海市委党史征集委员会、中共上海党史研究室、上海市档案馆：《中国共产党上海市组织史资料》，第559—560页，上海人民出版社，1991年。

当选为上海市人大常委会主任。王一平当选为上海市政协主席。①

倪志福、彭冲谈苏振华作风、品格

苏振华、倪志福、彭冲及中央工作组在到上海之前，互相都不认识，但在上海的工作，使大家彼此有了了解，齐心协力，合作愉快。苏振华有心脏病，一直带病工作，但他觉得很顺心、很开心。苏振华常说：上海市委这个班子是他半个多世纪以来的革命生活中，互相配合得最好、发挥集体智慧最得心应手的领导班子之一。

紧张的工作使苏振华犯了心脏病，倪志福对苏振华夫人陆迪伦说：苏振华交给你了。有人找他，你就推给我和彭冲。日常工作由我和彭冲处理，我们向他汇报，有不对的地方再改过来。这样苏振华安心休息了半个月。倪志福说：一个领导要干好事，要有一帮人，要干坏事也要有一帮人，他一个是干不了的。②

倪志福回忆说：在我一生中对我影响最大的有两位领导人，一位是吴德，一位是苏振华。苏振华同志作风民主，能团结人，待人厚道，我们成了好朋友，做到了无话不谈。

倪志福谈到苏振华的人品、工作精神和工作作风，对自己潜移默化的影响。他说：人们常常有这样的议论，说中央的方针政策是好的，可到下面却被某些人把经念歪了，出了乱子。苏振华一个很大特点是他能认真领会中央指示的精神实质，融会贯通，坚决贯彻执行，把中央的指示变成本地区的现实，这是很不容易的。临危受命接管上海时，上海是“四人帮”篡党夺权的基地，在“四人帮”余党眼里，中央粉碎“四人帮”“是宫廷政变，是修正主义上台”。当时的形势确实危急，“四人帮”余党要跟中央对抗，妄图发动武装叛乱。“文化大革命”中压下去的一派头头要搞串连，企图东山再起；而广大群众热烈拥护粉碎“四人帮”，涌上街头，游行示威，急需引导；也有一些流氓地痞趁机捣乱。哪一个环节处理不好，都可能出问题。中央领导同志给我们的方针就是两句话：“既要解决问题，又要稳定局势。”怎样把这两句话变成上海的现实呢？正如叶剑英元帅所说的，苏振华在战争年代有指挥作战的

① 何虎生等主编：《中华人民共和国职官志》，第628—629页，中国社会出版社，1993年。

② 2004年2月16日采访倪志福。

丰富经验;在建国初期,担任过贵州省委书记,多次受到党中央、毛主席的称赞。这些经验都有利于苏振华对中央方针的深刻领会,他以方面大员指挥作战的特有风姿,领导我们制定了打好这一仗的战略部署,一步步打开局面,先以"四人帮"余党控制的上海市委妄图发动武装叛乱为突破口,把那些参与武装叛乱、跳得很高、罪恶深重、民愤极大的人进行隔离审查,把"四人帮"余党控制的市委常委,以开常委会的名义,让他们自己交代,互相揭发。再发动广大群众,开展声势浩大的揭发批判。与此同时,苏振华又与南京军区主要领导及驻沪三军的负责人商量,要求他们加强戒备,特别是江、浙一线要高度警惕,防止"四人帮"余党贼心不死,狗急跳墙,并把警备区与武装叛乱有牵连的人立即调回。协助中央工作组,重点保证上海不出乱子。在这个过程中又十分注意掌握政策,做到稳准狠地打击敌人,教育广大干部和群众,缩小打击面,扩大教育面,尽可能地团结一切可能团结的人。这样,到1977年10月,就把"四人帮"及其余党在上海篡党夺权、妄图发动武装叛乱等罪行基本查清,稳定了局势。

倪志福说,苏振华的另一个特点是他民主作风好,为人厚道,遇事跟大家商量,集思广益,能够团结一班人发挥团队作用。正如李先念同志所说,这次解决"四人帮"余党问题,要靠苏振华去牵头,靠他去发挥核心领导作用。

在受命接管上海时,中央就明确告诉我们,苏振华和我在稳定上海局势解决问题后,还是要回到北京工作的。当时苏振华就跟我商量,要根本解决问题,还是要依靠上海人民,特别是要依靠那些受"四人帮"打击迫害、又十分了解上海情况、有丰富工作经验的老干部。因此,他要我抓紧时间,咨询中央和国务院熟悉上海情况的领导同志,请他们推荐仍在上海却靠边的老同志。于是,我找到了谷牧,谷牧同志推荐了原华东局的韩哲一,原上海市委的王一平、杨西光等人。因此一到上海,我们除依靠工作组的同志外,很快就找到韩哲一、王一平等同志,征求他们的意见。在组建新市委时,就吸收他们担任了常委、市委书记。

在整个工作过程中,苏振华都能倾听大家的意见,发挥各自所长,一经商定,他全面负责,分头去办。应该说,当时参加上海新市委工作的都是各方面的专家,除苏振华、倪志福、彭冲外,像原国家计委副主任林乎加、公安部副部长严佑民、原上海市委书记王一平、原华东局书记韩哲一、原驻外使节赵行志,还有陈锦华、车文仪、毛联珏等,都是经济、公安、干部、宣教文卫等方面的行家，他们都能在一个方面打开局面，大家心情舒畅，同心协力，很快使上海工作改变了面貌。对工作组中的优秀年轻干部，从上海今后工作着想，苏振华提出应留一些在上海工作，例如陈锦华。苏振华就让我和钱之光同志商量，让锦华留在上海。我把意见告诉钱之光后，钱说既然苏政委和你要陈锦华留下，我没有意见。

倪志福说苏振华办事总是要做到精打细算，为将来接替他上海工作的人打个良好的基础。就说宝钢建设吧，是苏振华在1977年春节期间调查研究时提出的，后得到国务院的支持。1977年冬，苏振华与倪志福、彭冲，为宝钢选址考察了几处地方。1978年1月，苏振华又请海军东海舰队调驱逐舰到上海，勘察宁波北仑港地形。1978年12月正式动工兴建宝山钢铁厂。后来，邓小平同志在宝钢点火时就断言："历史将证明，建设宝钢是正确的。"前些年宝钢负责人在获奖会上对倪志福说，宝钢有今天，是你们老一辈革命家打的基础。倪志福回答道：有你们这句话，对我们是个安慰，说明当时我们建设宝钢没有错。

倪志福说，苏振华还有一个特点，便是他的艰苦奋斗、勤俭节约、廉洁奉公的传统作风。这对我影响也很深。当时我们带去的工作人员，因任务繁重，春节不能回去探亲，苏振华请海军派了一架飞机，把工作组家属接到上海团聚，安排食宿，让他们无后顾之忧，更加努力工作。家属来了，我们都是自己拿钱，请工作人员及家属与我们一起团聚，共度春节。当时在上海，中央和地方过往官员不少，但请客吃饭，都是我们自己拿钱。我们在上海工作，供给关系都在北京原所在单位，在上海没拿一分钱。这些做法，过去都少为人知，实际这是值得提倡的。

倪志福说，苏振华的这些特点和作风，一直给自己很深很大的影响，印象特别深刻。自己后来在全总、在人大、在天津工作，都是努力照着去做。[①]他的一位亲戚在上海一所大学学习，不懂事，认为倪志福担任上海第二书记，他们不得了了。倪志福给严佑民写了一封信：如果有人打着我的旗号干坏事，你加重处理。严佑民将倪的信拿到学校公布，这位亲戚一下就老实了。[②]

鲁迅在谈到他和瞿秋白友谊时曾说："人生得一知己足矣，斯世当以同

---

① 以上内容参见丑运洲：《倪志福深情回忆苏振华》，《湘潮》2007年第1期。

② 2004年2月16日采访倪志福。

怀视之。”倪志福与苏振华的友谊也是如此。他把苏振华视为自己的知己、同志和兄长。在苏振华逝世的噩耗传来时，他第一个赶到医院与苏振华遗体告别，慰问陆迪伦。当时，中央党政军各方面的领导人来看望慰问的络绎不绝，倪志福一直陪同接待。倪志福对悼词如何写法，如何肯定苏振华的功绩，当场请示了党中央、中央军委主要领导人，提了很好的建议。直到这些事都办完了，他还不肯离去，还一再叮嘱陆迪伦节哀，保重身体。

彭冲也说，过去对苏振华没有接触过，在上海接触时间不算长，但印象却很深。同苏振华工作很好相处，彼此间很融洽，重大问题意见一致。苏振华很能团结人，对“一班人”工作很放手。他大度，思想开朗，大家心情舒畅，工作成绩突出，这与一把手很有关系。在那样一个大背景下，粉碎“四人帮”是人心所向，苏振华代表着大家的共同心愿和共同意见。

晚年时，彭冲回忆上海的这段工作，他说：“我同他们（中央工作组成员）因工作需要，奉中央之命，直至一起共事，有的还是初次见面。可是相处很好。互相尊重，互相理解，从而成为很好的同志和朋友，至今仍保持着友谊。在共产党内，这种风气应该是可贵而值得发扬的吧？”①

赵行志的夫人欧阳洛回忆这段工作，说：行志喜欢提意见。苏、倪、彭作风民主，常常鼓励大家发表不同意见，集思广益。②

---

① 彭冲：《岁月——彭冲影集》，第50页，人民日报出版社，2000年。

② 2003年3月采访赵行志、欧阳洛夫妇。

进一步揭批“四人帮”，全面复查，否定“一月革命”

1977年3月到1978年5月，上海召开全市第二次至第五次揭批“四人帮”大会

中央工作组进驻上海以来，解决了“四人帮”上海余党武装叛乱问题。但苏、倪、彭等清醒地认识到，摆在面前的任务仍十分艰巨复杂，有些群众仍受蒙蔽，认为“四人帮”“也做过一些好事”，“路线是正确的，只是作风不好”。上海在新中国成立前是十里洋场，冒险家的乐园，买办、地痞、流氓、帮会、社会渣滓，各色人物应有尽有，社会情况远比其他城市复杂。1977年2月24日，严佑民在专案工作座谈会上的讲话，具体分析了上海的形势。他的分析代表了当时领导班子的看法。他说：

> 第一，上海是“四人帮”长期控制的地方。十年来，“四人帮”大搞结帮篡党，到处网罗流氓、文痞、不肯改悔的走资派，结行帮、拉山头、搞宗派，拼凑黑班底形成一股帮派势力，曾篡夺了市委的领导权，控制、掌握了一部分基层单位。我们搞掉了几个头面人物，砍断了这个帮派体系的上下联系，但还不能说这个帮派已被肃清，已经缴械投降。他们在武装暴乱的阴谋破产之后，继续顽抗。据专案对象交代，他们做了一二三线的部署。有的人继续进行反革命叫嚣，有的人消极怠工，制造事故，制造谣言，频繁串连，进行合法斗争。在他们控制的地方，影响较大的地方，群众还没有发动起来，运动冷冷清清。第二，“四人帮”及其余党推行了一套反动路线，大量的修正主义谬论，流毒甚广，把人们的思想搞乱了。特别是他们曾采用“稳住上海”的反革命策略，更欺骗蒙蔽了一些群众。第三，“四人帮”把社会渣滓当作依靠力量，颠倒了敌我关系，破坏了社会治安，败坏了社会风气，“四人帮”还有一定的社会基础。第

四，上海又是“四人帮”发迹起家的地方，张春桥、江青、王洪文、姚文元都在上海起家，他们都有一段反动的丑恶历史，需要我们花大功夫查证。第五，已经被监护、隔离的专案，绝大多数是紧跟“四人帮”，参与阴谋活动，陷得很深，犯有严重错误和罪行，都有一定的政治斗争经验，态度一般都比较顽固，少数人至今仍坚持反动立场，有对立情绪。第六，清查“四人帮”的专案，同审讯特务间谍，审理刑事案件不完全一样，既要彻底查清他们的阴谋活动，在审查过程中又不完全把他当作犯人对待。这就需要讲究政策和斗争策略，掌握斗争的艺术，做艰苦、细致的调查和群众教育发动工作。①

苏、倪、彭领导的上海市委一连召开了5次揭批“四人帮”大会。每次大会都是主会场有1万多人，另外组织全市党支部委员以上的25万左右人在各单位拉线收听主会场的实况广播。各个系统召开的万人批判大会有20多次。② 以揭批推动清查，以揭批推动整顿领导班子，以揭批推动平反冤假错案落实各项政策，以揭批推动生产，将“四人帮”造成的损失夺回来。人们对“四人帮”的本质认识越清楚，各项工作开展才越顺利。

1976年12月10日中共中央下发了24号文件《王、张、江、姚反党罪证（材料之一）》。1977年3月，结合中央下发的这个文件，上海召开了全市第二次揭批“四人帮”大会。

1977年3月6日中共中央下发10号文件《王、张、江、姚反党罪证（材料之二）》，揭露批判“四人帮”的罪恶历史，张春桥是国民党的特务，江青是叛徒，姚文元是阶级异己分子，王洪文是新生资产阶级分子。结合10号文件，1977年5月，上海市委召开了全市第三次揭批“四人帮”大会。

5月9日，彭冲在市委会议上讲话，部署当前工作，专门谈到如何打开那些还在捂盖子的单位的问题。主要是领导班子问题没有解决，“四人帮”余党还有活动。他说：绝不可低估“四人帮”在思想上、政治上、组织上造成的破坏和流毒，一定把揭批当作一件大事来抓，要发动群众。特别要注意帮派体系。干部要特别清醒。7个月来上海取得很大胜利，要把“四人帮”反革命罪行全部搞清楚，把和“四人帮”有牵连的人和事，要花很大的气力，将他们

---

① 严佑民：《公安战线五十年——一位副部长的自述》，第136—137页，群众出版社，2005年。

② 陈锦华：《国事记述》，第74—75页，中共党史出版社，2005年。

阴谋活动一件一件查清楚，不能自满、松劲。一定要抓好当前的大好形势乘胜前进，限期打开至今还没有打开局面的单位。具体措施是：一、开好全市性的揭批大会。二、准备召开一次揭批“四人帮”经验交流会。三、加强专案工作，等。[①]

5 月 12 日、13 日，11 人在全市性的揭批大会上揭发批判“四人帮”的反革命面目和罪恶历史，

上海市化工“七二一”大学陈美痕代表徐嘉然、陈效宗、严中、熊自强等 6 名共产党员发言，他们是学校的政工干部和政治教师，1967 年 5 月在外调大学党委书记时发现张春桥于 1936 年参加过“中国共产党预备党员委员会”，这是冒充共产党的组织，为首的宋振鼎就是叛徒，他亲自介绍张春桥参加了这个组织。[②] 她说：当年 7 月，我们写了一份《调查报告》，分别上报党中央、中央文革和上海市革委会。在附件列出参加这个组织的名单，其中就有张春桥。于是我们大难临头，给我们加上一大堆罪名，什么“整中央领导同志的黑材料”、“炮打无产阶级司令部”、“窃取国家机密”，以后还加上“林彪反党集团的社会基础”。1967 年底张春桥批示：“怎么坏人揪坏人?”于是我们成为坏人。1971 年 5 月 25 日，王洪文批示：“请告化工局一定要把这个案子搞清楚，一定要对此案加强领导。”对于张春桥的历史问题要“严防扩散”，“不准追问”，“不准写名字”。王秀珍、黄涛跟着批示，从清队、整党、“一打三反”、清查“五一六”、批林整风，每次运动都要把我们大整一通，一次比一次厉害，持续 8 年之久。1967 年 8 月，我们被勒令停止调查，大家商量由陈效宗绕道家乡山东去北京向毛主席、党中央反映张春桥的历史问题。不料在公平路码头上，遭到绑架。“四人帮”及其余党派来的一群人手持各种凶器，将麻袋套在他的头，往汽车里一扔。陈效宗爱人抓住汽车不放，他们就猛力踢开她的双手。陈效宗爱人和孩子边哭边追汽车。这种情景与解放前国民党特务抓人有什么两样?！他们将陈效宗拉到私设的审讯室，用垒球棒打他的头，用橡皮包着钢丝的鞭子抽打，用铁钩子勾他的手，将皮肉翻出来。甚

---

① 严佑民工作笔记。

② 1936 年 4、5 月间宋振鼎（化名吴成志）与林福生（从苏州反省院出来的）等成立了中国共产党上海预备党员委员会（1955 年宋说是此组织是 1937 年四五月间成立），发展张春桥。后上海党组织派吴仲超同宋谈话，指出这个组织是非法的，立即解散。1938 年 1 月，张春桥从济南到达延安进入陕北公学学习、工作，因找不到入党证明人，没有解决组织问题。1938 年 8 月加入共产党，预备期半年，1939 年 2 月转正。1937 年 7 月以前入党为二战干部，1937 年 7 月以后入党为抗战干部。张春桥后来在填写干部履历表时，仍写自己是 1936 年 4 月经吴成志、林福生介绍入党。

至将他 8 岁的女儿拉来。当时陈效宗眼睛蒙着，只听见孩子哭、叫喊，当他想去用手摸时，孩子在哭喊声中已被带走。并不断播放充满鞭打、惨叫的录音，严刑拷打了十天十夜。陈效宗遍体鳞伤，发着高烧，肾脏被打坏。1971 年将他关在四面密封的大木笼里，后来关在不到 3 平方米的暗角里，头抬不起来，吃、喝、拉全在这个阴暗、潮湿的小间里，被子湿得可以拧出水来。马桶成了他吃饭、写材料的地方。还把他捆在椅子上，吃饭也不放开。陈效宗被折磨得精神失常，仍然把他关到监狱。徐嘉然是和陈效宗一起到内蒙古调查的，并起草了调查报告。反复被刑讯逼供，其残酷令人发指。被打伤了不准去医院看病。伤势太重，送到医院要写明是反革命。最后为了销毁罪证，烧毁化验单、病历。在一次千人大会上，徐嘉然高呼“革命无罪”，马上被打得皮开肉绽，满身是血，拖到地下室，两天两夜不给吃一口饭，喝一滴水。徐嘉然说你让我死，我偏不死，还有一口气，也要到北京向毛主席告你们的状。在第二次隔离的两年内，通读了毛选 4 卷和列宁全集 36 卷。陈美痕说：我将要临产，被拉到台上批斗。孩子还没有断奶，被关进封闭式的学习班，不准回家，不准我见孩子。两年后回家，孩子完全不认识我，呆呆地望着我。严中在战争年代有多种疾病，身体虚弱，仍被绑架、毒打，大口吐血。诊断为癌症，手术后，“四人帮”余党到医院介绍他的反革命身份，阻止治疗。王奇峰被折磨成癌症。熊自强不仅自己受到长达 8 年的迫害，刚进小学的儿子也被看成小反革命。6 个人受打击迫害的直系家属就有 30 人。陈美痕的父亲被隔离两次长达 4 年之久，爱人被审查两年。龚书葵老师拿出 300 元支持我们外调，他的头被套上麻袋，遭到毒打。这些人将他的头揿在小便池里，逼他喝尿。6 个人有 3 个被先后隔离、拘留 2 到 4 年，还有 3 个人分别关到有人监护的小屋子里，4 个被抄家，被批斗几百次。手段极其残酷，名目繁多，如“疲劳轰炸”、“车轮战术”，从早到晚揪到各个班组游斗，有时一天十几场，不让休息，还有喷气式、挂大牌、低头弯腰，拳打脚踢，半夜突击审讯，甚至记录我们所说的梦话。总之“四人帮”及其余党对我们采用“没有材料也要整出材料来”的手法，大搞逼供、套供、诱供，无中生有，捏造事实，强加罪名。直到粉碎“四人帮”之前，还在收集、掌握 6 个人的情况、动态，意欲杀人灭口。

陈美痕说，我们只整了两页材料，他们整了我们 180 斤的材料。除了掩盖他们的丑恶历史外，更恶毒的是他们妄图从我们身上揪出“在中央的后台”，一再问“谁指使你们搞张春桥的材料的？”“你们到北京找过叶剑英？”他们训斥办案人员：“他们搞到我们心脏里来了，搞了张春桥，你们连他们的后台也没有搞清楚。”他们对专案组的人也不放心，审讯时，办案人员有人问：张春桥到底参加过这个组织吗？马上有人说：别问了，再问下去，连你们自己也要倒霉的。如果不粉碎“四人帮”，“四人帮”篡党夺权的阴谋得逞，不仅要消灭我们 6 个人，连办案人员也要同受其害。

陈美痕 6 人的揭发上了中共中央下发的 10 号文件《王、张、江、姚反党罪证（材料之二）》。

1934 年夏，上海地下组织受到严重破坏，不少党员与组织失去联系。1937 年为共同抗日，国共第二次合作。国民党释放政治犯，当时党组织对从监狱里出来的人进行审查，根据各人情况或者当时就分配工作，或者送延安学习、休养，而后分配工作。对叛徒一律不接关系。这些人回家后，有的不甘心，有人假借共产党的名义成立各种名目的组织，发展追求进步的青年人。但是他们要与真正的共产党建立关系，才能使之合法。党组织审查时，不准叛徒回到组织，但是认可青年人追求进步、要求加入共产党的意愿，对这些人逐个审查，根据本人历史情况和表现，决定去留。当时共产党处于地下，这种情况时有发生。很多到延安的老共产党员因一时难以找到证明人，就重新入党。等到环境安定、条件允许，由组织审查，根据实际情况决定是否承认以前的党籍。张春桥一方面公开大抓叛徒，同时为了证明自己是国内革命战争的干部，仍填写 1936 年入党；另一方面当“入党”介绍人的真实情况被查出后，又隐瞒自己历史，不敢向中央报告，对这些做调查的知情人实行法西斯式的迫害，欲盖弥彰，更加暴露了他心肠歹毒，手段残忍。如果他取得最高权力，将中国引向何方，真是不寒而栗。

市革委会档案馆代表发言，他指出：姚文元的父亲姚蓬子解放前混迹上海，“文革”初期唯恐人们从敌伪档案、报刊中发现这些罪证、资料，1968 年 2 月徐景贤批示：“张春桥、姚文元是中央领导同志了，以后涉及他们的档案材料要直接送市革命委员会。”张春桥对他活动过的地区档案也不放心，让王少庸于 1968 年 2 月派人到南京、苏州、杭州、合肥调查江苏、浙江、安徽敌伪档案的情况。1968 年 4 月发生炮打张春桥，指出他的历史问题，“四人帮”更是惶恐不安。徐景贤 1968 年 5 月 31 日在市革委会清查档案小组的报告上批示：把徐家汇藏书楼、电影局、作协等单位收藏的 30 年代的电影、戏剧刊物全部封起来。张春桥马上在上面批示：同意采取三个措施：第一，立即将徐家汇藏书楼加封；第二，30 年代的影剧刊物，统统加封；第三，责成一切图书管理人员，今后如在书报刊物中发现有此类材料，立即上报革委会，严防扩散。“四人帮”及其余党，搞了一个上海独创的“防扩散”文件，即上海市革委会1968年76号文件。6月1日张春桥批示：把防扩散材料送“吴法宪集中处理”。7月11日市清查档案组将一批材料送给吴法宪，其中就有江青的材料。这说明张春桥与吴法宪早有勾结，他们是一丘之貉。11月13日，清查档案小组和公检法军管小组写了请求报告，规定“防扩散”资料对象范围，除中央领导人外还包括他们的家属。因为张春桥的老婆是叛徒、姚文元的父亲姚蓬子也是叛徒特务。1969年11月金祖敏利用市革委会组织大权，窃取了原上海市委组织部审查张春桥参加复兴社和党籍问题的重要材料三件(信)，反映文静历史问题材料一件秘密送姚文元。姚文元不报告毛主席、党中央，批注：“内件未拆，不知内容，请报张春桥同志、王洪文同志。按中央规定处理。”实际上姚文元将这些材料密藏了7年之久，粉碎“四人帮”后才从他的住地查出。1970年5月王洪文知道档案馆保存着张春桥历史材料，马上派人拿走，并说这个材料“谁也不能看”，“谁也不能讲”，由王洪文长期窝藏。不仅封存，还有抠挖。1966年7月，有人揭发姚文元在解放日报工作期间，写过文章吹捧攻击毛泽东思想的文章。这篇文章就被抠挖。1969年10月以战备为名，将原上海市委宣传部保存的张春桥、姚文元所有批件、讲话、文章、书信等333件，其中张春桥314份、姚文元19份全部集中，作为特殊档案密封。1973年5月16日，经马天水、徐景贤、王秀珍批准，销毁姚蓬子亲笔写的材料11页。1974年7月28日，经马天水、王秀珍同意销毁姚蓬子材料32份。对接触过或者怀疑接触过张春桥、江青30年代材料的同志进行残酷迫害。1967年为了抓叛徒，市革委会材料组组织干部、红卫兵小将清查敌伪报刊、资料，有位同志接触过张春桥、江青30年代材料的，1970年2月将他拘留审查，关押了5年3个月之久，直到1974年4月才释放。而同时，九大之前成立九大资料小组，张春桥授意收集几位老帅、副总理的材料49份。1969年1月20日，徐景贤派人从档案中取走陈毅1961年到1964年讲话6份。张春桥指使王洪文、徐景贤将上海私自整理、张春桥亲自批改的陈毅同志“反动言论小集”印发给上海代表进行批判。1972年张春桥指使徐景贤把他们私整(老帅)的资料窝藏起来，张春桥恶狠狠地说：“这是历史。”直到粉碎“四人帮”才查出来。最后他说，档案馆的领导也是贯彻执行的，犯有严重错误。

江南造船厂党委代表发言，他说：1968年3月，王洪文叫嚷：“有些工厂的权落到老保手里了，江南厂也有危险，要把这个权夺回来。”“江南厂的事我不能不管，涉及到全市、涉及到国防。”9月4日王洪文到江南厂担任驻厂工宣队团长，大搞“改朝换代”，向干部群众连砍了四刀。第一刀，王洪文宣布，“江南厂地下党同国民党的谍报组，实质上是两块牌子，一套班子。”“原常委混进一批叛徒、特务、走资派”，“有些中层干部就是特务”，提出向“旧常委、地下党、谍报组三条线开刀”。1969年2月28日在文化广场召开向“三条线”进攻的全厂大会，在台前设置了“地下党、谍报组人员登记处”，强令登记。王洪文在台上叫嚷：“江南厂的阶级敌人孤立了，今天大会一个多小时就揪出140多个。”然后在厂设立了如同国民党反动派监狱一样的“学习班”、“隔离室”，一下子关押了190多人。许多人是老党员、老干部、老工人。施以严刑、毒打，将老党员、老干部高宝弟毒打成终身残废。副厂长金尔音写下“一生从未做特务，无以交代怎奈何”，被毒打身亡。许多老同志愤怒地说：“解放前蒋介石千方百计要抓我们，杀我们，没能做到。而‘四人帮’做到蒋介石没有做到的事。”

王洪文的第二刀，砍向厂部、政治部、保卫部，他们知道这3个部门，特别是保卫部掌握全厂政治情况，了解厂里社会渣滓的底牌，是他们搞招降纳叛的障碍，他们说“要用皮鞭捧打出反革命来”。对保卫科长王德彬，严刑逼供，揪头发，揪得头皮都是脓水。绞耳朵，绞出血。长时间罚跪，跪在四脚朝天的凳档子上，然后用硬皮鞋猛踩他的脚跟，将他踩下去。用细麻绳在他脖子上挂上20多斤重的砖头，两手喷气式，弯腰到90度。毒打，抽铜丝，一次抽打六七十鞭，皮开肉绽，血肉模糊。不准吃、不准喝水、不准睡觉，不让小便。一次竟连续审讯拷打达14天13夜，长达300小时。对此，王洪文大加赞赏，无耻地说：“我同王德彬虽然同是保卫员，但我是革命的，他是反革命的。”

他们这种法西斯行径引起广大干部群众的反对。王洪文的第三刀就砍向这些干部、群众。油漆车间500多名职工，50多名职工被关押、毒打。厂保卫组的一位工作人员住院在病房，讲了一句“王洪文以前是上棉十七厂的保卫员”，就被无限上纲说成是攻击王洪文，是现行反革命。他们无中生有，制造“谋害王洪文的反革命事件”，将一些同志打成现行反革命。王洪文和他的五虎将轮番到厂里督战。原厂革委会常委周景云说：我现在身上有3处伤痕，屁股上的伤疤是地主的狗咬的，头上的疤是资本家的棍棒打的。现在尾柱骨折断，是王洪文害的。大家说这同美蒋特务的“渣滓洞”、“白公馆”有什么两样！

第四刀砍向驻厂军宣队。王洪文大骂军宣队负责人是“两面派”，王秀珍到工厂布置整军宣队的材料，说：材料“可以送给我和马天水”。策划“揭矛盾”大会，当场将军宣队负责人厂党委副书记瞿慎坦整得发病，回家后身亡。军宣队被赶走。他们又一次打倒大批干部，从厂到车间科室、工段，换了300多名干部。将地痞流氓、社会渣滓一个个鸡犬升天，把施尚英提拔为厂党委副书记，并安插到市民兵指挥部；将张国权拉进党内、当上常委，安插到六机部常委核心小组。群众说“四人帮”上台，就是蒋介石上台！厂内群众反对“四人帮”的斗争从来没有停止过。老工人毛和芳1968年写诗贴大字报揭露他们，遭到毒打，昏死过去，被关进防空洞。他醒来后又在墙上写了一首言志诗。很多看管的工人同情被关押的人，给他们买药、送信。“四人帮”同国民党一样极端残忍，极端虚弱、孤立。王洪文及其余党如同坐在火山口上，他们常说江南厂“一直存在反王洪文的一股暗流”。

因为还没有定案，江南造船厂代表发言中没有点厂工宣队政委黄星的名字。黄星已于1977年4月被监护，1979年作为制造冤假错案、残酷毒打迫害大批干部、群众的主谋者、策划者被拘捕，后被判刑。

江南厂党委代表说：在驻厂工作组的具体帮助下和指导下，我们一个战役一个战役开展大揭发、大控诉、大批判，深入揭发批判王洪文的罪行。在斗争中我们按照市委关于“三个切开”“三个区别开来”的指示，集中揭发批判常委少数几个紧跟“四人帮”及马、徐、王的主要成员，一件件查清与“四人帮”阴谋活动有牵连的人和事。对其他犯有一些错误或严重错误的常委领导成员，一面让他们工作，一面又给他们机会在群众和干部中揭发交代问题，检查错误。尤其对车间、科室中层干部，除了个别问题性质十分严重者外，在斗争中提高认识。到目前为止，经上级党委批准，我们只对3个厂党委负责人和一个党总支负责人采取了组织措施，贯彻执行了党的扩大教育面，缩小打击面的政策。同时进一步消除派性，增强工人阶级队伍内部的团结。王洪文在我厂所干的罪行说明，“四人帮”既是镇压干部、群众的刽子手，也是挑动派性、分裂工人队伍的罪魁祸首。许多受迫害的同志，不计个人恩怨，把自己受到的迫害上升到阶级仇、阶级恨的高度，与原办案人员团结战斗，一起揭批“四人帮”。同时也激发生产积极性。长期以来在王洪文及其追随者的破坏下，生产管理系统混乱，广大干部群众说：“行帮掌大权，江南遭大难；政客抓生产，工厂成烂摊。”现在我们要把“四人帮”造成的损失夺回来。3月份生产超额完成了月度计划。“4月勇创新成绩，5月攀登新高峰”

这是全厂共同的誓言。

著名电影导演郑君里的夫人黄晨上台发言，题目是：愤怒控诉叛徒江青、特务张春桥对我全家的政治迫害。她说：因郑君里和江青30年代比较熟悉，知道国民党特务崔万秋吹捧江青，为蒋介石祝寿演《求婚》，争演赛金花，闹得剧团分裂，让江青演《大雷雨》，才了结了这场风波。江青为了篡夺党和国家的最高权力，竟无耻地伪造历史，并且对所有了解她丑恶历史的人都千方百计地加以迫害，必欲置之死地而后快。君里就是无辜地横遭迫害的一个。1966年秋，张春桥要君里把有关江青的文字材料交上去，君里交了。张春桥又找君里谈了两次话。第一次张春桥说："你把江青给你的信件、照片及有关材料都交出来！"我们整理了一大包交上去。同年的10月张春桥第二次找君里谈话。不久，一天晚上10点，家里闯入十几个青年，每人戴着口罩，只有带头的讲话，说："把你们家所有首长的属于文字的东西都拿出来！"将整个大楼封锁，一直抄到早上5时，动作熟练。对家人进行抄身。后来知道，这是江青勾结林彪、叶群，指使他们在上海的死党、林立果带一帮人冒充红卫兵来抄30年代文艺界知情人的家。[①] 江青对叶群讲，帮她把仇人搞掉。凡是了解情况的人都是她的仇人。她们将材料抄缴、封存、烧毁后，又对活人下手，1967年9月，林彪死党王维国利用控制的公检法，将君里等拘留，在两年时间内，我们不知道君里的下落。就是国民党的监狱还允许探监。1969年3月君里病危我才在医院里见到他，旁边有人监视。君里去世的前两天才准小儿子陪伴。后来一个同监20多天的青年告诉我，两年来他关在一间12步长、6步宽的牢房里，每顿饭不到二两。20多天提审10多次，高压、恐吓，致使君里大小便失禁。君里逝世后，他们还不放过我们，全家成为"反革命家属"，来往我家的人都要受到监督。我的小儿子在福建插队时，上海发生一起凶杀案，非说远在福建的小儿子是凶手。幸好公社有一个下放的老干部，根据事实提出否定，孩子才免于被迫害。江青一伙是要斩草除根。1973年我给周总理、邓颖超写信，他们派张瑞芳来看我。周总理的关心使我增添了斗争的勇气。

1980年公审"四人帮"时，黄晨代表文艺界作为证人到法庭揭露江青的罪行。后写入判决书："江青勾结叶群，指使江腾蛟在上海非法搜查郑君里

---

① 江青勾结叶群，指使南京军区空军政委江腾蛟于1966年10月8日深夜至9日凌晨非法搜查郑君里、赵丹、顾而已、童芷苓、陈鲤庭5人的家。

等 5 人的家，致使他们受到人身迫害。”

市革委会外事办公室代表发言，主要揭露 1972 年 8 月江青同美国女作家、大学副教授维特克的谈话。江青在姚文元的陪同下在北京人大会堂第一次会见维特克，一眼看中了这个女作家，谈话 6 个小时，又是宴请，又是陪看《红灯记》，并答应再谈。随后让维特克到上海，人还未到，姚文元的指示已到，说江青要上海给维特克看样板戏。徐景贤、冯国柱照办，还安排王秀珍会见、宴请。处处突出“四人帮”、江青。然后由上海通知维特克，江青要在广州见她。在广州，江青与维特克谈了 6 天。江青美化自己的历史，说自己是“30 年代文化革命的旗手”，宣称自己“和鲁迅一样遭到了围剿和迫害”。吹嘘自己同毛主席一起转战陕北，“指挥了全国战争”。其实她当时只是一个政治协理员。为了证明这点，不惜出卖机密，她谈了 9 个小时，向对方提供了军事战略计划、作战电报、军用地图等。[1] 为了证明自己是解放后参加领导了文化战线的历次重大斗争，她把解放以来的重大政治事件开列了大事记，按次序一件一件向维特克介绍，其中涉及许多未公开党内会议、文件、决议的内容，还泄露与国外共产党的关系，暴露我国绝密资源分布情况，说某地稀有资源遍地都是。充分暴露江青里通外国、投降卖国的叛徒嘴脸。此书已于 1976 年 4 月在纽约出版。

上海师大党委代表揭露“四人帮”及其余党在上海师大的法西斯罪行。1967 年 1 月上海师大近两千人举行反对张春桥的示威游行，然后调查姚文元老子姚蓬子的历史，整理张春桥、姚文元、徐景贤写的一些黑文章（他们在

---

① 江青和维特克的谈话，由参加接待的张颖等同志根据录音整理成文。但是这些同志认为江青谈话内容不实，如“老说和毛主席共同指挥战争”。江青说：“这个战场的情况除了毛主席，只有周总理、我和其他几个同志能全面地向你介绍。”“西北战场的战争，就是我和毛主席亲自指挥的”（张颖：《外交风云亲历记》，第 245 页、第 217 页、第 230 页，湖北人民出版社，2005 年）。大家一致向周总理反映记录不适合给维特克。当时在场的杨银禄回忆：江青说：“那时毛主席在指挥西北战场，我也在那里，在毛主席身边，协助毛主席指挥。”江青还说：“我时时为毛主席做参谋，我们共同指挥，一直到胡宗南的军队被消灭。”“这是非常重要的，我指挥了战争。”（见《我给江青当秘书》一书第 188—189 页，当代出版社，2013 年）1972 年岁末，周总理召集外事系统参加接待的同志开会，宣布：已经请示毛泽东，记录不必送给维特克。

维特克当时也做了笔记，1977 年写了《江青同志》，她在书中这样写道：“她（指江青）参考了中央委员会逐日的从延安到北京征途中的大事记”，“房间里有两张大桌子，上面放着 6 张地图”。这些地图不仅有西北战场的，还有全国战局的。“江青说到第三次革命战争期间，我注意到她不再使用个人的‘我’，转而使用集体的‘我们’。”“在王家湾，他们（即江青所说的‘我们’）组织指挥了陕西的几场战役。”（范思翻译，194—195 页、第 198 页、第 207 页，2005 年星克尔出版有限公司出版）

江青谈话中介绍鲁迅时，说：“他们围攻鲁迅，也围攻我。”维特克的书中写道：“她频繁地把他（指鲁迅）和自己放在一起。”（见《外交风云亲历记》，第 262 页、第 113 页）

“文革”前写过与被批判观点相同的文章)。这样触痛了他们的神经,查抄所谓“黑材料”,把一个红卫兵组织的大多数负责人打成反革命分子。黑材料没有搜到,1967 年 9 月 4 日,对 2500 人师生搜查抄家,不仅翻箱倒柜,还捅破天花板,掘地三尺,整整折腾了 13 个小时。同时派记者现场采访,派专人验收,结果一无所获。张春桥大失所望,训斥:“对政治材料不够重视”,要好好“吸取这个教训”。他很快领悟到材料都在这些同志的头脑中,要毁掉这批材料,必须整垮、整死这批同志。1970 年 11 月,张春桥、王洪文、马天水、徐景贤、王秀珍、徐海涛、朱永嘉,以研究政史系大批判为名召开座谈会。会上张春桥大骂反对他的人是“豺狼虎豹”,要对他们“用锥子”,“动刀子”。上海警备区党委书记、副政委、上海市委委员、上海市委文教组负责人徐海涛[①]到师大说:“反对张春桥、反对江青,就是犯了死罪!犯了杀头之罪!”徐景贤说:“搞这批人决不能手软。”张春桥宣称,“中央已经把杀人权交给我们了”,“什么红卫兵小将犯错误,这次该杀的就要杀”。他们将蒋介石的“宁可错杀一千,决不放过一个”作为行动准则,王秀珍直接下达指示:“可以关一批人嘛!看守严一点嘛!”“胆子大点搞,只要参加炮打的人就可以审查,有没有问题审查下来看么!”徐海涛说“不要考虑材料的真实性”。大搞白色恐怖,制造“三分钟抓一个反革命”的样板,将大批群众干部抓起来,两幢教工宿舍改为监狱一样的隔离室。重点人员关进潮湿阴暗的地下室。他们草菅人命,让关押人员睡在水泥地上,有了病不准治疗。审讯大搞逼供信,在小小隔离室装上高音喇叭,半夜三更突然播放逼供书,播放这些被关人员亲属的泣不成声的讲话录音,将人逼疯跳楼。身亡后,他们还要扣上“畏罪自杀”的帽子。

1975 年张春桥当上了解放军总政治部主任,将上海市警备区党委书记、副政委徐海涛调到北京任总政保卫部副部长。1976 年 10 月徐海涛一听到粉碎“四人帮”的消息,因罪孽深重,自杀了。

江青 30 年代在上海的保姆秦桂贞的发言,题目是:华主席和党中央给了我第二次生命和解放。她说:我今年 63 岁,13 岁在上海一个资本家家里当佣人。1936 年冬天,江青当时叫蓝苹,租了这个资本家的一个亭子间住,我为她冲开水、打扫卫生,她每月只给我一两块钱。解放后我在上海机关幼儿

---

① 中共上海市委组织部、中共上海市委组织部党史征集委员会、中共上海市委党史研究室、上海档案馆:《中国共产党上海市组织史资料》,第 525、527 页,上海人民出版社,1991 年。

园当保育员。1968年3月2日，江青、张春桥派人用汽车接到上海市革委会，对我说："北京首长叫你去。"北京首长，我只认识江青。她知道我会烧菜，可能是她叫我去的吧。当天晚上，我就被送上一架专机。到北京后，让我住在空军的一个招待所里。过了几天的一个晚上，来了几个穿军装的人，他们自我介绍说，我是陈伯达，我叫叶群，"我们是受江青同志的委托来看你的"。问我认识哪些人，和哪些人有来往？问完之后就走了。我万万没有想到，6天后，进来3个解放军，把我的语录本和腐乳都扔在地上，在语录中夹有江青的照片也被拿走了。后来我被送到另一个地方关起来。以后他们又把我关进监牢。他们污蔑我是"特务"、"反革命"、"反党分子"。我从小就是童养媳，从来没有做过坏事。他们拿不出证据，就折磨我，每天只给3杯水，罚我在马桶里洗脸，把我衣服剥光，还把我两手反铐起来，把饭倒在地上，让我趴在地上用舌头舔饭吃。他们说："就是要把你当作一条狗来对待。"我坚信毛主席会来救我，我天天高呼："毛主席救救我。"他们把毛巾塞到我嘴里，把我的头发拴在门闩上，用钢丝抽我，打得我全身是伤，鲜血染红了毛衫和夹衣，为了掩盖罪行，将我的毛衫抢走。我冒着生命的危险将夹衣保存下来。从1969年开始，长期不审不问不理我，想活活把我关死。就这样整整关了7年。1975年毛主席对专案作了指示，不得不放了我。放我时，威胁我说："你到北京的事，不准对任何人讲，讲了完全由你负责。"我本来身体好好的，关了7年一身病，完全丧失劳动能力，生活不能自理。江青这样对待我就是因为我亲眼见过她与不三不四的人鬼混那套乌七八糟的事。粉碎"四人帮"我才获得第二次生命和解放。

这件事因做得太过分、列入中共中央下发的10号文件《王、张、江、姚反党罪证(材料之二)》而广为人知。

上海市公安局代表指出：人民公安机关是"四人帮"实现反革命复辟的一大障碍和严重威胁。"四人帮"为了掩盖自己的反革命历史，阴谋篡夺党和国家最高权力，有计划、有组织地残酷镇压公安干警。从市公安局到区、县公安机关直至派出所，从各级领导到一般干部、民警直至公勤人员，从工作几十年的老同志到刚进公安机关才几天的新同志，都受到无辜迫害，全市公安系统受到迫害的干警达3000人，被整死和自杀的有113名，还有一批被折磨得精神失常或成残废。1954年曾出现一个政治案件(即有人匿名给江青写信，揭露她30年代的丑事)[①]。中央、市委指示查明此事，为了破案。曾查阅过30年代的杂志、报刊，接触到江青30年代的历史问题。这个案件和材料江青当时是知道的。1966年四五月间，江青向警卫处长王济普要这批材料未能得逞。“文化大革命”开始后，江青派人到上海，将这批材料转移到北京销毁。1967年10月，江青为了杀人灭口，捏造上海市公安局整了她“两箱黑材料”，伙同张春桥、姚文元指使王少庸成立“一号专案组”，先后把6名局级干部、9名处级干部、6名科级干部、5名一般工作人员共26人统统抓起来。林彪、叶群派吴法宪到上海，同张春桥密谋，将这些人押送到北京，有的关押长达7年之久，有的迫害致死。1968年2月，王济普写信揭露江青的这个阴谋，江青将他押往北京，残酷迫害致死。1970年“四人帮”认为参加“一号专案组”工作人员是新的知情者，新的后患，把20多名公安干警扣上“扩散专案机密”、“攻击无产阶级司令部”的罪名，统统打成“反革命”。“文革”初期，公安局为了清查叛徒、特务、反革命，曾成立一个30年代文艺黑线专案组。张春桥怕查到自己头上，下令把这个专案组的办案人员和材料全部并入市革委会专案组，由他和王少庸控制。半年后以“旧公安人员不可靠”，全部赶走专案组。一个人曾接待过交通部外调人员，按规定为他们转了一封介绍信，因交通部外调时接触到江青1934年被捕情况，王少庸下令将材料追回，将交通部的两名外调人员及这位公安和他一起工作的两位公安统统抓起来，打成“五一六分子”。解放初期，公安局接管一批敌伪档案和30年代的报刊。江青说公安局有她的“特别档案”。张春桥立即指使当时负责公检法的空四军第一政委王维国，集中一千人，到公安局翻箱倒柜，“清理档案”拿走涉及江青的资料50余册，查封30年代的书刊15000册，拿走张春桥、姚文元父亲姚蓬子材料一大批。张春桥做贼心虚说：“看档案要有控制”，“敌伪档案不一定可靠”，“登报的不一定是叛徒”。张春桥以“防扩散”为名，下令凡涉及所谓“无产阶级司令部”的材料，一不准外传，二不准扩散，三不准登记，四不准办签发手续。以“收集无产阶级司令部材料”的罪名，将档案处两名处长、两名干部押送到北京长期关押，将处长王学纯折磨得下肢瘫痪，有病不让治。在场的医护人员看不下去，提出抗议。他们竟然将人抬出病房，把她拖进冰冷的房间，连续数小时逼供，将王学纯迫害致死。

江青把公安正常保卫工作说成公安机关盯她的梢，给她安窃听器等。

---

① 是林伯渠夫人朱明。

张春桥直接指使王维国捏造了17件所谓“对无产阶级司令部进行侦察控制”的假案，把原上海市委两位书记和97名公安干警打成反革命。1965年10月公安局获取派遣特务的反革命罪证，王维国说成是对林彪的侦察控制的罪证，交给张春桥。张春桥送给吴法宪、叶群进行鉴别。当时林彪不在上海，叶群明知不是，却故意不予否认。一个处250多人，有137人被扣上“侦察控制无产阶级司令部”罪名被关押，51人打成反革命。为达到“改朝换代”的目的，“四人帮”全面否定17年的公安工作，1969年初，张春桥说公安干警“反动、顽固、狡猾”，对他们就是“要突出一个狠字”。他们鼓吹“打人是觉悟高的表现”，“假的要当真的打”，“要像摘葡萄那样一串一串摘”。在公安系统大搞白色恐怖，刑讯逼供，大搞“疲劳战”、“车轮战”、“火线学习班”、“大兵团作战”、“夜开花”、“开刀间”、用冷水浇、热水烫。反绑吊打，直到木棍打断，铜条打弯。用“跪凳角”、“耍猴子”、“火烧胡子眉毛”、“抽筋”、“剥皮”、“坐地老虎凳”、“假枪毙”等三四十种法西斯式的刑罚。市公安局院内一片拷打声、惨叫声不断，周围居民听不下去，向市革委会反映，而“四人帮”在上海的余党置若罔闻，不予理睬。把一大批干警打成反革命后，押送劳改农场，利用劳改犯整他们。我们的子女也不能幸免，被打成小反革命，受尽歧视。

1971年召开了第十五次公安会议，毛主席指示“对公安工作要一分为二”。1971年9月林彪事件后，大家强烈要求批判林彪死党王维国的罪行。而“四人帮”将自己打扮成反林彪的“英雄”，派薛干青、徐成虎、宋桂生把持公安局的领导大权，不准批林，不准联系实际，不准为受迫害的人平反申冤。王先民在监狱中写信揭发，遭到反铐吊打。李健秋写信揭发张春桥、姚文元的言行，张春桥批示：“李健秋现在归谁管，有关单位应查明处理。”王洪文写了：“市公检法把李健秋问题查清，狠狠批斗。”徐景贤、王秀珍、金祖敏大叫：“这是阶级斗争新动向。”他们对李健秋进行残酷斗争，并准备逮捕入狱，因粉碎“四人帮”而未能得逞。

市体委党委代表发言，题目是：国民党特务分子张春桥是大搞打砸抢、镇压革命人民的黑后台。他指出：上海足球队的胡永年原是小流氓，母亲是受管制的反革命分子。“文革”初期，胡永年造反，大搞打砸抢，被张春桥看中。1967年1月，全市掀起第一次反张春桥的高潮，张春桥指使胡永年四处镇压。胡永年调动人马，把在南京路刷反对张春桥大字报的红卫兵强行拖入体委大楼，进行围攻、辱骂，并拍下照片，用武力威胁他们将大字报撕下来。张春桥吹捧胡永年为:“我们的胡司令!”“我们的大炮!”1967年6月,市体委革委会成立时,张春桥亲自将原上报担任革委会主任的人拿掉,让胡永年担任上海体育革委会的主任,后来张春桥点名让胡担任市革委会委员、市文教组核心成员、市保卫组副组长,亲自委托他抓上海的“社会治安”,甚至将胡评为全市先进个人。1968年4月第二次炮打张春桥时,胡永年投桃报李,到体委的基层单位拍着胸脯叫喊:“张春桥我就是要死保,保定了。”他带人看地形,策划武斗方案。徐景贤在一次市革委会扩大会议上,表扬胡永年。1967年1968年,胡永年在张春桥的指使下,在社会上到处插手,挑动武斗,大搞打砸抢。他把工人群众成批地捉进体委大楼,强迫他们脱去鞋袜,跪在地上,或绑在长凳、乒乓球台上,胡永年带头用鞭子抽,木棍、铁棒毒打,用大刀的刀背砍劈,甚至用狼狗咬,将人打死,手段之残酷、毒辣同国民党特务机关没有两样。1968年1月胡永年召开体委系统大会,在会上,他说:“气氛不够”,带头毒打干部,许多没有任何问题的干部,有的被打成鼻青脸肿,有的被打得口腔破裂,牙齿掉了好几个,有的当场大腿被打断,有的被打倒,还跳上背部继续用脚踩,还不能看病,有的回家不久就死了。之后,体委系统打人之风,更加肆无忌惮地刮起来了。他经常说这个单位的当权派不老实,要“清醒清醒”。胡永年召开现场会,他督战、动手对一名干部审讯,一边打耳光,一边要他回答问题,让他举起两手,稍微垂下来,胡永年就用烟头烫,用大头针扎。从傍晚到第二天早上,整整折磨了十几个小时。在他的现场示范后,体委系统的逼供信更加猖獗。1969年春节体委系统揭露、批判胡永年的罪恶行径,张春桥、王洪文立即通过马、徐、王派人将这场斗争压下去。后来在“一打三反”中群众再次揭露胡永年的罪行,王秀珍却说:“上海的几个司令,胡永年还是比较好的,不要搞了吧!”再次包庇下来。1974年“四人帮”和马、徐、王授意要把胡永年拉入党内,而对他严重问题,采取“不要内查外调,不要接触本人,从现有材料中找出结论”的办法。这件事由于遭到体委系统广大党员的强烈反对,未能得逞。1975年徐景贤找胡永年密谈,当面给党票,说:“祝你早日入党。”王秀珍向胡交底:“你们这些的组织问题,要通过在中央工作的上海领导,你们可不要着急呀。”马、徐、王按照张春桥、王洪文旨意让胡永年当体委副主任,重新提上来。粉碎“四人帮”后,胡永年打电话给浙江的造反派头头翁森鹤,要翁立即来沪,两人一起密商。胡永年还和上海的小兄弟串连。胡永年这类流氓阿飞、打砸抢分子就是张春桥之流的社会基础,依靠对象。张春桥利用胡永年当打手,胡永年死心塌地为张春桥卖命。

胡永年1977年3月19日被监护，1978年8月26日被捕，后被判死刑，缓期二年执行，剥夺政治权利终身。

上海人民出版社代表发言，揭露姚文元的父亲姚蓬子1933年12月在天津被捕，1934年叛党投敌，做了特务，住在南京苜蓿园国民党特工总部的优待所里，后安排在以徐恩曾为头子的特工总部训练科。他的任务就是对被捕的革命者进行劝降。抗战爆发后，姚蓬子坐中统的专轮撤到重庆。在重庆，姚蓬子一面挂着"进步作家"牌子在左翼文化人中间活动，一面和国民党中统局副局长、特务头子徐恩曾单线联系，向他提供情报。姚文元从小就在这样一个环境下长大，认徐恩曾夫妇为干爹干娘。1955年反胡风斗争开始，姚蓬子与胡风关系密切，被押到北京接受审查。姚文元知道此事，不向组织汇报。区委组织部找他谈话，他还装糊涂，不交代。受到审查，才说姚蓬子是"自首变节分子"。徐景贤说姚文元"与自己的家庭划清了界限"。姚文元是怎样划清界限的？1957年，他替姚蓬子贴一张表态大字报，拥护整风。1958年姚文元结婚，组织上分配给他房子。乘老婆生孩子，他又搬到姚蓬子家里住在3楼。他老婆是卢湾区委组织部的负责人，组织认为住在叛徒家里不合适，多次劝他们搬出来，他们不听。后来区委负责人直接下令，他们才搬出来另住，但是将大女儿留给姚蓬子抚养，一直到"文化大革命"开始。"文革"中姚文元勾结张春桥，伙同马、徐、王压制群众，不准批斗、审查姚蓬子。

1957年6月柯庆施从《文汇报》的编排，看出问题。张春桥赶快告诉姚文元，姚文元写了一篇《录以备考》，成为"反右先锋"。6月10日，姚文元在《解放日报》、《劳动报》发表的《敌友之间》、《关于青年的杂感》，露出狐狸尾巴。姚文元从卢湾区委到作协上海分会、到《解放》杂志、到《解放日报》，很大程度都是得力于张春桥的提拔和栽培。张春桥和江青商量后，将批判海瑞的文章交给姚文元写的。姚文元写《评"三家村"》被"四人帮"吹捧为吹响"文化大革命"号角，其实"文革"前，他写过许多类似三家村的文章。这就是"鱼找鱼，虾找虾，乌龟找王八"。张春桥太了解姚蓬子的历史，姚文元调到作协时，张春桥在作协的党组会上说，国民党对被捕的共产党人，后来采取"白蚂蚁政策"，就是从姚蓬子开始的。白蚂蚁政策就是诱逼被捕的人叛变，充当白蚂蚁，从内部蛀空革命队伍。

1964年江青到上海活动，张春桥说："人家说我们拍江青的马屁，这个马屁就是要拍，这个马屁就是拍定了。”姚文元和张春桥一样地紧跟江青。1967年5月在上海纪念延安文艺座谈会上的讲话25周年，姚文元篡改历史，明知道批判海瑞一文是毛主席部署的，却说江青“点燃了无产阶级文化大革命的熊熊火炬”。1964年、1966年江青两次要求上海市公安局、警卫处查找她30年代在上海被捕的档案，企图收集起来销毁。1967年11月姚文元污蔑参与工作的人员是“对无产阶级司令部使用特务手段”和“窃取革命机密”，讨好、效忠江青。江青封姚文元为“无产阶级的金棍子”，公开说：“文艺工作不许别人插手，我死了，叫文元当主帅。”

市革委会机关事务管理局揭发：王洪文是一个吸工人农民血的新生资产阶级分子，除了前面已揭发外，还有：王洪文要5块双自动日历手表，竟动员7个工厂，一个商店的40余名技术人员做。从1971年以来，每年补助从1000元上升到4000元，现金一共11500元。王洪文的补助吃、穿、用无奇不有。王秀珍从1969年以来捞取（补助）现金4800多元，金祖敏从1970年以来捞取（补助）3900多元，祝家耀从1974年以来捞取（补助）现金1580元。王洪文占用大量高级家具。1971年王洪文从外地弄一条狼狗在家里养着，先后咬伤了3名职工、2名战士，周围群众纷纷要求打死这条狼狗。马、徐、王将其送到动物园，王秀珍还坐车专门去看望。这条狗在动物园内又咬伤6名职工。王洪文这群新生资产阶级很难侍候，侍候不好帽子、棍子就会打来，被王秀珍扣上“对新干部没有感情，对文化大革命有看法”的帽子，一棍子赶出机关事务管理局。

5月13日，全市第三次揭批“四人帮”大会结束时，严佑民讲话说：

> 在我们上海，有不少革命干部和革命群众，深知“四人帮”一伙的反革命老底，我们的公安、图书、档案等部门，保存有他们确凿的罪证，有不少同志对他们进行过揭发和斗争。“四人帮”对此怕得要死，恨得要命。他们利用窃取的权力，勾结林彪一伙，采取各种阴险毒辣、卑鄙无耻的手段，抄查、销毁了大量罪证，甚至盗窃和破坏档案，以掩盖他们的罪恶历史，对知情人和敢于揭露他们罪恶历史的同志，残暴地实行镇压和迫害。受害人之多，手段之残酷，是罕见的。单是全市公安系统，受到残酷迫害的革命干警就有3000多人，被迫致死的有100多人。在图书馆、电影局、出版社、大专院校，有些同志由于知道“四人帮”的丑恶历史，或者接触过他们的罪

证，也遭到了残酷的迫害。[1]

他在讲话中再次宣讲党的政策，强调："当前，我们还要继续认真贯彻落实中央1976年23号文件。"

1977年9月，结合中央下发的"四人帮"罪证材料之三，上海市委于11月14、15日召开了全市第四次揭批"四人帮"大会，9人发言。中心会场仍设在体育馆，各区、县、局设了430个分会场，全市共有27万党员干部参加了大会。[2]

首先，市委办公厅的同志发言，题目是"马天水是卖身投靠'四人帮'的政治野心家"，发言内容为以下几个部分：

一、疯狂反对伟大领袖毛主席 恶毒攻击诬陷中央领导同志。1974年毛主席号召要"把国民经济搞上去"。马天水说这是"任何国家都能接受的修正主义口号"，"谁不想把国民经济搞上去，赫鲁晓夫也说要搞上去，勃列日涅夫也说要搞上去，美国哪一任总统说过要搞下来？"马天水紧跟"四人帮"，制造风庆轮远航事件，企图以此打开缺口，打倒中央领导同志。周恩来逝世，他路过淮海中路，看到墙上一首纪念总理的诗，马上下令刷掉。黄浦江上轮船鸣汽笛志哀，他说"要把带头的查出来"。1975年他说："现在各省市、各部委掌握主要权力的人，大多数都是参加过民主革命的，这就很危险。""他们比资本家还要厉害，有权力，年纪大，老干部、老同志，容易迷惑人，不像资本家那样赤裸裸的。"

1975年6月邓小平陪外宾到上海来，找马天水谈话，传达了毛主席对"四人帮"的批评。[3] 张春桥给他写信："我知道你现在有很多难处，你现在心情不舒畅，比较烦恼。我现在处境也很困难，也无能为力，不要急，慢慢会好起来的。"12月，他几次要揭发邓小平对他"策反"，张春桥、王洪文怕他过早暴露了"四人帮"的阴谋，要他不要着急。1976年1月29日，他秉承张春桥的旨意带头揭发邓小平。当有人问他，你怎么不把邓小平的讲话全都讲出来？他对徐景贤、王秀珍说："全讲，不好。"因为全讲出来，就公布了毛主席对"四人帮"的批评，将"四人帮"及马天水一伙反革命真面目暴露在光天化

---

① 严佑民讲话记录。

② 1977年11月17日《文汇报》。

③ 邓小平向他讲了毛主席对反对经验主义的批示。

日之下。1976 年 4 月 7 日，打击邓小平的阴谋得逞，他们高兴得喝江青送的酒，碰杯、狂饮。还说："再闹，就开除你的党籍！"气焰嚣张。华国锋担任党的第一副主席后，马天水煽动工厂的理论小组讨论"中央第一把手出了修正主义怎么办"？

二、插手国务院，妄图搞乱国务院，大搞反革命的"组阁"。1973 年在全国计划会议上反对计委起草的《坚持统一计划，加强经济管理》文件，攻击是修正主义的，是"管、卡、压"。1975 年 12 月，马天水授意整理 20 份攻击国务院 14 个部的材料。1976 年 7 月，授意黄涛在全国计划工作座谈会上发言，他说"根子在邓小平"，"计委是大本营，对各部少点名"，"批条条专政，目标要集中"。1974 年 7 月秉承张春桥的旨意，排出 30 人名单，其中有 18 名部长。1975 年初，又排出 16 名部长名单，准备派去控制六机部、邮电部、轻工部、邮电部、交通部、水电部、商业部等。他还暗中考察国务院各部部长，说他们是"死硬派""老顽固""老右派"。对他们拉过来的则向"四人帮"推荐。

三、残酷打击革命干部，包庇重用牛鬼蛇神，大搞反革命的"改朝换代"。1967 年马天水将全市局级以上的干部百分之八十四打成"叛徒""特务""地富反坏右""现行反革命""死不改悔的走资派"，排挤打击广大机关干部，对他们当作"国民党留用人员"看待，丢在一边，又用"战高温"[①]"四个面向"[②]的办法下放劳动。1974 年毛主席批示解放陈丕显，他一开始反对，后又秉承"四人帮"旨意以对所谓"犯错误新干部也要落实政策"为名，将一批作恶多端的坏头头重新拉上台。说什么把他们"放到领导岗位上就是实践"。陈阿大是流氓，他说"陈阿大本质是好的"，要他列席常委会。有人的人命案未查清，他说："人命案归人命案，入党归入党。难道这个案子一直查不清，他就一直不能入党吗？！"

四、死保"四人帮"，吹捧"四人帮"，残酷镇压革命群众。1968 年，马天水在群众大会上说："对张春桥的历史我是了解的。"担保张春桥"没有历史问题"，说："我就是要死保张春桥！我死了也要站在张春桥一边。"还死保张春桥的老婆。

---

① 1970 年、1971 年 6 月，近 2 万干部和文化工作者到工交企业当工人，"战高温"。而后将他们关系转到各基层单位，"就地消化"。

② 四个面向即：面向农村、面向边疆、面向工矿、面向基层。1969 年 7 月，张春桥提出干部四个面向，借此赶走已到五七干校的原党政机关工作人员。2000 人和知青一起到黑龙江、云南、贵州插队落户，4800 人到南京梅山工程当工人，近 3000 人到中学当教师。

周总理逝世后，他说："张春桥当副主席为好。总理由别人当。国务院的权可大可小，周总理的权大。如果别人当总理，国务院的权力可就大大缩小，大权集中在党中央手里。"

1973年4月王洪文从北京回到上海，马天水设宴招待，吹捧他："我觉得你到中央工作以后，进步很大，看问题、讲话，都很深刻，很全面，对我教育很深。"十大前酝酿候选人时，马天水说："我和他（指王洪文）相处工作多年，他看问题，处理问题很全面，不是冲冲杀杀的人。他在上海主持工作，我觉得比我强多了。"江青紧紧握着马天水的手，嘉奖他立了大功。[①] 王洪文的丈人有犯罪行为，有关单位打报告要求处理，并写明此人是王洪文的丈人。马天水看了，批给另一个余党，还提醒他："×××是什么，你知道吗?"要这个余党包庇王洪文的丈人。这样既讨好了王洪文，自己又不承担责任。上海冶炼厂分厂的支部书记，对"四人帮"的做法不满，在批林批孔时说："王洪文是林彪式的人物。"马天水知道后马上批示"如属实，对×××要处理"，"先把×××隔离审查"，该人即被撤销党内外一切职务，被拘留审查。

1968年张春桥指名马天水参加八届十二中全会，在会上攻击陈毅、朱德等一批中央领导。他当选为九大中央委员后，马上给张春桥、姚文元写效忠信。"四人帮"称赞他为"全国最好的老干部"，"最合适抓全国计委工作"，并许愿让他当副总理、计委主任。

五、阴谋反军乱军，妄图篡夺军权。批林批孔期间，马天水秉承"四人帮"的意志，煽动复员军人和退伍军人回部队贴大字报，将投靠"四人帮"的人说是"依靠力量"，亲自策反周纯麟的秘书，听他的汇报，将周纯麟整得心脏病发作住院。嘱咐其"依靠力量"，"你要把作战工作抓起来，不能交给别人管"。对另一个说"你要管干部，你要去抓"。1974年6月马天水组织人给南京军区送大字报，他说，不让进去，"就冲进去"，"把你们抓起来，事情就好办了"。

六、插手兄弟省市，妄图搞乱全国。同"四人帮"在江苏、浙江的代理人密谈，要从内部将这两个省委搞垮。还插手贵州、陕西、河南、福建、江西等省。

七、破坏工农业生产，搞乱国民经济。马天水反对学习大庆，学着江青

---

① 酝酿时，许世友在会上对王洪文当副主席提出意见。

的腔调，说："大庆的三老四严[①]是管、卡、压"，"是提倡奴隶主义"，"我们不能搞责任管理制"。说"要做码头的主人，不做吨位的奴隶"，"不做产值的奴隶"，"不做平方米的奴隶"。他抓的上海机床厂，搞得厂里计划、设备、质量、安全无章可循，他说闹无政府主义是"觉悟高的表现"。厂里的产量 1976 年比 1974 年下降 24。4%，产品合格率下降了 30%以下。上钢五厂 1976 年钢产量比 1973 年下降 14%，上缴利润下降 28%。

八、积极策划反革命暴乱，对抗以华主席为首的党中央。除前面已经介绍过的内容外，还有 1976 年 4 月马天水根据王洪文指示，策划民兵演习，制定了"反击一号"，"反击二号"，"反击三号"，"保卫康平路"的所谓战备方案。[②]

上海市革委会工交组揭发流氓、打砸抢分子、反革命分子陈阿大时，提及张春桥说过：我党历史上培养过工人领袖，但后来失败了，现在我们上海就是要工人领袖。点名突击发展陈阿大突击入党，指名要陈担任工交组第二把手，市总工会副主席、市革委会常委、市委列席常委、四届人大代表、人大常委。对陈阿大的揭发主要有：

一、陈阿大是"文化大革命"急风暴雨中泛起的沉渣。陈阿大说："现在造反，今后弄个厂长当当。"他不写大字报，要一个人将写好的大字报送给他，说："我请你到国际饭店吃一顿，这张大字报就算卖给我了。"他的父亲替资本家窝藏黄金，他造反后的第一件事就是替父亲翻案，他说："里弄里的赤佬，统统找他们算账。"受到里弄、派出所的抵制。他要踏平派出所，给公安局打电话："限你十分钟来，不来，就砸烂你的狗头。"在张春桥的唆使下，他在出版系统和青浦等挑起三次大的武斗。王洪文说："陈阿大有魄力，有胆量。"张春桥说："你砸了人家，人家也为你扬了名。"他学习胡永年，在良工阀门厂将无辜群众、反对他的人抓进来，用"翻跟斗""倒着爬""吃耳光""打大板""挨皮鞭"等刑法。周围群众愤怒地说这是良工厂的"渣滓洞"。

二、陈阿大投靠"四人帮"，"四人帮"依靠陈阿大，新老反革命勾结，狼狈为奸。陈阿大说："王洪文是靠牢张春桥的，我是靠牢王洪文的。"一次工总司开会，有人提出开除王洪文，他马上到王洪文那儿告密，然后率一批打手，将会场围住，叫喊："谁敢动王洪文一根汗毛，就要跟他拼到底。"上海人民两次炮打张春桥，他说："就是要死保，他妈的，如果张春桥倒了，我们不就成反

---

① 三老四严：当老实人，说老实话，办老实事；严格要求、严密组织、严肃态度、严明纪律。

② 潘公挺：《马天水是卖身投靠"四人帮"的政治野心家》，1977 年 11 月 19 日，《文汇报》。

革命啦!”1969年10月江南造船厂贴出张春桥的老婆是叛徒,他马上到厂镇压。厂里一片白色恐怖。张春桥对王洪文说:“如果陈阿大保不住了,你就是光杆司令。有人说我依靠坏人,陈阿大保不住,我就要被打倒了。”陈阿大平时游手好闲,但是对人事任命权、房子分配权抓得很紧。

三、陈阿大竭力为“四人帮”推行反革命政治纲领,充当反革命打手。九大期间,半夜12点,逼着正在生病的陈毅到上海组接受“批判”。周总理逝世,他将正看悼念周总理电视的群众赶走,他打乒乓球作乐。为了实现“改朝换代”的美梦,在批林批孔中召开老造反派座谈会,给一大批干部戴上“复辟派”的帽子。毛主席让华国锋当代总理,2月6日,他说:“代总理,不放心。”4月华国锋担任第一副主席,他说:“现在主要危险来自中央,斗争的范围也在党中央。”毛主席逝世后,他们多次开会,策划武装叛乱。①

市文化局的同志发言批判于会泳和徐景贤。他说:于会泳在1947年秋,国民党进攻胶东时,他写了一封信放在包袱里,信中写道:“蒋军官兵兄弟们:现在贵军进攻胶东,我的生死难保,可怜我家里有老母在堂,官兵兄弟们如果搜查出这些东西时,恳请寄到我的家里,我将永世不忘你们的大恩大德。”于会泳是上海音乐学院教师,进入“海港”剧组,知道江青喜爱《红灯记》中铁梅唱的“这就是铁梅给你的好回答”一句后,在作曲时,将拖腔放在“梅”字之后。他得知受到江青的表扬,马上在报上发表文章,受到江青的赏识、接见,从此青云直上。样板戏是广大文艺工作者的辛勤劳动,而于会泳吹捧江青是“第一编剧”、“第一导演”、“第一设计”,大树“江青中心”。在文化部组织“初澜”“江天”写作班子,在上海文艺系统又控制“红长缨”“方耘”等写作班子,吹捧“江青领导的京剧革命”,是“无产阶级文艺创业期”,是“中国社会主义文艺的新纪元”,“紧跟江青,就是胜利”。1976年2月,江青、张春桥将于会泳叫到钓鱼台,要他将“春苗”改变成京剧,将任务交给上海京剧团。“四人帮”攻击“园丁之歌”②,把矛头指向毛主席和华国锋主席。③

---

① 上海市革委会工交组:《陈阿大究竟是个什么货色?》,1977年11月20日《文汇报》。

② 《园丁之歌》是湖南花鼓戏,反映老师教育小学生,读书也是为革命,要他好好学习。华国锋1972年回到湖南看到后,推荐给吴德,1973年拍成电影。1974年江青下令,文化部“初澜”写批判文章。江青、张春桥、姚文元都在“初澜”的文稿上批示后,于8月14日在《人民日报》发表。当年11月,毛泽东在湖南看《园丁之歌》电影,很高兴,鼓掌。并说:“为什么要批判,你们讲讲有什么问题?我看是出好戏。”

③ 中共上海市文化局委员会:《于会泳和“四人帮”在上海那个余党是搞阴谋文艺的急先锋》,1977年12月6日《文汇报》。

徐景贤"文革"初期执行资产阶级路线，张春桥、姚文元给他打了一个电话，第二天摇身一变成了造反派。1969 年 8 月 14 日徐景贤在上海文艺界的会上说："江青领导的文艺革命，是人类历史上第一次开天辟地的文艺大革命。"徐景贤、于会泳炮制话剧、电影《战船台》，影射风庆轮。1976 年 1 月华国锋当代总理后，他们炮制话剧《盛大的节日》。3 月徐景贤对创作人员说："有没有准备杀头，一定要有准备杀头的决心。"借剧中第一号人物、造反派头头铁根之口，批判老干部是从民主派到走资派。卖力推行"四人帮"的反革命政治纲领。此剧 5 月 1 日上演，又改编成电影。

上海警备区的同志发言揭露张春桥说过："我在上海是住在老虎窝里。"张春桥指使对警备区采取特务手段。他们在理论上制造混乱，炮制"揪军内资产阶级"的反革命谬论。他们在政治上罗织罪名，妄图把军队各级干部打成"军内资产阶级"。1967 年 4 月 21 日，张春桥说："军队成立了支左办公室，支持了右派，支持了保守派。"同年 6 月 8 日张春桥在驻沪三军干部会议上攻击说："保守派在军队的支持下，长得快，非常大。"王洪文更是破口大骂："什么解放军，都是老保。"在批林批孔中张春桥要南京军区"检查一下对待文化大革命和新生事物的态度问题"。"四人帮"在南京军区的代理人，在 1976 年 6 月召开的一次会议上抛出"要害论"，说南京部队"问题的要害，就是正确对待无产阶级文化大革命的问题还没有很好解决"。马天水之流马上吹捧这个讲话"旗帜鲜明"，"非常重要"，这次会议"是多年来开得最好的一次会议"，威逼警备区一定要对照检查。攻击警备区"路线没有端正"，还说"不服从党的一元化领导"。其实，毛主席早就规定警备区接受双重领导。

王洪文说第二武装"是哥白尼发现太阳系一样的新生事物"，"谁把它拉下来，我就要把它扶上去"。我们宣传民兵抗日的故事，他指责没有反映第二武装的创业史。要改变毛主席规定的三结合的武装体系，要吞并人民武装部。还在警备区抓反革命，今年将 15 位同志要打成"攻击中央领导同志"，只是由于粉碎"四人帮"而未得逞。张春桥说："他们(指警备区领导)不承认我是政委，好多事不让我知道，(我)不过是要敲敲图章。"

1974 年以来，张春桥、王洪文在北京遥控，对警备区掀起三次反军乱军的高潮。批林批孔时，将周纯麟整得心脏病发作住院，不准别人探视，实际将周纯麟软禁起来。"四人帮"的一个余党说"等他病好出院，警备区的火放大了，即使他出来也难以收拾"。他们的一个亲信写攻击王洪文的匿名信，他们以此制造"反复辟战斗队案件"，不让警备区过问此事，将警备区一大批干部作为嫌疑犯审查。直至粉碎“四人帮”后，这位亲信受到审查，才真相大白。

1975年春马天水和“四人帮”在南京军区代理人合伙批“反回潮”，时间长达4个月之久。马天水以政委自居，有的说得更直白：“警备区也可以派工宣队进去。我们应有工人阶级的司令员、政委。”1976年，他们在警备区的活动更加猖狂，马天水和“四人帮”在南京军区代理人策划要对警备区动大手术，8月、9月间，这个代理人到上海，一个月内和马天水等密谈8次，把警备区部队和其他部队当作他们的当面之敌。徐景贤还到北京向张春桥汇报与这位代理人[①]谈话的情况。[②]

市委派驻原写作组的同志发言指出，他们这个写作班子是张春桥、姚文元一手扶植起来的，并由其在上海余党马天水之流掌管。他列举了原写作组十大罪状：

一、借口“触及时事”，攻击伟大领袖毛主席和中央领导同志。批林批孔时，批周公（总理）。1976年2月张春桥向徐景贤等攻击邓小平是鲁迅小说《风波》中的赵太爷，又说阿Q和小D要联合起来揪赵太爷。朱永嘉和王知常马上炮制了《从赵太爷的辫子想到阿Q小D的小辫子兼论党内不肯改悔的走资派的大辫子》一文。张春桥看了认为不够，写了一段话：“总根子是辫帅[③]这一点似乎还可以考虑。辫子党的头子应是那个被废除的皇帝吧？应是整个旧制度。”

二、炮制影射史学，大搞古为帮用。借批宰相，影射周总理。1973年下半年到1974年写了上百篇这样的文章。1974年7月朱永嘉到北京开会，在毛主席批评“四人帮”[④]之后的第3天（7月19日），张春桥、姚文元将朱找去，要他不要参加会议，专门写《论秦汉之际的阶级斗争》，并强调一要写出“吕

---

① 徐景贤回忆这位代理人是丁盛。

② 上海警备区：《彻底清算“四人帮”及其余党反军乱军篡军的罪行》，1977年11月21日《文汇报》。

③ 指张勋（1854—1923）1911年辛亥革命时任清朝江南提督，在南京雨花台与起义军激战，进城滥杀无辜。辛亥革命后，人们为表示拥护革命，与清朝政府决裂纷纷剪去辫子。而张勋所部禁止剪发，被人们称为辫子兵，张勋被称为辫帅。1917年张勋率部进入北京，7月1日拥戴末代皇帝溥仪复辟，13日失败。史称张勋复辟。

④ 1974年7月17日上午，毛泽东在中南海游泳池召开政治局会议，说：“江青同志，你要注意呢！别人对你有意见，又不好当面对你讲，你也不知道。不要设两个工厂，一个叫钢铁工厂，一个叫帽子工厂。动不动就给人戴大帽子。不好呢，要注意呢。”“你也是难改呢，”“你们（指江、王、张、姚）要注意呢，不要搞四人小宗派呢。”“她（指江青）并不代表我，她代表她自己。”“总而言之，她代表她自己。”

后时期，政治清明”，二要批宰相李斯。文章写出后清样三次送姚文元修改。在接见会议代表时，张春桥特别将朱永嘉介绍给江青，并连声说：“罗思鼎！罗思鼎！罗思鼎！”他们还搞洋为帮用，1967年3月张春桥来信说：“国内有些事不便讲，可以借苏修来讲。”朱永嘉、王知常炮制《耐普曼日记》，因太露骨，没有敢拿出来。他们采用的手法“名其为贼，敌乃可攻”，就是先给你扣上“复辟派”“还乡团”“修正主义”大帽子，再寻找或捏造材料。王知常说：“写历史嘛，就是七真三假。”

三、大搞阴谋文艺，颠倒敌我关系。陈冀德分管《朝霞》丛刊，三四年间《朝霞》发表文艺作品169篇。电影剧本《千秋业》在军队发不了，转到上海，他们将对立面由科长写成副师长，影射老干部。他们的理论是“从路线出发”。

四、拼凑反动理论，为反革命政治纲领提供所谓“依据”。他们鼓吹“阶级关系变动论”，诬蔑老干部是“走资派”，老工人变成“既得利益者”，青年工人“更不行”，“幼稚”，贫下中农“思想跟不上”，说流氓无产阶级“是我们党的一部分基础”，“党内资产阶级”是“资产阶级发展的第三种形态”。鼓吹“分配差别就是阶级剥削”，荒唐地说按劳分配是产生“党内资产阶级”的经济根源，把级别高、工资多，当作划分“走资派”的经济标准。

五、大搞特务情报活动，制造反党“炮弹”。朱永嘉、王知常将自己比作曹寅[①]，宣称“要为老主子当好耳目”。朱永嘉公开说：“我们抓的是战略性问题，不搞小零小碎的东西。”王知常说：“这是炮弹，是给上面（指‘四人帮’）打仗用的。”早在1969年，他根据张春桥的旨意编写《无产阶级文化大革命期间反动思潮简编》，整了叶剑英、李先念、陈毅等8位中央领导人的材料。他们搞的情报数量之多，范围之广，十分惊人。粉碎“四人帮”后，销毁证据，仅从管经济的头目所撕毁的碎片中，粘贴起来的，就有93份，卡片108张。

六、出谋划策，充当“四人帮”的黑高参。1975年年底，要打倒邓小平，张春桥要他们搞一套意见，他们提出“要批四个现代化”，建议“对文化大革命的必要性作科学的论证”。张春桥十分欣赏，马上回信说：“所有的意见，都对我有用，启发我想问题。”1976年5月，陈冀德到北京，向张春桥、姚文元献策，要张、姚抓《毛选》五卷出版，抓编写党史，抓中央的起草班子。朱永嘉说“起草班子就是参谋班子”，“不统一，不行”，“起草靠边了，春桥、文元就没有

---

① 曹寅，曹雪芹的祖父，除任江南织造外，还是康熙皇帝在江南的耳目。

位置了”。朱永嘉、王知常建议张、姚送两个笔头到华国锋身边去。

七、煽动反军乱军，妄图毁我长城。1973 年在王洪文旨意下写出《上海城市民兵调查》。在《学习与批判》炮制反军文章《八路军的“样子”》《刁小三的逻辑》。

八、插手兄弟省市，阴谋搞乱全国。写作组手伸得很长，插手江苏、浙江、江西、云南、四川、安徽等省。看中云南一个知青的文章，打 11 次电话，用了 9 个小时压公社批准他入党。

九、肆意编造谎言，为“四人帮”大吹大擂。1969 年徐景贤写了《一月革命大事记》，张春桥的名字出现 204 次，姚文元的名字出现 114 次。编写《党史》，江青名字出现 10 次。曾经有人说朱永嘉是黑手，张春桥马上公开表态，说：“我就是要这只黑手！”从 1976 年 2 月到 9 月初张春桥给写作组批示达 318 件，最近查获姚文元从 1967 年到 1972 年给写作组批示 60 件。1976 年 5 月陈冀德到北京，从 5 月 2 日到 3 日，张春桥接见、长谈 3 个小时。接着姚文元接见、长谈 2 个小时，姚文元说：“今后的斗争看来是暴力解决问题”，“现在斗争很激烈，要准备打仗”。之后王洪文接见、请客、看电影。1974 年 7 月张春桥对朱永嘉说：“你们的信，我都锁在保险箱里，将来无非杀头，就先杀我的头好了。”朱永嘉说：“我们只听张、姚的，别的谁也不听。”又说：“我们有今天，全亏张、姚。”

十、煽动武装叛乱，进行垂死挣扎。毛主席逝世后，“四人帮”亲信寄来迟群“准备流血，准备杀头”的讲话。9 月 10 日写作组的几个头子联名给张春桥写信：“不管今后会有多大风险，我们将跟随你们战斗到底。”果然粉碎“四人帮”后，朱永嘉叫：“张、姚恩养了我们十年”，“我准备坐牢杀头，豁出命来干”。王知常说“我是流氓无产阶级”，“我是不怕死的”。陈冀德说：“鸡死以前还要跳几跳呢！”朱永嘉开会时声色俱厉，夜里躺在床上却吓得做噩梦，出冷汗。①

上海两报《解放日报》《文汇报》的同志发言，他说：张春桥 2 月 3 日写了《有感》。2 月 5 日，徐景贤将拥护华国锋当代总理的亲送审稿删得干干净净。2 月 19 日到 26 日中央召开打招呼会。他们回到上海，29 日召开有 120

---

① 申涛声：《“四人帮”篡党夺权急先锋的十大罪状——清算原上海市委写作组的反革命罪行》，1977 年 11 月 25 日《文汇报》。文章在报纸上发表时没有点朱永嘉、王知常、陈冀德的名字，用写作组的大头目、二头目、写作组分管文艺的头目来代替。

人参加的“理论工作座谈会”，要大家讨论资产阶级民主派到了社会主义革命的阶段，代表什么人的利益？徐景贤提出：“走资派从1949年就开始成为革命的主要对象。”从1976年2月到10月上旬，“四人帮”层层揪“民主派”“走资派”，短短7个月的时间，两报发表这方面的文章达3800多篇，870多万字。①

纺织局的同志发言之后是上海科学院的同志发言：

第一，“四人帮”抛出“技术知识分子危险论”，残酷打击和迫害广大科技人员。他揭发姚文元说：“苏修叛徒集团都是搞自然科学的知识分子。”《学习与批判》1976年第7期发表文章说：“另一类新资产阶级分子，出身很好，在红旗下长大，入了党，又经过大学培养，成了所谓红色专家和领导干部，但他们从思想到生活都是资产阶级化了的。”他们运用手中控制的宣传工具，诬蔑、搞臭知识分子。在电影、小说中出现的专家不是特务、反革命，就是复辟势力。如《盛大节日》中的知识分子就是围着走资派转的一群帮凶。搞得知识分子在政治上抬不起头来，在精神上受到痛苦的折磨。他们叫嚷：“研究所不能依靠知识分子，如同幼儿园不能依靠小朋友，劳改农场不能依靠劳改犯一样。”将从国外回来的专家诬蔑为特务。七院在沪三个研究所，因为有人参加炮打，他们派大批人进驻，搞白色恐怖，三个所的所有领导干部无一幸免，备受迫害，被搞得生产科研很长一段时间瘫痪。

第二，“四人帮”抛出“科技17年来黑线论”，全盘否定毛主席革命路线，全盘否定我国的科学成就和科技人员的辛勤劳动。1972年底周恩来肯定科技战线17年红线占主导地位。1973年王洪文到上海却说：“春桥、文元和我都不同意科技战线17年红线占主导地位的说法。”1976年初姚文元在《回击科技界的右倾翻案风》一文中特地加了一段：“科技阵地以往长期为剥削阶级所霸占，资产阶级偏见和传统势力根深蒂固，比起教育界来毫不逊色。”上海已经建立激光、原子能、半导体、计算技术、红外线等新兴技术，为农业、工业、国防提供了大量科研成果，其中有的接近或超过世界先进水平，连敌人也不得不承认的事实。可是他们将专家都戴上“反动学术权威”的帽子。科学家担任所一级领导有28名，都被他们打倒，不予安排。后毛主席、党中央一再指示落实知识分子政策，他们才安排8位，也是装装样子。有的提出不同的学术观点，就被批判为“复辟”，生病了也要到会接受批判。著名生物学

① 1977年11月17日《文汇报》。

家朱洗，为细胞学做出重大贡献，他研究驯养蓖麻蚕、家鱼人工繁殖在全国推广。他去世后，被批判，甚至连墓碑也被砸了。他们对科研题目胡批乱砍，说“脱离实际”、“杂志缝中找课题”，说“科研科研越研越玄”，“成果未得人变修”，真是荒唐至极。

第三，“四人帮”抛出“科技出修论”，千方百计扼杀科学和文化。他们把科研领导机构当作“旧的国家机器”来砸烂，把原上海各部委机关干部整个换班，将上海科学院撤销，将科协搞垮。张春桥说：“现在搞什么实验室！这是走17年的老路，实验室是资产阶级知识分子的最后一块阵地，他们不会轻易放过这块阵地的。”上海各企业或中心实验室40％以上被取消。陈阿大说：“没有技术人员，自来水、煤气照样出，车子照样滚。”他们将绝大部分科技人员下放，出现汽车工程师看泵房、机械工程师看门房、电气工程师洗管子、化学工程师排管子的怪现象。高校、卫生系统的研究所被大批撤销。撤销了血吸虫研究所，中断了防治血吸虫病的研究工作，结果病情蔓延。他们还把郊区10个县的农机推广站、种子站和畜牧兽医站统统撤销，迫使许多农业科技人员转业，严重影响农业科技实验活动。他们把学科当作资产阶级法权来限制。上海生物研究比较集中，中国科学院本来同意在上海建立生物学基地，初具规模。张春桥说：“生物学不搞马、牛、羊，要彻底砸烂。”已经发展到分子水平的现代生物学一刀砍掉了。他们还打着限制资产阶级法权，搞什么打破技术分工界限，把技术职称作为修正主义批判，破坏岗位责任制，搞乱了科研秩序。张春桥说，知识分子学到的知识“统统忘了还好些”，“全国都成了文盲，也是一个大胜利”，“知识越多越反动”，“知识到手，人被夺走”，“学了专业，忘了专政”。①

复旦大学同志发言揭发说：

1970年7月初在张春桥的指示下、“四人帮”上海几个余党来复旦召开文科教育革命座谈会，在《文科教育革命座谈会纪要》中提出“对无产阶级文化大革命前，大学文科的几种基本估计”，“基本是黑线占统治地位”，领导权“基本掌握在修正主义手里”，“在学校里执行一条反党、反社会主义反毛泽东思想的资产阶级反动路线”。8月召开党代会在《复旦大学第八次党代表总结报告》中，及9月炮制出的《复旦大学理科教育革命座谈会纪要》，抛出了复旦17年是“彻头彻尾黑线专政”，把广大教师说成“资产阶级世袭领地的王

① 上海科学院：《彻底批判“四人帮”残酷迫害知识分子的反动谬论》，1977年11月24日《文汇报》。

公贵族”。“彻头彻尾黑线专政”说遭到全校教职员工的抵制。有的说：“工农子弟进了大学，而且比例越来越高，怎么能说是黑线专政呢？”有的说：“复旦自己制造的国内第一台质子加速器总不是黑的吧！”“复旦总不是台湾吧！”更多的人表示想不通。他们马上镇压，9月9日，召开所谓的“机关整党补课学习班”，9月12日将106个总支副书记、科长以上干部圈起来，不准回家。学习班开了83天，开了上千次的会。其中25个干部被隔离审查9个月。他们在整理材料的按语中写道：“把手中的大刀磨得亮亮的，毫不手软向右倾翻案妖风砍去！”逼死两名党员干部，把6名干部打成反革命，采取“调离一批，留用一批，劳动一批”的办法，将48名干部踢出机关。全校有95%以上的教职员工被抄家、搜查，被迫害多达1300多人，其中334人被隔离审查，20多人被迫害致死。他在发言最后讲：昔日深受“四人帮”之害的重灾区，今日重获新生。①

彭冲11月15日，在这个第四次揭批“四人帮”大会上讲话，指出：

> 同志们揭发的大量事实说明，在上海，“四人帮”及其余党利用窃取的党政大权，推行他们的反革命政治纲领特别疯狂，造成的后果也特别严重。他们采取种种卑鄙的阴谋手段，对抗毛主席的指示，无中生有，捏造罪名，攻击敬爱的周总理，攻击英明领袖华主席，攻击敬爱的叶副主席、邓副主席和中央其他领导同志，妄图打倒中央和地方一大批党政军革命领导干部。他们歇斯底里地叫嚷“凡老皆修，越老越修”，把民主革命时期“扛过枪，打过仗”，为革命事业做出过贡献的老干部，统统作为“革命对象”。他们还提出揪所谓“有民主思想的走资派”、“扭秧歌的走资派”，把全国解放以后起来的一大批革命干部也列为“革命对象”，妄图把我党的一整套干部统统搞垮。他们还把老工人、老劳模打成“走资派的附庸”、“复辟势力”，把知识分子打成“走资派”的“同盟军”、“社会基础”，发动一次又一次的反革命围剿。他们一面把不情愿追随他们的革命的新老干部整倒、搞垮、撵走，一面大搞资产阶级帮派体系，网罗

---

① 1977年11有25日《文汇报》；忻复丹：《“两个估计”出笼前后在复旦大学的一场反革命预演》，1977年11月26日《文汇报》。以上文章在报纸发表时没有点徐景贤、王秀珍的名字，而是用“‘四人帮’在上海的另外两个余党”、“主管文教宣传工作的余党”来代替。

一大批政治野心家、叛徒、特务、阶级异己分子、新生反革命、地痞、文痞、流氓、打砸抢者，把他们扶上台，妄图建立法西斯专政的“帮天下”。为了推行这个反革命政治纲领，他们制定了大量的反动谬论和反革命的谣言，鼓吹什么“社会主义时期阶级关系新变动”，胡说什么“资产阶级法权是产生走资派的经济基础”，“老干部是半截子革命派”，“各条战线十七年都是黑线统治”，“走资派不是一小撮而是一大批”等，在政治上、思想上、理论上造成了极大的混乱。他们还通过原市委写作组，操纵舆论工具，大搞阴谋文艺和影射史学，炮制了一大堆毒草作品，煽动乱党乱军乱国，在全国造成了极其恶劣影响。

他指出：清查工作，关系到我们党、我们革命队伍组织的纯洁和巩固。查清了，才有可能不仅从政治上，而且从组织上夺取揭批“四人帮”斗争的全胜，才能保证党的路线、方针、政策的贯彻执行。因此，对于“四人帮”及其余党组成的资产阶级帮派体系一定要彻底摧毁，对于同“四人帮”篡党夺权阴谋活动有牵连的人和事要彻底查清，决不能半途而废，不能草草收兵，不能留下后患。领导不力的单位，要迅速改变；对继续捂盖子的领导干部，要严肃处理。对问题严重、态度恶劣的清查对象，要发动群众，揭发批判，加强政策攻心。对一切可以争取的犯了错误的人，要认真做好思想转化工作，教育帮助他们转变思想，转变立场，讲清问题，改正错误，在他们问题查清以后，及时给予解脱。对知情人和清查对象的家属，要过细地做好思想政治工作，鼓励他们积极投入斗争，大胆揭发问题，不要歧视他们。随着清查的逐步深入，更要十分注意党的政策，严格区分和正确处理两类不同性质的矛盾，遵照华主席关于“三个严格区别开来”的指示，对每一个人的问题，进行具体分析，区别对待，真正做到该严的要严，该宽的要宽，该打击的坚决打击，该解脱的及时解脱，真正做到扩大教育面，缩小打击面，团结百分之九十以上的干部和群众，最大限度地孤立和集中打击最顽固的分子，切实保证清查工作深入地、健康地发展。①

1977 年 11 月，中共中央批准教育部党组《关于工宣队问题的请求报告》，工宣队全部撤离进驻单位。到 1974 年时，上海全市尚有工宣队 1 万人，

① 彭冲讲话记录。

进驻全市6所大专院校，1516所中、小学，202所医院，30所市属科研单位。此时全部撤离。这个措施推动了学校、科研单位的正常工作的恢复。[①]

1978年5月25日，上海市委召开了全市第五次揭批"四人帮"大会。

市委驻原写作组夏其言发言，揭露、批判马天水、徐景贤、王秀珍、陈阿大、朱永嘉为"四人帮"篡党夺权大造舆论编写的《社会主义政治经济学》《党史》《哲学小辞典》，从思想上批判"四人帮"。他们篡改党史，制造所谓的"张春桥理论"。夏其言说：1969年8月张春桥攻击我国经济战线上"封、资、修管理影响很深"，"很容易重复过去的东西，老干部也没有好好进行批判"。1971年开始在写作组成立"政治经济学编写组"，1972年9月编成第一稿。10月，张春桥、姚文元回到上海，连续召开两次社会主义政治经济学座谈会，攻击周总理消除林彪在经济上所造成的严重后果是否定"文化大革命"的"右倾回潮"，张春桥说："希望能编出反映我们水平的教科书。"朱永嘉说："理论问题是根本问题，这本书如果站得住，其他问题就好办了。"这本书前后修改5稿，印了16万册，还改编为《政治经济学基础知识》，发行了169万册。1975年的一稿加上张春桥、姚文元的"资产阶级法权"论、全面专政论，分析"新资产阶级特别是党内资产阶级形成、发展和灭亡的过程"。说"在生产关系的三个方面，在生产、交换、分配、消费的过程中都不同程度地存在着资产阶级法权"，批判社会主义商品经济，认为"在无产阶级专政下，对资产阶级法权加以限制，资本主义的发展和党内资产阶级的产生，也是不可避免的"。提出："只反对党外资产阶级，不反对党内资产阶级，是不彻底的。"朱永嘉说："理论上的权威必然会转化为组织上的权威。"他们就是要批判、打倒周恩来等老一辈革命家，篡夺党和国家的最高领导权，实现"改朝换代"。

上钢五厂党委胡铁民发言，揭露每到篡党夺权的关键时候，马天水把上钢五厂当作一块石头打中央、国务院领导。1972年周总理提出加强企业管理，张春桥、姚文元到上海说："企业管理，无非是三讲：讲路线，讲领导权，讲生产关系。"攻击周总理不讲路线。1973年下半年，马天水到我厂抓典型，大批唯生产力论。1975年6月，国家计委向党中央报告准备召开全国工业学大庆会议时，张春桥、王洪文在北京污蔑大庆"是搞唯生产力论的典型"，阻挠会议的召开。马天水又一次呼应，到我厂要总结经验。1975年8月26日王洪文到我厂来，"在企业管理上，搞出自己的一套经验来"。1976年3月，

---

① 中共上海市委党史研究室编纂：《中共上海党史大典》，第129页，上海教育出版社，2001年。

马天水到我厂说:“批唯生产力论要抓住重点”,要把矛头对准邓小平等中央领导。他们说毛主席的把国民经济搞上去的指示是“任何国家都能接受的修正主义口号”,要占领上层建筑,出教材,比出钢材还重要。要工人脱产搞“儒法斗争史”,反复修改《三字经批判》。工人们气愤地说:“干脆把第五钢铁厂改名叫第五出版社算了。”把踏踏实实工作的人批为唯生产力论,而把那些兴风作浪的人封成觉悟高,反潮流。他们大批唯生产力论,使生产下降。1976 年与 1973 年相比,职工增加 11%,固定资产增加 23%,钢产量却下降 14.2%,质量下降,经常发生事故。仅转炉车间 1974 年到 1976 年 3 年内事故达 13191 次,成本超支,亏损 7823 万元。

市卫生局王希孟发言,他说“文革”一开始张春桥提出“医护工合一”,就是取消医生、护士、公务员(即医院打扫卫生的工人)的分工,说“这是个很值得重视的问题”。徐景贤到华山医院要大家都挂听筒,拿针筒,拎铅筒,并炮制了一份“经验总结”。说医院“旧的章法林立,等级制度森严”,“工人不但政治上没有地位,连做的工作也是被人看不起的”,因此必须“推翻资产阶级一统天下,实行医护工合一。”否定社会合理分工,制造矛盾,制造对立。造成医生、护士、公务员平均分摊医疗、护理、后勤工作,打乱医院组织体制和管理制度,造成医疗质量急剧下降,经常发生医疗事故,甚至死亡事件。① 市局直属单位 116 名高级知识分子中被审查批斗有 102 名,不准他们做手术。而徐景贤得了病,不但不让护士、公务员治,要专家治,还从北京请专家会诊。占用华东医院一层楼,光吃药就花了上万元。马、徐、王及他们的小兄弟生病都是如此。充分暴露他们是伪君子。粉碎“四人帮”一年来,医疗单位拨乱反正,整顿体制,建立、健全以岗位责任制为中心的各类人员的职责分工和规章制度,广大医务人员钻研技术,职责分明,分工协作,团结战斗。

绿杨村饭店党支部朱雪芬发言的题目是“服务好就会出修正主义吗?”。她说,1968 年夏天“四人帮”及其余党马、徐、王一伙在南京路一家饭店总结一份“自我服务”的典型材料,要顾客自己买票,自己端饭、端菜,自己洗碗、揩台的经验,作为新生事物,在电台、报刊宣传,在基层推广。说“服务好就会出修正主义”,谁不照这样做,就被扣上“否定文化大革命”的帽子。我们

---

① 十月革命后,1919 年农民恰巴耶夫当了红军师长。一个农民在农村当“马医”十年,他要恰巴耶夫帮助他考试取得证书。但是红军中的兽医说:我们没有权力发证书。恰巴耶夫认为这是知识分子歧视农民,要枪毙兽医。在师政委费多尔(工人)的劝说下,恰巴耶夫终于冷静下来,没有乱来。而这样的事在中国却打着所谓平等的旗号,得到张春桥、徐景贤的推波助澜而大行其道。

对顾客礼貌周到，他们说我们是“低头哈腰的旧商人作风”；我们要恢复传统经营特色，他们斥之为“复古、复旧、复辟”，“为资产阶级服务”；我们扩大服务项目，他们说是“培养修正主义”，“助长大吃大喝”。绿杨村饭店原是一家四川、扬州风味的饭店，周总理都来过。在“四人帮”的破坏下我们饭店搞饭店不像饭店，食堂不像食堂，传统服务项目取消了，特色品种砍掉了，出现服务态度“官商化”，经营品种“单一化”，生产操作“简单化”，品种口味“一律化”，营业时间“机关化”的局面，造成第一次营业亏损。

市科委、科学院丁公量发言，他说，1975 年《中国科学院工作汇报提纲》指出“科学技术是生产力”。1976 年“四人帮”对此汇报提纲进行批判，借口毛主席没有说过“科学技术是生产力”，攻击马克思的基本原理。认为谁有此主张，就是否定人的作用，就是否定革命，就是卖国投降。

新华社的记者东生发言批判“四人帮”的假左真右。张春桥为了掩盖自己历史问题，公然鼓吹“凡事左三分”。张春桥“左”到了极限，抓“阶级斗争为纲”，否定一切，破坏国民经济，破坏安定团结。马天水抓上海机床厂，限令 3 天内精简 300 个管理人员，把技术科、生产计划科、案例科、产品检查科砍得支离破碎，质量急剧下降，1971 年机床抽查合格率是零，全厂设备完好率是 30%。新建的恒温车间，垃圾成堆，油污满地，黄鼠狼、老鼠东奔西窜。而马天水竟说：“只要路线正确，群众发动起来，完不成任务也是伟大胜利。”王秀珍在国棉三十厂宣扬：“党委是抓大事的，生产是小事，党委不要去讨论。”新华社一个记者写报道时将“革委会”主任，写成车间主任。为此，徐景贤来到分社，召开全社大会，训了两个小时，说漏掉“革委会”三个字，是对新生事物的态度问题。正如华国锋在五届人大《政府工作报告》指出的：“从 1974 年到 1976 年，由于‘四人帮’的干扰破坏，全国大约损失工业总产值 1000 亿元，钢产量 28000 万吨，财政收入 400 亿元，整个国民经济几乎到了崩溃的边缘。”

当时，在内部出版了“四人帮”及其余党在文化、出版、电影、教育、体育等方面的谬论摘编，供大家参考，使群众更加了解“四人帮”在各条战线的破坏活动。

经过数次揭发批判，终于剥开“四人帮”的十张“画皮”：

一、“四人帮”不是“文化大革命的功臣”，而是破坏“文化大革命”的罪魁祸首（当时还没有否定“文革”）；

二、不是“文艺革命的旗手”，而是篡党夺权的里手；

三、不是“正确路线的代表”，而是党内资产阶级的典型代表；

四、不是“左派”，而是极右派；

五、不是“马克思主义的理论家”，而是资产阶级的野心家和阴谋家；

六、不是“新生产物的支持者”，而是破坏者；

七、不是毛主席的“学生”和“战友”，而是陷害毛主席的凶手；

八、不是批林批孔“英雄”，而是反党乱军的元凶；

九、不是限制资产阶级法权的“模范”，而是扩大资产阶级法权的吸血鬼；

十、不是批判唯生产力论的“真革命”，而是破坏国民经济的反革命。[①]

对受迫害的干部、群众开始大规模复查

因上海清查任务特别重，全市集中力量揭发批判“四人帮”的反革命罪行和清查与“四人帮”篡党夺权阴谋活动有牵连的人和事，直到 1977 年 5 月清查进入定性工作后，才有精力大规模地做对受迫害干部的复查工作，因而这个工作相对起步较慢。1977 年 4 月，建立复查小组，抓市委交办的重点案件的复查。同年 11 月正式成立市委复查办公室。经过 1977 年下半年的各种准备之后，一经展开，复查工作就逐步加快了。

由于“一月夺权”以来，“四人帮”篡夺了上海党政大权之后，实行法西斯统治，制造大批冤假错案，全市需要复查的人达 30 万，加上株连的家属亲友不下 150 万人。工作十分艰巨、繁重。“文革”中上海有关单位集中了数千名干部，其中六分之一的老干部是原华东局、上海市委的负责同志。他们当中，有的参加过南昌起义、有的上过井冈山，有的参加长征，许多人经受抗日战争、解放战争的考验。在部、局一级干部中受审查的达到 93%以上，定为走资派的达 30%，定为“解放后 17 年来执行修正主义路线错误”的达 40%。一般干部中和工作人员中受诬陷、打击的人也很多。

在复查中，对“文化大革命”审干中遗留的问题，凡是冤案、错案，坚决予以推倒，全错的全改，部分错的部分改，把“四人帮”及其余党强加在干部头上的一切诬蔑不实之词统统去掉，使党的政策尽快落实到每个干部身上。

在复查中坚持四条原则：

---

① 王守家上海出差工作日记。

一、调查研究，重证据，推倒一切诬蔑不实之词。“四人帮”为了打倒一大批干部，利用审干，搞了许多阴谋，有的捏造事实，伪造证据；有的捕风捉影，无中生有；有的用逼供信得到的假材料作为定罪的根据，而将许多证明无罪的材料列为无用的，准备销毁。破坏党的一贯的审干方针和传统。把早已交代的材料说成长期隐瞒；把已经入党多年的同志，仅根据一个记不清的旁证，说成是“假党员”。凡是查到此类问题，都予以彻底解决，恢复干部的本来面貌。

二、坚持一分为二的观点，对干部进行历史地辩证地分析，坚决纠正“四人帮”那种形而上学，攻其一点，不及其余，对干部全盘否定的恶劣做法。

三、坚持历次政治运动对干部所做的正确的结论，坚决反对“四人帮”否定从延安整风到解放后历次审干中工作成绩。“四人帮”将过去的结论一概否定，将凡是被捕过不是叛徒的，定为“叛徒”。将一些枝节问题抓住不放，上纲上线，乱扣帽子。甚至把过去已经甄别平反的问题，重新定为错误。

四、坚持党优良传统和作风。“四人帮”审干不给本人看审查结论，即使看了也不允许申诉；处分党员，不开支部大会，不许本人到会申辩。谁要是申诉、要求复查，就给谁戴上翻案的帽子，完全剥夺了党员的民主权利。这次复查，召开各种类型的座谈会，听取各方面不同的意见，并认真听取本人申诉。做了复查结论，首先给本人看，征求意见。对于本人提出的意见，合理的，就改；不合理的，就耐心细致地做思想工作，坚持实事求是。①

1978年7月，参照中央组织部4月座谈会精神，召开全市复查工作座谈会，总结经验，明确复查范围，统一政策思想，研究分级负责，全党办案，加快步伐的措施。

为了推动复查、平反工作，1977年的年底和1978年的年初，苏振华、倪志福、彭冲、林乎加、严佑民、王一平、韩哲一、赵行志、车文仪商量，决定春节

① 1978年4月3日《文汇报》。

期间以宣传部名义召开文学艺术、哲学社会学工作者座谈会，[①]1 月 31 日在锦江饭店小礼堂举行。这些专家是上海精英、国之瑰宝，但是在“文革”中受到打击、迫害，有的妻离子散、有的家破人亡。粉碎“四人帮”后，经过一年多的努力，有的安排了工作，大都还在审查。召开座谈会的办法可以绕开专案组和逐级报批通过，一个人一个人做结论，方法简单明了，有轰动效应。因上海是文化重镇，并不能将所有的专家学者都列上。根据朱通华保存的名单，92 人名单如下：

文学(12 人)：巴金(作家，上海文艺)、于伶(剧作家，电影局)、郭始虞(教授，复旦大学)、盛草婴(翻译家，译文出版社)、陈恭敏(文艺理论，戏剧学院)、刘金文(文艺理论，出版局批判组)、姜彬(民间文学，文艺出版社)、赵乃炘(工人作家，上港七区)、周介人(文艺理论，上海文艺)；

电影(9 人)：沈浮(电影导演，上影厂)、孙瑜(电影导演，上影厂)、柯灵(编剧，上影厂)、赵丹(电影演员，上影厂)、叶丹(编剧，上影厂)、秦怡(电影演员，上影厂)、陈冲(电影演员，上影厂)、白杨(电影演员，上影厂)、孙永平(电影演员，上影厂)；

戏剧(14 人)：黄佐临(话剧导演，上海话剧团)、袁雪芬(越剧演员，上海越剧团)、丁是娥(沪剧演员，上海沪剧团)、杜宣(剧作家，上海话剧团)、姚时晓(编剧，上海市文化局)、俞振飞(昆曲演员，上海戏校)、徐玉兰(越剧演员，上海越剧团)、郑韵(民族舞蹈，上海歌剧院)、金采凤(演员，上海越剧团)、朱锦多(武功教师，上海越剧团)、李炳淑(京剧演员，上海京剧团)、华文漪(昆曲演员，上海京剧团)、何双林(淮剧演员，上海淮剧团)、徐文静(杂技演员，上海杂技团)；

美术(9 人)：王个簃(国画，上海画院)、沈柔坚(版画，上海市文化局)、张乐平(漫画，解放日报)、杨可扬(版画，美术出版社)、唐云(国画，上海画院)、周小筠(工人美术，上海重型厂)、周宗源(部队美术，解放军)、陈逸飞(油画，上海画院)、赵宏本(连环画，美术出版社)；

音乐(13 人)：丁善德(作曲，上海音乐学院)、王云阶(作曲，上海电影厂)、孟波(作曲，上海市文化局)、周小燕(声乐，上海音乐学院)、黄贻钧(指挥，上海乐团)、谭抒真(小提琴，上海音乐学院)、瞿维(作曲，上海舞校)、胡蓉蓉(舞蹈教育者，舞蹈学校)、金月苓(工人作曲，上海玻璃六厂)、闵惠芬

① 1978 年 2 月 5 日《文汇报》。

（二胡，上海乐团）、李名强（钢琴，上海音乐学院）、刘敦南（作曲，上海乐团）、唐韵（小提琴，上海京剧团）；

曲艺（4 人）：吴宗锡（评弹理论，人民评弹团）、唐耿良（评话演员，上海评弹团）、赵开生（作曲，上海评弹团）、余红仙（评弹演员，上海评弹团）；

哲学（9 人）：宋原放（编辑，人民出版社）、胡曲园（教授，复旦大学哲学系）、冯契（教授，上海师大）、徐盼秋（理论工作者，市干校九连）、周抗（理论工作者，原写作组）、林耀琛（编辑，出版局自然杂志）、陈伟明（编辑，市干校六连）、张启林（业余作者，求新造船厂）、李佐长（理论工作者，市委党校）；

经济（7 人）：姚耐（理论工作者，市干校六连），王树人（编辑，市大批判组）、漆琪生（教授，复旦大学）、巢峰（编辑，辞书出版社）、吴贤忠（教师，上海师大）、陆国梁（业余理论工作者，上海化工机械厂）、蒋家俊（教师，复旦大学）；

历史（11 人）：周谷城（教授，复旦大学历史系）、徐化（理论工作者，市干校六连）、沈以行（理论工作者，市干校九连）、吴泽（教授，上海师大）、陆志仁（理论工作者，长宁区委）、谭其骧（教授，复旦大学）、蔡尚思（教授，复旦大学），李华兴（讲师，复旦大学）、江铭（讲师，上海师大）、谢天佑（教师，上海师大）、陈崇武（教师，上海师大）；

其他（4 人）：刘佛年（教授，上海师大），束纫秋（编辑，辞书出版社）、陈永懋（编辑，国际问题资料组）、蓝瑛（理论工作者）。

华东地区江苏、福建、安徽、山东、浙江、江西省各省听说以后，派了宣传部长或副部长来取经，回去以后各省照此召开了大型座谈会，在全国起了很好的带头作用。

到 1980 年 4 月止，上海市共复查平反了冤假错案 249384 件，其中市委贯彻中央 23 号文件办公室复查平反 10500 余人；市委复查办公室复查平反的有 221437 件；市公安局复查平反的有 12796 件，市法院复查平反的有 4651 件。①

苏、倪、彭深入市组办、区县局和重点企业，进行大量调查研究，查阅大量档案，与林乎加、严佑民、王一平和中央组织部局长赵振清共同研究结合揭批清查运动和工作中的考察，对在十年动乱受到打击迫害处理的干部和

① 1980 年 4 月 24 日上海市委揭批“四人帮”运动办公室：《关于林彪、“四人帮”一伙在上海制造冤假错案的情况》。

他们的现实表现，有了全面、基本的了解，加快了复查工作的步伐。

干部的复查和安排使用，有先有后，有的快些有的慢些，但是对做这项工作的同志绝没有什么私心，没有亲疏之分。①

“文革”十年浩劫期间，上海被审查处理的干部共106264人。其中局级以上干部1054人（包括华东局136人）。陈丕显、曹荻秋、魏文伯等华东局、市委领导干部12人被分别诬陷为“叛徒”、“特务”、“反革命”，全是冤假错案，曹荻秋、金仲华被迫害致死。② 受迫害、被处理的干部中，局级以上干部950人，处级干部4023人，知识分子1635人，处级以下干部99656人。至1979年3月，已复查完毕102331人，占96.3%。③ 到1979年10月，已复查99.4%。④1978年底，高级知识分子复查了1497人，占应复查高级知识分子总数1635人中的91.5%。⑤

复查干部不是最终目的，复查是要解放干部，让他们发挥应有的作用。边复查、边分配工作。到1978年底局级以上干部安排473人，占总数的74.3%；1979年继续安排134人，合计占95.2%。处级干部安排3464人，占其总数的86.6%。⑥ 原来受诬陷迫害的同志恢复了名誉，处级以上领导干部6400余人被充实到各级领导班子。⑦

---

① 王一平：《立此存照——1984年12月12日在市委整党中的书面发言》。

② 《中华人民共和国最高法院特别法庭判决书》，见《历史的审判》，第62页，群众出版社，1981年。曹狄秋，（1909—1976），四川资阳人，1929年加入中国共产党，1956年任上海市委副书记、副市长，1965年任上海市市长，1976年3月含冤去世。1978年6月23日在上海市举行骨灰安放仪式，彭冲主持，王一平致悼词。会后骨灰护送到京，苏振华、倪志福、胡耀邦等到机场迎接，安放八宝山。金仲华，（1907—1968），1928年后在上海商务印书馆主编《妇女杂志》、开明书店《中学生》杂志。研究国际问题专家。1952年任上海市副市长、上海市政协副主席、1968年4月被迫害致死。1978年8月12日在上海举行骨灰安放仪式，彭冲等出席。

③ 杨肇林、丑运洲、乔崖：《从高山到大海——共和国上将苏振华》，第392页，解放军出版社，2001年。朱通华：《风雨雷电的4年》，刘定汉、袁捷、朱通华、谷冰等：《和彭冲在一起的日子》，第209页，江苏人民出版社，1997年。

④ 1979年10月15日中共上海市委复查办公室：《关于“文化大革命”中干部群众冤假错案复查工作总结》。

⑤ 杨肇林、丑运洲、乔崖：《从高山到大海——共和国上将苏振华》，第392页，解放军出版社，2001年。朱通华：《风雨雷电的4年》，刘定汉、袁捷、朱通华、谷冰等：《和彭冲在一起的日子》，第209页，江苏人民出版社，1997年。

⑥ 杨肇林、丑运洲、乔崖：《从高山到大海——共和国上将苏振华》，第392页。朱通华：《风雨雷电的4年》，刘定汉、袁捷、朱通华、谷冰等：《和彭冲在一起的日子》，第209页，江苏人民出版社，1997年。

⑦ 1979年10月15日中共上海市委复查办公室：《关于“文化大革命”中干部群众冤假错案复查工作总结》。

上海市委不仅重视领导干部复查，也重视一般党员、群众的冤假错案复查工作。到 1979 年 10 月对一般党员案件复查 98.8%。复查非党员案件 191000 件，占需要复查的 96.2%。一般党员和群众冤假错案点比例为 73%。同时还复查平反了上海地下党、科技系统“两线一会”（指国民党中央研究院一条线，日伪时期自然科学所一条线和解放前夕科研系统的应变委员会）等所谓“叛徒集团”、“特务集团”等冤、假案 715 件。[①]

三中全会以后，进一步解放思想，1979 年一年中，在已有的基础上又进行了大量的工作，解决了剩余的大批问题，至 1979 年 6 月底，已复查的干部占 99.3%。局以上干部已复查的占 96.74%。高级知识分子已复查的占 99.8%。

据 1979 年 6 月 30 日统计，全市复查非正常死亡人员 10407 人，其中干部 3262 人，局级以上干部 46 人，处级干部 146 人，科级干部 432 人，高级知识分子 88 人，其他知识分子 166 人，集体所有制干部 85 人。[②] 通过复查，郑重地为他们分别做出“迫害致死”和“遭受路线迫害不幸去世”等结论，并在不同的范围内举行了追悼会或骨灰安放仪式，进行平反昭雪，恢复名誉。对受株连的亲属子女，也为他们消除不良影响，按照政策，合情合理解决有关遗属的工作安排、抚恤补助、生活照顾等方面的实际困难。[③]

过去法院判处的政治案件和刑事案件，根据申诉也进行了复查，1979 年前.共复查过 24513 件，因多是杀人、放火、强奸等刑事案件，平反的有 4651 件。

同时，还复查了过去侨胞冤假错案 1025 件。复查了四清中案件 53555 件。

1978 年 4 月中共中央下发了 11 号文件，批准由中央统战部和公安部共同起草的《关于全部摘掉右派分子帽子的请求报告》。9 月 17 日党中央批发了《关于全部摘掉右派分子帽子决定的实施方案》。上海是中国经济、文化、教育仅次于北京之外的第二个大城市，知识分子云集的地方，错划了成千上万的右派分子，到 1979 年 6 月底完成了右派改正工作，计 16486 件。同时完

① 1979 年 10 月 15 日中共上海市委复查办公室：《关于“文化大革命”中干部群众冤假错案复查工作总结》。

② 手稿。

③ 1979 年 10 月 15 日中共上海市委复查办公室：《关于“文化大革命”中干部群众冤假错案复查工作总结》。

成了历史上被错定为“右倾机会主义分子”的平反工作，计1605人。

1978年12月三中全会后，中央先后下达的其他具体政策，虽然当时有半年时间因下乡知青回城和人民广场的所谓“民主”活动，牵制了市委领导的很多精力和时间，但是在上下一致努力下，各项政策基本上得到落实。如：

1979年1月11日，中共中央做出关于地主、富农、反革命分子摘帽的决定。上海很快完成了地富分子摘帽和改变地富子女成分的工作。

同时完成了1964年“四清”运动中一部分人被错定为地富分子的纠正工作。

工商业者中的劳动者要区别出来。

落实了去台人员亲属的政策，计2058件。

对历史上一部分被划为“反动学生”的进行复查和改正。①

复查了历史上党纪案件1.8万件，重新做出实事求是的结论。

落实了资本家的定息政策②，一次退还定息25亿元。③

1978年12月对“一月革命”做出否定

在清查中有一个绕不过去的问题，就是“一月革命”。要否定马、徐、王及王洪文的小兄弟的合法性，就必要否定“一月革命”。

在“一月革命”过程中，张春桥、姚文元支一派压一派，不仅造成群众对立，为压服对立面还制造了大量的冤假错案。长期以来张春桥、姚文元欺上瞒下，制造了许多假象，“一月革命”的真相扑朔迷离，在群众中一直有争议，有疑惑。广大干部和群众要求弄清事实的真相，明确问题的性质。

但是，“一月革命”是在毛主席的领导和支持下进行的。1月16日，毛泽东批准上海市的夺权。号召全国：“无产阶级革命派联合起来，向党内一小撮走

---

① 严佑民于1979年发现王申酉被错杀，开始平反。

② 1955年、1956年中国共产党对资本主义工商业改造，采用的政策：第一是用赎买和国家资本主义的方法，有偿地而不是无偿，逐步地而不是突然地改变资产阶级所有制；第二是在改造他们的同时，给予他们以必要的工作安排；第三是不剥夺资产阶级有选举权，并且对于他们中间积极拥护社会主义改造而对改造事业有贡献的代表人物给以恰当的政治安排。赎买政策，即是将他们产业估价后每年给以固定的利息。但是这个政策在“文革”中被破坏，取消了定息。此时，落实政策，退还定息。

③ 朱通华《风雨雷电的四年》，刘定汉、袁捷、朱通华、谷冰等：《和彭冲在一起的日子》，第209—210页，江苏人民出版社，1997年。

资本主义道路当权派夺权!”[①]从而推动全国性的夺权,造成全面内战,打倒一切的恶果。“一月革命”在“文革”中是划时代的事件。在当时还没有否定“文化大革命”的情况下,敢不敢否定“一月革命”呢?有没有这样的胆识?中央工作组进入上海后,一直把一月夺权作为一个重点问题来对待,将一月夺权的过程调查得一清二楚。关键是平反的时机问题。1978年11月14日,经中央政治局批准,中共北京市委宣布为天安门事件平反。这时,上海市委认为解决这个问题的条件已经成熟,1978年12月4日上海市委给中共中央写报告《关于解决所谓“一月革命”问题的请示报告》,报告指出:“所谓‘一月革命’,是指从1967年1月4日张春桥、姚文元窜回上海,到2月5日建立‘上海人民公社’这一段时间内,他们从上海打开缺口,进行全面夺权的阴谋活动。”

因为,2月12日,毛泽东采纳了周恩来的意见,在北京找张春桥、姚文元有过谈话:“你们取了‘人民公社’的名称,中华人民共和国还要不要?要不要改变国号?叫中华人民公社!大家都改了。外国承认不承认你?”[②]毛泽东没有批准建立“上海人民公社”,而定名为“革命委员会”。这个报告将“一月革命”的时间定为1967年1月4日到2月5日建立“上海人民公社”,表现了那一代人的智慧和对毛泽东的尊重与保护。

报告指出:“策划这一篡党夺权反革命阴谋的头目和主要骨干分子,是林彪、陈伯达和‘四人帮’以及他们的余党马天水、徐景贤、王秀珍、朱永嘉、陈阿大、潘国平、黄金海、戴立清、马振龙、叶昌明等人。他们确实是一伙反革命的野心家、阴谋家、两面派、叛徒、特务、阶级异己分子和新生资产阶级分子、地痞流氓、打砸抢者、反动文痞。他们通过这一场篡党夺权的大阴谋,结成了反革命的资产阶级帮派体系。”

报告也保护了广大的群众干部:“为了充分调动广大干部和群众的积极性,进一步巩固和发展安定团结的大好形势,我们打算在党中央批准后,市委明确宣布所谓‘一月革命’是林彪、陈伯达和‘四人帮’策划的篡党夺权的反革命阴谋,把被他们颠倒了的历史重新颠倒过来;宣布在所谓‘一月革命’中被公开点名批判的陈丕显、曹荻秋、魏文伯、杨西光等同志,所有受迫害的赤卫队等群众组织和干部、群众,以及一切假案、错案、冤案,予以彻底平反,恢复名誉,一切诬陷不实之词,予以统统推倒;宣布对参与策划所谓‘一月革

---

① 参见中国共产党第九次全国代表大会林彪做的政治报告。

② 中共上海市委党史研究室:《上海社会主义建设五十年》,第339页,上海人民出版社,1999年。

命’，并在以后继续进行篡党夺权阴谋活动的主要骨干分子逮捕法办，以平民愤。同时，向干部和群众说清楚，策划这一反革命阴谋的，只是林彪、陈伯达和‘四人帮’及其一小撮余党，当时的各群众组织和群众是受蒙蔽的，是没有责任的。要团结一致，共同揭批林彪、陈伯达和‘四人帮’策划的所谓‘一月革命’的严重罪行，揭批他们的反革命修正主义路线和反动思想体系。根据‘既要解决问题，又要稳定局势’的方针，我们意见，对这一问题的处理，可以先在内部做好工作，从上到下，从党内到党外，统一认识，妥善解决。今后视情况再公开报道处理的结果。”

12 月 21 日，党的十一届三中全会闭幕的前一天，中共中央回复：

> 中央同意你们《关于解决所谓“一月革命”问题的请示报告》，在处理这一问题时，不要登报和广播。

12 月 29 日，上海市委召开 30 万人大会，宣布“一月风暴”是反革命风暴。同时贯彻三中全会的精神，宣布“揭批‘四人帮’的群众运动取得伟大的胜利”，“一定要抓紧在较短时间内，顺利完成工作重心的战略转移，善始善终地结束好揭批‘四人帮’的群众运动”。①

否定“一月革命”和为天安门事件平反，是三中全会前的震动全国的两件政治大事，为 1981 年《关于建国以来党的若干历史问题的决议》否定“文化大革命”做了准备，打了基础。

① 《上海揭批“四人帮”运动的一些基本情况》。

尾　　声

苏振华英年早逝，魂归南海

为了贯彻十一届三中全会精神，及时结束全国范围内大规模揭批“四人帮”的群众运动，将全党工作重点转移到社会主义现代化的建设上来，1979年1月海军党委五届二次会议召开。会议结束后，1月24日，苏振华给党委常委写信，阐述自己对海军工作着重点尽快转移到现代化建设的想法。2月6日，他从医院请假出来，参加会议并做了40分钟讲话。不料2月7日下午，突发心脏病溘然逝世，享年67岁。①

在苏振华的追悼会上，邓小平致悼词，他说：

> 在粉碎“四人帮”的关键时刻，他坚决站在华国锋同志为首的党中央一边，积极协助华国锋、叶剑英同志，为粉碎“四人帮”做出了重大贡献。随后，他又受党中央的委托，承担了中共上海市委第一书记、市革委会主任的重任，团结和带领上海广大军民，坚决贯彻执行华国锋同志为首的党中央的英明决策和一系列重要指示，夜以继日、废寝忘食地带病工作，迅速摧毁了“四人帮”在上海的帮派体系，稳定了局面，使上海的经济建设很快得到了恢复和发展，夺得了揭批林彪、“四人帮”斗争的重大胜利，做出了出色的贡献。他还领导了海军揭批林彪、“四人帮”的斗争，深入部队开展整改运动，直至临终前夕抱病亲自主持会议，研究海军工作重点转移和战备工作问题。②

---

① 参见杨肇林、丑运洲、乔崖：《从高山到大海——共和国上将苏振华》，第435—440页，解放军出版社，2001年。

② 1979年2月16日《人民日报》。

遵照苏振华的遗嘱，1979年2月16日上午11时，在祖国最南端的一个军港，501舰在四艘高速护卫艇的护卫下破浪出港。苏振华的骨灰被撒入南海，向着海天一碧的远方，呼啸奔流而去！南海是他难以割舍之地，壮志未酬，他死了也要看到收复南沙的一天。

倪志福连选为第十一、十二届中央政治局委员，担任全国总工会主席15年

倪志福，在第十一届、十二届中国共产党全国代表大会上当选为中央政治局委员，第九届至十五届中央委员。1978年起，在中华全国总工会第九、十、十一次上当选为全国总工会主席，任职15年。1983年当选为全总书记处第一书记。1984年到1987年，任天津市委第一书记。1988年、1993年当选为第七、第八届全国人大常委会副委员长。2013年4月24日于北京逝世，享年79岁。在《人民日报》刊登的倪志福生平中，这样肯定他在上海的工作：

> 在担任上海市领导职务期间，与市委其他领导一起，坚决贯彻中央部署和要求，争分夺秒地开展工作，及时粉碎了“四人帮”在上海的亲信、骨干妄图发动武装叛乱的阴谋，团结带领上海广大军民开展深入有力的“揭、批、查”斗争，有效摧毁“四人帮”的帮派体系，为迅速恢复上海的政治、经济、社会秩序，把上海各条战线工作纳入社会主义现代化建设正常轨道，做出了重要贡献。①

他不仅发明过倪志福钻头，而且著作甚丰，有：《倪志福钻头》《群钻的实践与认识》《群钻》等。他一生热爱发明，1985年发起成立中国发明协会。1999年担任中国发明协会主席。中国共产党建党以来，有不少出身工人的政治局委员，但是像他这样取得多方面成绩的为数不多。

他身居高位，一直保持劳动人民本色，拒绝搬到独门独院住，一直住在北京市委宿舍公寓楼内。家庭陈设简单，生活俭朴、平易近人。要求子女自食其力，在各自的岗位努力工作。

---

① 2013年5月3日《人民日报》。

彭冲跻身于国家领导人，连任三届人大常委会副委员长，参与起草制定 200 部法律

彭冲 1978 年 3 月当选为全国政协第五届副主席。1980 年 2 月中共十一届五中全会决定重新设立中央书记处书记，胡耀邦为总书记，彭冲为书记处书记，主管政法工作。同年 3 月彭冲调离上海到中央书记处赴任。1980 年为了审理林彪、“四人帮”两个反革命集团，中央成立了两案审理指导委员会，由彭真、彭冲、伍修权等 7 人组成。他们首先遇到的问题是“罪”与“非罪”的界线怎样划分？以及错误路线要不要判罪的问题。彭冲积极支持彭真提出的“把林彪与‘四人帮’罪行与党在工作中的错误严格分开，只审罪行”的原则。[①] 同年 9 月起，彭冲任第五届、六届、七届人大常委会副委员长，一干就是十几年。

彭冲任副委员长后向中央写报告，郑重提出，人民代表大会作为国家权力的象征，召开会议时，会场正面悬挂的应是国家的象征——国徽，而不应是领导人的画像。中央接受了他的建议。提出这种建议在当时需要多大的理论勇气、政治上的魄力，需要多么独立思考的品格！彭冲常说：一个民主、法治不健全的国家，必然是一个乱糟糟的国家。社会主义要创造出比资本主义更高的物质与精神文明，就必须建设一个民主健全、法治完备的国家。[②]

彭冲任副委员长时，协助彭真立法，包括刑法、民法通则、商法（经济法）、组织法等基本法的制定。[③] 在十几年的人大工作中，他直接参与 200 多部法律的起草和制订。[④] 彭冲提出：“我们制定每一个法律，都应当有利于深化改革和扩大开放，有利于生产力的发展，有利于保护公民的合法权益。”“立法工作要以宪法为依据，贯彻党的基本路线和方针、政策、使制定的法律符合我国国情，符合广大人民群众的根本利益。”“我们国家民主法制建设的不断向前推进，从深刻的意义上说是靠人民群众的参与，靠法律、法规的保证，没有制度的保证，

---

① 李海文访彭冲：《彭真同志为全国人代会建设做出卓越贡献》，李海文、王燕玲：《世纪对话——忆新中国法制奠基人彭真》，第 5—6 页，群众出版社，2002 年。

② 程湘清《做好民主法制建设这篇大文章——记彭冲同志对民主法制建设的主张和建树》，刘定汉、袁捷、朱通华、谷冰等：《和彭冲在一起的日子》，第 218 页，江苏人民出版社，1997 年。

③ 李海文访彭冲：《彭真同志为全国人代会建设做出卓越贡献》，李海文、王燕玲：《世纪对话——忆新中国法制奠基人彭真》，第 4 页，群众出版社，2002 年。

④ 《岁月——彭冲影集》，第 75 页，人民日报出版社，2000 年。

常常是个人说了算，这对国家实现长治久安是不利的。”[1]

在立法问题上，他提倡两个注重，既注重立法数量又注重立法质量。为了保证质量，他总结出要坚持四条原则：

一、从我国实际出发，要切实可行，便于操作。要善于总结实践经验，把成熟的、可行的经验用法律形式固定下来。要创造条件，积极摸索，积累经验，并对原有的法律及时做出修改，做到逐步完善。

二、要走群众路线，集思广益。进一步健全立法工作体制，除了组织全国人大专门委员会、国务院有关部门参与起草法律外，还要邀请专家、学者和实际工作者一起参加法律草案的起草、讨论和修改，充分发扬民主，广泛听取各方面的意见。制定的法律要简明易懂，便于群众熟悉和掌握。

三、要法制统一。法制统一是国家统一、繁荣、昌盛的保障。

四、注意吸收、借鉴外国有益的经验。去其糟粕，取其精华，千万不能囫囵吞枣，生搬硬套。[2]

他谦虚地说："在我所参与的重大历史事件中，我所做的只是党交给我的一些具体工作，算得上是积极的参与者或执行者吧。"[3]

1993 年退休后，他写了幅中堂挂在客厅："会客散步游水，读书写字品茶。"会客，与各种人谈话，可以足不出户而知天下事。散步，有时在自己住的含秀轩院里，有时在一墙之外怀仁堂后院，一走就是个把小时。他一不抽烟，二不饮酒，唯一的爱好就是写字。他的书房墨香四溢，笔、墨、纸、砚，一应俱全，几十年革命生涯，他仍然保持了知识分子气质和品格。2010 年 10 月 18 日彭冲于北京病逝，享年 96 岁。

第一个离开上海市委的林乎加先后担任天津、北京市委第一书记

1978 年的 6 月，林乎加调离上海，担任天津市委第一书记，天津市革委会主任。他到了天津以后，了解到 1977 年高考中分数达到及格线的考生很多，但是因天津市的大学少，这些人进不了大学。林乎加召开了一次教育系统的会议，大家说扩招困难在于没有学生宿舍。他提议招天津市本地的学

---

① 彭冲：《民主与法制论集》，转引自《岁月彭冲影集》，第 76、77、80 页。

② 程湘清《做好民主法制建设这篇大文章——记彭冲同志对民主法制建设的主张和建树》，刘定汉、袁捷、朱通华、谷冰等：《和彭冲在一起的日子》，第 221 页，江苏人民出版社，1997 年。

③ 彭冲：《岁月——彭冲影集》，第 138 页，人民日报出版社，2000 年。

生，这样就不存在宿舍问题了。但是教育部不同意，担心不能保证教学质量。林乎加认为，这些学生是经过考试的，而且还是超过了及格线的，与“文革”当中强调政治标准第一，白卷先生也能上大学不可同日而语。他的想法得到邓小平支持，林乎加依托天津已有的大学自筹资金，办了10所分校扩招了8000左右的学生。

1978年的10月9日，林乎加到北京担任北京市第一书记、革委会主任。1979年12月，革委会取消，任北京市市长，兼任北京卫戍区第一政委、党委第一书记。他到北京后，首先推广天津经验，成立了36个分校，解决了1.6万青年上大学的问题。同时，他抓紧为“天安门事件”平反，为“文化大革命”被迫害干部昭雪、平反，揭发批判“四人帮”，重新审查“文革”初期的造反派头子“五大领袖”，并宣布判刑。林乎加的这些举措，得到群众的拥护。

1981年的1月，林乎加任农业部部长、党组书记。1982年国务院机构改革，他担任农牧渔业部部长，党组书记。1982年“十二大”上，林乎加当选为中央委员，直到1985年的9月。1987年十三大任中顾委委员。

1983年6月，他任农牧渔业部顾问，负责扶贫工作。过去扶贫工作主要是由民政部门负责的，给救济对象发放粮食、钱款等，基本上是救急不救穷的方式。为解决甘肃“三西”的贫困问题，[①]林乎加向国务院建议，筹建专项资金，开创经济开发型的扶贫道路，即造血式扶贫方法。1983年初，国务院决定将“三西”建设作为专项，列入国家计划，今后的20年每年拨出2亿元，实行集中投入、区域开发。为此还成立了“三西农业建设指挥部”，组织领导扶贫项目的计划和实施。1986年，总结了“三西”地区的脱贫经验，成立“国务院扶贫领导小组”，以协调、推动、解决各地区的贫困问题，林乎加任领导小组顾问。

“一身正气可驱邪，拳拳丹心总为民”的严佑民

1981年2月严佑民调离上海，任安徽省委书记兼纪委第一书记、政法委员会书记。在1982年9月召开的党的十二大，严佑民当选为中央纪律委员会委员。第五届全国人大代表、第六届全国人大法律委员会委员、第七届全国人大内务司法委员会委员。1983年起任中央整党指导委员会派驻广东省委联络组组长，1985年为中央派驻中南五省巡视组组长，后赴河南、福建考

---

① 甘肃“三西”，指甘肃的定西、河西和宁夏的西海固三个地区。

察省委领导班子。一直工作到90年代中期。

2001年6月底，严佑民病体沉危，但是头脑清楚，费力地在纸上写下“死”字，表示拒绝治疗，不让再在他身上浪费药品。朱镕基总理得知消息后，派秘书李勇给上海市委打电话。宋仪乔秘书长亲到医院向医院领导、家属传达。杨秘书趴在他耳边告诉他这个消息时，他已不能讲话，握着杨建国①秘书的手不断地摇着。朱镕基总理的问候给他极大的安慰。7月1日中午进入弥留之际，医院征求家属的意见，这时他的夫人林轩也病危，已不能讲话。在上海的子女们遵循他的意愿以及一向做事的原则，忍痛表示：“医院尽了最大的努力，不要再抢救了。让他安静地走吧。”

严佑民病故后，按照他的遗愿，将遗体供医学解剖。这在上海是领导干部的首例。

他治家民主，允许子女按照自己的愿望发展。学什么，干什么，他从不强其所难。另一方面，严格要求子女，绝不允许他们利用父母拥有的权力干私事谋利益。他病逝后，上海市委副书记罗世谦到家里看望家属时说：“我们很尊敬严书记，这么多年，他从来没有为个人的事和子女的事向市委写过一封信。”

他的一生正如彭冲写的挽联：“一身正气可驱邪，拳拳丹心总为民”。

“一生正直护公平，两袖清风感人心”的王一平

王一平1971年下半年“解放”后做的第一件事，就是将补发的数千元工资全部交了党费。他廉洁自律，从不搞特殊化，对家属子女及身边的工作人员严格要求。他分工管组织工作。他的二女儿到黑龙江农场，再从农场参军。80年代中期，从部队转业，根据转业干部回原籍的政策可以回到上海。但是王一平不同意说：“现在每家都有子女在外地，我曾分管过上山下乡工作，自己的孩子不能全留在身边。”二女儿一家至今住在南京。他的夫人张梅修16岁参加了八路军，粉碎“四人帮”后，市里正在筹备组建市纪委，组织上准备调张梅修去工作。王一平坚决不同意，说：“我分管的部门你不能去。”70年代末，市园林局党委拟提她和另一位同志为局党委副书记，名单报给市委，张梅修的名字被王一平划掉。他让儿女在普通的工作岗位上做一

---

① 杨建国(1951—2014)山东蓬莱人，1969年入伍，1973年加入中国共产党，复员到上海机床厂任团支部书记等职。1985年调上海办公厅工作，1998年后历任严佑民、韩哲一、赵行志秘书。

个普通的人。子女及配偶没有一个人在国家机关或政府部门工作。

1982年9月党的十二大，王一平当选为中央顾问委员。1983年3月，王一平离开了上海市委书记、政协主席的职位，[①]1995年正式离休。离休后，他坚拒组织为他配备专职秘书。

他很喜欢打桥牌，离休后经常参加市里组织的各种桥牌比赛，曾获得过冠军和亚军。他喜欢养草，不喜欢养花。

王一平作为一名知识分子出身的干部，有很高的文化修养，而且对艺术品收藏情有独钟。几十年来，他的工资除了交党费、房租等开支外，其余的都花在了艺术品收藏上。全家的日用花费仅靠夫人一个人的工资，因此一家人节衣缩食，生活十分俭朴。60年代初，他要购买一件难得一见的明代花鸟画家林良的纸本精品，但要价800元，加上紫檀木盒共计900元，家里钱不够，就拿一张几年前从文物商店购买的吴昌硕的《秋菊》图去变卖。当时文物商店给的收购价格远高于购买价格，他却执意按购买价格收了钱款。他的收藏求"真"求"精"不求多，其水准在收藏圈内有口皆碑。

随着年事渐高，他对家里收藏品的去留有了慎重而周密的考虑。1989年春，夫人去世后，他召开家庭会议，对5个子女说，收藏的古代艺术品捐给国家，现代画留给子女作纪念。得到孩子们一致支持。1998年夏天，他得知南方洪水灾情严重，心情很沉重，便把子女（除女儿在国外）召集在一起，告知他想捐100万元人民币给灾区人民，说那些留给子女的现代画也是有一定经济价值的，让大家共同拿出100万元巨款，一方面了却了他支援抗洪救灾的心愿，一方面也让子女参加到回馈社会的善举之中。子女们以经济状况较好的小儿子为主，共同凑足100万元交给父亲悉数捐出。小儿子为此向他所在的公司预借60万元，而后从薪酬中逐步扣还。就这样，王一平将留给子女的现代画也以不寻常的方式提前作了捐赠。1998年下半年，他分别约见上海博物馆和青岛博物馆的同志，把包括前述林良作品在内的一批古代艺术品捐给上博，把4幅古代胶东籍书画家的作品捐给青博，完成了他捐赠古代艺术藏品的心愿。

2007年2月28日，王一平走完传奇的一生，享年93岁。彭冲送来的挽联"一生正直护公平，两袖清风感人心"，概括了他的一生。

---

① 何虎生、李耀东、向常福主编：《中华人民共和国职官志》，第628—629页，中国社会出版社，1993年。

“芝兰生于深谷，不因无人而不香”的赵行志

1978 年 5 月 11 日，《光明日报》刊登了《实践是检验真理的唯一标准》。同年 11 月 3 日，赵行志以笔名“赵启”在《解放日报》第 2 版刊登了一篇题为《维护马克思主义实践性的权威》的文章。文章明确指出：实践性是马克思主义最显著的特点之一；对马克思主义和毛泽东思想不能采取神化、绝对化和僵化的态度；真理标准讨论是思想上的拨乱反正，我们必须旗帜鲜明。

1979 年 4 月，赵行志任上海市委书记，12 月任副市长。1979 年他出访日本，回沪后，向市委提出改造上海的交通除拓宽马路，打通瓶颈外，建议在几条交通主动脉上建高架道路、发展轨道交通，以改善上海交通拥堵不畅的顽症，造福于民。这一建议，引起市委的高度重视。而今上海的城市交通有了很大的发展。

80 年代初期，随着经济发展步伐的加快，大批外商来沪投资洽谈，上海的酒店、商务办公楼，显得捉襟见肘，出现一些外商“白天上海洽谈，晚上苏杭住宿”的窘况。为此，赵行志在市委办公会议上建议，加大上海酒店和商务办公楼的规划和资金投入，加快建设步伐，以适应上海对外开放、发展经济的需要。市委采纳了这一建议。联谊大厦、华亭宾馆、贵都大酒店、银河宾馆、希尔顿大酒店等商务办公楼、五星级大酒店就是这段时间先后落成，为扩大上海的对外开放和经济发展，营造了良好的商务环境。

赵行志常对身边工作人员说，我们的工作是为人民服务的，因此，要心系百姓，体恤民情，化解民怨，为群众办好事、办实事、解难题。他要求信访部门和秘书要认真、细心、及时地处理人民来信，凡是群众写给他的重要信件，他都亲自阅批，要求秘书及时转请有关部门认真处理，并督促落实，使群众来信“桩桩有回音，件件有着落，事事有结果”。

赵行志担任市政协党组书记、副主席期间，还注重调动海外侨胞、港澳台同胞热情参与上海经济建设的积极性。80 年代初，不少台商来沪投资办企业，有些台商还在沪安家立业。但他们来信反映，孩子就近入学却成了烦心事。赵行志批请市有关部门要举一反三，为台商做好各项服务，以解除他们的生活之忧。

赵行志平易近人，和蔼可亲，他和夫人欧阳洛对身边工作人员既严格

要求，又关心体贴，对他们工作上、生活上的困难，给予尽力帮助和关心。他不仅深受身边工作人员的爱戴，而且在全市干部和群众中享有很高的威望。

1993 年赵行志离开领导岗位后，十分关心革命老区的建设，扶贫帮困，发展教育，关爱下一代的健康成长。赵行志夫妇数十年来不断为延安、沂蒙山革命老区捐款捐物，资助办抗大中、小学校、建立革命历史纪念馆、打深井建水窖等，还为遭受自然灾害的百姓捐款捐物。2000 年，他担任上海市百老德育讲师团顾问，不顾高龄进学校、下社区、到企业，向青少年讲述人生价值、弘扬中华美德。

赵行志不畏死亡，对人生有着独到的见解，坦然面对人生的最后时刻，他为自己挑选了墓地，设计了墓碑，亲笔写下了墓志铭："芝兰生于深谷，不因无人而不香"。他在遗嘱中写道："人都是要死的。许多同志在战场上牺牲或被病魔夺去了生命，而我虽经多次风险，却幸存至今。我很知足。我不赞成举行遗体告别仪式。真正怀念我的人，不一定能同我告别，而我不屑与之为伍的人，却装模作样地来同我告别。这就会使我死了都得不到安宁。致悼词也是大可不必。五六十年的革命经历，它本身就给一些同志留下不同的记忆。悼词写得再好，也不能代替这些心灵深处的记忆。"2009 年 2 月 20 日凌晨，他在睡梦中驾鹤西去。在他去世之前的几个小时，还嚷着要看电视片《红日》。这之前，他已经看完 30 集了。他带着对战斗岁月的记忆走了，那是他人生最宝贵的一段历程。

中央工作组其他成员后续情况

1984 年韩哲一退居二线，先后任第六届全国人大常委会委员兼财经委员会主任委员、第七届全国政协常委兼经济委员会副主任委员。他一直关心老区建设，1993 年到 2000 年。任中原老区开发促进委员会主任。2008 年病逝前，他将自己 50 万存款没有留给儿女，全部捐献。

1983 年，李庸夫任司法局书记、局长，上海市劳动教养管理委员会主任，有效地推动了上海律师事业的发展，开创了监狱、劳教工作的新局面。1985 年，李庸夫提升为上海市委政法委员会副书记。他把握时机，相继办起法律专业的大中专院校，担任上海政法管理干部学院院长，并以自己担任中外合作公司董事长的津贴建立了"院长教育基金"。离休后，殚精竭虑关心着司法行政工作，经常带病四处奔忙，忘我工作。1997 年 6 月 23 日因心脏病突发抢救无效而病逝。享年 70 岁。

徐良图回京后，1977 年 7 月提升为国家计委副主任，1989 年病逝。

李景昭 1977 年 9 月提升为基本建设委员会副主任，1990 年病逝。

干志坚 1984 年 11 月提升为国家计委副主任，2010 年病逝。

周力 1977 年提升为基建工程兵后勤部部长（副兵团级），2006 年病逝，享年 94 岁。

王德瑛 1981 年 1 月提升为基本建设委员会副主任，1983 年 5 月任国家计委副主任，1990 年任中纪委书记。

陈斐章 1977 年任国家计委政策研究室处长，后到中央顾问委员会、当代研究所工作，1993 年正局离休。

王守家于 1977 年春回到北京，1977 年先后任国家经委重工业局副局长、局长、高级工程师，1988 年离休。1990 年以来一直担任国家发展和改革委员会离退休干部支部书记 20 余年，“离岗不离志，退休不褪色”，是离退休干部中的明星，2011 年 6 月获得优秀离退休干部支部书记。对他的评价是：支部工作带头人，同志冷暖最关情，学习锻炼有恒心。[①] 1995 年，以古稀之年开始学习书法、绘画，研读毛泽东的诗词和唐诗宋词，常年笔耕不辍，其书法、绘画作品多次参与展出。1995 年开始游泳，88 岁高龄仍然每天坚持。在庆祝中国共产党成立九十年之际，他赋诗一首：

老骥伏枥志千里，耄耋身健不足奇。
喜逢建党九十年，放喉高歌红旗举。

在最早派往上海的八个人中，曹大澄的经历最富有传奇。性格决定命运。曹大澄是“另类”，他长于写作，除报告文学《余党末日》外，还有小说《寒凝大地》，文字幽默、风趣。从他写的自传中，也可见一斑：

俺生逢乱世，一岁遭遇九一八事变；十岁又逢瘟疫催命。故乡卜奎小城，家家送葬，户户哭丧。此瘟神乃关东军司令官本庄繁麾

① 中华人民共和国国家发展和改革委员会离退休干部局：《老骥伏枥志千里永葆先进不褪色——记离任党支部书记王守家同志》，2011 年内部出版。

下裨将，学名“霍乱”，代号731，投放细菌，杀害百姓，解剖活人，验证“疗效”。俺家亲人相继去世，孤儿寡母，苟活于屠刀之下，徘徊于鬼门关前。

曹大澄于1976年11月回到北京，仍回建委工作，任办公厅主任、中国房屋开发公司董事长。因他热爱艺术、懂艺术，兼任全国城市雕塑规划组副组长，组长则是著名雕塑家、教育家、中央美院副院长刘开渠。

1983年11月23日到30日，胡耀邦总书记到日本访问，在长崎参观和平公园时，了解到这是当年原子弹爆炸的地方。当时两公里之内一片火海，瞬间夺去7万人的生命，负伤者也达7万人。长崎本岛市长说：希望和平公园成为世界的象征，希望中国能送一座和平雕像，永久陈列在这里。胡耀邦当即答应。胡耀邦回国后，将此任务交给全国城乡建设环境保护部。由建设部办公厅主任、全国城市雕塑规划组副组长曹大澄任组长，成员有潘鹤、程允贤、王克庆、郭其祥。[①] 经过19个月的努力创作完成了和平少女之雕像。雕像同时做了两个，一个放在长崎，一个放在北京的复兴门。雕像为少女轻展双臂，凝视停落在臂上的和平鸽，冰清玉洁，娴静优雅。少女和鸽子是和平的象征。1985年7月，雕像落成，中日友协会会长王震亲赴长崎剪彩。创价学会名誉会长池田大作说：“在日本引起巨大的反响，我确信在一百年、二百年、甚至一千年必将掀起更大和平的滚滚波涛。”[②]中日朝野各界赞赏有加。

改革之初不少人到香港发展。但是国家对建立国有公司控制严格。1986年曹大澄被派到香港。他争取国务院经贸部批准成立香港中国雕塑壁画艺术海外发展有限公司。那时，国家财政捉襟见肘，投资少，更多的是给政策。1986年3月8日，香港中国雕塑壁画艺术海外发展有限公司在港正式挂牌开业，董事会由曹大澄、曾汉文、袁镜身、陈世民等人组成。大家来自北京、香港、广州。开幕那天，曹大澄的老朋友、著名雕刻家刘开渠特地从北京到场祝贺。

陈世民提出希望在中雕公司下面成立一个设计顾问公司，这样既能做雕塑，又能做设计，可以互相支持。当时成立子公司鲜有先例。曹大澄崇尚

---

① 丛中林：《和平女神诞生记》，1985年7月17日《人民日报》。

② 1985年7月17日《人民日报》。

创新，从不因循守旧。董事会批准了陈世民的建议，在香港办理商业登记注册，起名为华艺设计顾问有限公司，以示发展中华艺术之雄心壮志，弘扬有中国特色的设计理念。曹大澄任董事长，袁镜身任副董事长，陈世民任总经理兼总建筑师。中雕和华艺都在湾仔东新商业大厦一间不到五百英尺的办公室办公。

华艺从国内请来一批老建筑师和工程师。当时大陆工资只有二三百元，而华艺工资 800 元到 1000 元。同时吸收南下发展的年轻人。在 1986—1988 年参与华艺初创的人，有曹大澄、陆强、陈小寅、盛烨、林毅等二十多人。初创阶段，备尝艰辛。

因曹大澄主持和平雕像口碑好，中国驻日本大使馆的教育参赞王行虎找曹大澄，说日本奈良要修建中国文化村，希望他们承担此项目的设计任务。总设计费 200 万美元左右。以前建设部都是对外援助，而这是商业项目，敢不敢接？接下来能不能完成？机不可失，失不再来，曹大澄爽快答应。因他在建委工作多年，知道国内有一大批古建筑学家。顺利拿到定金 60 万美元，不但解决了资金问题，而且打开了海外市场，锻炼了部队，培养了年轻人。从此华艺在香港、深圳站住了脚。国家建设部批准华艺具有甲级工程设计证书唯一外商独资工程设计咨询企业。要注意“唯一”两字的分量。这样华艺在香港和国内都有了“户口”。

当年香港还是英国的殖民地，不承认大陆名牌大学的学历，华艺不能独立承担设计项目，只能给香港建筑师事务所打工。董事会预见到国内房地产高潮即将到来，决定向国内发展，总部在香港，公司在深圳，以香港为窗口，深圳为基地，在国内揽活。这个模式一直延续至今，国内的项目越做越多，越做越大，承接的工程项目遍及香港、澳门，北到哈尔滨，南到海南岛、深圳，北京、上海等 20 个大中城市和加拿大、日本。①

曹大澄同意并帮助华艺的副董事长、总经理、总建筑师陈世民尽早申办成立《陈世民建筑师事务所》。当年，陈世民已经 60 岁，陈世民离开华艺，华艺会受到影响。他成立了事务所，既在华艺上班，也在事务所上班，但是两头挂的做法在国企很少。如果追究起来，曹大澄要负领导责任，这再次显示曹大澄的胆识和担当。1992 年曹大澄建议陈世民出专著《时代空间》，由华艺资助出版。《陈世民建筑师事务所》的成立和《时代空间》的问世，是陈世

① 华艺设计顾问有限公司介绍。

民大师的两个坚实的基础。

1992 年，曹大澄退居二线，担任华艺的顾问，2001 年离休。

他离而不休，关心社会，关心公益。2005 年夏天，他回到家乡齐齐哈尔，在公园发现一个黑胖老妈抱一瘦弱女孩坐地乞讨，说是来自河南驻马店儿患脑瘫，无钱治病……初秋回到北京，也发现怀抱病孩的妇女，同样来自驻马店。冬天来到深圳，76 岁的他在体育馆附近发现，有个黑衣小孩蜷缩在水泥地上，紧闭双眼昏睡不醒。他蹲下想弄清楚到底怎么回事。突然，有人吼叫，一扭头，看见树丛后面站起黑胖老妇，手里掂着一根木棍敲打地面咚咚作响，朝他奔来。一看正是在齐齐哈尔见到的那个老妇。后来他发现，这种情形在深圳街头随处可见。病残乞儿得的多是脑病，不会说话、不会走动、只会躺在地上昏睡。这些孩子大的几岁，小的只有几个月。社会责任感驱使着他扮为乞丐，对深圳街头病残乞儿生存状况进行社会调查。他每天拄着一根木棍，捧着讨饭盆，与在闹市区讨钱的乞丐们混在一起。这些乞丐多来自河南周口、驻马店、信阳一带人。他在河南待过，会说河南话，以老乡的身份很容易熟识起来。费时两月，自费万余元，终于揭开残害胁迫流浪儿童行乞的重重黑幕，2006 年 4 月 23 日撰写 2 万字的《救救孩子，深圳街头弃婴和病残乞儿生存状况调查手记》。8 月中旬，温家宝和罗干、回良玉等多位领导同志做了批示。[①] 深圳成立了综合执法队，城管摸底、民政救助、公安打击，迅速开展了一场对操纵未成年人乞讨和偷窃等犯罪活动的专项整治行动。8 月 24 日，深圳市公安局召开公审大会，对行动中抓获的 19 名拐卖、残害、胁迫未成年人犯罪团伙的“头目”进行了公开处理。同年 12 月 24 日全国人大常委会第三次提请审议《未成年人保护法(修订草案)》。草案做出禁止性的规定：“禁止胁迫、诱骗、利用未成年人乞讨或组织未成年人进行有害其身心健康的表演活动。”[②]可以说，这个保护法的出台，也有曹大澄一份努力、功劳。友人称赞：何妨几分书生气，难得平生耿直名。曹大澄被评为 2007 年感动中国十大人物之一。

---

① 以上参见叶余奇、夏钢鞭：《一份民间调查引起的风暴——卧底丐帮救残儿之传奇》，《中国作家纪实》，2007 年 11 月。

② 2006 年 12 月 26 日《人民日报》。

“四人帮”及其上海余党被陆续判刑

1977 年 4 月 9 日、10 日，王洪文、张春桥、江青、姚文元被押送到秦城监狱。

1977 年 7 月 16 日到 7 月 21 日，十届三中全会召开，华国锋、叶剑英、邓小平做重要讲话。会议一致通过《关于王洪文、张春桥、江青、姚文元反党集团的决议》。决议指出永远开除资产阶级野心家、阴谋家、反革命两面派、新生资产阶级分子王洪文，国民党特务分子张春桥，叛徒江青，阶级异己分子姚文元的党籍，同时撤销“四人帮”的党内外一切职务。虽然华国锋、叶剑英多次讲“四人帮”是反革命集团，是敌我矛盾，但对他们的处理是慎重的，逐步升级，给大家一个转弯的机会，经过几年的时间达成一致共识：“四人帮”有一个反革命的政治纲领，有一条反革命的修正主义路线，有一个资产阶级体系，还有一个反革命思想体系。

1980 年 5 月 21 日，经上海市委常委讨论将隔离审查对象徐景贤、黄涛、朱永嘉、王知常、王日初、施尚英、钟定栋、王明龙等八人开除党籍，依法逮捕。

1981 年 1 月中华人民共和国最高法院特别法庭判决：

江青死刑，缓期两年执行。剥夺政治权利终身。1983 年 1 月最高法院刑事庭改判为无期徒刑，剥夺政治权利终身不变。

张春桥死刑，缓期两年执行。剥夺政治权利终身。1983 年 1 月最高法院刑事庭改判为无期徒刑，剥夺政治权利终身不变。

王洪文无期徒刑，剥夺政治权利终身。

姚文元有期徒刑 20 年，剥夺政治权利 5 年。

1982 年 7 月 13 日至 8 月 23 日，上海市高级人民法院和中级人民法院分别开庭，公开审理江青反党集团在上海的 8 名重要案犯。审判由 8 个合议庭分别进行，前后共开庭 33 次，全市各界人士 1.3 万人参加了旁听。庭审过程中，8 名被告或委托律师，或由法庭指定律师，或自己出庭为自己做了辩护。

1982 年 8 月 21 日，上海市高级人民法院刑事审判庭做出判决：

徐景贤因犯有积极参加反革命集团罪、阴谋颠覆政府罪、策动武装叛乱罪、反革命宣传罪和诬告陷害罪，考虑到认罪态度尚好，判处有期徒刑 18 年，剥夺政治权利 4 年。

王秀珍因犯有积极参加反革命集团罪、阴谋颠覆政府罪、策动武装叛乱罪、诬告陷害罪，判处有期徒刑 17 年，剥夺政治权利 4 年。

江青反革命集团在上海的重要案犯马天水因患反应性精神病，丧失供述能力，经司法医学鉴定属实，中止预审，1982 年 4 月因病取保候审，未予起诉和审判。1985 年被开除党籍。

1982 年 8 月 23 日，上海市中级人民法院刑事审判庭做出判决：

陈阿大因犯有积极参加反革命集团罪、阴谋颠覆政府罪、策动武装叛乱罪、反革命伤人罪和诬告陷害罪，判处有期徒刑 16 年，剥夺政治权利 3 年。

马振龙因犯有积极参加反革命集团罪、阴谋颠覆政府罪和策动武装叛乱罪，判处有期徒刑 16 年，剥夺政治权利 3 年。

叶昌明因犯有积极参加反革命集团罪、阴谋颠覆政府罪、策动武装叛乱罪和诬告陷害罪，判处有期徒刑 15 年，剥夺政治权利 3 年。

黄金海因犯有积极参加反革命集团罪、阴谋颠覆政府罪、策动武装叛乱罪及诬告陷害罪，判处有期徒刑 15 年，剥夺政治权利 3 年。

戴立清因犯有积极参加反革命集团罪、阴谋颠覆政府罪、策动武装叛乱罪、反革命伤人罪和诬告陷害罪，判处有期徒刑 15 年，剥夺政治权利 3 年。

朱永嘉因犯有积极参加反革命集团罪、阴谋颠覆政府罪、策动武装叛乱罪、反革命宣传煽动罪和诬告陷害罪，判处有期徒刑 14 年，剥夺政治权利 3 年。

因黄金海提出上诉，1982 年 9 月 17 日，上海市高级人民法院刑事审判庭做出判决：驳回上诉，维持原判。本件系终审裁定，不得现行上诉。①

当时被列入“四人帮”反革命集团在上海的主要骨干分子共计 40 多名，受到法律审判并判刑的共 30 名。除前面的 8 人外，还有 22 人，1982 年 11 月市中级人民法院刑事审判庭开始审判，根据大量的材料与确凿的罪证，认定这 22 个案犯分别犯有阴谋颠覆政府罪、煽动武装叛乱罪、反革命宣传煽动罪、诬告陷害罪、和非法拘禁罪，到 1983 年 2 月前后上海市中级人民法院刑事审判庭做出判决：

---

① 《历史的审判》(续集)，第 229—308 页，第 293 页，群众出版社，1986 年。中共上海市委党史研究室、张永清主编：《上海社会主义建设五十年》，第 422—423 页，上海人民出版社，1999 年。

游雪涛判处有期徒刑 14 年。[①]

施尚英、钟定栋判处有期徒刑各 13 年。

王知常、王明龙、判处有期徒刑各 12 年。

薛干青判处有期徒刑 11 年。

徐成虎、廖祖康判处有期徒刑各 10 年。

萧木、张国权[②]、李伟民[③]、刘浩德、秦学能[④]判处有期徒刑各 9 年。

王日初、陈敢峰[⑤]、夏云开、夏宗珈判处有期徒刑各 8 年。

李家振、刘和德、邱玉泉判处有期徒刑各 7 年。

汪湘君因参加策划武装叛乱罪判处有期徒刑 6 年，剥夺政治权利二年。[⑥]

以上这些案犯还剥夺政治权利 2 或 3 年。

唐行南剥夺政治权利 2 年。[⑦]

1983 年 7 月，中共上海市委在《关于王少庸的处理决定》中指出："王少庸在'文革'期间犯有严重错误和罪行，但鉴于本人对所犯罪行作了交代。

---

① 游雪涛，1935 年生，江苏无锡人，1951 年进上海绒布厂当工人。1956 年加入共产党，后到上海《青年报》编辑、文艺组副组长。1967 年 1 月至 1968 年 9 月，充任市革委会群运组、专案办公室主任，纠集了市革委会群运组成员夏云开、夏宗珈和在上海歌剧院的工作的李家振等人成立《游雪涛小组》，在张春桥的直接操纵、指挥，徐景贤等人的参与与指挥下，从事盯梢、绑架、抄家、拘禁、审讯和捏造情报等特务活动。他们诬陷陈丕显、江华、魏文伯、韩哲一等负责干部。得知一个工人反对迫害刘少奇，立即上报，致使这个工人被关押一年。得知北京电影学院 5 名师生为了创作，来沪图书馆查阅了 30 年代的历史资料，立即以"整理江青黑材料"上报，致使这 5 名师生被关押 5 年之久。他们直接迫害的干部群众达 90 多人，有的被迫害致死。

② 张国权，"文革"中曾任江南造船厂革委会常委，迫害该厂船体车间一名副主任，将其毒打致死。曾和市革委会材料组负责人刘和德迫害公安干部，使 4 人关押，1 人被迫害致死。

③ 李伟民，"文革"中任中华造船厂革委会副主任、党委副书记，诬陷、迫害原厂党委书记，造成他终身残疾；李还指使迫害一回乡职工致死。

④ 刘浩德，"文革"中曾任华东师大革委会主任，迫害大批师生。任市革委会材料组负责人时，迫害公安干部，使 4 人关押，1 人被迫害致死。秦学能，"文革"中任市科技组负责人，参与戴立清的罪恶活动，迫害大批科技人员，有的被迫害致死。

⑤ 陈敢峰(1943—)福建莆田人。原名陈锦霖。1959 年 3 月入团。1963 年为同济大学城建系学生。"文革"开始后任上海大专院校"红代会"负责人。1968 年 12 月入党。1968 年参加工作。1969 年任同济大学革委会主任，迫害大批师生。中共九大中央候补委员。1970 年 3 月任上海市革委会副主任。1972 年任上海市革委会副主任。1976 年 10 月为上海第 5 钢铁厂工人。1978 年 5 月在上海市监狱服刑。1980 年 3 月被开除党籍。1981 年 5 月在上海市民建公司就业，因病未上班，后辞职。1991 年 3 月在上海浦新建筑装潢经营部工作。

⑥ 1983 年 2 月 1 日上海市中级人民法院刑事审判庭做出判决。

⑦ 1983 年 4 月 2 日《文汇报》。通过法庭调查和辩论，22 人大部分被告对起诉的犯罪事实供认不讳，王知常、陈敢峰、夏云开表示今后在服刑期间，一定认真劳动，服从管教，改造自己。

决定免于起诉，开除党籍。”①

1984 年 4 月，中共上海市委在《关于冯国柱的处理决定》中指出：“冯国柱在‘文革’期间犯有严重错误和罪行，在审查期间陆续作了交代。经中央书记处讨论决定，对冯国柱不予起诉，给予开除党籍处分。”②

至此，对“四人帮”及其余党的审判与处理完毕。广大人民群众、干部与“四人帮”的斗争胜利结束，但是在理论上、思想上，肃清其流毒，总结经验及教训，仍然是我们长期的任务。

2012 年第一稿

2013 年第二稿

2014 年第三稿

2015 年第四稿

① 中共上海市委党史研究室编纂：《中共上海党史大典》，第 254 页，上海教育出版社，2001 年。

② 中共上海市委党史研究室编纂：《中共上海党史大典》，第 250 页，上海教育出版社，2001 年。

大事记(1965 年 11 月—1983 年春)

1965 年

11 月 10 日,姚文元的"评新编历史剧《海瑞罢官》"文章在《文汇报》发表,写作中得到上海写作组的帮助。

1966 年

5 月 4 日—26 日,中共中央政治局扩大会议在北京召开,会议决定停止彭真(中央政治局委员、中央书记处书记、北京市委第一书记)、陆定一、罗瑞卿、杨尚昆的职务。分别于 1979 年 2 月、6 月、1971 年九一三事件后、1978 年平反。

5 月 25 日,在康生策划下由其妻曹轶欧支持,聂元梓等 7 人贴出反对北京市委大学工作部副部长宋硕、北京大学党委书记兼校长陆平、党委副书记彭佩云的大字报。

5 月 28 日,中央文革小组成立,陈伯达任组长,康生任顾问,江青、张春桥任副组长,姚文元为组员。

6 月 1 日,根据毛泽东指示中央人民广播电台于晚间新闻时间全文广播了聂元梓的大字报。

8 月 1 日至 12 日,中共八届十一中全会召开,会议通过《中国共产党中央委员会关于无产阶级大革命决定》简称十六条。改组了中央领导机构。林彪成为唯一副主席,增补康生为中央常委。

8 月 5 日,毛泽东写了《炮打司令部——我的一张大字报》。

8 月 30 日,中共中央发通知:"在陈伯达同志病假期间或今后离京外出工作期间,他所担任的中央文化革命小组组长职务,由第一副组长江青同志代理。"

秋,张春桥找郑君里谈话。在江青、叶群指使下,江腾蛟组织人于 10 月 8 日夜抄上海 30 年代文艺界知情人士的家。1967 年 9 月江青通过王维国将郑君里关进监狱。

11 月 10 日，王洪文等领导“工总司”在上海安亭车站卧轨，造成京沪线交通中断。张春桥支持“工总司”。

11 月 19 日，聂元梓受江青指使以中央文革代表身份到上海，制定了以常溪萍为突破口，上搞邓小平、彭真，下攻上海市委，鼓动造反夺权的策略。1968 年 5 月 25 日常溪萍被迫害致死。

12 月 18 日，在张春桥、姚文元授意下，徐景贤及写作组造反。

1967 年

1 月 4 日，张春桥、姚文元到上海，策划 6 日召开打倒上海市委领导人的大会。一月夺权开始。

1 月 28 日前后，上海第一次炮打张春桥。

2 月 5 日，上海市革委会成立。

3 月，张春桥来信。

4 月、6 月，张春桥、王洪文攻击解放军。

5 月，张春桥、姚文元吹捧江青。

5 月，上海市化工“七二一”大学的 6 位同志发现张春桥的历史问题，从此受到 9 年的迫害。

6 月，张春桥让保他的、打人成性的胡永年当上海体育革委会主任。

上半年，张春桥、姚文元支持冲击南京军区。

“文革”初期，张春桥、徐景贤提出医院要“医护工合一”。

7 月 22 日，江青提出“文攻武卫”。

8 月 4 日，张春桥、王洪文调动 10 万工人攻打上海柴油机厂的“联司”组织。

9 月 1 日，上海市革委会建立“文攻武卫”指挥部。

9 月 4 日，张春桥、王洪文、马天水、徐景贤、王秀珍、徐海涛等迫害上海师大等高校参加“炮打”的师生。

10 月，江青、张春桥、姚文元指使王少庸成立“一号专案组”，林彪叶群派吴法宪将上海市公安局领导等人关进秦城监狱，大肆迫害公安局的干部。

1967 年，全市局级以上的干部 84％被打成“叛徒”“特务”“地富反坏右”“现行反革命”“死不改悔的走资派”。

1967 年下半年，以“造反早”“敢于斗争”为标准，张春桥、王洪文选定了 128 个党员（工人代表）调到市革委会各部门和区、县、局重要部门。陈阿大任工交组副组长。

1968 年

年初，张春桥说："文攻武卫指挥部实际起专政（机关）作用。"文攻武卫指挥部私设牢房。

2 月—5 月，徐景贤下令将江青、张春桥及姚文元父亲的材料上交上海革委会或封存。6 月 1 日，张春桥批示把"防扩散"的材料"送吴法宪集中处理"。

3 月 2 日，江青、叶群将江青 30 年代的保姆秦桂贞骗到北京，关进监狱。

4 月，上海第二次炮打张春桥。李作鹏解围。马天水死保张春桥。

夏天，马、徐、王在饭店推行"自我服务"的典型。

8 月 28 日，上海革委会成立工宣队领导小组，由王洪文、陈阿大负责。此时，张春桥、王洪文将"工宣队领导小组"下属的"工宣队办公室"扩充为 5 个办公室，同市革委会原组室合并，从"工总司"委员中抽调王秀珍、戴立清、黄金海等 26 人担任这些组室的实际负责人。王洪文的小兄弟全面掌握市、区、县、局的领导（除徐景贤领导的文教系统和写作班子）。

9 月 29 日，中共中央批转上海市革委会《关于在产业工人中有步骤地发展新党员的请求报告》，张春桥、王洪文等将一大批骨干分子拉入党内，安插到领导岗位，受到基层党组织抵制，他们采取"飞过海"，绕过基层组织直接拉入党内。

9 月，王洪文任江南造船厂工宣队团长，在厂内制造冤假错案。

10 月 13 日—31 日，八届十二中全会做出将刘少奇开除出党，撤销党内外一切职务的决定，1980 年 2 月十一届五中全会做出《关于为刘少奇平反的决议》。

会议期间，马天水在会上攻击陈毅。

年内，张春桥说："文化大革命是改朝换代。"

年底，张春桥说"工会可以发号施令。"

1969 年

1 月，徐景贤写《一月革命大事记》。

九大之前，上海根据张春桥的旨意整了朱德、叶剑英、李先念、陈毅、李富春等 8 位中央领导人的材料。

4 月 1—24 日，“九大”期间，王洪文、马天水、王秀珍批陈毅、朱德、叶剑英等中央领导。

4 月 24 日，江青、张春桥被选为中央政治局委员，王洪文、姚文元、杨富珍为中央委员，马天水、陈敢峰、彭冲为中央候补委员。

1969 年 7 月，张春桥提出干部四个面向，借此赶走已到五七干校的原党政机关工作人员近万人到边疆和知青一起插队落户，到南京梅山工程当工人，到中学当教师。

8 月 14 日 徐景贤吹捧江青。

8 月，张春桥说经济战线上“封、资、修管理影响很深”。1970 上海写作组成立“政治经济编写组”。

10 月，陈阿大死保张春桥、王洪文。

11 月，金祖敏将张春桥、文静材料送姚文元，被姚密藏。

1970 年

1 月、2 月，中央连续发出文件三份文件，打击反革命，反对贪污盗窃、投机倒把、反对铺张浪费，简称一打三反。2 月，上海各基层单位查处一批生活腐化、贪污盗窃的老造反派。6 月张春桥提出“要正确对待老造反”，运动重点转向“现行反革命”，即整肃反对张春桥、江青，两次“炮打”的参加者。

2 月，将上海市委组织组接触过江青材料的同志关押 5 年。

4 月，上海整党运动全面展开，“纳新”主要为“文革”中的积极分子，“吐故”与“清队”、“一打三反”运动的定案结合，从 6 月到 11 月，发展新党员 5000 多名，以各种罪名开除的党员有 1160 名，劝退 638 名，取消预备党员资格 838 名。整党运动到 1971 年初结束。

5 月，“文攻武卫”指挥部改名为上海市民兵指挥部。

5 月，王洪文密藏张春桥的材料。

6 月和 1971 年 6 月，上海革委会马、徐、王以“战高温”名义将近 2 万干部和文化工作者到工交企业当工人。而后将他们关系转到各基层单位，“就地消化”。

7 月、8 月、9 月，在张春桥的指示下，在复旦大学炮制《文科教育革命座谈会纪要》等 3 个文件抛出了复旦 17 年是“彻头彻尾黑线专政”。为教育界“两个估计”制造舆论。镇压反对此提法的教职员工。

8 月 23—9 月 6 日，九届二中全会林彪在开幕会上讲话，不点名批评张春桥。林彪集团的人在小组会发言响应，因中央文革小组积怨甚深，许多不明真相的人跟着发言。31日毛泽东写了《我的一点意见》，指名批评陈伯达，扭转了局面。吴法宪等林彪集团的人也受到批评。徐景贤保张春桥。

年内，王秀珍布置国棉十七厂保留王洪文的办公室。

1971年

1月，中共上海市委成立。

9月13日，林彪等强行乘飞机出逃，在蒙古国温都尔汗机毁身亡。“林彪反革命集团阴谋夺取最高权力，策动反革命武装政变的事件，这是‘文化大革命’推翻党的一系列基本原则的结果，客观上宣告了‘文化大革命’的理论和实践的失败。”①

九一三之后，撤销军委办事组，成立军委办公会议，由叶剑英、张春桥等10人组成。

1972年

年初，张春桥提出要培养工人大使。

批林整风会议期间，王洪文带徐景贤等人看望江青。王秀珍吹捧江青。

8月，江青在北京、广州同美国学者维特克谈话。

10月，《人民日报》出黄涛谈话简报，受到张春桥表扬。

10月，张春桥、姚文元在上海召开社会主义政治经济学座谈会。

年内，马、徐、王将周纯麟整得心脏病发作。

年内，张春桥要下级党组织听工会的命令。

年底，王秀珍等包庇被判刑的造反派。

1973年

1—3月，国务院召开全国计划工作会议，因张春桥、黄涛反对，会议未能通过《关于坚持统一计划，加强经济管理问题》。

4月，王洪文成为中共中央军委办公会议成员。

4月，王洪文回到上海，马天水吹捧王。

---

① 中央文献研究室：《关于建国以来党的若干历史问题的决议注释本（修订）》，第32页，人民出版社，1985年。

4月，王洪文在上海说："春桥、文元和我都不同意科技战线17年红线占主导地位的说法。"

5月16日，马、徐、王批准销毁姚文元父亲材料。

8月中旬，马天水支持王洪文当副主席。

下半年，马天水到上钢五厂大批"唯生产力论"造成生产下降。

十大前，王洪文要上海增加中央委员、候补委员的候选名单。

8月24—29日，十大选举毛泽东为主席，周恩来、王洪文、康生、叶剑英、李德生为副主席，张春桥为常委、江青、姚文元、华国锋等为政治发员，苏振华、倪志福为中央政治局候补委员，马天水、徐景贤、王秀珍、于会泳、周宏宝、周丽琴、周纯麟、金祖敏、祝家耀、谢静宜为中央委员，杨富珍、陈佩珍、汪湘君、彭冲为中央候补委员。

9月，邓颖超随周恩来到上海，没有看望文静。张春桥和文静离婚。

1974年

1月，批林批孔批周总理，写作组写了上百篇文章。王洪文派人到解放军三总部，揪部队领导。

2月27日，张春桥给上海写信：要再次夺权。4月底，马、徐、王将区县局领导大换班，整警备区、南京军区的领导。

1月，西沙战役胜利。中共中央军委常务委员会成立，由叶剑英、王洪文、邓小平、张春桥、苏振华等11位组成。

2月，马、徐、王、黄涛、陈阿大在上海铁路局制造事端。

3月21日，王秀珍到北京向王洪文汇报工作。

4月，在国家计委召开的会议上，黄涛说：进口就是洋奴。

6月1日，周恩来住院。王洪文主持中央政治局工作。

6月，马天水组织人给南京军区送大字报。

7月，张春桥、王洪文要上海准备30人到国务院当部长。

7月19日，毛主席批评"四人帮"。

7月21日，张春桥、姚文元要罗思鼎写《论秦汉之际的阶级斗争》，影射周恩来。

7、8月，张春桥给马天水写信。

8月8日，江青派迟群、谢静宜给上钢五厂送材料。

9月17日，毛泽东指示要解放陈丕显。张春桥、王洪文、马天水阻止，同时要安排一批老造反派。

9 月，“四人帮”制造风庆轮事件。

本年起连续三年，马、徐、王擅自运用地方经费造枪买枪。

10 月，王洪文要上海试制微型冲锋枪。

11 月 12 日，毛泽东在江青的信上批示：“不要由你组阁。”

年内，王秀珍带人到国棉十七厂王洪文的办公室“瞻仰”。

1975 年

1 月，张春桥为中共中央军委常委、总政治部主任。

1 月 8—10 日十届二中全会，张春桥说：我最担心的，是军队不在我们手里。将周纯麟整得当场心脏病发作。

1 月 13 日—17 日，全国四届人大一次会议召开，周恩来为总理，邓小平、张春桥、李先念、陈锡联、纪登奎、华国锋等为副总理。

2 月，王洪文任中共中央军委常委。

3 月 1 日，张春桥在全军政治部主任座谈会上提出反对经验主义。

3 月 1 日，姚文元的文章《论林彪反党集团的社会基础》在《红旗》杂志发表。

4 月 1 日，张春桥的文章《论对资产阶级的全面专政》在《红旗》杂志发表。萧木吹捧张的文章。

春，张春桥等在上海警备区搞“反复辟”。

4 月 8 日，江青约苏振华谈话。14 日，王洪文约苏振华、倪志福、吴桂贤谈话。苏振华将两次谈话向周恩来、叶剑英、邓小平汇报。

4 月 23 日，毛泽东听了邓小平的汇报后，今日对反经验主义做出批示。

4 月 27 日，在政治局会上，大家批评江青、张春桥、姚文元。

5 月 3 日晚，毛泽东召集政治局会议，批评“四人帮”。6 月 3 日，政治局会议批评“四人帮”。

6 月 5 日，苏振华给毛泽东写信。

6 月 12 日，邓小平在上海同马天水谈话。

6 月 24 日—7 月 5 日，中共中央军委扩大会议，调整领导班子。

6 月，张春桥、王洪文反对召开全国学大庆会议。

7 月 1 日，邓小平主持中央政治局工作。

7 月 5 日，毛泽东对电影《创业》做了批示，张春桥、姚文元不准传达。

7月，姚文元回到上海。

7、8月，王洪文回到上海，说：要准备上山打游击。

9月，国务院征求对20条意见，黄涛报告张春桥、王洪文等。

10月26日—1976年1月23日，全国计划工作会议召开，事先王洪文、马天水布置黄涛对着干。黄涛在会上大闹。

11月15日，王洪文从上海回到北京。

11月，王洪文给彭冲打电话，要反击右倾翻案风，遭到回绝。

11月，在张春桥、王洪文授意下，马、徐、王下令收集、印发批判国务院和中央各部的材料，扩散到全国，同时插手各省的运动。

1976年

1月8日，周恩来逝世。王洪文、马天水、黄涛、刘庆棠、陈阿大高兴。

1月29日，马天水揭发邓小平。

1月，徐景贤、于会泳下令写话剧《盛大的节日》，3月徐景贤对创作人员说："要有杀头的准备。"

1月下旬，徐景贤起草向毛主席要求点邓小平名的电报。

2月2日，中共中央下发通知："经毛主席提议，政治局一致通过，华国锋任国务院代总理。"

2月3日，张春桥写《二月三日有感》。

2月19日到26日，中央召开打招呼会，江青、张春桥、王洪文、姚文元多次和马、徐、王等人谈话。

2月21日，江青将马、徐、王等接到自己的住地。

2月26日，张春桥将马、徐、王接到钓鱼台谈话。

2月29日，马、徐、王在上海召开"理论工作座谈会"。

打招呼会上，江青批评彭冲。

3月5日，徐景贤不准报刊宣传周恩来，《文汇报》删去周恩来关于雷锋的题词。

3月24日，南京学生带头纪念周恩来，反对"四人帮"，发展为天安门事件。

4月7日，中央政治局根据毛泽东提议，通过《中共中央关于华国锋同志任中共中央第一副主席、国务院总理的决定》和《关于撤销邓小平党内外一切职务的决议》。

4 月，马天水根据王洪文指示，策划民兵演习。制定了战备方案。

5 月，王洪文要上海写文化大革命。《盛大的节日》5 月 1 日上演。徐景贤要改编成电影，12 月完成。

5 月，陈冀德到北京向张春桥、姚文元献策。

6 月 25 日，毛泽东病危。王洪文得知消息后给马天水打电话，要上海给民兵发枪。说；“不要等批文，明天就发。”

6 月 26 日，马天水批准发枪。7 月 3 日，马天水再次批准马上继续发枪。王秀珍同意。

6 月 25 日之后，王秀珍对小兄弟说：中国可能要分裂。

6 月，张春桥要人民公社的生产队所有制向大队所有制过渡，制造“张春桥理论”。

7 月 6 日，中央召开全国计划工作座谈会。“四人帮”会前布置马天水、黄涛等准备了攻击党中央的材料。7 月 13 日，黄涛在全国计划工作座谈会发言，攻击 1975 年国务院务虚会。19 日杨春甫发言追风源。谷牧向华国锋报告后，7 月 24 日，华国锋召开政治局会议，严厉驳斥王洪文、张春桥为黄涛辩护。

7 月 28 日凌晨 3 时 42 分，唐山—丰南发生强烈地震。

8 月 10 日，马天水、徐景贤、王秀珍看望丁盛后，马天水连夜找施尚英等人开会，当即批示发枪支，得到王秀珍、徐景贤同意。

8 月 11 日，上海民兵指挥部李彬山、施尚英分别召开区、县民兵指挥部等开会布置发放武器。市总工会的张伟强发现发枪后，经李庸夫报告王一平。上海警备区李兴先的爱人顾宗芳连夜将情况送到北京，交给谷牧同志。

9 月 2 日，毛泽东再次病危。9 月 3 日，江青到大寨，强调：“女的要掌管天下。”6 日，在中央催促下回到北京。

9 月 9 日零点 10 分，毛泽东在北京逝世。王秀珍唱歌、跳舞。

10 日清晨，王洪文要上海赶制水晶棺。

9 月 10 日，朱永嘉等人给张春桥写信。

9 月 11 日，王洪文布置在中南海紫光阁架起电话线，当日深夜，以中央领导的名义给各省、市、自治区打电话。

毛泽东逝世后，江青要控制毛泽东处的文件。

9 月 14 日下午，李先念受华国锋委托看望叶剑英。

同日晚，苏振华向叶帅提出解决“四人帮”的四条建议。毛泽东逝世后，江青多次要看毛泽东的手稿、批示等文件。

9 月 16 日，姚文元修改的《人民日报》、《红旗》、《解放军报》社论《毛主席永远活在我们心中》发表，文中将主席“按过去方针办”篡改为“按既定方针办。”

9 月 18 日，在天安门举行毛泽东主席追悼会。晚上，张春桥约王洪文的秘书萧木谈话。

9 月 21 日，张春桥在钓鱼台和徐景贤谈话。这是张春桥第一次向上海传话。

9 月 22 日，王洪文秘书廖祖康从北京回到上海，要黄涛研制分解式冲锋枪和防弹车。

9 月 23 日，王洪文打电话给王秀珍，说：要准备“上山打游击”。

9 月 23 日，萧木奉张春桥之令写信，要陈冀德转给朱永嘉。信中的介绍 18 日张春桥和他谈话的内容。这是张春桥第二次向上海传话。

9 月 27 日，张春桥要萧木到上海当面给马天水、徐景贤、王秀珍等常委传话。这是张春桥第三次向上海传话，发出了要打仗的动员令。

9 月 29 日，“四人帮”在政治局会上围攻华国锋。

10 月 2 日，华国锋批评“按既定方针办”与毛主席写的错了 3 个字。

同日，华国锋找吴德谈话。倪志福说：北京市不能出事。

同时，苏振华面见华国锋。当天苏找吴忠谈话。

10 月 3 日，王洪文到平谷说：“中央要出修正主义。”

10 月 5 日，苏振华找王尚荣谈话。

10 月 6 日晚，华国锋、叶剑英、汪东兴粉碎“四人帮”。吴德、倪志福等指挥抓迟群，谢静宜、金祖敏。

10 月 7 日上午，谷牧到玉泉山参加政治局会议，受命组织 30 人到上海了解情况。下午即找国家计委副主任林乎加等做了布置。

同日下午，马天水、周纯麟到京。晚上，华国锋召开政治局会议向上海、山东、江苏、南京、济南军区领导宣布粉碎“四人帮”的情况。中央向全国各省市自治区的打招呼会一直开到 14 日结束。

10 月 8 日，谷牧向徐良图、王守家、曹大澄等 8 人传达粉碎“四人帮”一事，派他们以抓革命促生产建设调研和督促组到上海了解情况。组长徐良图。10 月 9 日，谷牧继续分别找水电部、一机部、石化部、冶金部等派往上海的同志谈话。

同日下午，苏振华、倪志福到京西宾馆做马天水的工作。

同日晚，中央政治局打招呼会议继续，马天水提出两个要求。

同日夜，得知“四人帮”被抓的消息，徐景贤、王秀珍下达武装叛乱的命令。

10月9日，人民日报公布中央、全国人大、国务院、中共中央军委关于建立毛泽东纪念堂决定，关于出版《毛泽东选集》和筹备出版《毛泽东全集》两项决定。

同日上午8点32分，徐良图小组到达上海，下午曹大澄从王一平、李庸夫得到上海要武装叛乱的消息。晚，中央政治局得到此消息，华国锋决定由马天水通知徐景贤、王秀珍到北京来开会。

10月10日，徐景贤、王秀珍离开上海到北京。

10月11日，《人民日报》头版出现大标题《最紧密地团结在以华国锋同志为首的党中央周围》。

同时，上海写作组的几个核心开始烧材料。

10月12日上午，华国锋召开政治局会议，讨论派往上海的中央工作组事宜。

同日，王守家等到自行车三厂、钟表元件厂、新跃仪表厂。

同日，轻工部谢红胜、陈锦华等8人到上海。

同日晚10时，华国锋、叶剑英及政治局同志同马天水、徐景贤、王秀珍谈话。

同日夜，陈阿大、叶昌明、施尚英、马振龙、戴立清、黄金海、王明龙、廖祖康、朱永嘉、王知常、萧木、王日初等得知粉碎“四人帮”的确切消息，决定13日下午5时发动武装叛乱。

10月13日晨，王一平、李庸夫冒险到衡山饭店报告此情况，徐良图决定曹大澄用军用电话向谷牧报告。华国锋得知后决定周纯麟、马、徐、王四人立即飞回上海，传达中央粉碎“四人帮”的决定。

10月13日，王守家等到汽轮机厂、吴泾化工厂。

同日，彭冲应召入京，晚，参加华国锋主持召开政治局会议。会议研究解决上海问题的方针。华国锋提出：“既要解决问题，又要稳定局势。”

同日，粉碎“四人帮”的喜讯传遍上海。

10月14日上午，上海召开区、县、团、局和大专院校的负责人以上干部大会，传达中央打招呼会议精神。下午传达到群众。

同日上午，王守家等到上海港口、港务局。

同日夜，上海交通大学学生到康平路游行，庆祝粉碎“四人帮”。

同日夜，徐景贤和朱永嘉、王知常、萧木、王绍玺、陈冀德到丁香花园密谈。

10 月 15 日凌晨，马天水、徐景贤、王秀珍向中央发出告急电话。

同日上午，王守家等参观万人体育馆、普陀区中山北路住宅。

同日下午，马天水等召开了万人大会，传达中央精神。群众将马天水、徐景贤、王秀珍轰下台。由周纯麟主持、传达。从此上海游行、集会，规模越来越大。

10 月 16 日，市委开始贴出揭发“四人帮”的大字报。

同日，王守家等听上海冶金局汇报。

10 月 17 日、18 日，市革委会工交组下属的秘书组主动将材料封存起来。

10 月 18 日拂晓，上海“长自轮”到达大连港。粉碎“四人帮”的消息迅速在东北传开。

同日，中共中央向全党发出通知，即中央 16 号文件，宣布对王洪文、张春桥、江青、姚文元隔离审查的决定。

10 月 18 日深夜或 19 日凌晨，马、徐、王急电告中央。

10 月 19 日下午，交通大学的团委、学生会发起召开全市 16 所高等院校的“声讨‘四人帮’大会”，共计 3 万多人参加。

10 月 19 日深夜，苏振华、倪志福、彭冲在人民大会堂北京厅召开中央工作组会议。

10 月 20 日，下午 2 时，上海群众自发以工人为主的 100 万人。拥护中央两项决定。

同日下午，工交组生产组的副组长唐光煊等 9 人来衡山饭店向徐良图等汇报工作。

同日晚，苏振华、倪志福、彭冲、林乎加、严佑民及随行人员共 18 人乘飞机到达上海水电路海军基地。

10 月 21 日凌晨，苏、倪、彭找马天水谈话。

同日上午，苏、倪、彭和从南京赶来的南京军区政委廖汉生、副参谋长张挺面谈，研究稳定上海局势、战备工作的有关问题。

同日上午，徐良图召集八人小组开会。下午，徐良图等和来衡山饭店的冶金部张益民等交流。

同日，上海人民继续上街庆祝游行。

同日晚，苏、倪、彭第二次与马天水及徐景贤、王秀珍谈话。

10月22日，上海军民150万上街游行。连日来共有650万人参加游行。

同日晚，徐良图召集八人小组开会。

10月23日，上海军民250万上街庆祝游行。

同日，苏、倪回到北京，彭冲回到南京。中央工作组的工作由林乎加、严佑民负责。林乎加召开中央工作组会议。

上海有少数“文革”中反王洪文的造反派头头想乘机拉山头，打旗号。经王一平做工作，形势很快得到控制。

10月23日晚，华国锋主持政治局会议，听取苏振华、倪志福汇报。10月25日，中央政治局继续开会，听取苏振华、倪志福的汇报。

10月24日，华国锋、叶剑英、苏振华、倪志福出席在天安门广场举行的首都百万军民大会，热烈庆祝华国锋同志任中国共产党中央委员会主席、中国共产党中央军事委员会主席，热烈庆祝粉碎王洪文、张春桥、江青、姚文元反党集团篡党夺权阴谋的伟大胜利。

同日上海在人民广场举行100万军民声势浩大的欢庆大会和游行。

同日下午，林乎加召开工作组大会，传达苏振华从北京电话指示：中央工作组要赶快到各组办去，不要失去领导。

10月25日，从今日起中央工作组相继进入市委和市革命委员会的各个组办。进驻工交组、计划统计组、科技组的李景昭等到上海市革委会大楼，和各组负责人见面，全天听汇报。

同日，上海中央工作组把参与组织武装叛乱、罪恶深重、民愤极大的人隔离开始审查，王日初、朱永嘉、黄涛、黄金海、戴立清由警备区监护，进行专案审查。陈阿大、汪湘君、马振龙、施尚英、董秋芳、李伟民等6人由本单位群众监护，进行专案审查。

10月26日上午，苏振华、倪志福到南京与彭冲会合，下午一同回到上海。

同日上午，李景昭、王守家等参加工交组秘书组学习会。下午召集各工业局联络员会议，听关于运动与生产情况的汇报。

10月27日，中共中央任命苏振华为上海市委第一书记、市革命委员会主任；倪志福为上海市委第二书记、市革命委员会第一副主任；彭冲为上海市委第三书记、革命委员会第二副主任。撤销张春桥、姚文元、王洪文在上海的党内外一切职务。10月30日《人民日报》公布此消息。

同日，苏、倪、彭进入康平路小礼堂，召集马、徐、王等一伙常委开会。林乎加、严佑民列席常委会。晚，在上海展览馆宴会厅，苏、倪、彭冲召开全市部委办、区、县、局干部会议，公布中共中央决定。这是苏、倪、彭第一次在上海公开亮相。

10月28日，中共中央下发19号文件，指出："全年财政出现了较大的亏空。决定，立即冻结各单位的存款。"

10月28、29日，苏、倪、彭召开上海市委常委会，林乎加、严佑民等人列席。马、徐、王交代问题。

10月29日下午，苏、倪、彭、林乎加召开工交、财贸组和部、办、局座谈会。

10月30日上午10点，苏、倪、彭在锦江饭店会议厅召开全体工作组大会。

同日下午，苏、倪、彭召开文教座谈会。

在此期间，苏振华微服私访，到江南造船厂向工人了解情况。

11月1日，经华国锋批准，上海召开了十万民兵集会、游行，庆祝胜利。

同日，16个大专院校提出三项要求。苏、倪、彭回答：运动要在党委一元化领导下进行。

11月2日，将叶昌明，5日将王知常、薛干青监护，进行专案审查。

11月2日，林乎加主持中央工作组分配到工交组的同志和上海工交组、各局负责人见面。

11月4日下午召开大会，宣布在市委领导下成立揭批"四人帮"领导小组。

同日晚，在上海区县局干部会议上，马天水、徐景贤揭发交代。

同日，王守家参加第二组讨论，会议揭批马天水、徐景贤。

11月5日上午，徐良图找人研究生产。

同时下午3时，华国锋说：上海的情况比我们预料的好得多，说明上海工人觉悟高，我很高兴。

11月6日下午，继续开上海全市区县局干部大会，王秀珍检查、交代。

同日，王洪文的"小兄弟"放谣言。

11月7日，王守家参加第二小组会议。会议揭批马天水、徐景贤、王秀珍。

11月8日、9日，向问题多的重点单位国棉十七厂、三十一厂等单位相继派出工作组或联络员，加强领导。

11月9日，工交组召开工交、各局负责人抓革命、促生产的会议。

11月初，曹大澄离沪回京。

11月11日，成立了清查“四人帮”的专案小组，下设办公室。由市委办公厅副主任李庸夫担任专案办公室负责人。

同日，工交组召开工交口120人参加的中型会议，面对面揭批马天水。

11月12日下午，工交口中型会议，当面揭批马天水。晚上召开中型会议，面对面揭批王秀珍。

11月13日上午，林乎加布置大会发言。晚，徐良图、王守家继续参加中型会议。

11月14日，徐良图传达中央宣传小组的《当前宣传要点的请求报告》，林乎加传达。《关于1977年国民经济计划要点》

11月15日上下午，徐良图、王守家出席工交组核心组会议。

同日晚上，李锡铭参加研究供电问题，决定建立生产制度。

11月16日，华国锋批准国家计委的明年第一季度计划。

11月16日到21日，林乎加主持华东计划会议。传达谷牧对编制明年计划的意见，研究上海生产。

11月16日上下午，徐良图、王守家出席科技组会议，听汇报。

11月18日上午，王守家和上海有关负责人研究电的问题。

11月18日、19日、20日3个下午，全市区县局干部大会，继续批“四人帮”，马天水、徐景贤、王秀珍。

11月19日上午，工交各局生产负责人会议。

11月21日下午，全市区县局干部大会，马天水、徐景贤作补充揭发交代。

11月22日上午，全市区县局干部大会，倪志福主持会议，车文仪传达中央宣传工作会议文件。

11月22日下午，全市区县局干部大会，王秀珍补充检查揭发交代。苏振华发表重要讲话。

11月23日下午，彭冲、林乎加听取工交组、计划组汇报。

11月24日，上午，林乎加听工交组汇报运动情况。晚，林乎加将韩哲一请出来研究明年计划。

11月26日，孙力余传达华东计划会的精神。

11月30日，上午，王守家参加工交组核心组会议揭发马天水、黄涛、陈阿大等人的罪行。

随之揭批的深入，开展“讲清楚”等清查。“讲清楚”的人员全市有1万余人。11月底，各部委办、区县局排出应清查的事，共有300多件。严佑民从中排出全市性同“四人帮”篡党夺权阴谋活动等十二个方面的重大事件，以事找人，找到策划、指挥者和主要骨干。同时，处理和惩办打砸抢分子。

12月1日，上午，由金传德主持工交组大会，许萌汇报运动情况，徐良图总结。

12月3日，中央工作组从延安饭店搬到上海大厦。工作组增加到200多人。

12月5日，中共中央23号文件《中共中央关于重新处理纯属反对“四人帮”案件的通知》。

同日，赵行志到上海，参加中央工作组工作。

12月7—10日，苏、倪、彭召开中央各部来上海帮助工作的负责人会议，分析了区县局党员负责干部会议后基层运动的形势。

12月初，王守家到铁路局与刘伯涛研究运煤问题。

12月8日下午，徐良图主持上海市节约用电计划用电交流会。

12月10日至27日，第二次全国农业学大寨会议在京召开。王一平出席大会并讲话。25日晚，华国锋在会上讲话，指出：一度为“四人帮”称霸的上海，成为埋葬“四人帮”的汪洋大海。

12月10日，中共中央下发了24号文件《王、张、江、姚反党罪证（材料之一）》。

12月10日、11日、12日下午，王守家等到上钢一厂、望亭电厂考察，解决电力不足的问题。并召开节约用电现场会。

12月13日，中央下发25号文件《关于高级干部离职审查批准程序的通知》。

12月13日上午，上海节约用电会议，传经送宝。

12月13日下午，倪志福主持召开上海市区县局党员负责干部会议，传达中央23、24号文件。严佑民讲话。

同日晚，王一平同志传达汪东兴重要讲话。

12月14日下午，韩哲一主持区县局负责同志会议，讨论关于1977年第一季度计划。

12月16日，徐良图召开会议，研究金山电厂问题。18日，22日又研究电的问题。

12月18日，上午林乎加同志听取上海冶金系统的汇报。

12月19日，下午，林乎加布置要向中央书面汇报材料。

12月20日，工作组在工交组召开座谈会，讨论生产组领导问题。下午，研究生产，听取汇报。

同日，上海淀浦河工程全线动工。

12月21日、22日、23日，工交口批判黄涛、陈阿大。

12月24日下午，文教口批判马、徐、王、朱永嘉、王知常。

同日下午，王守家等到上钢五厂。

12月28日下午，苏振华在上海市党员干部大会传达华国锋在第二次全国农业学大寨会议的讲话。

12月29日上午，韩哲一、徐良图、王守家等研究运煤问题。

12月31日晚，苏振华、倪志福、彭冲同工作组全体同志欢度新年。

到年底，上海清查经过市公安局处理的2500个案件。

1977年

1月1日上午，王守家等工作组成员分别到上海东站、上港三区劳动。

1月2日，工作组全体同志参观第一次党代会会址、鲁迅墓地和纪念馆。

同日晚，王守家出席林乎加召集的会议。

1月3日，上午传达贯彻第二次全国农业学大寨会议精神。王一平主持，孙加诺传达。

1月4日，下午，上海纺织局在文化广场召开13000人大会，揭批“四人帮”罪行，有6位发言，会议宣布对纺织局党委书记唐文兰隔离审查。

1月5日、6日，苏振华、倪志福、彭冲在中央政治局会议上，汇报上海工作。

1月6日、7日、12日，王守家到上钢三厂、异型钢管厂、上海玻璃厂、上海港务局、上海铁合金厂，了解情况，研究生产。

1月10日，中共中央批准马天水停职审查，徐景贤、王秀珍离职审查，王少庸不参加常委。

1月11日，中共中央批准林乎加、严佑民、王一平为上海市委书记。

1月11日，上海市委成立贯彻23号文件办公室，要求重新审理有关案件。

1977年，成立市委揭批“四人帮”运动办公室，李庸夫为主任，负责全市揭批、清查、专案方面工作。

1月13日，上海市传达贯彻第二次全国农业学大寨会议精神干部大会闭幕。

1月15日，黄涛、陈阿大在工交组做检查。

1月15日，上海自行车钢珠厂公款被盗5000元，25日厂里收到一封匿名信，叫嚣要为所谓“四大领袖”“报仇”。

1月17日上午，上海市委召开区县局党员干部会，苏振华主持，彭冲传达华国锋、叶帅在中央政治局听上海汇报后的讲话。

1月19日到22日，王守家和冶金局研究冶金钢材问题，考察金山石油化工总厂、陈山码头，在塑料厂召开工业学大庆经验交流会，到上钢十厂、上钢一厂、上钢八厂研究生产问题。

1月22日，中共中央发1977年1号文件《中共中央关于召开全国工业学大庆会议的通知》。

1月23日，王守家乘14次火车离沪返京。

1月24日起，将徐成虎、马振龙、王明龙、施尚英、钟定栋进行专案审查。

1月底，上海公判了223名罪犯，枪毙了26名，参加公审大会的群众有10多万人，参加案例讨论的有300多万人。

2月4日，由1200多名干部组成第一批市委工作队奔赴郊区各县，在展览馆举行欢送大会。

2月9日苏、倪、彭主持召开了各条战线先进工作者、先进生产者、劳动模范代表275人座谈会。

2月10日，苏、倪、彭召开文教、卫生、科技界和爱国人士160人座谈会。

春节期间，苏振华发现上海钢铁工业每年缺铁300万吨，与倪志福、彭冲商量，提出新建两座容积为2500立方米的高炉，得到党中央、国务院的支持。

2月15日，党中央批准上海市委建议隔离审查徐景贤、王秀珍，8月15日隔离审查马天水。

2月16日晚，在市革委大礼堂，苏振华、倪志福、彭冲等及驻沪三军负责人出席春节军民联欢大会，王一平主持，李宝奇讲话。会前领导会见了驻沪三军代表和烈属、军属、老红军、复员退伍军人、残废军人代表。

2月24日，严佑民在专案组讲话。

2月下旬，严佑民召开了贯彻中央23号文件工作的会议。

3月，上海结合中共中央公布《王、张、江、姚反党罪证（材料之一）》，召开全市第二次揭批"四人帮"大会。

春节后徐良图离沪回京，7月提升为国家计委副主任。

3月8日，苏、倪、彭等领导出席在体育馆举行的三八妇女节庆祝大会，妇联机关代表、袁雪芬、街道代表、公社妇联代表发言。杨富珍讲话。

3月8日、9日，中央工作组的同志在上海的住地从上海大厦搬到了衡山宾馆。

3月12日，《人民日报》介绍上海揭批"四人帮"的人民战争打了大胜仗的五点经验。

同日，陈阿大由单位群众监护改为警备区监护，进行专案审查。

3月18日，苏振华在中央工作会议上全面汇报了到上海以来的5个月的工作。

3月18日到30日，全国科学大会在北京召开，苏、倪、彭等出席开幕式。

3月24日，苏振华出席在北京召开的中央军委座谈会。

4月9日、10日，王洪文、张春桥、江青、姚文元被押送到秦城监狱。

4月11日、12日，苏振华出席叶剑英主持的中央军委常委会议。

4月14日晚，中央工作组开会。倪志福、彭冲、林乎加决定工作组可以逐步撤出。

4月中旬，倪志福回到北京任第二书记，仍是上海市委第二书记。

4月20日，林乎加率上海团出席在大庆举行的全国学大庆会议开幕式，会议于5月14日在北京闭幕，到会代表7000名。

4月22日，严佑民出席研究上海住房建设、城市规划。

4月25日，苏振华回北京主持海军工作，仍任上海第一书记。

4月29日，将游雪涛监护，进行专案审查。

4月，建立复查小组，抓市委交办的重点案件的复查。复查中坚持四原则。

5月1日，"五一"节前夕，中央工作组的绝大部分成员相继撤离上海，返回原机关。7月中央工作组留在上海工作的同志撤出衡山宾馆。

5月9日，彭冲在市委会议上讲话，专门谈到如何打开那些还在捂盖子单位的问题。

5月12、13日，全市第三次揭批“四人帮”大会。

5月14日，严佑民等听南市区常委汇报。

5月16日，严佑民等听长宁区常委汇报。

5月，上海市委扩大会，(组办)，研究运动情况。

5月，清查进入定性工作后，上海市委大规模地对复查受迫害干部。

5月21日，王一平在中小学工作会议上的讲话。

5月24日，严佑民等听闸北区常委汇报。

7月3日，彭冲在全市第三次揭批“四人帮”经验交流会上的讲话。

7月16日到7月21日，苏、倪、彭等出席十届三中全会。会议通过《追认华国锋任中共中央主席、中央军委主席决议》《关于恢复邓小平领导职务的决议》《关于王洪文、张春桥、江青、姚文元反党集团的决议》，开除王、张、江、姚党籍。

8月7—12日，上海市工业学大庆会议在体育馆召开，王一平主持，严佑民致开幕词，彭冲讲话。会议表彰25个大庆式企业。

8月12日—18日，中国共产党第十一次全国代表大会，华国锋在《政治报告》中指出：文化大革命“就以粉碎‘四人帮’为标志，宣告胜利结束了”。苏振华、倪志福、彭冲当选为政治局委员。林乎加、周纯麟、王一平、汪明章当选为中央委员，毛信贤、杨富珍当选为中央候补委员。

9月22日，彭冲在全市党员负责干部会结束时的讲话。此次会议召开十几天，贯彻十一大精神。

9月23日，中央下发的“四人帮”罪证材料之三。上海全市开始第四次揭批“四人帮”及其余党。

10月上旬到11月上旬，苏振华陪同叶剑英到济南、南京、杭州、武汉、广州上海视察、调查。

10月30日，上海市教育战线先进集体、先进工作者代表大会在体育馆举行。王一平讲话。

10月，上海各区县先后召开中小学先进集体和先进工作者代表大会，表扬一批中小学优秀教师。

10月，全国开始为60%的职工涨工资。

11月初，上海召开科技会议，陈锦华讲话，林乎加总结。

11月9日，冶金部向政治局汇报：今后3年在上海抢建一个现代化的、年产500万吨生铁的大型炼钢基地，全套设备从国外引进。

11月14、15日，全市第四次揭批“四人帮”大会。

11月，中共中央批准教育部党组《关于工宣队问题的请求报告》，上海工宣队全部撤离进驻单位。

冬，苏振华与倪志福、彭冲，就宝钢选址问题，亲自考察，同意月浦的方案。

11月25—29日，上海市第五届政协第一次会议召开。

11月25、26日，市文化局党委召开的大型座谈会，近百名文艺工作者参加，揭发批判“四人帮”提出的“文艺黑线专政论”。

11月27日，市电影局党委召开20多名著名编导、演员座谈会，揭发批判“四人帮”提出的“文艺黑线专政论”，控诉“四人帮”摧残电影事业的罪行。

11月，韩哲一为上海市委书记。王鉴、赵振清、汪明章、杨慧洁4人为市委常委。张承宗为市委统战部长。

12月5日，上海市领导到南汇大治河工地劳动。

12月25日—30日，上海市第七届人民代表大会。

1978年

1月5日，“周恩来”机车命名大会在上海举行。段君毅宣读铁道部决定，彭冲讲话，苏振华剪彩。

1月6日，苏振华、倪志福、彭冲、林乎加、严佑民、韩哲一、陈锦华等听取宝钢规划小组的汇报。

1月，华国锋决定宝钢工程建设的领导体制以上海为主，冶金部参加。

1月10日，苏振华请东海舰队调131驱逐舰，和倪志福、彭冲、严佑民、王一平等考察长江口航道，宁波北仑港地形。

1月31日，苏、倪、彭等出席文学艺术、哲学社会学者座谈会，

2月1日，成立中共上海宝山钢铁总厂工程指挥部。派陈锦华为团长到日本考察。

2月4日，上海科学大会在体育馆召开，杨士法做报告、上海交通大学等单位代表发言，彭冲讲话。

2月21日，上海卫生战线先进集体、先进工作者代表大会在体育馆召开，严佑民出席，杨恺讲话。

2月，上海第一批基本教育工作队从郊区胜利归来。

3月7日，上海第二批党的基本路线教育工作队1000人奔赴郊区10个

县和5个国营农场。

3月11日，上海市委向中共中央提交《关于上海市清查工作的情况报告》。4月中央批示同意此文件，以中央12号文件下发。

同日，上海在体育馆召开公安保卫战线先进集体，先进工作者代表大会，王一平出席，王鉴讲话。

3月18日，苏振华在中央工作会议汇报上海工作。

3月20日，上海市在体育馆召开财贸系统群英会，彭冲、陈锦华、杨富珍出席，严佑民讲话。

3月，苏振华、彭冲率上海代表团分别参加全国第五届全国人民代表大会、全国政协第五届代表大会，彭冲当选为全国政协第五届副主席。

3月，彭冲同志在市革命委员会扩大会议上的传达五届人大会议精神。

4月3日、4日，上海市委召开区县局干部会议，下发《继续抓紧抓好清查工作的若干问题》文件。

4月5日，中共中央下发了11号文件，批准由中央统战部和公安部共同起草了《关于全部摘掉右派分子帽子的请求报告》。

4月16日，严佑民在区县局干部会议上就贯彻中央12号文件发表讲话。

4月，中共上海市委为常溪萍平反昭雪，恢复名誉。

5月25日，上海市委召开了全市第五次揭批"四人帮"大会，严佑民讲话。

5月25日之后，上海清查工作转入定性阶段。

1978年第二季度，上海市委将陈阿大等开除党籍。依法逮捕首恶分子马天水、王秀珍、陈阿大、叶昌明、马振龙、黄金海、戴立清、王承龙、潘国平、胡永年。

6月，林乎加调离上海，担任天津市委第一书记，天津市革委会主任。

6月23日，举行上海市市长曹荻秋骨灰安放仪式。

6月24、25日，上海第二次学大庆会议在体育馆举行，表扬1977年195个大庆式企业。彭冲报告，韩哲一讲话。

7月，参照中央组织部4月座谈会精神，召开全市复查工作座谈会。

8月12日，举行副市长金仲华骨灰安放仪式。

8月19日，郑君里骨灰安放仪式在上海举行，王一平主持，孟波致悼词。

8月24—26日，市委召开负责干部会议学习和贯彻中共中央8月13日下发的48号文件《关于慎重处理打砸抢的问题的方针》。

8月26日，全市教育工作会议经过17天的讨论，于今日闭幕，王一平主持，彭冲讲话。

9月17日，党中央批发了《关于全部摘掉右派分子帽子决定的实施方案》。上海完成右派改正工作16486件。

11月3日，赵行志以笔名“赵启”在《解放日报》发表《维护马克思主义实践性的权威》的文章。

11月10日—12月15日，苏、倪、彭等出席中央工作会议。

11月14日，经中央政治局常委会批准，北京市委为1976年的天安门事件平反。

12月4日，上海市委给中共中央写报告《关于解决所谓“一月革命”问题的请示报告》。21日，中共中央批复，同意，但不要登报和广播。29日，上海市委召开30万人大会，宣布“一月风暴”是反革命风暴。

12月18日—22日，苏、倪、彭等出席中共中央十一届三中全会，全会决定：“全国范围的大规模的揭批林彪、‘四人帮’的群众运动已经基本上胜利完成，全党工作重点应该从1979年转移到社会主义现代化建设上来。”

12月23日，彭冲主持宝钢打第一根桩的开工仪式。

1978年底，基层单位的检查验收已经基本结束。

1979年

1月11日，中共中央作出关于地主、富农、反革命分子摘帽的决定。上海很快完成了此项工作。及落实工商业、去台亲属、退还资本家定息等工作。

1979年1月，因苏振华、倪志福调离，中共中央任命彭冲任上海市委第一书记，严佑民为上海市人大常委会主任，上海市委第二书记。王一平、韩哲一任书记。

2月7日下午，苏振华突发心脏病逝世，享年67岁。邓小平致悼词。2月16日上午11时，苏振华的骨灰撒入南海。

4月，赵行志任上海市委书记，增加钟民、赵行志、夏征农为上海市委书记。杨士法、陈锦华、陈沂为市委副书记。

1—6月底，再次复查，解决其余的大批问题，复查的干部占99.3%。局以上干部已复查的占96.74%。高级知识分子已复查的占99.8%。

下半年,重点地调查处理了打砸抢分子。逮捕和拘留了打砸抢分子 458 人,其中已判刑的有 238 名。

10 月,已完成对一般党员案件复查 98.8%。复查非党员案件 191000 件,完成需要复查的 96.2%。一般党员和群众冤假错案点比例为 73%。

从 1976 年 10 月下旬到 1979 年年底,上海在清查工作中获得的“四人帮”罪证,有 98 件被选入中央印发的“四人帮”罪证材料之中。在审判“四人帮”时,上海向法庭提供的证据达 174 件。主持审判“四人帮”的彭真对严佑民说:上海的清查最彻底,审判“四人帮”时,上海提供的材料占 1/3。受到彭真表扬。

12 月,上海召开第七次人民代表大会。

1980 年

2 月,中共十届五中全会决定重新设立中央书记处书记,彭冲为书记处书记,主管政法工作。同年 3 月彭冲调离上海到中央书记处赴任。

3 月 17 日,中共中央决定成立林彪、江青“两案”审判指导委员会,主任:彭真,委员:彭真、彭冲、伍修权、王鹤寿、江华、黄火青、赵苍璧。

5 月 21 日,经上海市委常委讨论将隔离审查对象徐景贤、黄涛、朱永嘉、王知常、王日初、施尚英、钟定栋、王明龙等 8 人开除党籍,依法逮捕。

1981 年

1 月,中华人民共和国最高法院特别法庭对江青、张春桥、王洪文、姚文元实施判决。

7 月 13 日,“两案”审判办公室负责人在全国省、市、自治区座谈会上的讲话表扬上海。

1982 年

7 月 13 日,上海市高级人民法院和中级人民法院分别开庭。

8 月 21 日,上海市高级人民法院刑事审判庭对徐景贤、王秀珍做出判决。

8 月 23 日,上海市中级人民法院刑事审判庭对陈阿大、马振龙、叶昌明、黄金海、戴立清、朱永嘉等 6 人做出判决。

1983 年

春，上海市中级人民法院刑事审判庭对游雪涛、施尚英等22名“四人帮”在上海的主要骨干做出判决。

人名索引

K

L

M

Y

Z

参考书目

档案、原始材料

王守家出差上海工作笔记

1975年6月5日苏振华致毛主席的信

1976年10月23日苏振华、倪志福向中央汇报提纲

1976年10月《解放日报》内部情况简报增刊

1976年11月4日、6日马天水、徐景贤、王秀珍检查

1976年11月下旬马天水、徐景贤补充交代检查

1977年1月6日苏振华、倪志福向中央政治局汇报提要

1977年2月10日纺织局对应于上海17厂工作组:《在重新处理过去线性反对四人帮的案件中,积极做好政治思想工作》

1977年2月14日中共七一一所委员会:《抓住揭批四人帮这个纲落实中央23号文件有方向》

1977年2月12日,中共上海人民出版社委员会:《加强领导,停靠群众,抓紧落实中央23号文件》

1977年3月18日苏振华在中央工作会议上的讲话

1977年5月13日,严佑民在全市第三次揭批"四人帮"大会上讲话

1977年11月15日,彭冲在全市第四次揭批"四人帮"大会上讲话

1978年5月25日,严佑民同志在上海市第五次揭批"四人帮"及其余党反革命罪行大会上的讲话

1979年2月19日上海市委运动办公室整理:《上海市清查工作的基本情况》

1979年5月22日《清查工作汇报提纲》

1979年10月15日中共上海市委复查办公室:《关于文化大革命中干部群众冤假错案复查工作总结》

1980年4月24日上海市委揭批"四人帮"运动办公室:《关于林彪、"四人帮"一伙在上海制造冤假错案的情况》

1980年6月3日情况汇报第81期

1980年12月上海市委揭批"四人帮"办公室:《关于四人帮反革命集团重要成员马天水、徐景贤、王秀珍等人的审查报告》(附件)

1981 年 7 月 8 日《上海市清查工作的基本情况》

《关于“四人帮”反革命集团重要骨干马天水、徐景贤、王秀珍等人罪证材料之六》

1984 年 12 月 12 日王一平:《立此存照——在市委整党中的书面发言》

《历史的审判(续集)》编写组:《历史的审判》续集,群众出版社,1986 年

中共中央文献编辑委员会:《叶剑英选集》,人民出版社,1994 年

中共中央文献研究室:《建国以来毛泽东文稿》第十三册,中央文献出版社,1998 年

中共中央文献编辑委员会:《毛泽东选集》第 4 卷,人民出版社第二版,1991 年

新华社:1977、1978 年《内部参考》

《人民日报》《解放日报》《文汇报》

研究专著

中共上海市委党史研究室、张永清主编:《上海社会主义建设五十年》,上海人民出版社,1999 年

中共上海市委党史研究室编纂:《中共上海党史大典》,上海世纪出版集团、上海教育出版社,2001 年

中共上海市委组织部、中共上海市委党史征集委员会、中共上海党史研究室、上海市档案馆:《中国共产党上海市组织史资料》,上海人民出版社,1991 年

1992 年上海文革史料整理编纂小组:《上海“文化大革命”史话》内部本(三)

李逊著:《大崩溃——上海工人造反派兴亡史》,第 189 页,时报出版公司,1996 年

中共中央组织部中共中央党史研究室:《中国共产党历届中央委员大辞典(1921—2003)》,中共党史出版社,2004 年

廖盖隆主编:《中国人名大词典》(当代人物卷),上海辞书出版社,1992 年

何虎生、李耀东、向常福主编:《中华人民共和国职官志》,中国社会出版社,1993 年

房维中主编:《中华人民共和国经济大事记》,中国社会科学出版社,1984 年

史云、李丹慧:《难以继续的“继续革命”——从批林到批邓》,香港中文大学出版社,2009 年

田伟:《“四三方案”的出台经过》,《中共党史资料》2004 年第 2 期

传记

杨肇林、丑运洲、乔崖著:《从高山到大海——共和国上将苏振华》,解放军出版社,2001 年

刘定汉、袁捷、朱通华、谷冰等著:《和彭冲在一起的日子》,江苏人民出版社,1997 年

孙长荣、郑磊:《岁月——彭冲画报》,2000 年内部出版

《难忘的历程——韩哲一同志革命生涯图片集》,2008 年内部出版

《吴忠追怀录》,广东人民出版社,1993 年

曲爱国:《百战将星——吴忠》,解放军文艺出版社,2004 年

逄先知、金冲及主编:《毛泽东传》(1949—1976)下卷,中央文献出版社,1998 年

李琦主审、力平、马芷荪主编:《周恩来年谱》(1949—1976)下卷,中央文献出版社,1998 年

李海文、王燕玲:《世纪对话—忆新中国法制奠基人彭真》群众出版社,2002 年

方毅传记编写组:《方毅传》,人民出版社,2008 年

史云:《张春桥、姚文元实传》,三联书店,2012 年

回忆录

谷牧:《谷牧回忆录》,中央文献出版社,2009 年

周纯麟:《周纯麟回忆录》,中共党史出版社,2005 年

吴德:《十年风雨纪事——我在北京工作的一些经历》,当代中国出版社,2004 年

陈锦华:《国事忆述》,中共党史出版社,2005 年

严佑民:《公安战线五十年——一位副部长的自述》,群众出版社,2005 年

司马东去(朱通华):《浩劫上海滩——一个中央工作组成员的耳闻目睹》,中共中央党校出版社,1999 年

王文正口述,沈国凡采写:《审判"四人帮"上海余党前后》,中共党史出版社,2008 年

朱通华:《较量上海滩》,中共中央党校出版社,2009 年

朱通华:《到此为止》《党史博览》2011 年第 2 期

周尔均、周秉德:《百人访谈周恩来》,江苏文艺出版社,1998 年

郑闻慧:《炎黄痴子》,中国青年出版社,2001 年

徐景贤:《十年一梦》,时代国际出版有限公司,2003 年

徐景贤:《文革名人徐景贤最后回忆》,星克尔出版有限公司,2013 年

杨银禄:《庭院深深钓鱼台——我给江青当秘书》,当代中国出版社,2013 年

丑运洲:《倪志福深情回忆苏振华》(文革)

周启才:《中央政治局玉泉山紧急会议》,《世纪》2006 年第 2 期

郑定铨:《奋战上海 200 天——忆粉碎"四人帮"后中央工作组》,《百年潮》2011 年第 4 期

张世珠:《1976:中央工作组秘密抵沪》,《世纪》杂志 1993 年第 2 期

王时驹:《怀念父亲王一平》,2010 年 2 月《上海滩》

赵霄洛:《父亲赵行志三进上海》,2009 年 6 月 29 日《新民晚报》

杨建国:《气正风清幽兰飘香——深切怀念敬爱的赵行志同志》

图书在版编目（CIP）数据

“四人帮”上海余党覆灭记 / 李海文，王守家著 . —北京 : 中国青年出版社，2015.3（2024.4重印）
ISBN 978-7-5153-3191-1

I. ①四… II. ①李… ②王… III. ①纪实文学 – 中国 – 当代 IV. ① I25

中国版本图书馆 CIP 数据核字（2015）第 049867 号

原版责编：吴晓梅
本版责编：杜海燕
书籍设计：瞿中华
出版发行：中国青年出版社
社　　址：北京市东城区东四十二条 21 号
网　　址：www.cyp.com.cn
编辑中心：010–57350503
营销中心：010–57350370
经　　销：新华书店
印　　刷：三河市君旺印务有限公司
规　　格：700mm × 1000mm　1/16
印　　张：25
插　　页：8
字　　数：400 千字
版　　次：2015 年 4 月北京第 1 版
印　　次：2024 年 4 月河北第 6 次印刷
印　　数：21001 – 24000 册
定　　价：56.00 元